소설 읽기와 스토리텔링

김승종

박문사

◆ ◆ ◆ ◆

　1993년 3월에 전주대학교에 부임한 이래 두 권의 단독 저서와 5권 정도의 공동저서를 낸 바 있다. 단독저서는 『한국현대작가론』(전주대출판부)과 『한국현대소설론』(신아출판사) 등 두 권이며, 공동저서들은 모두 글쓰기와 관련된 교재들이다.

　그나마 부임 후 10년 이내에 단독저서도 내고 논문도 꾸준히 발표하였던 것 같다. 2000년대에 들어서면서 전주대학교가 '교육과정 우수 대학'으로 선정되면서 전주대학교 교양학부에 새롭게 설립된 'Reading & Writing Center'의 책임을 맡게 되었고, 4명의 객원 교수들과 함께 교재를 개발하게 되었다. 이분들과 『디지털 시대의 글쓰기』를 함께 저술하였다. 지금은 인터넷이나 SNS를 통한 글쓰기 교재가 다수 저술되었지만 2001년도에는 이 책이 이 방면의 저서로는 처음이었던 것으로 기억된다. 이후 교육연극을 활용한 글쓰기, 문학 작품을 활용한 글쓰기, 영상물을 비롯한 매체를 활용한 글쓰기 등을 국어국문학과, 국어교육과 교수님들과 함께 저술한 바 있다.

　그러나 정작 전공 관련 저서는 이후에 내지 못하였다. 특히 전주대학교가 '국토균형발전사업'의 일환으로 참여정부에 의해서 추진

되었던 '누리사업'에 선정되면서 참으로 바쁜 일정을 보내게 되었다. 전주대학교, 비전대학교, 기전여자대학교가 공동으로 구성한 'X-edu 사업단'(전통문화 콘텐츠 기획 및 제작을 위한 사업단)에서 기획 및 교육 관련 일들을 맡게 되면서 문화콘텐츠에 관심을 가지고 몇 권의 교재를 제작은 하였으나 정식으로 출판하지는 못하였다.

2010년대에는 전주대학교 인문과학종합연구소를 대표해서 한국학술연구재단이 주관하는 '인문학대중화사업'에 참여하였다. 2011년에 '부적응 청소년을 위한 인문학'이라는 주제로 시민인문강좌를 진행하였고 2014년 9월부터 2017년 8월까지 전주시와 함께 지원한 인문도시지원사업에 선정되어 3년간 '온·다라인문학'을 수행하였다. 인문학과 관련하여 수많은 행사를 치렀지만, 그중 가장 역점을 들여 수행한 것은 '전주정신 정립'을 위한 일련의 학술 행사와 전문강사 양성 및 시민·학생 대상 강연들이었다.

2014년 10월 25일에 인문주간행사로 열린 '전주정신 대토론회'에 김승수 전주시장이 직접 참여한 것을 계기로 하여 2015년 2월에 각 분야(철학, 역사, 문학, 민속학, 인류학, 공연예술 등)의 대표 8인으로 구성된 '전주정신정립위원회'가 발족되었고, 두 번의 학술발표와 시민 여론 조사, 20여 차례의 회의와 자문위원회 자문 등을 거쳐서 '한국의 꽃심, 전주'라는 전주정신이 정립되었고 하위 개념으로, '대동, 풍류, 올곧음, 창신' 등도 확정되어서 2016년 6월 9일, 전주시민의 날에 국립무형문화유산원 공연장에서 대망의 선포식을 갖게 되었다.

최근에는 학교 활동이나 인문학 사업 등으로부터 일정한 거리를 두게 되었고, '토지연구학회' 임원으로서 활동하고 있다. 이 학회에서 두 편의 논문을 발표한 바 있고, 민중 계층을 대변하는 저항적 인물인 송관수를 주인공으로 하는 '인물 열전'을 발표하기도 하였다. 2018년 여름에는 장춘, 하얼빈 등 『토지』의 주요 배경지를 회원들과 함께 답사하기도 하였다.

이 책에는 이러한 나의 지나온 발자취들이 고스란히 반영되어 있다. 일단 신소설, 이광수의 『무정』, 1920년대 단편소설, 염상섭의 『삼대』와 이기영의 『고향』, 황석영의 단편소설 등과 같은 리얼리즘 계열 소설에 대한 연구 내용을 제1장에 담았다. 분석의 도구로는 칼 마르크스와 프레데리히 엥겔스의 반영론, 게오르그 루카치의 리얼리즘론, 바흐찐의 대화 이론 등을 사용하였다.

제2장에는 자크 라캉이 심리학 이론을 활용하여 심리비평적 입장에서 이청준의 연작소설 『남도사람』을 분석한 논문과 탈식민주의 이론을 원용하여 복거일의 『비명을 찾아서-경성 쇼우와 62년』를 분석한 논문을 수록하였다. 이청준의 『남도사람』은 5편의 단편소설로 구성되어 있으며, 판소리가 주요 소재로 사용되고 있다. 이 작품은 특히 판소리에 스며들어 있는 민족의 정서 '한'에 대한 다양한 문학적 접근을 시도하고 있다. 『비명을 찾아서』는 이른바 가상 역사소설로서 일제 식민지체제가 여전히 이어지고 있는 1987년, 경성을 배경으로 삼고 있는 작품이다. 심리주의 비평 방법론과 탈식민주의 방법론을 사용함으로써 보다 다양한 이론적 접근을 시도해 보았다.

제3장은 기호학적 연구방법론을 활용한 소설 교육 방법에 대한 논문과 최서해의 「탈출기」를 그레마스의 '행동소 분석'과 '의미의 사각형', 브레몽의 서사이론 등의 방법론을 사용하여 분석한 결과를

수록하였다. 그리고 김유정 소설에 나타난 '표층과 심층에서 이루어지는 이중적 아이러니 구조'를 분석해 보았다. 제1장이 작품과 현실과의 관계를 규명하는 데 초점을 맞추었다면, 제2장은 문학작품에 대한 심리학적, 탈식민주의적 접근을 시도하였고, 제3장에서는 작품 자체의 구조와 형식의 분석에 초점을 맞추었다.

　제4장에는 박경리의 『토지』에 관한 두 논문을 수록하였다. 박경리의 『토지』는 주지하다시피 한국현대소설을 대표하는 '민족 최대 서사' 중 하나이다. 이 작품은 동학농민혁명 시기부터 8.15 민족해방일까지의 시기를 다루면서도 역사적 사건 자체를 다루기보다는 중요한 역사적 고비 때마다 우리 민족이 어떻게 사고하고 행동하였는가에 작품의 초점을 맞추고 있다. 다양한 인물들의 형상화를 통해 인간의 선과 악의 본질, 희생과 헌신의 고귀함, 고통과 슬픔을 통해 얻어지는 성숙과 성장 등을 드러내고 있으며, 무엇보다도 '한'의 정신과 생명사상을 담아내고 있다. 『토지』에는 이처럼 우리 민족이 일제의 핍박과 억압이 극에 달했던 시기에도 민족적 생명을 상실하지 않고 끈질기게 저항하면서 마침내 민족적으로 새로운 생명을 얻어내기까의 과정이 총체적으로 담겨 있다.

　제5장은 문화콘텐츠와 관련된 다양한 논문들을 담았다. 먼저 문학작품을 통해서 전주의 정신이 어떻게 표출되고 있는가를 살펴보았다. 전주시는 2016년에 "한국의 꽃심, 전주"라는 전주정신을 선포한 바 있는데, 이 논문은 그 이전에 역사박물관에서 발표한 논문이다. 두 번째로는 소설이 영화화되었을 때 그 형식과 내용이 어떻게 달라졌는가를 정리해 보았다. 세 번째로는 최명희의 『혼불』을 중심

으로 하여 전북지역 문학유산의 새로운 활용방안을 모색하였다. 마지막으로 작가의 생애를 스토리텔링 기법을 활용하여 재정리하는 작업을 해 보았다. 특별히 이광수의 생애를 블라디미르 프로프의 민담 형태론으로 분석함으로써 이광수의 생애를 영화나 드라마로 만들 수 있는 가능성을 모색해 보았다. 또한 염상섭, 김동인, 채만식, 이상의 생애와 문학을 '추구와 모험'이라는 측면에서 조명해 보았다.

다소 정체성이 모호한 이러한 책이 출간될 수 있었던 것은 전적으로 박문사의 사장님과 관계자 여러분들의 격려와 협조 덕분이다.

앞으로 얼마 남지 않은 교직 생활을 정리하는 의미도 얼마간 담고 있는 이 책을 통하여 학생들이나 후학들에게 다소 도움이 되었으면 하는 바람을 가져 본다.

2018년 8월의 더운 여름날에

목차

제1장

반영·생산론과
리얼리즘 소설 읽기

소설에 대한 이론은 무수히 많지만 크게 나누어 '외재적 비평 이론'과 '내재적 비평 이론'으로 나눌 수 있다. '외재적 비평 이론'은 다시 현실과 작품의 관계를 규명하는 '반영론', 작가의 체험, 사상과 정서, 상상력, 및 심리적 기제 등을 작품과 연결짓는 '표현론', 작품과 독사의 관계를 규명하고자 하는 '효용론' 등으로 『거울과 등불』의 저자인 D.H. Abrams의 견해를 참조하여 나눌 수 있을 것이다. 이에 비해 형식주의나 구조주의, 기호학적 문학연구방법론은 작품 자체를 분석하는 '내재적 비평 이론'에 해당한다. 이 글에서는 '반영론'을 보다 발전 시킨 형태로서의 '반영·생산론'의 입장에서 개화기부터 1920년대에 이르는 주요 소설들을 살펴보고자 한다.

소설 읽기와
스토리텔링

마르크스의 반영론으로 바라본
신소설과 이광수 소설

'반영·생산론'은 흔히 '리얼리즘론'으로 분류되기도 한다. 칼 마르크스, 프레드리히 엥겔스, 게오르크 루카치, 미하일 바흐찐, 테리 이글튼, 프레데릭 제임슨, 피에르 마슈레이 등의 이론들은 대체로 리얼리즘 소설을 중심으로 전개되고 있기 때문이다.

칼 마르크스(Karl Marx)는 문화, 정신, 법률과 같은 상부구조는 생산력과 생산 관계를 중심으로 형성된 하부구조(토대)의 반영이라 하였다. 문학은 인간의 다른 모든 생산 활동의 산물들과 마찬가지로 그것이 생산된 사회의 경제·정치·문화·이데올로기와 불가분의 관계를 맺고 있으며, 따라서 문학작품에 대한 올바른 이해는 바로 이 관계에 대한 정확한 인식과 통찰에서 출발해야 한다고 마르크스는 주장하였다.[1]

---

1 오민석, 『현대문학이론의 길잡이』, 시인동네, 2017. 129쪽.

그들은 문학은 사회의 다른 영역들, 즉 경제, 문화, 역사, 이데올로기 등과 불가분의 관계를 맺고 있고, 그 총체적인 관계의 해명 속에서만 문학에 대한 올바른 이해에 도달할 수 있다고 보았다. 왜냐하면 물질적 삶의 생산양식이 사회적·정치적·지적 삶의 과정 일반을 조건짓기 때문이다. 이는 하부구조가 일종의 토대로 존재하고 그 위에 그에 상응하는 상부구조가 일어나되, 하부구조에 의해 상당 부분 조건지워짐을 의미한다.[2]

1-1. 신소설의 과도기적 성격

임화는 『신문학사』에서 조선의 신문학을 마르크스의 입장에서 고찰하고 있다. 조선의 신문학이 생성을 위한 물진적 조건, 즉 근대적 사회의 제 조건이 미성숙하였기 때문에 조선의 신문학은 수입과 이식에 의존할 수밖에 없었다고 임화는 보고 있다.

근대사회로의 전화를 위한 기본적 제조건, 예하면 상품 자본의 축적, 산업자본에의 전화, 상품 유통의 확대와 그것을 가능케 하는 생산력의 증대, 수공업의 독립, 매뉴팩츄어의 성장, 교통의 발달, 시민계급의 발흥 등은 자연경제의 분열을 내포한 봉건사회 자체의 성장에 정비례하여 구비됨은 벌써 정식(定式)된 사실이다.

---

2 오민석, 위의 책, 127쪽.

따라서 이 제조건의 충분히 성육되지 못한 사회를 우리는 성숙한 봉건사회로 볼 수 없다. 아직 자녀를 생산할 만한 육체를 갖추지 못한 부인을 우리는 어머니라고 부를 수는 없는 것이다. 비단 조선뿐 아니라 서구 자본주의가 동점하기 전모든 동양사회가 이런 조혼한 부인이었다. - 중략 -

한 사회구성-혹은 체제-가 충분히 발전 성숙하지 못하고 있다가 다른 사회구성으로 이행되면 그다음 사회구성은 선행한 사회구성이 미처 충분히 원만하게 해결치 못한 제과제를 숙제로써 물려받기 때문에 발달이 지지하다 할 수 있다. 또한 반대로 발전이 지지하기 때문에 그 사회구성이 미처 충분히 원만하게 성숙하기 전에 타국의 선행한 사회구성의 영향과 또 그것과의 균형의 보지(保持)상 불가불 미성숙한 사회구성을 폐기하면서 숙제를 이끌고 다음 사회 구성의 시대로 들어선다고 말할 수 있다.[3]

임화는 이와 같이 후기 조선 사회가 자생적으로 경제적·사회적 발전을 이루지 못하는 바람에 외세의 개입을 받게 되었고, 그로 말미암아 파행적인 근대화과정을 밟을 수밖에 없었으며, 이와 같은 '토대'는 당연히 문학 현상에도 영향을 미치게 되었는데, 그 핵심적 특징을 그는 '과도기적 성격'이라고 하였다.

임화에 의하면 '과도기의 문학'은 재래의 형식을 빌어 새 사상을 표현하는 절충적인 성격을 지닌다는 것이다. 소위 "낡은 용기에 새

---

3 임화, 『신문학사』, (임규찬, 한진일 편, 한길사, 1993, 24~25쪽)

술을 담은 격"이라는 것이다. 신소설의 과도기적 성격은 훗날 신동욱, 조동일, 김영민, 나병철 등에 의해 보다 명확하게 규명된다. 신동욱은 신소설의 형식이 '만남 → 이별 → 재상봉'과 같은 고소설의 플롯이 신소설에도 기본적으로 유지되고 있는 점, 『혈의 누』의 정상 부인이 '개가'라는 정당한 목적을 추구하지만 '옥련에 대한 핍박'이라는 정당하지 못한 수단을 사용하고 있다는 점을 들어 신소설의 과도기적 성격을 지적했고, 조동일 역시 신소설의 상당수가 개화사상을 추구하면서도 군담계 영웅소설의 신화적 구조(U자형 구조)를 답습하고 있다는 점을 지적하였다.

또한 언문일치를 주구하면서도 고소설의 문체인 '~더라'체를 혼용하고 있다는 점, 봉건 사상을 지닌 인물과 개화사상을 추구하는 인물을 선악의 이분법으로 단순하게 구분하고 있다는 점, 소설 공간 내에서 하늘, 신과 같은 절대적인 존재는 사라졌지만 그 자리에 외국(미국, 일본)이 자리하면서 외국의 문물, 제도 등을 무조건적으로 수용해야만 하는 '당위적 규범'으로 설정하였다는 점, 근대소설에 비해 우연성이 빈번하게 개입하고 있다는 점 등이 신소설의 '과도기적 성격'에 해당된다.

임화는 신소설의 과도기적 성격 중 가장 중요한 것으로 "본래로 말할 것 같으면 개화조선의 성장 앞에 무참히 붕괴되는 구세계 봉건 조선의 몰락비극이 그려져야 함에도 불구하고 오히려 강대한 구세계의 세력 하에 무참히 유린당하고 노고(勞苦)하는 개화세계의 수난역사로서 모든 신소설이 쓰여진 것이다."(「조선일보」, 1940. 2.7)라는 점을 지적하였다. 이와 같은 신소설에 대한 임화의 견해는 매우 특출한 것으로서 훗날 신소설 연구의 진전이 이루어지는 데 크게 기여하였다.

임화의 신소설에 대한 분석과 평가에서 보다시피 마르크스적인 반영론은 문학현상을 보다 거시적으로 바라보는 데 있어서 유효하다. 경제적인 문제를 중심으로 개화기의 '토대'를 분석하고 이에 의거하여 신소설의 과도기적인 성격을 규명함에 있어서 탁월한 업적을 임화는 남겼다 하겠다. 이후 1917년에『매일신보』에 연재된 이광수의『무정』역시 같은 시각으로 바라볼 수 있을 것이다.

1-2. 최초의 근대장편소설『무정』

이광수의『무정』은 신소설『혈의 누』나『은세계』와는 달리, 우리의 국권이 일제에 의해 강탈당하고 나라의 주권을 상실한 시기인 1917년에『매일신보』라는 총독부 기관지를 통해 연재되었다. 임화가 지적한 바와 같이 우리의 자생적 근대화과정은 파행적이고 불완전한 것이었다. 자생적 근대화 운동 중 가장 대규모로 이루진 것은 두말할 것 없이 '동학농민혁명'일 것이다.

1896년 갑오년에 고부군에서 전봉준을 중심으로 일어난 민중봉기는 고창 무장현에서의 무장봉기를 통해 민란의 수준을 벗어나 혁명과 전쟁의 성격을 띠게 된다. 전봉준을 총대장으로 하는 조직을 정비하고 백산에 모인 동학농민군의 숫자는 무장에서의 4,000명의 두 배인 8,000명에 이르렀으며, 이들 대부분이 흰옷을 입고 죽창을 들었기에 "앉으면 죽산, 서면 백산"이라는 말이 생길 정도였다. 황급해진 조선정부는 전라관찰사를 중심으로 감영군과 보부상들의 연합군을 편성하여 정읍 황토현에서 동학농민군을 맞이하려 하였다. 그러나 방심과 군기문란에 빠진 연합군은 동학농민군의 기습에 의해 격퇴되고 쫓겨난다. 동학농민군은 세를 불리기 위해 전라감영으로 직행하지 않고 남쪽으로 기수를 돌렸다. 호남 지역 곳곳에서 동학농민군의 활약상과 승전 소식을 듣고 농민들뿐만 아니라 다양한 계층의 백성들이 동학농민군에 자발적으로 참여하였고 관리들과 외세 및 지주들의 횡포로부터의 해방을 꿈꾸며 동학농민군을 전폭적으로 지원하였다.

동학농민군은 조선왕실이 파견한 홍계훈의 부대마저 장성에서 패퇴시키고 드디어 전라감영이 소재한 전주성에 입성한다. 조선시대 내내 수많은 민란과 봉기가 있었지만, 감영의 소재지를 점령하고 그곳에 본부(대도호)를 설치하였을 뿐만 아니라, 점령 지역 내에서 민과 관이 협치를 펼치는 '집강소 통치'를 실시한 것은 동학농민혁명이 유일한 사례이다. 전봉준은 홍계훈에게 폐정개혁을 건의하였는 바, 이는 곧 자생적 근대화의 내용을 담은 것이었고 동학농민군이 패배한 뒤 이루어진 갑오개혁의 근간을 이룬 것이기도 하다.

제2차 봉기 이후 동학농민군은 일본군과 조선 정부군의 연합군에 의해 공주 우금치전투에서 크게 패배당하였다. 동학농민혁명의 전개과정은 임화가 말한 대로 자생적 근대화 과정이 좌절되고 외세가 개입함으로 말미암아 근대화과정 자체가 왜곡되어 버린 양상을 압축적으로 보여주고 있다. 그리고 그 끝은 을사늑약과 경술국치였다. 일본처럼 근대화과정에서 국권이 강화되고 경제가 발전하는 것이 아니라, 조선은 근대화 과정에서 국권을 상실하고 한반도는 일제의 수탈과 폭압의 장(場)으로 전락하고 말았다.

이광수의 『무정』은 당연히 이와 같은 조선의 파행적 근대화과정을 담아내야 했다. 식민지 현실을 객관적으로 반영하고 시대적 모순을 드러냄과 동시에 현실 극복에 대한 전망을 제시해야 함에도 불구하고 이 작품은 거꾸로 식민지 현실을 미화하기까지 한다. 이와 같은 『무정』의 문제점은 작가인 이광수의 한계로 말미암은 것이다. 그는 비록 도산 안창호나 남강 이승훈 등에게 사상적 영향을 받기는 하였지만, 식민지 현실을 객관적으로 인식하고 반영할 만한 작가로서의 역량은 이 당시 미처 갖추지 못하였다. 일제가 구축한 식민지체제는 한 마디로 일본의 이익을 위하여 조선과 조선인을 희생시키는 구조였다. 토지조사사업, 회사령과 같은 조치는 조선의 토지를 수탈하고 자국의 공산품을 독점 생산·판매하기 위해 시행한 것이다. 일제의 토지조사사업과 자본 침투, 금융 독점 등으로 인해 소작농과 빈농은 몰락하여 도시의 빈민이 되거나 간도나 연해주 등지로 이주해야만 했다.

이광수가 놓친 1910년대 현실의 토대를 반영하는 소설을 1920년대이르러 생산되기 시작한다. 이광수 개인의 역량 못지않게 『무정』의 내용을 왜곡시킨 것은 발표 매체였다. 우리는 이 작품의 왜곡상을 통해 소설의 '토대'를 설정함에 있어서 경제적·정치적 문제 못지 않게 매체를 중시해야 한다는 점을 알 수 있다. 이 작품은 이광수가 동경 유학 중에 『매일신보』에 원고를 보내는 형식으로 연재되었는데, 『매일신보』는 당연히 이 작품을 식민지 체제를 미화·홍보하는 수단으로 삼고자 하였다. 애초에 『박영채전』으로 기획되었던 이 작품이 『무정』

으로 신문사의 요구로 인해 개명되는 과정에서 박진사와 같은 구한 말 애국계몽세력은 '몰락하고 훼손된 가치'로 그려진다. 박진사가 옥 중에서 자결하고 그의 딸인 박영채가 김현수, 배학감 등에 의해 강간 당하는 사건이 이를 뒷받침한다. 반면에 김장로와 같은 신흥 개화세 력은 '미래의 풍요로운 가치'를 상징한다. 그의 유복한 환경과 형식 과 선형의 약혼 및 미국유학 등이 이를 입증한다. 이 작품의 후반부에 서 이형식의 계몽사상을 담은 연설 장면이 전개되고 한반도가 번영 하는 모습이 그려지는 것은 심각한 현실 왜곡이 아닐 수 없다.

이러한 문제점에도 불구하고 『무정』이 최초의 한국장편소설로서 지닌 문학사적 가치를 부인할 수 있는 것은 아니다. 이광수는 그 이전 에 어느 작가도 시도하지 못한 매우 긴 분량의 장편소설을 완성하였 고, 근대적 문체(언문일치)를 확립하였으며, 과거의 가치(박영채)와 미래의 가치(김선형) 사이에서 흔들리는 문제적 주인공의 내면심리 를 치밀하게 묘사하였다. 이형식과 김장로, 혹은 김선형과의 결합은 이제 한국 사회의 지도 계층이 양반이 아니고, 근대적 지식과 자본을 갖춘 세력임을 무의식적으로 제시하고 있다고도 볼 수 있다. 또한 신 소설과 달리 이 작품은 봉건 세력과 개화세력을 이분법적으로 구분하 고 있지 않다. 비교적 봉건 세력에 가까운 박진사나 박영채는 부정적 으로 그려지기보다는 동정의 대상으로 그려지고 있고, 영채를 윤간한 김현수와 배학감이야말로 사악한 인물로 그려지고 있는데, 이 두 인 물은 모두 일본 유학까지 체험한 사이비 계몽주의자들이다. 작가는 이들 인물을 통하여 도덕성을 갖추지 못한 사이비 근대인이야말로 봉 건적 인물보다 더 해악을 끼치는 존재임을 일깨우고 있다.

엥겔스와 루카치의 전형론으로 바라본 1920년대 소설

　마르크스와 함께『자본론』을 저술한 학자이자 마르크스의 친구로 알려저 있는 F. 엥겔스는 1887년 소설가 하크네스(Magaret Harkness)에게 보내는 편지에서 "리얼리즘이란 세밀한 세부묘사와 함께 전형적 상황에서 전형적 인물을 정확하게 표현하는 것"이라고 정의했다. 특히 노동자 계급의 역사적 사명과 사회주의 발전 가능성을 묘시하는 것이 중요하다고 하였다. 엥겔스는 사실 그 자체를 충실히 묘사했던 에밀 졸라보다 사회발전을 포착한 발자크가 낫다고 평가한 다음, "전형적 인물은 어떤 계급(혹은 계층)의 대표적 인물이면서 개인과 사회의 관계를 반영한 인물이라고 설명하였다.

　헝가리의 철학자인 G. 루카치는 인간의 삶과 사회에 관한 예술적 통합이 필요하다고 전제한 다음, 전형은 구체적 인물의 특별한 행위와 열정에서 생기는 것"이라고 보았다. 하지만 예술가는 개인적 한계를 넘어서 사회의 전형을 포착하고 묘사해야 한다고 하면서, 루카치는 "전형적 상황에서 사회주의적 전망을 실천하는 전형적 인물을 창조해야만 사실의 진정한 반영이 된다."라고 주장하였다.

한국의 소설은 1920년대에 이르러 이인직, 이광수 식의 계몽주의 문학에서 벗어나 예술적 자율성을 확보하기에 이른다. 1910년대 후반에 발표된 현상윤의 「핍박」이나 양건식의 「슬픈 모순」과 같은 고백체 소설 역시 계몽주의문학과의 결별을 선언한 작품들이지만 작품의 완성도가 떨어지는 아쉬운 면모를 지니고 있다.

2-1. 김동인의 인형조종술과 참예술

김동인은 초기에 「약한 자의 슬픔」, 「마음이 옅은 자여」와 같은 고백체 소설을 창작하였지만, 「배따라기」(1921)부터는 김동인 특유의 '인형조종술'이라는 창작방법론에 의거 하여 작품들을 창작하였다. '인형조종술'이란 신이 인간 세계를 조종하듯이 작가는 자신의 작품에 등장하는 인물(자신이 창조한 인생)을 지배하고 조종해야 한다는 창작방법론을 일컫는다. 그는 도스토예프스키와 톨스토이를 비교하면서 톨스토이야말로 인생을 인형 놀리듯 자유자재로 손바닥 위에 올려놓고 놀렸기 때문에 훨씬 우월하다고 보았다. 이와 같은 이론은 일종의 형식주의적 문학론으로서 문학 자체의 아름다움과 구조적 완결성을 강조하는 것이다. 그는 작가가 작품 내에서 사회적 교화사상이나 권선징악을 다루기보다 예술성이 높은 '내용의 미'나 '작자의 독창성', '작중인물의 각 개성에 대한 묘사', '심리와 동작과 언

어에 대한 묘사', '작중인물의 사회에 대한 분투' 등을 그리려고 노력
해야 한다고 주장하였다.

이와 같은 그의 창작방법론이 잘 드러나고 있는 작품으로 「감자」
(1925)와 「광염소나타」(1930)를 들 수 있다. 「감자」는 민중들의 열악
한 상황이 초래한 비극을 다루고 있다. 단지 가난해서 구걸, 절도, 매음
만 일삼는 것이 아니라 그 과정에서 영혼마저 파괴되는 양상을 이 작
품은 충격적으로 보여주고 있다. 결혼을 앞둔 내연남 왕서방에게 결
혼하지 말라고 떼를 쓰다가 낫을 휘두르게 되고 다툼을 벌이는 과정
에서 복녀가 거꾸로 죽임을 당하는 장면을 통해서 작가는 가난이 육
체뿐만 아니라 영혼까지 파멸시키고 있음을 지적하고 있는 듯하다.

그러나 이 작품은 단지 환경에 굴복하는 인간의 모습을 보여줌으
로써 리얼리즘소설의 반열에 들지 못한다. 흔히 '환경결정론'은 자
연주의 소설의 창작방법론으로 보기도 하고 작가의 허무주의나 운
명론이 반영된 결과로 보기도 한다. 신동욱은 이 작품이 '조신의 꿈
설화'와 마찬가지로 '하강적 짜임(plot)'을 지닌 작품으로 보았다. 이
는 '평행적 짜임'을 지닌 일반적 소설과 달리 이 작품이 '설화적 성
격'을 지니고 있음을 지적한 것이다.

'평행적 짜임'은 조동일이 서사의 구조로 제시한 "자아와 세계의
상호 우위"와 맥락을 같이한다. 서사는 세계(현실)의 횡포나 모순으
로 인해 패배할 수밖에 없는 '문제적 인물'을 그리되, 그 인물이 지닌
역사적 정당성, 윤리성, 가치 지향성 등으로 말미암아 도덕적·영적·
정신적으로는 승리하는 모습을 내재적으로 담고 있다는 것이다. 흔
히 서사, 특히 소설이 '미래지향적 전망'을 지니는 이유는 소설의 문

제적 주인공이 갖는 올바른 가치 지향성 때문이다.

「광염소나타」는 인형조종술이 보다 직접적으로 사용되고 있는 작품이다. 흔히 유미주의 작품으로 평가되고 있는 이 작품은 사실 복잡한 형식, 곧 여러 겹의 액자소설의 형태를 지니고 있다. 김동인은 「배따라기」부터 액자소설의 형태를 실험하기 시작하였다. 액자 바깥에는 작가로 추정되는 인물이 1인칭 화자로 등장하고 액자 내부에는 '사내'로 불리우는 남성의 이야기가 담겨 있다. 사내는 아름다운 부인과 늠름하게 생긴 동생 사이을 의심하여 괴롭힌 끝에 분에 못이긴 아내는 자결하고 실의에 빠진 동생은 방랑의 길을 떠나게 만들었다. 이 모든 비극이 자신의 성급한 성격과 오해 및 의심에서 비롯된 것임을 깨달은 사내는 평생 동생의 자취를 뒤따르며 속죄의 삶을 살게 된다는 내용이 액자 내부에서 3인칭 화자 시점으로 전개되고 있는 것이다. 이때 액자는 흔히 구성의 짜임새를 갖추게 하고 액자 내부 이야기의 신뢰성을 높이는 기능을 하고 있다고 평가된다.

이에 비해 「광염 소나타」는 매우 복잡한 구조를 지니고 있다.

1) 독자는 이제 내가 쓰려는 이야기를, 유럽의 어떤 곳에 생긴 일이라고 생각하여도 좋다. 혹 은 사십 오십 년 뒤에 조선을 무대로 생겨날 이야기라고 생각하여도 좋다. 다만, 이 지구상 의 어떠한 곳에 이러한 일이 있었는지도 모르겠다, 있는지도 모르겠다, 혹은 있을지도 모 르겠다, 가능성뿐은 있다. …… 이만치 알아두면 그만이다.

2) 어떤 여름날 저녁이었었다. 도회를 떠난 교외 어떤 강변에 두 노

인이 앉아서 이런 이야기 를 하고 있었다. 그 기회론을 주장하는 사람은 유명한 음악비평가 K씨였었다. 듣는 사람은 사회 교화자의 모 씨였었다.

『광염 소나타』는 위와 같이 먼저 두 겹의 액자의 틀을 제시하고 있다. 1)은 작가가 독자에게 직접 전달하는 발화내용이다. 작가는 독자에게 자신이 전해줄 이야기가 사실일 수도 있고 허구일 수도 있다는 식으로 모호하게 진술하면서 작품에 대한 판단을 독자가 해 줄 것을 요구하고 있다. 2)는 음악비평가 K씨와 사회 교화자 모씨의 대화 내용이다.

이처럼 작가가 이중 삼중의 액자를 설치하는 이유는 그만큼 액자 내부의 이야기, 곧 천재 작곡가 백성수의 범죄 행각이 충격적이면서 논쟁적이기 때문이다. 백성수는 작곡에 필요한 영감을 얻기 위하여 사람을 죽이고 방화를 일삼으며 심지어 죽은 여인의 시신을 강간하기까지 한다. 기괴하기 이를 데 없는 백성수의 범죄 행위를 인류가 영원히 감상할 만한 훌륭한 곡을 작곡하기 위해 반드시 필요한 수단과 과정이라는 이유로 용납해야 할지 말지를 독자가 스스로 판단하라는 것이 작가의 입장인 것이다.

김동인은 「배따라기」, 「감자」, 「광염소나타」 등의 작품을 통해 이른바 '참예술'을 추구하였다. 또한 소설을 통해 일체의 이데올로기나 현실적 조건으로부터 자유로운 '참예술'을 실천하기 위한 방법론으로 '인형조종술'을 사용하였다. 그러나 결과적으로 김동인 소설에 등장하는 인물들은 부정적 성격이 강하며 현실의 모순에 저항하지 못하는 순응적 인물로 그려지고 있다. 이와 같은 인물은 따라서 전형적 인물이 될 수 없다. 다만 김동인 소설에 등장하는 인물들이 저마다 지닌 개성만큼은 매우 뚜렷하다.

2-2. 염상섭의 내면고백체 소설

1920년대를 대표하는 비판적 리얼리즘 작가는 염상섭, 현진건, 나도향 등이며, 사회주의 리얼리즘 작가로는 조명희, 이기영, 한설야, 권한 등을 들 수 있다. 비판적 리얼리즘 소설은 전형적 상황과 인물을 형상화하되 부정적 전망을 제시하며, 사회주의 리얼리즘 소설은 긍정적 전망을 제시한다.

염상섭은 「표본실의 청개구리」로 등단하였으며 이어서 「암야」, 「제야」 등의 내면고백체 소설들을 발표하였다. 내면 고백체의 소설의 1인칭 주인공은 당연히 작가 자신이며, 작가의 직접 체험을 주요 내용으로 다루고 있다. 일본의 자연주의 문학이라 할 수 있는 '백화파(白樺派)'의 영향을 받은 것으로 알려진 이들 작품은 이른바 '혼종적 성격'을 지니고 있다. 다시 말해서 일본소설의 형식을 모방하되, 오히려 일본을 비판하고 공격하는 성격을 지니고 있는 것이다. 이러한 혼종적 성격은 『만세전』에서 가장 두드러지게 나타난다.

『만세전』은 1922년 7월부터 9월까지 「묘지」라는 제목으로 「신생활」지 창간호에 연재되었다. 당시 일제의 심한 검열에 의해 연재에 많은 어려움을 겪다가 결국 잡지가 폐간되고 이와 함께 「묘지」도

3회 연재로 중단되었다. 그 후 1924년 4월 6일에 「시대일보」가 창간되면서 제목을 '만세전'으로 바꾸어 다시 연재하였다. 그리고 같은 해 6월 1일에 59회로 『만세전』이 완결되고 개작을 거쳐 이듬해 8월에 '고려공사'에서 단행본으로 간행되었으며 이후 1948년 2월에 다시 전면적 개작 과정을 거쳐 '수선사'에서 단행본으로 간행되었다.

이 작품의 배경은 "조선에 '만세'가 일어나던 전 해 겨울"로 되어 있다. 이 작품은 3·1운동이 일어나기 직전의 한반도의 분위기와 조선인의 삶의 양상 및 지식인들의 동정 등을 그리고 있는 것이다. 동경에서 유학 중이던 '나'(이인화)는 기말시험 도중 아내가 위독하다는 소식을 듣고 급히 귀국하게 된다. 하지만 '나'는 바로 귀국하지 않고 자주 가던 카페의 여급 정자와 신호에 있는 여성 을라를 만나며 하루를 지체한다. 그 후 '나'는 하관에 도착하여 부산으로 가는 배를 타게 되는데 이 때부터 일경으로부터 심한 검색과 감시를 당하게 된다. 또한 부산에 도착해서 김천의 형을 만나고 서울에 도착하는 과정에서 일제에 의한 경제적 침탈과 조선인의 몰락상을 목격하게 되고 이를 통해 사회의 이면에 눈을 뜸과 동시에 조선인으로서의 모멸감을 느낀다. 긴 여정끝에 서울에 도착했지만 아내는 병세를 되돌리지 못하고 마침내 세상을 떠나게 된다. 아내의 장례식을 마친 '나'는 아들 중기를 형에게 맡긴 뒤 일본 여성 정자에게 자신의 입장을 정리·전달하는 편지를 부치고 동경으로 다시 떠나게 된다.

이 작품은 이른바 '여로형 소설'이면서 '원점회귀형 소설'이다. 『만세전』은 '동경'에서 출발하여 '신호, 하관, 부산, 김천, 대전, 경성'을 거쳐 다시 '동경'으로 돌아오는 공간적 이동에 따라 이야기가 전개된다. 하지만 처음 동경에서 출발할 때의 이인화의 내면심리와 동경으로 다시 돌아올 때의 내면 심리는 완전히 다르다. 이른바 '경험자아'와 '서술자아' 사이의 인식의 차이가 존재하는 것이다. 동경 유학생인 이인화는 처음 동경에서 출발할 때 근대 엘리트로서의 자부심을 가지고 있었다. 하지만 귀국하는 여정을 통해 자신이 결국 식민지 나라의 일원일 뿐이라는 사실을 깨닫게 되고 이와 함께 강한 민족적 모멸감을 느끼게 된다. 그리고 이러한 내면 심리의 변화와 함께 주인공 이인화의 의식이 극히 개인적인 것에서 시작하여 점차 사회적인 것으로 확대되어 가는 것이다.

『만세전』이전의 계몽주의 소설에서의 주인공의 동선(動線)은 '조선에서 외국으로 나가는 형태'였다. 일본이나 미국과 같은 곳에서 선진 문물과 지식을 배우고 익혀서 조국에 돌아오는 동선에 따라 외국은 항상 긍정적이며 절대적인 존재였다. 하지만 『만세전』에서는 반대로 '외국(일본)에서 조선으로 들어오는 형태'로 여로의 방향을 역으로 구성하였고 이를 통해 외세의 억압과 수탈 등 조선 근대화의 부정적인 측면을 강조한다.

이 작품의 주인공 이인화는 김동인 소설의 주인공들과는 달리 전형적 인물에 해당한다. 이인화는 강한 개성을 지니고 있다. 아내의 임종이 임박했다는 전보를 받고도 여유를 부리거나 일정을 지연시키는가 하면, 형에 대해 고마운 마음과 경멸하는 마음을 동시에 지니고 있다. 조선 사람들을 동정하면서도 게으르거나 비굴하게 살아가는 모습을 안타깝게 바라보기도 한다. 비록 카페의 여급이지만 새로운 삶을 살아가고자 하는 일본 여성 정자를 애틋한 마음으로 지켜

보면서도 더 이상의 관계를 진전시키지 않는다. 이와 같은 이인화의 양가적(兩價的) 성격은 매우 개성적이라 하겠다. 그러면서도 이인화는 보편적 성격과 일정한 방향성을 지니고있음으로 말미암아 김동인의 소설에 등장하는 인물들과 구별된다.

이인화는 동경 유학생으로서의 자부심과 식민지 백성으로서의 모멸감을 동시에 지니고 있다는 점에서 보편적인 성격을 지님과 아울러, 시대의 모순을 객관적으로 바라본다는 점에서 일정한 방향성도 인정할 수도 있는 것이다. 물론 식민 체제를 극복하기 위한 구체적인 노력이나 실천을 보여주지 않는다는 점을 이 작품의 한계로 지적할 수도 있을 것이다. 하지만 이 작품이 식민지 현실의 부정적 성격을 지적하고 있다는 점, 조선의 현실이 '구더기가 들끓는 무덤'이라고 절규할 정도 조선인들이 더 이상 감내하기 어려운 사정과 분위기를 드러내고 있다는 점, 계몽주의자들과는 달리 근대문명의 수용보다 중요한 것이 국권의 회복이라는 점을 암시하고 있다는 점에서 이인화를 통해 제시하는 이 작품의 방향성은 소극적으로나마 역사적 정합성을 확보하고 있다고 본다.

2-3. 현진건의 비판적 리얼리즘 소설

염상섭이 전형성을 지닌 지식인을 형상화하였다면 현진건은 주로 전형성을 지닌 민중계층 인물들을 주로 그려 내었다. 「운수 좋은 날」을 통해서는 아무리 노력해도 절대적 빈곤을 벗어나기 어려운 도시 빈민을, 「고향」에서는 토지조사사업 이후에 경작지를 상실하고 일본과 간도 등지를 떠돌며 노동으로 연명하는 유랑민을, 「정조와 약가(藥價)」에서는 남편을 살리기 위해서 자신의 정조를 의사에게 어쩔 수 없이 제공해야 했던 빈농의 아내를 그리고 있다.

1924년에 발표된 농촌으로부터 이주했을 것으로 추정되는 인력거군인 김첨지를 전형적 인물로 설정하고 있다. 김첨지는 아내에게 말을 함부로 하고 거칠게 행동하지만 가장으로서의 책임감도 강하고 가족애도 누구 못지않게 깊다는 점에서 확실한 개성을 지니고 있다. 동시에 그는 도시 빈민으로서의 보편성, 그리고 부정적 전망을 제시하는 방향성 등을 모두 갖추고 있다는 점에서 전형적 인물에 해당한다.

또한 이 작품에 제시하는 상황 역시 전형적 상황이라 할 수 있다. 전형적 상황을 창조하기 위해 작가는 주인공을 극한 상황으로 내모는 한편, 우연인 듯 벌어지는 사건들에 대해 사회적 차원에서의 필연성을 부여하고 있다.[4] 김첨지는 바로 전날까지 벌이가 시원치 않아서 거의 굶다시피하였다. 하지만 '눈이 올 듯하다가 비가 추적추적 내리던' 이날은 벌이가 좋았다. 차가운 비가 내리는 궂은 날씨 때문에 타려는 손님이 많았으며, 평소보다 삯을 높게 불러도 그 가격

---

4 객관현실은 끊임없이 변화하고 일정한 목표를 향해 발전해 나가는 현실이다. 더 중요한 것은 현실의 이러한 움직임이 우연성의 개입에 의해 자의적으로 이루어지는 것이 아니라 내적 필연성의 법칙에 의해 가동되고 있다는 사실이다. 현실에 대한 정확한 인식은 따라서 사물의 외양이 아니라, 현실의 근저에 있는 이 필연성의 법칙을 의식 속에 반영하는 것에 다름 아니다.
오민석, 앞의 책, 135쪽.

이 몇몇 사람에게 통했기 때문이다. 이날의 높은 수입은 따라서 우연이 아니다. 아내의 죽음이 임박했다는 것을 알고 있기에 누구보다 절박했던 김첨지는 다른 인력거꾼들이 몸을 사리는 상황에서 더욱 열심히 인력거를 끌었기 때문에 돈을 더 잘 벌 수 있었던 것이다.

아내가 하필 이날 죽은 것 역시 우연스러운 사건만은 아니다. 사흘간 굶었다가 갑자기 먹을 양식이 생기자 급하게 먹고 체한 것이 점차 큰병이 되어 결국 사망에 이르게 된 것이다. 만일 정상적으로 끼니를 거르지 않고 식사를 하였거나 병세가 그리 중하지 않았을 때 제대로 치료를 받았더라면 아내가 이날 죽지 않을 수도 있었을 것이다. 이처럼 이 작품에서 제시되고 있는 사건들은 언뜻 우연히 일어난 듯 보이지만 한계상황을 살아가던 빈민들에 대한 사회적 보호 장치가 미처 마련되지 않았던 "현실의 근저에 자리잡고 있는 본질적 모순"에 의해 필연적으로 발생할 수밖에 없었던 사건들이기 때문에 '전형적 상황'이라 할 수 있는 것이다.

김첨지는 민중계층에 속하고 병이 귀신의 농간이라고 믿을 정도의 무지한 인물이지만 나병철이 지적한 바와 같이 무의식적으로 사회적 모순에 저항하거나 적대감을 지니고 있는 인물이다. 치삼이라는 친구와 설렁탕집에서 막걸리를 마시며 돈을 집어 던지는 행동이 바로 그것이다. 겉으로는 태연한 척하였지만, 그 역시 가난으로 인해 아내가 죽을 수밖에 없다는 사실은 알고 있기 때문이다. 이처럼 김첨지는 강한 개성을 지니고 있음과 동시에 삶과 죽음의 경계에서 위태롭게 살아가던 당시의 도시 빈민들을 대표하고 있다. 또 민중들이 아무리 열심히 일을 하고 심지어 운마저 좋아도 죽음을 면할 수 없는 사회적 모순이 해결되어야 함을 역으로 제시하고 있다는 점에서 분명한 역사적 방향성을 지니고 있는 인물이기도 하다.

현진건의 「고향」은 1926년에 간행된 작품집 『조선의 얼굴』에 수록된 마지막 작품이다. 다른 작품들은 연재의 과정을 거쳤지만 이 작품만 유독 작품집에 처음 실렸다. 또한 이 작품집이 일제 총독부에 의해 판매 금지 처분을 받은 것도 아마도 「고향」의 내용 때문일 것으로 추정된다.

「고향」은 액자소설의 형태를 취하고 있다. 이러한 형태는 「배따라기」처럼 작품에 구조적 완결성을 부여하고, 사실감을 강화해 준다. 「배따라기」에서는 그러나 액자 바깥의 화자와 액자 안의 주인공 사내와의 교감은 충분히 이루어지지 않았다. 반면에 「고향」에서 액자 바깥의 화자인 지식인은 액자 안의 주인공 사내와 충분히 교감하며 민족적 연대감을 느낀다. 함께 일제 강점기 민중의 고달픈 삶이 반영된 '신아리랑'을 부르는 이유가 바로 여기에 있다.

이 작품의 주인공은 일제 강점기 이전에 역둔토를 부치다가 강제 합병 이후 이 땅이 토지조사사업 과정에서 일제의 동양척식회사 소유로 전환되면서 경작지를 잃은 인물이다. 삶의 근거를 상실한 주인공은 일본이나 간도 등지를 방랑하며 노동자 생활로 연명할 수밖에 없게 된다. 그의 약혼녀 역시 정혼자가 사라진 이후 첩과 윤락녀 생활을 전전하며 피폐한 삶을 살게 된다. 이처럼 행복하게 살 수도 있었던 두 남녀가 불행하게 된 것은 전적으로 일제의 국권 강탈과 토지조사사업을 악용한 토지 수탈 때문이다. 「운수 좋은 날」이 계급적 모순에 초점을 맞추었다면 이 작품은 계급적 모순과 민족적 모순을 함께 다루고 있다.

　이처럼 현진건의 작품들에 등장하는 인물들과 제시되는 상황들은 모두 전형성을 지니고 있다. 현진건은 다른 작가들보다 훨씬 예리한 각도에서 계급적 모순과 함께 민족적 모순을 드러내었기 때문에 일제의 주목을 받았다. 결국 그는 일체의 창작 활동을 중단하고 일장기 말살 사건으로 사회부장으로 근무하던 『동아일보』에서 강제 퇴사당할 때까지 언론인으로서 살아가게 된다.

소설 읽기와
스토리텔링

1930년대 리얼리즘 소설에 나타난 문학적 대응 양상
―『삼대』와『고향』을 중심으로

3-1. 1930년대 현실 상황과 리얼리즘 소설

코민테른 6차회의(1928)에서 발표된 12월 테제는 당시 한국 경제의 주요 부문은 모두 일본 금융 자본의 수중에 있음을 지적하고 있다.[5] 안병직은 또한 일본의 상품 및 자본 투자시장으로서의 한국은 일본에서 창조된 잉여가치 실현 시장으로서 기능하고 있으며, 일본

---

5 정재훈·홍순권,『사료로 본 한국근현대사』. 동아대출판부, 1992. 287~288쪽 참조. 코민테른 12월 테제는 1928년 당시 식민지 조선의 정세를 정확히 분석하고 조선 사회주의 운동의 방향을 제시한 문건으로 알려져 있다. 실제로 카프의 볼셰비키적 문예대중화론은 이 문건의 영향하에서 전개되었다. 이 문건은 특히 조선 농민의 매우 열악했던 처지를 다음과 같이 표현하고 있다.
"일본에 대한 조선의 주요 임무는 일본에 쌀과 시장을 제공하는 것이었다. 조선 대중은 쌀을 일본에 수출함에도 불구하고 더욱 열악한 식생활을 영위하고 있었다. 일제는 경제적인 방법뿐만 아니라 조세, 관세, 소비세, 전매 이윤 등 각종 수단으로 한국 내 대부분의 재화를 흡수하는 경제외적 방법으로 한국을 착취하였다."

의 식량 및 원료공급지로서의 한국은 창조된 잉여가치가 일본으로
유출되는 현상을 분석한 바 있다. 그는 일본 자본가에 의한 한국 자
연 자원 및 생산 수단의 지배, 잉여가치의 착취 과정, 바로 이것이 한
국 식민지의 역사라고 규정하였다.[6]

　1930년대에 이르러 일제는 만주 침략을 개시하면서 한국을 대륙
침략 병참기지로 삼았다. 한반도의 모든 인적·물적 자원을 그들의
침략전쟁 수행을 위해 동원한 것이다.[7] 이에 따라 중화학공업시설은
증가하고 노동자도 증가했지만, 노동조건은 더욱 악화되었다. 특히
'만주사변'이후 일본의 침략전쟁이 본격화하고 파쇼 체제가 강화됨
에 따라 노동단체의 집회나 강연회 등이 금지되고 노동쟁의도 철저
히 저지당했으며 노동단체는 강제 해산되었다.[8]

　한편 이 시기에 일제는 한국에 대한 지배와 수탈을 용이하게 만드
는 방편으로 외세 주도 하의 근대화를 반강제적으로 진행하였다. 그
때까지도 봉건성이 강하게 남아 있었던 한국 사회는 근대적인 자본
주의 사회 형태로 급격히 재편되어 갔다. 기독교가 보급되고 서구적
가치관이 확산되어 기독교식 평등사상이나 개인 중심적 가치관이
급속하게 파급됨으로써 사회적 갈등이 야기되었다.[9] 1920년대 이후
한국에 본격적으로 유입되어 성장하던 사회주의 세력은 일제의 탄

　6 안병직, "일본식민통치의 경제적 유산," 『한국근대민족운동사』, 돌배개, 1980.
　　253쪽.

　7 한국역사연구회, 『한국역사』, 역사비평사. 1993.315~333쪽 참조.

　8 강만길, 『한국현대사』, 창작과 비평사. 1993. 64쪽.

　9 최재석, 『한국가족연구』, 일지사. 1990. 371~393쪽 참조.

압과 감시를 피해 지하로 숨어들어 활동하게 된다.

이처럼 일제의 약탈과 사상 탄압이 가속화되고 다양한 가치관과 이념이 민족 내부의 갈등과 대립을 유발하던 이 시기에 한국문학은 역설적으로 다양하고 성숙한 면모를 보인다. 문학운동, 유파운동, 문예사조 등의 해외로부터의 유입이 다변화되었을 뿐만 아니라 그 활동들이 전개되는 각종 매체가 늘어나고 발표되는 작품 수도 훨씬 늘어났다. 뿐만 아니라 문학 작품의 질적인 측면에서도 리얼리즘과 모더니즘, 그리고 풍자·해학소설에 이르기까지 내용과 형식상의 비약적인 발전이 이루어진다.[10]

특히 1930년대에 리얼리즘 문학이 거둔 결실은 다른 어느 시기보다 풍요롭다. 염상섭의『삼대』,『무화과』, 이기영의『서화』,『고향』, 『봄』, 한설야의『황혼』과『탑』, 채만식의『탁류』와『태평천하』, 김남천의『대하』, 홍명희의『林巨正』등 이루 헤아릴 수 없을 정도이다.

1930년대 리얼리즘 소설은 임화의 '사회주의 리얼리즘론'과 김남천의 '비판적 리얼리즘론'이 대립하는 가운데 '문학의 혁명성·정치성을 견지하고자 한 작품'과 '기본적으로 예술적 형상의 인식적 가치에 신뢰를 둔 작품군'으로 크게 나뉜다. 최유찬은 "각각의 작품군은 '프로문학의 독자적인 질'을 확보하려는 지향과 '사회현실의 총체적 인식'을 추구하는 지향이라는 상이한 지향성을 내포하게 되며, 『고향』과『황혼』이 전자에『삼대』,『탁류』,『태평천하』가 후자에 해

---

10 최유찬, "1930년대 한국문학 개관,"『1930년대 민족문학의 인식』, 한길사, 1990. 13쪽.

당한다"고 하였다.[11]

이 글에서는 염상섭의 『삼대』(1931), 이기영의 『고향』(1934)을 중심으로 1930년대 리얼리즘 작가들이 각각 비판적 리얼리즘과 사회주의 리얼리즘의 방식으로 식민지 현실에 문학적으로 대응했던 양상을 살피고자 한다. 연구자들에 의해 이 두 작품은 일제 강점기 전체를 통해 문학적으로 높이 평가되는 작품이며 제각기 비카프계열과 카프 계열을 대표하는 작품으로 평가되기도 한다.[12]

두 작품을 분석하는 틀로서는 '대화 이론(다성성 이론)'이 주로 원용될 것이다. 대화성 개념을 정립한 이는 러시아의 학자 미하일 바흐찐이다 그는 모든 말은 응답을 지향하기 때문에 그것이 기대하는 응답의 심대한 영향력에서 벗어나지 못한다고 하였다. 실제 대화 속의 말은 그 말에 뒤따라 나올 응답을 직접적으로 드러내놓고 지향하게 되며, 그것은 응답할 말을 유발하고 예견하며 그 말의 방향에 맞춰 스스로 구성한다. 말이란 그 대상을 두고 앞서 한 말들이 빚어내는 환경 속에서 형성되는 것이기도 하지만, 동시에 아직 말해지지는 않았지만 '앞으로 응답으로 나올 말들'이 '발화자에게 요구하고 기대하는 내용'에 의해 결정되기도 하는 것으로 미하일 바흐찐은 보고 있다.[13]

---

11 최유찬, 위의 논문, 위의 책, 16쪽.

12 이 두 작가는 특히 해방기에 남북한에서 우수한 작품을 남겼다. 염상섭은 『효풍』을 통해 당시 좌우 대립 양상과 분단 고착화 현상을 그리는 한편, 전쟁의 발발을 경고하였다. 이기영은 북한에서의 토지 개혁 과정을 그린 『땅』을 발표하였다. 이와 같은 현실 인식은 해방 후에 갑자기 생긴 것이라기보다는 해방 전부터 형성된 날카로운 현실 인식과 문학적 대응 방식의 연장선상에서 출현 가능했던 것으로 보인다.

13 미하일 바흐찐, 전승희 외 옮김, 『장편소설과 민중언어』, 창작과비평사, 1988. 88~89쪽.

미하일 바흐찐에 의하면 모든 발언은 단일언어(그 구심적 힘과 경향)에 참여하며, 동시에 사회·역사적인 언어적 다양성(그 원심적이고 분리적인 힘)을 공유한다. 이 같은 사실은 어느 하루, 어느 한 시대, 어떤 한 사회 집단이나 장르나 유파의 어떤 한순간의 언어에도 적용된다. 따라서 어떤 발언이든 일단 살아 있는 언어 내부의 갈등하는 두 경향 사이의 모순적이고 긴장된 통일임이 밝혀질 때라야만 그에 대한 구체적이고 세부적인 분석도 가능해진다.[14]

이 논문에서는 이와 같은 미하일 바흐찐의 대화 이론에 힘입어 두 작품에 등장하는 인물들의 언어나 의식이 타자의 언어에 대해 얼마나 개방적이거나 폐쇄적인지, 혹은 타자성의 인식을 통해 의식의 전복(顚覆)이나 자아의 발견이 활발히 이루어지는지, 그리고 나아가 타자성을 통해 얻은 깨달음을 실천의 영역으로까지 옮겨가고 있는지 등을 집중적으로 분석하고자 한다.

물론 두 작품에 대해 그동안 역량 있는 연구자들에 의해 대단히 치밀하고도 심도깊은 연구가 진행되어 온 것이 사실이다. 그러나 대부분의 연구가 스토리 위주의 분석에 치중하고 있다. 우한용, 김종욱, 나병철, 선주승 등에 의해 『삼대』의 대화성에 관한 연구는 상당

담론의 주체가 행하는 모든 구체적 발언은 구심적 힘들과 원심적 힘들이 동시에 작용을 가하는 지점이다. 중심화와 탈중심화, 통일과 분열의 과정이 발언 속에서 교차하는 것이다. 발언은 언어가 언술행위의 개인적 구현으로서 요구하는 바에 응할 뿐만 아니라, 언어적 다양성의 요구에도 응하는 것이다.

14 같은 주제를 두고 행해진 다른 구체적 발언들, 즉 상호모순적인 견해나 관점, 가치판단들을 배경으로 이해되는 것이며, 이러한 배경이야말로 모든 말과 그 대상 사이의 통로를 복잡하게 만드는 요인인 것이다.
미하일 바흐찐, 위의 책, 79쪽.

히 진전되었지만, 상대적으로『고향』의 대화성 연구는 거의 이루어지지 않은 편이다.

『고향』이 일정하게 다른 카프 소설과 확연히 구별될 정도로 예술성을 확보한 작품으로 평가된 것은 이 작품이 나름대로 대화성을 지니고 있기 때문으로 볼 수 있다. 두 작품은 대화성의 측면에서도 일정한 성취를 거두고 있으면서도 그 대화성 자체가 완전치 못함으로 인해 그 한계를 노출하고 있다.

이 글에서는 대화성을 중심으로 작품을 분석하여 일제 강점기 최고의 작품으로 평가되는 두 작품의 성취와 한계를 논하고 아울러 이들이 가장 중요한 1930년대 문학 주도층의 한 사람으로서 지녔던 소망과 겪어야 했던 고뇌와 갈등을 추적해 보고자 한다.

3-2.『삼대』의 소극적 대화성

일찍이『삼대』의 대화성에 주목한 학자로는 나병철을 들 수 있다. 나병철은 이 작품의 양대 축인 조덕기와 김병화가 끝까지 자신의 생각을 굽히지 않지만 그런 중에 그 신념을 배반하는 또 다른 자기를 발견하는 것으로 보았다. 그들의 관념을 스스로 전복시키는 무의식적 자아는 타인들의 말이 대화적으로 침투하는 과정에서 나타난다는 것이다.[15] 나병철에 의하면 이 작품에서 대화성이 가장 돋보이는

---

15 나병철,『한국문학의 근대성과 탈근대성』, 문예출판사, 1996. 331쪽.

부분은 덕기와 필순의 관계가 진전되는 장면이다.

　　덕기의 신념은 '돈 없는 덕기'로서 양심적인 지식인이 되는 것이지
만 그는 그 신념을 현실화하기 위해 '돈 있는 덕기'인 부르주아가 되지
않을 수 없다. 그리고 의식적으로 부정하지만 보다 더 현실적인 그 내
면의 자아가 덕기의 신념을 무너뜨리는 것이다. 이처럼 자신의 신념과
모순되는 한결 더 현실적인 자신을 발견함으로써, 덕기는 그 숨겨진
자아를 들춰내는 타자의 말들과 싸우는 동시에, 끝내 부인하고 싶은
자기 자신과도 싸우게 된다. 표면적으로 덕기의 도의적 이념이 소설을
말미를 장식하지만(개작본), 그보다는 그 이념을 끝없이 전복시키는
타인의 말들을 통해, 그리고 그 말들이 누적하는 은폐된 자아와의 싸
움을 통해, 덕기는 자신도 모르게 역사적 현실의 장에 서게 된다.[16]

　　나병철의『삼대』의 대화성에 대한 분석은 이와 같은 미하일 바흐찐
의 이론을 적절히 원용한 견해로 인정된다. 그러나 이 작품의 대화성
은 좀 더 폭넓게 논의될 수 있다고 본다. 바흐찐에 의하면 '소설적 혼
성'은 서로 다른 언어들을 다른 언어와 접촉하기 위하여 예술적으로
조직된 체계, 다른 언어로 한 언어를 조명하는 것을 목적으로 가지고
있는 체계, 다른 언어의 살아있는 이미지를 개척해 내는 세계이다.[17]

---

15 나병철은 이 책에서 타자의 말로 구성된 내면의 자아는 관념의 성을 해체하고 그
　　너머로 역사적·물질적 현실을 보여준다고 지적하고 있다.
16 나병철, 위의 책, 345쪽.
17 오민석, 앞의 책, 115쪽.

또한『삼대』의 대화성을 분석함에 있어서 '텍스트 내적 대화성'에 국한에서 작품의 대화성을 고려하기보다는 '텍스트 외적 대화성'을 아울러 고찰할 필요가 있다. 텍스트 내 분석도 중요하지만, 염상섭의 다른 작품, 특히 이 작품의 후속작인『무화과』와의 상호텍스트성을 고찰하는 한편, 당대 상황 및 독자들과 맺고 있는 작품의 대화성이 아울러 논의된다면『삼대』의 문학적 가치를 보다 구체적으로 규명할 수 있을 것이다.

3-2-1. 세대 간의 갈등과 가족주의

이 작품의 제1세대에 해당하는 조의관은 '을사조약 한창 통에 이만 냥'을 들여 의관 벼슬을 사고 한일합병 후에는 일제에 붙어 '정총대(지금의 동장)'을 지내는 등의 지위를 확보하여 치부를 발판으로 삼는다. 그러나 그는 노년에 들어 20만 냥이라는 거금을 들여 거짓 양반 족보를 만들고 조상들의 산소를 다시 꾸민다.

식민지 자본주의 체제가 출범한 지 20년이 지난 시점에서 조의관이 양반의 지위나 표상에 집착하는 행위는 사실 1930년대라는 시간적 배경과 어울리지 않는다. 그는 당시의 정치·경제적 상황에 적절히 대응하여 부를 축적하였음에도 불구하고 사회적으로 인정받을 수 없었다. 따라서 조의관은 돈으로 자본주의 체제에 필요한 조건을 우선 갖추고 거짓 족보와 사들인 벼슬로 가문을 치장하였다.

당시의 자본가들은 부자가 되는 것만으로는 만족을 얻지 못하였다. 그것은 부자라는 것 자체가 자연스레 매판적 성격을 띠고 있었기 때문에 그리 명예스러울 수 없었기 때문이다. 당시 대부분의 자본가들은 자본을 축적하는 과정에서 불가피하게 일제에 협력하거나 동조할 수밖에 없었다.[18] 돈을 이처럼 떳떳하게 벌지 못했기 때문에 이들은 부를 축적한 이후에는 구 시대의 표상인 양반의 지위나 상징에 집착하였던 것으로 보인다.

당시 체제는 본질적으로 '식민지 반(半)봉건적 성격'을 띠고 있었다. 한 나라의 주권을 박탈하고 그 민족을 억압하는 관계는 전근대적인 것이기 때문이다. 일제가 강제 합병 이후에 이 왕가나 양반들에 대해 유화적인 태도를 취한 것은 이런 맥락에서 이해할 수 있다. 또한 일제는 농민들의 경작권은 인정하지 않고 지주들의 토지 소유권만이 인정함으로써 '소작권 이동권'과 같은 과도한 권한을 지주들이 행사할 수 있게 하였다. 이처럼 합병 이후에도 존재하던 양반 계급에 대한 총독부의 예우와 배려는 조의관과 같이 한미한 집안 출신으로서 부를 축적한 이들로 하여금 치산이나 거짓 족보 꾸미기에 돈을 쓰게끔 유도하였다.

2대째 인물인 조상훈은 2년 동안 미국유학을 다녀온 근대 엘리트이며 민족지사이자 기독교 신자이다. 그는 합리주의적 사고를 바탕으로 조의관의 허위 족보 제작이나 치산 등 거짓으로 명문가 만들기 행위를 시대착오적이며 '무의미한 재산 낭비'라고 판단한다. 그 대신에 조상훈은 교육사업, 도서관 사업, 조선어자전 편찬 사업 등과

---

18 이 작품에서도 조의관은 식민지 시대에 정총대를 지니고, 경찰 간부들과도 상당한 친교를 맺고 있었던 것으로 그려지고 있다.

같이 국가과 민족을 위한 공익 사업에 관심을 기울일 것을 주장한다.[19]

상훈은 조의관과는 달리 가족을 절대적 가치를 가지는 존재로 인식하지 않고 사회를 후원 내지 보좌하는 기능을 가지는 단위로 인식한다. 이러한 상훈의 태도는 미국유학 경험과 기독교 사상의 영향으로 자연스럽게 지니게 된 근대적 가치관에서 비롯된 것이다.

그러나 상훈은 정치적으로 제 활로를 찾지 못한 채 타락과 방종의 길로 들어서고 만다. 상훈은 합리주의적 세계관에 입각하여 조의관의 폐쇄적·형식적 가족주의에 적절한 비판을 가한다. 만일 국권을 상실하지 않았더라면 상훈 역시 그처럼 쉽게 허물어지지 않았을 것이다. 교육 사업과 종교 활동으로 정치적 허무함을 극복하였지만, 홍경애라는 젊은 육체의 소유자 앞에서 상훈은 무력하게 무너지고 만다. 그는 부친처럼 스스로 이룩한 부를 지니고 있지 못한 데다가 자신의 욕망을 조절하고 통제할 수 있는 도덕성마저 부족하였다.[20]

조의관이 시대착오적으로 양반 지위와 표상에 집착했던 배경과 이유를 파악하는 것이 중요했듯이, 조상훈이 한때는 서구적 합리주

---

19 장미영, 「한국근대가족소설연구」, 전북대박사논문, 1997. 37쪽.
19 장미영은 이 논문에서 "가문 만들기나 봉제사를 거부하면서 여자와 술, 노름에 빠져 돈을 낭비하는 조상훈은 조의관의 편에서 볼 때 가문의 보존과 번영에 위협적 인물일 뿐이다. 이와 같이 조의관이 가족원들을 상대로 막강하게 휘두르는 가부장적 권위의 배후에는 전근대적인 가족주의가 자리하고 있다"고 하였다.
20 김윤식, 『염상섭연구』, 서울대출판부. 1987. 513~516쪽 참조.
20 김윤식은 "근대적 삶이란 재산에 대한 생각이 핏줄이라든가 사랑보다 훨씬 큰 비중을 가져 인간을 행동케 하는 것"이라고 하며, 『삼대』가 이와 같은 근대적 삶의 양식을 잘 반영하였다고 지적하고 있다.

의를 바탕으로 시대를 이끌어 나갔던 선각자요 지사였음에도 불구하고 그를 도덕적으로 허물어져 가는 인물로 그린 작가의 의도를 파악하는 것 또한 중요하다.

작품의 맥락으로 보아 조의관 식의 가족주의는 다음 세대에 의해 반드시 지양되어야 했다. 따라서 합리적 세계관으로 무장한 상훈의 조의관에 대한 공격은 정당하며 그의 등장은 우리 민족을 위해서도 누군가는 했어야 할 일들이 아닐 수 없다. 조상훈은 부친처럼 신분적 열등감을 지니고 있지 않았고, 치산이나 벼슬 사들이기, 족보 꾸미기(작품에는 조의관의 3대 오입이라고 표현되어 있다)와 같은 허례허식에 매달리지 않았다. 그는 젊은 시절에는 일제에 협력하지 않고 독립투사와 교제하며 공익사업에 참여하고 조선의 봉건적 모순을 극복하려 하였기 때문에 긍정적인 면모를 나름대로 지녔던 인물이다.

이처럼 조의관 세대(봉건 세대)는 반드시 조상훈 세대(개화 세대, 계몽운동가)에 의해 극복되어야 했음에도 불구하고 상훈이 경제적으로 독립하지 못하고 초심을 잃은 데다가 도덕성마저 무너지는 바람에 조의관은 여전히 집 안팎에서 절대적 강자로 군림한다. 도덕적 해이에 따른 상훈의 몰락은 개인적인 차원에서뿐만 아니라 민족적인 차원에서도 매우 불행한 일이 아닐 수 없다. 조의관이 상훈을 가문으로부터 사실상 파문하고, 상훈 자신도 정치적 활로를 찾지 못한 채 방탕의 길로 들어서는 것은 1930년대에도 구시대의 낡은 관념과 의식이 완전히 청산되지 못한 것과 근대 부르주아계몽주의자들이 타락해 가는 양태를 정확히 반영하고 있다.

덕기는 조의관처럼 현재의 가족을 유지하고 그것을 위한 가족 구성원으로서 역할이나 도리를 중시하는 점에서 조상훈보다 오히려 진보적이지 않다. 그는 부친 못지않게 합리주의적 세계관을 지녔음에도 불구하고 일단 조부의 뜻을 거스르지 않는다.[21] 부친이 그 시대를 지배하던 자본주의적인 경제 체제에 적응하지 못하고 가족으로부터 버림받는 바람에 몰락하는 과정을 지켜본 덕기는 일단 조부와 원만한 관계를 유지함으로써 돈을 확보하고 가족주의적 세계관을 자기 나름대로 수정하여 이어가려 한 것으로 보인다. (작가는 '돈'과 '가족'은 어느 시대, 어느 장소에서도 변치 않는 가치라는 의미의 '근거'라고 표현하고 있다.)

3-2-2. 조덕기의 개방적 태도와 소극적 대화성

덕기의 이러한 처세 방식을 영악하다고 할 수는 있을지언정 그다지 바람직한 것으로 보기는 어렵다. 그럼에도 불구하고 이 작품이 덕기 중심으로 전개될 수 있었던 것은 그의 개방적인 태도 때문이다. 나병철이 지적한 바와 같이 그의 언어는 늘 타자를 향해 열려 있으며 타자의 생각과 감정을 존중하는 가운데 자신의 인도주의적 이념

---

21 조의관이 70이 가까운 나이에 수원댁을 통해 아들을 얻으려 했음은 덕기를 전폭적으로 신뢰하지 않았음을 시사한다. 조의관은 특유의 날카로운 감각으로 덕기가 진심으로 자신의 뜻에 따르기보다는 일단 눈 밖에 나지 않기 위해 마지못해 따르는 척하는 것임을 간파한 것으로 보인다. 『삼대』의 후속작인 『무화과』에 가면 이와 같은 조의관이 생각이 기우만은 아니었음이 밝혀진다. 조덕기와 동일 인물로 보이는 이원영은 사당을 잘 지키지 않을 뿐 아니라, 금고마저 제대로 지키지 못하여 파산 지경에까지 이른다.

을 전복해 간다. 그는 이미 자신과는 노선을 크게 달리하고 있는 김병화를 비롯한 사회주의자와 절연하지 않고 심지어 도와주기까지 하며, 조부의 뜻을 존중하고 부친을 멀리하지도 않는다.

그는 조부처럼 경제력이나 사회적 영향력도 없고, 부친처럼 봉건적 인습에 과감하게 맞서지 않으며, 병화처럼 실천적으로 일제에 맞서지 않는다. 그럼에도 불구하고 조부의 유산을 대부분 물려받고, 상훈처럼 도덕적으로 무너지지 않으며, 곤경에 빠진 사회주의자들을 실질적으로 돕는다. 덕기는 개인적으로는 그 누구보다 뛰어나지 않지만, 그 나름의 열린 사고와 원만한 인간관계로 인하여 나름대로 다른 사람에게 필요한 존재로 인정받고 가치 있는 일에 참여하기도 하는 것이다.

한편 김재용은 『삼대』가 1926년 이후 전개된 신간회 운동이 지향했던 바와 무관하지 않음을 지적한 바 있다.

『삼대』는 당시의 부르조아 세력과 사회주의 운동가들에 대해 매우 비판적인 시각을 가지며 이들과는 다른 방식의 새로운 삶을 추구하려고 하는 사람에게 커다란 희망을 걸고 있다. 식민지화된 조건 속에서 오로지 자신의 안녕만 염두에 두고 그 외에는 아무런 관심도 두지 않는 부르주아지들의 행태뿐만 아니라 혁명에 대한 열정으로 들떠 있지만 민족 문제에 대한 인식을 결하고 있는 것이다. 그런데 이들에 대한 비판에 이어 새로운 사회를 만들어 나갈 주체에 대해 그는 막연한 이상 외에 그 무엇도 보여주지 못하고 있다. 이 점은 덕기와 필순에 대해 작가가 이렇다 할 구체적 모습을 보여주지 못하는 데서 잘 드러난다.

그런 점에서 『삼대』는 한편으로는 당시 **신간회의 지향에 같이 하면서** 그 사회에 대한 비판을 하고 있지만, 다른 한편으로는 당시 민족운동 의 쇠잔과 무관하지 않게 막연함을 감추지 못하고 있다.[22]

이에 비해 장미영은 조의관의 가족주의는 축재와 부도덕성으로 힘을 잃어가고 역사의식 내지 사회의식이 결여되어 반사회적으로 나아가는 반면, '산해진' 같은 반체제적 아지트를 구축하는 김병화 는 도덕적·정신적 힘이 증대되어 조의관 가족과 대척적인 위치에 놓 여 있다고 하였다.[23]

덕기의 태도는 과거 의식으로의 후퇴를 통해 현실에 안주하려는 소극적이고 나약한 면모를 지닌 것도 사실이지만, 민족 공동체로의 지향을 추구하는 점에서 조부의 폐쇄적인 가족주의와는 일정하게 구별되며, 부친과 마찬가지로 필순에 대한 이성간의 욕망을 느끼지 만 도덕적 정결성을 지켜나감으로써 전통적 가치관과 합리주의적 세계관을 적절히 조정해 나간다.

덕기는 사회운동가인 필순의 아버지나 김병화, 장훈, 피혁 등 '주 의자'들의 독립운동에 동조하는 것으로 그려져 있다. 이는 김재용이 위에서 지적한 대로 신간회의 민족적 차원에서 연대를 모색하려는 흐름과 궤를 같이하는 것이다. 그러나 가족을 우선하는 덕기로서 이 들과는 유대는 동정자(sympathizer)적 수준에서 더 나아가지 못한

---

22 김재용, 「염상섭과 민족의식」, 『염상섭문학의 재조명』, 문학사와 비평연구회, 새 미출판사, 1998. 115~116쪽.

23 장미영, 앞의 논문, 46쪽 참조.

다. 민족공동체를 차원으로까지 고양되는 대신, 일제의 침략 논리에
흡수될 운명에 처한다. 현실적·세속적인 것에 그칠 뿐, 시대 인식에
투철하지 못한 한계를 지닌다. 이에 따라『삼대』의 대화성은 '소극
적 대화성'의 수준에 머물고 마는 것이다.

3-3.『고향』의 이중적 성격

이기영의『고향』은 1933~1934년에 조선일보에 연재된 작품이다.
이 작품은 사회주의 담론과 예술의 영향력이 뚜렷한 시기에 창작된
작품으로, 프롤레타리아의 미적 요구에 부응한 대표적인 작품이
다.[24] 또한『고향』은 1920년대 이래 한국에서 전개된 노동계급운동
의 전개에 상응하여 '계급적인 적대감, 부르주아에 대한 폭로, 사회
주의 사상의 주장, 결합된 노동자의 힘등을 지배적 한 특징'으로 하
는 사회주의 문학 내지는 프롤레타리아 문학은 정형적 경향성을 대
표하는 소설로 평가되고 있다.

3-3-1.『고향』의 '비판 정신'과 대화적 성격

모두 38개의 장절(章節)로 이루어진 이 작품은 1920년대 가난한
소작인 마을 원터를 배경으로 하여 안승학, 권상철로 대표되는 지배

---

24 이재선,『현대소설의 서사시학』. 학연사. 2002. 153쪽.

계급과 김희준, 김선달, 인동 등으로 대표되는 농민 계급과의 대립
과 갈등 양상을 포착하고 있다.

원터 마을에는 문명과 산업을 표상하는 철도가 놓이고 그 이웃에
제사공장이 들어서는 등 외양적 근대화가 지속적으로 진행된다. 하
지만 그것은 식민지 지배 체제의 생산 양식과 침투와 지배의 확산
현상일 뿐, 원터 마을의 생존 조건 자체는 오히려 열악해진다. 따라
서 '원터'는 단순한 지명이기보다는 식민지화가 진행되는 조선사회
의 공간화와 축도로서의 의미를 지닌다.[25]

김남천은 김희준의 약점들을 작가가 적나라하게 드러내 보임으
로써 그 이전 소설에서의 인물들과는 다르게 인물이 생동감을 얻는
다고 분석했다. 김남천은 김희준이 '적극적 인텔리겐챠의 전형'이
라고 하였으며, 또한 작가는 '가면 박탈'을 용감하게 감행함으로써
김희준을 개성화한 반면, 안갑숙의 경우는 이상화되었다고 비판하
였다.[26]

김남천의 견해를 일부 수긍하면서도 이상경은, "『고향』에서 김희
준의 약점은 단지 추상적인 일신상의 문제로만 제기되고 있는 것은
아니다. 그것은 봉건적인 윤리 도덕의 잔재와 지식인들이 지녔던 소
극성과의 투쟁을 거치면서 매개적 인물로 성장하게 되는 과정을 드
러내기 위한 것이다. 김희준의 약점은 선천적인 것이 아니라 그가
원터 마을에서 자기 사업을 전개해 가면서 난관에 부딪칠 때 그 난

---

25 이재선, 위의 책, 156쪽.
26 김남천, 「지식계급 전형의 창조와 《고향》 주인공에 대한 감상」, 《조선중앙일보》
1935.6.28~7.4

관을 뚫고 나가기 위해 자기 비판하는 과정에서 약점이 폭로되는 것
이며 그 비판 과정을 통해 약점을 극복해 나간다."라고 하며 이의를
제기한 바 있다.[27]

앞에서 분석한 바와 같이 『삼대』의 조덕기가 자신의 신념에 유폐
되지 않고, 타자와의 끊임없이 대화를 통해 자신을 재발견하거나 전
복해 가는 것은 사실이다. 그러나 김희준이 지닌 대화성은 자기 개
척적인 수준, 혹은 실천적인 수준으로까지 나아가지 못한다. 그의
사회적 참여는 일단 조부로부터 물려받은 금고를 지키고 가족을 보
살핀 이후에야 가능한 것이기 때문이다.[28] 이에 비해 『고향』의 김희
준은 단순히 타자의 말에 의해 의식이 전복될 뿐만 아니라, 자신을
통렬히 반성하고 새로운 길을 찾아내어 그것을 실천하는 단계로까
지 나아간다.

> 1) 희준이는 김선달에게 무슨 자기와 공통되는 것을 발견한 것 같은
> 것이 있자 심중에 진득한 생각을 갖게 하였다.
> '그렇다! 참으로 그런 자신들과 무슨 일을 할 것이냐?'
> 그는 비로소 자기의 가진 신념이 더욱 굳어지는 것을 느끼는 동시에
> 다시 한편으로 자기의 인텔리 근성을 자책하지 마지않았다.[29]

---

27 이상경, 『이기영 시대와 문학』, 풀빛출판사, 1994. 215쪽.

28 조덕기는 조부처럼 형식적인 가문의 명예에 집착하지 않지만, 가족들이 남의 입
  에 오르내리거나 지탄의 대상이 되는 것은 한사코 막는다. 그가 조부의 부첩을 반
  대하고, 자신의 토지문서를 절취한 아버지를 용서하며, 심지어 조부를 독살한 수
  원댁의 범죄 행위까지 덮으려 하는 이유가 바로 여기에 있다.

29 이기영, 『고향』, 동아출판사(한국문학대계 9), 171쪽.

2) 사실 희준이는 그동안에 마음이 트여 왔다. 그러나 그들이 너무도 자기의 속마음을 이해하지 못하는 대로 그는 점점 그들을 저주하고 싶었다.

생활은 싸움이다. 그는 어디서나 이 생각을 잊어서는 안 될 줄 알았다.

적은 자신에게도 자기 앞길을 점점 험준하여도 때로는 아득한 생각을 갖게 한다.

'내가 이 짐을 끝까지 질 수 있을까?'[30]

3) 그는 자기의 인텔리 근성을 비웃었다. 그는 가정에 있어서나 사회에 나가서나 때때로 행동에 드러났다. 왜 자기의 일직선으로 자기의 신념을 향해서 돌진하지 그는 지금 자기의 발걸음같이 어둠에서 광명을 향하면서도 전후좌우를 둘러보며 공연히 우물쭈물하고 있지 않은가!"[31]

4) 이런 생각이 들수록 희준은 자기의 의지가 박약함을 스스로 애달파했다. 그것은 원래 타고난 육체에서 생리적으로 오는 것인지는 모르나 ……"[32]

5) 그는 세계라는 무대 위에서 뒤떨어진 조선사회를 굽어볼 때 청년의 치가 끓어올라서 하루바삐 그들로 하여금 남과 같이 따라가게 하고

---

30 이기영, 위의 책, 196쪽.
31 이기영, 위의 책, 197쪽.
32 이기영, 위의 책, 198쪽.

싶었던 것이다.

그래서 누구보다도 먼저 고토의 동초를 진리의 경종으로 깨뜨리고자, 그는 나오는 길로 많은 열정을 가지로 청년회를 개혁해 보려 하였으나 완전히 실패하고 그 뒤로는 농민을 상대로 농촌개발에 전력해 왔는데, 역시 오늘날까지 이렇다 하고 내세울 만한 것이 아무것도 없었다![33]

위의 예문들은 모두 김희준이 자신의 한계를 절감하거나 반성하는 내용들을 담고 있다.

1)은 이른바 '가면 박탈의 정신'이 드러난 예문으로 흔히 인용되는 부분이다. 희준은 김선달의 청년회에 대한 비판을 새겨듣는다. 그는 비록 김선달을 비롯한 농민들을 지도하는 입장에 서있지만,『흙』의 허숭처럼 시혜적인 태도를 보이지 않는다. 오히려 1)에서처럼 농민의 말에 의해 그 동안 자신이 지녀왔던 태도를 버리고 새로운 길을 모색한다.

김희준은 지식인 위주의 청년회가 분열되어 서로 헐뜯고 비난하던 끝에 폭력 사태까지 발생하는 모습에 실망을 금치 못한다. 그러나 그는 달리 대안을 찾지 못하고 청년회 활동을 계속하다가 김선달의 말과 생각을 받아들이면서 획기적인 삶의 전기를 맞는다.

그는 자신이 몸담고 있는 청년회가 분열하고 농민들에게 실익을 가져다주지 못하는 이유가 '인텔리 근성'에서 비롯된 것임을 3)에서

---

33 이기영, 위의 책, 555~566쪽.

와 같이 깨닫고 전통적인 농민 조직인 두레로 관심을 돌린다. 두레를 조직함에 있어서 희준은 의도적으로 마름 안승학의 도움을 구한다.

안승학은 두려움과 경계의 대상이던 희준이 스스로 굽히고 자신에게 도움을 청하자 일종의 쾌감을 느끼고 선뜻 돈을 빌려준다. 승학은 자신이 악기를 구하는 돈을 대 주었기 때문에 두레를 경계하지 않고 오히려 적극적으로 지원하기까지 한다. 승학 역시 논을 부치는 입장이기 때문에 두레의 도움이 필요했던 것이다.

그러나 수재로 인해 농민들이 피해를 입고 소작료를 둘러싼 분쟁이 발생하자 승학은 두레와 맞서게 된다. 우여곡절 끝에 결국 승학은 자신이 후원한 두레 조직에게 굴복하고 만다. 이는 농민의 조직이 처음에는 노동자들의 도움을 얻어야 할 정도로 취약하게 시작하지만 일단 조직만 되면 강한 상대도 꺾을 수 있을 정도의 잠재력을 지니고 있음을 작가가 보여주려 한 것으로 보인다.

물론 두레의 힘만으로 희준과 농민들이 승학을 이기는 것은 아니다. 승학의 딸인 갑숙의 결정적인 제보에 힘입어 희준과 김선달 등이 협박하자 승학은 비로소 굴복한다. 이 부분이 신문에 연재될 당시 이기영은 감옥에 있었고 김기진이 그를 대신하여 신문사에 원고를 보낸 것으로 알려져 있다. 따라서 이기영이 직접 작품을 마무리했더라면 이 부분이 달라졌을 것이라는 견해가 있었다.

그러나 이상경은 치밀한 『고향』의 이본 연구를 통해 이 부분이 비록 김기진의 손을 빌기는 했지만, 그 작업은 '추고' 정도 수준에 불과했을 것으로 단정하고 있다. 투옥되기 전에 이기영은 이미 『고향』을 탈고한 상태에 있었고, 석방 후에 단행본을 수차례 간행하면서 얼마든지 개작할 수 있었지만, 이 부분을 크게 바꾸지 않은 것으로 보아 기본적인 이야기의 골격은 이기영 자신이 창작하였다는 것이다.[34]

이처럼 작가가 김희준과 농민의 조직인 두레만으로 승학을 굴복시킬 수 없는 것으로 그린 것은 당대의 농촌 현실을 보다 객관적으로 그리고자 했던 작가 스스로의 선택에 의한 것으로 보인다. 이른바 '타락한 방법'이 아니고는 '진정한 가치'를 추구할 수 없었던 사정을 반영하는 것이기 때문이다. 두레를 조직할 때 승학의 도움이 필요했듯이, 농민들의 뜻을 관철하기 위해서는 상대방의 약점을 이용하는 방법이 동원되어야만 했다.

비록 두레는 조직되었지만 마름과의 투쟁이 장기화되자 초조해진 농민들은 동요하기 시작하였고, 현실적으로 농민들이 생계의 위협을 겪고 있었던 상황하에서 김희준과 안갑숙의 선택은 불가피했던 것으로 보인다. 이 작품이 리얼리즘적으로 탁월한 성취를 이룬 작품으로 평가되는 이유는 다음과 같다.

첫째, 위의 인용문에서처럼 주인공 김희준이 경직된 이데올로기에 종속되어 틀에 박힌 사고나 행동을 하지 않는다는 점이다. 그는 지식인이고 지도자임에도 불구하고 고압적이거나 시혜적인 태도를 버리고 농민의 시각으로 농민의 문제를 바라보려고 노력하는 가운데 자신의 인텔리 근성을 스스로 발견하고 그것을 극복하고자 노력한다. 이에 그치지 않고 지식인이 아닌 농민들의 자생적·전통적 조직인 두레와 농민과 계급적 동지 관계인 노동자의 후원에 힘입어 문

---

34 이상경, 앞의 책, 195~201쪽 참조.

제를 실질적으로 해결하려고 노력한다.[35]

둘째, 김희준이 청년회 활동을 접고 두레를 조직하고 두레를 통해 농민의 역량을 규합해 나가고 문제가 발생하자 지주와 마름 등과 농민들이 투쟁하는 과정을 이 작품은 매우 사실적으로 그리고 있다는 점이다. 종전의 카프 계열의 작품들이 과도하게 이념성이나 정치적 당파성을 강조해보니 예술적으로 빈곤한 결과를 낳을 수밖에 없었다. 이에 비해 『고향』은 이전의 계급소설처럼 농민, 노동자가 계급적으로 각성하는 모습을 그리고, 지식인들이 매개적인 역할을 하는 모습을 그리면서도, 그 과정에서 동요하거나 시행착오를 겪는 모습을 현실감 있게 그리고 있다.

위의 인용문 중 2)는 조혼의 풍습에 따라 사랑하지도 않는 여성과 결혼한 희준이 겪는 고뇌를 담고 있는 부분이다. 희준은 아내가 죄가 없음에도 불구하고, 아내를 싫어하고 심지어 폭력을 행사하기까지 한다. 세월이 흐르고 아이도 생기면서 다소 누그러지기도 하지만 여전히 희준은 아내에게 지나치리만큼 냉정하게 대한다. 더욱이 지적이면서도 이념적 동지가 되어 나타난 갑숙으로 인해 희준은 크게 동요하며 욕망을 억제하기 위해 안간힘을 쓴다.

그런가 하면 청년회 문제, 두레 문제, 인동의 결혼 문제, 소작 쟁의 문제 등을 해결해 나가는 가운데 시행착오를 거듭하고 자신과 농민

---

35 물론 이상경의 지적처럼 김희준의 매개적 역할이 과소평가되어서도 안될 것이다. 이상경은 "안승학 같은 인물을 상대하기 위해서는 농민들의 규합된 힘이 형성되어야 하는데, 그러기 위해선 농민들의 의식을 매개하는 인물은 외부로부터 들어와야 하며 이 소설에서는 동경에서 공부하고 돌아오는 김희준에게 그 역할이 주어진다."고 하였다. (이상경, 앞의 책, 210~211쪽)

에 대해 실망하기도 하며 뜻대로 일이 풀리지 않자 낙담하기도 한다. 김남천이 지적한 바와 같이 '가면 박탈의 정신'이 빛나는 희준의 언어와 의식은 농민들 언어의 지속적인 영향을 받으며 변화하는 양상을 띠고 있다.[36]

셋째, 이 작품은 원터 마을을 소재로 하고 있으면서도 식민지 농촌의 현실을 총체적으로 그려내고 있다. 이는 작가가 농촌 사회를 지배하고 있는 갖가지 모순을 날카롭게 파헤치고 원근법에 맞게 적절히 표현하였음을 의미한다. 두레를 잘 운영하여 풍년을 구가하였음에도 불구하고 농민들이 빚잔치하기에 급급한 모습, 마을에 도로와 철도가 뚫리고 관공서나 공장 및 우편 제도와 같은 근대적 시설과 제도가 도입된 이후 오히려 종전보다 가난하게 살아가는 농민의 모습, 빚에 몰려 어쩔 수 없이 낮은 가격으로 수확물을 팔고 비싼 값에 비료와 농기구, 공산품 등을 구입하다 보니 만성 적자에 시달리고 술찌게미 등으로 식량을 해결해야 하는 모습, 소작을 유지하거나 빚을 대신 갚기 위해 마름이나 자본가에게 성상납을 해야 하는 여성

---

36 『고향』이 김희준의 형상화를 통해 거둔 문학적 성과에 대해 정호웅은 김남천의 견해에 적극 동의하며 다음과 같이 지적하였다.
"그런데 더욱 놀라운 것은 『고향』의 농민들이 매개적 인물인 희준의 계몽 대상으로만 그치는, 단지 무식한 존재가 아니라, 때로는 희준의 잘못과 허위 인식을 깨우치는 역할을 하기도 한다는 사실이다. 김선달은 유복한 집 자식들의 심심풀이에 불과한 청년회를 비판하는데, 희준은 이에 깨달아 자신의 자세를 가다듬으며 내부의 허위 의식, 곧 인델리 의식을 통렬히 비판하기에 이른다. 매개적 인물-소작 농민의 일방적인 계몽 구조가 그 도식성에서 벗어나 구체성과 탄력성을 획득하게 되는 것이다. 김남천이 작가의 "가면 박탈의 정신" 때문에 김희준의 성격 창조가 성공하였다고 지적한 것은 따라서 정당하다."
정호웅, 「농민소설의 새로운 형식」, 『이기영』. 새미출판사, 1995. 49쪽.

들의 모습, 소가 자기 밭의 콩을 뜯어먹었다고 서로 살벌하게 싸우는 모습 등, 식민지 전 기간에 걸쳐 농촌 사회를 지배하던 갖가지 모순과 참상들이 치밀하면서도 구체적으로 제시되고 있음은 이 작품이 지닌 귀중한 가치에 해당한다.

3-3-2. 『고향』의 과도한 계급의식과 독백적 성격

『고향』이 초창기 카프 계열의 작품이 이광수의 계몽주의 작품에 비해 사실주의적으로 높은 성취를 이룬 것은 사실이지만, 이 작품이 사실주의적으로 완벽한 작품이라거나 대화성이 풍부한 작품으로 평가할 수는 없다. 김남천도 지적했다시피 안갑숙이 갑작스럽게 노동자로 변신하는 과정은 충분히 그려지지 않았다. 그 결과 갑숙의 형상은 사실성을 얻지 못한 채 계급의식이나 노동 연대와 같은 관념에 종속된 양상을 보인다.

적대적 인물인 안승학 역시 김희준에 비해 사실성이 떨어진다. 그가 천박한 수준일망정 일본어를 구사하고 근대적 지식과 감각을 지닌 탓에 공무원도 되고 측량술을 이용한 술수를 부린 끝에 민 판서의 마름이 되어 치부를 하는 과정은 나름대로 설득력을 지니고 있다. 하지만 그의 여성 관계를 지나치게 복잡한 것으로 설정하고, 분에 못이겨 갑숙의 모친 숙정에게 칼을 휘두르는가 하면, 권상철을 협박하여 돈을 뜯으려 하는 것으로 그린 것은 적절치 않다. 인물이 지나치게 희화화됨으로써 마름 안승학의 계급적 성격이 상대적으로 희석되었기 때문이다. 곧 안승학의 형상은 마름 계급에 대한 작가의 적대적 감정에 종속된 양상을 띠고 있다. 이 작품에서는 특히 문제가 되는 것은 농민, 노동자의 각성 과정을 그리고 있는 부분이다.

1) 그런지 저런지는 무식한 박상녀는 자세히 모르나 어떻든지 세상은 딴 시대로 변한 것 같다. 자기네는 두더지처럼 캄캄한 굴속 같은 세상을 지향없이 헤매고만 지내왔는데 오늘날 인순이는 제법 광명한 천지를 정면으로 보고 생기 있는 입김을 대지 위에 내뿜지 않는가?

그는 몇천 년부터 대대로 물려 내려오는 농민의 아들이 아닌 것 같다. 그는 전고미문인 노동자란 이름을 가졌다. 수로는 몇억만 해로는 몇천 년 동안에 농민의 썩은 거름이 노동자를 탄생케 하였던가? 농민의 아들 노동자는 새로 깐 병아리처럼 생기 있게 새 세상을 바라보는 것 같다. 그리고 이 병아리는 오히려 밤중으로 알고 늦게 고이 든 농민에게 새벽을 알리는 것 같다.[37]

2) 우리들은 지금까지 자고 있었다. 그리고 밤새도록 가위를 눌렀다. 별안간 악몽을 깨다 보니 세상은 딴 세상이 된 것 같다.

인동이는 자기의 변해진 마음을 이렇게 생각하였다. 그리고 자기의 깊이 든 잠을 깨워준 사람이 누구던가? 어쩐지 그는 이상스런 느낌이 났다.

그가 어떻게 그런 생각을 가질 수 있었던가!

그렇다! 우리들은 하찮은 일에 …… 눈이 가려서 오래도록 늦잠을

---

37 이기영, 앞의 책, 297쪽.

자지 않았던가!

　　그러나 그는 확실히 자기보다 눈을 떴다. 그런데 우리들은 하찮은 것에 …… 사욕에 눈이 어두웠다. 한 조각 땅덩이에 목을 매고 죽여라 살려라 하고 있다. 그러나 그것이 무슨 소용이 있던가? 땅은 암만 파도 그 턱이다.

　　농사를 잘못 지어서 가난하다더냐?　사람이 오직 땅만을 먹고 산다는 것이 틀렸다 …… 그러면 누구를 믿고 살 것이냐? - 중략 -

　　한데 그들은 그저 자고 있지 않은가! 모두 손톱만한 제 욕심에 눈이 어두워서 …… 막동이 그 자식은 계집한테 눈이 어둡고, 학삼이 그 자식은 막걸리에 눈이 어둡고, 쇠득이 못난이는 엿방망이에 눈이 어둡고 …… 놈들은 어떻게 하면, 정신이 펄쩍 나게 깨워 놓을 수 없을까?[38]

　위의 인용문 중 1)은 인동의 모친인 박성녀의 깨달음을, 2)는 그녀의 아들인 인동의 각성 과정을 그린 부분이다. 두 사람 모두 김희준의 영향을 받아 의식적이든 무의식적으로든 깨닫거나 변화해 가는 것으로 그려져 있지만 설득력을 얻지 못한다. 곧 겉으로는 대화적 양상을 띠지만 실질적으로는 '독백적' 성격을 띠고 있는 것이다.

　작가 이기영이 다른 작가에 비해 농촌 경험이 풍부하고 농민들을 자세히 관찰한 작가이긴 하지만 이 작품의 김희준과 같은 인텔리 근성에서 자유로울 수는 없었을 것이다. 작가 자신과 여러모로 유사성을 지닌 김희준의 형상은 자신감을 가지고 설득력 있게 그림으로써

---

38 이기영, 앞의 책, 407쪽.

기존의 카프 소설의 한계를 뛰어넘을 수 있었다. 그러나 농민들이 각성하는 과정은 여전히 종전 카프 소설의 수준에 머물고 있으며, 작가의 이념에 종속된 양상을 보이고 있다.

위의 인용문들을 보면 박성녀나 인동의 언어나 의식에는 김희준의 언어나 의식이 침투해 있기보다는 '작가의 관념'이 침투되어 있음을 확인할 수 있다. 작가는 좀더 끈질기고 진실되게 농민들의 사고와 감정을 그리고 매개적 인물에 의해 변화하는 모습을 생동감 있게 그릴 필요가 있었던 것으로 보인다.

미하일 바흐찐의 말대로 소설가는 자기 작품 속의 다의적인 언어로부터 타인의 의도를 제거하거나 그 언어의 배후에 펼쳐져 있는 저 크고 작은 사회·이념적 문화의 지평을 파괴하려고 해서는 안 된다. 오히려 그것을 기꺼이 자기 작품 속에 받아여야 하기 때문이다.[39]

3-4. 『삼대』와 『고향』의 문학사적 가치

이상으로 일제 강점 하 1930년대 장편리얼리즘 소설을 대표하는 염상섭의 『삼대』와 이기영의 『고향』의 현실 대응 양상을 대화 이론을 원용하여 살펴 보았다.

일제 강점기를 전체를 통해 가장 우수한 리얼리즘 작품으로 볼 수도 있는 두 작품이 각각 1931년과 1933~34년에 신문에 연재된 것은

---

39 미하일 바흐찐, 위의 책, 110쪽.

나름대로 이유가 있다. 1931년 이전에는 당대 사회를 총체적으로 조감할 수 있는 사회과학적 시야를 얻지 못하고 현실을 단편적으로 바라보거나, 특정 이데올로기에 얽매이는 바람에 본격적인 장편소설이 등장할 수 없었다면, 1935년 이후에는 한반도의 정치적 상황이 더욱 악화됨에 따라 자유로운 창작이 허용되지 않았다. 『고향』의 작가가 작품은 탈고했지만, 미처 연재가 채 끝나기 전에 투옥된 것도 시사하는 바가 적지 않다.

1935년 이후에 대체로 소설이 세태소설화 되어가거나 풍자와 모더니즘 기법에 의존하게 되는 것은 『고향』은 물론, 『삼대』와 같은 리얼리즘 소설의 창작이 사실상 불가능해졌음을 의미한다. 따라서 두 작품은 일제 강점기에 우리 소설문학이 도달 가능했던 최대치를 보여준 작품들로 볼 수 있다.

『삼대』는 우선 그 구조적 견고함에 힘입어 우리 장편소설의 수준을 한 층 끌어올릴 수 있었다. 이 작품은 수직적인 축으로 서로 다른 이념을 지닌 조, 부, 손 3대에 걸친 가족 구성원이 등장하여 서로 갈등하는 이야기를 담고 있고, 수평적인 축으로는 자본주의적 논리에 충실한 인물과 사회주의 이념을 실천하는 인물들이 대립해 있는 가운데 조덕기란 동정자가 양자간의 민족적인 차원에서 화해와 연대를 모색하는 것으로 그려지고 있다.

조덕기는 이념적 갈등을 조정할 뿐만 아니라 세대간의 갈등을 조정하는 위치에 서 있다. 그는 아버지처럼 근대 합리주의 사상을 지니고 있으면서도 기독교를 믿거나 가족 관계를 깨뜨리지 않고 조부와 원만한 관계를 유지하다가 조부의 유산을 대부분 물려받는다. 이처럼 이념적 대립과 세대간 갈등이 교차하는 한 가운데에 조덕기가 위치하게 함으로써 이 작품은 매우 안정되고 견고한 짜임새를 지니게 된다.

이러한 구조적 안정성을 바탕으로 『삼대』는 당대 사회를 가장 폭넓게 그리고 밀도 있게 그려낼 수 있었다. 이 작품은 조씨 일가를 중심으로 전개하면서도 소련으로부터 조선의 사회주의 운동가에게 자금이 전달되는 과정을 포착하는가 하면, 폐쇄적인 가족주의와 물질주의에 함몰된 자본가와 일제가 결탁해 있는 양상과, 매당집을 중심으로 수원댁 같은 이들이 돈을 얻기 위해서 수단과 방법을 가리지 않는 모습 등을 자세하게 담아내고 있다.

이 작품이 이처럼 현실을 폭넓고 깊이 있게 묘사할 수 있었던 또 하나의 이유는 조덕기가 개방적 의식을 지니고 있었기 때문이다. 그는 조부로부터 돈과 가족주의를 물려 받았지만 돈의 노예나 되거나 겉치레로 가문을 꾸미는 것에 관심을 두지 않는다. 오히려 김병화나 이필순을 물심 양면으로 도움으로써 가족과 고립되지 않고, 외부 세계나 역사적 현실과 대화 관계를 맺는다.

작품 자체는 덕기를 중심으로 이야기가 전개되면서도 주인공이 아닌 병화의 존재가 빛나는 것은 이 때문이다. 덕기는 자신의 이념을 내세우거나 힘을 과시하는 인물이 아니라 자신과 생각과 생활 감정이 다른 사람들과 대화를 나누고 그 과정에서 자신을 재발견하거나 낡은 의식을 전복해 간다. 그러나 그의 각성과 실천은 소극적인 동정자의 수준에 머문다. 자신이 중심적 역할을 하는 것이 아니라 김병화와 같은 실천가를 돕는 역할에 스스로를 한정시키는 것이다.

이에 따라 『삼대』의 대화성은 '소극적 대화성' 수준에 머물 뿐이다.

이에 비해 김희준을 중심으로 하는 『고향』의 대화성은 보다 적극적인 성격을 띤다. 김희준은 원터 마을을 지도하는 지식인이며 매개적 인물이다. 그럼에도 불구하고 그는 농민들과 대화하는 가운데 자신의 한계와 약점을 발견하고 자신을 교정해 간다. 분열과 반목을 거듭하는 청년회 활동을 중단하고 농민들의 자생적 조직인 두레를 활용하는 것은 그 좋은 예이다.

그는 종전 카프 소설에 등장하는 영웅적 인물도 아니고 이념에 종속된 인물도 아니다. 그는 끊임없이 동요하고 절망하는가 하면, 아내에 대한 의무감과 갑숙에 대한 사랑 사이에서 고뇌한다. 또한 농민들의 예상치 않은 이탈과 동요, 자신이 주선한 인동과 음전이의 불행한 결혼 생활, 노동에 익숙치 않은 인텔리겐챠로서의 자신의 모습 등을 되돌아보며 자신의 무력함을 절감하고 어리석음을 한탄하기도 한다. 그러나 희준은 비록 동요하고 슬퍼할지언정 자신이 세운 목표를 결코 포기하지 않는다.

그것은 자신의 의식과 언어 속에 스며든 타자성을 실천의 논리로 그가 전환하였기 때문이다. 그 결과 그는 시행착오를 거듭하면서도 농민의 역량을 규합해 가고, 농민 스스로 각성해 나가도록 돕는 한편, 노동자와 농민 사이의 유대 관계가 형성되도록 주선한다.

이와 같은 노력이 결실을 맺어 안승학을 상대로 한 소작쟁의에서 희준과 농민들은 어렵게나마 승리하게 된다. 물론 이때의 승리는 순수한 농민의 힘에 의한 것은 아니다. 매개적 인물로서의 희준의 역할이 있었고, 갑숙과 인숙, 방개 등 노동자의 후원이 있었으며, 결정적으로 갑숙이 아버지 승학의 도덕적 결함이 딸을 통해 제보되었기 때문에 가능했다.

이처럼 농민 스스로 문제를 해결하지 못한 것이나 민중성이나 계급성을 약화시킨 점은 이 작품의 단점이 될 수도 있지만 한편으로 현실성을 강화하고 있는 것도 사실이다. 희준의 대화적 성격과 작가의 과학적 현실 인식은 근대화의 진행과 아랑곳없이 절대적 빈곤에 시달리던 농촌 사회의 구조적 모순을 가장 정확하고 구체적으로 드러내는 성과를 거두게 하였다.

그러나 김희준이 '가면 박탈'이라 불리울 만큼 유연하면서도 사실적으로 형상화된 반면에 안갑숙의 변신과 노농연대적 활동은 현실성을 띠기보다는 작가의 부르주아 계급에 대한 감정적 표현에 그친다. 더욱 심각한 문제적은 농민의 형상화하는 과정에서 발견된다.

표면적으로 박성녀와 인동 등은 김희준의 영향을 받아 계급적 각성을 하는 것으로 되어 있지만 그 과정이 매우 모호하게 처리되어 있어 설득력을 잃고 있다. 따라서 겉으로 드러난 형식과는 달리 박성녀와 인동은 작가의 사회주의 이데올로기에 종속되어 있다. 따라서 이러한 부분은 독백적 성격을 띠고 있다.

이처럼 『고향』은 김희준이 지닌 대화성과 현실성 때문에 탁월한 문학적 성과를 거둔 반면, 안갑숙, 안승학, 농민들의 형상이 작가의 사회주의 이념과 계급의식에 종속됨으로써 사실성을 떨어뜨리고 있다.

소설 읽기와
스토리텔링

황석영 초기 소설에 나타난 '문제적 개인'

4-1. 황석영의 문학세계

황석영은 19세에 불과했던 1962년 암벽 등반을 소재로 한 성장소설 「입석부근」으로 『사상계』를 통해 등단하였다. 그는 청소년기 시절부터 제도와 관습에 순응하기보다는 주체적이면서도 자유로운 삶을 추구하였던 것으로 보인다. 그는 4·19, 한일회담반대시위, 월남전, 광주민주화항쟁, 독일통일, 런던 지하철 테러 사건 등 국내외적으로 중요한 역사적 현장을 직접 목격하거나 체험하였으며, 북한을 여러 차례 방문함으로써 그곳의 실정을 가장 잘 알고 있는 작가로 알려져 있다.

그는 1993년부터 1998년까지 5년간의 수감 생활을 마치고 『오래된 정원』을 통하여 창작을 재개하면서부터는 "리얼리즘이 갖고 있던 딱딱함, 고지식할 정도로 시점·인칭·사건의 배열 등을 한정짓던 것"

을 풀어버리고 황해도 지노귀굿 열두 마당을 차용한 『손님』(2000)이
라든가,[40] 서도동기(西道東器)적 형식에 기반하여 탈북자의 삶을 그
린 『바리데기』(2007)에 이르기까지 다양한 형식을 지속적으로 실험
하고 있다.

이 글에서 필자는 헝가리의 철학자, 정치가이자 문예 이론가인 게
오르그 루카치가 『소설의 이론』(1915)에서 제시한 '문제적 개인'이
라는 개념을 중심으로 황석영의 초기 중·단편소설들 중 「객지」, 「한
씨 연대기」, 「돼지꿈」, 「삼포가는 길」 등의 작품들을 분석해 보고자
한다. 이들 작품은 리얼리즘 소설로서 황석영이 도달 가능했던 문학
적 성취를 보여줌과 동시에 문제점과 한계를 노출하고 있으며, 이후
노동운동, 문화운동, 민주화운동, 광주 5.18 항쟁 알리기, 해외 망명,
방북, 투옥 등의 굴곡진 삶의 역정을 겪으면서까지 그가 치열하게
극복해야만 했던 문학적 과제를 남긴 작품들이기도 하다.

황석영의 중·단편소설들은 그동안 여러 평론문과 학술 논문 및
학위논문을 통해 다루어진 바 있다. 대부분의 평자들과 연구자들은
그의 초기작들이 '정통 리얼리즘적 성격'을 지니고 있으며, "당시 현
실적·문학적 상황에서 표면에 떠오르지 못했지만 저류에 흐르고 있
던 새로운 삶, 혹은 힘의 세계를 치밀하게 복원해냈다."라고 긍정적
으로 평가하고 있다.[41]

그런가 하면 하정일, 서영인과 같은 연구자들은 황석영이 거둔 문

---

40 최원식 외 편, 「대담 : 황석영 삶과 문학」, 『황석영 문학세계』, 창비, 2003. 61쪽.
41 백문임, 「황석영론—뜨내기 삶의 성실한 복원」, 『현역중진작가연구 Ⅰ』, 국학자료
    원, 365쪽.

학적 성과를 일정하게 인정하면서도, 그의 작품이 '낭만주의적 편
향', '영웅주의', '쓸쓸함'과 같은 비애의 정서와 같은 문제점과 한계
를 지니고 있음을 지적하였다. 하정일은 「객지」의 경우 "동혁의 변
모가 별다른 현실적 계기 없이 우연적이고 돌발적으로 이루어지고
있다는 점과 동혁이 아무런 내적 갈등이나 고뇌도 없는, 지나치게
완벽한 인간으로 그려지고 있는 점"에서 영웅주의적 형상화의 한계
를 지니고 있다고 비판하였다.[42]

또한 서영인은 "「삼포가는 길」과 「돼지꿈」과 같은 작품에서 이루
어진 연대는 소외되고 배제된 사람들끼리의, 그들만의 연대일 뿐이
며, 산업화가 만들어낸 수많은 불우하나 사람들, 노동자, 빈민, 떠돌
이들의 인간적 유대와 소통이 그것 자체로 훈훈하지만 비감의 정서
를 동반할 수밖에 없는" 한계를 지적하였다.[43]

이와 같은 비판적 견해에 대해 임규찬은 다음과 같은 반론을 폈다.

> 한 마디로 '동혁'의 형상화는 아직 도래하지 않은 미래를 향한 외침
> 이자 미래의 전망을 달성하고자 하는 당대 현실의 경향에 새로운 생명
> 을 불어넣는 작업이었다. 그렇기 때문에 이를 손쉽게 낭만화 혹은 영
> 웅주의화로 명명하여 비판적으로 바라보는 것 자체가 잘못이다. 인물
> 자체의 형상도 '영웅'이라기보다는 '희생자', '씨알' 등의 이미지에 부
> 합된다. '혁명적 낙관주의'보다는 '비장미', '비극미'가 더 적절하게 분

---

42 하정일, 「민중의 발견과 민족문학의 새로운 도약」, 민족문학연구소 편, 『민족문학
  사강좌』하, 창작과비평사, 1995. 263~264쪽.

43 서영인, 「물화된 세계, 소외된 꿈」, 『황석영 문학세계』, 창비, 2003. 147쪽.

위기를 지칭해주는 듯한 느낌도 그 때문이다. 그러나 그것보다 더 근원적인 것은 그럼에도 솟구쳐 나오는 '낙관주의'이다. 이것은 희생자로서 동혁의 면모나 비극적 결말부가 문자 그대로만 해석될 수 없음을 뜻한다. '분신'이라는 비극적 암울함에도 불구하고 작품 안에서 보이지 않게 솟구치는 것은 낙관적인 힘이다.[44]

이처럼 황석영의 초기 중·단편소설에 대한 평가가 다소 엇갈림에 불구하고 그가 1970년대 문학이 감당해야 할 역사·사회적 책무를 성실하게 감당한 작가임과 동시에 한국 리얼리즘 문학의 수준을 한 단계 상승시킨 작가였음을 부인하기는 어려울 것이다. 다만 작가 자신이 인정한 바대로 리얼리즘적 창작방법론 자체가 지닌 한계와 기본적 인권마저 제한받았던 시대적 한계로 말미암아 그의 소설들이 삶과 현실을 다양한 측면과 미세한 내면심리 등을 독특하고 다양한 형식을 통해 입체적으로 조명하지 못한 것은 사실이다.

이글에서는 게오르그 루카치의 '문제적 개인(problematic individual)'이라는 개념을 중심으로 황석영 초기 소설들의 리얼리즘적 성격을 재조명하고자 한다.[45] 여기서 필자는 '문제적 개인'이라는 개념을 특

---

44 임규찬, 「『객지』와 리얼리즘」, 『황석영 문학세계』 창비, 2003, 166쪽.

45 루카치에 의하면 '문제적 개인'은 타락한 사회와 진정한 가치를 향한 내적 갈망 사이의 심연에 낀 존재이며 진정한 가치에 대한 그의 추구는 실패로 귀결될 수밖에 없는 모험이다. 또한 그는 '길이 끝난 지점'에서 여행을 시작한다. 문제적 개인이 대개의 경우 광인이나 범죄자등과 같은 악마적 성격을 지니거나, 사회의 보편적 가치 질서에 맞서는 이질적으로 소외된 인물로 나타나는 것은 그 때문이다. 조화로운 삶을 향한 가치를 갈망하고 추구하는 과정을 통해 당대 사회의 가치 부재 현상을 드러내는 문제적 개인은 본질적으로 비극적 인물이다. 게오르그 루카치, 『소

정한 한 개인을 지칭하는 개념이 아니라 리얼리즘 소설의 미학의 한 축을 구성하는 형식적 요인으로 보고자 한다. 따라서 '문제적 개인'은 「한씨 연대기」의 한영덕처럼 한 사람으로 나타날 수도 있지만, 「객지」에서와 같이 두 사람(대위, 동혁)일 수도 있고, 「돼지꿈」이나 「삼포가는 길」에서처럼 '집단적 인물'의 성격을 지닐 수도 있다.

4-2. 비극적 주인공으로서의 '문제적 개인' – 「한씨 연대기」

「한씨 연대기」(1972)의 주인공 한영덕은 평양의전과 교오토의대를 나온 이후 북한의 김일성의대에 재직 중에 6.25전쟁을 맞이한다. 젊은 교수들은 영악하게 북한의 정치 체제에 편승하여 일신의 영달을 꾀하지만 그는 환자 치료에만 전념한다. 심지어 평양이 함락되기 이전에 북한 병원을 벗어나서 국군에 합류하자는 친구이자 동료인 서학준의 권유도 뿌리치고 끝까지 환자의 곁을 지킨다.

특별병동 환자를 우선적으로 돌보라는 당의 명령을 어기고 한영덕은 보통병동의 소녀를 살려내기 위하여 동분서주하다가 북한 공안기관에 의하여 처형된다. 다행히 총알이 그를 스치고 지나는 바람에 그는 극적으로 살아난다. 비록 살아나기는 하였지만 북한 체제로부터 버림받은 그는 어쩔 수 없이 가족을 뒤로하고 남행길에 오른다. 이러한 한영덕의 고지식한 성격에 대하여 서학준은 다음과 같은 평한다.

설의 이론』, 심설당, 1985, 110쪽.

영덕인 자기에게 너무 까다롭디요. 대범하게 잊어 두는 법이 없쇠
다. 기렇다구 표현두 못하멘서 속으로만 괴로워합네다레. 모든 세상
불의를 자기 까탄으로 돌리는 거야요. 나두 답답할 때가 한두 번이 아
녔대시오. 이러케 괴로운 세상에 한군은 꼼짝없이 손해 볼 처신으로
살아온 거야요. 폐양 수복 당시만 해두 보시라요. 난 무사하게 숨어서
라디오나 듣구 지냈는데, 이 친구, 처형장에서 죽을 고비를 넘기지 않
았갔시오.

―『객지』, 99쪽.

한영덕은 이처럼 "개인과 바깥 세계 사이에 놓인 내적 괴리의 산
물"의 성격을 지닌 '문제적 개인'이라 할 수 있다. 그는 북한에서든
남한에서든 의사로서의 사명감과 책무에 충실하게 이행할 뿐이다.
그러나 북한에서는 당 간부나 고위직 인사의 가족만을 우선 치료해
야 된다는 방침을 어겼다는 이유로 버림을 받고, 남한에서는 동업자
의 턱없는 의심과 시기심 때문에 간첩으로 몰려 모진 고문을 받는다.
뿐만 아니라 동업자의 불법 의료 행위로 인하여 생명이 위태로운 산
모의 목숨을 구하기 위하여 뒤처리를 했다는 이유로 실형을 언도받
고 의사면허 정지 처분까지 받는다.

G. 루카치가 지적한 대로 이미 "개인과 세계 사이의 어떠한 근본
적인 내적 불화나 갈등도 생겨나지 않았던 서사시 시대"는 종결되
고, 이 세계는 "개인에게 더 이상 친숙하고 아늑한 장소가 아님"에도
불구하고 한영덕은 '세계의 지도를 밝혀 주는 빛'을 찾기 위하여 의
사의 직분에 충실하면서 올곧은 길을 걷고자 했던 것이다. 그러나

그는 그 '빛'을 결국 분단 상황이 초래한 "불안과 갈등과 소외감으로 가득 찬 그 자신의 어두운 내면에서" 찾을 수밖에 없게 된다.

한영덕은 자신과 가족의 안전을 먼저 챙기기보다 의사로서의 본분을 끝까지 지키고자 하였다가 늘 위험에 처하거나 불이익을 당한다. 또한 선의로 행한 일이나, 불의에 타협하지 않고 올곧게 처신한 것 때문에 곤경에 처한다. 자신이 의사가 된 것까지 후회하게 된 그는 출옥 이후 가급적 의료업계와 거리를 둔 채 문방구 주인, 시간제 의사, 기숙사 사감, 장의사 직원 등과 같은 여러 직업들을 전전하며 살아간다. 이는 물론 한영덕이 남한에서마저 사회적 생명을 상실했음을 의미한다. 그러나 그의 패배와 소외는 오히려 그가 "세계의 총체적 상실을 전존재적으로 체현하였음을 반어적으로 증명하는 것"으로 볼 수 있다.

> 서학준 씨는 사리 판단에 밝은 자기의 충고를 한영덕 씨가 번번이 거절했을때마다 친구를 굳이 납득시키려 하지 않았다. 한 씨의 태도가 세상살이에 불리한 건 틀림없지만 그 무렵엔 드문 고집으로 여겨졌기 때문이다.
>
> ─『객지』, 113쪽

친구인 서학준은 자신이 '사리 판단에 밝다'고 자부하면서도 한영덕의 '드문 고집'에 대해 일종의 경외감을 느낀다. 한영덕은 자신의 고집 때문에 번번이 손해를 보고 고난을 당하다가 결국 모든 것을 잃게 되지만, 그의 인간과 의사로서의 정직함과 성실함, 그리고 흔들림 없는 태도는 서학준을 감복시키기에 충분하다. 이는 서학준 역시 '서사시적 총체성이 사라진 시대'임에도 불구하고 의사 혹은, 한 인간으로서 '내면의 빛'을 찾기 위하여 최선의 노력을 다한 한영덕을 무조건 '실패한 인간'으로 치부할 수는 없었기 때문이다.

이 작품이 이른바 박정희가 '종신 대통령'을 꿈꾸며 반포한 '10월 유신'과 같은 해에 발표된 것은 주목을 요한다. 박정희는 정상적인 방법으로는 정권을 유지하기가 어렵다고 판단하여, '한국적 민주주의의 토착화'라는 명분을 내걸고 1972년 10월 17일에 '10월 유신'을 단행하였으며, 이로 인하여 자유민주주의의 기본원칙들이 무너지고 인권 유린 사태가 빈번하게 일어났으며 결과적으로 한국의 민주주의는 크게 후퇴하였다.

또한 이 작품이 발표된 시기를 전후하여 '남북적십자회담'이 개최되기도 하였다. 제1차 본회담은 1971년부터 시작되어 1985년 12월 4일까지 10차례의 본회담이 개최되었다. 초창기 회담에서는 남북 이산가족과 친척들의 주소 및 생사확인, 자유로운 방문과 상봉, 자유로운 서신왕래, 자유의사에 의한 재결합 문제와 기타 인도적으로 해결할 문제 등 5개항의 의제에 대해 합의했으나, 북한 측이 본회담을 선결조건으로 내세운 '반공입법들의 폐지와 반공기관 및 단체들의 해산' 문제를 둘러싸고 양측이 이견을 좁히지 못해 교착상태에 빠졌다.

당시 이후락 중앙정보부장이 북한을 비밀리에 방문한 사실이 알려지면서 특히 북한에 고향을 둔 실향민들은 이 회담에 큰 기대를 걸었고, 성급한 이들은 남북통일의 가능성까지 언급하기도 하였다.

그러나 황석영의 『한씨 연대기』는 이러한 기대들이 성급한 것들이며 본질적인 문제가 해결되지 않는 한, 남북통일은 물론 이산가족 상봉마저 쉬운 일이 아님을 경고하고 있다.

북한에서 고위 간부들만 치료하라고 강요했던 의대 교수들이나 남한의 동업자인 박가, 김가, 또한 한영덕을 체포하고 고문한 H.I.D 요원들, 고향 후배이면서도 체포에 가담하고 돈을 갈취하고자 여념이 없는 상호, 어떻게든 일단 구속한 한영덕에게 유죄판결을 내리려고 하는 검사, 재혼한 남편을 끝내 믿지 못한 윤미경 등은 타락한 사회를 대변하는 인물들이다.

한영덕은 이러한 타락한 인물들이 주도하는 분단 상황 속에서 나름대로 양심과 인륜에 따라 의술 행위를 펼쳐으나 결국 남북한 모두로부터 버림받고 의사로서의 길을 포기하고 불행하게 살다가 비참하게 최후를 맞게 된다. 따라서 한영덕은 '겉으로 드러난 현실'의 차원에서는 분명 패배자일 수밖에 없지만, 소설의 아이러니한 구조를 통해 분단과 전쟁으로 인해 "세계의 총체성이 상실되었음을 전존재적으로 체현하는" '비극적 인물'이자 '문제적 개인'이라 할 수 있다.[46]

---

46 「한씨 연대기」의 마지막 장면에서 한영덕의 딸 혜자가 '아버지의 매장에 대한 따분한 기억'을 갖고 싶지 않아 장례식을 치르기 전에 아버지의 유품 중 아버지의 삶고 정신이 온전히 담겨 있는 '수첩'을 집어들고 새벽에 역을 향해 뛰는 장면은 따라서 시사적이다. 한영덕의 삶이 남북한의 모순에 찬 삶을 가로질러 '문제적 개인'으로서의 삶을 충실히 살았음을 그의 수첩은 증명하고 있기 때문이다.

4-3. 민중과 지식인의 통합체로서의 '문제적 개인' — 「객지」

1971년에 발표된 황석영의 「객지」는 간척지 공사판에서 일어난 "뜨내기 노동자들의 쟁의사건"을 다룬 작품이다. 이 작품에 등장하는 뜨내기 노동자의 유형은 네 가지이다. 하나는 고용인과 일꾼들 사이에서 일꾼들을 감시하고 착취하는, 오랜 뜨내기 생활 끝에 나이 먹고 빚만 져 그저 일자리를 빼앗길까 전전긍긍하는 순응주의적 유형, 세 번째는 대위와 같이 현재 상황을 뒤집어엎어야 한다는 문제의식을 갖고 있으나 어떤 구조적인 변혁을 위해 치밀한 준비를 하기보다는 무턱대고 덤벼드는 유형, 마지막으로 싸움의 대상과 동료들에 대해서 비교적 냉철하고 정확한 판단력과 이해력을 갖고 준비하고자 하는 이상적 인물인 동혁과 같은 유형이 있다.[47]

대위와 동혁은 다함께 견고한 조직화를 통해 착취구조를 형성하고 있는 고용자 측에 대항한다. 대위의 다혈질적이고 충동적인 대응 방식으로는 개인적인 감정만 표출시킬 뿐 실효를 거두기 어렵다. 대위는 자신의 몸과 혈기를 내던져 상대와 한판 맞부딪치다가 상대방의 막강한 위력에 의해 희생당하는 한계를 보이는 점에서 타락한 세계와 맞서 있지만 감정적·개인적 수준 외에 다른 대처 방법을 알지

---

47 이중 '문제적 개인'에 가까운 인물은 가장 투쟁적인 성격을 지닌 대위와 치밀한 전략적 사고를 지닌 동혁이다. 동혁은 열악한 노동환경에서 벗어나기 위하여 뜨내기 노동자들도 반드시 조직화되어야 한다는 인식을 지니고 있다. 그는 쟁의가 진행되는 과정에서 늘 상황판단이 정확하고 동료들에 대한 연민과 이해심을 소유하고 있는 인물로 그려지는 점에서 이상적 인물에 해당한다. 이에 비해 대위는 전형적인 뜨내기 기질을 갖고 있는 인물로서 전략적 사고는 부족하지만 동혁에 비해 훨씬 생동감 넘치게 그려지고 있다.

못하기 때문에 고용자 측에 의해 늘 패배당할 수밖에 없었던 당시 노동자의 형상을 사실적으로 그리고 있다.[48]

「객지」에서의 '문제적 개인'은 「한씨 연대기」에서처럼 한 개인이 아니라, '대위와 동혁의 결합체' 혹은, '대위가 동혁의 지도와 감화를 받아 앞으로 발전되어갈 미래의 모습'이라고 할 수 있다. 혈기에 넘쳐 몸을 던지는 대위가 지닌 현실 감각과 생동감이 동혁이 지닌 전략적 사고와 만나게 되어야만 비로소 현실의 개혁이 가능하다고 작가는 보고 있다.

> 그는 자기의 결의가 헛되지 않으리라는 것을 믿었으며, 거의 텅 비어 버린 듯한 마음에 대하여 스스로 놀랐다. 알 수 없는 강렬한 희망이 어디선가 솟아올라 그를 가득 채우는 것 같았다. 동혁은 상대편 사람들과 동료 인부를 모두에게 알려 주고 싶었다.
>
> 「꼭 내일이 아니라도 좋다」
>
> 그는 혼자서 다짐했다.
>
> ─ 황석영, 『객지』, 창작과 비평사, 89쪽

동혁은 다른 노동자들이 쟁의를 통해 일정한 성과를 거두었다고 판단하고 만족스러운 상태에서 독산을 내려갈 때, 홀로 독산에 올라가 노동자들을 바라보며 남포를 입에 문다.[49] 그가 산을 내려가지 않

---

48 백문임, 「황석영론─뜨내기 삶의 성실한 복원」, 『현역중진작가연구 Ⅰ』, 국학자료원, 377쪽. 백문임은 이 글에서 "대위에 비해 「객지」의 동혁은 "어떤 추상적인 당위나 관념에 의해 주입된 인물"이라는 혐의가 짙다. 다시 말해서 실제 노동현장에서 동혁과 같은 인물이 존재할 가능성은 전혀 없다. 따라서 동혁은 현실적 인물이 아니라 이상적·관념적 인물이라 할 수 있다."고 지적하였다.

는 이유는 고용자 측이 머지않아 다시 폭력과 술책을 동원하여 기존의 노동자를 모두 내쫓고 새로운 노동자를 맞이하여 쟁의 이전의 상태로 모든 것을 되돌림으로써 쟁의가 사실상 실패할 것임을 내다보고 있기 때문이다.[50]

그는 고용자 측으로 대표되는 타락한 사회와 진정한 가치를 향한 내적 갈망(노동자들이 더 이상 착취당하지 않고 정당하게 대우받을 수 있는 세상에 대한 갈망) 사이에 낀 존재이다. 그러나 진정한 가치에 대한 그의 추구는 결국 실패로 귀결될 수밖에 없는 모험이다. 또한 그는 '길이 끝난 곳(쟁의가 일단락된 곳)에서 여행(정의로운 세상을 향한 노정)을 시작한다. 독산 위에 올라가 끝까지 죽음을 무릅쓰고 투쟁하고자 하는 동혁은 생전에 목적하는 바를 끝내 이루지 못하고 자폭의 길을 택한다. 그럼에도 불구하고 그는 조화로운 삶을 향한 가치를 갈망하고 추구하는 모험을 멈추지 않는다. 그럼으로써 뜨내기 노동자 문제로 대표되는 당대 사회의 가치 부재 현상과 본질적 모순을 동시에 드러낸다.

이 때 동혁의 심리는 일종의 무언가를 씌운 듯한 마성적(魔性的)

---

49 이 부분은 2000년에 중·단편전집을 내며 장렬한 동혁이 자폭하는 장면을 구체적으로 보여주는 것으로 개작되었다. 전태일의 분신 자살을 어떻게든 소설적으로 형상화하고 싶은 열망의 발로였지만, 최원식, 임기현 등은 오히려 원작처럼 "상징이나 여운으로 처리하는 것"이 독자들에게 더 큰 감동을 안겨줄 수 있다고 아쉬워한 바 있다. 임기현, 『황석영 소설의 탈식민성』, 역락, 2010. 61쪽.

50 이처럼 동혁이 쟁의가 일단락되었음에도 불구하고 독산에 올라가는 것은 루카치가 지적한 "문제적 개인의 내면으로의 여행"에 해당한다. 문제적 개인으로서의 동혁은 총체성이 파편화되어 사라지고 개인은 갈등과 소외감으로 가득 찬 자신의 어두운 내면에서 지도를 밝혀 주는 빛, 곧 뜨내기 노동자들이 앞으로 나아가야 할 길을 찾고자 하는 것이다.

인 성격을 띠고 있다. 그는 자신의 목적이 결코 현실 속에서 이루어지지 않으리라는 것을 알고 있지만, '빛'을 찾고자 하는 탐구자의 자세를 포기하지 않는다. 결국 그가 추구하는 대상은 현실의 개혁이라기보다는 오히려 그 자신의 영혼을 구제하는 것이고, 그는 그에게 아무런 의미를 갖지 못하는 현실에 유폐된 상태로부터 자기 인식으로 나아가는 노정(路程)을 보여준다.

그러나 동혁이 아무리 자기 인식을 획득하는 데 성공할지라도 현실과 이상의 사이의 균열, 즉 존재와 당위 간의 분열은 여전히 존재하고 쉽사리 극복되지 않는다. 결국 여기에서 주인공은 우리의 삶이 제공할 수 있는 것이 기껏해야 삶의 의미에 대한 일별(一瞥)에 불과하다는 사실을 발견하게 된다. 다시 말해 소설은 의미가 결코 현실을 완벽하게 꿰뚫을 수는 없다는 쓰디쓴 통찰을 표현한다.[51]

4-4. 집단적 인물로서의 '문제적 개인' ―「돼지꿈」, 「삼포가는 길」

「객지」가 노동소설의 선두에 선 작품으로 평가됨에도 불구하고 계급의식을 소유한 노동자를 다루지 않고 노동 운동의 핵심에서 벗

---

51 「객지」는 뜨내기 노동자들의 불리한 여건을 극복하고 나름대로 세력을 규합하여 자신들의 의지를 관철하는 모습을 그리고 있다. 비록 현장 사무소장이 은밀하게 계획하는대로 쟁의를 주동했던 이들은 서서히 해고되고 점차 새로운 인력들로 인부들이 교체 되면서 공사장은 십장과 감독자들이 전횡을 대처함으로써 그렇게 만만하게 당하지만은 않을 것이다. 더욱이 작품이 암시하는 대로 동혁이 희생하였다면 그의 죽음이 노동자들의 뇌리와 가슴에 남아 저항의 원동력으로 작용할 수도 있을 것이다.

어난 부랑 노동자들의 세계를 다룸으로써 원천적인 한계를 지닌다는 평가가 있어 왔다.[52] 이에 대해 백문임은 뜨내기 노동자들을 다룬 황석영의 소설이 "부랑 노동자에게 가해지는 일상과 현실의 힘은 어찌할 수 없는 관찰이나 정관의 대상으로 묘사되지 않고 인물들 자신의 실존과 필연적으로 결부될 수밖에 없는, 인물들의 자기의식과 결합된 대상으로 그려짐으로써 리얼리즘적 성취가 가능했다."라고 평가하였다.[53]

백문임은 또한 "황석영의 시선에 포착된 뜨내기 상황은 하루하루의 생계유지에 매달려 있는 것이면서도 자유로움, 생기와 더불어 동류들에 대한 연민을 보존하고 있으며, 그것은 개인주의적인 자유감일 수도 있지만 자본제적인 동질화가 스며들지 않은 공동체적 인간애이기도 하다."고 지적하였다. 곧 "개인의 운명과 전체의 운명이 유기적으로 연결되어 있는 공동체적인 인간관계를 '신성하고 생명적인 것'으로 여기는 이러한 시각은 황석영의 작품 세계 전체를 관통하는 것"이라는 그의 지적은 타당하다.[54]

「이웃 사람」이나 「장사의 꿈」 역시 민중 계층에 속하는 인물들을 다루는 작품들이지만, 매혈(買血)이나 매춘(賣春)을 일삼다가 파멸하는 인물을 고립적으로 다루고 있음에 반해 『돼지꿈』, 『삼포가는 길』과 같은 작품은 집단적으로 형상화된 인물들을 다루고 있다.

「돼지꿈」에는 철거를 앞둔 변두리 동네에 사는 인물들이 대거 등

---

52 채광석, 「내일을 향한 죽음의 삶」, 『민족문학의 흐름』, 한마당, 1987.

53 백문임, 앞의 논문, 369쪽.

54 백문임, 앞의 논문, 378쪽.

장하고 있다. 고물수집 행상 일을 하는 강 씨와 그 집안 식구들을 중심으로 이야기가 전개되지만 특별히 그들만이 주인공이라고 볼 수도 없다. 그보다는 이 동네에서 넝마주이, 포장마차, 행상, 공장 노동자 생활 등을 하며 어렵게 살아가는 민중 계층에 속하는 인물들 모두가 '집단적 인물로서의 문제적 개인'이라 할 수 있다.

강 씨가 우연히 얻은 개 한 마리를 잡아 동네 사람들은 조촐한 잔치를 벌인다. 그들은 서로 돈을 모아 술을 마련하기도 하고 음식 만드는 일을 거들면서 그들만의 잔치를 즐긴다. 동네잔치 중간 중간에 삽입되어 있는 동네 주민들의 비참한 생활상들은 이 잔치와 극명한 대조를 이룬다. 강 씨의 딸 미순은 건달과 동거하다가 임신한 몸으로 돌아와 있으며, 집안의 기둥 역할을 하던 근호는 공장에서 일하다가 손가락 세 개가 절단되어 봉합 수술을 받았다. 그는 괴로운 마음을 못이겨 자학한다. 공장에 다니는 여공들은 포장마차에서 먹은 떡값을 내지 않으려고 도망치고, 끝까지 쫓아온 주인에게 방세를 내달라고 조른다. 그 와중에 포장마차 주인 덕배는 경찰에게 이천 원을 뜯겨 사흘 장사를 망친다.[55]

작가는 이들 민중계층의 고달프고 불행한 삶을 낙관적 필치로 인물들을 생동감 넘치게 그려나감으로써 작품이 '도식적 구성'이나

---

[55] 이와 같은 날카로운 '대조의 수법'은 서영인의 지적처럼 황석영 초기 작품들이 지닌 중요한 특징의 하나이다. 「객지」에서의 노동자들이 쟁의 끝에 얻은 성과와 현장소장의 치밀한 쟁의 수습방안의 대조, 「한씨 연대기」에서의 한영덕의 의사로서의 성실한 모습과 그가 겪어온 비참한 운명과의 대조, 「삼포가는 길」에서의 등장인물들 간의 따뜻한 유대와 비정한 산업화 양상과의 대조 등은 모두 당대 현실의 모순을 날카롭게 드러냄과 동시에 문제적 개인의 비극적 성격 및 작가의 낙관적 세계관 등을 복합적으로 드러내고 있다.

'단성성'으로 추락하는 것을 방지한다. 강 씨를 비롯한 동네 주민들은 모처럼 영양 보충할 기회를 맞이하여 즐거운 잔치를 벌이지만 사실 그 개는 부자들이 버린 개였다. 부자들이 처치 곤란하여 강 씨에게 맡긴 개를 잡아서 동내 주민들이 포식한 것이다. 동네 반장은 자기 덕분에 올해 안에는 집들이 철거되는 일은 없을 것이라고 호언장담을 하고, 강 씨의 아들은 손가락이 잘렸지만 동생의 결혼 비용을 보탤 수 있게 된 것을 다행스럽게 여기며 강 씨의 처는 임신한 몸으로 친정을 찾아온 딸을 동네 홀아비에게 시집보냄으로써 사태를 원만히 해결하고자 한다.[56]

「삼포가는 길」은 두 명의 뜨내기 노동자와 한 명의 작부가 우연히 동행을 하게 되면서 서로 마음을 터놓고 이야기하며 유대감을 느끼게 되는 내용을 담고 있다. 먼저 하숙집 여주인과 눈이 맞아 정사를 벌이던 중 남편에게 발각되어 도망치던 영달은 전과 경력이 있으며 오랜 동안 공사판을 전전하다가 고향(삼포)를 향해 가던 정 씨와 길을 함께 하게 되고, 이어 서울 식당 작부로 일하다가 몸값을 떼어 먹고 달아나던 백화와 동행하게 된다.

영달과 정 씨는 백화를 서울식당에 잡아다 주면 사례금을 받을 수 있음에도 불구하고 백화를 잡아갈 생각을 일찌감치 거둔다. 영달은 백화에게 "우리두 의리 있는 사람들이다. 치사하다면 그런 짓 안해."

---

56 이들 각자는 매우 불행한 처지에 놓인 소외된 인물들이지만 서로 의지하고 도와주면서 고달픈 삶을 이어나간다. 그들은 어떠한 경우에도 절망하지 않으며, 사태의 부정적 측면보다는 긍정적 측면을 바라보며 힘겨운 삶을 견뎌 나간다. 이처럼 민중 계층의 비참한 생활에 대한 객관적 반영과 작가의 낙관적 세계관의 융합 또한 황석영 초기 소설의 중요한 특질의 하나라고 볼 수 있다.

라고 말한다. 이후 셋은 급속히 친해지면서 지난날을 이야기한다. 그중에서도 백화의 과거사는 세 사람을 한데 묶는 매개 역할을 한다. 백화는 군 형무소 근처에 있는 '갈매기집'이라는 주점에서 이하여 죄수 8명을 지극 정성으로 옥바라지하며 '즐겁고 마음이 평화로웠던 시절'을 보낸 바 있다.

> 「그런 식으로 여덟 사람을 옥바라지했어요. 한달 두달, 하다 보면 그 이는 앞사람들처럼 하룻밤을 지내구 떠나가군 했어요.」
>
> 백화는 그런 일 때문에 갈매기집에 있던 시절, 옷 한 가지고 못해 입었다 백화는 지나간 삭막한 삼년 중에서 그때만큼 즐겁고 마음이 평화로웠던 시절은 없었다. 그 여자는 새로운 병사를 먼 전속지로 떠나보내는 아침마다 차부로 나가서 먼지 속에서 버스가 가리울 때까지 서 있곤 했었다. 백화는 그 뒤부터 부대 근처를 전전하며 여러 고장을 흘러 다녔다.
>
> ─『객지』, 273쪽.

백화는 사회로부터 가장 소외받고 무시당하는 처지에 놓여 있음에도 불구하고 자신이 도울 수 있는 사람들을 아무 대가 없이 도와준다. 그녀가 상대에게 주는 것은 음식과 담배 정도이다. 이는 물론 물질적인 차원에서 보면 하찮은 것에 불과할지 모르지만, 받는 상대에게는 큰 위안이 된다. 백화가 군 형무소 수감자들에게 베푼 음식과 담배는 사실은 단순한 물질이 아니라, '자아와 세계 사이의 깊은 심연을 메우고자 하는 영혼'이 담긴 선물로 '물화되기 이전의 순수한 가치'에 해당한다.

이와 같은 백화의 행동은 「몰개월의 새」(1976)에서 미자를 비롯한 몰개월의 작부들에 의해서 재현된다. 이들 작부들도 파월 훈련을 받는 해병대 병사들의 뒷바라지를 훈련 기간 내내 하다가 마지막 밤을 보낸 후 이들 장병을 전송하고, 다음 기수가 들어오면 같은 행동을 반복한다. 이 작품의 1인칭 화자 '나'는 처음엔 이들의 행동을 유치하다고 생각했지만 베트남에서 생사를 넘나드는 전투에 참여하게 되면서 생각을 바꾼다.

> 그리고 작전에 나가서 비로소 인생에는 유치한 일이 없다는 것을 알았다. 서울역에서 두 연인들이 헤어지는 장면을 내가 깊은 연민을 가지고 소중히 간직하던 것과 마찬가지로, 미자는 우리들 모두를 제 것으로 간직한 것이다. 몰개월 여자들이 달마다 연출하던 이별의 연극은, 살아가는 게 얼마나 소중한가를 아는 자들의 자기표현임을 내가 눈치챈 것은 훨씬 뒤의 일이다. 그것은 나뿐만 아니라, 몰개월을 거쳐 먼 나라의 전장에서 죽어간 모든 병사들이 알고 있었던 것이다.
>
> ─『몰개월의 새』, 192쪽.

백문임은 두 작품의 작부들이 보여주는 행동이 아름답게 느껴지는 이유에 대해서 "작가가 인간에 대한 애정 어디에서 연유하는 것인지를 놓치지 않고 예민하게 포착한 결과"이며, "그것은 자신의 육체로 직접 부딪치며 생존하는 사람들이 갖는, 삶에 대한 특유의 경외감에 연유한다."라고 분석한 바 있다.[57]

황석영 소설에 등장하는 노동자, 창녀, 넝마주이 등과 같은 하위 계층 인물들이 겪는 비참한 생활상은 당시 박정희 정권이 추구하던 경제 발전 및 산업화의 이면을 보여주는 것이었다. 하지만 작가는 당대 사회의 모순을 포착하는데 그치지 않고 「돼지꿈」, 「삼포가는 길」, 「몰개월의 새」 등과 같은 작품에서 따뜻한 인간애와 희생정신, 유대감 등을 지니고 살아가는 이들의 삶에 대해 경외감을 표하고 낙관적 전망을 그려냄으로써 독자적인 문학세계를 구축하였다.

G. 루카치는 "서사시의 주인공은 소설과 달리 결코 한 사람의 개인이 아니며, 서사시의 대상 역시 개인의 운명이 아니라 한 공동체의 운명"이라고 하였다.[58] 또한 "서사시가 그 자체로서 완결된 삶의 총체성을 형상화한다면, 소설은 형상화하면서 숨겨진 삶의 총체성을 찾아내어 이를 재구성하고자 한다."고 하였다.[59]

앞에서 분석한 「객지」는 한 사람만이 문제적 개인으로 설정된 「한씨 연대기」와 달리, 노동자들의 현실태를 보여주는 대위와 이상적·관념적 성격을 지닌 동혁을 미학적으로 통합함으로써 '문제적 개인'을 형성하고 있었다. 이에 비해 「돼지꿈」이나 「삼포가는 길」은 등장인물 모두, 곧 집단적 인물이 '문제적 개인'의 성격을 지니고 있는 작품으로 볼 수 있다.

「돼지꿈」의 경우, 동혁과 같이 사회적 모순을 해결하고자 하거나 '조화로운 삶을 향한 가치를 갈망하고 추구하는 인물이 등장하지 않

---

57 백문임, 앞의 논문, 379쪽.
58 G. 루카치, 앞의 책, 85쪽.
59 G. 루카치, 위의 책, 77쪽.

는다. 등장인물들은 언제 철거될지 모르는 집에 살면서 늘 가난 때문에 고통 받는다. 가난은 단지 배불리 먹지 못하고 안락한 환경을 누리지 못하는 것에 그치지 않는다. 그들은 아버지 없는 아이를 출산해야 되고, 손가락이 세 개나 잘렸는데도 보상금 3만원을 받고 회사 측에 더 이상 책임을 묻고 보상을 요구할 엄두조차 내지 못한다. 인절미 값을 내지 못하여 도망치다가 잡힌 여공은 포장마차 주인에게 몸을 허락하고, 강 씨를 비롯한 동네 사람들은 부자가 버린 개를 요리하여 나눠 먹으며 흡족해 한다.

이들의 처지는 서로 엇비슷하고 누가 누구를 가르치거나 바른 길로 이끌지 않는다. 그들은 늘 소외받고 고통당하면서도 삶 자체를 결코 포기하지 않는다. 그들은 개인적으로는 누구나 할 것 없이 불행하지만 공동체적 연대 속에서 그들만의 방식으로 서로에게 믿음과 위안을 주기 때문에 삶을 비관하거나 낙담하지 않고 건강한 정신을 잃지 않는다.

> 빈터에서 묘한 활기가 가득차 있는 것 같았다. 불이 모두 꺼져서 쇠솥이 차갑게 식을 때까지 그들은 노래하고 춤을 추고 주정을 했으며 핏대 올려 말다툼도 하였다. 드디어는 하나씩 둘씩 지치고 치곤해져서 야기 때문에 비교적 시원해진 비좁은 방안을 찾아 돌아갔다. 빈터에서 그대로 곯아떨어진 사람들을 식구들이 제각기 찾아와 양쪽 겨드랑이를 받치거나, 질질 끌다시피하여 데려갔다. 근호는 아직 땅 바닥 위에서 벌렁 드러 누운 채였다. 그의 발치쯤에서 재속에 남아 있는 불 찌끼가 벌겋게 빛을 내고 있었다. 속치마 바람의 미순이가 개천을 건너서

빈터 쪽으로 걸어왔다. 배가 불렀지만 날렵하게 징검돌을 건너뛰는 모습이 작은 계집아이 같았다. 미순이는 나약하게 신음하며 앓고 있는 근호의 등을 살그머니 흔들었다. 만취한 사내가 노래를 부르며 뚝 위를 지나가고 있었다.

－『객지』, 257쪽.

위의 인용문은 「돼지꿈」의 마지막 부분이다. 마치 소설 전체를 하나의 이미지로 압축해 놓은 것 같은 이 장면은 왜 이 작품의 제목이 '돼지꿈'인지 알 수 있게 한다. 이들은 결국 각자 자신의 집으로 돌아가 일에 지치고 술에 취한 몸을 뉘게 되는 것이지만 빈터에 감돌던 '묘한 활기'는 이들이 고단하게 살아가면서도 끝내 좌절하지 않고 삶을 끈질기게 이어나가게 한다. 나아가 '묘한 활기'는 이들로 하여금 현재보다 나은 미래에 대한 낙관적 전망(돼지꿈)을 갖게 한다. 술에 취해 울분을 터뜨리거나 현실을 외면하려는 남성들에 비해 강 씨 처나 포장마차를 하는 덕배 처는 규모있게 살림을 해가며 자신의 처지를 개선하기 위해 안간힘을 쓴다.

「삼포가는 길」역시 「돼지꿈」과 마찬가지로 특정한 개인이 '문제적 개인'을 구성하지 않고 영달, 정 씨, 백화 등 세 명 모두가 '문제적 개인'이라 할 수 있으며, 또한 짧은 시간이지만 함께 길을 걷는 동안에 세 사람 사이에 굳건하게 형성된 민중적 연대의식은 '문제적 개인'을 집단적 인물을 통해 미학적으로 구축하고자 하는 작가의 서술 대상이라 할 것이다.

영달과 정 씨는 모두 공사판을 전전하며 밑바닥 생활을 한다. 가족도 집도 없으며 특별히 모아 놓은 돈도 없다. 정 씨는 마지막으로 고향 '삼포'로 가서 농사를 지으며 농사를 지으며 살 생각을 하였지만, '삼포'가 이미 관광지로 개발 중이라는 소식을 듣게 된다. 따라서 정 씨나 영달 모두에게 '삼포'는 '육신과 영혼의 안식처로서의 고향'으로서의 의미는 상실되고 '물화된 가치가 지배하는 산업화'를 대변하는 공사판으로서의 의미만 남게 된다.

> 작정하고 벼르다가 찾아가는 고향이었으나, 정 씨에게는 풍문마저 낯설었다.
> 옆에서 잠자코 듣고 있던 영달이 말했다.
> 「잘됐군, 우리 거기서 공사판 일이나 잡읍시다.」
> 그때에 기차가 도착했다. 정 씨는 발걸음이 내키질 않았다. 그는 마음의 정처를 방금 잃어버렸던 때문이었다. 어느 결에 정 씨는 영달이와 똑같은 입장이 되어 버렸다.
> 기차가 눈발이 날리는 어두운 들판을 향해서 달려갔다.
> ─『객지』, 276~277쪽.

오랜 동안 작부 생활을 해 온 백화도 '고향'을 상실한 것은 마찬가지이다. 물론 백화는 영달과 정 씨의 배려에 의해 무사히 고향으로 향하는 열차에 몸을 싣게 되지만 영달은 백화의 고향 생활이 그리 길지 않으리라 예측한다.

> 「쳇, 며칠이나 견디나 …….」

「뭐라구?」

「아뇨, 백화란 여자 말요. 저런 애들 …… 한 사날두 시골 생활 못 배
겨나요.」

「사람 나름이지만 하긴 그럴거요. 요즘 세상에 일이년 안으루 인정
이 확 변해가는 판인데」

— 『객지』, 277쪽.

영달과 정씨의 짐작대로 백화가 고향에서 시골 생활을 해 나갈 가
능성은 크지 않을것이다. 하지만 백화는 사내들과 헤어지기 전에
'이점례'라는 자신의 본명을 밝히며 두 사람에 대한 끈끈한 유대감
과 믿음을 보여준 바 있다. 비록 이들은 앞으로도 뜨내기 노동자나
작부로서의 삶을 이어나가겠지만 이들 내면에 형성된 유대감과 믿
음은 고달픈 삶 속에서도 희망의 끈을 놓지 않도록 지탱하는 힘으로
작용할 수 있을 것이다

이처럼 「돼지꿈」과 「삼포가는 길」은 모두 '공동체를 주인공으로
삼고 그 공동체의 운명을 그리고' 있지만 그렇다고 서사시적 성격이
강하거나 소설로서의 성격이 불분명한 작품들이 아니다. 그것은 이
들 작품에 그려진 공동체가 서사시 시대의 공동체처럼 "별빛만으로
도 자신이 나아가야 할 길을 명백히 알고 있거나", "모든 것이 새로
우면서도 친숙하고, 또 모험을 가득 차 있으면서도 결국은 자신의
소유이거나", "세계는 무한히 광대하지만 마치 자기집에 있는 것처
럼 아늑함을 느끼는" 그런 공동체가 아니기 때문이다.

오히려 이들은 공동체이기보다는 공동의 운명을 지닌 '집단적 인

물'이라 해야 옳을 것이다. 따라서 루카치가 지적한 바대로 이들은 "인식과 행위, 영혼과 형상, 자아와 세계 사이에 메울 수 없는 심연을 두고 있는 존재들, 곧 문제적 개인들"이라 할 수 있을 것이다. 이들은 비록 무지하여 현실을 비판할 수 있는 지적 능력을 갖추고 있지는 않지만 적어도 타락한 세상에 편승하여 살려고 하지 않는 인물들이며, 정직하고 성실하게 살아도 풍요와 행복을 허락하지 않는 세상에 대해 분노하는 가운데 윤리성과 내면적 순수성을 잃지 않는다.

제2장

심리비평 및
탈식민주의적 문학연구
방법론

소설 읽기와
스토리텔링

자크 라캉의 방법론과
이청준의 『남도사람』연작

1-1. 이청준의 문학세계

이청준은 1939년 8월 9일, 전남 장흥군 대덕면 진목리에서 태어났다. 그는 15세였던 1954년에 초등학교를 졸업하고 바로 고향을 떠났다. 이후 광주, 서울 등지에서 학창 생활을 보냈고, 작가로 등단한 이후에도 고향에 머물러 있기보다는 타지 생활을 주로 하였다.[60] 이처럼 그는 고향과는 늘 일정한 거리를 유지하고 있었기 때문에 오히려 그 고향의 '소리'를 문학적으로 형상화할 수 있었던 것으로 보인다.

이청준이 태어나 유·소년 시절을 보낸 고향 장흥은 서편제 판소

---

60 권오룡 편, 『이청준 깊이 읽기』, 문학과지성사, 1993, 337쪽. 이후 이청준은 폐암과의 사투를 벌이면서도 창작에 전념하다가 2008년 7월 31일에 타계한 후 자신의 고향마을에 안장되었다. 곧 그는 죽어서야 고향의 마을에 돌아오게 된 셈이다.

리를 잉태하고 발전시켜 온 '소리의 고장'으로 널리 알려져 있다. 이청준은 자신이 '소리의 고장' 출신임에 대하여 늘 자부심을 지니고 있었으며, 그의 판소리에 대한 이해는 거의 전문가 수준에 이르렀다.

그는 판소리를 "우리 인생사에 대해 총체적 포용과 융합적 이해 양식을 취하고 있으며, 선인들의 유현한 정서구조와 맥을 같이하고 있는 것"으로 보고 있다.[61]

우선 사설 면에서 판소리는 그 바탕이 된 고대소설과 함께 그 줄거리 위에 이 세상과 인생사를 즐겁고 아름다운 것, 선하고 귀한 것뿐만 아니라 슬프고 추한 것, 약하고 천한 것을 모두 싸안아 함께 엮어 나간다.

그 표현에 있어서도 간절한 호소와 냉혹한 추궁과 질타, 고매한 문장과 비천한 우스개, 심지어는 제축문, 염불, 무가, 상여소리들까지 세상의 모든 언어표현 양식이 서슴없이 다 동원된다.

그래서 판소리 사설만 자세히 뜯어보면 허황되거나 모순에 찬 대목까지 비일비재하다. 뿐만 아니라 청자의 반응도 당찮아 보이는 경우가 허다하다. 하지만 그 누구도 그런 허황된 표현이나 모순의 정황을 크게 괘념하려 하지 않는다. 그것은 우리 인생사의 어쩔 수 없는 양상으로 받아들일 수밖에 없는 때문이요, 그 판소리의 정서 구조가 그것을

---

61 이청준, 「아픔 속에 숙성된 우리 정서의 미덕」, 이청준작품집 『서편제』(이하 『서편제』로 표기), 열림원, 1998, 199쪽.

폭넓게 수용·융합하여, 우리 인간의 심성과 세상살이의 모습을 총체적·통합적으로 이해하게 하기 때문이다.[62]

이와 같은 성격을 지닌 판소리(혹은 '소리')는 「언어사회학서설」 연작[63] 1~4편이 드러내고 있는 '언어의 한계와 타락상'을 초극할 수 있는 새로운 소통수단으로 부각된다. 작가는 『남도사람』연작을 통해 '한'의 미학과 '용서'의 정신을 지닌 '소리'가 지배와 소유의 관계 속에 날로 타락해 가고 있는 언어를 구제할 수 있는 하나의 대안일 수 있음을 그리고 있다.[64]

그동안 적지 않은 연구자들이 다양한 각도에서 『남도사람』 연작을 조명했음에도 불구하고 아직 명쾌하게 규명되지 못한 부분이 적지 않다. 이는 『남도사람』연작이 판소리와 마찬가지로 삶의 '갈등과 모순의 국면'들을 그대로 반영하다 보니.[65] 작품 도처에 '애매성',

---

62 이청준, 위의 글, 위의 책, 200쪽.

63 이청준의 「언어사회학서설」연작은 「떠도는 말들」, 「자서전을 쓰십시다」, 「지배와 해방」, 「가위잠꼬대」, 「다시 태어나는 말」 등 다섯 편으로 이루어져 있으며, 특히 마지막 작품인 「다시 태어나는 말」은 『남도사람』 연작의 마지막 작품이기도 하다. 곧 「다시 태어나는 말」로 인하여 「언어사회학서설」 연작과 『남도사람』 연작은 만나게 될 뿐 아니라, 전자의 연작에서 제시된 폭력과 거짓으로 얼룩진 언어 때문에 빚어지는 갈등과 고통이 용서와 화해의 정신을 강조하는 후자의 연작에서 해소되는 양상을 보인다.

64 우찬제, 「한의 역설」, 『서편제』, 열림원, 210-211쪽. 우찬제는 이 글에서 『남도사람』연작이 "우리 겨레의 한의 심상과 한의 언어, 그 한 살이가 승화된 극점으로서 판소리 세계를 통해 충일한 존재적 언어의 세계, 말과 삶이 분리되지 않고 갈등을 일으키지 않으면서 조화롭고도 창조적인 생명의 미학으로 이어질 수 있는 가능성을 탐색해본 복합적인 한의 문학 공간을 지니고 있는 것"으로 보고 있다.

65 이청준, 「아픔 속에 숙성된 우리 정서의 미덕」, 『서편제』, 201쪽. 이청준은 이 글에서 "판소리는 우리 가락 고유의 율조 속에 세상살이의 모든 아픔과 어두움, 갈등과

'부재와 결여', '역설적 논리' 등이 산재해 있음으로 말미암아 그 분석
이 쉽지 않았기 때문이다

이 글에서 다섯 편의 『남도사람』 연작에 대한 기존의 연구를 존중
하는 가운데 이 연작이 지니고 있는 '한'의 미학과 '용서'의 정신을
자크 라캉의 정신분석학 이론의 도움을 받아 고찰함으로써 판소리
의 미학이 이청준의 연작소설 『남도사람』에 창조적으로 계승되고
있는 양상을 살피고, 작품의 구조와 작중 인물의 심리적 기제 및 욕
망의 구조가 맺고 있는 관계를 분석함으로써 작가가 이청준이 '소
리'를 통하여 드러내고자 한 '용서'의 정신을 규명해 보고자 한다.

1-2. 『남도사람』 연작의 구조와 '한'의 미학

1-2-1. '말'의 한계와 『남도사람』 연작의 창작 배경

이청준의 작품들은 "어느 시기에도 한곳에 머물지 않으며 새로운
영역을 개척한 것"으로 평가되고 있다. 류보선은 "이청준의 모슨 소
설을 꿰뚫는 진리 내용이 손에 잡힐 듯 하는 순간, 그의 소설은 어느
새 그 세계를 부정하고 다른 곳에 가 있다."고 평가한 바 있다.[66] 그

모순의 국면들까지 삶의 넓은 마당으로 안아 들여, 세상과 우리 삶에 대한 일종의
역설적 사랑의 양식이라 할 그 '흥'과 '신명'의 열기로 힘차게 융합시킨 것"으로 규
정하고 있다.

66 류보선, 「새로운 방향의 모색과 운명의 힘」, 『이청준 깊이 읽기』, 문학과지성사,
1993, 299쪽.

런가 하면 그의 모든 작품들은 상호 텍스트성이 매우 강하여 전체를 하나로 묶어도 무방할 정도로 연결되어 있다.

유년기에 6·25를 체험하고 서울대학교 신입생 시절에 4·19혁명을 겪은 이청준은 전쟁의 참화와 독재정권의 횡포로부터 자유로울 수 없었다. 그의 초기작을 대표하는 「병신과 머저리」, 「소문의 벽」으로부터 「예언자」, 「살아있는 늪」, 『당신들의 천국』에 이르는 작품들은 폭력적 현실이 '근대화'나 '절대선', '공동체의 발전' 등과 같은 그럴듯한 명분을 내세우며 이면적으로는 은밀하게 권력을 행사하는 양상을 비판적으로 그렸다.

'말에 대한 탐구'는 이청준이 음험하고도 은밀한 권력에 문학적으로 대응하는 특이한 방식의 하나이다. 그의 작품을 통해 "언어란 실체와 무관한 자의적 표기일 뿐"임이 드러난다. 그렇다면 우리 인간은 실체에 접근하기 위하여 끊임없이 언어 자체를 의심하는 가운데 '언어가 아닌 다른 그 무엇'에 대해 탐구해야 하고, 또 그것에 의해 비로소 드러나게 되는 실체적 진실에 접근해야 한다. 이청준의 작품들에 즐겨 사용되고 있는 액자소설의 형식, 추리소설의 기법, 겹시각에 의한 서술 등은 바로 '실체적 진실'에 접근하고자 하는 치열한 작가 정신의 반영이며, 권력에 대응하는 작가 나름의 문학적 실천인 것이다.

권택영은 "이청준에게 있어 말의 탐구는 언어의 자의성을 돌아보게 하여 독자를 깨어 있게 함으로써 시작되고 있다. 그러고는 공허한 말에 다시 의미를 불어넣으려는 재생의 시도로 끝난다. 그러니까 그 말은 말 자체를 위한 말의 탐구가 아니고, 인간성의 회복, 신뢰의

회복을 위한 말의 탐구"라고 지적한 바 있다.[67]

이청준은 「떠도는 말」과 같은 작품에서는 언어가 폭력의 바뀌는 경우를 그렸고, 「건방진 신문팔이」와 같은 작품에서는 '언어의 자의성'을 드러낸 바 있다. 그러다가 『남도사람』연작에서는 "언어의 폭력과 지배를 벗어나 용서와 화해로 나아가는 길의 하나로 '소리'를 들고 있다.

『남도사람』연작 중 「새와 나무」를 제외하고, 「서편제」, 「소리의 빛」, 「선학동 나그네」, 「다시 태어나는 말」 등에는 동일한 모티브가 반복 제시되고 있다. 한약재를 수집하는 사내는 남도 지역 곳곳을 돌아다니며 '소리'를 찾아 헤맨다.

그러나 사내가 '소리'를 찾아다니는 이유는 그리 단순하지 않다. '소리'는 어린 시절부터 사내를 따라다니던 '햇덩이'의 이미지와 중첩되기도 하고, 의붓아비에 대한 사내의 적대감과 증오로 이어지기도 하며, 동시에 '누이에 대한 오라비의 애틋한 정과 죄책감의 투사체'로서의 성격을 지니고 있다.

1-2-2. 『남도사람』연작과 '한'의 미학

마희정의 「이청준 연작소설 '남도사람'에 대한 고찰」이나, 은정해의 「이청준 소설에 나타난 한의 양상 연구」등은 모두 천이두의 '한' 이론을 원용하여 작품을 분석하고 있다. 또한 다음과 같은 이청준

---

67 권택영, 「이청준 소설의 중층구조」, 『이청준 깊이 읽기』, 190쪽.

의 '한'에 대한 견해 역시 천이두의 '한' 이론에서 크게 벗어나 있지 않다.

> 「서편제」에서의 한을 '쌓임'이나 '맺힘'의 사연보다, 본래의 삶의 자리와 자기 모습을 되찾아가는 적극적인 자기 회복의 도정, 그 아픈 떠남과 회한의 사연들까지도 우리 삶에 대한 사랑과 간절한 희원으로 뜨겁게 끌어안고 그것을 넘어서려는 '풀이' 과정을 더 소중하게 풀어보려 한 것이다. 한의 맺힘 자체는 원한이 되기 쉽고 파괴적 한풀이만을 낳기 쉬움에 반하여, 그 떠남의 사연과 회한 꺼안기·넘어서기의 떠돎은 우리 삶에 대한 능동적이고 창조적인 풀이와 정화·상승의 길이 될 수 있기 때문이다.[68]

판소리에서는 소리꾼이 수련을 쌓아가는 과정에서 그 가락이 제대로 삭고 익어서 예술적인 멋을 성취하게 된 상태를 '시김새'라 한다. 이는 예술적 차원의 가치를 표상하는 용어인 동시에 그러한 차원에 다다르기까지의 끊임없는 움직임을 암시하는 말이다. 따라서 한은 그 '시김새'에 다다르기 위한 끊임없는 삭임의 과정이라는 천이두의 견해와 위의 견해는 거의 일치한다.[69]

또한 '그늘'이란 말은 '시김새'가 차원 높게 성취된 경지에서만 기대될 수 있는 것으로서, 그 소리의 바탕에 거느리는 충충하면서도

---

68 이청준, 「서편제의 희원」, 『서편제』, 열림원, 1998, 59쪽.
69 천이두, 『한국문학과 한』, 이우출판사, 1985, 37~39쪽.

웅숭깊은 여유, 혹은 심오한 멋 같은 것을 이르는 말이며, 세상 살아가는 과정에서 산전수전 겪는 동안에 서럽고 한스러운 일들을 많이 겪으면서 생리적으로나 정신적으로 철이 들어가는데, 그런 사람을 일러 '그늘이 있는 사람'이라 한다.[70]

『남도사람』연작에 등장하는 대부분의 인물들 역시 한을 품고 살 뿐만 아니라 오히려 한에 의한 삶, 한을 위한 삶을 살아간다. 사내는 어려서 친아버지, 친어머니를 잃고 의붓아비와 살지만 의붓아비에 대한 적대감과 증오, 살기 등을 이기지 못하고 그를 떠난다. 이 과정에서 자신이 돌보아야 할 어린 누이와도 헤어진다. 그 역시 의붓아비의 북 치는 솜씨를 그대로 이어받고 있음이 훗날 누이에 의해 증언된다. 곧 소리를 떠난 것 자체도 사내에게는 커다란 한으로 남게 되는 것이다.

이 단계는 천이두가 지적한 '원(怨)'과 '탄(嘆)'의 단계라 하겠다. 이와 같은 부정적 에너지가 긍정적 에너지인 '정(情)'과 '원(願)'의 단계로 전환되기 위해서는 각고의 노력과 시간이 필요하고 무엇보다도 용서와 화해의 정신이 필요로 한다. 이 과정을 '삭임'의 과정이라 하고, 이 과정을 거쳐서 소리꾼은 '시김새'와 '그늘'을 얻게 되며, 본인뿐만 아니라 소리를 듣는 이들, 심지어 자연환경까지 억압과

---

70 천이두, 위의 책, 41쪽. 천이두는 "곰삭은 인품의 소유자만이 비로소 웅숭깊은 그늘이 깃들게 된다는 사실은 한이야말로 한국인들이 발견해낸 바, 한이야말로 무한하게 윤리적 지평을 열어가는 끊임없는 조절장치임을 증명한다."고 하였다. 이러한 천이두의 견해는 어미의 죽음, 오라비와의 이별, 아비에 의한 실명 등과 같은 시련과 역경을 극복하고 '백학'으로 상징되는 『남도사람』에서의 득음의 경지에 이르는 과정과 일치한다.

분노, 슬픔과 고통으로부터 해방되는 카타르시스를 맛보게 하는 것이다.

1-2-3. 반복과 차이에 의한 연작 형식

『남도사람』연작을 구성하고 있는 다섯 편 중 앞의 세 편(「서편제」, 「소리의 빛」, 「선학동 나그네」)은 동일한 구조를 취하고 있다. 사내가 남도 일대를 돌아다니다가 장흥, 보성, 회진 등의 주막에 들르게 되고 거기서 서로 다른 형태의 '소리'를 접하고 의붓아비와 누이를 직접 만나거나 소식을 듣게 된다. 곧 사내의 회상이나 주막집 여인, 혹은 주인 사내의 회상 등이 액자의 형태로 내포되고 있는 구조를 세 작품 모두는 취하고 있다.

세 편의 작품은 같은 내용을 반복 제시하기도 하고, 앞의 작품에서의 미진했던 내용을 뒤의 작품이 보완하는 연작의 형식을 취함으로써 개인을 넘어 공동체의 '한'과 맞닿아 있는 '소리'의 참 의미를 드러내고 있다.

사내가 어미를 잃고 의붓아비와 누이동생과 더불어 판소리와 북치는 법을 배우다가 의붓아비를 살해하는 것에 실패하고 그들 곁을 떠나게 되는 내용이 동일하게 반복 제시되는 내용이다. 그런가 하면 오라비가 누이 곁을 떠난 후의 이야기는 작품마다 '차이'를 보여준다. 그 과정에서 누이가 실명과 아비의 죽음 등을 극복하고 득음에 이르게 되는 행적이 그려지고 오라비와 누이 사이의 관계가 끝내 완전히 충족되지 못하고 미끄러지는 모습도 드러난다.

「서편제」에서 사내는 누이에게 소리를 배운 여성과 만난다. 그녀가 부르는 소리를 청해 듣고 그녀로부터 아비와 누이에 대한 소식을 전해 듣는다. 비록 누이의 소리를 직접 듣지는 못하지만, 제자의 소리를 통해 누이와 의붓아비의 소리를 느끼게 되고, 그녀와의 대화를 통해 누이가 아비에 의해 시력을 잃게 되었다는 중요한 사실을 알게 된다. 이 작품에서는 두 개의 액자가 존재하는데 하나의 주막집 여인이 들려주는 소리꾼 부녀 이야기이고, 또 하나는 사내가 회상하는 유·소년시절의 이야기이다.

「소리의 빛」도 「서편제」와 마찬가지로 '의붓아비와 누이에 대한 사내의 회상'이 액자 내화에 담겨 있다. 「소리의 빛」에서는 「서편제」와는 달리 사내는 누이를 직접 만난다. 이미 상대가 누이라는 사실을 알고 사내는 온 것이고, 누이 역시 직감적으로 사내가 오라비인 것을 바로 알아차린다. 그러면서도 둘은 끝내 내색하지 않고 밤늦게까지 오라비는 북 장단을 치고, 누이는 소리를 하다가 함께 잠자리에 든다. 다음날 일찍 오라비는 먼저 길을 떠나고 누이 역시 그 주막을 떠나겠노라고 주인 사내에게 말한다.

「선학동 나그네」에서 사내는 「서편제」에서와 마찬가지로 누이를 직접 만나지 못한다. 다만 회진의 선학동에 자리한 한 주막에서 주인 사내로부터 아비와 누이에 대한 소식을 전해 들을 뿐이다. 이 작품에서는 사내의 회상은 배제되었고, 대신 주막집 주인의 회상이 두 개의 액자에 나뉘어 있다. 첫 번째 액자는 아비와 누이가 함께 찾아와 선학동에서 소리를 하던 내용을 담고 있고, 두 번째 액자는 선학동 앞바다가 간척사업에 의해 메워진 이후 아비의 유골을 암장하기 위해 돌아온 누이가 포구에 물이 치는 소리를 들으며 소리하던 내용을 담고 있다. 사내는 비록 누이를 직접 만나지는 못하지만 주인 사내는 누이와 사내가 함께 학이 되어 선학동에 노니는 환각을 느낀다.

위의 세 작품의 구조적 동일성과 세부적 차이점을 검토하는 가운데 제기되는 문제들은 다음과 같다.

첫째, 사내의 회상을 통해 반복적으로 제시되는 '햇덩이'의 이미지는 무엇을 뜻하며 사내는 아비를 죽이고 싶었으면서도 왜 죽이지 못하였는가?

둘째, 아비는 왜 누이의 눈을 멀게 하였는가? 또 실명된 딸을 바라보는 아비의 심정은 어떠했겠는가?

셋째, 사내는 아비와 누이를 뒤로하고 떠났으면서도 평생 남도를 떠돌며 그들의 자취를 더듬고 다니는가? 그리고 정작 오라비와 누이는 직접 만나 서로를 인지하였으면서도 그것을 끝내 내색하지 아니하였는가?

넷째, 누이와 헤어진 이후에도 누이를 얼마든지 직접 만날 수 있었을 텐데 왜 그 이후에 한 번도 만나지 아니하였는가? 또 누이는 주막집 사내를 통해 왜 오라비가 더 이상 자신의 종적을 뒤쫓지 말라고 하였는가?

다섯째, 아비와 누이, 그리고 주인집 사내가 본 '백학'의 환상이 의미하는 바는 무엇인가? 등이다.

다음 장에서는 이와 같은 의문들을 한 가지씩 풀어나가 보도록 하겠다.

1-3. 『남도사람』등장인물의 욕망의 구조

1-3-1. 외디푸스 콤플렉스 '소리'의 양가성

「서편제」와 「소리의 빛」에 제시되고 있는 사내의 회상에 의하면 "소년의 머리 위에는 언제나 그 이글이글 불타오르는 뜨거운 햇덩이가 걸려 있었던" 것으로 그려져 있다. 그 뜨겁게 이글거리는 '햇덩이'는 "그 소리의 진짜 모습"(「서편제」, 21쪽)인 것이며, '소리'의 주인은 '어미를 빼앗고 죽게 만든 의붓아비'이다.

사내는 일찍이 친아버지를 여의고 어머니와 살았다. 어머니는 콩밭에서 늘 일을 해야 했기 때문에 어린 아들을 '무덤가 잔디밭에 허리 고삐'를 매어 놓을 수밖에 없었다. 그러다가 소리꾼인 한 사내가 어머니 곁으로 왔고 그를 받아들인 어머니는 누이를 낳다가 세상을 떠났다. 이 과정에서 사내는 엄청난 충격과 혼란, 억압, 불안, 소외 등을 복합적으로 경험하였을 것이며, 이러한 것들은 평생의 정신적 상처(trauma)가 되어 그의 무의식 속에 강렬하게 살아 있었음에 틀림이 없다. 따라서 '햇덩이'는 사내의 무의식 속에 일생동안 자리 잡고 있었던 '정신적인 복합체'로 보아야 할 것이다.

사내에게 의붓아비와 그의 '소리', 혹은 '햇덩이' 등은 양가적 존재다. 사내는 "어떻게 된 심판인지 사내는 그 고통스러운 소리의 얼굴을 버리고는 살 수가 없었고, 그런 식으로 (아비는) 이날 이때까지 반생을 지녀온 숙명의 태양이요, 소리의 얼굴이었다."라고 고백하고 있다. 심지어 누이로부터 소리를 배운 여성의 소리에서조차 사내는

"다시 그 자기 햇덩이를 만나고, 무서운 인내 속에서 그 뜨겁고 고통
스러운 숙명의 햇볕을 끈질기게 견뎌내기도" 한다.

모든 개인이 개체 발생의 과정에서 보편적으로 경험하는 외디푸
스 콤플렉스는, 아들과 어머니 사이의 직접적인 이자(二者) 관계에
서부터 삼자적(三者的) 간접 관계로 치환하면서 발생한다. 주체가 삼
자 관계 구도를 가진 상징계를 내적으로 받아들임으로써 동일시의
이자 관계를 초월하는 것이다. 외디푸스 콤플렉스는 주체 내부에 문
화의 자리를 마련해 준다. 아이는 사회 구성원으로서의 자신의 위치
를 인식하면서 사회의 법과 규범, 그리고 금기 등을 받아들인다. 모
든 사회 질서의 근본적 토대는 근친상간의 금지에서 비롯되는 것이
기 때문이다. 아버지는 근친 상간을 금지하는 '남근(Phallus)의 표상'
으로서 규칙과 금기의 상징이다.[71]

무의식적으로나마 어머니를 만족시키기 원하는 아이는 어머니에
게 '결여된 대상'이자 어머니가 가장 욕망하는 '남근'이 되고 싶어
한다. 아이는 어머니가 욕망하는 것을 욕망하며, 자신이 그 욕망을
충족시키기 위해 자신을 욕망의 대상인 남근과 동일시한다. 그러나
아이는 이내 자신이 어머니를 만족시켜 줄 '남근'[72]을 가지로 있지

---

71 아버지는 보호와 금지라는 서로 상충된 두 가지 기능이 있는데 외디푸스 콤플렉
스 단계에서 아버지는 이 두 기능이 만나는 지점이다. 주체는 외디푸스 콤플렉스
를 통해서 그러한 사회적 정체성을 획득하게 된다. 딜란 에반스, 김종주 외 역, 『라
캉 정신분석사전』, 인간사랑, 1998, 263-270쪽 참조.

72 자크 라캉에 의하면 음경(penis)과 구분되는 남근은 육체적 생식기관이 아니고,
기표, 기능 혹은 은유이다. 또한 남근은 상실된 욕망과 대역으로서, 거세로 재현되
는 결여의 기표이다. 남근은 목적도 아니고 어떤 최종 진리도 아닌, 불가능한 정체
성의 기표이다.

못하며 자신의 힘이 제한되어 있다는 사실을 받아들인다. 이것은 아이가 아버지의 법을 내면화하는 것을 의미한다.

프로이트나 라캉이 말한 것처럼 대체로 아이들은 외디푸스 콤플렉스 단계를 거쳐 상상계 (二者 관계)에서 상징계(아버지의 이름을 받아들이는 삼자적 관계)로 나아가게 되며 정상적인 윤리의식(초자아)을 가지고 원만하게 사회생활을 영위할 수 있다.

그런데 『남도사람』에 등장하는 사내의 경우는 이 과정을 도저히 순조롭게 통과할 수 없게 되어 있다. 그것은 '친아버지가 너무 일찍 죽은 것', '어머니가 아이를 돌보지 않고 줄로 묶은 상태로 방치한 것', '어머니를 낯선 사내가 그로부터 빼앗아 간 것', '낯선 사내가 어머니를 죽게 한 것', '어머니의 분신이자 대체물이라고 할 수 있는 누이마저도 의붓아비에게 빼앗긴 것' 등 때문이다

친모로부터 사랑을 받으며 큰 아이는 기꺼이 '아버지의 이름'을 받아들이고 어머니의 '남근'이 되기를 포함함으로써 상징계에 진입함과 동시에 성인으로 성장한다. 그런데 사내의 경우는 친아버지의 자리와 어머니의 목숨까지 빼앗아간 의붓아버지의 이름을 받아들이는 것이 사실상 불가능하다. 그런데 어머니가 평생 '소리'를 하며 살았고, 낯선 사내를 받아들인 것도 '소리' 때문이었던 것으로 미루어 볼 때, 사내 역시 태생적으로 '소리'를 좋아하고 '소리'를 떠나서는 살 수 없는 인물로 보아야 할 것이다.[73]

---

73 최종배, 「이청준 연작소설 '남도사람'에 대한 정신역동적 고찰」, 『신경정신의학』 제35권 제6호, 1996. 최종배는 이 논문에서 낯선 소리와 햇덩이를 "하늘 위에 군림하며 빛을 발하는 햇덩이는 권력의 상징이고 햇덩이의 출은 주인공에게는 동경의

1-3-2. '소리'의 양가성과 실재계

『남도사람』연작에서의 아비는 '소리'는 양가성을 띤다. 사내는 아비의 '소리'가 "살의를 잔뜩 동해 올려놓고는 그에게서 다시 계략을 좋을 욕심의 힘을 몽땅 다 뽑아가 버리는 것"을 느낀다. 그는 어미를 죽이고 누이의 눈을 멀게 한 의붓아비에게 평생 살의를 품고 살지만, 한편으로 평생 아비의 소리를 잊지 못하고 그것에 집착하며 그것이 남긴 흔적을 추적한다.

'소리'와 더불어 살았어야 했던 사내가 그러지 못하고 '소리'를 떠나 살았기 때문에 그는 늘 '소리'를 찾아 헤맬 수밖에 없었다.[74] 그는 결국 평생 남도 일대를 떠돌아다니며 아비의 '소리'를 다시 느끼기 위해 방랑한다. 물론 누이를 만나기 위한 목적도 없지 않았지만, 그보다는 누이를 통해 아비의 '소리'를 만나고, 나아가 아비의 '소리'를 통해 자기 자신의 정체성을 확인하려 하지만 늘 실패할 뿐이다. 왜냐하면 '소리'는 라캉이 이야기하는 '실재계'에만 존재하는 것이기

대상이며 동일시하고자 하는 영웅이 나타나는 의미이다. 지금까지는 자신보다 힘이 세고 무섭게만 여겨지는 어머니에게 묶인 채 힘없이 무기력하게 지냈는데 어머니보다 강력한 새로운 권력자가 나타나 그 어머니를 지배하는 것을 보고 주인공은 그 햇덩이를 선망하게 된다."고 한 바 있다. 물론 최종배의 견해에도 일리가 없지 않지만 필자의 생각으로는 '소리'와 '햇덩이'를 보다 폭넓게 해석할 필요가 있다고 본다. 사내는 낯선 사내를 선망하기도 하였겠지만, 그보다는 오히려 의붓아비에게 강한 적대의식('살기')도 품었다. 따라서 낯선 사내에 대한 주인공의 태도는 양가적이라고 할 수 있다.

74 사내가 의붓아비를 죽이지 못한 이유도 바로 여기에 있다. 의붓아비는 타자이자 곧 자기 자신이기 때문이다. 의붓아비를 죽이는 것은 곧 자기 자신을 죽여야 하는 것이기 때문에 끝내 죽이지 못하고 그렇다고 용서할 수도 없었기 때문에 그를 떠날 수 밖에 없었다.

때문이다.[75]

누이에 대한 사내의 태도 역시 양가적이다. 누이는 비록 아버지는 다르지만 같은 어머니의 몸에서 태어난 사내에게 있어서 유일한 혈육이며 '어머니의 분신이자 대체물'이라 할 수 있다. 누이 역시 엄한 아비보다는 오라비에게 의지하는 마음을 가졌을 것이다. 하지만 어머니의 '남근'이 되는 것이 거세의 위협(사회적 통제와 감시) 때문에 불가능하였듯이, 누이와의 결합도 사실상 불가능하기 때문에 누이에게 강하게 끌리는 만큼 더 강한 힘으로 누이를 밀치고 거부해야만 하는 게 또한 사내의 숙명이다.

사내가 그토록 누이를 찾아 헤매고, 마침내 감격적인 상봉을 하였음에도 불구하고 밤새 소리를 하고 북으로 장단을 맞추었을 뿐, 끝내 내색조차않고 작별하였을 뿐 아니라 평생 다시 만나지 않은 이유도 이로 미루어 짐작할 수 있다. 주막집 사내는 다음과 같은 말도 같은 맥락에서 이해가능하다.

그러고 보면 아마 자네 오라비라는 사람이 그렇게 가버린 것도 자네의 그 한을 다치지 않으려는 것이 아니었는가 싶네. 사람들 중엔 때로

---

75 욕망에 주체(사내)는 적어도 표상에 의해 온전히 장악되지 않는 잉여로서의 '대상 소문자 a(소리)'라고 하는 도달 불가능한 목표를 양보 없이 추구할 가능성을 갖는 자유의 주체이다. 이 경우 '소리'는 실재계에 속하는 것으로 보아야 한다. 라캉에게 실재계란 "사유의 그물에 잡히지는 않지만 의식 외부에 실재적으로 존재하는, 결코 부정될 수 없는 존재의 질서"이다. 『남도사람』에서 사내에게 '소리'는 '파악될 수 없는 것'인 동시에, 언제든 귀환하여 자신의 어미, 의붓아비, 누이 등으로 구성된 세계(상징계)에 대한 환상을 파괴하고 늘 새로운 진실과 조우하게 만드는 '실재'라 할 것이다.

자기 한 덩어리를 지니고 그것을 소중스럽게 아끼면서 그 한 덩어리
를 조금씩 갈아 마시면서 살아가는 위인들이 있는 듯싶데 그랴. 자네
가 그렇고, 내가 그렇고, 알고 보면 자네 오라비라는 사람도 아마 그
길에서 그리 먼 데 있는 사람은 아닐 걸세. 그런 사람들한테는 그 한이
라는 것이 되려 한세상 살아가는 힘이 되고 양식이 되는 폭 아니었는
가. …(중략)… 자네 오라빈 자네 소리에 서린 한을 아껴주고 싶은 나머
지 자네한테서 그것을 빼앗지 않고 떠나기를 소망했음에 틀림없을 걸세.

－『서편제』, 55쪽

'서로의 한을 아껴주는 것'은 결국 자기 몫의 한을 저마다 지고 살
아야 함을 의미한다. 이와 같은 '한의 미학'은 예술 일반 내지, 나아
가 인생 일반으로까지 확산시킬 수 있다. 이청준의 전체 작품이 전
반적으로 알레고리적 성격을 띠고 있기 때문에 더욱 그렇다.

1-3-3. '백학'의 환상과 실재계

「서편제」, 「소리의 빛」, 「선학동 나그네」 등에서 제시되고 있는 욕
망 추구의 방식과 '한'의 실현 과정은 예술 일반 및 인생 일반에까지
도 확대 적용할 수 있는 '승화와 조절의 원리'에 해당한다.

라캉에 의하면 모든 욕망은 '상징계를 지배하는 대타자(Other)의
욕망'이다. 내가 욕망하는 게 아니라 대타자가 욕망하는 것을 내가
그대로 받아들인다는 것이다.[76] 대타자는 일반적으로 어머니이거나
아버지이다. 그들이 지녔다고 오인되는 것은 '남근(Phallus)'이며, 욕

113

망의 대상은 'a'로서 '결여'와 '부재', 혹은 '환상'에 불과하다. 곧 주체는 대타자가 욕망하는 것을 욕망하는데 그것은 '남근'이다. 그러나 남근은 실재계에 존재하기 때문에 그 실체를 알 수 없고 우리는 어떤 대상(라캉은 그것을 알파벳 소문자 'a'로 표기하였다)을 욕망함으로써 스스로 남근이 되고자 한다.[77]

사내는 유아 시절에 어머니의 '남근'이 되고자 하였으나, 자신을 방치한 어머니로부터 첫 번째 좌절을 경험하며, 친아버지도 아닌 낯선 사내에게 어머니를 빼앗김으로써 두 번째 좌절을, 그리고 누이마저 의붓아비에게 빼앗기면서 세 번째 좌절을 경험한다. 대부분의 아이들은 이 과정에서 '거세 콤플렉스'를 경험하고 '아버지의 이름'을 받아들이며 오히려 아버지의 남근과 자신을 동일시함으로서 나름대로 안정된 '자아(ego)'를 구축한다. 일반적으로 '자아'는 상징계에 성공적으로 편입하여 이른바 '아버지의 법칙(Father's Law)'에 순응하면서(법과 도덕, 양심 등을 지키며) 정상적인 사회생활을 영위할

---

76 인간에게 선행하며 인간을 넘어서는 것, 처음에는 인간을 주체로 자리매김하지만 항상 개인의 범주를 초월하는 것, 따라서 '대타자'는 사회, 법, 아버지, 이데올로기, 기표, 도는 언어와 문화의 규범 등 다양한 의미를 가지고 있다.

77 나는 엄마와 다르며, 상상계에서 동일시되었던 모든 대상들 역시 서로 다른 존재들이라는 것을 깨닫는 과정을 통해 아이는 자신과 동일시했으며 그런 의미에서 온전히 자신의 욕망의 순전한 대상이었던 모든 것(특히 어머니로 대표되는)을 상실하게 된다. 이렇게 하여 상실된 욕망의 대상을 라캉은 '대상 소문자 a'라고 부른다. 상징계에 진입하면서 주체는 이렇게 최초의 분열을 겪게 되는데, '대상 소문자'는 그러나 완전히 사라지는 것은 아니라 다른 타자 즉 '대문자 타자(Other)'에 의해 억압되며 무의식 상태로 밀려난다. 대문자 타자란 상징계를 지배하는 아버지의 법칙을 의미하는데, 여기에서 말하는 아버지란 생물학적 아버지라기보다는 아버지로 상징되는 사회적 규칙체계 일반을 의미한다. (오민석, 『현대문학이론의 길잡이』, 시인동네, 2017, 180쪽)

수 있는 것이다.[78]

그러나 사내의 경우는 도저히 상징계에서조차 '의붓아비의 이름'을 받아들일 수도 없고, 그를 '남근'으로 인정할 수 없으며, 당연히 의붓아비와 자신을 동일시시킬 수도 없었다. 그렇다고 새로운 아버지를 찾거나, 스스로가 아버지가 될 수도 없었다. 따라서 그는 늘 의붓아비와 '소리' 혹은 '햇덩이'에 대해 살기(殺氣)를 품지 않을 수 없었다. 그러나 '소리'와 '햇덩이'는 의붓아비이자 곧 자신이기도 하였기 때문에 그는 끝내 의붓아비를 죽이지 못하고 그와 누이의 곁을 떠날 수밖에 없었던 것이다.

사내는 누이를 직접 만나기도 하였지만, 누이의 소리만 청해 듣고 바로 다음 날 헤어진다. 그러면서도 줄곧 누이의 종적을 추적하며 살지만 끝내 만나지 못하고 주막집 사내로부터 '더 이상 찾지 말라'고 전해 듣는다. 이렇게 볼 때 '소리'는 욕망의 대상이자, 결여 혹은 부재 그 자체이다. 욕망의 대상은 결코 충족될 수 없고 충족되어서도 안 된다. 끊임없이 추구하는 과정만 존재하며, 그 끝은 없다. 그것은 곧 소리꾼이 판소리를 익혀 나가는 과정이자, 인생의 본질적 국면이기도 하다.[79]

---

78 주체는 불쾌하고 고통스런 경험을 반복하기 원치 않는다. 따라서 불쾌와 고통의 재료들을 의식에서 제거하려 한다. 주체는 그런 재료들을 무의식 속에 묻어두고 의식의 표면에 떠 올리지 않는다. 이렇게 어떤 경험을 무의식 속으로 묻어두는 것을 프로이트는 억압이라 칭한다. 억압은 모든 개인에게 경험되는 보편적 사건이다. 중요한 것은 이렇게 억압된 재료들은 완전히 사라지지 않는다는 것이다. 무의식에서 억압된 재료들은 항상 의식의 표면으로 다시 나타나려 하고, 주체는 이렇게 재료들이 다시 의식화되는 것을 방해하려 한다. 이렇게 억압된 기억이 의식으로 다시 돌아오는 것을 프로이트는 '저항'이라 명명한다.

79 실재계는 언어 밖에 있고 상징화에 동화되지 않는 것으로 나타난다. 이는 상징화에 절대적으로 저항하는 것이다. 혹은 상징화 밖에 존재하는 그것이 무엇이든 그

「선학동 나그네」에서 누이는 주막집 사내에게 오라비가 더 이상 자신의 종적을 뒤쫓지 말라는 말을 남긴다. 사내는 이제 누이를 다시 볼 수 없게 되었지만, 대신 아비와 누이, 그리고 주인집 사내가 본 '백학'의 환상을 자신도 봄으로써 무의식적 차원에서 깊은 교감을 나누게 된다. 이 작품에서 '소리'는 '백학'으로 상징되는 실재계와 상징계를 잇는 통로 역할을 담당하고 있는 것으로 보인다.

라캉은 '실재'를 인식하기 위해서는 상징화 혹은 의미화가 실패하는 지점이나 순간에 주목해야 한다고 하였다. 곧 실재는 오직 상징적 현실의 순행을 훼방하는 '내부의 오점이나 얼룩', 곧 '현실 자체의 맹점이나 기능장애'로서만 드러난다는 것이다. 『남도사람』연작에서 사내는 누이를 단 한 번 만나지만 끝내 내색하지 못하고 헤어진다. 이후에도 사내는 누이의 종적을 좇지만 결국 누이로부터 더 이상 찾지 말라는 말만을 전해 듣는다.

이는 라캉이 이야기하는 오점이나 얼룩 (혹은 '맹점이나 기능장애)라 할 수 있다. 사내와 그 누이는 얼마든지 서로 의지하고 살 수도 있었을 것이다. 적어도 각자 상대를 인지했음을 서로에게 고백하는 것이 상식에 맞는다. 그럼에도 불구하고 둘은 끝내 서로 미끄러지며 어긋나는 길을 선택한다. 그들은 서로의 한을 다치치 않게끔 하면서

의 영역이다. 그것은 상상할 수 없고, 상징계에 통합할 수 없으며, 어떤 방법으로도 얻을 수 없기 때문이다. 실재계는 불안의 대상이다. 실재계는 더 이상 하나의 대상이 될 수 없는 본질절 대상이지만 모든 말이 멈추고 모든 범주가 실패한 것, 즉 불안의 대상과 대면했던 그 무엇이다. 외상의 형태로 드러나는 이런 실재적 대상과의 조우에 실패한 것이다. 따라서 실재계는 환각 및 외상적인 꿈과 같은 것들도 포함한다. 실재계는 알 수 없고 동화되지 않는 쪽에 확실히 위치하는 반면, '현실'은 상징적인 표명과 상상적인 표명의 산물인 주관적인 표상을 가리킨다.

자신의 몫의 한을 고독하게 짊어지며 나아가길 원하였다.

아비가 딸의 눈을 멀게 한 것도, 아들이 어머니의 복수에 실패하는 것도 마찬가지로 '오점이나 얼룩'에 해당한다. 누이는 바로 그 '오점과 얼룩'을 통해 득음의 경지에 오르고 자신뿐만 아니라 그 소리를 듣는 모든 이들로 하여금 실재계를 체험케 한다. '백학'이 바로 그것이다. 따라서 '백학'은 얼룩과 오점, 혹은 고통과 슬픔, 증오 등의 감정을 극복하고 '화해와 용서'로 나아갈 때 조우하게 되는 섬광처럼 나타났다가 이내 사라지고 또다시 찾아야만 하는 '대상 소문자 a', 라 할 것이다.

1-4. 사랑과 용서의 정신과 '소리' － 「새와 나무」, 「다시 태어나는 말」

1-4-1. '소리'의 심화와 확대

「서편제」, 「소리의 빛」, 「선학동 나그네」 등은 앞에서 살펴본 바와 같이 등장인물들이 저마다의 원한을 풀고 절망과 고통을 삭여나가는 과정을 통해 상대를 이해하고 용서함으로써(情의 단계) 자신이 부정적인 상태에서 벗어나 해방감을 맛볼 뿐만 아니라 실재계를 체험하게 하였음은 앞으로 지적한 바와 같다.

이와 같은 태도는 판소리 창자를 비롯한 예술인 일반인이 최고의 경지에 도달하기 위해 겪게 되는 과정과도 일치한다. '비가비'였던 권삼득은 가문으로부터 파문과 가난을 극복하고 '덜렁제'라는 새로운 판소리 선율을 도입하였고 충남 강경 출신의 명창 김성옥은 '학 슬풍'이라는 질병으로 고생하였는데 오랜 세월 홀로 누워 있으면서 진양조를 완성한 것으로 알려졌다. 그런가 하면 서편제의 창시자인 박유전은 한때 대원군의 총애를 받기도 하였지만 말년에 보성 일대 를 떠돌다가 무덤도 없이 죽어갔다.[80]

이밖에도 수많은 명창들이 질병과 가난, 사회적 냉대와 맞서 싸우 며 득음의 경지에 이르렀고 '시김새'와 '그늘'을 획득하였음은 주지 의 사실이다. 「새와 나무」와 「다시 태어나는 말」은 앞의 세 작품과는 연관성이 약한 작품들이다. 특히 「새와 나무」에는 앞의 작품들과 연 관된 인물이 아무도 없다. 단지 「다시 태어나는 말」에만 누이의 오라 비인 사내가 김석호(『초의선집』의 편찬자)의 회상 중에 등장해 자신 의 이야기를 들려줄 뿐이다.

따라서 「새와 나무」와 『남도사람』과의 연관성은 내용이 아닌 구 조적인 측면에서 찾아야 한다. 앞의 세 작품에 등장하는 사내가 남 도 일대를 떠돌아다니듯이 「새와 나무」의 사내(손) 역시 남도일대를 떠돌아다니는 인물로 설정되어 있다. 앞의 작품들의 사내가 주막에 들러 주인에게 아비와 누이의 소식을 듣거나 소리를 청해 듣는 것처 럼, 「새와 나무」의 사내 역시 과수 수림(樹林) 내에 있는 집에 머물며 주인으로부터 '빗새'에 해당하는 '형'과 '시쟁이'에 대한 이야기를 듣는다.

「새와 나무」에는 '농부가'가 '소리'에 해당한다. 남도 지역 곳곳에

---

80 최동현, 『판소리란 무엇인가』, 에디터, 1994, 117~143쪽 참조.

서 들려오고 빗새처럼 살아가는 형, 시쟁이, 사내 등의 잔등에 짊어지고 다니는 '소리'의 의미에 대해 주인은 다음과 같이 말하고 있다.

> 누구나 자기중심의 관계만을 원했다. 그리고 상대방을 탐욕스럽게 꺾어 이겨서 그를 차지하고 다스리는 관계를 만들려 했다. 그런 관계 속에서 나 자신의 얼굴과 자리를 팔려 하였다. 그것은 소유와 지배의 관계였다.
>
> ─ 『서편제』

주인은 도회지에 살아가는 사람들이 사람의 모습이나 자리가 없으니 오로지 '관계'만을 배울 수밖에 없음을, 그것도 '지극히 부박하고 배타적이고 그래서 끝내는 파괴적이 될 수밖에 없는 관계'만을, 애초에 사람의 자리가 없는 데서 '관계'만을 구하고 있음을 비판한다. 주인은 이와 달리 시쟁이나 사내를 물질적 이해의 대상으로 보거나 자기중심적 관계에 의해 배타적으로 대하지 않는다. 상대의 '모습'과 '자리'를 있는 그대로 인정하고 늘 상대를 존중하고 배려하는 태도를 취한다. 부모 욕심을 내세워 아들을 도회지의 상급학교에 진학시키지도 않고 이재를 위하여 나무를 심지도 않는다. 곧 주인은 지배와 소유가 아닌 새와 나무처럼 자연스럽게 서로 의지하고 위로하는 이타적인 관계를 꿈꾼다.

앞의 세 작품에서의 '소리'는 끊임없이 도달하고자 하지만 결코 그 도달이 불가능하다는 점에서 '대상 소문자 a'일 수밖에 없는 것이다. 이 작품에서의 '소리'에 대해 주체는 정성으로 대상을 대하고 결과에 관계없이 과정 과정을 충실하게 살아나갈 뿐이다. '명창으로서의 높은 명성을 얻거나 널리 인정받는 것' 그 자체는 '대타자(Others)'이지 결코 '대상 소문자 a'가 될 수는 없다.

시쟁이가 주인 소유의 땅을 사려 했지만 남의 자서전을 대필하는 일을 도저히 할 수 없어 돈을 구하지 못하고 죽어가며, 그 유골마저도 강에 뿌려지는 바람에 결국 자신이 갖길 원하던 땅에 묻히지 못하였지만 주인은 아랑곳하지 않는다. 등기상으로 땅을 소유하지도 않았고 그 유골마저도 그 땅에 묻히지 못하였지만, 그 땅을 갖고자 했던 그의 간절한 바람(願)이나 그가 사려고 했던 땅에 나무를 심어주던 주인의 마음(情)이야 말로 소리의 참모습 곧 '대상소문자 a'가 아닐 수 없다.

이처럼 원(怨), 탄(嘆)의 상태에서 정(情), 원(怨)의 상태로 이어지는 '한'의 정신은 「다시태어나는 말」에 이르러 정점을 이른다. 이 작품의 주인공이자 초점화자인 지욱은 「언어사회학서설」연작 네 편에서 말에 의해 배신당하고 복수당하며 가위 눌린 꿈을 꾸고, 스스로 거짓 소문을 만들어내는 모습에 절망하였던 인물이다.[81] 그는 우연히 김석호가 엮은 『초의선집』을 보고 타락하지 않은 순결한 말을 찾아 김석호를 직접 찾아온다.

---

81 사물과의 약속을 떠나 버린 말, 실체의 옷을 버린 말, 내용으로는 이미 메시지가 될 수 없는 말, 일정한 질서도 없이 그것들 스스로 원하는 형식으로밖에는 남아 있지 않을 수가 없는 말, 그런 말들에 대한 실망은 지욱 자신이 이미 충분할 만큼 경험을 해온터였다. 하지만 지욱은 그런 경험과 절망 덕분에 오히려 마음이 담담해질 수도 있었다.(『서편제』, 152쪽)

그러나 김석호 자신은 다도의 형식을 지키지 않는다. 그리고 만년의 초의선사 역시 다도의 형식에 얽매이지 않았을 것이라고 말한다. 이 작품에서도 앞의 네 작품의 주인처럼 김석호가 사내에 대한 이야기를 지욱에게 들려줌으로써 앞의 작품들과의 구조적인 동일성을 유지한다. 사내의 이야기는「서편제」,「소리의 빛」,「선학동 나그네」의 내용을 요약한 것이다.

김석호는 '그 법도 너머에 있는 참다운 다인의 마음'이 바로 사내와 그의 누이가 가졌던 그리고 말년의 초의선사가 가졌을 '용서'라고 말한다.

용서에는 자연 후회가 따르고 속죄가 따르고 그리고 마땅히 감사가 따르지요. 물을 엎지르고 손을 데어 가며 숯불에 간신히 다관을 덥혀 낸 스님이 그 침침한 당신의 눈으로 저 깊은 골짜기를 내려다보고 앉아 차를 마실 때 스님은 그 차 끓여 마시는 법도를 지키거나 생각하신 것이 아니었을 거외다. 더러는 시를 생각하고 불법을 생각하고 계시기도 하셨겠지요. 하지만 그보다는 스님은 여기서 당신이 살아온 긴 인생사의 덧없음을 생각하고 당신과 당신의 이웃들에 행한 수많은 인간사들에 후회와 속죄와 감사의 마음에 젖으셨을 거외다. 내가 누구에게 못할 짓을 하였나, 내가 누구를 원망하고 원한을 지닐 일은 해오지 않았던가. 그런 일들을 후회하고 용서하고 속죄하며 비로소 그런 마음을 얻게 된 일을 감사하고 계셨을 거외다 …….

— 『서편제, 176쪽』

김석호가 이와 같은 생각을 하게 된 것은 전적으로 사내 때문이었다.

> 사내의 헤매임은 말할 것도 없이 자신의 삶에 대한 깊은 화해와 용서의 마음 때문이었다. 아비를 죽이고 싶어한 부질없는 자신의 원망을 후회하고, 그 아비와 누이를 버리고 달아난 자신의 비정을 속죄하고 …… 그러나 이제 와선 이미 서로를 용서하고 용서받을 길이나 사람이 없음을 덧없어하면서 그 회한을 살아가고 있는 사내였다.
>
> ─『서편제』, 180쪽

이리하여 「다시 태어나는 말」을 통해 『남도사람』 연작과 「언어사회학서설」 연작은 비로소 만나게 되고 구조적 통일성을 획득한다. 곧 「언어사회학 서설」 연작에서 제기된 질문은 『남도사람』 연작에서 해답을 구하게 되고, 두 연작에 공통으로 수록된 「다시 태어나는 말」에 의해 『남도사람』 연작에서의 '소리'의 문제가 단지 개인사적 문제에 그치는 것이 아니라 사회적인 문제, 혹은 예술 전반의 문제로 심화·확산되고 있음도 알 수 있다.

1-4-2. 예술의 길과 나그네의 정신

이청준의 1998년작 「날개의 집」은 한 농촌 소년이 화가로 성장해 가는 과정을 담고 있다. 이 작품의 주인공 세민은 우체부, 형사와 같은 직업을 꿈꾸던 어린이였지만 나무에서 떨어진 후 농사일도 제대로 지을 수 없는 처지가 되자 그의 부친은 그를 당숙이자 화가인 유당에게 보낸다. 유당으로부터 "땅을 가꾸는 일이 그림 공부이므로 모름지기 그림을 그리고자 하는 이는 마음 공부, 사람 공부, 일 공부를 먼저 익히고 기술을 익혀야 한다"고 가르친다. 부친의 별세 이후에 고향 마을에 돌아온 세민은 "그 흙이나 삶에 대한 사랑 역시 어떤 법식이나 방편이 아니라 피할 수 없는 삶 가운데서 배우고, 배움에서가 아니라 살아감에서 움이 돋고 자라가는 것이 분명했다. 아픔을 배우는 것이 사랑이 아니라 그 아픔을 앓는 것, 그 아픔을 숙명의 삶 속에서 앓아가는 것이 사랑이었다. 자신의 온 몸뚱이로 그 아픔을 참고 앓아나아감이 사랑이었다."고 되뇐다.[82]

그만큼 삶과 예술은 한 뿌리의 서로 동일한 표현일 수밖에 없는 것이기 때문이다. 삶이란 것이 바로 예술이며, 예술조차 삶일 수밖에 없다는 소중한 공리를, 우리는 세민의 삶과 그의 예술을 통해서 읽어낼 수 있다. 따라서 세민이 자신의 육신의 고통을 통해 그의 예술을 통해 아픔을 앓고 있는 소외 현상에 눈뜨고 그 안에서 삶의 평화와 조화를 그림으로 재현할 수 있었던 것은 결코 범상한 일상사의 차원이라고 말할 수 없다.[83]

김경수가 위에서와 같이 지적한 바와 같이 이청준은 삶과 예술의

---

82 이청준, 「날개의 집」, 『제1회 21세기 문학상 수상 작품집』, 이수, 1998, 87쪽.
83 김경수, 「이청준」, 위의 책, 377쪽.

궁극적 일치를 꿈꾸었던 것으로 보인다. 그 자신이 그와 같은 태도로 작품 창작에 임하였고 소리꾼이 등장하는 『남도사람』 연작이나 화가들이 등장하는 「날개의 집」이나 「지관의 소」의 주인공들이 추구하는 바도 마찬가지이다.

이들은 결코 한 군데에 머물거나 안주하지 않고 늘 나그네처럼 새로운 세계를 향하여 길을 떠나며, 외롭고 지친 이들이나 지배와 소유의 세상에 적응하지 못하고 소외당한 이들을 위해 안식처를 제공하고 재충전을 돕는다. 이와 같은 '나그네 정신'은 또한 예술 그 자체의 정신이기도 하다. 그것은 또한 그들이 추구하는 경지나 목적이 '대상소문자 a'임을 인정하는 것이기도 하다. 세속적인 영달과 출세는 결국 '아버지의 법칙(상징계, 남근)'에 순응하는 것에 불과하기 때문이다.

지금까지 『남도사람』 연작에 나타난 '한의 미학'과 '용서의 정신'에 대해 고찰해 보았다. 다섯 편의 단편소설로 구성된 『남도사람』 연작은 매우 특이한 형태를 취하고 있다. 다섯 편 중 네편에는 '아비, 오라비, 누이'에 얽힌 같은 내용이 공통적으로 들어 있고, 「새와 나무」는 나머지 네 편과 등장인물이 전혀 겹치지 않기 때문에 중복되는 내용도 없다.

서로 내용이 겹치기도 하고, 등장인물이 겹치지 않는 작품인 「새와 나무」가 섞여 있기도 하지만 다섯 편의 연작을 묶는 원리는 '소리'이다. '소리'는 『남도사람』 연작에서 단지 소재의 차원에 머물지 않는다. '소리'는 '한의 미학', '용서의 정신' 등과 이어짐으로써 연작

전체를 관통하는 구성의 원리이자 주인공들이 끊임없이 욕망하되 결코 붙잡지 못하는, 그러나 결코 포기할 수 없는 무의식적 욕망의 대상, 곧 '대상소문자 a'로서의 성격을 지니고 있다.

다섯 편에는 모두 남도 일대를 떠도는 인물들이 등장하다. 이들의 떠돎은 인간이 상상계에 환멸을 느끼고 상징계에 굴복하면서도 결코 포기할 수 없는 '대상소문자 a'를 끊임없이 욕망하는 과정과 일치한다. 「서편제」, 「소리의 빛」, 「선학동 나그네」에서 사내는 주막집 주인들로부터는 아비와 누이에 대한 소식을 듣고 사내 자신은 의붓아비를 처음 만나서 헤어지기까지의 일을 회상한다. 소식 전달과 회상의 형식에 의해 드러나는 내용은 '한의 미학'이다.

이청준은 판소리의 구성 원리이자 우리 민족의 정신적 에너지인 '한의 미학'을 『남도사람』연작을 통해 구현해보고자 한 것으로 보인다. 다섯 편의 연작은 서로 연속되고 대화하는 형식을 취하고 있으면서도 단절적이고 불연속적인 성격을 띠고 있기도 하다. 또한 『남도사람』연작은 「언어사회학서설」연작과 연결되어 있고, 나아가 이청준의 다른 모습 작품들을 향해 열려있기도 하다.

이처럼 특수한 연작의 형식을 통해 작가가 궁극적으로 드러내고자 한 정신은 다름 아닌 '용서와 정진의 정신'이었다. 단지 타인의 잘못을 묵인하거나 방조하는 수준의 '용서'가 아니라 타인에 대한 원망과 자책하고 자학하는 마음을 전환하여 창조적이면서도 미래지향적 정진, 곧 '대상소문자 a'를 끝없이 추구하는 것으로 전환하는 연결축, 혹은 에너지원으로서의 '용서와 정진'의 정신을 제시한 것이다. 이와 같은 '용서의 정진의 정신', 혹은 '한의 미학'은 예술과 삶,

개인과 사회, 인간과 자연의 조화로 이어진다는 점에서 모든 예술의 창작 원리이자 우리 민족의 삶의 원리이기도 하다는 것을 작가 이청준은 『남도사람』 연작을 통해 강조하고 있다 하겠다.

복거일의 『비명을 찾아서』에 나타난 '탈식민성'

2-1. 『비명을 찾아서 ― 경성, 쇼우와 62년』의 대체역사소설로서의 성격

복거일의 장편소설 『비명을 찾아서-경성, 쇼우와 62년』은 1910년 대한제국이 강제 합병된 후 77년이 지났으며, 일본의 왕 쇼우와 (昭和)가 등극한 지 62년이 지난 1987년의 식민지 조선을 배경으로 하고 있는 이른바 '대체역사(alternative history)소설'이다. 작가는 이 작품의 시대상 설정에 대해 '소설을 들어가기 전에'를 통해 직접 설명하고 있다.

1910년 조선을 병합한 일본은 조선에 대한 통치를 강화하여 1920년 대 초반까지는 조선을 대륙 진출의 확실한 전진 기지로 만들었다. 1920년대 후반과 1930년대 초반에는 내각과 군부 사이의 협조 속에서 국제적 여론을 무마해 가면서 중국의 동북 지구를, 즉 만주를 잠식하여 세력권 안에 넣었다. 이어 1940년대 초반에는 미국으로부터 '만주국 문제'에 대한 양해를 얻는 데 성공하여, 동북아시아에서 지도적 위치를 구축하였고, 제2차 세계대전에서는 미국과 영국에 우호적인 중립 노선을 지켜 큰 번영을 누렸다. 그리하여 가라후토 남부와 찌시마 열도를 포함하는 일본 본토를 중심으로, 식민지 조선과 대만, '국제연맹'으로부터 통치를 위임받은 마샬 군도 등 서 태평양의 섬들, 조차지인 요동 반도의 관동주와 산동성의 교주만을 영유하며, 방대한 만주국을 실질적인 식민지로 경영하는 일본은 모든 면에서 미국과 노서아에 이어 세계 세 번째로 강대한 나라였다. – 중략 – 아울러 꾸준히 추진된 조선 역사 왜곡 작업에 의해, 특히 '비(非) 국어 서적 폐기'에 힘입어 조선의 역사도 완전히 말살되고 왜곡되었다. 1980년대의 조선인들은 대부분 충량한 '황국 신민'들이 되었고, 자신들이 내지인들로부터 받는 압제와 모멸에도 불구하고 조선이 일본의 식민지라는 사실조차 모르고 있었다.[84]

이와 같이 철저하게 가정된 식민지 상황 속에 작가는 일제의 식민 통치를 당연하게 받아들이고 자신은 조선인이지만 얼마든지 일본인을 닮을 수 있고, 일본인으로부터 인정받을 수 있다고 믿으며 살아가던 한 인물이 일본인과 조선인을 엄정하게 차별하고 일본인을 닮으라고 하면서도 정작 피식민지인들이 그들과 똑같아지기는 결

---

84 복거일, 『비명을 찾아서』, 문학과 지성사, 1987, 11~13쪽.

코 원하지 않는 일제 식민 체제의 모순에 눈떠 가는 과정을 그리고 있다.[85]

이 작품 속에는 다까노 다쯔끼찌라는 가상의 작가가 쓴 『도우쿄우, 쇼우와 61년 겨울』이라는 작품이 히데요에 의해 소개되고 있는데, 이 작품은 이른바 '소설 속의 소설'이라 할 수 있다. 그런데 오히려 소설 속의 소설은 이토오 히로부미가 안중근에게 암살되었으며, 1945년에 미국의 히로시마·나가사키 지역에 대한 원자폭탄 투하로 인해 일본이 패망했다는 등, 실제로 발생하였던 사건들을 사실 그대로 다루고 있다. 작가에 의해 마치 현실처럼 제시되고 있는 『비명을 찾아서 - 경성, 쇼우와 62년』의 내용은 철저하게 허구적인 가상적 현실로 이루어져 있고, 소설 속에서 이름 모를 작가에 의해 쓰인 것으로 되어 있는 『도우쿄우, 쇼우와 61년 겨울』의 내용은 오히려 철저하게 역사적 사실에 바탕을 두고 있다.[86]

---

85 이정선은 "주인공 히데요가 아주 우연한 기회를 통해서 특별하게도 보통의 조선인들과 달리 조선의 뿌리를 찾으려는 생각을 하는데, 그가 의식의 변화를 보이고 실행으로 옮기게 되는 계기들이 남발되는 우연성에 의한 것인 한, 그 인물에게서 전형성을 얻을 수는 없다"고 하였다. 작품 속의 우연이 모두 주인공에게만 몰려 있다는 이정선의 지적은 매우 타당해 보인다. 이정선, 「『비명을 찾아서』에 나타난 작가의식 연구」, 『고황논집』, 제34집, 2004, 6~7쪽 참조.

86 김영성은 "『도우쿄우, 쇼우와 61년 겨울』의 설정이 환상과 현실의 경계를 붕괴시키기 위한 것임"을 간접적으로 보여준다고 지적하였다. 곧 이와 같은 환상과 현실의 이중구조는 환상과 현실 사이에 설정된 경계의 불명확함을 보여주기 위한 소설적 장치중의 하나라는 것이다. 김영성은 "『비명을 찾아서』의 경우, 환상은 과거와 미래에 대한 인식이 현재에 수렴될 수밖에 없음을 보여줌으로써 현실의 부정성을 폭로하는 동시에 그런 현실에 대한 전복을 시도하는 것이며, 환상이 현실을 지배하는 이데올로기의 억압과 폭력을 전복시키기 위한 서사전략으로 기능한다."고 주장하였다. 김영성, 「환상, 현실을 전복시키는 소설의 방식」, 『한국언어문화』, 제19집, 2001. 60쪽 참조.

이 작품의 역사적 가정은 일본과 한국의 근대사가 전개되는 과정에 있어서 결정적인 역할을 수행했던 일본 추밀원 의장 이토오 히로부미가 하얼빈에서 있었던 안중근 의사의 저격 기도로부터 살해되지 않고 단지 부상만을 입었다는 것을 가정하며 시작된다. 온건파의 거두였던 히로부미가 이후 열여섯 해나 더 살았다는 가정은 대정(大正) 시대의 일본 정국과 동북아시아의 형세에 실제 역사와는 완전히 다른 영향을 미치게 되고 동시에 전 세계 역사의 전개 과정에도 커다란 영향을 미친다. 그의 건재함으로 말미암아 일본은 1945년에 벌어진 실제 역사적 사실과는 달리 패전국으로의 몰락을 모면한다. 이에 따라 제2차 세계대전 이후에도 일본은 한국에 대한 식민지 통치권을 여전히 강고하게 유지할 수 있었던 것으로 이 작품은 가정하고 있는데 이와 같은 작가의 영웅주의적 사관은 이정선에 의해 신랄하게 비판받은 바 있다.[87]

이정선은 "안중근의 '저격 미수'로 이토오 히로부미의 정치관이 바뀌고 이로 인해 이후 한반도에서 전면적이고 강력한 식민지화가 진행되어 1987년까지 조선의 식민지 체제가 유지되었고, 결국 현재를 사는 조선인들은 언어도 역사도 잃어버린 채 자신들이 일본의 열등한 부류일 뿐이라고 생각하며 산다고 이 작품은 가정하고 있는데, 특정한 인물에 의해 역사가 좌우된다는 작가의 생각은 중세의 종교

---

87 일본은 미국, 장개석의 중국과 더불어 지공군(중화인민공화국 군대)에 맞서 강력한 방공(防共) 전선을 구축한다. 이는 일본이 1945년에 미국에게 항복하지 않았다 하더라도 소련과 중국의 공산 세력에 맞서 강력한 반공 전선을 구축할 수밖에 없는 국제적 정세를 반영하고 있다. 이와 같은 반공 전선은 실제로 남북 분단과 6.25 전쟁의 한 원인이 되기도 한다.

적·도덕적·왕조적 역사관을 극복한 근대 역사학에서는 받아들이기 힘든 생각"이라고 비판하였다.[88]

이 논문에서는 에드워드 사이드, 호미 바바 등의 탈식민주의 이론에 바탕을 두고 작품에 드러나고 있는 양가성, 혼종성, 전복적 성격 등에 대하여 분석해 보는 가운데 이 작품이 거둔 성과와 한계를 지적해 보고자 한다. 해방된 지 42년이 지난 이 작품이 창작된 시기는 물론 70년이 넘어서고 있는 이 시점에도 외세의 간섭과 억압으로부터 결코 자유롭게 살아간다고 볼 수 없는 2018년에 이르기까지 이 작품이 우리들에게 시사하는 바가 결코 적지 않다고 본다.

2-2. 『비명을 찾아서 ― 경성, 쇼우와 62년』에 나타난 양가성

이 작품은 서두에 '소설로 들어가기 전에'와 '일러두기'라는 항목을 설정하고 있다. 앞 장에서 지적한 바와 같이 '소설로 들어가기 전에'는 이 작품이 '대체역사 기법으로 창작된 작품'임을 분명히 밝히고 작가가 가상한 역사적 상황을 '전제'와 '시대상'을 통해 설명하고 있다. 또한 '일러두기'에서는 '*' 표시한 문헌들은 작가가 상상해 낸 저작물이라는 것과 등장인물의 대부분은 가상적 인물이지만 이토오 히로부미 같은 실존 인물도 섞여 있음을 밝히고 있다. 이와 같은 서문은 독자들이 작품을 본격적으로 읽기 전에 미리 알아야 할 배경

---

88 이정선, 앞의 논문, 142쪽.

지식을 제시해 주기도 하고 '현실의 허구성과 허구의 현실성'을 다시 한 번 환기하는 기능을 띠고 있다.

소설의 본문은 일월부터 십이월까지 1987년을 열두 부분으로 나뉘어 있고, 이와는 별도로 109개의 숫자에 의한 장(章) 구별이 이루어지고 있다. 결국 시간적 질서에 따른 내용의 구분과 이야기 자체가 지닌 질서에 따른 구분이라는 두 개의 구분이 작품 전체를 통해 이루어져 있는 것이다. 그 중에서 중요한 것은 물론 후자이다. 후자의 109개의 장에는 각각 에피그램(epigram : 警句)이 제시 되어 있다. 에피그램의 대부분은 작가가 상상해낸 저작물로서, 작품 본문의 내용을 보완하거나 대조 및 참조하는 기능을 지니고 있다.[89]

이 작품의 '일월' 부분에는 황국 신민으로서 무역 회사의 중견 간부 사원이며, 시인인 기노시다 히데요라는 주인공이 소개되고 있다. 그는 1월 1일 아침 면도를 하면서 자신의 얼굴과 나이를 거울에 비춰본다. 그는 서른아홉, 불혹의 중년을 목전에 두고 있는 나이에 접어들고 있었다. 상념에 사로잡힌 그는 마흔 살을 바라보는 자신의 삶의 '대차대조표'를 만들어본다. 그는 식민지 조선에서의 일제 총독부가 요구하는 조건과 규칙들을 충실히 이행하며 살아간다. 총독부가 만든 법을 어기지 않고 살아가는 가운데 성실하게 직장 생활하

---

89 다까노 다쯔끼찌, 『도우쿄우, 쇼우와 61년의 겨울』, 이토오 히로부미의 『북정』, 야마모또 이소로꾸의 『해풍』, 더글라스 로렌스 외 『식민지』 등의 저작물을 비롯해서 상해에서 반일 투사들에 의해 발간되는 『상해공론』, 중의원 재무분과 위원회에서의 증언 등과 같은 다양한 글들이 각 장의 에피그램으로 사용되고 있다. 에피그램에 대한 분석은 김현숙, 「복거일의 『비명을 찾아서 - 경성, 쇼우와 62년』의 의미」(『현대소설의 연구』 1권, 1994)를 참조할 것.

며 돈을 모아가고 아내와 딸을 성심껏 부양한다. 그는 유능함과 성실함을 바탕으로 동료 간 경쟁에서도 밀리지 않으며 주위로부터 인정을 받으면서 부장 승진 대상자로 거론되기에 이른다.

그러나 그는 자신이 일본인이 아닌, 조선인이라는 것에 대한 '부채감'을 일정하게 느끼지 않을 수는 없었다. 이 '부채감'은 작품의 도입부에서는 일제 식민지 체제와 히데요 사이에 존재하는 '작은 틈'에 불과한 것이었지만, 작품의 후반부로 갈수록 그 틈은 더 이상 메울 수 없는 커다란 '틈', 혹은 도저히 넘기 어려운 '민족적 장벽'으로 주인공에게 인식된다. 히데요가 생각한 것보다 억압과 차별 및 수탈을 일삼는 식민 체제는 훨씬 견고한 것이었고 조선인으로 하여금 일본인을 닮으라고 하면서도 똑같아지는 것을 결코 용인하지 않은 체제의 양가성을 그는 이야기가 전개되는 과정에서 분명하게 인식하게 된다.

호미 바바는 "지배자의 양가적 욕망이 피지배자의 양가적 반응을 야기한다."고 주장한다. 양가적 지배 욕망은 피지배자를 파악하여 지배하기 쉽도록 만들기 위해 '나를 닮아라.'라고 요구한다. 그러나 동시에 식민지 지배 체제를 유지하기 위해 '나와 똑같아서는 안 된다'라는 모순된 요구를 피지배자에게 한다. 이와 같은 '허용과 금지'가 뒤섞인 양가적(兩價的) 요구에 피지배자 역시 '규칙을 따르면서 동시에 어기는' 양가적 반응을 보인다. 이때 피지배자의 양가적 반응은 지배자의 모범을 충실히 따르는 '모방(미메시스)'을 하는 듯 보이면서도 동시에 그것을 '전복'하는 성격을 지니게 된다. 이처럼 피식민지인의 '식민지인에 대한 엉터리 흉내 내기'는 기존의 식민 지

133

배에 근거가 되는 복종과 전복의 이분법을 해체론적으로 교란하는 전술적 효과를 얻는다.[90]

이 작품에 의하면 일본인 역시 식민지 체제 하의 조선인들에게 '나를 닮아라'라는 요구를 함과 동시에 또 한편으로는 '나와 똑같아서는 안 된다'라고 모순된 요구를 한다. 히데요는 회사 내에서는 물론 일본인 사원 그 누구와 견주어도 부족함이 없는 인물이다. 그는 일본군 장교 출신이며, 회사 내에서는 누구보다도 유능하고 회사에 대한 충성심도 매우 높은 '충량한 신민'의 한 사람이다. 일본어를 능숙하게 구사하는 경지를 넘어서서 일본어로 시를 쓰는 시인으로서도 상당히 인정받고 있는 인물이기도 하다. 일본인들의 '나를 따르라'라는 요구에 피식민지 백성으로서 그가 매우 모범적인 삶을 살았음을 알 수 있다.

그러나 히데요는 마흔살을 바라보면서 자기 나름으로 작성한 인생의 '대차대조표'를 통해 아무리 일제 총독부와 회사에 충성을 다해도 단지 조선인이라는 이유만으로 차별과 소외를 당할 수밖에 없는 처지를 한탄하며 살아간다.

먼저 자산 쪽으로는 …… 덩치는 크지만 적자를 내는 회사의 과장이라는 자리, 곧 부장으로 승진하리라는 할증금도 붙어 있고…… 게이조우에서는 가장 낫다고들 하는 괜찮은 아파트 한 채, 시가로 십오 만 원

---

90 박상기, 「탈식민주의의 양가성과 혼종성」, 『탈식민주의의 이론과 쟁점』, 문학과 지성사, 1993. 231쪽.

은 넘을 것이고……. 그리고 백 오십여 편의 시들, 곧 시집이 나올 테니, 그것으로 스무 해 동안의 시업(詩業)을 일단 결산하고, 올해엔 내지 시단에 진출할 궁리도 해 보자. 대변 항목은…… 대학 교육을 받은 것과 아파트를 살 때 아버지가 주신 만원, 결혼할 때 세쯔꼬가 갖고 온 오만원, 그것들이 자본인 셈이고……. 빚진 것 없고, 달리 신세 크게 진 사람 없고, 통행금지 한 번 어겨본 적 없이 조심스럽게 살아온 덕분에, 몸 성하고 앞으로의 사회생활에 장애될 경력 없고, 그러니 부채는 없는 셈이지, 아니지, 조선인이라는 커다란 부채가 있지…… 하지만 그거야 어쩔 수 없는 것 아닌가? 오천 만 조선 사람들 모두에게 해당된 것이니, 따지고 보면, 제법 충실한 대차대표인가?[91]

이처럼 히데요는 나름대로 자신이 누리고 있는 안정적 삶에 대한 만족감과 자부심을 지니고 살아가면서도 자신이 조선인이라는 '커다란 부채'를 가슴에 품고 살아간다. 애써 자신이 충량한 천황의 신민으로서 부족함 없이 살아가고 있다고 자위해보는 것이지만, 자신이 조선인이라는 사실은 늘 그에게 열등감을 안겨다 주고 스스로 일본인과 대등할 수 없다는 자신의 한계를 인정하게 만든다.

그는 '한도우경금속(半島輕金屬)'이라는 회사를 위해 열성을 다해 근무할 뿐만 아니라 미국의 기업 '유사라무'와의 합작 투자 건을 자신의 회사에 유리하게 계약서를 작성하는 데 성공하지만, 회사로부터 정당하게 보상받지 못하고 오히려 경력이나 자격이 부족한 일본

---

91 복거일, 앞의 책, 21쪽.

인에게 부장 자리를 빼앗긴다. 결국 자신이 조선인이라는 '부채'는 애써 묵과하거나 외면한다고 해서 없어지는 것이 아니라, 식민 체제 하의 피지배인으로 살아가는 한에 있어서 조선인 모두의 삶을 억압하고 차별하는 정교한 제도적 장치로 작용하는 것임을 히데요는 부장 승진 탈락 계기로 절실하게 깨닫게 된다.

> 조선인 가운데 그렇게 힘 센 후원자를 가진 사람이 과연 몇이나 될까? 그리고 그런 후원자를 가졌다고 해도, 내가 내지인이고 야마시다가 조선인이었다면 이번 일이 그렇게 간단하게 되었을까? 어쩌면 그 요직에 있는 후원자가 거꾸로 당하기 십상이었을지도 모르지.[92]

히데요는 위와 같이 "마흔 해 동안 수없이 맞이했던 벽일 뿐만 아니라 자손들까지 대대손손 봉착해야만 하는 벽"과 "몸과 마음에 퍼런 멍이 들 벽"을 승진 탈락의 과정을 통해 새삼 절실히 느낀다. 만일 히데요 자신이 일본인이고, 야마시다가 조선인이었다면, 아무리 특무대의 권력이 막강하다 하더라도 섣불리 인사에 개입하지 못하였을 뿐만 아니라, 오히려 거꾸로 당할 수도 있었을 것이라는 히데요의 판단은 자신과 일본인이 영원히 동화될 수 없고 끝없는 충성으로도 메울 수 없는 뚜렷한 차별이 피식민인과 식민인 사이에 분명히 존재하고 있음을 의미한다.

이처럼 일본인들은 기껏 그들을 닮기 위해서 평생을 안간힘을 써

---

92 복거일, 위의 책, 103쪽.

온 조선인 히데요에게 이제는 '우리를 더 이상 닮으려고 하지 말아라'라고 단호하게 요구한다. 그들이 원하는 것은 조선인들이 일본인보다 열등한 위치나 수준을 유지하는 전제 하에서 일본인을 닮으려해야 하는 것이다. 결코 식민통치를 받는 조선인들이 일본인들보다우월해져서는 안 된다는 것이 그들이 정한, 원천적으로 불공평할 수밖에 없는 '게임의 규칙'인 것이다. 히데요의 승진이 좌절되고, 일본여성 시마즈에 대한 애정도 끝내 결실맺지 못하는 이유도 바로 여기에 있다.

히데요는 같은 회사, 같은 부서에 근무하는 귀족 집안 출신의 젊은 일본 여성인 시마즈에게 애틋한 연정을 품는다.[93] 시마즈 역시 히데요를 단순한 상사가 아닌, 남성으로서 좋아하지만 결국 그녀는 히데요가 아닌 앤더슨이라는 미국인을 결혼 상대자로 받아들인다. 히데요는 그녀에 대한 연정이 깊어지면 깊어질수록 좌절하게 되는 셈인데, 물론 유부남이라는 것과 나이가 많은 것도 애정전선의 걸림돌이 되지만 그보다는 민족적 차별이 조선인에게 내면화됨으로써 히데요 자신이 그녀에게 더 이상 적극적으로 다가서지 못했던 것이 더큰 요인으로 작용한다.

히데요는 인종적·신분적 열등감에서 파생된 절망감과 패배감을

---

93 유부남인 히데요가 시마즈에게 연정을 품는 것은 무의식적으로 '일본인과 같아지려는 노력'의 일환으로 보아야 할 것이다. 시마즈가 나름대로 히데요를 존경하고 남성으로 느끼면서도 끝내 미국인 앤더슨과 결혼하는 것 역시 일본인의 미국인에 대한 무의식적 동경을 반영하는 것에 다름 아니다. 이처럼 히데요, 시마즈, 앤더슨 사이의 삼각 관계는 단순한 애정 관계가 아닌 국제적 역학 구도를 알레고리적으로 반영하고 있다.

시간이 흐를수록 더욱 강하게 느낀다. 내지인과 조선인 사이에 엄정한 인종적·신분적 차별이 존재한다는 것은 부정할 수 없는 사실이어서, 그가 시마즈와의 관계에 집착하면 할수록 그 차별성에 대한 인식은 그의 의식을 첨예하게 단련시킨다. 에드워드 사이드는 "자신이 백인인 줄 알고 사고하면서 성장한 흑인이 자신의 진정한 정체를 확인할 때 열등의식이 생기는데, 그 열등의식이야말로 식민 체제가 피식민지인에게 부여하는 이데올로기의 작용이며 그 결과"라고 지적한 바 있다.[94] 히데요 역시 일본말을 사용하고 일본의 역사를 배우면서 철저하게 일본인으로 성장하고 생활하였지만, 자신의 진정한 정체를 확인함으로써 열등의식을 갖게 되고, 그 열등의식을 통해서 일본인이 아닌, 조선인으로서 새로운 가치관과 세계관을 정립해 나가는 것이다.[95]

2-3. 피식민지인의 민족적 정체성 찾기

어떤 사회의 지배 계층이 피지배 계층을 착취하는 계급투쟁은 우선은 이데올로기의 형태, 즉 말 잘 듣는 종속체를 계속하여 생산해 내는 이데올로기의 장치를 통해서 이루어진다. 그러나 어떤 개인들

---

94 고부응, 앞의 책, 29쪽.

95 예컨대 "내가 잘못한 것은 '나는 조선인이지만, 내 자신의 능력과 노력으로 조선인으로 태어났다는 문제를 해결했다'고 생각한 것이다."라고 고백하는 히데요의 모습을 통해 독자는 그가 자신의 올바른 정체성을 확립해 나가고 있음을 알게 된다. 복거일, 앞의 책, 106쪽.

은 이러한 지배 이데올로기 장치의 작용에도 불구하고 그 지배 이데올로기에서 벗어나려고 한다. 즉 말 안 듣는 소수 불순분자, 이른바 '문제아'가 반드시 존재하는 것이다. 그들은 소수이며 어떤 사회가 갖는 경제적·사회적·이데올로기적 재생산 구조를 위협할 만큼은 아니다. 그러나 이러한 말 안 듣는 '문제아'들은 지배계급의 이데올로기에 도전하는 이데올로기를 갖고 있으며 지배 이데올로기가 재생산되는 현장에서 그 이데올로기와 경쟁하는 이데올로기를 생산해내며, 이 지배 이데올로기가 생산되는 현장이야말로 바로 지배 이데올로기와 저항 이데올로기가 경쟁하는 장(場)이 된다.[96]

일제는 군사력의 우위에 바탕을 둔 무력을 사용해서 조선의 전통적인 가치 체계를 붕괴시킴으로써 식민 통치를 시작하였다. 조선인의 전통적인 가치 체계인 유교 이념과 애국계몽운동의 연장선상에 전개된 계몽주의적 민족 운동에 의한 이데올로기의 저항이 일정하게 발생하기는 하지만 3.1운동 이후에 전개된 이른바 문화정치에 의해 일본의 가치 체계의 우월성이 조선인에게 강요된다. '식민 지배자/피지배자'의 차이가 '우수성/열등성'의 차이라는 식민 이데올로기가 작동하게 되는데 이때에 식민 이데올로기는 식민 체제의 정당성을 원주민인 조선인에게 주입시키는 기능을 한다.[97]

---

96 고부응, 앞의 책, 31~32쪽.

97 일제는 문화정치를 시행함에 있어서 다양한 전략을 구사한다. 이를테면 대표적인 계몽주의적 민족 운동가였던 춘원 이광수를 회유하여 타협적 민족주의 노선을 걷게 하고 이들의 운동을 탈정치적·문화주의적·타협주의적 민족운동의 성격을 지니도록 변질시키는가하면, 식민통치에 활용할 수 있는 인력들을 체계적으로 양성함으로써 식민 체제의 정당성을 조선인이게 주입시킴으로써 식민 체제를 보다 공

지금 기노시가 씨나 나나 이미 조선인은 아닙니다. 물론 진정한 일본인도 아니죠. 우리는 이름뿐인 조선인, 얼치기 일본인입니다. 역사의 미아들입니다. 조상의 유산을 다 잃은, 그 기억마저 잃은……. 이제 조선 사람들이 조선 사람으로 돌아가도록 내지 사람들이 그냥 놔 둔다고 합시다. 과연 그것이 가능하겠습니까? 역사를 다시 캐내어 밝히고, 죽은 지 몇 십 년이 된 말과 글을 다시 사람들에게 가르치고, 씨를 성으로 바꾸고, 이름도 조선식으로 다시 짓고? 그것까지는 가능하다고 칩시다. 다른 것들은 어떻게 하죠? 지금 조선 문학에서 일본적인 것을 뺄 수 있을까요? 불모지로 남은 정치적 현실을 뒤늦게 일구어, 혼란과 압제를 막고, 자유의 꽃이 피도록 할 수 있을까요? 조선 경제에서 일본의 자본과 기술을 빼고서도, 과연 사람들이 입고, 먹고, 집을 가질 수가 있을까요? 차라리 다시 일본과 합병하자는 소리가 안 나올까요? 그리고 이미 넋을 팔아서 일본 사람이 된 수많은 조선 사람들은 어떻게 합니까?[98]

기노시다는 원래 진보적인 문학평론가였으나 일경에 체포되어 한 팔을 잃을 정도로 가혹한 고문을 받고 풀려난 후, 사상범으로 체포·구금된 사람들을 교화시켜 식민체제에 절대 복종하고 순응하는 인물로 변화시키는 일을 맡고 있다는 점에서 '폭력에 의한 민족적 훼절'을 대표하는 인물이다. 일제는 한때 이처럼 항일의식을 가진

고하게 다져 나갔던 것이다.
98 복거일, 앞의 책, 432쪽.

진보적인 인물들마저 회심하여 식민 체제에 철저히 순응하고 복종하는 인물이 되었음을 보여 줌으로써, 우리 민족 구성원들이 주권 회복이나 민족적 정체성을 확립하고자 하는 시도조차 못하게 한다. 기노시다는 위의 인용문에서처럼 이제 우리 민족이 다시 독립을 쟁취할 수도 없거니와, 설사 독립을 쟁취하더라도 더 열악한 삶을 살게 될 것이라는 비관적인 전망과 궤변을 늘어놓으며 히데요가 조선의 언어와 역사에 대한 관심을 더 이상 지니지 말 것을 회유하고 있다.

작가는 기노시다의 이와 같은 말과 행태를 통해 식민 통치가 77년이나 지속되는 가운데, 조선인의 내면까지 철저하게 파괴해 나가고 있음을 보여주고 있다. 히데요가 조선인으로서 극복하기 어려운 장벽을 느끼고, 그것이 자신뿐만 아니라 자손들에게까지 세습될 것을 우려하면서 민족적 정체성에 눈떠 가는 것과는 달리, 기노시다는 민족적 정체성을 확립하거나 독립을 쟁취하는 것 자체가 재앙을 불러올 수 있을 것이라는 식의 일제에 의해 조작된 왜곡된 신념을 내면화하고 있는 것이다. 식민 통치 국가가 최종적으로 원하는 것은 기노시다의 경우와 같이 '식민 지배자/피지배자' 사이에 엄연히 존재하는 장벽이나 틈을 피지배자들이 완벽하게 망각하도록 만드는 것임을 알 수 있다.[99]

---

99 전통적 식민담론은 통일성, 의도성, 일방성 등을 추구한다. 기노시다의 '조선인의 독립 불가론'은 바로 일제가 일본인과 조선인 사이에 일체의 틈이 생기지 않도록 강제적으로 양 민족을 통합하는 데 일정하게 성공하였음을 보여 준다. 이에 비해 히데요는 "피지배자가 식민권력의 일방적 지배를 해체적으로 저항할 수 있음을 보여준다." 호미 바바는 "식민 권력이 지닌 양가성이 식민 담론의 내적 일관성을

문득 이 빈민촌의 비참함과 지금 자신이 겪고 있는 어려움이 같은 뿌리에서 나온 두 가지들이라는 생각이 들었다. 징용되어 가라후또의 탄광에 끌려갔다가 절름발이가 되어 돌아와 이곳에서 구멍가게를 하는 노인이나 조선에 관한 시를 쓰려다가 결국 사상범으로 붙잡혀 들어갔고 그 덕분에 헌병 소좌에 의해 가정의 단란함이 깨어진 나나, 같은 폭력의 피해자다. 사상범으로 붙잡혀 들어가서 팔 병신이 되고 고뇌에 찬 모색 끝에 조선인들이 살 길은 조선인이 아님에 있다는 절망적 결론을 얻은 하꾸야마 선생도 같은 폭력의 피해자이고, 따지고 보면, 오천만 조선인들 가운데 그러한 피해자가 아닌 사람이 과연 몇이나 될까? 이 체제 아래에서 재미를 보고 있는 사람이라고 할지라도, 피해를 전혀 입지 않았다고 할 수 있을까? 아무리 출세했다고 하더라도, 조선인임으로 해서 받은 상흔이 넋의 숨겨진 구석에 남아 있지 않은 조선 사람이 과연 있을까? 그리고 조선인들이 조선인이 될 수 없고, "한도우징"으로 머무는 한, 그들은 그러한 피해자들로 남을 것이다.[100]

작품의 결말부에서 주인공 히데요는 마침내 이 작품의 주제에 해당하는 최종적인 결론을 확실하게 얻는다. 식민 체제가 유지되는 한 조선인은 '한도우징(半島人)'으로서 영원히 피해자일 수밖에 없다는

부정하는 식민 담론의 내적 모순을 드러내며, 혼종성은 식민 지배의 기반인 식민 주체의 통일성을 불가능하게 하는 식민 주체의 분열을 일으킨다."고 하였는데 조선어와 조선 문학을 공부하고 결국은 일본 헌병을 살해하는 히데요의 모습은 바로 이와 같은 '식민 주체의 분열'을 보여주는 사례가 아닐 수 없다. 박상기, 앞의 글, 225쪽 참조.

100 복거일, 앞의 책, 469~470쪽.

깨달음을 얻는다. 일제 35년도 결코 짧은 기간이 아니었는데 그로부터 다시 42년이나 식민 통치가 이어졌더라면 우리 민족은 자신이 조선인이라는 사실조차 잊고 살아갔겠지만, 일본인들은 여전히 조선인을 엄밀하게 차별하고 가혹하게 억압하며 수탈할 것이라는 것이 이 작품이 궁극적으로 드러내고자 하는 핵심 주제일 것이다.

조선인이 자신이 완전히 내지인에게 동화되었다고 생각하는 것 자체가, 혹은 "이제 와서 독립을 쟁취해 보아야 지금의 상태보다 더 나아질 것이 없다."라는 식의 패배의식이야말로 식민 통치 국가가 피지배자에게 궁극적으로 심어주고자 하는 것이다. 일제는 구멍가게를 하는 노인, 히꾸야마 기노시다나, 香山光郞(이광수)같은 인물들을 완전히 동화시키는 데 성공했지만 히데요만큼은 그렇게 하지 못한다. 히데요를 완벽하게 동화시키지 못한 이유는 두 가지이다.

그중 하나는 그가 시인(詩人)이라는 점이다. 물론 처음에 그는 조선어를 모르기 때문에 일본어로 열심히 시를 썼던 것이지만, 우연히 헌 책방에서 『조선고시가선』을 구입하여 읽게 된 후로 '자신만이 깨어있는 느낌'을 가지고 조불사전과 일본어로 된 불어사전을 대조해가면서 어렵게 조선어를 익혀 나간다. 그 과정에서 '시조라는 조선 고유의 형식'에 반하기도 하고, '옛날 조선 사람들이 썼던 조선말'로 시를 읽을 뿐만 아니라, '시를 창작하고 싶은 욕망'을 자연스럽게 지니게 된다. 비록 일본에서 조선어로 된 자료를 밀반입하려다가 공항에서 체포되어 혹독한 고문과 집요한 교화 정책에 시달리게 되지만, 시인으로서 그가 지니게 된 자각과 조선어를 배우고 그것을 바탕으로 조선어 시를 창작하고 싶은 열망은 일제가 그를 끝내 민족적으로 동화시킬 수 없는 이유이다.

또한 그는 다른 조선인과는 비교할 수 없을 정도로 일본인들로 인해 심각한 피해를 입는다. 그는 인사상의 불이익을 당하면서도 일경에 체포되기까지는 나름대로 '천황의 충량한 신민(臣民)의 길'에서 크게 벗어나지 않는 삶을 살았다. 고문과 교화가 거듭되는 수감 생활 끝에 가까스로 석방된 이후에도 그는 어떻게든 직장에서 살아남아 사랑하는 가족을 부양하기 위해 식민 체제에 순응하고자 한다. 하지만 자신의 아내인 세쯔꼬를 유린한 것으로도 부족하여 히데요의 열다섯 살밖에 안 된 딸마저 성폭행하는 일본인 헌병 장교 아오끼의 모습을 보고 그는 더 이상 분노를 억누르지 못한다. 분노를 참지 못한 히데요는 아오끼를 살해한 후 가족들이 잠든 사이에 임시정부가 있는 상해를 향해 망명의 길을 떠난다.[101] 어떻게든 '충량한 신민'으로 살아남고자 했던 히데요가 단지 조선의 언어와 역사를 배우려고 했다는 이유만으로 사상범이 되고, 가족 모두가 끔찍한 피해를 입은 끝에 망명의 길을 나설 수밖에 없게 되는 일련의 사태는 조선인이 일제의 식민 통치를 받는 한 '반도인'으로서의 차별과 피해를 모면할 길이 없음을 명백히 보여준다.

---

101 사실 히데요의 아내 세쯔꼬는 그와 결혼하기 전에 내지인과 결혼하고자 하는 욕망을 품었던 여성이다. 이는 파농이 지적한 바와 같이 식민지인과 상상적으로 동일시되고자 하는 욕망의 일환이다. 그녀가 아오끼의 성적 요구를 순순히 받아들인 것도 어쩌면 이와 같이 욕망이 완전히 사라지지 않았기 때문일 수도 있다. 하지만 일본인과 동일시되고자 했던 욕망은 그녀는 물론, 남편과 딸의 운명까지 철저하게 파괴하는 결과를 빚는다. 작가는 이와 같은 세쯔꼬의 모습을 통하여 피식민지인의 외적인 삶은 물론, 내면까지 철저하게 파괴하려 드는 식민 통치의 본질적 잔혹성을 일깨우고 있다.

이 작품이 가정한 대로, 일제의 식민통치가 35년도 아닌 70여 년 간 지속되었더라면 일제의 내선일체 정책은 보다 체계적으로 진행 되었을 것이다. 대부분의 조선인들은 이 작품에 등장하는 실존인물 이광수(香山光郞)나 허구적 인물 기노시다처럼 마음 속 깊이 천황을 숭배하고 일본과 조선은 하나의 국체이며 일본인과 조선인은 하나 의 뿌리를 지닌 민족이라고 믿으며 살아갔을 것이다. 이는 자끄 라 캉이 말하는 '상상계적 동일시'에 해당한다.

라캉에 의하면 자아의 형성은 유아가 거울에 비친 자신의 이미지를 보고 자신과 동일시함으로써 이루어진다. 아직 자신의 신체성을 통제 하지 못하고 자신의 신체를 파편적으로만 경험하는 유아는 거울에 비 친 통합된 이미지에 매료되어 그 이미지에서 자신을 총체적 유기체로 경험함으로써 거울 이미지를 자신으로 인식한다. 라캉은 이 인식이 철 저한 '오인(誤認)'임을 강조한다. 그 이유는 유아와 거울 이미지 사이에 는 결코 완전히 동일할 수 없는 균열과 차이가 존재하기 때문이다.

프란쯔 파농은 라캉의 거울 단계에서의 상상적 동일시와 공격성 이라는 양가적 감정을 설명하면서 여기에 인종이라는 차이를 새겨 넣는다. 백인 유아가 '상상적 공격성'을 갖게 되는 것은 흑인의 출현 과 더불어 발생한다고 설명한다. 즉 라캉의 이론에서 타자로 인식되 는 거울 이미지는 인종적 타자인 흑인이며, 이 흑인의 신체 이미지 는 도저히 동화시킬 수 없는 '비자아'로 남는다. 즉 백인에게 진짜 타 자는 흑인이라는 것이다.[102]

---

102 양석원, 「탈식민주의와 정신분석학」, 고부응 편, 『탈식민주의의 이론과 쟁점』,

『비명을 찾아서- 경성, 쇼우와 62년』의 주인공 히데요 역시 어린 시절부터 라캉이 말하는 상상계적 소타자에 갇힌 '거울에 투영된 이미지의 포로'로 살아왔다. 그는 마흔 살이 다 되도록 자신이 '일본인의 가면'을 쓰고 있었음을 모르고 살아왔다. 그로 하여금 자신이 일본인이 아니라 조선인임을 명확하게 깨닫게 해 준 이들은 다름 아닌 일본인들이었다. 회사의 중역들은 히데요보다 능력이 부족한 일본인을 승진시켰고, 일본 여성 시마즈는 히데요가 자신을 사랑하는 줄 알면서도 미국인과 결혼하였으며, 일본의 경찰은 그가 단지 조선어와 조선의 역사를 배우고자 했다는 이유만으로 사상범으로 체포·구금한 후 고문과 회유를 통해 압박한다.

무엇보다도 일본인 헌병 아오끼는 히데요의 아내를 성적으로 유린한 것으로도 부족하여, 히데요가 보는 앞에서 그녀를 보란 듯이 희롱할 뿐만 아니라 어린 딸마저 겁탈한다. 히데요는 그런 아오끼를 살해함으로써 마침내 '일본인을 닮아감으로써 그들과 똑같아지려는 노력'을 포기하고 조국의 주권과 자신의 정체성을 찾고자 하는 쉽지 않은 여정에 나선다.

78~83쪽 참조.
흑인의 정체성은 상상적 차원에서만 일어날 뿐이며 앤틸리스 흑인은 라캉이 말하는 상상계적 소타자에 갇힌, '거울에 투영된 이미지의 포로'이다. 그는 자신이 흰 가면을 쓰고 있다는 것을 인식하지 못한다. 그가 이 사실을 깨닫는 것은 유럽의 백인 사회를 경험할 때이다. 유럽에서 앤틸리스 흑인은 비로소 자신이 백인이 아니라 흑인임을 깨닫고 외상적 충격을 받으며 자기분열에 몸부림친다. 자신이 인간이 아닌 '대상성'으로 매몰되는 것을 경험하는 것이다. 이 경험은 흑인이 백인과의 상상적 동일시를 통해서 오인해 왔던 자기 정체성을 분열시키고 파편화시킨다.

2-4. 『비명을 찾아서 ─ 경성, 쇼우와 62년』의 한계

식민지 권력이 원하는 타자는 '거의 같지만 똑같지는 않은, 즉 어느 정도 차이를 지닌 주체'이다. 만약 식민 지배자가 동화를 통해 지배자와 완전히 똑같아지면 양자 간의 차이가 사라지는데, 이는 지배자가 원하지 않는 것일뿐더러 가장 두려워하는 것이다.[103]

『비명을 찾아서─경성, 쇼우와 62년』의 주인공 히데요의 직업이 시인이라는 점은 따라서 매우 중요하다. 외국인으로서 시를 쓴다는 것은 그 나라 언어를 완전하게 습득하는 것만으로는 가능하지 않다. 외국인과 똑같이 생활하고 사고하고 느끼지 않으면, 그리고 자국인으로서의 영혼을 포기하고 해당 외국인으로서의 영혼을 갖지 못하면 그 나라 언어로 된 수준 높은 시를 창작하기 어려울 것이다. 외국인 출신 소설가는 간혹 찾아볼 수 있지만 외국인 출신 시인은 드물거나 있더라도 크게 인정받기 어려운 이유가 여기에 있다.

히데요가 다수의 일본어 시를 쓰고 문학 단체가 수여하는 상을 기대할 정도로 일본인들로부터 인정을 받았다는 것은 조선인으로서의 그의 영혼이 거의 소멸되고 일본인으로서의 영혼을 그가 가지게 되었음을 반증한다. 그러나 일본인에게 밀려 승진하지 못하게 되고 일본인 여성과의 사랑 역시 자신의 소극적이고 미온적인 태도로 말미암아 더 이상 진척되지 못하는 상황들을 경험하면서 그는 일본인과 완전하게 동화되는 것을 포기하게 된다. 곧 시를 써 가면서 좁혀

---

103 이경원, 『검은 역사 하얀 이론─ 탈식민주의 계보와 정체성』, 한길사, 2011. 399쪽.

져 가던 히데요와 일본인 사이의 틈은 인사상의 불이익과 일본인의 차별, 시마즈와의 사랑 불발 등을 경험하는 가운데 다시 크게 벌어지고 만다.

이 벌어진 틈 사이를 비집고 들어온 것이 『조선고시가선』과 만해의 시와 저술물들이다. 이정선이 지적한 바대로 주인공의 성격 변화나 의식의 확대가 지나칠 정도로 자주 발생하는 우연한 사건에 의존하고 있는 점은 이 작품의 치명적 약점 중 하나이다. 그보다는 아무리 일본어로 일본인처럼 시를 쓰고자 했으나, 그 시는 결국 "일본인들의 시를 빼닮기는 않지만 똑같지는 않다."는 점을 히데요 스스로 깨닫고 "기원의 본질로부터의 분리"로 설명되는 '혼종성'과 '전복' 및 '전유'를 통해 민족적 자각에 이르는 과정을 그렸더라면 하는 아쉬움을 남긴다.

또한 히데요가 쓴 시들은 대체로 외국인 여성들에 대한 에로스적 사랑을 노래하고 있는 점도 주목을 요한다. 만주리에 있을 때 토니아라는 백계 러시아 여성과의 애틋한 사랑을 노래한 시나 시마즈에 대한 욕망을 거침없이 표현한 시들이 바로 그것이다. 그러나 『비명을 찾아서-경성, 쇼우와 62년』에서 히데요가 쓴 시들은 '일본인처럼 되고자 하지만 결코 일본인이 될 수 없는 조선인의 비애'를 노래하는 수준에 육박하지 못한다. 이는 시마즈에 대한 히데요의 사랑이 지나치게 소극적이고 미온적이라는 점과 무관하지 않아 보인다.

만일 히데요가 좀 더 적극적으로 시마즈에게 애정을 고백하고 시마즈를 얻으려고 했더라면 히데요는 작가가 작위적으로 설정해 놓은 우연적 사건에 의지하지 않고도 민족적 자각을 얻을 수 있었을 것으로 보인다. 프란츠 파농은 정신의 탈식민화를 부르짖는 순간조차 백인이 되고픈 욕망이 자기 속에서 꿈틀거리는 것에 몸서리치지 않을 수 없었다고 한다.

> 나는 흑인이 아닌 백인으로 인정받고 싶다. 이것은 헤겔이 생각지 못했던 형태의 인정이다. 백인 여성 말고 누가 날 위해 이것을 해 줄 수 있겠는가? 그녀는 나를 사랑해 줌으로써 내가 백인의 사랑을 받을 만한 가치가 있다는 사실을 증명해 준다. 나도 백인처럼 사랑받는다. 이제 나는 백인이다. 그녀와의 사랑은 총체적 자아실현으로 나아가는 고귀한 길로 나를 인도한다. 나는 백인의 문화·백인의 아름다움·백인의 백인다움과 결합한다.[104]

실제로 파농은 백인 여성과 연애도 하고 결혼 생활까지 해 본 것으로 알려져 있다. 파농은 이 과정에서 이른바 '검은 피부, 하얀 가면'을 절실히 체험하고 자기 내면에 존재하는 모순과 양가성에 대해 철저하게 파악하고 이를 반성·극복하기 위해 처절하게 노력하였던 것이다. 이에 비해 히데요는 시마즈에게 지나치게 소극적으로 접근함으로써 파농과 같은 민족적 각성을 스스로의 힘으로 이루어내지 못하고 작가가 인위적으로 설정한 우연한 사건에 의존해 민족적 정체성을 수동적·타율적으로 확보해 간다.

---

104 이경원, 앞의 책, 233~234쪽.

이에 비해 히데요의 아내는 일본인 남성과의 결합을 위해 훨씬 적극적인 태도를 보인다. 처녀 시절 일본인과 결혼하기 위하여 일본인 남성을 따라 내지로 건너가기도 하고, 비록 남편을 위해 희생했다고는 하나 일본인 헌병 아오끼에게 몸을 허락하기도 한다. 이 때문에 남편은 방황하고 딸마저 아오끼에게 겁탈당하며, 격분에 찬 히데요는 마침내 아오끼를 살해하고 가족 곁을 떠나게 된다. 이 작품이 일본인 남성과의 결합을 통해 '상상계적 동일시'를 도모했던 세쯔꼬의 시도가 얼마나 무모했는지를 그리고, 그 시도가 좌절되었을 뿐만 아니라, 가족 모두 비극적 삶을 살게되는 모습을 지켜봐야 했던 세쯔꼬의 내면을 보다 세밀하게 추적하고 그려내었더라면 이 작품의 '탈식민지성'은 훨씬 강화되었을 것이다.

또한 이 작품이 영웅주의적 사관이나 우연성의 남발과 같은 인위적 장치가 아닌, 자연스러운 사건 전개에 따라 히데요가 민족적 각성을 그리기 위해서는 다음과 같은 그의 깨달음이 좀더 진전되어 있어야 한다고 본다.

> 내가 잘못한 것은 '나는 조선인이지만, 내 자신의 능력과 노력으로 조선으로 태어났다는 문제를 해결했다'고 생각한 것이다. 그리고 다른 조선인들을 외면하고서 살아온 것이다. 조선인의 문제는 개인의 능력이나 노력만으로 해결될 수는 없는 것이다. 그것은 모두의 문제이기 때문에, 모두의 문제는 모두의 힘으로 풀어야 하는 것이다.[105]

---

105 복거일, 앞의 책, 107쪽.

일본인 야마시다에게 밀려 부장 승진을 하지 못한 히데요가 술집에 들러 조선인들이 건실하게 살아가면서도 가난으로부터 쉽게 벗어나지 못하는 모습을 보며 히데요는 위와 같은 생각을 하며 의식의 확대를 경험한다. 그러나 이와 같은 그의 생각은 작품 전체를 놓고 볼 때 고립되어 있다. 만일 위와 같은 깨달음이 작품 전체를 관통하는 원리가 되었더라면 이 작품은 대한민국의 '탈식민지성'을 보다 날카롭게 드러낸 작품으로서 훨씬 상향 조정된 문학사적 평가를 받을 수 있었을 것이다.

하지만 『비명을 찾아서-경성, 쇼우와 62년』은 『조선고시가선』과 만해의 유작들에서 촉발된 탈주의 욕망, 곧 조선어를 습득하고 조선의 역사를 알고자 하는 히데요의 개인적 욕망에만 의존하여 탈식민지성을 드러내고자 한다. 문제는 이와 같은 각성이 이정선이 지적한 바대로 지나치게 우연적으로 이루어짐으로써 '전형성'을 상실하고 있는 점에 있다. 히데요는 철거민들의 참상이나 가난하게 살아가는 조선인들에 대해 안타까운 마음을 품지만 민중들과의 연대를 시도하거나 그들의 처지를 개선하기 위한 구체적 행동을 보여 주지는 않는다.

『독사수필』이나 『도우쿄우, 쇼우와 61년 겨울』 같은 책들이 적지 않은 조선인들에게 읽힌 것으로 설정되어 있음에도 불구하고 이들이 히데요 개인만이 아닌 조선인 대중의 마음을 어떻게 움직이고 어떤 여론들을 형성하게 하였으며, 조선 사회를 어떻게 변화시켜 나갔는지에 대한 언급은 전혀 없다. 일본인 헌병 아오끼를 죽이고 만주로 떠나는 결말 역시 지나치게 우연적·충동적·작위적으로 설정되어 있음으로 말미암아 설득력이 약하다. 만일 히데요의 딸 게이꼬가 아오끼에게 겁탈당하지 않았더라면 히데요는 아오끼를 죽이지도 않았을 것이고 국외로 망명의 길을 떠나지도 않음으로서 작가는 결국 주인공의 '탈식민지'를 지향하는 모습을 거의 그리지 못하고 우유부단하게 방황하고 고뇌하는 모습만을 담아낼 수 있었을 것이다.

『비명을 찾아서 - 경성, 쇼우와 62년』은 일단 참신한 문학적 시도와 도발적인 상상 및 안정된 문학적 형식을 통해 해방 후에도 남한 사회가 여전히 식민지적 상태에서 완벽하게 벗어나지 못하고 있음을 알레고리적으로 형상화하고 있다는 점에서 그 가치를 인정할 만하다. 그러나 영웅주의적 사관, 우연한 사건의 남발, 타율적으로 이루어지는 주인공의 의식의 변화, 히데요 이외의 인물에 대한 균형 있는 묘사의 부재, 결말의 충동성 등과 같은 많은 문제점들을 드러내고 있어 적지 않은 아쉬움을 남기고 있는 작품이기도 하다

제3장

기호학과
문학의 구조

소설 읽기와
스토리텔링

기호학을 활용한 소설 지도 방안 연구

1-1. 소설의 장르적 특징

미하일 바흐찐은 소설은 '침투적 성격'을 지니고 있다고 지적하였다. 바흐찐은 소설은 형식면에서 자유롭고 융통성이 있으며 언어의 사용에 있어서도 비문학적인 언어를 사용하고 있음을 지적하였다. 베르나르 발레트는 "소설이란 명백하게 완성되었음에도 불구하고 불완전한 메시지"라고 하였다. 미리 결정된 구조를 갖지 않기 때문에 소설은 빈번히 독자의 예측을 비켜 간다. 소설이 언제나 현대성을 보유하게 되는 것은 독자의 기대와 작가의 독창성 사이에서, 항상 그 기대의 지평을 변화시켜 나가기 때문이다.

소설은 이처럼 다양하면서도 개방적·미결정적·다성적인 성격을 지니고 있다. 소설은 그것이 생산되었던 시대와 사회적 범주를 뛰어넘으며 때로는 만들어 낸 이의 처음 의도와는 전면적으로 대립될 수 있는, 진위를 결정지을 수 없는 새로운 의미들을 담아낼 수 있다.

따라서 교수자가 소설 작품에 관한 지식과 감상을 학습자들에게 일반적으로 전달하는 것은 바람직하지 않다. 소설 자체가 가지고 있는 다의적·다가치적 활력을 손상시키지 않고 텍스트를 있는 그대로 수용하면서 소설이 지니고 있는 예술적 가치를 충분히 향유하기 위해서 교수자는 학습자들의 올바른 방향으로 이끌어 나가야 한다.

그렇다고 해서 소설의 분석과 이해를 단순히 학습자들의 감상적 이해나 주관적 해석에 맡길 수도 없다. 학습자들의 주관과 개성을 최대한 존중하되 모두가 공감하고 동의할 수 있는 최소한의 공통분모는 반드시 존재해야 한다. 이 글에서는 소설의 표층적 설화 구조와 심층구조를 분석할 수 있는 기호학적 방법론 제시하고 그것을 교육현장에서의 소설 지도 방안과 연결시키고자 한다. 이 글에 제시된 지도방안은 실제 대학 강의실에서 시행된 교육 내용을 바탕으로 작성되었다.[106]

지식은 현상과 사물을 인지하는 주체로서의 학습자의 주관적인 인지작용과 그 학습자의 사회·문화적 배경과의 상호작용을 통해 형성되고 구성된다는 인식론의 입장에 근거할 때, 학습자는 더 이상 수동적인 지식의 습득자가 아니며, 적극적이며 자율적인 지식의 형성자가 된다. 따라서 모든 학습 환경도 이런 적극적이고 자율적인 학습자의 생각과 지식, 그리고 능력을 적극 발휘할 수 있도록 조성

---

106 이 글의 내용은 2015년 1학기 전주대학교 국어교육과 '소설교육론' 강의시간에 학생들을 지도한 내용을 바탕으로 작성되었다.

되어야 한다.[107]

이 글에서 굳이 '기호학적 방법론'을 소설 지도 방안과 결합시키고자 하는 이유는 '학습자 중심·과정 중심의 소설론 수업'의 한 모델을 제시하는 데 있다. 기호학을 공부하면 기호의 매개 역할과 사회적 현실을 구성하는 데 참여하는 사람들의 역할도 깊이 이해할 수 있게 된다. 기호학은 또한 현실을 당연한 것으로 받아들이지 않게 해 준다. 기호학은 현실에는 언제나 인간의 해석이 개입된다는 사실을 일깨워 준다.

본문에 제시되는 기호학적 분석 결과들을 모두 필자가 수업시간에 학생들로 하여금 과제를 수행하게 하고 이를 수차례 피드 백(feed back)을 한 후 만들어낸 결과들이다. 필자는 이 과정에서 학습자들이 작품을 여러 차례 정밀하게 독서하고 기호학적 방법론을 정확하게 이해하고 습득하려고 노력하는 한편, 동료 학생들과 의견을 교환하고 시행착오를 거듭하는 과정을 경험하는 긍정적인 현상들을 관찰할 수 있었다. 따라서 이 교수·학습법은 구성주의에서 강조하는 학습자 중심·과정 중심의 교수·학습법의 좋은 실례의 하나라고 판단하였고, 그 과정과 결과를 이 글을 통해 정리하게 되었다.

---

107 강인애는 "학습에 대한 주인의식은 흔히 스스로 자율학습할 수 있는 인지적 기술과 능력을 일컫는다. 곧 학습자 스스로 자율적으로, 그리고 자신감 있고 책임감 있게 자신의 학습을 관리하고 학습의 목표와 방향을 설정해 나갈 수 있는 능력을 뜻한다. 물론 문제해결의 전 과정에 대한 자율적 결정을 통하여 부수적으로 얻을 수 있는 수확은 단지 인지적 차원에 끝나지 않는다. 학습자는 문제를 해결할 수 있는 기술을 습득하여 스스로 지식을 생산하고 대상을 분석할 뿐만 아니라, 평가까지 하 수 있어야 할 것이다."라고 구성주의 교수-학습법의 의의를 설명하고 있다. 강인애(2003), 『왜 구성주의인가』, 문음사, 20~21쪽.

1-2. 기호학과 학습자 중심의 소설교육

1-2-1. 소쉬르의 언어학과 기호학

스위스의 언어학자 소쉬르(Ferdinand de Saussure)는 언어를 랑그(lange)와 파롤(parole)로 나누어 설명하였다. 랑그(lange)는 언어가 개인에 의해 사용되기 이전부터 존재하는 규칙체계와 관습, 체계, 구조, 구조 등을 가리킨다. '형식성', '보편성', '추상성' 등 세 가지는 모두 랑그의 특성이다. 랑그는 모든 기호의 사용과 그것의 의미를 가능케 하는 눈에 보이지 않는 토대, 즉 규칙 구조를 말한다.[108]

랑그의 첫 번째 특성인 '형식성'은 기호가 다른 기호들과 형식적 관계를 맺으면서 의미를 산출하는 것을 지칭한다. 예컨대 누군가가 '눈'이라고 말한다면, 이 개별적이고 구체적인 기호는 이것이 속한 더 큰 기호체계, 즉 랑그라는 전체 구조 속의 다른 기호들(비, 우박, 진눈깨비 등)과 관계를 맺음으로써만 의미를 가질 수 있다. 이처럼 랑그는 개별적으로 구체적인 기호, 곧 파롤의 사용을 가능케 해주는 토대이기 때문에 구조라고도 불린다. 구조는 광범위한 언어사용을 관장하는 규칙체계이기 때문에 '보편적'이며, 눈에 보이지 않기 때문에 '추상적'이다.

---

108 소쉬르에게 있어서 랑그는 "언어는 조직하고 언어 능력을 발휘하는 데 필요한 도구를 형성하는 사회적 코드이며, 언어활동 능력의 사회적 산물인 동시에 개개인의 언어 능력을 발휘할 수 있도록 사회집단이 채택한 필요한 규약의 총체"이다. 박인철(2003), 『파리학의 기호학』, 민음사, 29쪽.

이에 비해 파롤은 특정한 상황 내에서 사용되는 언어 곧 랑그의 구체적 사례, 활용, 개별사건, 메시지 등을 가리킨다. 소쉬르 기호학이 가장 중요하게 다루는 것은 기호의 개별적 용례가 아니라, 기호 체계 밑바탕에 자리 잡은 심층구조와 이를 지배하는 일반 규칙이다.[109] 또한 구조주의 언어학은 기호의 의미가 다른 기호들 사이의 관계에서 발생하는 것으로 여긴다. 하나의 기호는 체계 내부의 다른 기호들 사이에서 의미를 얻기 때문에, 기호가 외부 현실과 연결될 필요는 없다는 것이 구조주의 언어학의 입장이다.

의미는 대상이나 매체로부터 우리에게 '전달'되는 것이 아니라, 우리 자신이 인식하지 못하는 사회적 코드나 관습의 복합적 영향을 받는다. 이처럼 코드를 민감하게 의식하게 되면 재미있기도 하고 지적 활동에도 큰 도움이 된다. 기호학을 통해서 배우게 되는 것은 우리가 기호의 세계에 살고 있다는 사실과 더불어, 어떤 것도 기호화 기호들이 체계적으로 조직화된 코드를 통하지 않고서는 이해될 수 없다는 것이다.

이 글에서 제시되는 랑그, 혹은 코드는 세 가지이다. 하나는 클로드 브레몽의 '가능성 이론'이고, 두 번째는 그레마스의 '행동자 모델 이론'이며, 세 번째는 그레마스의 '기호학적 사각형'이다. 이들은 모두 기호학을 대표하는 이론 모델이며 그동안 문학 작품 분석에 많이 활용된 모델이기도 하다. 이제 이 모델을 소설 교육에 적용시키는 방안을 모색할 시기하고 판단된다.

---

109 대니얼 챈들러, 강인규 옮김(2006), 『미디어 기호학』, 소명출판, 44쪽.

1-2-2. 끌로드 브레몽의 '가능성 이론'과 이광수의 『무정』

이야기(story)의 중요 고비마다 발생할 수 있는 모든 가능한 양분화(주어진 이야기의 전개과정에서 사실화되지 않은 것까지도 포함)를 설명하려고 하는 브레몽(Claude Bremond)은 시간성보다 논리성을 지향하는 하나의 모델을 제시하였다. 블라디미르 프로프에게 있어서와 마찬가지로 브레몽에 있어서도 기능은 서사의 기초 단위이다. 각각 세 번씩의 기능은 하나의 연속체로 결합되어 그 속에서 가능성, 과정과 결과라는 논리적 3단계를 구축한다.

각 기능은 자동적으로 다음 기능과 이어지는 것이 아니라 대안적인 두 기능, 다시 말해서 스토리가 다음에 취할 수 있는 두 가지 방향을 열어 놓는다. 이 구조를 위의 표와 같이 일종의 '계통도 형식'으로 도식화할 수 있는 것이다. 양분화 개념은 상당한 자유를 우보하고 있어서, 예컨대 '악한'과의 투쟁이 반드시 '승리'만으로 끝나지 않는 플롯의 기술을 가능케 해 준다.

『무정』은 1917년 1월 1일부터 6월 14일까지 일제 총독부의 기관지였던 『매일신보』에 연재되었던 이광수의 장편소설로서 '최초의 근대장편소설'로 평가받고 있는 작품이다. 학습자들로 하여금 이 작품을 내용을 '파롤(parol)'이라고 전제하고 클로드 브레몽의 '가능성 이론'을 '랑그(lange)'로 생각하도록 하고 그 랑그를 분석하게 한 결과, 다음과 같은 도표가 작성되었다.[110]

---

110 이 글에서 제시되고 있는 도표들을 2009년 1학기에 전주대학교 사범대학 국어교

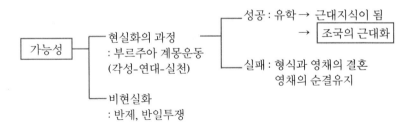

학습자들이 작성한 위의 표와 같이 『무정』에서 현실화의 과정은 부르주아 계몽운동이다. 이 작품에서 해외로 유학을 다녀와서 주인공은 근대 지식인이 되고 조국은 그들로 말미암아 근대화되어 번영하고 발전하는 모습이 '도달된 목적'으로 나타나고 있다. 형식과 선형의 약혼도 '도달된 목적'으로 볼 수 있다. 『무정』의 주인공 이형식은 경성학교 영어 교수자로서 더 큰 공부를 통해 민족의 지도자가 되고자 하는 꿈을 가진 청년이다. 학습자들은 '도달된 목적(성공)'이 '형식과 선형의 약혼'이라는 점에는 이견이 별로 없었지만, '조국의 근대화'나 '번영과 발전'이 '도달된 목적'이라는 점에 대해서는 의문을 제기하였다.

그러나 사실 '형식과 선형의 약혼'이 과연 도달된 목표인가 대해서도 의문의 여지가 없는 것은 아니다. 왜냐하면 형식이 선형과 약혼한 것은 순전히 형식의 의지도 아니고 그렇다고 선형의 의지도 아니고 '돈'과 '피상적 근대의식'을 지닌 김장로의 의지였기 때문이다.

___

육과 학생들을 대상으로 개설된 '소설교육론' 강좌에서 작성된 것들이다. 개인이 아닌 조별 활동에 의해서 도표가 작성되었으며, 두 차례 이상의 피드 백 적과를 거쳐 최종안이 확정되었다.

형식은 영채와 선형 사이에서 시계추처럼 흔들리다가 영채가 배학
감과 김현수에게 강간당한 후 실종되어 종적을 알 수 없게 되자 김
장로의 청을 받아들여 선형와 약혼을 하게 되는 것이다.

부모형제가 없는 고아 출신인데다 그나마 교수자를 그만둔 형식
을 부유층에 해당하는 김장로가 자신의 외동딸의 배우자로 삼는다
는 것은 사실 현실성이 떨어진다. 이는 형식과 비슷한 처지였던 이
광수의 '소망'이 반영될 결과로 보인다. 이광수는 당시 조부의 강권
에 못 이겨 결혼하여 아이까지 둔 유부남이었고, 그런 자신의 처지
를 매우 부끄럽게 여긴 것으로 알려져 있다.[111]

다음으로 도달된 목표로 표현된 '조국의 근대화, 번영, 발전'등에
대해서는 학습자들 사이에서도 논란이 많이 일었다. 이유는 두 가지
였다. 작품의 내적 논리에 의해 조국의 근대화나 번영·발전이 이루어
진 것이 아니라 '후일담'의 형식에 의해 또는 '논설'의 형식에 의해 그
내용이 서술되어 있기 때문이라는 것이 첫 번째 이유이고, 두 번째 이
유는 당시 우리나라의 일본의 식민 통치를 받고 있었고 따라서 '국가'
자체가 존재하지 않는데 조국이 근대화되어 번영·발전되었다고 하
는 것은 현실을 매우 심각하게 왜곡한 것이라는 견해가 많았다.

---

111 학습자들에게 이와 같은 이광수의 전기 자료를 제시하고 토론을 하게 한 결과 학
   습자들은 '형식과 선형의 약혼'마저 완전하게 도달된 목표라고 하기에는 미흡한
   측면이 있다는 견해를 밝히기에 이르렀다. 이와 같은 예에서 보는 바와 같이 기호
   학을 활용한 소설 교육에서 공식적 기계적으로 적용하여 도표를 만들기에 급급한
   경우, 오히려 작품을 정확하게 파악하지 못하게 되는 부작용이 일어날 수 있다. 따
   라서 교수자는 학습자들이 작품의 나용을 도표로 옮기는 데에 그치지 않게 하고
   그 도표의 내용을 심층적으로 이해하게 함으로써 작품의 내용을 도표화할 경우,
   자칫 발생하기 쉬운 작품의 내용을 지나치게 단순화시키는 오류에서 벗어나야 할
   것이다.

이와 같은 학습자들의 작품에 대한 비판적 이해는 매우 바람직한 것으로 판단되었다. 학습자들은 이광수의 전기적 사실에 대해서는 잘 모르고 있었지만, 1910년대 한국의 현실에 대해서는 나름대로 배경 지식을 충분히 지니고 있었기 때문에 이와 같은 비판적 이해가 가능했던 것으로 보인다. 교수자는 이에 덧붙여서 식민지 현실을 도외시한 계몽주의 이념이 지닌 문제점을 지적하고 이와 같이 정치적 투쟁을 유보한 이광수의 '준비론 사상'이 일제의 식민통치를 합리화하는 데 악용되었다는 점을 주지시킬 수도 있을 것이다.

학습자들은 이 작품에서의 '도달되지 않은 목적(실패)'은 '형식과 영채의 결혼'과 '영채의 순결유지'라고 위의 도표에서와 같이 답하였다. 주지하다시피 이 작품에서 이형식은 구한말 민족 지도자이자 자신을 구제하였던 영채의 부친 박진사에 대한 의리와 그의 딸에 대한 연민과 책임감 때문에 괴로워한다. 영채는 특히 기생이라는 신분임에도 불구하고 이형식과의 혼인을 기대하며 '순결'을 유지해 온 여성이다. 영채의 순결은 우국지사의 딸로서 그녀가 지닌 마지막 자존심이다. 하지만 영채는 '사이비 근대화'를 상징하는 김현수와 배학감에 의해 유린됨으로써 순결을 잃는다. 이는 이광수는 비롯한 당시의 부르주아 계몽주의자들이 과고의 전통, 관습, 인연 등 모든 것을, 심지어 애국계몽운동이나 구국운동마저 '계승해야 할 것'이 아닌 '가치가 훼손되었으므로 버려야 할 것'으로 인식한 결과로 볼 수 있다.[112]

---

112 그러나 이 작품보서 보다 현실감 있게 그려지고 있는 부분은 박진사와 영채가 관련된 부분이지 김장로나 선형과 관련된 부분이 아니다. 그것은 전자가 작가에게 있어서 경험적 세계이자 실존했던 세계였고, 후자는 한낱 관념적·소망적 세계에

학습자들은 이 작품에서의 도달되지 않은 목표가 영채와 형식의 혼인이나 영채의 순결 유지라고 비교적 쉽게 답하였다. 그러나 교수자는 여기서 그쳐서는 안 될 것이다. 학생들이 완성한 도표를 놓고 이제 역으로 그 도표에 담긴 심층적 의미를 분석하고 토론하게 할 필요가 있다. 예컨대 작가가 영채가 강간당하고 순결을 잃는 것으로 처리한 이유에 대해서 더 토론할 수 있을 것이다. 그것은 곧 작가가 '우국지사의 열정'과 고아였던 형식을 구제해 주었던 박진사의 은혜를 단지 흘러간 과거사로 치부하고 오로지 고국의 근대화만이 우리 민족이 나아갈 길이라고 생각한 결과라는 점, 혹은 주권 회복을 위한 정치적 투쟁 자체를 유보하였던 당시의 '실력양성론'이 지니는 한계와 연관된 것이기도 하다는 점 등에 대해 함께 토론할 수 있을 것이다.

마지막으로 학습자들은 이 작품에서의 '비현실화'는 '반제·반일 투쟁을 위한 주권 회복'이라고 하였다. 이 작품의 '식민지 현실에 대한 일체의 침묵'은 바로 이 작품이 '탈정치성'과 '탈역사성'을 지향하고 있음을 시사한다. 교수자는 이와 더불어 이 작품이 연재된 매체가 바로 총독부의 기관지였던 『매일신보』라는 점을 상기시킬 필요가 있다. 『무정』을 이 신문에 연재할 수 있게 주선한 이가 오랫동안 이광수를 지켜보고 끝내 그를 친일의 길로 이끌었던 아베 미츠이에라는 『매일신보』 사장이었다는 점도 배경 지식으로 알려주면 유

불과하기 때문이다. 이 작품이 원래 '영채전'으로 기획되었다든가, 독자들의 관심의 영채의 운명, 혹은 영채와 형식의 관계에 쏠려 있었던 이유도 바로 여기에 있다. 그러나 작가는 이 작품의 무게를 현실성보다는 관념성이나 낭만성에 두고 있고, 양자가 끝내 서로 겉돌도록 방치함으로써 구성상의 파탄을 면하지 못하고 말았다.

용한 참고가 될 것이다.

이와 같은 배경지식을 지니게 된다면 왜 작가가 이 작품에서 식민지 현실이나 일본의 강압통치에 대하여 시종일관 침묵할 수밖에 없었는가에 대해 학생들이 보다 심층적으로 이해하게 될 것으로 본다. 앞에서 지적한 계몽주의 사상의 한계와 실력양성론의 문제점을 지적함과 더불어 매체가 작품의 내용에 미치는 영향에 대해서도 함께 토론하며 이해를 증진시키 수 있을 것이다.

1-3. 그레마스의 '행동자 모델 이론'과 『삼대』

그레마스의 '행동자 모델 이론'을 구성하는 행동자는 세 쌍으로 이루어져 있다. 첫째는 '주체와 대상'의 쌍이고, 두 번째는 '원조자와 대립자'의 쌍이며, 세 번째는 '발령자와 수령자'의 쌍이다.

먼저 '주체'는 행동하는 자이며 '대상'은 행동 대상이다. 주체와 대상을 연결하는 축은 '욕망의 축', 또는 '추구의 축'이다. 주체와 대상을 연결하는 축인 욕망의 축은 자체에게 어떤 대상이 결핍되었기 때문이다. 그리고 대상을 주는 자와 받는 자는 '발령자'와 '수령자'라 부른다. 발령자와 수령자를 연결하는 축은 '전달의 축'이다. 그리고 그레마스(Alfirdas Julien Greimas)는 '원조자'와 '대립자'의 쌍을 더 들고 있다. 원조자는 주체가 대상을 획득할 수 있도록 도와주는 것이고, 대립자는 주체의 추구를 방해하는 자이다.

인식론적 성찰의 틀 속에서, '대상'이란 사유 행위와 사유하는 주체와 구분되는 것으로서 생각되고 지각되는 것을 말한다. 이 같은 정의는 인식 주체와 인식 대상의 관계만으로도 양자를 서로 구분되는 존재들로 설정하기에 충분하다. 기호학에서도 이 같은 입장을 받아들여, 대상은 오직 주체와의 관계로만 정의된다. 따라서 대상은 '형식적 위치'에 불과하며 관계적 본질에 속하는 규정들에 의해서만 인식될 수 있다.[113]

염상섭의 「만세전」이 3·1운동 이전의 우리나라 현실을 사실적으로 그려 내고 있다면, 『삼대』는 일제의 식민 통치자 한층 공고해진 1930년대 조선의 세태를 치밀하게 묘사하고 있는 작품이다. 이러한 당대의 세태를 묘사하는데 있어 '등장인물들'의 중요성은 각별하다. 왜냐하면 각 등장인물은 그들이 속한 세대와 계층을 전형적으로 반영하고 있기 때문이다. 예를 들면 조의관을 중심으로 하는 봉건주의적 사고방식을 가진 인물들과 신문물과 기독교 사상을 지닌 조상훈, 김병화를 중심으로 하는 사회주의적 성향의 인물들, 그리고 수원댁을 중심으로 하는 속되고 타락한 인물들, 마지막으로 이들을 중재하는 역할을 하는 조덕기 등은 당대의 다양한 가치간과 생활의 실태를 반영하기 위해 설정된 인물들이다.

『삼대』에는 두 갈래 삶의 흐름이 나타난다. 그것은 덕기네 집안의

---

113 주체와 대상의 관계는 '능동'과 '수동'의 관계에 해당한다고 말할 수 있다. 주체는 무엇인가를 원하는 존재이고 대상은 원해지는 존재이다. 주체와 대상의 관계는 결속적 관계이며 주체와 대상을 서로가 서로에게 기호학적으로 존재하는 것으로 간주하는 것을 가능케 한다. 행동자 모델의 구성에 나타나는 행동자들의 두 번째 쌍은 '발신자'와 '수령자'의 이원성에 의해서 설립된다. 발신자와 수령자의 관계는 일방적 전제조건의 관계의 존재로서 두 사이의 소통을 비대칭적인 것으로 만든다. 발신자가 전제되는 항인 반면 수령자는 전제하는 항이다.

조의관 부자(父子)가 구현하고 있는 현실추구적(現實追隨的)이며 물질적 욕망에 휩쓸리는 양상과, 김병화와 홍경애가 이념적으로 결합된 공간이자 부유층 자제인 조덕기가 이른바 '심퍼다이저(sympathizer)'로서 사회주의 진영을 후원하는 '산해진'이라는 공간 속에서 벌어지는 반체제 지향적인 실전적 삶의 양상이다. 이것은 1920년대 억압적인 식민지 현실에 순응하거나 저항한 대표적인 삶의 방식들이다.[114]

학습자들로 하여금 이 중 1세대에 해당하는 가짜 양반이며 일제와 유착 관계 속에서 자본을 축적하는 것으로 보이는 조의관을 주체로 설정하여 행동자 모델 분석을 하게 한 결과 다음과 같은 도표가 얻어졌다.

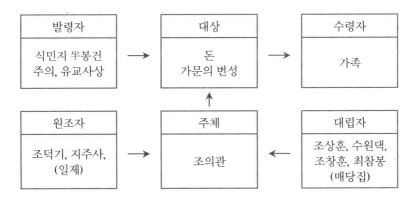

---

114 『삼대』는 그 표제만으로는 전통 가족사(家族史) 소설을 연상케 한다. 그러나 이 작품은 조의관의 죽음을 전후한 약 1년간의 시간을 배경으로 삼고 있다. 다소 '변형된 가족사소설'임은 조씨(趙氏) 일가의 가부장(家父長)이자 경제력의 원천인 조의관의 내력(예컨대, 치부 과정, 가짜 양반이 되기까지의 과정 등)이 분명치 않다는 점에서 도 드러난다. 그가 만석꾼이며 정총대(町總代)를 지냈다는 이력이 희미하게 암시되어 있을 뿐이다.

조의관은 '금고'로 상징되는 자본주의적인 가치(돈)와 '가문의 번성'을 위해 수단과 방법을 가리지 않는 봉건적 가치에 이중적으로 의존하고 있다. 유교적인 가치와 관습, 도덕에 의존한 점에서 그는 보수적이지만 그것이 사적 소유의 불가침에 근거한 방책이라는 점에서 그는 전통적 봉건 계층이 아니라 '돈'에 기초한 신흥지배계급이다. 따라서 그의 복고적인 관습은 봉건사상의 발현이 아니라 철저하게 '식민지 반봉건성(半封建性)'의 산물이다.

조의관의 원조자가 일제라는 것은 사실 학습자들이 쉽게 답하지 못하였다. 오히려 조창훈, 최참봉과 수원댁이라고 하는 학습자, 조덕기라도 하는 학습자, 지주사라고 하는 학습자들 사이에 활발한 토론이 전개되었다. 조창훈, 최참봉, 수원댁은 겉으로는 조의관에게 충성하는 듯해 보였지만 결국 모두 조의관의 독살에 가담하는 인물들이어서 원조자가 아니라 오히려 대립자라는 의견이 모아졌다. 다음으로는 조의관이 사당열쇠와 금고열쇠를 몰려준다는 점에서 조덕기도 원조자가 아니냐는 의견이 제시되었다. 또한 조의관의 살해 모의에 가담하지 않고 끝까지 조씨 집안을 위해 봉사하는 지주사가 원조자라는 의견도 제시되었다.

교수자는 이와 같은 학습자들의 주장들이 일리가 있음을 인정하였다. 그러나 이 두 원조자 역할 또한 매우 제한적이라는 사실도 일깨워 주었다. 조덕기의 경우는 가장으로서의 재산과 권리를 물려받지만 본인의 의지에 의한 것은 아니었다. 다만 그는 서로 생각과 입장이 다르더라도 할아버지는 할아버지대로 인정하고 아버지는 또 아버지대로 인정할 수밖에 없다는 입장을 가지고 있었고, 아버지가 할아버지와 맞서고 수시로 충돌했던 것과는 달리, 겉으로는 조의관의 원칙에 따르는 것처럼 보였기 때문에 유산을 상속하게 된 것으로 보인다. 지주사의 경우도 오랜 기간 조의관을 위해 일해 온 관성으로 그를 끝까지 배신하지 않고 독살사건의 진상을 밝히는 데 일조하는 것으로 보인다.

교수자는 조의관의 재산 축적을 도운 결정적인 원조자로서의 '일제'에 대해서 학생들로 하여금 토론하게 하였다. 물론 이 작품에서 일제의 도움을 받아 조의관이 치부하게 된 내력이 구체적으로 밝혀져 있지는 않다. 하지만 조의관의 죽음 이후 경찰에 구속된 조상훈이나 김병화, 홍경애, 김필순 등을 석방시키기 위해 덕기가 조의관이 인연을 맺어 놓았던 경찰 간부들을 찾아다니는 모습을 추정할 수 있다. 조의관이 가짜 양반 행세를 할 수 있었던 것은 돈을 벌었기 때문이고 또 그 돈은 일제와의 협력 관계 속에서 얻어진 것이라고 할 때, 일제를 조의관의 잠재적인 원조자라고 보는 데에는 무리가 없어 보인다. (괄호를 친 이유는 일제의 '잠재성'으 표시한 것이다)

대립자는 조덕기의 독살에 가담한 수원댁, 조창훈, 최참봉 등임은 쉽게 파악이 되었다. 학습자는 이러한 인물들이 겉으로는 조의관에게 충성하는 모습을 보였으면서도 결국은 기회를 엿보아 죽이게 되는 원인이 '자본의 비정한 생리', 곧 돈을 벌기 위해서는 수단과 방법을 가리지 않고 심지어 인간의 목숨까지 빼앗을 수 있다는 비정한 생리에 대해 생각하게 되었다. 그리고 이들 뒤에 존재하고 있는 '매당집'이라는 존재에 대해서도 이야기하게 되었다. 그는 이른바 '은

근짜의 소굴'을 대표하는 인물인 바, 자본주의 사회에 독버섯처럼 은밀하게 기생하는 이와 같은 세력들이 결국 수원댁, 최참봉 등을 배후에서 조종한 것으로 판단된다.

발령자는 여러 논란 끝에 '반(半)봉건적 자본주의 사상'으로 결정하였다. 조의관의 발령자는 언뜻 보면 '유교주의'인 것처럼 보인다. 그러나 그는 돈을 주고 벼슬을 사고 산소를 옮기고 거짓 족보를 인쇄하여 배포한 인물이다. 이와 같은 인물이 조선 후기 혼란을 틈타 대거 등장하였음은 주지의 사실이다. 이미 양반 제도가 없어진 1930년대에 굳이 양반의 지위와 명예를 고집한 것은 바로 식민지 사회 일반에 나타나는 '반봉건성' 때문으로 보아 발령자는 '식민지 반봉건주의'로 볼 수 있으며, 가족을 우선시하는 점에서 수령자는 당연히 '가족'일 수밖에 없다.[115]

다음으로 제2세대의 인물인 조덕기를 주체로 설정하여 행동자 모델 분석을 하게 한 결과 다음과 같은 도표가 얻어졌다.

---

115 외세의 간섭에 의해 식민 통치를 받는 나라의 자본주의가 온전한 자본주의로 발달하지 못하고 근대적 요소와 봉건적 요소가 혼재하는 형태로 존재하게 되는데 이를 두고 '식민지 반봉건성'이라 한다. 일제 강점기에 한국은 지주계급이 사라지지 않고 소작인 계급을 강압적인 방식으로 수탈함으로써 자본부의적 발전의 길이 장애에 봉착하였다. 『삼대』에서 조의관의 일제와의 유착 속에서 자본을 축적한 것으로 설정되어 있는 바, 조의관의 발령자를 '식민지 반봉건성'으로 설정하는 데 무리가 없다 하겠다.

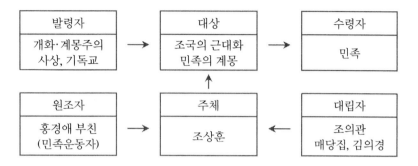

발령자	대상	수령자
개화·계몽주의 사상, 기독교	조국의 근대화 민족의 계몽	민족
원조자	주체	대립자
홍경애 부친 (민족운동자)	조상훈	조의관 매당집, 김의경

이 작품에서 조상훈은 가장 부정적 인물로 그려져 있으며 기독교 신앙 때문에 결국은 상속권을 아들에게 빼앗기고 날로 타락해 간다. 교회를 다니는 기독교 신자이며, 미국 유학도 다녀왔고, 교육가 혹은 계몽운동가로 명망을 쌓은 인물이면서도 상훈은 중심을 잃고 타락하는 것이다. 상훈은 국권 상실의 시대에 사회에 나오게 된 새로운 계층에 속하는 인물로서 외국 유학을 통해 근대적 문명에 대한 이해와 서구적 교양을 갖추게 되었지만, 자기 이상을 실현해 나아갈 수 있는 사회적 동력을 끝내 얻지 못한다.

그의 이상주의적 태도에는 그 지향성 자체가 지니는 의미에도 불구하고 민족과 사회의 현실에 대한 철저한 인식이 결여되어 있다. 그리하여 그는 부친이 만들어 놓은 재산을 기반으로 하여 위선적인 생활을 하다가 마침내 노골적으로 향락과 안일만을 추구하는 인물로 전락하고 부친의 재산을 거의 상속 받지 못한다. 상훈을 주체로 설정하여 그리는 도표를 학습자들은 비교적 쉽게 수행하였다.

조상훈은 개화사상과 계몽주의 사랑(발령자), 혹은 기독교 신앙에 바탕을 두고 조국의 근대화나 민주의 계몽, 기독교 신앙의 전도 등을 추구하였다. 홍경애 부친과 같은 이들은 같은 길을 걸었던 동지들이므로 원조자들이다. 하지만 그의 욕망 추구는 부친인 조의관의 냉대와 매당집의 술수, 그리고 무엇보다도 본인의 이기적 욕망과 위선적 형태, 우유부단한 성격에 의해 좌절된다. 사실 계몽주의자나 민족지도자로서의 상훈의 모습은 과거 회상을 통해 매우 단편적으로 제시되고 있을 뿐이고, 이성을 잃고 급속도로 타락해 가는 파락호로서의 모습만이 그려지고 있다. 따라서 상훈을 주체로 설정하는 행동자 모델 분석을 다음의 도표와 같이 작성할 수 있다.

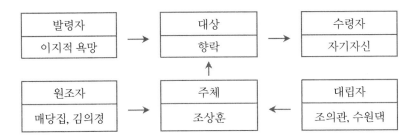

다음으로 이 작품의 주인공 격인 제3세대의 인물 조덕기를 주체로 설정하여 행동소 분석을 한 결과는 다음과 같다.

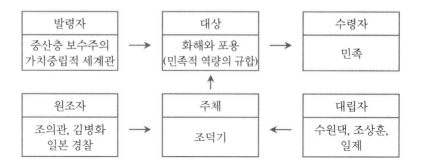

조덕기를 주체로 설정하여 학습자들에 행동자 모델을 분석하게
한 결과, 다양한 의견이 도출되었고 그 의견들을 조정하기가 쉽지
않았다. 우선 조의관은 유교사상, 혹은 식민지 반봉건주의라는 분명
한 발령자가 있고, 조상훈과 김병화 역시 각각 개화사상(계몽주의사
상)과 계급운동(사회주의 이념)과 같은 비교적 분명한 발령자가 있
는 반면, 조덕기의 발령자는 다소 모호하기 때문이다. 여러 차례 논
의 끝에 발령자를 김윤식 교수가 제창한 용어인 '중산층 보수주의'
와 '가치 중립적 세계관'으로 설정하기로 하였다.[116]

조덕기를 주체로 설정할 경우 대상이 되는 것은 '민족 간의 화해
와 포용', 혹은 '민족적 역량이 규합'이 될 것이다. 조덕기는 조부로
부터 비록 금고와 사당의 열쇠를 물려받지만 조부처럼 그것들에게

---

116 김윤식은 "『삼대』에는 핏줄과 재산이 유착되어 있어, 핏줄 쪽은 봉건적인 생각에,
    재산 쪽은 근대적인 생각에 속하는 것이어서 뒤엉켜 있는 형국이다. 『삼대』는 근
    대적 소설이자 거기에 미흡한 것, 곧 중산층 보수주의를 기반으로 하고 있음이 이
    로써 잘 드러난다"(516쪽)고 하였다. 김윤식의 견해에 따르면 사실 중산층 보수주
    의에 제일 걸맞는 인물은 조덕기가 아니라 조의관이다. 하지만 조의관으로부터
    두 열쇠를 덕기가 상속받는다는 점에서 덕기의 이념 역시 중산층 보수주의에 가
    깝다 하겠다. 김윤식(1987) 『염상섭연구』, 서울대출판부.

종속되지 않으리라 다짐한다. 또 부친의 위선과 도덕적 타락에 실망하면서도 봉건적 인습에 맞서고자 하는 합리적 정신만큼은 덕기 역시 받아들인다. 따라서 같은 중산층 보수주의지만 덕기는 조의관과 달리 허례허식에 치우치지 않고 근대적 합리성을 존중하는 가운에 사회주의자를 지원하기까지 한다.

조덕기의 원조자로는 조의관과 김병화를, 그리고 의외이지만 일제를 들 수 있다. 조의관은 무엇보다도 '돈'을 덕기에게 물려준다는 점에서 원조자라고 할 수 있다. 중산층 보수주의자로서 혹은 심퍼다이저(동정자)로서 덕기가 김병화나 김필순 등을 도와줄 수 있었던 것은 바로 조부가 물려준 재산이 있었기 때문에 가능한 것이었다. 그리고 조상훈, 필순, 홍경애, 김병화 등에 대한 석방 운동을 전개함에 있어서 일본 경찰 협조를 구하기도 한다. 대립자는 조의관을 독살하고 재산을 가로채려고 했던 세력, 곧 수원댁, 조창훈, 최참봉 등이 있고 그들의 배후에는 전술하였다시피 매당집이 있다. 또 부친 상훈 역시 호시탐탐 아들의 재물을 노린다는 점에서 대립자에 해당한다고 볼 수 있다.

'전방의 전사의 역할'을 하는 '김병화를 비롯한 사회주의자'를 주체로 설정하고 이 작품을 분석하면 대상은 '노동자해방과 민족해방'이 될 것이며, 원조자는 소련에서 잠입하여 병화에게 자금을 전달하는 피혁, 병화의 활동을 도화주는 홍경애, 자결을 해 가면서 까지 병화를 지원하는 장훈을 비롯한 사회주의 진영의 동지, 부유층의 자제이면서도 병화를 친구로서 도와주는 조덕기 등이다. 또한 대립자는 일제, 조의관과 같은 친일 자본가, 병화와 덕기 부친과 같은 기독교인 등이 될 것이다. 조덕기를 주체로 설정할 때보다 김병화를 주체로 설정할 경우, 그레마스의 '행동자 모델'이 다음의 도표에서 보는 것처럼 보다 완전하고 안정되게 그려지는 양상은 주목을 요한다.[117]

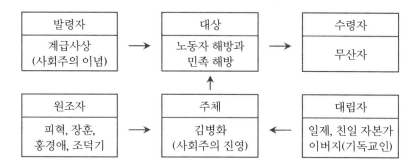

김병화의 발령자와 수령자는 학습자들이 '계급사상과 무산자'라 하고 매우 쉽게 파악할 수 있었다. 또한 원조자가 조덕기와 사회주의의 운동 동지들이라는 것에 대해서도 쉽게 합의가 이루어졌다. 교수자는 사회주의를 지원하는 자산자를 당시에 심퍼다이저(sympathizer : 동성자)라고 설명해 주면 좋을 것이다. 피혁이 소련에서 잠입해 들어온다는 점에서 소련 정부가 조선 사회주의운동을 지원했음을 알수 있고 장훈의 희생이 매우 숭고하게 그려지고 있다는 점에서 작가

---

117 이 도표가 좀더 안정적으로 보이는 이유는 '자격 시련', '결정 시련', '영광 시련' 등을 비교적 충실히 내포하고 있기 때문이다. 김병화가 피혁으로부터 선택을 받고 (당의 인정을 뜻함), 장훈에게 얻어맞는 내용 등은 '자격 시련'에 해당하고, 산해진에 아지트를 차리고 조덕기, 홍경애 등의 도움을 받아 임무를 수행하는 것이 '결정 시련'이라면, 비록 일제 경찰에 구속되어 뜻을 완전히 이루지는 못하지만 장훈이 장렬하게 죽음으로써 비밀이 보호되고 김병화는 다시 기회를 엿볼 수 있게 되는 내용 등은 '영광 시련'에 해당한다고 할 수 있다.

가 중간파적 세계관을 지니고 있다는 점에서 작가 또한 중간파적 세계관을 지니고 있다는 점을 교수자가 지적할 수도 있을 것이다. 또한 이들을 방해하는 가장 적대적인 세력은 당연히 일제가 될 것이고 자신과 덕기의 부친과 같은 기독교인이나 조의관과 같은 친일 자본가 역시 이들의 대립자로 분류할 수 있다.

네 가지로 작성된 『삼대』의 행동자 모델 분석을 통해서 알 수 있는 것은 이 작품은 당연히 김병화를 비롯한 사회주의자를 중심으로 창작되어야 했음에도 불구하고 조덕기를 중심으로 서술함으로써 구성상의 파탄이 불가피해졌다는 점이다. 만일 김병화를 중심으로 이야기를 전개하였을 경우, 이 작품은 신문(『조선일보』)에 연재하는 것조차 불가능했을 것이기 때문에 작가는 구성상의 파탄을 무릅쓰고 조덕기를 중심으로 소설을 구성할 수밖에 없었을 것이라고 학습자들과 의견을 모았다.

2-4. 그레마스의 '기호학적 사각형'과 황순원의 「학」

그레마스 기호 사각형은 하나의 의미 실질 혹은 의미 범주가 분절된 양상을 시각적으로 표현한 것이다. 어떤 의미 범주든 이 기호 사각형을 통해 분절되고 시각적으로 표현될 수 있다. 기호 사각형에서 중시하는 것은 '관계'이며, 그 관계는 '반대 관계', '모순 관계', '함축 관계' 등으로 나뉜다.

기호학적 사각형(이하 기호 사각형으로 표기)의 통사부문으로 적용하면 기호 사각형 내에 이미 확립된 사항들을 향해 투사될 수 있다. 다시 말해 기호 사각형을 이루는 사항들을 이동하면서 조작할 수 있다. 모순은 관계라는 관점을 통해서 보면 두 사선축 (s1과 -s1 s2와 -s2)을 확립시키지만, 조작의 관점에서 보면 사선축을 이루는 한 항을 부정하고, 동시에 이 항에 대한 모순항을 긍정하는 역할을 한다. 따라서 통사 조작에 있어서 부정은 일종의 변증법적 과정이라 할 수 있다. 그리고 여기서 s1에 대한 부정으로서 -s1을 정립하는 조작, 다음에는 -s1을 함의하는 s2에 -s1을 연접시키는 조작, 즉 -s1을 긍정함으로써 s2를 정립시키는 조작이 뒤따른다. 즉 s1이 그 반대항인 s2에 도달하기 위해서는 부정과 긍정의 두 조작을 거쳐야 하는 것이다. s2가 그 반대항인 s1에 도달할 때도 전과 같은 조작을 거쳐야 할 것이다. 이 대칭적인 두 행정을 순서에 따라 표현하면 다음과 같다.

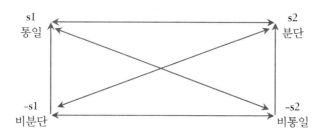

기호 사각형 내에서 ∞과 같은 형태를 그리는 통사 조작은 순서와 방향이 정해져 있다. 즉 통사 조작은 예측 가능한 것이다. 다시 말하면 s1에서 s2로의 이행은 -s1을 거치지 않으면 이루어질 수 없다. 또한 s2에서 s1로의 이행은 –s2를 거치지 않으면 이루어질 수 없다. 이처럼 's1 → –s1 → s2'와 's2 → –s2 → s1' 행정은 기호 사각형 내에서 이루어지는 규범적인 행정이다. 그 반면 's1에서 s2'로 직접 이행하거나 혹은 그 역으로 직접 이행하는 행정, 그리고 '–s1에서 –s2'로 곧바로 이행하거나 그 역으로 이행하는 행정은 기호 사각형 내에서는 실현 될 수 없는 행정이다.[118]

이를 한반도의 정세에 대입하면 /통일/에서 /분단/으로 이행은 /비통일/을 거치지 않으면 이루어질 수 없다. 또한 /북단/에서 /통일/으로의 이행은 /비분단/을 거치지 않으면 이루어질 수 없는 것이다. 이처럼 /통일/은 /비통일/을 거쳐 /분단/으로, /분단/은 /비분단/을 거쳐 /통일/로 나아가는 규범적인 행정을 갖는다. 그러나 /통일/에서 /분단/으로, 혹은 /분단/에서 /통일/로 곧바로 직접 이행하는 행정은 기호 사각형 상으로는 실현될 수 없다.

다음의 도표는 학습자들이 조별활동을 통해 황순원의 단편소설 「학」을 심층구조를 그레마스의 사각형으로 표현한 것이다.

---

118 박인철(2003) 『파리학파의 기호학』, 민음사, 348쪽.

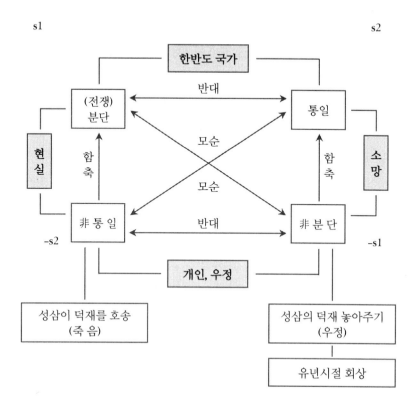

황순원의 「학」은 6.25 전쟁 중에 치안대원과 인민위원회 부위원장이라는 적대적 관계로 만난 지난 시절의 친구인 성삼과 덕재가 호송과정에서 이데올로기 전쟁의 산물인 적대 감정을 극복하고 과거에지녔던 우정을 회복하고 위험에 처한 친구를 자신에게 닥칠지도 모르는 불이익을 무릅쓰고 탈출시킨다는 내용을 담고 있다. 이처럼 이작품은 참혹한 한국 현대사를 친구 간의 우정의 회복을 통해 극복해나가는 모습을 보여주는 작품이다.

이 작품을 그레마스의 사각형으로 표현하면 s1은 /전쟁/ 혹은 /분단/

으로 설정할 수 있고, s2는 /통일/로 설정할 수 있다. 그렇다면 -s1은 /비통일/, -s2는 /비분단/이 된다. s1인 /분단/은 -s2인 /비통일/의 의미를 함축하고 있다. s2 /통일/도 마찬가지로 -s1인 /비분단/의 의미를 함축하고 있다.

전쟁은 인간성의 상실, 인간 존엄성의 포기, 상호 불신 등의 사어를 남기게 마련이다. 이작품은 북쪽에 먼저 점령되어, 이미 한 차례의 소용돌이가 지나간 마을에 다시금 국군이 들어옴으로써 생기게 되는 비극을 표현하고 있다. 성삼이 내면을 간접적으로 암시할 뿐만 아니라, 호박잎 담배에 얽힌 추억을 떠올리는 계기가 되는데, 이러한 회상을 계기로 성삼과 덕재 사이에 갈등이 점차 해소되어 간다. 덕재의 부인이 된 꼬맹이에 대한 대화는 두 사람의 사적인 관계에서 나올 수 있는 것이다. 꼬맹이의 우스꽝스러운 모습을 상상하며 성삼이가 웃는 것은 두 사람이 사회적 관계에서 오는 대립과 갈등에서 벗어나 점차 우정을 회복하고 있음을 보여준다. 마지막 부분에 성삼이가 덕재에게 학 사냥을 제안한 것은 얼른 도망가라는 뜻을 암시적으로 말한 것이다.

전쟁으로 인한 /분단/과, /비통일/은 작중 인물들이 처한 비극적 현실이다. /통일/과 /비분단/은 작가가 작품을 통해 소망하고 있는 긍정적·이상적 세계이다. 's1과 s2', '-s1과 -s2'는 각각 '반대'에 해당한다. 또한 's1과 -s1', 및 's2와 -s2'의 관계는 '모순'에 해당한다. 성삼이가 덕재를 청단까지 호송해야 하는 상황은 친구라는 인간적 관계보다 치안대원과 인민위원회 부위원장이라는 분단현실이 초래한 관계가 우선시 되는 상황이다. 이러한 상황이 반전되지 않는 한 통일은 불가능하기 때문에 's2와 -s2'의 관계가 '모순'관계인 것이다.

's1과 -s1'의 관계도 역시 '모순'이다. 유년시절 회상과 대화를 통해 둘 사이의 우정을 확인하고, 결말 부분에서 학 사냥을 구실삼아 성삼이가 덕재를 놓아주게 되는 상황(-s1)은 성삼이 덕재를 오로지 공산주의자로만 대하던 '-s2'의 상황과는 반대로 '이데올로기나 정치적 현실보다 인간적 관계(우정)을 우위에 놓는 상황'인 것이다. 아무리 남북한 정권이 상대에게 총을 겨누고 증오심을 가질 것을 강요하더라도 각 개인이 민족적 동질성과 생명을 존중하는 태도로 서로 화해하고 협력하고자 노력한다면 분단의 장벽이 언젠가는 반드시 무너질 것이기 때문이다.

이때 유의할 것은 s1은 한번에 s2로, 혹은 그 역으로도 결코 직접 갈 수 없다는 점이다. 기호학적 사각형이 그것을 용납하지 않기 때문이다. 기호학적 행정에 의해 s1은 반드시 모순 관계에 놓여 있는 -s1을 거쳐야만 s2로 갈 수 있다. 이는 한반도의 분단 상태가 각 개인의 축적된 노력(비분단을 위한 노력) 없이 어느 날 갑자기 종식될 수 없다는 작가의 신념이 반영된 결과이다. 성삼이 덕재를 풀어주듯 개인적인 차원, 혹은 인간적·민족적 차원에서 상대방을 이해하고 도와주기 위해, 그리하여 한반도에 평화가 정착이 되고 외세가 발호하지 못하도록 만반의 태세를 갖추어 나가야만 비로소 통일의 날이 찾아올 것이다. 따라서 그레마스 기호 사각형 상의 s2 (/통일/)는 한반도 내에서 과거에 한반도내 존재하였던 상태이자 반드시 회복해야 하는 상태라 할 수 있다.

학습자들에게 그레마스의 기호 사각형을 작성하게 하는 작업은 결코 쉽지 않았다. 학생들이 어려움을 겪는 이유는 첫째, '의소'를 추출하기 어렵기 때문이다. 사실 황순원의 「학」을 감상하고 이 작품의 의소를 /통일/과 /분단/로 추출하기는 수월하지 않다. 학습자들은 /우정/과 /적대감/으로 답하기도 하고, 상당수의 학생들이 /성삼/과 /덕재/가 의소라고 답하기도 하였다. '/ /'는 "그 안에 들어 있는 표현이 다른 대립항을 가지는 의소 혹은 경우에 따라서 상위 용어임"을 나타내는데, 상위용어는 추상적인 표현으로 '성삼'이나 '덕재'와 같은 구체적 인물은 '/ /'에 들어갈 수 있는 의소가 될 수 없다.

다음으로 학습자들에게 이해시키기 어려웠던 것은 '반대 개념'과 '모순 개념'의 차이를 인식시키는 것이었다. 「학」의 경우 /분단/ 과 /통일/이 반대관계가 될 수 있었던 것은 /분단/이 /통일/의 부재를 전제로 하고 /통일/이 /분단/의 부재를 전재하기 때문이었다. 이에 비해 /통일/과 /비통일/ 및 /분단/과 /비분단/은 서로 공존할 수 없는 '결성 대립'을 뜻하는데 이렇나 점을 학습자들에게 이해시키기란 쉬운 일이 아니었다.

학습자들이 적지 않은 시간에 걸쳐 수 차례의 시행착오를 경험했지만, 그레마스의 기호 사각형을 이용하여 작품의 심층 구조를 파악하는 작업은 매우 의미 있고 가치 있는 일이었다. 황순원의 「학」이 분단 상황과 관련이 있다는 것은 심정적으로는 누구나 느낄 수 있었지만 그것을 논리적으로 설명하기는 어려운 일이었다. 그런데 학습자들과 함께 시행한 위의 분석을 통해서 /분단/이 /통일/로 가기 위해서는 인도적인 차원에서 남북의 민족구성원 각자가 성삼이 덕재를 놓아준 것처럼 /비분단/을 위한 노력을 끊임없이 축적시켜 나가야 함을 분명히 인지할 수 있었기 때문이다.

1-5. 기호학의 교육적 활용 방안

기호학이 앞에서 제시한 것처럼 복잡한 모델을 이용하여 구명하고자 하는 의미는 사실 대상이 지니고 있을 것으로 추정되는 '일차적인 의미'이다. 일차적 의미란 문학적이거나 철학적이거나 심리적인 어떤 의미, 이를테면 인문과학에서 다루는 그런 의미는 아니며, "모든 사람들이 동의할 수 있는 기본적 의미"를 가리키다. 예컨대 황순원의 「학」을 읽으면 누구나 동의할 수 있는 어떤 의미를 파악한다.

만일 누구나 동의할 수 있는 기본적 의미가 없다면 인간의 의미활동은 지리멸렬하거나 심지어 불가능해질 수도 있다. 따라서 일차적이고 기본적인 의미의 생성과 파악의 조건들이 무엇인지를 규명하고, 이러한 의미를 일관성 있게 기술할 수 있는 상위 언어를 수립하는 것이 기호학의 목표라고 할 수 있다. 따라서 기호학은, 어떤 의미에서는, 정상적인 독자라면 하나의 텍스트에 대해 '표준적'인 이해를 갖고 있다고 전제하며 이것을 고유의 방법과 절차를 통해 밝히려는 학문이라고 할 수 있다.(박인철, 2003, 123쪽)

교육 현장에서 기호학적 방법론이 활용되어야 하는 이유는 이로써 분명해졌다고 본다. 초등학교, 중고등학교, 심지어 대학교 과정에서도 학습자들은 우선 작품의 표준적인 의미, 곧 일차적 의미를 정확히 파악해야 하는데 이를 위해 기호학적 방법론이 매우 유용하게 사용될 수 있다. 그렇다고 해서 기호학이 일차적 의미와는 다른 의미의 존재를 부정하는 것은 결코 아니다. 오히려 앞에서 분석한 것처럼 도표를 완성하는 데 만족하지 않고 그 도표를 통해 다성적 성격을 지닌 소설 작품들이 지니고 있는 심층적인 의미를 놓치지 않도록 교수자와 학습자가 함께 노력해야 할 것이다.

최서해 소설의 기호학적 연구
─간도 배경 소설들을 중심으로

2-1. 최서해 소설의 신경향파적 특징

曙海 최송학은 1924년, 「吐血」, 「故國」 등으로 등단하여 1932년에 작고할 때까지 8년 남짓 짧게 활동하였다. 이 기간에 그는 시, 소설, 평론, 수필 등 다양한 장르에 걸쳐 작품을 발표하였다. 그의 작품들은 중국인 지주와 관원들의 폭압과 차별 및 수탈에 시달리며 처참하게 살아가던 간도 지역 조선인의 충격적인 실정을 반영하고 있으며, 민중적 분노와 현실 고발 및 저항 정신을 담고 있다. 특히 자신의 체험을 바탕으로 창작된 간도 배경 소설들은 당대 문단 및 독자들에게 상당한 반향을 일으켰고 문학사적으로도 높은 평가로 받아 왔다.

최서해는 1901년 1월 21일 함북 성진에서 태어났으며 소학교를 겨우 마친 정도의 낮은 학력을 갖추어 나간 것으로 보인다. 그는 고향과 간도에서 굶주림과 병고, 그리고 사회적 냉대와 소외를 겪으며 살아왔고 열악한 상황은 작가가 된 이후에도 그다지 달라지지 않았다. 이는 대부분의 작가들이 중산층 이상의 유복한 가정에서 태어나, 일본 유학을 경험한 것과 대조된다.

그는 어린 시절에, 『靑春』, 『學之光』을 구해서 읽고, 신소설과 춘원의 소설 및 이론소설도 탐독한 것으로 알려져 있다. 따라서 최서해 역시 일본소설의 영향을 전혀 받지 않았다고 할 수는 없을 것이다. 하지만 그는 메이지(明治)학원이나 교오또(京都)중학교 등을 다니며 일본인 교사와 선배들로부터 체계적으로 일본어를 배우고 문학 수업을 받은 작가들에 비해 일본 문학의 간접적 영향권에 놓였던 것으로 보인다. 예컨대 최서해는 일본 자연주의 작가들(백화파)의 형식으로 알려져 있는 '내면 고백체'를 받아들이되 서간체 형식을 통해 '민중정 체험을 중산층 독자에게 직정적(直情的)으로 전달하는 사회 고발 수단'으로 삼았다.

최서해에 대한 연구는 그동안 임화, 백철, 곽근, 김병구, 이상진 등, 여러 평론가 및 학자들에 의해 작가론, 반영론, 탈식민주의, 정신분석학 등 여러 각도에서 이루어져 왔다.[119] 실증적인 작업을 거쳐 ≪崔曙海全集≫을 편찬한 바 있는 곽근은 "최서해의 소설에는 천편일률적으로 반항·저항 투쟁하려는 적극적·공격적 자세를 보이는 인물이 등장하는 한편, 반면에 이와 같은 행동을 감히 엄두내지 못하

---

119 임화, 「조선신문학사서론서설」, 『조선중앙일보』, 1935. 11. 12.
백철, 『신문학사조사』, 신구문화사, 1968.
백철, 「한 발 앞선 고독의 의미」, 『문학사상』, 1974. 11.
이상진, 「최서해 소설의 폭력과 무의식」, 『현대문학의 연구』, 1996. 12.

고 소극적·퇴영적 자세를 취하는 인물들"이 존재한다고 하였다. 「吐血」, 「故國」, 「脫出記」, 「朴乭의 죽음」, 「饑饉와 殺戮」, 「큰물진 뒤」, 「白琴」, 「누가 망하나」, 「錢迓辭」, 「무서운 印象」 등 작품에 등장하는 인물들은 "사회의 가장 밑바닥에 깔려 있는 인물들로서 거의 일방적으로 비참하기 이를 데 없는 생활을 강요당하지만, 이상을 가지고 현실을 극복하기 위해 투쟁하려 드는" 인물들이 라고 하였다. 이중에서도, 「吐血」, 「故國」, 「脫出記」, 「미치광이」, 「饑饉와 殺戮」, 「해돋이」, 「暴風의 時代」등의 작품들은 "간도 이민사회의 진실한 모습을 보여주는"의의를 지니고 있다고 평가하였다.[120]

김병구는 최서해의 소설은 하층민들의 궁핍한 삶의 보고서라고 할 수 있을 만큼 '가난'을 서사적 인식의 대상으로 집요하게 문제 삼고 있으며, 가난을 '이미 주어진 상황'으로 인식하고 있다고 보았다. 그는 이어서 최서해의 소설에서 중심으로부터 배제된 삶을 살아가는 인물들은 사회로부터 소외될 뿐만 아니라, 병고로 신음하거나 어머니나 딸을 지극히 사랑하면서도 소설 공간 내에서 번번이 그들과 헤어지는 것으로 미루어 볼 때, '가난을 운명으로 인식하는 것'이야말로 최서해 소설의 서사적 논리를 형성하는 기본 조건이라고 지적하였다.[121]

아울러 그는 최서해 소설이 지닌 '양가성(兩價性)'을 날카롭게 지

---

120 곽근, 「최서해문학의 이해를 위하여」, 《최서해 전집·下》, 문학과지성사, 1987. 436쪽.

121 김병구, 「최서해소설의 탈식민성 연구」, 문학사와 비평학회, 『최서해문학의 재조명』, 국학자료원, 2002. 33쪽.

．

적한 바 있다. 최서해는 민중들의 폭력적 행위의 정당함을 인지하고 같은 민중으로서의 민중에 대한 공감을 표시하는 한편, 중산층 중심의 독자나 매체를 의식하여 또 한편으로는 민중들의 폭력적 행위에 대한 혐오감이나 공포 의식을 아울러 표현하고 있다는 것이다.[122] 이와 같은 지적은 최서해 소설에 대한 고정관념을 일정하게 극복한 것이다.

김병구는 최서해 소설의 공간적 특징에 대해서도 주목하여, "서북간도의 생소한 현실의 경제적 수탈 정책으로 초래된 궁핍화와 그로 인해 간도지방을 유리포박(遊離逋縛)할 수밖에 없는 상황에 처했던 식민지 주변부 민중의 절박한 생활상을 소설화함으로써 소설의 지리적 공간 영역을 확장시켰을 뿐만 아니라, 식민지 초기의 민족 궁핍화 현상을 뚜렷하게 부각시켰다"라고 평가하였다.

박훈하는 '중국인/조선인', '악/선', '지배/종속', '조선/일본', '제국주의/식민지' 등 무한히 확장 가능한 이항 대립구조로 이루어져 있으며, 최서해 소설이 격정의 정조를 지니고 있으면서도 절제된 심리적 거리를 확보하고 있고 주제가 선명히 드러나는 대신, 내면 탐색을 거의 포기하고 있는 것으로 보았다.[123]

이처럼 최서해 소설은 '민중의 가난과 고통 및 저항'을 중심으로 논의되어 왔으며, '간도'를 배경으로 삼고 있는 작품들이 중점적으로 분석되어 왔다. 연구자들은 그의 작품들이 실제 체험을 바탕으로

---

122 김병구, 위의 논문, 문학사와 비평학회, 위의 책, 36쪽.
123 박훈하, 「탈민지적 서사로서 최서해 읽기」, 문학사와 비평학회, 위의 책, 118쪽.

하고 있다는 점, 고난당하고 부정적 현실에 저항하는 개인의 운명을 통해 민족의 운명을 상징하고 있다는 점, 식민지 조선의 현실과 상동관계를 놓인 간도의 현실을 박진감 있게 그렸다는 점, 현실과 환상이 교차되는 구성을 통해서 가난의 참상과 절망적 심리를 극적으로 표현하였다는 점, 가족의 해체와 이산의 고통을 통해 당대 현실의 단면을 효과적으로 그렸다는 점 등을 지적하며 신경향파 문학을 대표하는 작가로 평가해왔다. 이는 최서해 소설에 대한 여러 학자들의 지속적 연구를 통해 축적된 값진 성과가 아닐 수 없다.

이 글은 이와 같은 기존의 최서해 소설 연구 성과를 존중하면서, 그레마스의 기호학적 연구방법론을 원용하여 간도를 배경으로 창작된 최서해 소설의 표층구조와 심층구조를 분석하고자 한다. 그럼으로써 그의 소설 중 가장 완성된 형태를 지닌 하나의 소설을 추출하고 그 외의 소설들이 이 소설과 비교할 때 결여하고 있는 점, 그리고 가장 완성된 형태의 소설마저도 극복하지 못하고 있는 최서해 소설의 한계에 대해 집중적으로 조명해 보고자 한다.

2-2. 최서해 소설의 표층구조 분석

최서해의 작품 중 「故國」, 「鄕愁」, 「吐血」, 「脫出記」, 「미치광이」, 「饑饉와 殺戮」, 「해돋이」, 「暴風의 時代」, 「紅焰」 등의 작품들은 모두 간도 지역을 배경으로 창작된 작품들이며 이른바 그의 대표작으로 거론되고 있는 작품들이다.

　그의 작품들 중에서 유독 간도를 배경으로 한 작품들이 주목을 받는 이유는 그의 직접적 체험이 바탕이 되어 소설이 창작됨으로써 다른 작품들에 비해 실감과 진정성이 강하게 느껴지기 때문이기도 하고, 또 한편으로는 간도 지역 자체가 갖는 의미가 민족사적으로나 문학적으로 매우 중요하기 때문이기도 하다. 간도 지역은 청나라 건국 이후부터 우리 민족과 깊은 연관을 지니고 있으며 간도로 이주한 조선인들이 겪었던 수난과 저항의 역사는 국내의 정세 변화 및 경제적 상황을 고스란히 반영하고 있다.[124]

　19세기에 이르러 청조(淸朝)는 조선인과 만족, 한족 농민에 대한 통치를 강화하기 위해서 봉금지를 개발하기 시작하였으며, 이때 황야의 개발권을 지방 관리와 토호열신에게 나누어 주었다. 이런 지방 관리와 토호열신들은 원래부터 많은 토지를 차지하였고 또 조선인이 개간한 대규모의 토지마저 청조의 비호 하에 약탈하여 거부가 되었다. 이들을 가리켜 '점산호(占山戶)'라고 한다. 최서해의 대표작 중 하나인 「홍염(紅焰)」에 등장하는 가혹한 소작료를 소작인에게 부과하고 이를 못 갚자 소작인의 딸을 데려다 첩으로 삼는 악덕 지주 인가가 바로 '점산호'에 해당한다.

　점산호와 관부로부터 압박착취를 받는 가난한 농민들은 토지 소

---

124 최서해의 소설에는 중국인 지주의 횡포에 의해 생계를 위협당하고 가족이 해체되어 유랑 생활로 내몰리게 되는 실정이 잘 반영되어 있다. 이는 중국인 지주들과 관부의 차별, 억압, 수탈, 기만 등에 의해 고난의 삶을 살아야 했던 간도 지역의 실제 상황을 객관적으로 반영한 것이다. 다만 그의 간도 지역을 지배하는 사회적 모순을 연관성 있게 탐구하지 못하고 '가난'을 이미 주어진 '운명'으로 인식하고 이 때문에 발생할 수밖에 없는 비참한 처지와 양상과 그로 인해 소외당하고 고통당하는 민중계층의 절망적 심리 상태를 절박한 필치로 그려내고 있다.

유권이 없었기 때문에 부득이 지주의 토지를 부쳐야만 하였으며 지주의 토지를 부치는 경우에는 중개인의 착취를 받아야 하였다. 더욱이 조선인 농민이 소작을 맡자면 반드시 담보를 서는 사람이 있어야 했다. 향약, 패두, 일찍이 귀화한 조선인들이 바로 그들이다. 그들은 지주한테서 대량의 토지를 세낸 다음 그것을 다시 조선인 농민들에게 소작을 주어 이득을 취하였다.

중국 동북지구의 조선인 빈농들이 받은 봉건적 착취는 다른 민족의 빈농들보다 더욱 심하였다. 각종 세금에 시달렸으며 간도에 이주해 온 조선인 농민들은 가렴잡세를 거부하고 봉건통치를 반대하였다. 「脫出記」, 「鄕愁」, 「暴風의 時代」 등의 작품에서 보다 나은 삶을 기대하며 간도에 왔으나 이주민들은 오히려 더욱 가난해지고, 중국인으로부터 멸시와 차별을 받고, 병고에 신음하거나 가족과 사별 및 생이별하는 일들이 그려지고 있는데, 이는 물론 간도의 실상이 반영된 결과이다.

최서해는 자신이 직접 겪은 생생한 체험과 관찰을 바탕으로 간도지역 조선인들이 처한 비참한 현실은 비교적 정확하고 날카롭게 형상화하였다. 그러나 간도 지역에서 실제로 왕성하게 전개되었던 조선인의 집단적 항쟁에 대한 그의 태도는 개인적 보복 행위를 격렬한 필치로 그린 것과는 대조적으로 소극적·수동적이거나 회의적이다. '경신대학살(1920)' 이후 다소 약화되기는 했지만 러시아와 중국의 국경을 넘나들며 일제에 대한 항쟁이 끈질기게 조직적으로 이루어졌음에 반하여 「紅焰」, 「暴風의 時代」의 주인공들은 개인적으로 복수하거나 자해하는 모습을 보여준다. 이와는 대조적으로 「탈출기」, 「해

돌이」, 「고국」 등과 같은 작품에서는 조직적인 차원에서의 대응 양상을 담고 있긴 하지만 운동에 대한 주인공의 태도는 자못 회의적이다. 주인공들은 굳건하고 뚜렷한 세계관이나 신념에 의거하여 투쟁에 참여하기보다는 생활고에 시달리다가 생업 전선에서 낙오되는 바람에 마지못해 투쟁 대열에 합류하는 것으로 그려질 뿐이다.

「탈출기」는 지명도로나 문학사적 평가로는 최서해를 대표하는 작품이다. 이는 우연이 아니며 비교적 초기작임에도 불구하고 최서해의 소설 중 가장 완성된 형식을 취하고 있기 때문이다. 이 논문에서는 「탈출기」가 어떤 점에서 최서해 소설을 대표하며, 이 소설이 지닌 '가장 완성된 형태로서의 표층구조 및 심층구조'의 실체는 무엇인지에 대해 그레마스의 기호학을 원용하여 규명해 보고자 한다.

그레마스에 의하면 이야기 속에 등장하는 어떤 인물 혹은 사회에 대하여 처음에 제시된 상태와 마지막에 겪는 상태는 서로 다르다. 설화나 동화, 어린이 만화 등에서는 최초의 결핍 사태나 피해를 입은 상태가 그 반대의 상태로 역전되어 '행복한 결말'로 마무리되는 구조를 취하고 있다. 하지만 소설의 경우는 그렇지 않다. 사실주의 이후의 소설은 최초의 행복한 상태가 그 정반대의 상태로 끝나거나, 아니면 결핍을 해소하려는 노력이 현실적으로는 실패로 돌아가는 경우가 흔하다.

그레마스는 블라디미르 프로프가 민담에서 추출한 일곱 명의 인물을 여섯 명의 '행동자' 곧 주체, 대상, 발령자, 수령자, 원조자, 대립자로 수정하여 행동자 모델을 만들었다. 주체와 대상 사이에는 '지향된 관계'가 존재한다. 그레마스가 말하는 '지향된 관계'는 주체를

운동의 근원으로, 대상을 운동의 목표로 대립시킨다. 주체와 대상
사이에는 일종의 긴장이 존재하는 것이다.[125]

그레마스의 행동자 모델을 최서해 소설에 적용하여 「탈출기」의
표층구조를 분석해 보면 다음과 같다.[126]

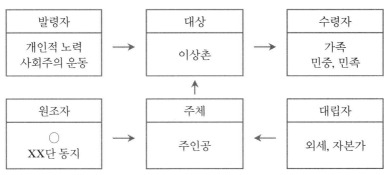

「최서해의 「탈출기」의 행동자 모델」

그레마스에 의하면, 주체는 행동하는 자, 대상은 행동 대상이다.
주체와 대상을 연결하는 축은 욕망 추구의 축이다. 주체와 대상을
연결하는 축인 욕망의 축은 주체에게 어떤 대상이 결핍되었기 때문
이다.[127] 그리고 대상을 주는 자와 받는 자는 '발령자'와 '수령자'라

---

125 그레마스에 의하면 표층구조 분석은 이야기의 '설화성(narrativite)'를 다루는 것
   이다. '설화성'이란 우리가 어떤 텍스트를 보고 그것을 설화, 혹은 이야기로 간주
   할 수 있게 하는 근본적인 특성으로서 '주어진 최초의 상태가 그 반대의 상태로 이
   행하는 것'을 일컬어 '설화성(說話性)이 있다'라고 말할 수 있다.
   박인철,『파리학파의 기호학』, 민음사, 2003. 176쪽.

126 박인철, 위의 책, 156~157쪽.

127 그레마스에 의하면 주체이는 '행위 주체'와 '상태 주체'가 있다. '행위 주체'는 변
   형의 주체이며, '상태 주체'는 대상과 관계를 맺은 주체를 가리킨다. 최서해 소설

부른다. 발령자와 수령자를 연결하는 축은 '전달'의 축이다.[128] 그레마스는 한편 '원조자'와 '대립자'의 쌍을 설정하고 있다. 원조자는 주체가 대상을 획득할 수 있도록 도와주는 자이고, 대립자는 주체의 추구를 방해하는 자이다. 이처럼 세 쌍으로 이루어지는 여섯 명의 행동자는 「탈출기」와 같이 조직적 투쟁 방식을 담고 있는 소설의 행동자 모델을 이룬다.

최서해 소설의 주인공들(주체)은 일차적으로 '가난에서 벗어나고 이상촌을 건설하기' 위해 간도로 이주한다. 그러나 간도에서 주인공은 이상촌을 건설하기커녕 가난을 면치 못하고 정상적 가족 관계마저 유지하지 못한다. 이에 따라 「脫出記」의 주인공은 'XX단'에 가입하고, 「해돋이」의 주인공 역시 독립군 활동을 한다. 이처럼 주체인 '나'의 이상촌 건설 방안은 개인적인 차원을 탈피하여 사회적인 차원으로 전환된다.[129]

의 경우 '행위 주체'는 간도가 이상촌이 아니라는 것을 깨닫고 간도 사회를 지배하고 있는 본질적인 모순(계급 모순, 민족 모순)을 해결하기 위해 조직 활동을 하는 주체를 가리킨다 「脫出記」와 같은 1인칭 시점 소설의 경우 '상태 주체'는 가난을 개인적으로 극복하려 했던 '경험적 자아'에 해당하고, '행동 주체'는 'XX단'에 들어가 조직적인 차원에서 가난의 문제를 해결하려고 하는 '서술적 자아'에 상응한다고 볼 수 있다.

128 발령자는 해당 세계의 가치의 근원이자 보존자이다. 예컨대 발령자는 기존 사회의 질서가 파괴되었을 때 수령자에게 질서의 회복을 명령한다. 최서해 소설에서 사회주의의 이념은 주체로 하여금 개인적인 차원에서 가난을 극복하기보다는 이념과 조직, 그리고 실천을 통해서 가난의 문제를 근본적으로 해결할 것을 명령하는 것으로 보인다. 그러나 아쉽게도 가장 중점적으로 그려져야 할 이 대목이 그의 소설에서는 거의 생략되어 있다. 그의 소설이 신경향파적 수준을 벗어나지 못한 것으로 평가되는 이유도 바로 여기에 있다. 개인적 복수, 빈번한 환상 장면의 도입, 즉자적이며 감정적인 수준에서의 폭력 행사 등도 이런 맥락에서 이해할 수 있다.

개인적인 차원에서 이상촌을 건설하고 할 때의 주인공은 지주, 관원, 부자, 돈만 밝히는 의사 등과 같은 수많은 방해자들에게 시달리지만 그를 도와주는 원조자는 없다. 그러나 사회적인 차원에서 이상촌을 건설하고자 할 때에는 'XX단'의 동지들이 원조자에 해당할 것이다. 그럼에도 불구하고 최서해 소설에서 동지들 간(원조자와 주인공 사이)의 공고한 유대관계는 찾아보기 어렵다. 「해돋이」의 결말부에서 그 일단을 엿볼 수 있지만 앞에서 지적한 대로 추상적일 뿐이다. 다른 작품에서는 이 정도의 연대 의식마저 찾아보기 어렵다.[130]

이는 최서해의 작품이 김병구가 지적한 것처럼 '자신의 제도의 희생자라는 깨달음'의 수준에서 벗어나지 못했음을 시사한다.[131] 그리

---

129 그레마스는 조작 주체 행위는 '기본 프로그램'과 '보조 프로그램'으로 나눌 수 있는 데, 전자는 '수행'에 해당하고 후자는 '그 수행을 실현하기 위해 필요한 조건'에 해당하는 것으로서 역량에 해당한다고 하였다. 최서해 소설의 경우 기본 프로그램은 이상촌을 건설하기 위해 독립운동과 계급운동을 전개하는 것이고 보조 프로그램은 개인적 차원에서의 노력을 포기하고 가족을 등지면서까지 XX단에 가입하는 것이라고 할 수 있다. 또 '이상촌 건설' 자체는 '수행'의 결과, 곧 '상벌'에 해당한다. 그러나 최서해 소설의 경우 '수행'이나 '역량'은 막연하게 제시되고 있다. 단지 사회적 차원에서의 운동을 해야만 하는 절박한 처지가 그려지고 있을 뿐, 그 운동의 내용이나 과정은 생략되어 있다. 그리고 '상벌'에 해당하는 '이상촌'도 구체적이지 못하고 단지 추상적인 수준에서만 제시되고 있다.

130 1919년부터 활동하기 시작한 조선인 반일무장부대는 2년 간의 무장투쟁을 통해 빛나는 승리를 거두기는 하였지만 적의 무력이 워낙 강하고 역사적 조건의 제한으로 인하여 연변지구에서의 무장투쟁을 더 이상 이어가지는 못하였다. 최서해의 소설들은 독립군이 왕성하게 활동하던 시절보다는 1920년 일본군에 의해 자행된 조선인들에 대한 경신대학살 이후 독립군이 소련 지역으로 물러나 있으면서도 간도 지역 주둔 일본군을 침공하거나 지하조직을 조직하여 암약하던 1921년 이후의 현실을 반영하고 있다.

131 「탈출기」에서의 다음 부분이 이에 해당한다. " - 나는 여태까지 세상에 대하여 충실하였다. 어디까지든지 충실하려고 하였다. 내 어머니, 내 아내까지도 뼈가 부서지고 고기가 찢기더라도 충실한 노력으로 살려고 하였다. 그러나 세상은 우리를 속였다. 우리의 충실을 받지 않았다. 도리어 충실한 우리를 모욕하고 멸시하고 학

고 그의 소설들이 대부분 단편소설이다보니 제도 자체의 모순을 총체적으로 그리기 보다, 제도 차제를 '이미 주어진 상황'으로 인식하고 그것 때문에 고통당하고 절망하는 심리와 환상에 시달릴 정도로 극한 상황에 몰리는 모습 및 폭력적 해결에 의지할 수밖에 없는 절박한 처지 등이 그려지고 있을 뿐, 실질적으로 사회를 변혁해 나갈 만한 연대 세력과 그 구성원은 구체적으로 드러나지 않는다.[132]

2-3. 최서해 소설의 심층구조 분석

최서해의 작품 중 「脫出記」는 편지의 형식을 취하고 있는 소설로서 그의 출세작이며 간도지역을 배경으로 삼고 있는 작품이다. 주인공이자 1인칭 화자인 '나'는 고국을 떠나 간도 지역으로 이주하여 부지런하고 성실하게 살았지만, 궁핍을 벗어날 길을 찾지 못하자 탈가(脫家)하여 XX단에 가입하여 활동하는 인물이다. 그는 가족들에게

대하였다. 우리는 여태까지 속아 살았다. 포악하고 허위스럽고 요사한 무리를 용납하고 옹호하는 세상인 것을 참으로 몰랐다."(《崔曙海全集·上》, 22쪽.)

132 그레마스는 주체는 의지, 의무, 지식, 능력 등 네 가지 요소를 갖추어야 한다고 하였다. 최서해 소설에서 의지와 의무는 분명하다. '가난에서 벗어나기 위하여 단체에 가입하여 활동함으로써 이상촌을 건설하는 것'이 바로 '의지와 의무'에 해당한다. 반면에 '지식과 능력'은 분명치 않다. '지식'은 간도 지역을 지배하는 근원적인 문제점과 해결 방안을 정확하게 인식하는 것일 터인데 그의 소설에는 이와 같은 역사 인식이나 정치·사회학적 지식을 찾기 어렵다. 또한 사회를 변혁시킬 만한 실질적인 '능력' 또한 그려지지 않고 있다. 물론 검열의 탓도 없지 않았겠지만 XX단원들이 민족적·계급적 모순을 해결하기 위해 필요한 능력이 보다 구체적으로 제시되어야 했다.

귀환할 것을 종용하는 친구 '김군'에게 자신의 입장을 편지로 전달
한다.

　　김군! 내가 고향을 떠난 것은 오 년 전이다. 이것은 군도 아는 사실이
다. 나는 그때에 아내를 데리고 떠났다. 내가 고향을 떠나 간도로 간 것
은 너무도 절박한 생활에 시들은 몸에 새 힘을 얻을까 하여 새 희망을
품고 새 세계를 동경하여 떠난 것도 군이 아는 사실이다.

　　- 간도는 천부금탕이다. 기름진 땅이 흔하여 어디를 가든지 농사를
지을 수 있고 농사를 지으면 쌀도 흔할 것이다. 삼림이 많으니 나무 걱
정도 될 것이 없다.

　　농사를 지어서 배불리 먹고 뜨뜻이 지내자. 그리고 깨끗한 초가나
지어 놓고 글을 읽고 무지한 농민을 가르쳐서 이상촌을 건설하리라.
이렇게 하면 간도의 황무지를 개척할 수 있다.

　　이것이 간도 갈 때의 내 머릿속의 그리웠던 이상이었다. 이때에 나
는 얼마나나 기뻤으랴! 두만강을 건너로 오랑캐령을 넘어서 망망한 평
야와 산천을 바라볼 때 청춘의 내 가슴은 이상의 부길에 탔다. 구수한
내 소리와 헌헌한 내 행동에 어머니와 아내도 기뻐하였다. 오랑캐령을
올라서니 서북으로 쏠려 오는 봄 세찬 바람이 어떻게 뺨을 갈기듯,

　　"에그 춥구나! 여기는 아직도 겨울이구나."

　　하고 어머니는 수레 위에서 이불을 뒤집어썼다.

　　"무얼요, 이 바람을 많이 마셔야 성공이 올 것입니다."

　　나는 씩씩하게 말하였다. 이처럼 나는 기쁘고 활기로왔다.

　　김군! 그러나 나의 이상은 물거품으로 돌아갔다. 간도에 들어서서

한 달이 못되어서부터 거칠은 물결은 우리 세 생령의 앞에 기탄없이 몰려왔다.

나는 농사를 지으려고 밭을 구하였다. 빈 땅은 없었다. 돈을 주고 사기 전에는 한 평이 땅이나마 손에 넣을 수 없었다. 그러지 않으면 지나인의 밭을 도조나 타조로 얻어야 한다. 일 년내 중국 사람에게서 양식을 꾸어 먹고 도조나 타조를 얻는대야 일년 양식 빚도 못될 것이고 또 나 같은 시로도(아마튜어)에게는 밭을 주지 않았다.

－《崔曙海全集·上》, 17쪽

위의 인용문에서처럼 이 작품에서 고향(조선)과 간도는 서로 대립적인 관계를 취하고 있다. 간도를 "농사를 지어서 배불리 먹고 뜨뜻이 보낼 수 있는 곳"으로 인식하였다는 것은 역으로 고향에서의 생활이 그렇지 않았음을 시사한다. 봉금령이 해지된 이후 간도 지역으로 이주한 조선인 농민들은 땅에 대한 소유권을 갖지 못하고 중국인 지주 밑에서 차별과 핍박을 받으며 소작을 부쳤으며, 과도한 소작료와 이자 및 가렴잡세 때문에 생활고를 겪었다.[133]

「탈출기(脫出記)」는 소작권마저도 얻기 어려웠던 간도에 뒤늦게 이민한 조선족, 혹은 노동력을 지니지 못한 지식인 출신의 조선족의

---

133 조선인 소작농들에 대한 봉건지주의 착취는 실로 가혹하였으며 명목이 많았다. 소작료에는 타작과 도조가 있었다. 타작은 마당질하는 한편 소작료를 바치는 형식인데, 일반적으로 그해 생산량의 3~5할을 바쳐야 했다. 도조는 풍년이 들든 흉년이 들든 관계없이 일률로 계약에 따라 소작료를 바치는 형식으로 그 비율은 평균 생산량의 10분의 3~4였다. 어떤 곳에서든 소작료를 바치는 시간에 따라 봄 소작료와 가을 소작료로 나누었다.
최성춘, 『연변인민항일투쟁사』, 중국 북경 민족출판사, 19쪽.

실정을 반영하고 있다. 이 작품의 주인공은 감내하기 어려운 여러 직업을 전전하며 생존하기 위해 몸부림치지만 절대적 빈곤에서 벗어나지 못한다. 주인공은 간도에서 애초에 기대했던 행복한 삶을 누리지 못하고 불행하게 살아가다가 본질적으로 문제를 해결하기 위해서 노모와 처자를 뒤로하고 'XX단'에 들어가 사회적인 차원에서의 변혁 운동을 전개한다.[134]

이 작품의 심층구조를 그레마스의 기호 사각형으로 표현하면 다음과 같다.

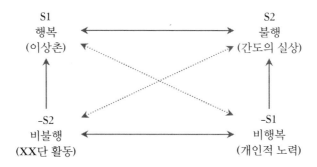

134 「탈출기」가 서간체로 되어 있고, 「해돋이」나 「고국」에서 사회운동을 전개하는 주인공이 신고(辛苦)한 삶을 살아가는 것으로 묘사한 것으로 보아 최서해는 독립운동이나 사회운동에 대해 투철한 신념을 지니지 못한 것으로 보인다. 이들 주인공에게 있어 그와 같은 운동은 투철한 세계관에 의해 선택된 것이라기보다 궁지에 몰린 끝에 마지못해 선택한 것이기 때문이다. 그의 작품들이 「탈출기」와 같이 일관되게 조직적인 투쟁에서 본질적인 문제 해결 방안을 구하지 않고 「홍염」이나 「기아와 살육」 등에서와 같이 우발적이고 충동적이며 개인적인 보복의 차원에서 폭력적인 행동을 취하는 것 역시 그의 정치·사회적 인식의 한계를 드러내는 대목이다. 그러나 그 많은 독립군 중 투철한 신념을 가진 이들보다 최서해 소설의 주인공들처럼 갈등하며 동요하다가 독립운동과 사회운동에 투신한 이들도 적지 않았을 것으로 추정된다. 그렇다고 해서 신경향파 작가로서의 최서해의 약점이 용납되는 것은 물론 아니다.

여기서 s1은 '누구나 자유롭고 풍요롭게 살아가며 억압과 차별이 사라진 이상촌'을 의미한다. 그러나 이주 후 직접 체험을 통해 알게 된 간도는 이상촌이 아니라 고국의 현실과 다름없는 /불행/의 공간임이 판명된다.[135] 「紅焰」에서 '간도'는 가혹한 소작료와 높은 이자를 감당하지 못하여 딸을 빼앗긴 소작인이 살아가는 공간이고, 「脫出記」에서 간도는 배고픔을 이기지 못한 임신한 아내가 쓰레기통을 뒤져 귤껍질을 갉아먹는 비참한 공간에 불과하기 때문이다. 「鄕愁」의 주인공은 간도에서 "식구들과 배불리 먹을 것"을 꿈꾸었지만 실패하고, 「饑饉와 殺戮」에 등장하는 어머니는 치료비를 마련하지 못하여 아들의 죽음을 막지 못한다. 이 모든 것은 바로 간도가 /불행/의 공간임을 증명해 준다.

고국에서 꿈꾼 간도는 "농사를 지어서 배불리 먹고 뜨뜻이 보낼 수 있는 곳"으로서 's1의 상태(/행복/)'인 것처럼 인지된다.[136] 그러나 이는 착각에 불과하다. 막상 간도에 도착하여 경험하게 되는 삶은 '-s1'의 상태로서 두부장수, 도배, 막노동 등을 전전하며 가난을 극복

---

135 당시 고국이 토지조사사업과 반봉건적 토지소유제로 인해 농민들이 궁핍하게 살아야 했던 것처럼, 간도 역시 앞 장에서 제시한 바와 같이 중국인 지주들과 관원들의 횡포, 일본인의 금융 자본 침투 등으로 인해 이중 삼중의 고통을 겪을 수밖에 없는 공간이었다. 더구나 「탈출기」의 주인공은 농사 경험도 없는 지식인이었기 때문에 소작도 얻지 못하고 안정된 직업도 얻지 못하였기 때문에 더욱 불행해진 것이다.

136 기호 사각형은 순수한 형식적 존재이다. 기호 사각형을 차지하는 사항은 자연 언어로 어휘화될 수도 있고 그렇지 않을 수도 있다. 위의 /非행복/, /非불행/에 해당하는 어휘는 우리말에 없다. 그렇지만 기호 사각형은 형식적인 존재이기 때문에 어떤 기호학적 대상도 분절할 수 있다. 여기서 / / 표시는 그 안에 들어 있는 표현이 실제 어휘가 실제 어휘가 아니라 추상적 상위 언어일 뿐이다.

하기 위해 노력하는 /非행복/의 상태에 불과하였다. 주인공 '나'는 비참한 처지를 벗어나기 위해 온갖 노력을 기울이지만, 결국 '-s1(/非행복/)'의 상태를 통해서 's1(/행복/)'에 가지 못하고 오히려 's2(/불행/)'의 상태로 가고 마는 것이다. 결국 가난의 문제가 간도로의 이주나 개인적인 노력만으로 해결될 수 없고, 민중들이 이상촌에 도달하는 것도 개인의 힘만으로는 도저히 불가능하다는 것을 이 작품의 심층구조는 말해주고 있는 것이다.[137]

간도에서 이상촌을 건설하고 행복한 삶을 기대했던 주인공은 결국 불행해진다. 따라서 주인공은 다시 행복을 향해 다른 방향을 모색할 수밖에 없다. 이 길은 's2 → -s2 → (s1)'의 행정이다. 곧 불행한 주인공은 다시 행복해지기 위해서 '-s2(/非행복/)'에 해당하는 'XX단 활동'을 하는 것이다. 개인적으로 가난에서 벗어나기 위한 노력은 -s1(/非행복/)에 불과했지만, XX단 활동은 's1(/행복/) : 이상촌))'에 도달할 수 있는 유일한 길로서의 '非불행'의 의미를 지닌다. 이 상태가 /행복/이 아니라 아직은 /非행복/에 머물고 있는 것은 주인공이 가족을 돌보지 못하는 아픔을 겪고 있고 또 사회구조가 완전히 변혁된 것도 아니기 때문이다.[138]

---

137 여기서 '행복'과 '비행복' 혹은 '불행'과 '비불행'은 모순관계에 해당한다. '모순관계'란 두 사항이 공존할 수 없음을 뜻한다. 모순 관계를 지배하는 대립은 '결성대립(缺性對立)'이다. /행복/과 /非행복/, /불행/과 /非불행/이 그러한 것인데, 모순 관계를 이루는 항들은 공존할 수 없다. 이와 달리 반대 관계를 이루는 두 사항은 공존할 수 있다. 예를 들면 /행복/과 /불행/은 /불행하지만 행복을 꿈꾸는 삶/을 통해 공존한다.

138 「탈출기」의 주인공 '나'의 다음과 같은 편지 내용은 XX단 활동을 통해 주인공이 이루고자 하는 바가 무엇인지를 분명히 보여 준다. "김군! 나는 더 참을 수 없었다.

이때 s1과 s2는 S(현실)의 하위 항목이요, -s1과 -s2는 -S(꿈과 이상)의 하위 항목이라 할 수 있다. s1은 언제인지 모르지만, 언젠가는 반드시 이루어져야 할 현실로서 /행복/이 보장되는 '이상촌'이라면, s2는 주인공이 현재 겪고 있는 중요한 사실은 s2(/불행/)의 상태에서 s1(/행복 : 이상촌/)에 도달하기 위해서 반드시 s2(非불행 : XX단 활동)을 거쳐야 한다는 것이 작가가 지니고 있는 가장 심층적인 의미 구조라는 점이다. 곧 s2에서 바로 s1로 갈 수 없고, 또 -s1을 거쳐서 갈 수도 없으며 오로지 조직화되고 단결된 힘만이 유일하게 이상촌에 도달할 수 있다는 것이 최서해의 소설이 지닌 심층구조인 것이며, 「탈출기」야말로 소설 중 가장 완성된 형태의 이야기 구조를 표층적으로나 심층적으로 지니고 있음이 이를 통해 증명되었다고 할 수 있다.

2-4. 최서해 소설의 성과와 한계

지금까지 그레마스의 행동자 모델 이론을 통해 최서해 소설 중 가장 완성된 형태를 보이고 있는 「탈출기」를 중심으로 간도 배경 소설

나는 나부터 살려고 한다. 이때까지는 최면술에 걸린 송장이었다. 테가 죽은 송장으로 남(식구)들을 어찌 살리랴. 그러면 나는 나에게 최면술을 걸려는 무리를, 험악한 이 풍자의 원류를 쳐부수어야 하는 것이다.
　나는 이것을 생의 충동이며 확충이라고 본다. 나는 여기서 무상의 법열을 느끼려고 한다. 아니 벌써 느껴진다. 이 사상이 나로 하여금 집을 탈출케 하였으며 XX단에 가입하게 하였으며, 비바람 밤낮을 헤아리지 않고 벼랑 끝보다 험한 선에 서게 한 것이다." (『최서해전집』·上, 23쪽)

들의 표층구조를 분석하고 아울러 기호 사각형 이론을 원용하여 소서의 심층구조를 아울러 살펴보았다.

최서해 소설은 그동안 '저항적', '폭력적', '경험적', '민중적', '신경향파적' 등과 같은 수식어들로부터 자유롭지 못하였다. 이러한 수식어들은 물론 나름대로 최서해 소설의 중요한 국면들을 규명하는 데 기여하였다. 그러나 최서해 소설은 김병구의 지적처럼 '양가성'을 지니고 있기도 하고, 또 각 작품들은 상호텍스트성을 지니고 있기도 하다.

따라서 고정화된 수식어들은 오히려 작품의 실체를 세밀하고 정확하게 드러내는 데 걸림돌이 될 수도 있다. 그레마스의 기호학 이론은 최서해의 소설이 지닌 의미를 정확하게 원점에서부터 '다시 읽게'하는 것을 가능케함과 동시에 기존의 문학사적 평가를 논리적으로 증명하는 효과를 거둘 수 있다.

표층구조에서의 행동자 모델을 분석해 본 결과, 최서해 소설의 '주체'는 일차적으로 '가난에서 벗어나고 이상촌을 건설하기' 위해 간도로 이주한다. 따라서 욕망의 '대상'은 '이상촌'이며 그것을 이루기 위한 방법은 '개인적 노력'이라 할 수 있다. 그러나 '주체'는 간도를 지배하는 사회적 모순에 희생되어 이상촌을 건설하기는커녕 생존 자체가 어려워지고 가족의 해체가 불가피할 정도의 절망적 상황에 이른다.

이에 따라 「脫出記」의 주인공은 'XX단'에 가입하고, 「해돋이」의 주인공 역시 독립군 활동을 한다. 이처럼 주체인 '나'의 이상촌 건설 방안은 개인적인 차원에서 사회적인 차원으로 고양된다. '이상촌'

건설이라는 욕망의 대상은 동일하지만 그것을 달성하기 위한 방법은 '조직적인 저항과 투쟁'으로 전환된 것이다.

그레마스에 의하면 주체에는 '행위 주체'와 '상태 주체'가 있다. '행위 주체'는 변형의 주체이며, '상태 주체'는 대상과 관계를 맺은 주체를 가리킨다. 최서해 소설의 경우 '행위 주체'는 간도가 이상촌이 아니라는 것을 깨닫고 간도 사회를 지배하고 있는 본질적인 모순(계급 모순, 민족 모순)을 해결하기 위해 조직 활동을 하는 주체를 가리킨다.

발령자는 해당 세계의 가치의 근원이자 보존자이다. 예컨대 발령자는 기존 사회의 질서가 파괴되었을 때 수령자에게 질서의 회복을 명령한다. 최서해 소설에서 사회주의 이념은 주체로 하여금 개인적인 차원에서 가난을 극복하기보다는 이념과 조직, 그리고 실천을 통해서 가난의 문제를 근본적으로 해결할 것을 명령하는 것으로 보인다. 그러나 아쉽게도 가장 중점적으로 그려져야 할 이 대목이 그의 소설에서는 정작 생략되어 있다. 그의 소설이 신경향파적 수준을 벗어나지 못한 것으로 평가되는 이유도 바로 여기에 있다. 개인적인 복수, 빈번한 환상 장면의 도입, 즉자적이며 감정적인 수준에서의 폭력 행사 등도 이런 맥락에서 이해할 수 있다.

그레마스는 조작 주체 행위는 '기본 프로그램'과 '보조 프로그램'으로 나눌 수 있는데, 전자는 '수행'에 해당하고 후자는 '그 수행을 실현하기 위해 필요한 조건'에 해당하는 것으로서 '역량'에 해당한다고 하였다. 최서해 소설의 경우 '기본 프로그램'은 '이상촌을 건설하기 위하여 독립운동과 계급운동을 전개하는 것'이고 '보조 프로그램'은 'XX단에 가입하는 것'이라고 할 수 있다. 또 '이상촌 건설' 자체는 '수행'의 결과, 곧 '상벌'에 해당한다. 그러나 최서해 소설의 경우 '수행'이나 '역량', 그리고 '상벌'마저도 구체적이지 못하고 막연하거나 추상적인 수준에서만 제시되는 한계를 노출하고 있다.

또한 그레마스의 기호 사각형을 이용하여 「탈출기」의 '심층구조'를 분석해 본 결과, 가난과 가족의 해체와 같은 '부정적 현실(s2 :/불행/)'로부터 이상촌(s1 :/행복)에 도달하기 위해서 반드시 '사회변혁을 목적으로 하는 조직적이면서도 강고한 투쟁 과정(−s2 : 非불행)'을 거쳐야 한다는 것이 작가가 지니고 있는 가장 심층적인 의미 구조라는 점이다. 곧 '고통스러운 현실(s2)'에서 바로 이상촌(s1)으로 갈 수 없고, 또 '개인적인 노력(−s1)'만으로도 누구나 행복하고 평등하게 살아가는 '이상촌(s1)'에 도달할 수도 없으며 오로지 'XX단 활동과 같은 조직화되고 단결된 힘(−s2)'을 통해서만이 '이상촌(s1)'에 도달할 수 있다는 것이 최서해의 소설이 지닌 가장 완성된 형태의 심층적인 것이다.

이와 같이 최서해 소설의 표층구조 및 심층구조를 분석해 본 결과, 「탈출기」는 그동안 호의적이었던 문학사적 평가가 매우 정당한 것이었음을 논리적으로 증명해 준다. 그러나 가장 완성된 형태의 표층 구조 및 심층구조를 지닌 이 소설마저도 간도 조선 이주자들의 현실을 객관적으로 반영하는 데에는 일정하게 성공하고 있지만 간도 지역에서의 대일 항쟁을 당당하게 담아내고 있지는 못하다. 이는 물론 검열 때문이기도 하겠지만 그보다는 작가의 독립운동이나 사회운동에 대한 작가 자신의 소극적이면서도 수동적·회의적 태도가 결정적으로 창작과정에 작용한 결과로 보인다.

「해돋이」나 「고국」이 완성된 형태를 지니고 있음에도 불구하고 「탈출기」만큼 문학사적 평가를 얻지 못하는 이유는 항일투쟁에 대한 작가의 태도 자체가 가지고 있는 문제점 외에도 「탈출기」만큼의 긴장미나 진정성 및 절박함을 확보하고 있지 못하기 때문이며, 「홍염」이나 「기아와 살육」 같은 작품들이 개인적인 차원에서의 보복, 감정적·폭력적 해결, 과도한 환상적·감상적 표현과 같은 문제점을 드러내며, 후기작으로 갈수록 최서해의 작품 세계가 개인사나 소시민의 일상사 및 심리묘사를 담아내는 수준에 그치게 되는 이유 역시 최서해가 일제에 대해 기본적으로는 저항적인 태도를 취하고 있으면서도 뚜렷한 신념과 세계관이 부재한 탓에 현실에 안주하거나 동요할 수밖에 없었던 작가의 내면이 반영된 결과가 아닐 수 없다.

김유정 소설의 '열린 결말'과
이중적 아이러니

3-1. 김유정의 문학세계

김유정의 소설들은 "강원 농촌을 배경으로 땅에 뿌리박은 원시적 생명력, 토착적 방언의 구사, 특유의 해학성, 반어성 등을 지니고 있고 당대 농촌 사회의 물질적 배경과 생활상, 그리고 무지하면서도 우직한 아이러니 모드의 작중 인물들의 내면에 대한 섬세한 묘사를 통해서 당대 농촌 현실에 대한 구체적인 파악과 이해를 제공하고 있다."라는 평가와[139] 김유정 소설들이 "인간이 극한 상황에서 취하게 되는 보편적 행동 유형을 잘 포착하여 보여준다."라는 지적[140] 등은 모두 김유정의 소설들이 '소유와 분배'를 둘러싼 당대 현실의 문제

---

139 한상무, 「김유정 소설에 나타난 부부 윤리」, 『김유정의 귀환』, 소명출판, 2012, 109쪽.
140 전신재, 「김유정 소설의 설화적 성격」, 『김유정의 귀환』, 소명출판, 2012, 229쪽.

를 극한적 상황에 처한 민중들의 모습을 통해 적절히 제기하고 있을 뿐만 아니라 식민지 근대에 대응되는 '대안적 윤리'를 치열하게 모색하고 있는 작품들임[141]을 시사한다.

김유정은 29년의 짧은 생애 중 채 5년도 안 되는 기간에 작품 활동을 하였고 장편소설 없이 단편소설로만 31편 정도의 작품(콩트 및 소년소설 포함)을 남긴 작가임에도 불구하고 그의 이름을 사용하는 다양한 시설물(김유정 역, 김유정문학촌, 김유정문학관, 김유정로 등)들이 들어서 있고, 다양한 학술 행사 및 '김유정문학제'와 같은 문화 행사가 매년 개최되고 있으며, 김유정의 소설을 원작으로 하는 드라마, 영화, 뮤지컬, 패러디 소설 등이 21세기에 이르러서도 끊임없이 재생산되고 있다.[142]

홍혜원은 김유정이 "어린 시절의 폭력 경험이 그의 무의식 속에 상흔"으로 남아 있으며, 김유정에게 있어 '소설 쓰기'란 "그 상처의 드러냄과 치유과정"이라고 한 바 있다.[143] 김유정은 어린 시절에 부모를 잃고 맏형에게 정신적·육체적 상처를 심각하게 입었으며 둘째 누나에게도 심하게 구박을 당한 것으로 알려져 있다. 그는 농촌 생활과 도

---

141 이경, 「자본주의보다 먼저 온 실패의 예후와 대안적 윤리」, 김유정학회 편, 『김유정과의 만남』, 소명출판, 2013, 188쪽.

142 김유정 학회가 편찬한 『김유정의 귀환』(2012, 소명출판)에 수록된 표정옥의 「현대문화와 소통하는 김유정 문학의 놀이 상상력」과 이상진의 「문화 콘텐츠 '김유정', 다시 이야기하기」 및 『김유정과의 만남』(2013, 소명출판)에 수록된 유인순의 「김유정의 「봄·봄」의 아바타 연구」 와 같은 논문들은 모두 김유정 소설들이 새로운 문화콘텍츠로 다양하게 활용되고 있는 양상을 살핀 논문들이다.

143 홍혜원, 「김유정 소설에 나타난 폭력의 구조와 소설적 진실」, 『김유정의 귀환』, 소명출판, 95쪽.

회 생활을 길지 않은 생애 속에 모두 경험하였는가 하면, 이태준, 이 상, 안회남과 같은 지식인들과 교류하면서도 들병이나 소작농들에 대 한 깊은 관심과 애정을 지녔고, 집안의 몰락, 궁핍, 실업자 생활, 짝사 랑, 늑막염과 결핵 등 끊임없이 다가오는 고통을 죽음에 대한 공포와 함께 겪었던 것으로 알려져 있다. 이처럼 일반인이 감내하기 어려운 고통과 슬픔을 문학적으로 승화하고 극복하는 과정에서 그의 소설이 창작되었기 때문에 그의 소설들이 끊임없이 되살아나는 강한 생명력 과 시대를 뛰어넘는 보편적 가치를 획득하게 된 것으로 보인다.

독자들은 소설의 끝부분에 도달할 때쯤이면, 작중인물, 사건, 주 제에 대해 충분한 정보를 이미 지니게 된다. 독자가 독서를 끝마치 고 그 이야기의 결말을 작가와 공유하게 되면, 시작 부분에선 전혀 활용할 수 없었던 이런저런 정보들이 독자의 마음속에서 다시 기능 하게 되는 것이다. 헬무트 본하임(Helmut Bonheim)은 이에 대해 "시작 부분에선 이전 사건에 지식이 독자에게 결여되어 있고 서술자 만이 그와 같은 정보를 독점하기 때문에 작가들이 이전 일들에서의 변화들을 연결 짓는 데 있어서 수많은 방식을 동원할 수 있지만, 결 말은 이보다 훨씬 다양해서 분류하기가 더 어렵다."고 하였다.[144]

김유정 소설들은 대부분 열린 결말의 형식을 취하고 있으며 이러 한 결말 방식은 그의 소설이 지닌 핵심적인 특질이라 할 수 있는 이 중적인 아이러니와 밀접한 연관성을 지니고 있다. 김유정 작품에서 의 표면적 아이러니는 독자나 등장인물들이 예기치 못했던 사실이

---

144 헬무트 본하임, 오연희 옮김, 『서사양식 − 단편소설의 기법』, 예림기획, 1998, 199쪽.

나 행동이 결말 부분에서 새롭게 제시됨에 따라 발생한다. 또는 독자나 등장인물의 기대에 어긋나는 결과가 아이러니 효과로 이어지기도 한다. 표면적 아이러니는 독자의 흥미와 해학적 효과를 유발하고 소설에서 제기된 문제가 현실적으로는 해결되지 않았음에도 불구하고 소설이 구조적으로 완결될 수 있게 한다.

김유정 소설에서의 심층적 아이러니는 독자가 등장인물의 일탈행위들을 역사·사회적 문맥을 통해 파악하되 외부적 시각이 아닌 민중 내부의 시각으로 바라볼 때 부각된다. 생존 자체가 위협당하는 절박한 상황 하에서 불가피하게 등장인물들이 벌이는 절도, 도박, 매춘 등은 기존 체제를 유지시키려는 속성을 지닌 지배자 중심의 윤리를 해체하고 민중적 생활 감각과 생존 방식에 바탕을 둔 대안적 윤리를 지향한다. 이처럼 일탈행위를 저지르지만 순박한 내면과 타자 지향적 성향을 지닌 등장인물들의 삶을 그들 내부의 시점으로 바라볼 때 김유정 소설에서의 심층적 아이러니 효과가 발생한다. 이글에서는 김유정의 소설들을 소작제도의 모순에 희생된 농민들을 다룬 농촌소설, 금광 및 들병이 소재 농촌소설, 해학적 농촌소설, 도시 배경 소설 등으로 나누어 열린 결말 방식과 이중적으로 아이러니 효과가 발생하는 양상에 대해 고찰해 보고자 한다.

3-2. 농촌 사회의 구조적 모순과 이중적 아이러니

소설의 열린 결말에서는 작품에서 제기된 문제가 해결되지 않은 가운데 주인공의 행동이나 대화가 마지막까지 계속된다. 만일 갈등이 존재하는 경우엔 그것도 마지막까지 해결되지 않은 채로 혹은 매듭지어질 수 없는 '인생의 한 단면'으로 남겨진다. 행동은 끝맺어지기보다는 단지 지연될 뿐이다. 헬무트 본하임에 의하면 소설이 열린 결말을 취할 경우, 플롯 시간은 마지막 순간까지 똑딱거리며, 이야기의 과정에서 암시된 가능성들은 아직 현실화되지 않은 채로, 또는 적어도 실현되지 않은 채로 남아 있게 된다.[145]

김유정 소설의 결말 부분은 처음의 상태로 되돌아가거나 악화되는 경우가 대부분이다. 김유정 소설의 결말 부분에서 보여주는 등장인물들의 경제적·사회적 처지가 시작 부분보다 악화되어 가는 작품이 절대 다수를 차지하는 이유는 농민들이나 도시 빈민들이 자신의 처지를 자신들의 힘만으로 개선하는 것이 원천적으로 불가능하였기 때문이다. 1930년대에 이르러 소작 제도의 모순은 날로 심화되어 가고 민중들의 삶은 피폐해져 가는 가운데 등장인물들은 당대 지배 세력이 강요하는 윤리적 규범에만 얽매일 수 없었던 것으로 보인다. 이에 따라 김유정 소설의 등장인물들은 '들병이', '금광', '도박', '매춘' 등과 같은 비정상적 수단을 동원해서라도 가족들과 더불어 끈질기게 삶을 이어나간다.[146]

---

145 헬무트 본하임, 앞의 책, 200쪽.

146 김유정의 작품에 대개 정상적인 일상생활에서부터 벗어난 도둑질, 매음, 도박, 아내 팔기와 같은 비정상적인 사건이 자주 등장하는 것에 대해 서준섭은 "정상적인 생활을 영위할 수 없을 정도로 삶의 극한에 내몰린 극도로 가난한 농민들이 벌이는 생존의 드라마"의 성격을 지니고 있기 때문이라고 지적한 바 있다. 곧 김유정의 소설은 "농민으로서 정상적인 삶이 해체된 이후의 고단한 생존의 이야기"라는 것

　　"아 얼는좀 오게유"

　　똥끝이마르는 듯이 계집은사내의손목을 겁겁히 잡아끈다. 병들은 몸이라 끌리는대로뒤툭어리며 거지도으슥한저편으로가치사라진다. 수은ㅅ빗갓흔묽방울을품으며 물ㅅ결은산벽에부다뜨린다. 어데선지 지정치못할넉대소리는 이산저산서와글와글굴러나린다.

- 전집 28쪽

　　위의 인용문은 김유정의 등단작으로 알려진 「산ㅅ골 나그내」의 끝 부분이다. 이 작품의 끝 부분은 위에서 보는 바와 같이 묘사 위주의 열린 결말의 형식을 취하고 있으며 등장인물들은 작품이 시작되기 이전의 상태로 되돌아간다. 작품 서두에 초라한 행색으로 나타난 나그네 여인은 산골 마을 술집에서 일을 돕다가 그 집 아들 덕돌과 혼례를 치른다. 그러나 독신인 줄 알았던 여인은 작품의 결말 부분에서 유부녀인 것으로 밝혀지면서 표면적 아이러니가 발생한다. 주막집 주인과 덕돌은 끝내 여인의 정체를 알지 못하지만, 독자는 서술자가 제공하는 정보에 의해 그녀가 병든 남편을 둔 유부녀임을 알게 된다.

　　술집에 남아 있는 것이 여인 자신을 위하여 조금은 더 유리하였음

이다. 이와 같은 견해는 등장인물들이 보이는 일탈적 행위들을 당대 사회의 구조적 모순에 대한 민중 계층의 정당한 대응임과 동시에 민중 계층의 실상과 생활 감각에 바탕을 둔 대안적 윤리를 모색하고자 한 작품들임을 증명하고자 하는 본고의 목적과 뜻을 같이 하는 것으로 보인다. 서준섭, 「몰락 농민-유랑인의 삶의 애환과 통념을 넘어선 생존 전략 이야기」, 유인순 외, 『김유정과 동시대 문학 연구』, 소명출판, 2013. 13쪽.

에도 불구하고 그녀는 사회적으로 더욱 열악한 처지에 놓여 있는 본 남편에게 돌아온다. 값비싼 패물은 그대로 놓아두고 남성용 겨울옷 만 챙겼기 때문에 덕돌과의 결혼을 통해 여인 자신이 얻은 것은 전혀 없다. 이처럼 이 작품의 결말 부분은 나그네 여인과 같이 절박한 처지에 놓인 유랑 생활을 하던 민중들이 살아남기 위해 윤리적 규범에만 매어 있을 수 없었던 열악한 현실을 드러냄과 동시에 그럼에도 불구하고 최소한의 인간적 존엄성을 지키고 약자를 보호하고자 하는 민중계층 고유의 타자 지향적인 윤리성을 드러낸다.

이와 같은 여인의 선택은 병고와 가난에 시달리던 유랑민들이 밥과 옷을 위하여 성을 상품화하는데 그치지 않고 혼인까지 교환가치화해야 했던 당대 현실의 모순과 한계를 아울러 드러낸다. 나그네가 안정된 삶을 뒤로하고 본 남편에게 돌아간 것과 또 그 남편에게 밥과 옷을 마련해주기 위해 덕돌과 혼인해야 했던 피치 못할 사정을 이 작품은 역사·사회적 층위에서 발생하는 심층적 아이러니를 통해 드러냄으로써 기존의 윤리를 해체하는 한편 타자 지향적인 대안적 윤리를 지향하게 된다.[147]

1930년대 농촌의 현실을 탁월하게 그려낸 작품의 하나로 인정받

---

147 물론 여인의 모습은 여러 연구자가 지적한 바와 같이 가부장적 윤리에 속박된 결과이기도 하다. 「솟」, 「가을」 등의 작품에서 들병이 생활을 하면서도 남편과 아이를 버리지 않는 모습을 보이거나 「소낙비」에서 매춘을 해서라도 남편의 요구에 응하는 모습 역시 여인들이 가부장적 윤리에 얽매어 있음을 보여준다. 이는 작가의 한계라기보다는 당대 여인들이 지닌 한계였을 것으로 추정된다. 작가는 이들 작품에서 여인들이 비록 정상적 윤리의 틀에서 다소 벗어나 있지만 자신보다는 가족을 위해 희생하는 모습을 그림으로써 그들이 지닌 순박한 내면과 그들 나름의 대안적 윤리의식을 그리고자 한 것으로 보인다.

고 있는 김유정의 「만무방」 역시 표면적 아이러니를 수반한 열린 결말의 형식을 취하고 있으면서도 역사·사회적 차원에서의 심층적 아이러니 효과를 거두고 있다.

> 대뜸 몽둥이는 들어가 그볼기짝을 후려갈겼다. 아우는 모루 몸을 꺽드니 시납으로 찌그러진다. 대미처 압 정강이를 때렷다. 등을 팻다. 일지 못할만치 매는 나리엇다. 체면을불구하고 땅에 엎드리어 엉엉울도록 매는 나리엇다.
>
> 홧김에 하긴햇으되 그꼴을보니 또한 마음이 편할수업다. 침을 퇴 배타던지곤 팔짜드신놈이 그저 그러지 별수잇나. 쓰러진 아우를 일으키어 등에 업고 일어섯다. 언제나 철이 날는지 딱한 일이엇다. 속썩는한숨을 후─ 하고 내뿜는다. 그리고 어청어청 고개를 묵묵히 나려온다.
>
> ─ 전집 120~121쪽

이와 같이 소를 함께 훔치자는 제안을 거부하는 아우를 때리고 마음이 불편한 상태로 내려오는 형의 모습을 묘사하는 것으로 끝나는 이 작품은 자신이 경작한 벼를 자신이 가질 수 없는 '식민지 반봉건적(半封建的) 토지소유제'의 모순을 절묘하게 그린 작품으로 평가받고 있다. 고향을 떠나 가족들과 헤어진 후 도박과 절도를 일삼는 응칠과 늘어나는 빚과 아내의 중병으로 인해 극한 상태에 몰려있는 응오의 모습을 통해 이 작품은 살아남는 것조차 쉽지 않았던 당시 농민들의 현실을 입체적으로 조명하고 있다.

성실한 농군으로 살아가던 응오는 가혹한 소작료를 요구하는 지주와 병든 아내 때문에 극심한 고통을 겪고 있다. 그러던 차에 애써 경작한 벼를 도난당하였다는 소식을 들은 응칠은 동생의 벼를 훔친 도둑을 반드시 잡고자 한다. 성팔을 비롯한 몇 사람을 의심하지만 확신이 서지 않자 응칠은 잠복을 시도한다. 벼를 훔쳐 가는 도둑을 현장에서 잡고 보니 그는 다름 아닌 그 벼를 경작한 응오였다. 이 순간에 놀라운 반전이 일어나며 이중적 아이러니 효과가 발생한다. 독자의 기대와 위배되는 결말을 통해 표면적인 아이러니 효과를 거둘 뿐 아니라, 자신이 경작한 벼를 어둠 속에서 남몰래 훔쳐야만 하는 사건 설정을 통하여 소작제도의 본질적 모순을 날카롭게 드러내는 심층적 아이러니가 형성된다.

시간이 흐를수록 이들 형제의 사회·경제적인 처지는 날로 악화되어 가며 미래에도 개선될 여지가 없어 보인다. 흉년이 들었거나 집안에 환자가 발생한 경우에도 예년과 동일한 소작료를 지주가 요구하는 부조리한 상황 속에서 농민들은 급속도로 늘어나는 빚에 시달릴 수밖에 없다. 절도, 도박과 같은 이들의 행위는 극한 상태에 몰리다 못해 이들이 불가피하게 선택한 방법들이다. 응칠은 모아 놓은 재산도 없고 가족과도 이미 헤어졌다. 어렵게 장가를 든 응오가 한사코 지키려고 하는 가정도 붕괴 직전에 놓여있다. 이처럼 이들의 처지가 날로 악화되어 가는 데에는 일제 강점기 소작 제도의 모순이 작동하고 있다.[148]

---

148 연남경은 「만무방」이 추리 서사 기법을 창의적으로 활용하여 궁극적으로 "만무방이 생겨날 수밖에 없는 사회 구조를 탐색하고 어떻게 새로운 만무방이 탄생하는지의 과정을 전개하는 서사이자 동정을 파악하게 하는 서사"라고 하였다. 김유

이 작품의 결말 부분은 자기가 경작한 농산물을 자신이 가져오지 못하는 데에서 오는, 곧 지주의 소유권만 인정하고 소작인의 경작권은 인정하지 않았던 사회·역사적 차원에서의 심층적 아이러니를 통해 일깨워 준다. 또한 이경의 지적처럼 이 작품은 "사적 소유와 분배에 대한 이의 제기와 대안적 윤리에 대한 탐색"을 보여 주는 작품으로 볼 수도 있다. 절도, 도박, 폭력 등의 방법을 통하여 응칠이 보다 적극적으로 '소작제도'로 대변되는 '사적 소유와 분배'에 대해 적극적으로 문제제기를 하고 있다면, 응오는 나름대로 민중적 순박함과 가부장적 윤리의식의 경계 내에서 식민지 자본주의 체제의 균열을 시도하고 있다는 것이다.[149]

김유정의 1935년 『조선일보』 신춘문예 당선작인 「소낙비」에 등장하는 소작농 출신 유랑민인 춘호는 도박 밑천으로 쓸 2원을 구해오라며 아내에게 폭력을 행사한다. 가혹한 매질을 일단 피해야 하고 남편과 함께 서울로 가고 싶기도 했던 춘호 처는 동네 부자 리주사의 성적 요구를 받아들인다. 춘호 처는 돈 2원을 준다는 말에 리주사와 다음날 만날 것을 약속한다. 다음 날 돈 2원을 얻어오겠다는 아내를 남편이 직접 머리단장까지 시켜주는 결말 부분에서 표면적 아이러니는 발생한다. 정조를 지키지 못한 아내를 질타해야 할 상황에서 오히려 남편이 아내의 불륜을 조장하는 듯한 태도를 보여 주기 때문

정이 당대 시대적 배경 하에 농민이 몰락하여 하층계급으로 변모해 가는 과정을 주목하며, 독자에게도 서사를 재구성하게 함으로써 내적 진실을 함께 목도하도록 유도하고 있다."는 것이다. 연남경이 여기서 지적한 내적 진실은 이 글의 '심층적 차원에서의 아이러니 효과'와 상통하는 것이다. 연남경, 앞의 논문, 79쪽.

149 이경, 앞의 논문 참조.

이다.

안해가 꼼지락어리는 것이 퍽으나 갑갑하엿다. 남편은 안해손에서 얼개빗을쑥뽑아들고는 시원스리 쭉쭉 나려빗긴다. 다 빗긴뒤 엽헤노힌 밥사발의 물을 손바닥에 연실 칠해가며 머리에다 번지를하게발라노앗다. 그래노코 위서부터머리칼을 재워가며 맵씨잇게 쪽들 딱 찔러주드니 오늘아츰에한사코 공을드려 삶아노앗든 집석이를 안해의발에 신기고 주먹으로 자근자근 골을 내주엇다.

"인제 가봐!"

하다가

"바루 곳와, 응?"

하고 남편은 그이원을 고이밧고자 손색업도록 실패업도록 안해를 모양내어 보냇다.

─ 전집 51쪽

빚에 몰리어 고향을 떠나온 춘호 부부는 3년간 표랑 생활을 하다가 한 마을에 정착하였으나 그들의 경제적 처지는 더욱 나빠진다.

그러나 우정 찾아든 것이 이마을이나 살속은 역시 일반이다. 어느 산골엘 가 호미를 잡아보아도 정은 조그만치도 안붓헛고 거기에는 오즉 쌀쌀한 불안과 굶주림이 품을벌려 그를 맞을뿐이엇다. 결국엔 그는 피폐하야 가는 농민사이를 감도는 투기심에 몸이 달떳다.

─ 전집 47쪽

위의 인용문에서 알 수 있듯이 춘호가 고향인 인제에서 "빚쟁이들의 위협과 악마구니"를 못이겨 야반도주하지 않았던들, 혹은 3년간 유랑하다가 정착한 이 마을에서 "쌀쌀한 불안과 굶주림에 시달리지 않고" 소작지라도 제대로 얻을 수 있었던들 도박에 집착하거나 가난으로부터의 탈출을 상징하는 '서울'이라는 허황된 목표에 무턱대고 매달리지 않았을 수도 있다. 이들이 막연하게 동경하고 있는 '서울' 역시 도박과 마찬가지로 이들의 삶을 나아지게 하기는 고사하고 더욱 피폐하게 만들 가능성이 높은 '비어 있는 기표'일 뿐이다.[150]

이 작품의 표면적 아이러니는 아내의 불륜을 눈감아 주는 춘호의 태도와 행동에서 빚어진다. 이와 같은 행동은 기존의 윤리에 익숙한 독자들의 기대에 어긋나는 것이기 때문이다. 그러나 문제의 핵심은 당대의 농촌 현실이 정조와 같은 기존의 윤리를 춘호 내외에게 요구할 자격을 갖추고 있지 않은 데 있다. 춘호가 원래부터 허랑방탕하거나 아내를 착취하는 사악한 인물이었던 게 아니라 도저히 헤어날 길이 없는 가난과 부채가 그로 하여금 도박에 매달리게 하고 아내의 매춘 행위를 조장하기에 이르렀기 때문이다.

따라서 이 작품에서의 심층적 아이러니는 '정조를 요구해야 할 세상이 그것을 요구할 자격을 상실함'에 따라 춘호 내외가 극한적 상황 하에서 취할 수밖에 없는 자기들 나름의 생존 방식인 도박과 매춘을 선택함에 따라 발생한다. 춘호의 처가 자신의 이익을 위해서

---

150 김유정의 도시 배경 소설인 「정조」에 등장하는 행랑어멈이나 「땡볕」에 등장하는 아내로 미루어 볼 때 고향을 떠나 서울로 이주해온 농민들이 행복하게 살 가능성은 매우 낮다 하겠다.

매춘을 하는 것이 아니라, 남편과 '서울 생활'로 대변되는 부부의 꿈을 위하여 혐오감을 느끼면서도 리주사와 관계하는 것이기 때문에, 그녀의 행위는 기존의 윤리를 지킬 수 없는 상황 하에서 부득이하게 선택할 수밖에 없는 타자 지향적 행위이며 기존 윤리의 한계를 드러내고 또 그것을 해체하는 행위라 할 수 있다.

3-3. 금광 및 들병이 소재 소설들의 이중적 아이러니

「노다지」, 「金따는 콩밧」, 「금」 등과 같은 작품은 모두 금광을 배경으로 전개되는 작품들이다. 「노다지」에서 구덩이에 매몰되어 죽어가는 동료를 구하지 않고 혼자 빠져나와 금을 챙겨 달아가는 잠채꾼의 모습을 그리고 있고, 「금」에서는 자신의 다리에 심각한 상처를 입혀가면서까지 금을 몰래 반출하는 광부의 모습을 그리고 있다. 또한 「금따는 콩밧」에서 영식은 친구 수재의 호언장담에 넘어가 멀쩡한 콩밭을 갈아엎었지만 끝내 그가 장담했던 금은 나오지 않는다. 더 이상 버틸 수 없다고 판단한 수재는 영식에게 '금맥이 터졌다고' 거짓으로 이야기하고 도망칠 궁리를 한다. 이처럼 금을 소재로 하고 있는 세 작품은 모두 '금'으로 상징되는 물질적 가치에 맹목적으로 매달리는 민중들의 모습을 그리고 있다.[151]

---

151 이경은 "콩밭에서 금줄을 욕망하는 것은 도박, 미신성을 중핵으로 삼은 자본주의라는 신화에 대한 지적이자 비틀기"로 해석하였다. 등장인물들의 어리석거나 비정상적으로 보이기도 하는 기괴한 행위들은 "계획, 합리, 근면, 절제에 바탕한 풍

　　더펄이의 형체는 보이지안는다. 침침한 어둠속에 단지굴근 돌맹이
만이 짝 허터젓다. 이쪽 마구리의 타다남은 화로불은 바야흐로 질둣질
둣 껌벅어린다. 그리고 된바람이 애, 하고는 굿문께서 모래를 쫘륵, 쪼
락, 드려 뿜는다.

ー「노다지」 전집 63쪽

　　"네 한포대에 오십원식 나와유 ー "하고 대답하고 오늘밤에는 꼭 정
연코 꼭 다라나리라 생각하엿다. 거즛말이란 오래 못간다. 뽕이 나서
뼉따구도 못추리기전에 훨훨 벗어나는게 상책이다.

ー「金따는 콩밧」, 전집 76쪽

　　얼마후 이마를 들자 목성을 돋우며

　　"아프지않어?"하고 뾰로지게 쏘아박는다.

　　"아프긴 뭐아퍼, 인제 낫겠지."

　　바루 히떱게스리 허울좋은 대답이다. 마는 그래도 아픔은 참을 기력
이 부치는 모양. 조금있드니 그 자리에 그대로 쓰러지며

　　"아이구!"

　　참혹한 비명이다.
ー「금」, 전집 83쪽

요와 평등이라는 자본주의 명제를 균열시킨다."는 것이 이경의 「금따는 콩밧」에
대한 견해이다. 이경의 지적처럼 이 작품은 콩 농사만으로는 아무런 희망을 가질
수 없었던 농민의 불가피한 선택과 그로 인해 사태가 더욱 악화되어 가는 모습을
통해 금으로 대변되는 자본주의적 모순과 자본에 대한 공허한 욕구 및 '폐허화된
콩밭'으로 대변되는 농촌의 비참한 현실을 탁월하게 그린 작품으로 평가된다.
이경, 앞의 논문, 『김유정과의 만남』, 174쪽.

이들 작품의 결말 역시 열린 결말의 형식을 취하고 있으면서 기대했던 것과 이루어진 결과가 어긋나면서 가치의 전도 현상이 일어나는 이중적 아이러니 기법이 사용되고 있다. 「노다지」에서의 '형 같은 동료'나 「금」에서의 '자신의 신체', 「금따는 콩밧」의 '콩밭' 등이 지닌 진정한 가치는 타락한 가치를 상징하는 금의 가치와 전도되어 있다. 금을 차지하든, 못하든 물질적 가치보다 더 중요한 본질적 가치를 외면하고 살아가는 이들이 행복하게 살아가기란 사실상 불가능하다. 그럼에도 불구하고 이들은 금을 위해 모든 것을 버린다. 생존 자체가 위협받는 상황 하에서 금이 지니고 있는 유혹은 그만큼 치명적이었기 때문이다.[152]

김유정이 살았던 실레마을 뿐만 아니라 금 열풍은 당시 전국적으로 일고 있었던 광풍이었으며, 정상적인 방법으로는 생존 자체가 불가능했던 민중들은 단순한 투기심에 의해서라기보다는 절박한 상황이 주는 압박에 못 이겨 금을 훔치기도 하고 콩밭을 갈아엎는가 하면, 신체의 일부를 훼손한다. 농촌의 궁핍상을 소재로 한 작품들과 마찬가지로 이들 금광 소재 농촌소설들 역시 당대 사회가 요구하는 윤리적 규범을 지켜가며 살아가기 어려웠던 민중들의 처지를 이

---

152 이경은 또한 김유정의 금 소재 소설들이 '인간의 동물화' 과정을 보여 준다고 하였다. 또한 이러한 '동물화'는 인간관계의 분열로 이어지는데 이는 "자신의 이익을 극대화하는 자본주의적 기율을 그대로 모방한 결과"라는 것이다. 곧 이들 작품은 "자본제하의 노동과 물신화가 가져오는 인간의 전락과 가치전도"를 뚜렷이 예시한다는 것이다. 이와 같은 이경의 견해는 김유정의 작품이 표면적으로는 윤리적으로 타락한 모습들을 보여주지만 심층적으로는 이러한 가치의 전도를 강요하는 당대 사회에 대한 비판과 민중 계층의 실상과 내부적 요구에 바탕을 둔 대안적 윤리를 모색하고자 했던 작품들이라는 이글의 견해와 같은 맥락을 지닌다.
김유정문학연구회 편, 『김유정과의 만남』, 181쪽.

중적 아이러니 기법을 통해 그리고 있다.

이들 작품의 표면적 아이러니는 '의형을 구하지 않고 금만 챙겨서 도망치는 결말(「노다지」)'과 '멀쩡한 콩밭만 망치고 친구에게 배신당하고 금은 결국 캐내지 못하는 결말'(「금따는 콩밧」), 그리고 '몸만 상하고 금을 결국 차지하지 못할지도 모르는 결말'(「금」)을 통해 발생한다. 이에 비해 역사·사회적 차원에서의 심층적 아이러니는 '친구간의 우정을 지킬 수 없게 만드는 현실'과 '콩밭에서 나는 콩만으로는 가난에서 벗어나기 힘든 현실', 그리고 '자신의 몸을 훼손시켜야만 경제적으로 살아남을 수 있는 현실'과 등장인물들의 비정상적인 행동들 사이에서 발생한다. 곧 이들 작품에서의 심층적 아이러니는 '민중들이 정상적인 방법으로 생계 문제를 해결할 수 있는 사회'를 꿈꾸는 작가의 내면적 이상과 '민중들로 하여금 궁극적으로 육체적·정신적·경제적 손실과 몰락을 가져다 주는 투기 열풍에 휩쓸리게 만드는 당대 현실' 사이에서 발생한다.

들병이를 소재로 삼고 있는 「총각과 맹꽁이」, 「솟」과 같은 작품과 아내를 팔아서 돈을 취하는 「가을」도 금을 소재로 하고 있는 작품들과 유사한 성격을 지니고 있다. 이들 작품의 결말은 다음과 같다.

"살재두 나는 인전 안살터이유 -"하고 소리를 끌어올린다. 골창에서 가장 비웃는 듯이 음충맞게 "맹-" 던지면 "꽁-"하고 간드러지게 밧아넘긴다.

— 「총각과 맹꽁이」, 전집 37쪽

"왜 남의 솟을 빼가는거야도적년아-"

하고 연해 발악을 친다.

그러지 마는 들병이 두내외는 금세 귀가먹엇는지 하나는 짐을 하나는 아이를 둘러업은채 언덕으로 늠늠히나려가며 한번돌아보는법도 업다.

안해는 분에 복바치어 고만 눈우에 털썩 주저안즈며 체면모르고 울음을 놋는다.

근식이는 구경군쪽으로 시선을 흘낏거리며 쓴 입만만 다실 따름-종국에는 두 손으로 눈우의 안해를 잡아 일으키며 거반울상이 되엇다.

"아니야 글세, 우리솟이 아니라닌깐 그러네 참-"

-「솟」, 전집 155쪽

"덕냉이 큰집이 어딘지 아우?"

"우리 삼촌댁도 덕냉이 있지유"

"그럼 우리 오늘은 도루 나려가 술이나 먹고 낼 일즉이 가치 떠납시다"

"그러기유"

더 말하기가 싫어서 나는

코대답으로 치우고 먼 서쪽 하늘을 바라보았다. 해가 마악 떨어지니 산골은 오색 영농한 저녁노을로 덮인다. 산봉우리는 수째 이글이글 끌는 불덩어리가 되고 노기 가득한 위엄을 나타낸다. 그리고 낮윽이 들리느니 우리 머리우에 지는 낙엽소리-

소장사는 쭈그리고 눈을 감고 앉엇는양이 내일의 계획을 세우는 모양이다. 마는 나는 아무리 생각하여도 복만이는 덕냉이 즈 큰집에 있을 것 같지 않다.

-「가을」, 전집 199~200쪽

「총각과 맹꽁이」, 「솟」 등의 작품에서 주인공 남성은 들병이에게 장가들거나 들병이 덕에 편안하게 살아갈 것을 꿈꾸지만 그들의 기대에 어긋나는 결과가 주어지면서 표면적 아이러니가 발생한다. 들병이는 오로지 돈을 벌 목적으로 여러 남성들을 상대하는 직업적 여성이면서 대개는 남편과 자식이 있는 여성들이다. 따라서 들병이 덕에 팔자를 고쳐 보겠다는 꿈은 민중들이 '금'을 통해 곤궁한 처지에서 벗어나고자 하는 시도만큼이나 근본적으로 허망한 것이다. 그럼에도 불구하고 이들이 들병이를 이용해 편안하게 살아가고자 했던 것은 정상적인 노동 행위만으로는 인간다운 삶을 보장받기 어려웠기 때문이다.

「총각과 맹꽁이」의 덕만이와 「솟」의 근식은 들병이와 결혼하고자 하고자 하지만 결과적으로 실패한다. 덕만은 들병이를 차지할 목적으로 술값을 도맡아 내고 집안의 닭까지 잡아온다. 근식 역시 아내의 만류에도 불구하고 집안에 있는 함지박, 속곳, 솥 등 돈이 될 만한 집안 물건들을 닥치는 대로 들병이에게 가져다주면서 환심을 사려하지만 결국 들병이를 따라가지 못한다. 이처럼 자신의 의도와 바람대로 결과가 이루어지지 않기 때문에 표면적 아이러니가 발생한다.[153]

덕만과 근식이 들병이를 자신의 배우자로 삼으려 하거나 미래의 행복을 담보해 줄 존재로 여기는 것은 여성의 매춘 이상으로 정상적

---

153 홍혜원은 "소유할 수 없음이 전제된 여성을 소유하겠다는 의지는 좌절될 수밖에 없다. 들병이와의 결혼이라는 기표는 의미 기의를 상실한 비어 있는 대상이기 때문이다. 이는 기표가 기의에 닿지 못하고 그 표면에서 미끄러져 안정적 의미를 산출하지 못하는 것과 마찬가지다. 의미의 불안정성은 곧 대상의 결여를 상징한다." 라고 하면서 들병이를 따라나서는 근식의 행위가 매우 '반어적'임을 지적한 바 있다. 홍혜원, 「김유정 소설에 나타난 폭력의 구조와 소설적 진실」, 『김유정의 귀환』, 97쪽.

윤리 감각으로부터 벗어난 것이다. 특히 「솟」은 아내가 있는 남성이 남편이 있는 여성과 돈을 목적으로 함께 살고자 한다는 점에서 기존의 윤리 의식을 전복시킨다.[154] 민중 외부의 시점으로 볼 때, 이들의 행위는 윤리 의식도 없고 어리석기까지 한 것이지만 농사만으로 살아갈 수 없었던 민중들 내부의 시점으로 바라볼 때 이들의 행위는 나름대로의 정당성을 획득하게 된다.

이처럼 들병이 소재 농촌소설들의 표면에 나타난 표면적 아이러니는 남자 주인공들의 의도와 주어진 결과 사이의 차이로 인해 발생한다. 「총각과 맹꽁이」의 덕만은 들병이와 결혼하고자 하나 들병이는 뭉태를 비롯한 뭇 남성들의 노리개 역할만 충실히 수행한다. 또한 「솟」의 근식 역시 본처를 버리고 들병이와 함께 살아갈 것을 꿈꾸었지만 들병이에게는 이미 남편과 아이가 있었고 그 가족들 사이에 근식이 끼어들 틈은 전혀 없었다. 이에 비해 사회·역사적 맥락에서의 심층적 아이러니 효과는 "콩을 심으면 잎나기가 고작이요 대부분이 열지를 않는 밭"에서 가혹한 도지를 물며 "덕만이가 사람이 병신스러워" 소리를 들어야 했던 덕만과 "솟을 사며 예측하였던 달가운 꿈이 몇 달 안에 깨어지고 툭하면 지지리 고생만 하였던" 근식으로 하여금 농사에 전념할 수 없게 만들었던 당대 농촌의 현실로 말미암아 발생한다. 가혹한 도지와 늘어나는 빛은 이들이 농촌 남성들이 정상적으로 배우자를 맞이하는 것과 결혼 생활을 유지하는 것을 어렵게 만들었고, 그들은 남편과 아이가 있음에도 불구하고 술과 몸을

---

154 이경, 앞의 논문, 김유정학회, 『김유정과의 만남』, 180쪽.

팔아야 하는, 어쩌면 자신들보다 더 곤궁한 처지에 놓여 있는 들병이에게 자신의 운명을 맡기고자 하는 것이며, 바로 이 지점에서 이들 작품의 심층적 아이러니가 발생하는 것이다.

「가을」의 이중적 아이러니는 위의 작품들보다 더 입체적이며 의미심장하다. 이 작품의 표면적 아이러니는 아내를 지켜야 할 남편이 계약서까지 작성하며 자신의 아내를 팔아넘기는 복만의 행위와 돈을 주고 샀을망정 마음에 쏙 드는 배우자를 얻어 행복했던 소장수 황거풍이 불과 닷새 만에 그 아내를 잃어버리는 데에서 발생한다. 세상의 윤리와 복만이 아내를 파는 행위는 서로 어긋나며, 소장수가 아내를 돈으로 샀지만 바로 그녀를 잃어버림에 따라 기대와 결과가 어긋나는 표면적 아이러니가 발생하는 것이다. 이에 비해 사회·역사적 차원에서의 심층적 아이러니는 "나두 일즉이 장가나 들어 두엇으면 이린 때 팔아먹을 걸" 하며 부질없는 후회를 하는 작중 화자 '나'의 태도로 말미암아 발생한다.

> 기껏 한해동안 농사를 지엇다는 것이 털어서 쪼기고보니까 나의 몫으로 겨우 벼 두말가웃이 남았다. 물론 털어서 빗도 다 못가린 복만이에게 대면 좀 날는지 모르지만 이걸로 우리식구가 한겨울을 날 생각을 하니 눈앞이 고대로 캄캄하다. 나두 올겨울에는 금점이나 좀 해볼까 그렇지 않으면 투전을 좀 배워서 노름판이나 쫓아다닐까, 그런대도 미천이 들터인데 돈은 없고 복만이같이 내팔을 안해도 없다.
>
> ― 전집 193쪽

아내를 소장수에게 팔아넘기는 복만의 행위가 비난의 대상이 되는 것이 아니라 부러움의 대상이 됨으로 말미암아 표면적 아이러니뿐만 아니라 사회·역사적인 차원에서의 아이러니가 발생하는 것이다. 가혹한 도지와 감당할 수 없는 빚은 농민들로 하여금 농사일을 통해 보람을 느낄 수 없게 만들고 금점이나 도박판을 기웃거리게 만들거나 그럴만한 밑천이 없는 경우 아내까지 팔아버리도록 하였다. 아내를 잃어버린 황거풍이 그녀를 되찾으려 하는 것도 단순히 돈 때문만은 아니며, 닷새 동안일망정 복만의 처가 아내로서의 역할에 충실했기 때문이었던 것으로 밝혀진다. 곧 이들의 행위는 표면적으로는 비난의 대상이 될 만하지만, 그들을 그렇게 행동하도록 만든 당대 현실을 고려할 때 이들의 행위는 모두 정당성을 획득하며, 나아가 독자로 하여금 기존의 윤리를 해체하고 타자 지향적인 대안적 윤리를 모색하게 유도한다.

3-4. 해학적 소설과 도시 배경 소설의 이중적 아이러니

3-4-1. 해학적 소설의 이중적 아이러니

김유정을 대표하는 소설로 널리 알려져 있는 「봄·봄」의 작중 화자 '나'는 데릴사위라는 명목으로 자신의 노동력을 착취하는 봉필에게 번번이 넘어가는 순박하고 어리숙한 인물이다. 다른 등장인물들이나 독자는 모두 알고 있는 봉필의 의도를 '나'만이 모르고 있기 때문에 이 작품에서의 표면적 아이러니와 해학적 효과가 발생한다. '나'는 약혼녀인 점순으로부터 얼른 혼례를 치르도록 하라는 압력을 받는다. 또한 뭉태로부터는 장인 봉필의 야비한 전력과 얄팍한 속셈에 대한 정보를 얻는다. 그럼에도 불구하고 '나'는 자신이 "터진 머리를 불솜으로 손수 짓어주고, 호주머니에 희연 한 봉을 넣어주며", "올갈엔 꼭 성례를 시켜주마"라고 약속하는 봉필의 말을 믿고 오히려 그에게 고마워한다.

그러나 독자는 봉필이 과연 그 약속을 지킬 것인지에 대해 여전히 의구심을 갖지 않을 수 없다. 그 이유는 독자는 적어도 뭉태 수준 이상의 지적 수준과 봉필에 대한 정보를 지니고 있기 때문이다. 그동안 여러 명의 데릴사위를 갈아치우고 소작인들에게 모질게 굴었던 전력에 비추어 볼 때 봉필이 '나'와의 약속을 지킬 가능성은 상대적으로 적다. 그럼에도 불구하고 쉽게 감격하는 순박한 '나'는 장인을 무조건 신뢰한다. 전반적으로 이 작품은 짙은 향토성과 해학성을 지니고 있으며 상대적으로 아이러니 효과는 미약한 편이다. 이 작품의 표면적 아이러니는 '나'의 기대와 점순의 행동이 불일치하는 데에서 발생하며 사회·역사적인 차원에서의 심층적 아이러니는 사위마저 착취의 대상으로 삼으려 하는 소작제도의 모순과 언제든지 내처질 수 있는 '나'의 불안한 운명 사이에서 발생한다.[155]

---

155 이 작품의 결말은 이야기상의 결말과 담론상의 결말이 다르다. 이야기상의 결말은 봉필이 '나'의 상처를 치료해 주면서 올가을에는 성례시켜 주겠다고 약속하는 장면이지만, 담론상의 결말은 결혼시켜달라고 장인과 다투는 과정에서 자신을 부추기던 점순이 오히려 장인 편을 드는 장면이다. 두 장면 모두 두 사람이 혼례를 치르기 전 장면이므로 이 작품 역시 열린 결말을 취하고 있다 하겠다.

「동백꽃」의 '나' 역시 「봄·봄」의 화자처럼 어리숙하고 순박하지만 '점순이가 자신을 좋아하고 있다.'는 정도의 사태 파악은 나름대로 정확하게 하고 있다. 다만 마름의 딸에 대한 유랑민 출신 소작인 아들로서의 위축감이나 자격지심 때문에 점순의 애정 공세를 모르는 척한다. 점순네 닭을 죽이고 약점을 잡힌 다음에야 '나'는 마지못한 듯 점순의 사랑을 받아들인다. 이에 따라 이 작품에서의 열린 결말은 「봄·봄」의 열린 결말에서보다 사회적인 성격이 짙게 드러난다.

「봄·봄」의 주인공과 독자 사이의 지적 낙차에 비해 「동백꽃」의 주인공과 독자 사이의 그것은 적은 편이다. 「봄·봄」에서는 봉필의 의도를 미처 파악하지 못하는 주인공에 대해 독자는 답답함을 느끼면서 웃음을 짓게 된다. 하지만 「동백꽃」에서 독자는 주인공에 대하여 답답함을 느끼기보다는 오히려 연민을 느낀다. 증오심을 못 이겨 점순네 닭을 죽인 후 점순에게 이끌려 동백꽃에 파묻히는 모습은 웃음을 자아내지만, 점순 어머니의 소리를 듣고 산으로 도망치는 '나'의 모습은 애처롭게 느껴진다. 앞으로 두 사람이 신분적 장벽을 극복하며 애정 관계를 발전시켜 나가는 일이 결코 만만해 보이지 않기 때문이다.

이 작품의 해학적 효과와 표면적 아이러니는 점순의 요구에 '나'가 역으로 반응하는 데에서 발생한다. 점순은 감자와 닭을 이용해서 선심도 쓰고 자극도 가하면서 애정 공세를 벌인다. '나'는 이러한 점순의 의도를 모르지 않으면서도 감자를 받지 않거나 점순에 맞서 닭싸움을 벌인다. 점순의 의도와 나의 반응 사이의 격차에 의해 표면적 아이러니가 이루어진다면, 사회·역사적 차원에서의 심층적 아이러니는 '나'의 반응과 '나'가 점순의 애정 공세를 선뜻 받아들일 수 없는 사정 사이에서 발생한다. '나'는 모자라거나 무신경해서가 아니라 "내가 점순이 하고 일을 저질렀다는 점순네가 노할 것이고 그러면 우리는 땅도 떨어지고 집도 내쫓길 것"을 염려하여 그녀의 뜻을 짐짓 묵살하였던 것이다.

'나'의 집안은 떠돌던 끝에 이 마을에 정착하였고 점순네의 호의에 의해 소작지도 얻고 집지을 터도 얻었기 때문에 "일상 굽실거릴 수밖에 없었고 안 좋은 소문을 두려워할 수밖에 없었던 것"이다. 심층적 아이러니는 이 작품의 결말 부분에서 보다 분명하게 드러난다. 어머니의 부름 소리를 듣고 '나'와 점순은 사랑을 나누다가 서로 반대 방향으로 흩어진다. 여기서 어머니의 목소리는 늘상 '나'의 집안을 일상 굽실거릴 수밖에 없게 만들던 점순네의 '마름으로서의 권력과 권위'를 상징하는 것으로 볼 수 있다. 지주를 대신하여 소작권 이동권을 실질적으로 행사하던 마름의 권력은 젊은 남녀가 나누는 순수한 사랑에서까지 장애요인으로 작동하고 있다.

「안해」는 언뜻 「솟」처럼 들병이를 통해 보다 편안하고 풍족한 삶을 바라는 농촌 사내를 해학적으로 그린 작품처럼 보이지만 결말은 다르다. 「솟」에서는 주인공이 끝까지 들병이에 대한 미련을 버리지 못하지만, 「안해」에서는 뭉태와 아내가 수작하는 모습을 보자마자 들병이 덕을 보려던 생각을 떨쳐버리고 '나'는 아내가 앞으로 아이나 많이 낳기만을 바란다. 이 작품의 해학적 효과와 표면적 아이러니는 아내가 들병이가 되려 하였으나 결국 실패하게 되는 과정에서 드러난다.

이에 비해 심층적 아이러니는 아내가 "이깐 농사를 지어 뭘 하느냐, 우리 들병이로 나가자"라고 선언한 이후 남편이 아내에게 노래를 가르쳐 주는 장면에서 발생한다. 표면적 아이러니에서는 아내를 독점하고자 하는 '가부장적 윤리'가 작동하고 있다면, 사회·역사적 차원에서의 심층적 아이러니에서는 아내에 대한 남편의 권리를 사실상 포기하도록 강요하는 부정적 현실의 모순이 작동되고 있다. 비어를 빈번하게 사용하는 구어체 언술을 통해 제시되는 미모보다 생산성을 중시하는 '나'의 사고와 아이들마저 영리의 수단으로 삼고자 하는 '나'의 어이없는 셈법 등은 남편과 아내 사이의 정조를 중시하는 기성 윤리와 합리적 사고를 해체하고 민중 계층의 생활 감각과 생명력에 기반한 대안적 윤리를 제시하고 있다.

3-4-2. 도시 배경 소설들의 이중적 아이러니

김유정의 소설 중 도시 배경 소설은 12편이고 이 중 4편은 자전적 소설이며 나머지 소설은 대체로 걸인이나 백수, 여급, 노동자, 버스 걸 등과 같은 도시 하층민들의 삶을 소재로 하고 있다. 농촌 소재 소설들이 비교적 유기적인 짜임새를 보여 주고 있다면, 도시 배경 소설들은 대체로 느슨한 짜임새를 보여주고 있다. 특히 자전적인 소설들은 에피소드를 나열하는 방식을 취하고 있다. 「生의 伴侶」와 「두꺼비」는 박녹주를 짝사랑했던 작가의 실화를 중점적으로 다루고 있으며, 「따라지」에서는 누나에게 학대당하는 작가의 분신인 톨스토이의 모습과 함께 세입자와 집 주인 간의 갈등이 해학적으로 그려지고 있다.

「生의 伴侶」의 명렬 역시 김유정을 연상케 하는 인물로서 기생 명주에게 끝없이 편지를 보내지만 답장을 받지 못한다. 이를 불쌍히 여긴 1인칭 관찰자 '나'는 누이동생을 시켜 가짜 답장을 보낸다. 이에 고무된 명렬은 더욱 열심히 편지를 명주에게 보내지만 다시 편지가 반송되어 오자 크게 실망한다. 「두꺼비」에서는 두꺼비라는 기생 오래비가 자신을 옥화와 맺어줄 것으로 기대하지만 결국 두꺼비가 자신을 이용만하고 편지조차 제대로 전해 주지 않았음이 드러난다.

이들 자전적 작품으로 미루어볼 때 김유정은 박녹주에 대한 자신의 사랑에 대해 객관적으로 인지할 능력이 충분히 있었던 것으로 보인다. 그럼에도 불구하고 그는 형의 폭력과 누이의 학대, 그리고 어려서 돌아가신 어머니에 대한 그리움 때문에 맺어질 수 없는 상대에게 더욱 집착한 것으로 추정된다.[156] 이들 자전적인 세 작품의 시작 부분과 결말 부분의 상태는 거의 동일하다고 볼 수 있으며 농촌소설들에서와 같은 사회·역사적 차원에서의 아이러니는 찾아보기 어렵다. 이들 자전적 작품은 짝사랑과 누이의 학대, 가난 등과 같은 김유정의 자전적 사실을 반영하고 있으면서 「따라지」의 아끼꼬와 같이 강한 생명력과 정의감을 지닌 '도시형 들병이'를 제시하고 있기도 하다.

---

156 이러한 주인공의 기생에 대한 비정상적인 짝사랑은 김유정 농촌소설의 주인공들이 도박, 금광, 들병이 등과 같은 '텅 빈 기표'에 집착한 것과 대응한다. 농촌소설의 주인공들이 최후의 방책으로 그런 것들에 집착하지만 상황이 그대로이거나 오히려 악화되는 경우가 많았듯이 자전적 소설의 주인공의 짝사랑 역시 상황의 변화가 주어지지는 않기 때문이다. 이와 같은 양상은 결국 희망과 가능성이 폐색된 비정상적 상태에서 비정상적인 대상에게 집착한 결과로 보이며, 이러한 집착은 아이러니 효과를 산출한다.

「야앵(夜櫻)」은 창경원에 꽃구경 나온 여급들이 그려진다. 딸을 잃어버린 줄 알았으나 알고 보니 전 남편이 데려다 키우고 있는 사실을 정숙이라는 여급이 알게 된다는 점에서 표면적 아이러니는 발견할 수 있지만 농촌 소재 소설처럼 극한적 상황을 돌파하고자 하는 의지나 기존의 윤리의 한계를 드러내거나 대안적 윤리를 모색하려는 모습도 찾아보기 어렵다. 「슬픈 이야기」는 남편의 폭력에 시달리면서도 생계 문제 때문에 남편으로 못 벗어나는 여인의 이야기를, 「심청」은 걸인들의 비참한 삶을 표면적 아이러니를 동원하여 해학적인 필치로 그리고 있을 뿐 사회·역사적인 차원에서의 아이러니를 발견하기 어렵다.

이에 비해 「정조」, 「애기」, 「땡볕」 등은 도시 소재 소설이지만 결말 부분에서 표면적 아이러니는 물론 사회·역사적인 차원에서의 아이러니가 비교적 강하게 드러나는 작품들이다. 「정조」는 술김에 건드린 행랑어멈 때문에 주인댁 내외가 큰 망신을 당하고 곤욕을 치른 끝에 거액을 뜯긴다는 내용을, 「애기」는 논 50석지기를 준다는 약속을 믿고 임신 8개월째 되는 여인과 결혼하였으나 논을 받기는커녕 날로 빚만 늘어가고 막무가내인 아내 때문에 곤욕을 치르는 내용을 담고 있다.

「정조」에서는 어리숙해 보이던 행랑어멈과 주인집 내외의 처지가 뒤바뀜으로써, 「애기」에서는 부유한 처가 집 덕을 보려다가 오히려 콧대 높은 아내 때문에 곤욕을 치르고 금전적으로도 손해만 보는 사태를 통해 표면적 아이러니가 드러난다. 또 「정조」에서는 행랑어멈의 뻔뻔한 태도와 악착같이 돈을 뜯어내는 그녀의 반윤리적인 태도가 '정조와 임신마저 교환가치의 수단이 되어야 하는 현실'과 대비되면서, 「애기」에서는 '아이가 동사할 것을 염려하여 차마 버리지 못하고 다시 데려오는' 필수의 순박한 마음과 '전처가 도망칠 정도로 가랑이가 찢어질 정도로 가난한 필수네의 살림'이 대비되면서 사회·역사적 차원에서의 아이러니도 미약하게나마 드러난다.

「땡볕」은 김유정의 농촌소설 못지않게 열린 결말과 이중적 아이러니 방식을 통해 민중들의 순박한 내면과 강한 생명력에 바탕을 둔 타자 지향적 윤리성을 드러내고 있다. 덕순은 아내의 병이 희귀병인 줄 알고 병원에서 무료로 치료받을 수 있을 뿐만 아니라 월급까지 받을 것으로 기대하였으나 오히려 아내의 병은 돈이 없이는 나을 수 없는 병(태아의 사산)임이 드러난다. 이 순간 표층적인 차원에서 표면적 아이러니가 이루어진다. 덕순이 잘못 알고 있는 사실과 의사의 진단 사이의 차이 때문에 표면적 아이러니 효과가 발생한다면, 심층적으로는 '병원'으로 상징되는 이성적·과학적·근대적 세계가 덕순과 그의 아내가 보여주고 있는 순박하고 건강한 민중적 내면의식에 의해 해체되는 순간, 사회·역사적 차원에서의 아이러니가 성립된다.

덕순은 비록 가난하고 무지하여 아내의 죽음을 막지 못하지만 인간으로서의 존엄성을 잃지 않는다. 남편과 아내가 서로를 위하여 타자 지향적 윤리성을 보여주는 이 작품의 열린 결말은 이들이 근대의 타자로서 식민지 근대성의 세계에게 제대로 적응하지 못하고 패배당하지만, 순박한 내면과 타자 지향적 윤리 의식을 통해 정신적으로

는 '병원'으로 상징되는 식민지 근대가 내세웠던 합리성의 세계에 굴하지 않는 모습을 그리고 있다.[157]

3-5. 김유정 소설의 문학사적 의의

이상으로 김유정 소설의 일반적 특징이라 할 수 있는 열린 결말과 이중적 아이러니를 분석해 보았다. 그의 소설들은 미완성 소년소설 인 「두포전」을 제외하고 모두 열린 결말의 형식을 취하고 있다. 문제 의 해결보다는 문제 제기 자체를 중시하며, 현실적으로 패배하더라 도 정신적·윤리적으로 승리하는 문제적 주인공을 통해 부정적 전망 을 제시하는 소설이 지배적인 근대소설의 양식을 고려할 때 1930년 대 중반에 창작된 김유정의 소설이 열린 결말의 형식을 취하고 있는 것은 당연하다.

중요한 것은 그의 소설이 취하고 있는 열린 결말이 대부분 이중적 으로 아이러니 효과를 빚어내고 있는 점이다. 표면적인 차원에서의 표면적 아이러니는 김유정 소설에 등장하는 인물들의 행위가 무지 하거나 자신이 기대하는 바와 일치하지 않는 결과를 얻는 데서 발생

---

157 이경은 이 작품에서 "죽음을 목적에 둔 아내가 자신에 앞서 타자를 우선시키며, 타 자에 대한 염치로 일관하는 것, 곧 자신의 죽음보다 사촌에게 진 사소한 빚과 남편 에게 지운 사소한 짐을 더 앞세움으로써 개인주의와 이윤을 골자로 하는 자본제 의 기율을 낯설게 비추어낸다."고 하였는 바, 이경의 이와 같은 지적은 이 작품이 농촌 배경 소설 이상으로 '타자 지향적 윤리성'이나 민중의 순박한 내면을 전경화 하고 있는 작품임을 말해준다.

한다. 「산골ㅅ나그내」의 덕돌은 나그네 여인과 어렵게 결혼에 성공하였으나 그 여인에게는 이미 남편이 있었던 것으로 밝혀지며, 「만무방」에서 벼를 훔친 이는 그 벼를 경작해 온 당사자인 응오로 밝혀진다. 반전 효과를 수반하는 표면적 아이러니는 소설에 독자의 흥미가 결말 부분까지 유지되게 하는 한편, 문제가 현실적으로는 해결되지 않았음에도 불구하고 작품이 구조적 완결성을 가질 수 있도록 한다.

　이에 비해 사회·역사적인 차원에서 발생하는 심층적 아이러니는 등장인물이 행하는 절도, 도박, 매춘과 같은 일탈행위들을 당대 사회를 지배하던 모순과의 연관성 속에서 파악하되 민중들 내부의 시각으로 그러한 행위들을 바라볼 때 성립된다. 생존 자체가 위협당하는 절박한 상황 하에서 불가피하게 행해지는 등장인물들의 일탈행위는 체제 유지를 목적으로 하는 지배자 중심의 기성 윤리의 한계를 드러내며 그것의 해체를 시도한다. 그리고 민중적 생활 감각과 생존 방식에 바탕을 둔 타자 지향적인 대안적 윤리가 모색되기 시작한다. 이처럼 등장인물들의 일탈행위가 민중 내부의 시점을 통해 정당성을 획득하는 순간 사회·역사적 차원에서의 심층적 아이러니 효과가 발생하는 것이다.

제4장

민족 최대의 서사,
『토지』

소설 읽기와
스토리텔링

『토지』의 역동적인 가족서사 연구
– '성장·변신'원리와 '대조'의 원리를 중심으로

1-1. 『토지』의 장르적 성격

『토지』는 동학농민혁명 직후부터 8·15해방 당일까지의 시기를 다루면서도 중요한 역사적 사건들은 자세히 언급하지 않거나 심지어 생략해 버리는 경우도 있다. 최유찬은 이 작품이 "역사사건에 대한 서술을 일부러 배제한 듯이 구성되어 있으면서도 작품을 읽고 나면 소재가 된 시대의 역사와 중요 사건들이 독자에게서 생생하게 되살아난다. 이는 이 작품이 역사적으로나 개인사적으로 중요한 사건들을 일부러 생략시킴으로써 그러한 주요 사건들이 인간의 일상적 삶과 내면에 끼친 구체적 영향을 그려내는 데 주력한 작품임을 알 수 있게 한다."고 하였다.[158] 또한 『토지』는 전체적으로 "최참판의 몰락

---

158 최유찬은 이 논문에서 "『토지』의 1부는 동학혁명, 2부는 한일합방, 3부는 3.1운동,

(강간, 불륜, 살인, 전염병, 조준구의 재산 가로채기) → 새로운 질서 (회복과 생성) → 견딤 → 광복"이라는 큰 흐름을 취하고 있으며, "후반부로 갈수록 초반부에서 볼 수 있는 밀도 있는 사건전개는 줄어들고 대화와 에세이적 서술이 많아진다."는 지적도 최유찬, 김진석 등에 의해 지적된 바 있다.[159]

이 작품의 서사 구조에 대하여 천이두는 『토지』가 "주인공이 없는 서사구조를 취하고 있다."고 하였고,[160] 이덕화는 『토지』의 인물을 추동하는 것은 핏줄에 토대를 둔 가족주의와 개인의 생존 논리인 '한'이라고 하였다.[161] 이상진은 『토지』의 등장인물들이 나름대로 짊어지고 있는 한과 그것의 극복을 통한 개인의 삶의 존재방식의 다양함을 보여주고 있다."고 하였다.[162] 이들 모두 '한(恨)'과 '가족 의식'을 『토지』의 서사를 작동시키는 주요 원리로 보고 있다.

4부는 만주사변과 중일전쟁, 5부는 태평양전쟁 등을 다루고 있다. 이처럼 『토지』는 분명 중요한 역사적 사건을 시간적 배경으로 삼고 있다. 그러나 작가는 이 사건들을 직접 묘사하지 않는다. 다만 그 사건들을 겪고 나서 살아가는 사람들의 일상적 삶을 묘사할 뿐이다."라고 하며 여담과 틈이 많이 존재하는 『토지』의 서사적 특질을 규명하고 있다.
최유찬, 「『土地』의 장르론적 고찰」, 264쪽.

159 최유찬은 『토지』에서 역사적 사건은 대부분 작품 속에 구체적인 모습을 드러내지 않고, 다만 그 사건들과 연계되어 있는 조선 민초들의 고달픈 삶의 이야기가 주요 내용을 이루고 있다고 하였다.
최유찬, 『『토지』를 읽는다』, 솔, 1996. 186쪽.

160 천이두는 "주인공이 없다는 것은 각 개인이 자기 나름의 한을 쌓기도 하고 풀기도 하는 고유의 삶을 살아가고 있음을 보여준다." 고 하였다.
천이두, 「한의 여러 궤적들」, 『현대문학』, 1994. 10. 120쪽.

161 이덕화, 「『토지』의 서사구조와 능동적 공동체」, 토지학회 2015 가을 학술대회 자료집, 2015. 10, 9쪽.

162 이상진, 「인물의 존재방식으로 본 『토지』」, 『『토지』 연구』, 월인, 1997, 9쪽.

　『토지』에는 수많은 가족이 등장한다. 최참판가의 경우에는 표면적으로는 5대(윤씨 부인, 최치수, 최서희, 최환국, 재영 등으로 이어지는)가 등장한다고 할 수도 있지만 윤씨 부인, 별당아씨, 서희로 이어지는 여성 3대의 서사가 작품의 중심을 이루면서, 최치수와 김환, 김길상(최길상), 환국과 윤국 등으로 이어지는 남성 3대의 서사가 서로 얽히는 가운데, 가족 구성원들과 재산과 명예 등을 지키고자 하는 구심력과 가족의 한계를 초극하여 민족공동체에 기여하고 모든 생명체를 포용하고자 하는 원심력이 동시에 발현되는 역동적인 구조를 형성하고 있다.[163]

　이 글에서는 『토지』의 가족서사를 분석하되, 3대에 걸친 인물들이 각각 성장하고 변신하는 과정을 통해 가족서사를 민족서사로, 나아가 생명서사로까지 확산시켜 나가는 양상과 등장인물들이 서로 대조되는 양상에 주목하고자 한다. 1대와 2대를 거쳐 3대에 이르는 과정은 때에 따라서 긍정적으로 성장·변신하는 과정일 수도 있고, 반대로 원한과 증오로 말미암아 악화되어가는 과정일 수도 있다. 또한 1대가 쌓은 악업을 2대에 이르러 그것을 정화하고 승화시켜서 3대에 이르러 정상적 삶을 회복하는 경우도 있다. 이 작품은 '가족에게 있어서 대를 잇는다는 것의 진정한 의미가 무엇인지'에 대해 가족 구성원들이 성장하고 변신하며, 때로는 타락하는 과정 등을 통해서

---

163 김은경은 "최서희가 완전한 탈환 이후에 느꼈던 허무함을 '군자금 지원의 형태로 항일 운동에 간여하는 것'으로 극복해 간다고 하였다. 곧, "가문을 절대의 가치로 여기던 최서희가 삶의 지평을 확대하여 민족의 문제와 접속하는 결과를 낳고 있다."라고 지적하고 있다.
　김은경, 「박경리문학연구」, 소명출판, 2014., 231쪽 참조.

보여준다. 또한 이러한 가족들의 서사가 모여 큰 강물처럼 민족서사를 이루고, 그리고 나아가 생명서사를 이루어 나가는 과정을 이 작품은 동시에 보여준다. 이처럼 『토지』는 가족서사의 형식을 취하고 있으면서도 가족서사의 한계를 끊임없이 초극하여 민족서사와 생명서사로 나아가고자 하는 확산적이면서도 역동적인 서사구조, 곧 원심력과 구심력이 동시에 작동하는 서사구조를 지니고 있다고 판단되는 바, 이 논문을 통하여 『토지』의 역동적인 가족서사 구조를 가능하게 만들고 있는 '성장·변신'의 원리와 '대조'의 원리를 밝혀 보고자 한다.

1-2. '성장·변신'에 의한 가족서사와 민족서사

1-2-1. 최참판가 여인 3대의 '성장·변신'의 서사

『토지』의 가족서사에는 '성장·변신'의 원리가 주요 등장인물들의 삶에 적용되는 경우가 많다. 별당 아씨와의 불륜, 사랑의 상실 등을 경험한 김환이 동학당의 지도자로 거듭 태어나는 것, 백정의 딸과 결혼하여 천민으로 신분이 격하된 송관수가 항일운동의 중심에서 큰 역할을 하는 것, 조병수가 극악무도한 부모에게서 태어나고 꼽추라는 장애를 지니고 있으나 소목장으로서 눈부신 성취를 이루는 것, 김길상이 하인 출신이라는 신분적 열등감을 항일운동과 관음탱화 조성으로 극복하는 것, 조영하와의 불행한 결혼 생활 끝에 위자료로 받은 거액을 임명희가 항일운동을 위해 쾌척하는 것, 유인실이 일본인 오가다의 아이를 낳고 항일운동전선에 뛰어든 것, 김두수에게 농락당한 심금녀가 벽에 머리를 부딪쳐 자살하면서까지 인간적 존엄성을 지키고자 했던 것, 윤씨 부인이 자신을 겁간한 김개주의 후예들인 동학당을 위해 토지를 희사한 것 등, 『토지』에 등장하는 주요인물 대부분이 보이는 행보의 곳곳에 '성장·변신의 원리'는 작동되고 있다.

그 중에서도 최참판가 여인들인 윤씨 부인과 별당아씨, 그리고 최서희 등 세 여인은 모두 김개주, 김환, 김길상 등과 강간, 불륜, 낙혼이라는 평범하지 않은 남녀관계를 맺고 있다. 이 장에서는 이들이 가문에 닥친 위기를 극복하고자 하는 구심력과 가문의 틀을 벗어나 새로운 세계를 지향하고자 하는 원심력이 어떤 길항 관계를 이루고 있는지 살펴보고자 한다.

1) 윤씨 부인의 '은밀한 변신'의 서사

윤씨 부인은 표면적으로는 평사리 내에서 풍부한 재력과 참판댁이라는 양반가 권위를 바탕으로 거의 완벽하게 평사리를 지배하였으나, 실상 적지 않은 고통을 겪은 인물이다. 특히 김개주로부터 당한 강간은 최참판가 몰락의 단초를 제공하는 계기로 작용한다. 만일 김환이 출생하지 않았더라면 이후에 발생하는 별당아씨의 출분, 최치수 살해 사건, 조준구의 재산 가로채기 등도 발생하지 않았을 수도 있다.

윤씨 부인에게는 본인은 물론, 최씨 가문에게도 치명적일 수 있는 비밀이 있었다. 바로 동학당의 장수 김개주의 아들 김환을 출산한 사실이다. 이 사실은 우관, 문의원, 월선 모 등만이 아는 비밀이다. 윤씨 부인은 물론, 최참판가 전체가 무너질 수도 있었던 무서운 비밀은 다행히 누설되지 않았다. 그러나 예민한 감각을 지니고 있었던 아들 최치수는 모친의 비밀을 감지하고 방황한다. 무분별한 방탕 생활 끝에 치수는 생식 능력을 상실하고 정신적으로도 피폐해진다.

윤씨 부인은 비밀이 외부로 알려지는 것은 막았지만 결국 이 비밀로 인한 두 아들의 패륜과 참극은 막지 못한다. 김환이 며느리와 더불어 도주하게 되자 최치수는 아내를, 서희는 모친을 잃게 된다. 또 이는 최치수 살해와 조준구의 재산 가로채기로 이어진다. 이와 같이 김개주의 겁간 사건은 윤씨 부인을 위기로 몰아넣을 뿐만 아니라 최치수, 별당아씨, 최서희 등 가족 구성원 모두를 불행하게 만든다.

이처럼 김개주로 인하여 인생의 큰 위기를 맞이하기도 하였던 윤씨 부인은 비밀리에 지리산 동학 세력들에게 토지를 기부한다. 비록 김개주가 윤씨 부인 개인에게는 치명적 상처를 남긴 인물이지만 국가와 민족을 위해 목숨을 바친 뛰어난 지도자였고, 자신의 아들 김환의 아버지이기 때문에 윤씨 부인은 나름대로 존경하는 마음과 그리워하는 마음을 지니게 된 것으로 보인다. 만일 윤씨 부인이 토지를 기부하지 않았더라면 윤도집, 지삼만, 강쇠, 송관수 등 동학 잔당들이 김환을 중심으로 항일세력을 구축하기 어려웠을 것이다. 윤씨 부인에 대한 김개주의 행위는 윤씨 부인과 최참판가를 위기로 몰아넣은 강간 사건은 윤씨 부인의 동학당에 대한 은밀할 기부로 이어짐으로써 『토지』가 가족서사의 한계를 넘어 민족서사로 나아갈 수 있

는 계기를 마련해 준다.[164]

『토지』에 별당아씨는 거의 등장하지 않는다. 김환과 별당아씨가 어떻게 깊은 사랑을 나누게 되고 함께 도주하게 되기까지 작가는 전혀 알려주지 않는다. 생략의 기법이 사용되고 있는 것이다. 김환과 별당아씨와 관련된 내용은 평사리 주민의 대화 내용 중에 섞여 있거나 김환의 회상을 통해서 단편적으로 드러날 뿐이다. 작가는 이와 같은 과감한 생략 기법을 통해 독자들이 남녀 간의 애정보다는 김환이 항일운동의 지도자로서 다시 태어나는 것에 주목하게끔 유도하고 있다.

김환과 별당아씨의 사랑은 그러나 김개주에 의한 윤씨 부인과의 관계보다는 진전된 양상을 보인다. 윤씨 부인이 강제적으로 김개주와 관계를 맺었다면 별당아씨는 자발적으로 김환을 선택하였다. 병약했던 별당아씨는 김환과의 도피 생활 끝에 가난하지만 행복하게 살다가 젊은 나이에 세상을 뜬다. 이 작품은 윤씨 부인과 별당아씨의 대조를 통해서 시대상의 변화에 따라 수직적 인간관계가 점차 해체되고 수평적 인간관계가 어렵사리 형성되어 가는 과정을 보여준다.[165]

---

164 윤씨 부인이 '실절'이라는 위기를 동학당을 지원하는 것으로 승화시키는 것은 이 작품이 가족서사에서 민족서사로 발전시킬 것이라는 점을 암시하고 있다. 이는 훗날 최서희가 조준구로부터 재산을 되찾았음에도 불구하고 깊은 허무감에 빠져 있다가 남편과 지리산 항일세력을 위해 거액을 쾌척함으로써 일정하게 허무감을 극복하는 것으로 이어진다. 이처럼 『토지』는 개인적인 문제를 가족적인 문제로, 나아가 민족적인 문제로 확산시켜 나가는 구조를 취하고 있다 하겠다.

165 별당아씨와 김환의 사랑에 관한 서사는 대부분 생략으로 처리되거나 소문, 혹은 김환의 추억으로 처리되고 있기 때문에 유난히 '틈'이 많은 서사라 하겠다. 『토지』는 이처럼 '틈'이 큰 만큼 더 큰 에너지가 발산되는 서사적 양상을 띠고 있다. 김환과 별당아씨의 사랑, 별당아씨의 죽음이 큰 '틈'으로 처리된 만큼(이 작품에서 '틈'

2) 최서희의 '성장·변신'의 서사

최서희는 『토지』 전체를 통해 가장 중요한 인물이고 1부부터 5부에 이르기까지 전편에 걸쳐 등장하는 인물이다.[166] 어린 시절부터 서희는 당찬 모습을 보여준다. 조준구 편에서 서서 농민들을 괴롭히던 삼수를 매섭게 응징하거나 조병수와의 혼인을 단호하게 거절하는 등, 어린 아이답지 않은 면모를 보인다. 윤보, 이용, 길상 등이 조준구를 끝내 제거하지 못하자 서희는 만주로 이주하여 사업가로 성공한다. 이 과정에서 서희는 친일협력도 마다하지 않으며 하인 신분이었던 길상과 결혼한다. 재산을 되찾겠다는 서희의 일념과 집착이 그녀로 하여금 신분적 장벽을 스스로 허물게 만든 것이다.

그러나 재산을 되찾고 진주에 정착한 서희는 깊은 허무감에 빠진다. 그녀를 그 허무감에서 구원해 준 것은 아들과 봉순의 딸 양현, 그리고 박 의사 등에 대한 사랑이었다. 특히 아들들을 '종의 아들'이 아닌 '나라 위해 몸 바친 분의 아들'로 키우기 위해 서희는 최선을 다한다. 김환을 숨겨주거나 항일운동세력에게 군자금을 지원하고 길상이 이끄는 지리산 항일 세력에 토지를 기탁하는 등의 행위를 통해 그녀는 허무감을 점차 극복해 간다. 또한 이 허무 극복의 과정을 통

은 또한 '허무'로 표현되어 있기도 하다.) 김환의 항일운동은 더욱 치열하게 전개되고 있다.

166 물론 최서희의 비중이 3부 이후에 현저하게 줄어드는 것은 사실이다. 그러나 5부 마지막 장면을 최서희가 장식할 정도로 최서희의 비중은 『토지』 전편에 걸쳐서 매우 중요하다. 또한 재산을 조준구로부터 되찾은 이후 엄습해온 허무감을 극복해 가는 과정은 주제의 측면에서 볼 때 오히려 1~2부보다 훨씬 크다. 『토지』라는 작품에서 독자가 '서술된 부분'보다 '서술되지 않은 부분'이 등장인물의 삶에 미친 영향이 더 크다는 점을 염두에 두고 읽어야 하는 이유가 여기에 있다 하겠다.

해 서희는 자신도 모르는 힘에 이끌려 민족적인 지평을 향해 나아가게 된다.

윤씨 부인이 과거 평사리에서 누렸던 권위에 비해 손녀인 최서희가 누리는 권위는 완전하지 못한 것이었다. 길상과의 결혼은 평사리보다 서희로 하여금 평사리가 아닌 진주에 터전을 잡게 만들었고 환국이 '종의 아들'이라는 소리를 듣게 만들었으며, 자신의 성을 김 씨로 바꾸고 김길상을 최길상으로 바꿔야만 유지되는 권위였다. 그러나 이처럼 불완전한 권위는 그녀로 하여금 아들들에 대한 진정한 모성애를 일깨우게 하였으며 재정적으로 항일운동세력을 도움으로써 『토지』의 가족에 대한 사랑과 애착을 민족공동체를 향한 소명 의식으로 확산시키고 있다. 오로지 재산을 되찾고 가문을 다시 일으키려고만 했던 서희는 김환, 김길상의 도움을 받는 과정에서 항일운동에 관여하며 근거모를 깊은 허무감에서도 벗어난다. 윤씨 부인이 가족 중심적 삶으로부터 벗어나는 과정이 다소 모호하게 그려지고 있다면, 서희를 중심으로 하는 가족서사와 민족서사는 보다 구체적인 양상을 띠고 있다.

1-2-2. 최참판가 남성 3대의 '성장·변신'의 서사

1) 김환의 '성장·변신'의 서사

원래 최참판가의 1대 남성으로는 최치수나 최치수의 부친을 설정해야 하지만 최치수 부친은 노루고기 동티로 사망한 사실만 그려지고 최치수에 대해서도 길게 묘사되지는 않는다. 최치수는 비교적 재능이 뛰어난 편이었지만 모친이 지닌 비밀을 본능적으로 감지하고 방황하던 끝에 몸과 마음이 피폐해진 후 김평산에게 살해됨으로써 특별한 족적을 남기지 못한 채 작품에서 사라진다.[167] 이에 비해 최 서희에게는 작은 아버지이자 계부이기도 한 김환은 훗날 서희와 성을 맞바꿈으로써 최 씨 가문의 대를 잇게 되는 김길상의 정신적 아버지로 기능한다.[168]

봉건시대에는 단지 혈통, 토지, 관직 등과 같은 외적인 표징으로 가문의 권위를 유지할 수 있었지만 근대에 이르러 경제적 기반과 더불어 가정과 사회에 구체적으로 기여하는 바가 있어야만 남성성(가장으로서의 권위)을 인정받을 수 있게 되었다. 이 작품은 불륜과 낙혼을 통해 오히려 최참판가를 위태롭게 만들기도 했던 김환과 김길상이 최참판가의 일원이 되게 한다. 이처럼 최 씨가 아닌 김 씨들에 의하여 최참판가의 정신적인 혈통뿐만 아니라 민적상의 혈통도 이어지는 모습을 통하여 이 작품은 봉건적 질서가 해체되고 새로운 질

---

167 이용을 긍정적으로 평가하고 조준구를 조롱하는가 하면, 이동진과 김훈장으로부터 좋은 평가를 받는 것으로 미루어볼 때, 최치수가 나름대로 합리적인 정신과 날카로운 통찰력을 지닌 인물로 볼 수도 있다. 하지만 그는 시대의 변화에 적극적으로 대응하지 못하였고, 양반으로서의 권위나 기득권에 안주하였으며 모친에 대한 불신과 실망을 끝내 극복하지 못한다. 무엇보다도 그는 자학적인 일탈행위로 말미암아 생식 능력을 상실한다. 최치수의 생식 능력 상실은 '남성에 의한 최참판가의 가문 잇기'가 더 이상 불가능해졌음을 의미한다.

168 『토지』의 최참판가 여성 3대 서사가 순수한 핏줄로 이어진 정상적인 가족사 서사라면, 남성 서사는 같은 혈통이 아닌 김환, 김길상이 개입되는 훼손된 가족 서사이다. 이는 작가가 남성성이나 가부장성보다는 모성과 여성성을 더욱 중시한 결과로 보인다. 다시말해서 혈통의 순수성은 여성에 의해 계승되고 남성은 혈통보다는 정신과 능력 및 행동에 의해 가문의 일원으로 인정받게 됨을『토지』는 말해주고 있다 하겠다.

서가 형성되는 과정을 그리게 된다.[169]

김환은 최 씨의 핏줄도 섞여 있지 않을 뿐만 아니라 오히려 최참 판가를 커다란 위기로 몰아넣은 장본인이기도 하다. 그러나 한편으로 그는 윤씨 부인의 친아들이며, 별당 아씨의 남편이고, 서희의 계부이기도 하다. 별당아씨가 묘향산에서 세상을 떠난 후 방황하던 그는 아버지의 뜻을 계승하기 위하여 지리산 동학세력의 지도자가 된다. 그는 지리산 인근에 출몰하여 일경을 공격하기도 하고, 친일파를 응징하는가 하면, 국내 항일세력과 해외 항일세력을 연결하기도 한다. 최서희의 재산 탈환을 위해서도 일익을 담당하던 그는 포교를 우선시하는 동학도들과 갈등하다가 일경에 체포되고 스스로 목숨을 끊는 '성장·변신'의 서사의 중심에 서 있다.

혈통 상으로는 최참판가의 1세대 인물로는 당연히 김환이 아닌 최치수가 되어야 하지만, 최치수는 아들을 낳지 못하고 죽음으로써 대를 잇지 못하고 죽는다. 가문의 대를 잇는 일은 유일한 소생인 서희의 몫이었고 서희는 그 임무를 충실히 수행한다. 그러나 그녀는 가문의 대를 잇고 가문을 중흥시키는 일에 집착하느라 항일운동의 전면에 나서지 못하고 표면적으로는 오히려 친일 협력하는 자세를 취한다. 이에 비해 김환과 김길상, 김환국 등은 적극적으로 항일운동에 참여하거나 그것을 지원하는 모습을 보인다. 여성들의 민족서

---

169 『토지』는 이처럼 '결핍'과 '상처'를 통해 더욱 성숙하고 발전해가는 양상을 자주 보여주고 있다. 개인뿐만 아니라 최참판가나 이용 가정 등도 결핍을 통해 성숙·발전해 가는 모습을 보이며, 나아가 한민족 역시 일제강점기라는 불행하고 고통스러운 시기를 통해 더욱 강성해지고 한 단계 더 성숙해지기를 작가는 소망하고 있다고 볼 수 있다.

사가 은밀하고 소극적인 차원에서 전개된다면 남성들의 그것은 비교적 적극적이면서도 능동적으로 이루어지고 있다.

2) 김길상의 민족서사와 생명서사

김길상은 절에 맡겨진 고아 출신이며 최참판가의 하인이었다. 그는 서희와의 결혼한 후 성을 최 씨로 바꾸고 최환국과 최윤국을 낳게 되면서 공식적으로 최참판가의 대를 잇는 남성이 된다. 김환의 경우처럼 작가는 혈통 자체보다 그가 그 집안을 위해 무엇을 하였으며 어떤 역할을 수행했는가에 더 주목하고 있다. 길상은 김환과 달리 일체 최참판가 모계의 피조차 물려받지 않았지만 가문의 재기를 위해 최참판가의 당주가 되었다.

최치수가 살해당하고 윤씨 부인마저 콜레라로 세상을 뜨면서 고립무원의 처지가 된 서희를 길상은 온몸으로 지켜낸다. 그는 윤보, 용이, 영팔 등과 더불어 의병을 조직하여 조준구를 습격하였으나 실패하고 일본군에게 쫓기게 되자 서희와 함께 만주로 이주한다. 길상은 그곳에서 서희의 재기를 헌신적으로 돕는다. 서희를 사랑하지만 신분적 장벽 때문에 절망하던 길상은 서희의 결심에 따라 그녀의 남편이 되고 성을 맞바꾼다.

외적으로는 신분상승이 이루어졌지만 주변에서 그를 대하는 시선은 여전히 차가웠다. 특히 양반 출신인 이상현과 김훈장 등은 그들의 결혼을 인정하지 않았다. 항일운동에 투신하여 김환의 후계자가 되는 길은 그가 선택할 수밖에 없었던 길이었다. 따라서 그는 만주에 남아 항일운동에 매진한다. 계명회 사건으로 인한 수감 생활을 끝낸 이후 만주에 바로 돌아가고자 하였으나, 서희의 만류와 본인의 머뭇거림으로 말미암아 돌아갈 시기를 그는 놓친다. 지리산 항일세력의 숨은 지도자로 역할하면서도 다소 무기력한 삶을 이어가던 길상은 관음탱화 조성을 통해 비로소 무력감에서 벗어난다. 관음탱화 조성은 길상으로 하여금 억눌렸던 한을 풀고 진정으로 모든 생명체들이 서로를 존중하고 아끼면서 공생해야 한다는 그의 간절한 염원과 집념이 빚어낸 예술적·종교적 승화의 산물이었다.[170]

1-3. 『토지』에 등장하는 인물들 간의 '대조'

1-3-1. 조준구와 조병수의 대조

조준구는 최참판가의 식객으로 머물면서 김평산에게 최치수 살해를 은연중에 사주하고 콜레라로 윤씨 부인마저 세상을 뜨자 최참판가의 재산을 통째로 차지한다. 아직 어렸던 서희는 이를 막지 못한다. 재산을 가로채는 과정에서 조준구는 일본군의 힘을 빌어 저항 세력을 제

---

170 이에 대해 우찬제는 다음과 같이 설명한 바 있다. "길상은 최초 우관선사의 화두로 돌아가 마지막 원력을 모아 도솔암에 관음탱화를 완성한다. 이것이 길상의 해한의 경로이자 사상이고 생명 추구의 방식인 셈이다. 이는 관음탱화를 매개로 하여 아들 환국과 소지감으로부터 온당한 해석을 얻게 된다." 우찬제의 지적처럼 길상의 항일운동이 가족서사를 민족서사로 발전시키는 계기를 마련하고 있다면, 관음탱화는 민족서사에서 생명서사로 나아가는 양상을 보여준다.
우찬제, 「『토지』의 가족서사 분석을 통한 텍스트의 의도 찾기 토론문」, 토지학회 2015 가을 학술대회 자료집, 79쪽.

거하고자 한다. 조준구의 재산 가로채기와 삼수와 한조의 살해, 은밀한 공작을 통한 마을 사람들의 분열 획책 등은 일제가 우리 민족 전체에게 가했던 폭압과 수탈 및 분열 공작과 정확하게 대응되고 있다.

물욕에 눈이 어두워진 조준구는 서희, 공노인, 임역관, 김환 등이 파놓은 함정에 걸려 재산을 탕진하고 담보로 잡혔던 부동산들은 모두 서희 수중에 들어간다. 서희와 공노인의 계략이 아무리 정교하였더라도 조준구가 물욕에 눈이 어둡지 않거나 자신의 노력으로 공들여 재산을 모았더라면 그렇게 쉽게 허물어지지 않았을지도 모른다. 조준구는 경제적으로 몰락한 이후에도 반성하기는커녕 아들 조병수를 찾아와 숨이 끊어지는 순간까지 아들과 며느리를 괴롭힌다.

'꼽추'라는 척추 장애를 지니고 있는 아들 조병수의 삶은 조준구의 탐욕과 이기심, 사악함과 잔인함 등과 뚜렷이 대조된다. 병수는 자신의 처지를 비관하여 여러 차례 자결을 시도하지만 실패한다. 이후 병수는 소목장 일을 하게 된다. 나무를 깎고 다듬어 목가구를 만드는 과정에서 병수는 물(物)과 자아가 일체가 되는 격조 높은 삶을 경험한다. 병수는 단순히 기물로서의 가구를 만드는 것이 아니라 나무에 자신의 혼을 쏟아 붓고 나무에 생명을 불어넣음으로써 모두가 감탄해 마지않는 장인의 경지에 도달한다.

조병수는 자신의 불우한 처지 때문에 생긴 원한을 남을 공격하거나 자신을 비하하는 방향으로 사용하지 않고 '삭임'의 단계를 거쳐 부정적인 정서를 극복·승화하는 한편, 타자를 배려하고(情) 소망을 품으며(願) 살아가고자 하는 '한(恨)'의 정신을 구현한다. 발악과 광

분에 가까운 횡포를 부리는 조준구의 병수발로 인해 고통을 겪는 모습조차 병수를 더욱 빛나게 한다.[171]

조병수는 장애, 부모의 학대와 무관심, 고립된 처지 등으로 비관과 절망의 나날을 보내고, 자살 기도를 하는 등 최악의 사태를 극복하고 소목장으로서의 일가를 이룰 뿐 아니라, 부모의 적악을 정화하고 후손들에게 더 이상 부모의 적악이 해를 끼치지 못하도록 방지하는 역할을 한다. 그의 소목장 일과 조준구에 대한 간병은 동떨어진 일처럼 보이지만 적악을 정화하고 부정적 정서를 극복하여 긍정적 정서로 나아가고자 하는 '삭임'의 행위라는 점에서 일맥상통하는 것으로 보인다.

또한 그가 길상이 조성한 관음탱화를 보면서 전율을 느낌과 동시에 길상과 깊은 정신적 교통을 하게 되는 것은 우연이 아니다. 길상이 개인, 가족, 민족의 차원에서의 벗어나 생명 일반에 대한 경외와 교감을 표현하였듯이 조병수 역시 나무를 다루고 가구를 만드는 행위를 통해서 본인이 지닌 부정적 정서를 극복할 뿐만 아니라, 이 작품에 등장하는 가장 사악한 인물 중 하나인 조준구가 저지른 적악을 극복하고 생명사상을 구현하는 모습을 보여주기 때문이다.

1-3-2. 최치수와 이용의 대조

이용은 평사리에서 태어나고 자란 평범한 농민에 불과하지만 『토지』 전체의 균형을 잡아주는 중요한 인물이다. 최참판가의 당주 최

---

171 천이두, 『한의 구조 연구』, 문학과지성사, 1993, 113쪽.

치수와 농민 이용은 매우 대조적이다. 최치수는 많은 재산, 막강한 권력, 높은 학식을 지녔지만 본인 자신이 우선 행복하지 못하였고 주위 사람들로부터 존경과 사랑을 받지도 못하였다.

반면에 이용은 재산도 없고 학식도 부족하고 특별한 힘도 없는데다가 이성 관계조차 순탄치 못했지만[172] 아무도 그를 비난하거나 무시하지 않는다. 이용이 이처럼 주변 사람들로부터 신망을 얻은 이유는 그가 '도리'를 흔들림 없이 지켰기 때문이다. 『토지』는 가문이나 재력과 상관없이 선한 마음과 의로운 정신을 바탕으로 자기 나름의 주관을 가지고 꿋꿋하게 살아가되 주위 사람들을 충분히 배려하며 선하게 살아갈 경우, 얼마든지 품격 있는 삶을 살 수 있음을 이용을 통해 보여준다.

이용은 조준구가 부당하게 최참판가의 재산을 탈취하고 농민들을 분열시키고 억압하자 두 번이나 들고 일어선다. 이 때문에 이용은 고향을 등지고 만주로 이주한다. 만주에서도 서희나 길상, 공노인 등의 지원을 받아 편히 살 수 있었음에도 불구하고 용이는 임이네를 받아들인 업보 때문에 고달프기 이를 데 없는 산판일을 한다. 그는 월선이 위독하다는 소식을 접하고도 굳이 주어진 일을 끝까지 마치고서야 돌아와 담담하게 월선의 임종을 맞이한다.

이용은 자제력과 강한 인내력을 지니고 있으며 언제나 의협심과

---

172 이용이 첫 정을 준 대상이자 가장 사랑했던 여성은 무당의 딸 월선이다. 그러나 두 사람은 신분상의 장벽 때문에 맺어지지 못한다. 첫 번째 결혼 상대인 강청댁은 투기심이 강했던 여성으로서 출산하지 못하였다. 아기를 갖지 못한 것은 월선도 마찬가지이다. 강청댁이 죽은 후 이용은 살인죄로 처형된 칠성의 아내인 임이네와 관계를 맺고 홍이를 낳는다. 월선에 대한 이용의 사랑은 변함이 없었음에도 불구하고 홍이로 인하여 월선을 후처로 맞이하지는 못한다.

배려의 마음, 그리고 균형 감각을 잃지 않고 살아간다. 서희와 더불어 최참판가 곳간을 헐어 마을 사람들에게 골고루 나누어 준 것, 함안댁의 시신을 수습한 것, 임이네가 불구덩이 속에 홍이를 놓아두고 돈을 숨겨놓은 베개만 가지고 나오자 베개를 불속에 던진 것 등은 모두 이용의 '무섭게 견디고 인내하면서도 자신에게 주어진 책임을 결코 회피하지 않는' 모습을 드러내는 사례들이다.

만일 이용이 처음부터 월선과 맺어졌거나 혹은 강청댁이 죽은 후 월선을 후처로 맞이했더라면 임이네 때문에 생기는 분란은 사전에 막을 수 있었을지도 모른다. 그러나 『토지』는 비록 부부의 연을 맺지는 못했지만 서로가 간절히 그리워하고 최선을 다해 서로를 배려하는 용이와 월선의 모습을 통해서 진정한 사랑과 '한'의 정신을 드러내고 있다.

최치수가 마을을 지배하는 양반 집안에서 태어났지만 어머니의 비밀, 자학과 방탕, 아내와 구천의 불륜 등으로 스스로 허물어지다가 결국 김평산 등에게 살해당한 것과는 대조적으로 이용은 비록 평범한 농민으로 살아가지만, 월선과 여한 없는 사랑을 나누고 주어진 여건 속에서 최선을 다하며, 심사숙고하여 결정한 것을 단호히 실행에 옮기는 모습을 통하여 인간의 도리와 품격을 지키는 모습을 보여준다. 이용은 상민이었지만 아들 이홍은 양반가의 딸과 결혼하여 안정적으로 살아갈 뿐 아니라, 항일운동에도 일정하게 관여한다. 따라서 아버지 이용의 정신은 이홍에게 계승되면서 가족서사가 민족서사로 확산되는 양상 또한 보여 주고 있다.

1-3-3. 김평산·김거복과 김한복·김영호의 대조

김평산은 몰락한 양반으로서 탐욕과 이기심으로 가득 찬 인물이다. 그는 성질도 포악하여 어질고 근면한 아내 함안댁을 중인 신분 출신이라 하여 무시하고 학대한다. 자신의 처지와 대조되는 최참판가에 대한 시기심과 귀녀의 야망, 조준구의 은밀한 사주 등에 의해 김평산은 마침내 최치수를 살해한다. 그러나 윤씨 부인의 날카로운 관찰과 추리에 의해 사건의 전모가 밝혀지고 김평산, 귀녀 등은 처형당한다. 그는 처형되기 직전까지 반성하지 않는 모습을 보인다.

김평산의 장남 김거복은 부친의 잘못은 생각하지 못하고 오직 부친을 죽이고 자신을 곤경에 빠뜨린 세상을 저주하며 일제의 밀정이 된다. 김두수로 이름을 바꾼 그는 수많은 의병들과 항일투사들을 체포하거나 죽인다. 또한 아편 밀매, 밀수, 인신 매매 등을 통해 돈을 모으고 수많은 사람들에게 해악을 끼친다. 그러나 그런 그에게도 인간적 면모가 희미하게나마 남아 있었다. 그것은 함안댁의 시신을 수습해준 용이, 영팔, 윤보 등에 대해 감사하는 마음과 어머니를 닮은 심금녀에 대한 집착, 그리고 친동생 한복에 대한 형제애 등이다.

이와는 대조적으로 김평산의 차남 한복은 갖은 핍박과 고난에도 불구하고 고향 평사리를 떠나지 않는다. 그는 성장한 후 장터를 배회하던 여성과 결혼하여 아들 영호를 얻는다. 그는 타고난 착한 성품으로 말미암아 살인자의 아들이라는 질곡으로부터 조금씩 벗어난다. 특히 자신은 항일운동을 돕고 아들 영호는 광주학생의거에 가담하여 옥살이까지 하게 됨으로써 평사리 주민들로부터 한복 부자는 신망을 얻게 된다. 작품 후반부에 영호의 아들이 구김살 없이 순탄하게 커 가는 모습을 보고 한복은 비로소 안도의 한숨을 내쉰다.[173]

　『토지』는 거복(두수)과 한복의 모습을 통하여 두 방향으로 가족서사가 민족서사로 확산되는 양상을 보여 준다. 거복은 자신의 아버지 김평산이 행한 죄악은 생각하지 않고 자신이 고아가 되어 겪은 고통과 원한을 일제의 밀정이 되어 항일세력을 탄압하고 약자들을 괴롭히며 착취함으로써 되갚으려고 한다. 이에 비해 한복은 아버지와 형이 저지른 잘못을 인정하고 설움을 겪으면서도 고향과 어머니의 산소를 지키며 선한 일을 행한다. 또한 조선과 만주를 오고가며 형의 지위를 이용하여 항일운동 세력의 중요한 문서나 자금을 전달하는 역할을 수행한다. 형과는 달리 고통과 원한을 자기와 남을 파괴하는 데 사용하지 않고, '삭임'의 과정을 통하여 승화시켜 나가는 것이다. 따라서 작가는 거복을 통해서 부정적인 방향으로, 그리고 한복을 통해서는 긍정적인 방향으로 가족서사가 민족서사로 확산되는 양상을 보여 주고 있다 하겠다.

1-3-4. 기타 대조적 인물들

　이동진은 조국과 민족, 혹은 왕이나 민중을 위해서가 아니라 "산

---

173 김은경은 『토지』가 "하나의 가치를 그 하나의 가치에 대한 절대적 추구만으로 구하기보다는 새로운 가치의 발견과 실천을 통해 문제 상황을 해결코자 하는 '굴절의 원리'가 작용하고 있다.고 하였다. 예컨대 김평산의 차남 한복이 밀정이라는 형의 신분을 활용하여 항일운동을 지원함으로써 살인자의 후손이라는 아픔을 치유하고 인간의 존엄성을 회복할 뿐만 아니라, 평사리에서 김한복 일가가 뿌리를 굳건하게 내리는 과정에서도 '굴절의 원리'가 작용하고 있다는 것이다.
　　김은경, 앞의 책, 232쪽.

천을 위해서"라는 묘한 말을 남기고 만주로 건너가 항일운동을 전개한다. 그는 양반 출신이지만 봉건적 의식과 제도의 한계를 인정하고 노비 문서도 불태워 버린다. 하지만 그의 근대 의식은 철저한 것이 아니었고 봉건적 잔재는 늘 그의 곁에 남아 있었다. 다만 항일의식은 분명한 것이어서 이국땅에서 숨을 거두는 마지막 순간까지 이동진은 조국 광복을 위해 헌신한다.

이에 비해 그의 아들 이상현은 무기력한 삶을 이어간다. 서희와 함께 만주로 이주한 후 송장환 등과 어울리기도 하였지만, 최서희가 길상과 결혼하자 격분하여 귀국한다. 이상현 역시 근대주의 작가임을 자처하면서도 봉건적 잔재를 철저하게 극복하지 못하였다. 길상의 인품이나 능력보다는 그가 하인의 신분이라는 사실을 더 중시하고 있기 때문이다. 일본 유학 생활을 통해 작가로 등단한 그는 그러나 기생의 신분인 기화가 자신의 딸을 낳았다는 소식을 전해 듣고 만주로 이주한 후 유약한 삶을 이어간다. 그는 기생의 신분인 기화가 자신의 소생을 낳았다는 사실에 기쁨을 느끼기보다는 치욕을 느끼고 자학한다.

상현의 장남 시우는 부친과는 달리 기화의 딸이자 서희가 수양딸처럼 키운 양현을 자신의 동생으로 받아들여 남매의 정을 쌓아간다. 조부와 부친이 극복하지 못한 봉건적 잔재를 3대째에 접어들면서 겨우 극복하게 된 것이다. 이동진은 자신의 집안을 돌보고 지키는 일보다는 '산천'을 지키기 위하여 만주로 무대를 옮겨 항일운동을 전개한다. 그는 유교적인 '절의' 정신에 입각하여 가족서사를 민족서사로 발전시키지만 양반 의식을 끝내 떨쳐내지는 못한다. 그의 아들 이상현은 항일투사들과 가깝게 교류하면서도 적극적으로 민족을 위한 활동을 전개하지 않는다. 또한 양반으로서의 신분적 우월감도 끝내 청산하지 못함으로써 허약하기 이를 데 없는 근대 계몽주의자의 초상을 보여준다.

김훈장은 『토지』의 등장인물 중 가장 봉건 의식이 가장 강한 고루한 인물로 등장한다. 그는 서희와 길상의 결혼을 끝까지 용납하지 않는다. 그러나 그의 손자 범석은 스스로 농본주의자로 자처하면서 대단히 진보적인 사고를 보인다. 그는 중학교만 졸업하였지만 독학으로 상당한 학식을 갖추었고 현실을 분석하는 안목도 탁월하여 같은 또래의 청년들이나 후배들의 존경을 받는다. 김의관의 양아들 한경은 친아들 이상으로 부친에 대한 지극한 효성을 보인다. 자칫 폐문지가 될 뻔했던 가문에 양자로 들어와 김 씨 가문을 굳건히 지키고 자녀들을 훌륭하게 키운다. 다소 모자라는 모습으로 비쳐지기도 하였던 그는 봉건적 의식에서 크게 벗어나지 못하지만 그의 아들 범석은 봉건적 한계를 훌쩍 뛰어넘는다.

김훈장은 이동진과 마찬가지로 유교적 의리나 절의 정신에 입각하여 의병에 참여하였다가 쫓기는 몸이 되어 만주에 오지만, 만주 도착 이후에는 항일운동에 전혀 관여하지 않는다. 의병 활동 역시 그가 양자를 들여 가문을 잇는 데에 비하면 훨씬 소극적인 태도를 보인다. 결국 그는 가족의 틀을 크게 벗어나지 못한 셈이다. 이와는 대조적으로 그의 손자 범석은 토지와 민중에 대한 진보적인 시각을 보이고 있어 민족서사의 주체로 나아갈 가능성을 보여 주고 있다.

김두만과 김기성 부자는 나름대로 부를 축적하고 사회적 지위를 지니고 있음에도 불구하고 자신들의 조상이 최참판가의 노비였다는 열등의식에서 자유롭지 못하다. 두만의 경우에는 비빔밥집과 양조장 경영을 통해서 치부한 돈을 가치 있는 데 쓰지 못하고 축첩과 향락을 위해 사용한다. 김기성의 경우도 크게 다르지 않다. 이들 일가는 상업자본이 빠른 속도로 성장하는 시대에 잘 적응하여 경제적으로 성공을 하였음에도 불구하고 불행한 삶을 살아간다. 작가는 김두만, 김기성 부자의 타락해 가는 모습을 통하여 도덕성이 뒷받침되지 않는 매판자본가들이 흔히 빠질 수 있는 문제점과 타락상을 지적하고 있다.

이에 비해 진주의 부자 이도영과 이순철 부자는 겉으로는 친일협력을 하는 듯하면서도 이면적으로 은밀하게 항일운동세력을 돕는다. 해도사, 손태산 등이 가정부(임시정부) 요인을 자처하며 그의 집을 급습하였을 때, 이도영은 미리 준비한 돈을 순순히 그들에게 넘겨준다. 두만이 겉으로나 속으로나 친일에 앞장서는 것과는 대조적으로 최서희, 이도영 등은 조선의 독립을 소망하며 항일운동 세력을 돕는 것이다. 최서희는 애초에 조준구에게 빼앗긴 재산을 되찾기 위해 친일협력을 하였던 것이지만, 진주에 정착한 이후에는 항일운동 전선에서 활동하고 있는 김환과 김길상 등을 은밀하게 도우며 지리산 항일운동세력을 위해서는 농토 500섬지기도 내놓는다. 작가는 이처럼 '대조의 원리'를 적용하여 같은 친일 자본가이지만 자신의 탐욕을 채우기 위해 맹목적으로 친일하는 무리들과 겉으로는 친일협력을 하면서도 은밀하게 항일운동을 도왔던 자본가들을 구별하여 그리고 있다.

1-4. 가족서사에서 민족서사, 생명서사로

지금까지 『토지』에 등장하는 여러 가족들이 세대를 달리하면서 어떻게 변모하고 새로운 시대에 적응하였는지에 대해 살펴보았다. 이 작품에는 물론 더 많은 가족들의 이야기가 존재한다. 예컨대 평사리의 김봉기 가족, 봉순네 가족, 진주의 송관수, 송영광, 송영선 가족, 만주로 터전을 옮긴 강포수, 귀녀, 강두메 가족, 서울의 임역관, 임명빈, 임명희 가족, 유인실 가족, 일본의 오가다 가족 등을 더 다룰 수도 있을 것이며, 또 가족과 가족이 서로 얽혀 있거나 갈등하는 양상들을 더 살펴보아야 할 것이다.

이 글에서는 주로 최참판가를 중심으로 최참판가와 관련이 깊은 순서로 몇 가족들을 살펴보았다. 최참판가의 여성들은 혈통 중심의 세대 계승이 이루어지는 반면에, 남성들의 경우에는 능력과 정신 위주의 세대 계승이 이루어짐을 알 수 있었다. 윤씨 부인, 별당 아씨, 서희는 합법적인 결혼에 의해 이어진 3대이다. 그러나 이들 세 사람 모두 강간, 불륜, 낙혼이라는 멍에 때문에 고통 받는다. 김개주와 윤씨 부인 사이에 김환이 태어남으로써 별당아씨는 최참판가를 떠나고 이후 최치수는 살해된다. 당주가 사라지고 집안의 기둥이었던 윤씨 부인마저 전염병으로 사망하자 최참판가 재산은 거의 조준구의 것이 된다.

서희는 빼앗긴 재산을 되찾기 위해 길상과 결혼하고 서로 성을 바꿈으로써 신분적 장벽을 스스로 허문다. 그러나 재산을 되찾은 후 서희는 허무감에 빠진다. 그녀를 허무의 늪에서 건져 준 것은 타자에 대한 책임을 다하는 행위들이었다. 봉순의 딸 양현을 입양하여 키우고, 지리산과 만주의 항일세력을 지원함으로써 그녀는 비로소 허무감에서 벗어나기 시작한다. 가족의 부와 권위를 유지하거나 탈환하는 데 집착하던 윤씨 부인과 최서희는 겁간과 낙혼이라는 시련에 굴복하지 않고 항일운동세력을 은밀하게 지원함으로써 새로운 정체성을 구축하게 된다.

이에 비해 남성 3대는 핏줄보다는 정신적으로 이어지는 양상을 보인다. 혈통상으로 최참판가 1대 당주는 최치수이지만 그는 서희를 낳았을 뿐, 가문이나 지역 및 국가 사회를 위해 특별히 기여한 바가 없다. 김환은 비록 최씨 가문의 혈통을 이어받지 못했지만, 윤씨 부인의 피를 물려받았고, 별당아씨의 남편이 되었으며, 서희의 계부이기도 하다. 그는 청년기의 방황과 일탈을 극복하고 동학당과 항일운동의 지도자가 되어 가치 있는 삶을 살며, 자신의 일과 정신을 서희의 남편인 길상에게 물려준다. 이와 같은 김환의 '성장과 변신'의 과정은 윤씨 부인이나 최서희보다 더 구체적으로 제시됨으로써 보다 확실하게 민족서사를 구축하고 있다.

김길상은 원래 최 씨가문과 전혀 상관없는 남성이지만 아내인 최서희와 성을 서로 맞바꿈으로써 최참판가의 일원이 되고 당주 역할까지 맡게 된다. 그러나 양반의 딸과 혼인하고 성을 바꿨다고 해서 마을 사람들에게까지 인정받을 수는 없다. 이동진, 이상현, 시우 모친 등은 끝까지 길상을 당주로 인정하지 않았다. 길상은 신분적 한계를 스스로 극복하기 위하여 귀국하지 않고 만주에 남아 항일운동에 전념한다. 계명회 사건 이후에는 진주, 평사리, 서울 등을 오가며 항일세력을 지원하는 역할을 수행한다. 특히 길상은 가족서사를 민족서사로 발전시킬 만 아니라, 나아가 생명 서사로 발전시킨다. 그가 만주의 항일운동전선에 복귀하지 못해 실의와 무력감에 빠졌을 때 조성한 관음탱화는 모든 생명에 대한 경외와 존중의 의미를 담은 원력의 결과물이었기 때문이다.

이 작품에는 또 가문과 가문, 혹은 같은 가문 내에서도 '대조의 원리'가 작용한다. 최참판가의 1대 당주인 최치수와 이용은 뚜렷하게 대조된다. 둘은 동년배로서 양반과 상민의 차이 때문에 늘 용이가 당하는 입장이었다. 그러나 최치수가 끝내 피폐한 삶을 살다가 비명횡사한 반면, 용이는 여러 가지 시련에도 불구하고 자존감과 품위를 지키면서 여한 없는 삶을 산다. 그는 어떤 고통이라도 무섭게 견디면서 자신의 소신을 잃지 않고 균형잡힌 삶을 살아가며 인간으로서의 도리와 품위를 지킨다. 그의 아들 홍이는 방황을 딛고 양반가 여성과 결혼하여 안정된 삶을 구가하며 만주로 이주하여 항일운동세력의 일원으로 활동한다.

이밖에 김판술, 김두만 부자와 이도영, 이순철 부자도 대조된다. 전자의 경우는 농업자본을 상업자본으로 전환하여 큰 성공을 거두었지만 노비 집안 출신이라는 열등감을 극복하지 못하고 친일협력에 앞장서는 한편, 도덕적으로도 타락한 삶을 살아가며 주위 사람들의 빈축을 산다. 이에 비해 이도영, 이순철 부자는 겉으로는 최서희처럼 친일협력을 하지만 이면적으로 은밀하게 항일운동세력을 지원한다.

송관수, 정석, 이홍, 길상, 두메 등이 각자의 아픔을 이기고 조국과 민족을 위해 헌신하는 반면, 김평산의 아들 김거복(김두수)는 자신이 당한 고통을 타자에게 더 큰 고통을 주는 것으로 보상받으려 한다. 반면에 그의 친동생 한복은 어머니가 묻혀 있는 고향 땅을 지키며 항일 운동에 가담하는 것으로 자신이 당한 고통을 긍정적으로 승화시킨다.

같은 집안 내에서 대조되는 인물들도 많다. 이동진, 이상현 부자가 봉건적 잔재를 끝내 떨치지 못한 반면, 3대째인 시우는 이복동생 양현과 격의 없이 잘 지내고자 하고, 김훈장과 달리 그의 손자 김범석은 농본주의자로서 진보적 사고를 보인다. 무엇보다도 대조되는 것은 조준구와 그의 아들 조병수이다. 조준구는 최참판가 재산을 가로 채기한 이후에도 친일, 방탕, 사치, 투기 등을 일삼다가 결국 파산한다. 나이가 들어 의탁할 데가 없어지자 평생 구박했던 병수의 집에 얹혀 지내면서 병수 내외에게 엄청난 부담과 고통을 준다.

이에 비해 조병수는 자살미수 사건 이후에 소목장 일을 하면서 스스로를 구제할 뿐만 아니라 부친이 쌓은 악을 정화해 간다. 그는 단순히 가구를 만드는 데 그치지 않고 물과 자아가 일체가 되는 장인 정신의 경지에 진입함으로써 고통과 원한을 긍정적으로 승화시킬 뿐만 아니라 주위사람들에게 감동을 선사한다. 그의 아들 남현이 보다 안정적인 삶을 구가하는 것은 온전히 조병수가 부친의 적악을 사력을 다해 정화한 데 힘입은 것이다.

이처럼 『토지』는 가족을 사랑하고 지키며 대를 잇는 것을 소중히 여기고 그것을 위하여 재산을 모으고 지키거나 되찾으려고 노력하는 모습을 그리는 가족서사적 성격을 지님과 동시에 가족이라는 울타리를 벗어나 왜곡된 민족의 운명을 바로잡고 고통 받는 타자들을 수용하며, 삶의 다양한 국면들을 넓게 포용하고자 하는 민족서사, 나아가 생명서사를 지향하고 있다.

박경리의 『토지』와 '부산'

2-1. 부산의 특징과 역사

부산은 중생대에 형성된 육성층인 '경상분지'에 위치하고 있다. 부산은 고도 500m 내외의 구릉성 산지가 독립적으로 분포하고 있으며 여기서 뻗어 나온 산간은 완만한 경사로서 해안으로 이어지고 있다. 이처럼 부산의 내륙은 노년기의 구릉성 산지와 이들 산지 사이에 발달한 소침식 분지로 이루어져 있으며 남해안과 동해안이 꺾어지며 이어지는 모서리 해안에 위치하고 있다. 또한 이 위치는 일본 대마도로부터 불과 49km밖에 떨어지지 않은 위치여서 끊임없이 왜구의 침입에 시달려온 지역이기도 하다.

'개방성과 활력을 동시에 지닌 도시'로 흔히 규정되는 부산의 공간적 성격은 이와 같은 지형적 특징과 무관하지 않다.[174] 또한 부산은 1876년 개항 이래 빠른 속도로 근대화를 추진하는 가운데 국권을 수호해야 했던 근대 초기 한국사의 특수성을 대변한다. 서양과 일본의 새로운 문물들이 부산을 통해서 반입되었고, 일제의 정치적·군사적 침투도 일단 부산을 기점으로 이루어졌기 때문에 부산은 경성과 더불어 일제가 최우선적으로 점령하고자 했던 전략적 요충지라 할 수 있다.

이인직의 『혈의 누』 이래 한국근대소설에 등장하는 수많은 인물들이 유학, 도피, 교역, 재충전 등과 같은 다양한 목적을 지니고 부산에 머물거나 부산을 거쳐 간다. 한국근대소설의 가장 중요한 공간 중 하나인 부산은 작가들로 하여금 일제가 자행하는 침략과 수탈이 지닌 야만성과 그로 인해 피폐해지고 있는 민족 구성원들의 비참한 삶의 양상을 끊임없이 환기시켜 주는 역할을 담당해 왔다.[175]

사실 『토지』에서 '부산'이라는 공간이 지닌 비중은 다른 곳에 비해 그리 큰 편이 아니다.[176] 이 작품의 주요 공간은 최참판댁을 비롯한 주요 등장인물의 생활 터전인 '평사리'를 비롯해, 친일파 조준구에게 쫓겨 간 서희가 재기의 발판을 마련한 '만주', 조준구에게 빼앗긴 재산을 되찾은 이후 최서희가 정착하게 되는 '진주', 그리고 김환

---

174 조갑상, 『소설로 읽는 부산』, 경성대학출판부, 1998, 322쪽.

175 이와 같은 계열의 소설을 대표하는 작품으로서 염상섭의 『만세전』을 들 수 있다.

176 박경리의 작품 중 비교적 부산이 가장 중요한 배경으로 설정된 작품은 「파시」(1964)이다. 이 작품에 등장하는 인물들은 주로 통영과 부산을 오고가는 동선을 보이는데, 부산은 통영에 비해 상대적으로 금전적·육체적 유혹이 많아 타락하기 쉽고(통영에 살던 학자가 부산에 온 후 카페 여급으로 전락하는 것이 대표적 사례이다. 박 의사 역시 병원을 부산으로 옮긴 후 아들을 정략 결혼시키려고 하는 등 보다 세속적 욕망에 집착하는 모습을 보인다) 밀수, 강간, 절도와 같은 범죄가 성행하는 곳으로 그려짐으로써 통영에 비해 상대적으로 타락한 공간으로 설정되어 있다.

을 비롯한 송광수, 강쇠, 윤도집, 지삼만 등과 같은 이른바 '동학당' 들을 집결하여 세력을 키우던 '지리산' 등이다.[177]

그러나 이 작품의 이면에 숨어 있거나 작가가 일일이 묘사하지 않은 부분까지 온전히 복원할 경우 '부산'은 『토지』에서 가장 빈번하게 등장하는 공간이며 결코 적지 않은 비중을 지닌 공간으로 부각된다. 일제가 조선을 침략하고 수탈하기 위해 첫발을 내딛는 곳이 부산이요, 수많은 유학생들이 청운의 뜻을 품고 외국행 배를 타는 곳도 부산이다. 또한 근대적 지식과 문명이 대부분 부산을 거쳐 국내로 들어왔으며 조선의 경제체제가 세계 자본주의 시장에 본격적으로 편입되기 시작한 곳도 부산이다.

일제 초기 경남의 지역의 도청 소재지는 진주였다. 따라서 일제 강점기 초기에 진주는 경남지역에서 일제의 경찰력을 상징하는 공간이요, 저항의 뿌리도 깊은 공간이었다. 그러나 보행 이동의 시대와 도로가 교통의 중심이던 시대가 지나고 일제가 식민지 침략의 거점으로 부산을 개발하게 되면서 부산은 진주보다 훨씬 빠른 속도로 근대화 되었다.[178] 부산은 개항 이래 많은 내외 대소선박의 기항지로

---

177 『토지』의 배경이 되는 각 지역은 역사에 대한 다양한 인식의 스펙트럼을 보여주고, 이를 위해 상징적 의미를 드러내는 공간성을 지니기도 한다. 이 작품을 공간 단위로 분석하는 것은 방대한 복잡한 이 작품의 서사를 단순화하고 통합적으로 읽어냄으로써 각 공간의 역사적 의미를 추출하는 데 유용하다. 또한 이를 통해 『토지』가 한국의 역사는 물론, 20세기 동아시아 역사를 어떻게 형상화하고 있는가를 파악할 수 있다. 이상진, 「『토지』에 나타난 동아시아 도시, 식민주의의 물질성 비판」, 『현대문학의 연구』37호, 2009. 2. 387쪽 참조.

178 진주와 부산의 위상이 역전되는 현상은 채만식 작 「탁류」의 배경지인 군산과 작가의 고향인 임피의 관계와 유사하다. 원래 군산은 인구 5천명 이하의 작은 포구 마을이었고 임피는 군청이 자리 잡고 있는 농경 사회의 중심지였으나, 일제가 군산

서 국제 무역의 중심지 역할을 맡아 왔다. 게다가 1905년 경부선이 개통되자 부산은 서울 다음가는 교통의 요지가 되었다. 이후 3·1운동을 거치면서 보다 강력하고 효율적인 주민 통제의 필요성이 제기되었으며 이에 따라 일제는 1925년, 경남의 도청 소재지를 진주에서 부산으로 옮겼다.[179]

부산은 육지가 끝나고 바다가 시작되는 곳에 자리 잡고 있다. 이곳은 또한 바다를 사이에 두고 조선과 일본의 경계가 형성되는 곳이며 바다를 통해 중국, 미국을 비롯해 세계 각국과 이어지는 공간이기도 하다. 부산은 또한 송관수나 정석과 같이 만주로 탈출하기 전까지 활동가들이 노동자와 진보적인 지식인들을 규합하여 지하에서 조직을 확대하고 투쟁을 전개하던 곳이기도 하다. 그런가 하면 부산은 백정의 외손자였던 송영광이 강혜숙과 사랑을 나누는 과정에서 민족 내부에 여전히 엄존하는 신분의 장벽을 뼈저리에 체험한 공간이며, 유인실과 오가다 사이에서 태어난 혼혈 소년 쇼지가 입국하여 자신의 정체성에 눈뜨기 시작하는 공간이기도 하다.

을 미곡 수탈의 전진기지로 개발함과 동시에 번성해진 것과 대조적으로 임피는 일개 군산의 변두리 면(面)으로 전락하고 만 것이다. 경남의 도청소재지가 진주에서 부산으로 옮긴 것 역시 『토지』의 주제 및 전체 공간 배치와 밀접한 연관을 맺고 있다. 진주는 서희가 머무는 공간으로서 송관수, 정석 같은 독립운동에 가담한 인물들이 주도적으로 활동하고 서희의 집을 찾는 일본인 경찰이나, 김두만 같은 친일 자본가들이 오히려 주눅이 드는 공간으로 설정된 반면, 부산은 일본인들의 지배력이 훨씬 강한 만큼 강쇠와 홍이 같은 인물들이 큰 봉변을 당하거나 상대적으로 위축되는 부정적인 공간으로 그려지고 있다. 이처럼 불균형한 지역 간 발전이나 주요 도시의 대일 종속적 성격은 식민지화 과정에서 필연적으로 야기된 결과들이다.

179 이상진, 「일제하 진주지역의 역사와 박경리의 『토지』」, 『현대문학의 연구』 27호, 2005. 11. 103쪽.

이 글에서는 『토지』에서 부산이 지니는 양면적 성격, 곧 작품의 후반부로 갈수록 보다 구체적이면서도 강렬하게 묘사되고 있는 '침략과 억압 및 수탈의 전초기지'로서의 성격과, 갖은 고난에도 굴하지 않고 오히려 그것을 계기로 민족의 해방을 꿈꾸며 부산에서 '저항과 투쟁'을 끈질기게 전개하고 있는 양상들을 살펴보도록 하겠다. 아울러 부산이 지닌 이와 같은 성격이 작품의 전체 줄거리를 상징적으로 축약하고 있는 양상과 '한'과 '생명 사상'으로 대변되는 작품의 주제를 구성하는 데 어떻게 기여하고 있는지 함께 분석해 보도록 하겠다.

2-2. 침략과 억압 및 수탈의 전초기지로서의 부산

부산에 근대식 재판소가 설치된 것은 1895년 5월 1일이며, 명칭은 '부산재판소'였다. 통감부 시절을 거쳐 강제 합방된 뒤 일제는 재판권과 감옥권을 강탈하여 1910년 10월 1일자로 총독부 '재판소령'에 의해 일제의 사법기관이 부산에 들어갔다. 경부선 개통과 더불어 부산에서는 우편제도와 사법제도도 일제 주도하에 구축되었으며, 이러한 제도들은 결국 그들의 조선에 대한 효율적인 침략과 조선인에 대한 조직적이면서도 체계적인 억압 및 수탈의 수단으로 이용되었다.[180]

『토지』에서도 부산은 '일제의 억압'을 상징하는 공간으로 그려진

---

180 조갑상, 앞의 책, 50쪽.

다. 토지 1부에서 최참판댁의 재산을 노리는 존재로 등장하는 조준구는 노골적으로 자신이 일제 당국의 비호를 받고 있음을 과시한다. 조준구는 부산에 주둔하는 헌병대장과의 친분을 의도적으로 과시한다.[181]

집안의 가장이었던 최치수가 조준구의 간접 사주를 받은 김평산에 의해 살해되고, 재산을 도맡아 관리하며 일가를 통솔하던 윤 씨 부인마저 호열자로 세상을 뜨자 조준구는 최참판댁의 재산을 통째로 가로채고자 한다. 마을 사람들이 조준구를 더욱 증오하게 된 것은 그가 친일파라는 소문이 파다하게 퍼진 이후이다.

> 조준구는 은밀히 곡식 섬 돈 꾸러미를 실어내는데 그것은 다 코방귀를 뀌던 바로 그 벼슬아치한테 가는 것이라 했다. 왜놈의 헌병인가 대장인가를 부산서 끌고 와서 식사 대접에 사냥까지 함께 했다는 말도 있었다.
>
> – 1부 3권 391쪽

이처럼 조준구는 서희의 재산을 강탈하는데 그치는 정도의 악인이 아니라 일제에 영합하여 자신의 이익을 챙기려 하는 매국노이며 자신의 세력을 불식하기 위해 농민들을 분열시키고, 삼월을 농락하는가 하면 무고한 사람들이 일본군에게 살해당하게 만드는 사악한

---

181 조준구는 처음 등장할 때 양복을 입은 '개명양반'으로 소개되고 '왜놈들 병정'의 홀태바지 모습에 빗대어 묘사된다. 이와 같은 묘사는 어느 정도 계산된 것이라고 할 수 있는 것으로서 그의 존재를 일본과 결부시키려는 작가의 숨은 의도를 거기서 읽을 수 있다. 곧 그의 존재는 일본 세력의 등장과 퇴장에 밀접하게 연관되어 있는 것이다. 최유찬, 『세계의 서사문학과 『토지』』, 서정시학, 2008, 333쪽 참조.

인물로 그려진다. 이처럼 조준구가 서희의 재산을 강탈하고 마을 사람들에게 전횡을 일삼는 과정에서 '부산'이라는 지명이 이 작품에서 처음 등장하게 되는데, 부산은 '헌병대가 주둔하는 곳'으로 마을사람들에게 소문을 통해 인식되기 시작한다. 이는 일제에 대한 우리 민중들의 인식이 아직은 매우 막연하거나 초보적인 수준에서 벗어나지 못하였음을 반영한다.

조준구는 김 훈장에게 자신이 부산의 헌병대장과 친분이 있음을 과시하기도 하고, 실제로 운보, 길상, 이용 등이 의병을 조직하여 자신을 공격하자 조준구는 일본군을 끌어들여 의병들을 소탕하고자 한다. 이들이 만주로 도피하여 종적을 감추어 더 이상 추적할 수 없게 되자 조준구는 자신의 심복이었으나 어느덧 부담스러운 존재가 되어버린 삼수를 제거하고 과거 자신에게 불손했다는 이유만으로 정한조를 의병으로 몰아 일본군에 의해 죽음을 당하게 한다.[182]

'억압과 수탈'로 대변되는 일제의 부정적 성격은 작품의 후반부로 갈수록 보다 구체적으로 그려진다. 『토지』3부 2권에서는 이용의 아들 이홍이 부산의 자전거포에서 일하는 장면이 나오는데 이때 홍이는 친구 상길을 통해 일본인 업주 밑에서 일하는 덕용이라는 인물을 소개받는다. 덕용을 고용한 일본인 업주 측은 덕용을 상습적으로 구

---

182 이처럼 『토지』의 초반부에 등장하는 '부산'은 '헌병대가 주둔 하는 곳'으로 부각되고 있는데 이는 일제가 부산을 조선 침략과 조선인 수탈의 전초기지로 삼은 것과 일치한다. 또한 조준구가 일본 헌병을 앞세워 최참판댁의 재산을 갈취하는 과정은 그대로 일제가 우리의 국토를 침범하여 국권을 강탈하고 체계적 수탈을 위한 식민지 자본주의 체제를 구축해 간 것과 상응한다. 그러나 『토지』1부에서 일본 헌병의 부정적 성격은 간접적으로 그려지고 있다. 곧 일제의 만행보다는 조준구의 악행이 보다 직접적이고 강렬하게 그려지고 있다.

타하고 인간적으로 모욕한다. "막일하는 조선 사람들을 개만큼도 생각하지 않고 버러지 보듯이 하는" 일본인에 대해 덕용은 분노를 감추지 못한다. 심지어 여성 노동자들이 일인 고용주에게 상습적으로 성폭행당하는 사실도 덕용에 의해 알려진다. "고향에서 돈 잘 번다고 칭찬이 자자하지만" 일인 업주 밑에서 일하는 부산 노동자들의 실상은 이처럼 처참하기 이를 데 없었던 것이다.

『토지』에서 '부산'은 일제강점기가 지속되는 가운데 겉으로는 날로 번화해진다. 하지만 이는 전적으로 일인들을 위한 것일 뿐, 조선인들과는 무관한 것이었다. 도회지 부산에서 비참한 삶을 살아가는 조선인 노동자들은 "면박을 찼으면 찼지 고향은 안 가겠다"고 버틴다. "일 없는 날에는 굶기를 밥 먹듯 하고 결국 걸인이 되기도 하고 딸을 청루에 팔아먹기"까지 하면서도 이들은 고향에 돌아가지 못한다. 고향에 돌아가 보았자 살아갈 방책은 없으면서 조롱과 야유의 대상이 되기 십상이기 때문이다. 따라서 부산은 이들 조선인 노동자와 걸인들에게 더 이상 나아갈 수도 물러설 수도 없는 매우 절박한 공간으로 인식된다.

덕용과 조선인 노동자와 걸인 등에게 부산에서 일제가 자행한 부정적 행위들은 『토지』 1부에서보다는 한층 강렬하게 제시된다. 그러나 덕용이 일본인 업주에게 당하는 수모는 구체적으로 묘사되지 않으며 부산 노동자와 걸인들이 겪는 참상된 화자의 주석적 서술을 통해 전달되고 있을 뿐이다. 『토지』 1부에서 제시되었던 부산의 헌병과 친일파 조준구의 관계는 민중들 사이에 떠도는 소문의 형식으로 언급되었듯이, 『토지』 3부에서 덕용이 겪는 고통도 그의 언술을 통해 전달될 뿐, 부산에서 발생한 구체적 사건을 통해 직접적으로 전달되고 있는 것은 아니다.

이에 비해 『토지』4부 1권에서는 일제의 폭압적 성격이 구체적으로 드러나는 사건이 부산에서 발생한다. 지리산에서 은거하며 동학당으로 활동하던 강쇠가 부산에서 치욕을 당하는 장면이 그것이다. 술을 싣고 자전거를 타고 가던 일본인이 강쇠를 치게 되는데 그는 자신이 잘못하였음에도 불구하고 강쇠를 경찰서로 끌고 간다. '부산'에서 은밀하게 노동자들을 규합하던 강쇠는 보잘 것 없는 일본인에게 아무 대항도 하지 못하고 경찰서에 끌려가 심하게 구타당한다. 이 와중에 강쇠를 더욱 슬프게 한 것은 "일본인 순사보다 조선인 순사가 매를 더 때리는 사실"이었다.[183]

이처럼 '부산'은 『토지』의 후반부로 갈수록 일제의 부정적 성격이 보다 구체적으로 강렬하게 그려지는 공간이다. 이는 물론 일제의 폭압이 식민 통치 말기로 갈수록 한반도뿐만 아니라 동아시아 전체에 걸쳐 극렬하게 자행된 결과이기도 하지만, 우리의 민족이 어떤 시련과 고통 속에서도 결코 소망을 잃지 않는 '불퇴전의 정신'과 민족적 저력을 지니고 있음을 드러내고자 했던 작가의 의도가 반영된 결과이기도 하다.[184] 또한 통영이나 진주에 비해 부산은 일본인들과 친일

---

183 이를 두고 작가는 "남편보다 앞장서서 제 자식을 때려야 하는 개가한 계집같이, 피의 배반, 제 피를 부정하고 배반한 자에 대한 분노는 핏줄을 부르는 감정보다 더욱 강렬한 것"이라고 서술함으로써 조선인 순사에 대해 분노의 감정을 숨기지 않고 있다.

184 천이두는 '한국적 한(恨)'이란 남을 원망하거나(怨) 자신을 탓하는 자책감(嘆)과 같은 부정적 정서를 '삭임'이라는 과정을 통해서 남을 배려하고(情) 미래를 향한

조선인들이 거침없이 활개치던 공간으로 그려지고 있다. 그러나 부산에서 조선인들이 겪는 고통이 심화될수록 '저항과 투쟁'의 불길 역시 그들 사이에서 강렬하게 솟구치게 된다.

많은 조선인들이 일본인의 잔인한 횡포와 무자비한 수탈에 시달리고 위축될 수밖에 없었을 것이지만, 강쇠와 같은 동학당 출신의 독립투사나 의식 있는 부두노동자들의 항일의식은 오히려 고조되고 있었던 것이다. 일본인과 순사들에게 어이없이 당한 강쇠는 "오냐, 내가 눈 감기 전에는, 내 목심이 붙어 있는 동안에는 네놈들하고 대항하겠다."고 마음속으로 뜨겁게 맹세한 후 송관수와 더불어 부산의 부두 노동자들을 규합하여 '원산대파업'에 버금갈 만한 대규모 노동 항쟁을 기획한다.[185]

일제는 운양호 사건 이래 조선에 대한 침략과 수탈을 지속적으로 자행하던 끝에 1910년에는 마침내 조선의 국권을 강탈한다. 이후 헌

소망을 품는(願) 긍정적 정서로 전화시키는 '소극적 적극성'으로 정의한 바 있다. 평사리, 만주, 지리산, 부산 등에서 일제로부터 고난을 당하는 『토지』의 등장인물들 역시 부정적 정서에 함몰되지 않고 민족 해방에 대한 소망을 끝내 버리지 않는다는 점에서 '한국적 한'을 실현하고 있다고 볼 수 있다. 천이두, 『한의 구조 연구』, 1993, 115~116쪽 참조.

185 도시화 과정에서 부산으로 이주해 온 조선인은 일본인의 토지를 비롯한 경제적인 수탈에 거세게 저항하였다. 1907년 대구에서 불붙은 국채보상운동은 부산에서 출발하였고, 관세철폐를 비롯한 부산 민중의 일본인들과 마찰은 당시의 반일 분위기를 짐작케 한다. 3·1운동은 물론, 반일적인 사회운동, 부두노동자들이 보여준 집단행동, 조선방직을 비롯한 근대식 공장에서 일어난 노동자들의 파업투쟁은 단순한 경제적인 착취에 저항하는 본능적인 저항에서 점차 반일적인 민족적이고 정치적인 조직적 저항의 형태를 보였다. 그리고 안희재, 박차정 등을 비롯한 많은 민족해방운동가의 활동은 부산이 식민지 수탈의 전초기지라는 지리적 배경과 연계해 설명이 가능하다. (차칠욱, 「식민성과 개방성이 공존하는 이중도시 부산 -항구도시 부산의 근대화 과정」, 『식민성과 개방성이 공존하는 이중도시 부산』, http://blog.naver.com/PostView)

병무단통치를 통해 조선인의 인권을 탄압하고 '토지조사사업'이나 '회사령' 등을 통해 수탈한 조선의 물자가 저들의 발전과 번영의 밑거름이 된 것은 주지의 사실이다. 일제가 한반도 전체를 강점하기 전부터 이미 '부산'에는 일본의 조차지가 들어섰다. 이 조차지가 본격적인 일제의 조선 침략의 발판이 된 것은 물론이다. 부산과 연관된 일제의 야만적 폭압과 인권 유린 양상은 이처럼 작품의 후반부로 갈수록 상길, 강쇠 등을 통해서 보다 구체적으로 제시된다.

　작품의 종반부인 『토지』 5부에서 제시되고 있는 남희라는 어린소녀가 일본군 장교에게 강간당하는 사건은 일제의 폭압과 만행의 극치를 보여줌과 동시에 부산을 무대로 하여 조선인에 대한 일본인들의 야만적 폭행이 아무런 가책 없이 태연하게 자행되고 있었음을 드러내는 사건이라 할 수 있다. 십대 초반의 남희를 강간한 일본군 장교는 천인공노할 죄를 지었음에도 불구하고 뉘우치기는커녕 오히려 자신을 신고하면 남희를 정신대로 끌고 가겠다고 협박한다. 또한 남희에게 성병을 옮김으로써 평생 씻을 수 없는 정신적 상처를 남긴다.[186]

186　남희의 할아버지 정한조는 그를 미워하였던 조준구의 모함에 의해 일본군에 의해 살해당하고 그녀의 부친 정석은 일제의 조선인 형사와 내통한 아내의 밀고 때문에 사랑하는 가족들과 헤어져 만주로 떠난다. 그리고 남희의 오빠는 대학 재학 중 일본군에 강제 징집되고 그녀마저 일본군에게 강간당함으로써 일제에 의한 정씨 일가의 수난은 삼대째 계속 이어지나. 평범한 농민에 불과했던 정한조와 그의 후손들이 당한 고통은 곧 일제에 의해 우리 민족 전체가 겪을 수밖에 없는 수난을 대변하며 일제의 식민 통치가 종식되지 않는 평범한 농민들조차 비참한 운명을 면하기 어려웠던 당시의 부조리한 식민지 현실을 일깨운다. 특히 이들 사건이 '침략과 수탈의 전조기지로서의 부산'과 일정하게 관련성을 맺고 있음은 주목을 요한다.

일제에 의하여 조성된 부산의 시가지는 겉으로는 화려하고 번창해 보이지만, 그 이면은 추악하기 이를 데 없는 것이었다. 그 이면에는 조선인들의 고통, 궁핍, 비굴, 희생, 절망, 슬픔 등이 가로놓여 있었고 일제 강점이 지속될수록 조선인의 육체뿐만 아니라 영혼까지도 심각하게 훼손되어 갔다. 그러나 일제가 이처럼 부산을 그들의 도시로 삼으려하고 침략과 수탈의 발판으로 삼을수록 그들의 대한 반감과 저항의식 또한 동일하게 상승하였다. 이에 따라 『토지』의 작가는 일본인들의 억압과 차별 및 수탈과 횡포에 결코 굴하지 않고 끈질기게 투쟁을 전개하며 민족적 생명을 수호하고자 했던 이들의 모습을 그리게 된다.[187]

2-3. 저항과 투쟁의 공간으로서의 부산

일제의 식민지 체제가 더욱 공고하게 자리 잡을수록 조선의 지식인들은 방황하고 경성과 부산과 같은 대도시로 몰려들었던 민중들의 삶은 날로 피폐해져 갔다.

---

187 『토지』 5부 2권에서 오랜만에 부산을 다시 찾은 영광은 겉으로 번화해진 부산의 이면에 꿰뚫어 본다. "고급 상점들이 줄을 잇고 밤하늘에 높이 솟은 미나카이 백화점은 하얀 건물이 내려다보고 있었으며 얼마간 돌아가면 부산에서 가장 번화하고 현란한 나가다도리(광복동거리)가 있건만 부두 면에서, 영도 면에서 가장 춥고 배고픈 노동자들이 빈 도시락을 겨드랑이에 끼고 바지주머니 소에 두 손을 찌르고 걸어나오고 있었다. (5부 2권 257쪽)

경성, 부산과 같이 번화하고 화려한 불빛과 배고픈 부두 노동자의
귀가의 대조는 바로 일제가 이 땅에 건설한 도시의 실체를 보여준다.
동시에 물질문명에 대한 엄격한 거리화에서 작가의 민족의식을 확인
할 수 있다. 결국 식민통치를 위한 전략 도시로 계획된 경성은 태평양
전쟁이 진행되면서 전운이 감도는 암울하고 황폐화된 공간으로 바뀌
게 된다. 일제에 의한 강제적인 근대화 물질화, 그리고 반생명화가 낳
은 분명한 결과이다.[188]

이상진의 지적과 같이 경성과 부산은 평사리나 지리산과 같은 농
촌이나 산촌과는 물론, 진주와 같은 고도(古都)나 이순신의 혼이 서
려있는 통영이나 독립운동의 기지였던 만주와는 달리 훨씬 부정적
인 성격을 지닌 공간으로 그려진다.[189] 진주의 유지인 양재문은 "진

---

188 이상진, 「『토지』에 나타난 동아시아 도시, 식민주의와 물질성 비판」, 『현대문학의
    연구』37집, 2009, 387쪽.

189 작가는 통영에 대해 "일개 편벽의 갯촌이었고 고성군에 달린 관방에 불과했던 이
    고장이 임진왜란을 겪으면서, 구국의 영웅 이순신의 당포와 한산도 대첩을 거두
    게 되는데 그로 인하여 삼도통제사 군영이 이곳 갯촌으로 옮겨지게 된 것이다. 바
    로 통영이 탄생되었던 것이다. 그 당시 통영에는 벼슬아치들을 따라 서울의 세련
    된 문물이 흘러들어왔을 것이며, 팔도 장인들이 구름같이 모여들었을 것인즉, 그
    위대한 힘과 정신이 마침내 찬란한 승리의 꽃을 피게 했던, 그것은 편벽한 갯촌의
    엄청난 변화긴, 변화였을 것이다. 전쟁이 끝나자 각처에서 모여든 사람들은 귀향
    을 서둘렀겠지만 해류관계인지 천하일미를 자랑하는 해물이며, 아름다운 풍광,
    온화한 기후, 넘실대는 바다, 아득한 저편에의 동경, 그러한 생활의 터전을 사랑했
    을 감성 풍부한 장인들 자유인들이 잔류했을 가능성은 충분하고 상상키 어렵지
    않다. -중략- 이들 자유와 창조의 정신들은 후손들이 치욕을 씹으며 그러나 오기
    를 잃지 않고 거닐고 있다. -중략- 남면 멀리 멀리 날아가버린 자유의 새가 돌아올
    것을 기다리는 사람들, 자랑스러움을 버리지 않는 사람들, 활기에 넘쳐 있는 통영"
    이라고 주석적으로 서술하며 작가 자신의 고향이기도 한 이 지역에 대한 무한한
    사랑과 긍지를 드러내고 있다.

주는 결코 소도시가 아니야, 적어도 고도, 인구는 적지만 어중이떠
중이 각처에서 사람들이 모여든 부산하곤 다르다"고 강조하며 진주
에 대한 무한한 긍지를 드러낸다. 이처럼 부산이 대체적으로 부정적
인 이미지를 지닌 것으로 그려지는 것은『토지』의 핵심 사상이 '한
과 생명 사상'인 것과 무관하지 않다.[190]

그러나『토지』에서 '부산'은 부정적으로 그려지기만 한 것은 아니
다. 일제의 억압과 수탈이 가중될수록 그 반작용으로 저항과 투쟁의
정신 역시 부산을 중심으로 형성되어 간다. 그리고 저항과 투쟁의
중심에서 송관수, 강쇠, 정석과 같은 인물들이 있다.

김개주와 윤 씨 부인 사이에서 태어난 사생아이자 형수를 가로챈
패륜아이며 '동학당'의 실질적 지도자였던 김환을 그림자처럼 수행
하던 강쇠는 김환이 일경에 검거된 후 자결하자 부산으로 탈출한다.
이곳에서 강쇠는 부산 부두 노동자들을 규합하여 조직을 비밀리에
키워 나간다. 작중 화자는 부산 노동자로 구성된 상당한 내부 조직
은 강쇠의 공적임을 강조한다. 강쇠는 "누구나 쉽게 알아들을 수 있
는 언변으로, 소박하고 단순한 행동으로, 자제와 지구력, 그리고 힘
센 주먹 등"을 통하여 노동자들의 지도자로 부상하였으며 "사팔뜨
기 눈을 부릅뜨면 거칠고 황폐해진 그곳 사나이들이 복종 아닌 서러

---

190 흔히『토지』에는 한이 정신과 생명사상이 담겨 있다고 하거니와 그 중 한 가지로
'소내(疏內)의 정신'을 들 수 있다. '소내의 정신'은 자신을 텅 비우고 그 공간에 타
자와 소통하게끔 하는 것인데 김환과 강쇠가 중심을 이루는 '지리산'은 바로 '소내
의 정신'이 살아 있는 곳이다. 이들은 철저하게 자신을 희생하고 타자를 위해 헌신
하는 인물들이기 때문이다. 반면에 일제의 자본주의 경제제와 물질 문화가 지배
하던 당시 부산은 '소내'보다는 '소외 현상'이 지배하는 공간으로서 부정적으로
묘사될 수밖에 없었던 것으로 보인다.

운 놈끼리만 느낄 수 있는 미묘한 사랑"을 느끼게 하는 묘한 능력을 지닌 인물로 그려지고 있다.

부산에서의 노동운동은 결실로 제대로 맺지 못하고 실패하고 말지만 강쇠는 "불씨 하나 던진 것"이라며 자위한다. 비록 겉으로는 실패하였지만 강쇠가 관수가 부산 노동자들 가슴에 심어놓은 저항의 불길은 그대로 남아 있기 때문에 언제는 다시 타오를 수 있을 것이라는 민중 특유의 낙관적 전망을 강쇠는 피력하고 있는 것이다.

부산을 배경으로 하여 가장 많이 등장하는 인물은 송관수와 그의 가족들, 특히 맏아들인 영광이다. 송관수의 아버지는 동학군의 적이었던 보부상이었으나 회심하여 동학군에 가담하였다가 죽었으며, 송관수 역시 윤보, 길상 등과 의병활동을 하다가 백정 집에 숨어든다. 백정의 딸과 결혼하면서 신분이 낮아지게 되자, 양반과 일제에 대한 그의 반감은 더욱 커진다. 그는 1920년대에 진주를 중심으로 전개 되었던 '형평사 운동'에 주도적으로 참여한다. 진주에서 조직된 형평사는 자식을 공교육을 통해 제대로 양육하겠다는 간절한 희망을 표시하는 백정과 그것을 철저하게 거부하는 시민들(농청) 간의 투쟁의 산물로 보아야 하는데 백정의 사위인 송관수는 백정의 편에 서서 주도적으로 투쟁한 것으로 그려지고 있다.[191]

조선 사람들끼리의 싸움으로서 계급투쟁의 성격으로 시작된 형

---

191 송관수는 형평사 운동을 통해 진보적인 젊은 세대와 접촉함으로써 신념과 행동을 구체화해 나가는 사람, 발바닥으로 배우고 깨달은 사람, 또한 "사상이니 이념이니, 식자들의 풍월 같아서 끝내 아니꼬웠으나 철저하게 긁어내는 일제의 쇠스랑 밑에서 비명을 지르는 겨레의 깅도와 더불어 민족의식이 각성되어 간" 인물로 『토지』에 그려지고 있다.

평사운동에 사회주의 진영이 가담하면서 일제는 형평사 운동을 탄압하기 시작함에 따라 이 운동은 자연스럽게 항일운동의 성격을 띠게 된다. 형평사운동을 주도하던 송관수는 일경을 피해 부산으로 도피한다. 관수가 부산에 온 이유는 일경의 눈을 피하기 위한 것이기도 하지만, 한편으로 백정이라는 신분을 감추고 아들 영광을 상급학교에 진학시키기 위한 것이었다. 부산으로 독립운동의 터전을 옮긴 관수는 "산을 중심하여 사방에 거미줄을 쳐놓았던 조직은 잠들어 있을 뿐 흔들면 언제나 깨어날 수 있다"고 확신하는 반면에, 지식인 중심의 민족주의, 공산주의, 무정부주의 등은 "머리통은 큰 대신 다리와 몸뚱이는 빈약하다"고 비판하며 주로 노동자들의 투쟁역량을 규합해 나간다.

"세상을 바꾸어 놓아야 하고, 배고프고 핍박받는 사람을 없애야 한다."는 자신의 신념을 실천하기 위하여 관수는 "발바닥이 불이 날 지경"으로 돌아다니며 노동현장에 잠입하여 부산 부두의 파업을 비롯해서 기타 크고 작은 일에 개입하고 측면 지원도 한다. "식자층도 쑤시고 다니며 은근히 충동질하고 유인했으며, 또 수차례 한복이를 만주로 보내어 그곳과도 길을 트면서 조직의 형체를 확장해" 간 것이다. (5부 2권 96쪽)그러나 관수는 작은 실수로 일본 경찰에 쫓기는 몸이 되고 아들 영광도 강예숙과의 연애가 그녀의 부모에 알려지게 되면서 강제 퇴학당하게 되자 그는 딸 영선을 강쇠의 아들 휘와 혼인시키고 남은 가족들과 더불어 만주로 이주한다.[192]

---

192 송관수는 평민인 자신에 대한 신분차별에 대해서는 담대할 수 있었으나 백정인

한편 부산은 『토지』에서 독립운동의 국외 거점인 만주와 국내 거점에 해당하는 지리산을 연결하는 중요한 역할을 수행한다. 그것은 상점의 주인으로 위장하며 지리산과 부산과 같은 국내 거점과 만주를 잇는 독립운동가인 송관수가 있었기 때문이기도 하지만, 부산이 육로가 끝나는 지점임과 동시에 해로가 시작되는 분기점이라는 지리학적 특성을 지닌 데에서 기인한 것이기도 하다. 독립운동의 전초기지를 잇는 이 의미심장한 연결망의 중심에는 최치수를 살해한 살인자 김평산의 둘째 아들 한복이 있다.

살인자 김평산의 맏아들 거복이 변성명하여 만주에서 독립군을 잡아들이는 밀정으로 전락한 반면, 한복은 고향 평사리를 끝까지 떠나지 않으며 부친과 형의 죄업을 씻고 자신과 집안의 존엄성을 회복하기 위해 독립자금을 만주에서 활동하는 투사들에게 전달하는 역할을 수행한다. 그는 철도보다 주로 배를 이용하여 만주를 다녀오기 때문에 자연히 부산을 들러 한동안 머문다. 작품에는 구체적으로 그려지고 있진 않지만, 한복은 이곳에서 송관수와 접촉하여 만주의 독립운동에 관한 내용을 보고하기도 하고 새로운 지시를 받기도 하였을 것으로 추정된다. 왜냐하면 한복에게 독립자금을 전달하는 일을 제안한 장본인이 송관수였기 때문이다.

아내와 그 부모가 겪는 수모에 분개하였으며, 백정의 아들이라는 신분 때문에 학업을 중도에 그만두고 일인들에게 무참히 짓밟힌 후 악단을 따라 유랑생활을 하는 아들 영광으로 인해서 가슴에 못 박히는 듯한 고통을 받고 철천지한을 품는다. 『토지』에서 '부산'은 영광이 '백정의 후손'이라는 신분을 숨기기에 불충분한 곳으로 그려지며 일본이란 공간 역시 영광의 억울함과 한을 풀어주지 못한다. 따라서 영광은 어디에도 정착하거나 마음을 붙이지 못하고 끝없이 방랑하는 생활을 선택하게 된다.

정석은 정한조의 아들로서 일찍이 조준구가 강탈했던 재산을 서희가 재탈환하는데 기여한 인물이다. 물지게를 지며 생활고에 시달리던 그는 기생 기화의 후원에 힘입어 학교를 다닐 수 있게 되고 마침내 진주의 교사로 발령받는다. 이 과정에서 송관수와 연결된 그는 독립운동에도 일정하게 가담한다. 그러나 기화에 대한 질투로 눈이 먼 아내 양을례의 밀고로 인해 더 이상 진주에서의 활동이 어려워지자 정석은 부산에 잠입하여 지식인들을 중심으로 항일전선을 구축한다. 조직원 중 한 사람의 배신으로 말미암아 정석은 결국 부산을 떠나 만주로 망명하게 되지만, 부산은 국내에서 그가 일제를 상대로 마지막까지 저항운동을 전개하였던 공간으로서의 의미를 지니게 된다.

2-4. 『토지』와 부산

『토지』에서 부산은 하동, 진주, 지리산, 만주 등에 비해 자주 등장하지 않으며, 표면상으로 차지하는 비중도 그리 크지 않다. 그러나 이 작품이 등장하는 무수한 지식인, 독립운동가, 신여성, 노동자들이 일본이나 만주를 바닷길을 통해 오고갈 때 대부분 부산을 거쳐갔을 것을 감안한다면 부산이 이 작품에서 차지하고 있는 공간적 의미는 결코 적지 않다.

부산은 이 작품에서 우선 '침략과 억압 및 수탈의 전초기지'로서의 의미를 지닌다. 일제가 조선의 국권을 침탈하고 물자를 수탈하기 위해 가장 먼저 침입하고 자주 드나든 곳이 부산이었을 것이기 때문이다. 일찍이 일제는 부산에 조차지를 설정함과 동시에 헌병대를 주둔시키고 우편제도와 사법제도를 도입하여 조선 전체를 효율적으로 지배하고 식민지 자본주의 체제를 구축하기 위한 발판을 마련하였다. 『토지』의 초반부에 조준구가 부산에 주둔하는 헌병대의 위세를 등에 업고 최참판댁의 재산을 강탈하고 평사리 주민들을 억압하고 모습은 이와 같은 부산의 공간적 의미와 상통하는 것이며, 이후 노동자들이 부산에서 가난한 차별과 인권 유린으로 인해 고통당하고 사회주의 운동을 하다가 부산에 있는 형무소에 수감되는 모습이나 정석의 딸 남희가 일본군 장교에게 강간당하는 모습이 그려짐으로써 부산이 지니는 '침략과 억압 및 수탈의 전초기지'로서의 성격은 더욱 강하게 부각된다.

동시에 부산은 이 작품에서 '저항과 투쟁의 공간'으로서의 또 다른 공간적 의미를 지닌다. 부산에서의 일제의 억압과 수탈이 극심해지는 만큼 그 반작용으로 지식인과 부두 노동자들을 중심으로 저항적인 지하 조직이 결성되어 간다. 송관수, 강쇠, 정석 등은 부산을 무대로 은밀하게 조직을 강화해 나가며 지리산과 만주, 부산을 잇는 항일 전선이 송관수와 한복을 통해 이루어진다. 이곳에서 활동하던 강쇠는 지리산으로 돌아가고 송관수와 정석은 만주로 탈출하는 상황으로 미루어 볼 때, 부산은 독립운동가와 사회주의자들이 지리산으로 들어가 숨거나 국외로 활동 무대를 옮기기 전까지 일제에 저항할 수 있는 마지막 거점으로서의 의미를 지닌다 하겠다.

이처럼 『토지』에서 부산은 '일제의 침략과 억압 및 수탈의 전진기지'로서의 성격과 '저항과 투쟁의 공간'으로서의 성격을 아울러 지닌 것으로 그려지고 있다. 부산을 통해 드러나는 일제의 부정적 성격은 『토지』 1부에서 조준구를 통해서 상징적으로 제시되거나 원경으로서 흐릿하게 제시되다가 후반부로 갈수록 보다 구체적인 사건을 통해서 명료하게 제시된다. 특히 『토지』 5부에서 제시되는 '일본군 장교의 남희 강간 사건'은 일제의 폭압과 만행을 가장 구체적이면서도 충격적으로 전달하고 있는 사건이라 하겠다.

　이중 강쇠는 부산에서 뜻하지 않게 일인과 일본이 경찰에게 봉변당하는 인물이기도 하지만, 부산을 배경으로 노동운동을 활발하게 전개하는 인물이다. 곧 강쇠는 부산이 일제의 폭압과 수탈 및 민족적 차별이 자행되는 공간일 뿐만 아니라, 이에 굴하지 않고 민족적 저항과 투쟁이 강고하게 전개되던 공간임을 대변하는 인물이라 하겠다. 또한 송관수는 진주에서 형평사운동을 전개하다가 부산으로 이주하여 저항운동을 이어간다. 정석 역시 진주에서 아내 양을례의 밀고에 의해 쫓기는 몸이 되자 부산에 잠입하여 송관수를 돕는다. 이들은 모두 부산이 아닌 타 지역에서 활동하다가 부산에 일정 기간 머물며 한시적으로 저항 활동을 한다. 따라서 부산이 지닌 '저항과 투쟁'의 공간으로서의 성격은 만주나 지리산에 비해 제한적이다.

　하지만 나약한 지식인들과 친일적 인물들이 주로 등장하는 경성에 비하면 부산은 상대적으로 강한 '저항과 투쟁'의 성격을 지닌다. 또한 평사리 및 진주나 통영에 비하면 훨씬 세속적임과 동시에 수탈과 민족적 차별이 조직적으로 자행되는 공간으로 부산은 『토지』에서 그려지고 있다. 이처럼 부산은 『토지』에서 일제의 만행이 자행되는 공간임과 동시에 조선의 민중과 지식인들이 이에 맞서 강고한 투쟁을 전개하던 공간으로 그려지고 있다. 하지만 후자에 비해 전자의 성격이 훨씬 강한 것은 사실이다.

사실 '저항과 투쟁'의 공간으로서의 성격은 지리산이나 만주와 같은 공간들이 훨씬 강하게 지니고 있다. 비록 강도는 약하지만 부산은 철도가 시작되거나 끝나는 지점이자 해로가 시작되는 지점으로서 국내는 물론, 동아시아 전역을 이어주는 연락의 소통의 중심지 역할을 『토지』에서도 담당하고 있다. 특히 살인자의 아들, 고아, 걸인, 밀정의 동생 등으로 치욕스러운 삶을 살아오던 한복이 부산을 연락 거점으로 삼으며 항일 세력들을 이어주는 역할을 담당해 나가는 모습은 주목을 요한다. 이와 같은 한복의 변신은 견디기 힘든 엄청난 고난과 시련에 굴하지 않고 민족 공동체의 생존과 번영을 위해 긍정적 가치를 추구하며 끈질기게 삶을 이어온 한민족의 저력과 '한의 정신'을 그리고자 했던 작가의 정신을 그대로 반영하고 있다.

소설 읽기와
스토리텔링

제5장

지역문학과
문화 콘텐츠 읽기

소설 읽기와
스토리텔링

문학작품에 나타난
전주정신

1-1. 전주정신 확립의 전제 조건

전주정신은 "전주가 배출한 인물들에 의해 이룩된 역사적 근거와 문화적 성과, 그리고 전주에 터전을 잡고 살아온 사람들의 삶에 누적된 경험을 통해 추출 가능한 정신"이다. 선사시대부터 마한, 백제, 후백제, 고려, 조선, 일제강점기, 대한민국 시기 등 천여 년에 걸쳐 형성된 전주 정신은 전주 사람들의 집단 무의식에 자리 잡고 있으면서, 전주 사람들의 과거와 현재의 삶을 규정하고 인도함으로써 전주 사람들을 다른 지역 사람들과 구별하게 만들고 전주 사람들에게 정체성을 부여하고 있는 정신이기도 하다.

전주는 후백제 36년(900~936)간 한 나라의 수도로 중심부 역할을 하였지만, 이 시기를 제외하고는 중심부와 물리적으로 거리가 멀었을 뿐만 아니라, 정치적으로는 핍박과 견제의 대상인 경우가 더 많았다.[193] 백제 시대에는 부여, 공주, 익산 등이 전주보다 번성하였고, 고려 시대에는 태조 왕건에 의해 후백제의 흔적들이 대부분 지워졌으며[194] 왕도로서의 품격은 유지하였지만, 정치적으로 득세하였다고 보기는 어렵다. 조선 시대 초기에는 '풍패지향'으로서 중심부(한양)로부터 우대를 받기도 하였지만, 정여립이 연루된 기축옥사 이후에는 정치적으로 차대 받아 온 편이다.[195]

그럼에도 불구하고 전주 사람들은 언제나 한양 사람 못지않게 높은 자존감과 자부심을 가지고 '품격 있는 삶'을 추구하고 올바른 역사적 지향성을 지녀 왔다. '품격 있는 삶'은 문화와 예술을 통해서 표현되는 바, 전주가 조선 시대와 근대 초기에 문화와 예술의 중심지

---

193 물론 전주는 호남지역의 수부로서의 중심지 역할을 수행해 왔다. 통일신라시대에는 9주 5소경의 하나인 완산주가 되었고, 고려시대의 안남도호부를 거쳐 전주는 호남의 중심지로서 확고하게 자리를 잡았으며, 경제적 풍요와 문화적 융성을 바탕으로 한양, 평양과 더불어 3대 도시의 하나가 되기도 하였다. 그러나 또 한편으로는 개경이나 한양으로부터는 늘 견제와 감시를 받았다. 따라서 전주가 '변방'이라 함은 '내세울 것 없이 변두리 역할만 하던 지역'이라는 뜻이 결코 아니며, '중앙의 감시와 견제에도 불구하고 중앙의 잘못된 관습과 체제를 해체하고 모순을 혁파하며 올바른 방향성을 갖도록 중앙을 늘 일깨우고 비판하는 '창조적 변방성'을 지닌 도시로서의 변방'을 의미한다.

194 왕건은 후백제가 멸망하는 940년, 전주에 안남도호부를 설치하고 후백제 지우기 작업을 벌였다. 궁성을 파내고 그곳에 물을 가두는 방식으로 후백제를 해체시켰으며, 궁궐, 내성, 외성 등도 파괴하였다. 심지어 모든 관아의 기록과 문서, 책자까지 소각하여 없앴다고 한다.
송화섭, 「후백제가 조선 왕조를 낳다」, 『온·다라 인문학 인문강좌 자료』, 2014. 10. 120쪽.

195 이동희는 "선조대 정여립 사건 이후 호남 출신 인재들의 문과 급제율이 떨어져 충청도보다 급제자가 적으며, 이후 그 하향세는 더 커졌다고 한다. 이것은 정여립 사건으로 전라도가 반역향이 되어 차대 내지 견제를 받은데 요인이 있다."고 하였다.
이동희, 「'전주 사불여'와 전주 정신」, 『온·다라인문학 토론회 자료』, 2014. 10. 30. 22쪽.

로서의 역할을 일관되게 수행한 것은 결코 우연이 아니다. 물론 전주에서 찬란한 예술이 꽃피울 수 있었던 것은 경제적 풍요가 뒷받침되었기 때문이다.[196] 농수산물이 가장 풍부하게 생산되고 유통·집결되었던 전주는 조선 시대 내내 경제적 풍요를 구가하였으며, 부를 축적한 부유층이나 관리들은 문화예술인들이나 장인들을 적극적으로 후원하였다.

신영복은 그의 저서 『담론』에서 "변화와 창조는 중심부가 아닌 변방에서 이루어진다."고 하였다. 중심부는 기존의 가치를 지키는 보루일 뿐, 창조 공간이 되지 못한다는 것이다. 인류 문명의 중심은 항상 변방으로 이동하였다. 오리엔트 지중해에서 그리이스, 로마, 스페인, 네덜란드, 영국, 미국 등으로 세계의 중심부가 계속 이동하였으며, 중국은 중심 자체가 이동하지는 않았지만 주변부(거란, 여진, 몽골, 돌궐 등)의 역동성이 끊임없이 중심부에 주입되었다. 따라서 이때 '변방'의 의미는 공간적 개념이라기보다는 변방성(邊方性)으로 이해되어야 한다는 것이 신영복의 주장이다.[197]

변방이 창조 공간이 되기 위해서는 우선 중심부에 대한 열등감이

---

196 송화섭은 "15세기 후반 전주는 전국에서 상업유통이 가장 활발하게 전개되는 도시가운데 하나였다. 상품유통은 17세기 이후에 대도시를 중심으로 활발하게 전개되면서 상설점포가 크게 늘어났다. 전주의 장시가 활발하게 전개된 것도 대도시의 면모와 전통을 가진 측면도 있지만, 전주가 해안지방과 내륙지방을 잇는 海港都市의 성격이 크게 일조하였을 것이다."라고 하여 전주의 경제적 풍요상을 설명하였다.
송화섭, 「전주의 場市발달과 음식문화」, 『온·다라인문학 인문주간행사 자료 -태평오길의 상인을 찾아서』, 2014. 10.29.

197 신영복, 『담론』, 돌베개, 2005, 21쪽.

없어야 한다. 오히려 중심부를 능가하는 높은 자부심과 자존감 및 품격을 주변부가 지니고 있어야만 중심을 해체하고 마침내 새로운 것을 창조할 수 있다. 전주가 조선 시대에 '완판본'으로 대표되는 가장 뛰어난 인쇄술과 출판 기술을 가지고 최고 품질의 도서를 생산·유통·소비하였던 도시임은 주지의 사실이다. 영상매체나 전자매체가 존재하지 않았던 시대에 책은 당연히 지식과 정보의 보고(寶庫)이자 주요 전달 매체이다. 같은 작품이라 하더라도 완판본 소설이 경판본보다 내용, 형식, 표현, 종이의 질(한지), 인쇄술, 판매 부수 및 전국적 유통망 등 모든 면에서 다른 지역 서적보다 절대적 우위를 점하고 있다는 사실은 따라서 매우 의미심장하다. 비록 정치적, 행정적으로 전주는 중앙의 견제를 받아 왔지만 문화 창조와 변혁의 측면에서는 분명 전주는 한양이나 평양을 능가하였다.[198]

이 글에서는 문학작품을 통해 전주 정신을 추출해보고자 한다. 전주는 주지하다시피 걸출한 문인들을 많이 배출해온 도시이다. 출생지는 전주가 아니지만 오랜 기간 전주에서 생활하며 문단활동을 하거나 학창생활을 보내면서 전주에 대한 남다른 애착을 가지고 전주의 정신을 삶과 문학으로 구현한 작가와 시인들도 적지 않다. 이 글

---

198 전주에서 찍은 책을 서울에서 찍은 경판본과 비교해서 완판본이라고 한다. 전주는 당시 서울을 제외하고 그 규모가 전국 최고 수준이었으며 전국적인 판매 유통망을 지니고 있었다. 완판본은 글씨와 표현이 다른 지역 판본과 크게 달랐다. 완판본이 형용사와 감탄사를 많이 사용하는 리드미컬한 율문체인데 비해 경판본은 간결 소박한 산문체였다. 완판본이 날씬 반듯한 해서체로 누구나 알기 쉬운 반면 경판본은 흘려쓴 궁서 내지 초서체였다. 내용도 전라도 사투리가 적절히 배합되어 있다. 완판본은 경판본에 비하여 훨씬 길이가 길었을 뿐만 아니라, 서사적 완성도도 높다고 평가된다.

에서는 전주에서 출생한 문인들만으로 대상을 국한하지 않고 어떤 형태로든 전주와 관련을 맺은 모든 문인들과 그들의 작품들을 대상으로 하여 전주정신을 논의해보고자 한다.

그리하여 전주가 아닌 국내외 어느 지역에 살고 있더라도 자신이 전주 출신임을 자랑스럽게 여길 수 있으며, 삶의 영위 방법으로서 전주에 거주하고 있는 모든시민들이 일상적으로 지킬 수 있는 정신에 대해 알아볼 것이다.[199]

1-2. '온·다라 인문학'을 통해 제시된 전주정신

전주대학교 인문과학종합연구소와 전주시청은 2014년 9월 1일부터 2017년 8월 31일까지 3년간 수행되는 '인문도시지원사업'에 선정되었다. 이에 연구와 사업의 명칭을 '온·다라 인문학'이라고 정하고 인문강좌, 인문체험, 인문주간 행사 등을 진행하였다.

2014년 10월 30일에 전주 한벽극장에서 열렸던 「터놓고 이야기합시다. 전주정신! '온·다라' 무엇인지」 대토론회'에서 다섯 명의 발표자들에 의해 전주정신에 대한 다양한 의견이 제시되었다. 이날 이동희(전주역사박물관장)는 전주 사람들은 "배타적이지 않고 더불어 사는 풍류 정신"을 지니고 있다고 했다. 또 그 풍류정신에는 "넉넉함

---

199 홍성덕, 「전주정신 정립을 위한 방안 모색」, 『온·다라인문학 토론회 자료』, 2014. 10. 30. 69쪽.

과 포용력이 있으며 느긋함과 여유, 절의와 의리, 점잖음과 부드러움이 있다."고 하였다. 저항에서 풍류가 나왔다기보다는 절의정신과 삶의 상대적 여유에서 풍류문화가 전주에서 발달했다는 것이다. 정여립의 기축옥사 이후에 전주 사람들이 관직에 많이 진출하지 못하고 중앙의 차대를 받았던 것이지만, 전주 사람들이 경제력을 토대로 다른 지역에 비해 상대적으로 벼슬에 덜 연연하고 독자적인 삶을 영위하는 과정에서 풍류가 발전했다고 지적하였다.[200]

소설가이자 극작가인 최기우는 조병희, 최승범, 최명희 외 전주지역 문인들의 작품들에 나타난 전주정신을 정리하였다. 작촌 조병희가 그의 수필집 『완산고을의 맥박』에서 언급한 "백제인의 가슴, 그 온유한 심성에 뿌리를 내린 '멋'과 '예술'", 고하 최승범이 「전북의 아름다움」에서 이야기한 "아늑하고 부드러운 정서와 맑고 밝은 정신", 그리고 최명희가 장편대하소설 『혼불』 전체를 통해 강조한 "수난을 꿋꿋하게 이겨내는 힘을 지닌 아름다움과 생명력"으로서의 '꽃심' 등이 전주정신을 논의하는 데 있어서 중요하게 참조해야 될 내용들이라고 정리하였다. 최기우는 또한 "기축옥사로 희생된 수많은 선비들과 자주적이고 평등한 삶을 갈망한 동학농민혁명의 주체들, 백성의 주인 되는 세상을 꿈꾸다 희생된 전주인들의 마음"을 일컬어서 "자신의 입장을 당당하게 주장하고 강자에게 용감하게 맞서는 '솔찬히 아고똥한' 정신"이라고 하였다.[201]

---

200 이동희, 앞의 글, 22~23쪽.
201 최기우, 「전주가 자연스레 만든 품격」, 『온·다라인문학 토론회 자료』, 2014. 10. 30. 15쪽.

국어학자인 이태영은 다른 판본과 대비되는 완판본의 우수성을 강조하면서 "근대적 시민의식이 발달하고 만민이 평등하다는 의식이 앞서고, 저항적·진보적 의식이 강화된 도시로서 전주는 '완(完)'의 정신을 지녔다."고 하였다. 경판본 소설에 비해 완판본 소설은 서체도 아름다울 뿐만 아니라 서사적으로도 완성도가 높고 해학과 풍자가 넘치며 세련된 표현 방식을 구사한 것이 사실이다. 이는 "전주의 문화가 상층부의 양반들만이 지니고 있었던 문화를 중인 계층이나 서민 계층들이 함께 즐길 수 있게 발전시킨 결과"라고 하였다.[202]

또한 인문강좌를 진행하는 가운데 여러 강사들이 강의 중에 전주정신을 다각도에서 언급하였다. 역사학자 홍성덕은 전주한옥마을의 문화자원들을 소개하면서 "경기전과 전동성당이 마주서 있는 것을 비롯하여 전주에는 다양한 가치와 이념, 종교 등이 대립하고 갈등하기보다는 공존과 조화를 이룰 수 있게 해 주는 '상생'(相生)과 '해원(解冤)'의 정신이 흐르고 있다고 하였다.[203]

---

202 이태영은 "전주에서 발간된 완판본 한글 고전소설과 서울에서 발행된 경판본 한글 고전소설의 차이점은 다음과 같다. 첫째, 경판본(서울본) 한글 고전소설이 양이 매우 빈약하게 출판된 데 비하여, 완판본은 동일한 소설이라도 양이 많다는 점이 특징적이다. 이는 이야기(소설, 설화)에 대한 감각이 매우 풍요로웠음을 보여주는 증거이다. 그래서 한글 고전 소설을 연구하는 학자들이 주로 완판본을 가지고 연구하고 있다. 둘째, 안성판과 경판본이 18세기 말에 나왔고, 완판본이 19세기 초에 간행되어 약 30년의 차이를 보이지만, 지방에서 무려 130여 년간 고소설이 간행되었다. 이러한 사실은 당시의 전주의 경제·문화적인 풍요로움이 서울과 대등한 관계에 있었음을 보여준다. 셋째, 고소설 이외에도 수많은 판매용 책을 찍어서 서울과 다른 지방에 판매망을 두고 판매를 하였다는 점이다. 판매를 목적으로 책을 만들었다는 사실은 당시의 출판문화가 전주에서 대단히 발달하였음을 보여준다."고도 하였다.

203 「전주한옥마을의 형성과 문화자원」, 『온·다라인문학 인문강좌 자료』, 2015. 1. 9.

또한 이병규(동학농민혁명기념관 연구조사부장)는 전주에서 전개되었던 동학농민혁명의 전개 양상을 소개하면서 당시 동학농민군들이 보여주었던 정신을 '상생과 배려, 그리고 나눔의 정신'이라고 정리하였다. 동학농민군들은 관군 및 일본군과 치열하게 전투를 전개하면서도 결코 남의 물건을 빼앗거나 인명을 살상하지 않았다. "사람이 곧 하늘이다(人乃天)"라는 사상을 가졌기에 동학농민군들은 하늘과 같은 사람의 생명을 소중히 여겼고 남의 재물을 함부로 빼앗지 않았음은 물론, 작은 것도 서로 나누면서 혹독한 고통을 함께 견뎌나갔음을 그들이 남긴 편지글이나 행적을 적은 글들을 통하여 알 수 있다고 이병규는 지적하였다.[204]

향토사학자인 신정일은 모두가 평등한 대동세상을 꿈꾸었던 정여립의 사상을 '더 먼 것에 대한 사랑'이라고 정의하였다. 신정일은 "대도(大道)가 행해지니 천하가 만민의 것이 되고 어질고 유능한 자가 선출됨으로써 모두가 신의를 중히 여기고 화목한 사회가 되었다. 그러므로 자기 부모와 자식만을 사랑하지 않고 모두 한 가족 같이 사랑하였다."라는 『예기』의 내용을 근거로 하여 정여립의 대동사상을 '더 먼 것에 대한 사랑'이라고 정의한 것이다.[205]

이처럼 '온·다라 인문학'의 인문강좌와 인문체험을 통해 이미 다양한 각도에서 전주 정신이 조명되었고, 이와 같은 시도는 앞으로도 이어질 전망이다. 홍성덕이 지적한 것과 같이 전주 정신은 고정불변

---

204 이병규, 「동학농민혁명과 전주」, 『온·다라인문학 인문강좌 자료』, 2015. 4.1.
205 신정일, 「정여립의 대동사상」, 『온·다라인문학 인문강좌 자료』, 2015. 4.8.

의 정신이라기보다는 늘 살아 움직이면서 변화하는 정신일 수밖에 없다.[206] 지역의 정신은 과거로부터 이어온 정신이기도 하지만 당대를 사는 지역의 공동체 구성원들이 간절히 요구하는 것이어야 하고, 나아가 지역 사회를 결집시키고 지역 사회의 갈등과 분열을 극복하게 함과 동시에 보다 나은 미래를 견인할 수 있게 만들어야 할 것이기 때문이다.

1-3. '한(恨)'과 '풍류(風流)'의 전주정신

1-3-1. 천이두의 '한(恨)'과 '삭임'

천이두(1930~2017)는 남원 출신 평론가이자 학자·교육자이지만 전북대학교에서 제자들을 키웠고, 전주에서 『문화저널』이라는 잡지를 간행하였는가 하면, 판소리 연구자로서 전주세계소리축제조직위원회 위원장직을 수행하는 등 대부분의 삶을 전주와 함께 하였다고 하여도 과언이 아니다. 그는 구태여 남의 이목이나 이력에 집착하지 않았고 학문과 평론에 정진하였다. 비록 지방에 거주하며 서울에 원고를 보내면서도 서울에 거주하는 이들보다 평론가로서 더 높은 평가를 받고 활발한 평론 활동을 전개하였다. 또한 단순한 평론 활동

---

206 홍성덕, 「전주정신 정립을 위한 방안 모색」, 『온·다라인문학 토론회 자료』, 2014. 10. 30.

에 그치지 않고, 개별 작품들을 평가하고 분석할 수 있는 이론적 틀(paradigm)을 독자적으로 개발함으로써 주체적이고 창의적인 학문세계를 구축하였다.

1993년에 문학과지성사에서 발간된 『한의 구조 연구』는 그의 대표적인 저서 중 하나이자 '한'에 대한 연구의 집대성이면서 동일 분야 최고 수준의 학문적 경지를 보여준다는 점에서 주목을 요한다. 일반적으로 '한'을 애상의 정서나 소극적이고 부정적인 정서로 인식하던 기존의 평면적인 논의에서 벗어나 천이두는 '한'이 지닌 상반되는 양면성에 주목하면서 그것을 역동적으로 바라보고 해석함으로써 '한' 연구의 일대 전환을 이루었다.

천이두는 "'한'의 본질적 속성은 끊임없이 삭는 것이며 이 '삭임'에 의해 한의 독소, 즉 공격성(怨)과 퇴영성(嘆)은 초극되어 긍정적이면서도 미학적이고 윤리적인 가치(情과 願)로 승화·발효된다."고 하였다. 여기서 '원(怨)'은 일이 잘못되었을 때 남을 원망하고 미워하는 마음이고 '탄(嘆)'은 스스로 비하하거나 자책하는 태도와 마음을 가리킨다. 사업에 실패하거나 시험에 떨어졌을 경우, 혹은 배신을 당하거나 큰 손해를 입었을 경우 우리는 흔히 남 탓을 하거나 스스로 학대하면서 증오와 좌절의 감정을 더욱 확대 생산시키는 경우가 많다.[207]

그런데 천이두는 "'한'이라는 정신 기제는 그 부정적 정서와 태도를 '삭임'이라는 과정을 거쳐 긍정적인 정서와 태도로 승화·발효시

---

207 천이두, 『한의 구조 연구』, 문학과지성사, 1993, 113~115쪽.

킨다."고 하였다. '삭임'이란 국어사전에 의하면 "먹은 음식을 소화를 시키다." 혹은 "분을 가라앉히다."의 뜻을 지니고 있다. 또 '삭힘'은 "발효시키다."라는 뜻을 지니고 있는데 아마도 천이두가 사용함 '삭임'에는 사전적 의미 외에 "발효시키다"의 뜻과, 『주역』에서 기원한다는 '고진감래(苦盡甘來)'라는 뜻 등이 더불어 담겨 있는 것으로 보인다.

한국인은 '한'을 삭이면서 인간으로 성숙해 가고, 그 '한'을 즐기면서 '멋'을 추구했다. 곧 한은 한국인에 의해 끊임없이 투사되고 표상되면서 '멋과 슬기'를 생성해 왔다는 것이다. 이와 같이 '삭임'에 의해 부정적인 정서와 태도가 긍정적인 것으로 바뀌는 가장 대표적인 예로서 과거 전주에서 가장 활발하게 공연되고 유통되었던 '판소리'와 이를 바탕으로 만든 '판소리계 소설'을 들 수 있다.[208]

예컨대 천기의 소생인 춘향은 이몽룡과 이별하고 변학도로부터 모진 시련을 겪는다. 당연히 춘향으로서는 자신의 비천한 출신 성분과 처지에 대해 비관적·절망적으로 생각하거나(嘆), 자신을 떠난 이몽룡을 비롯한 양반 계층을 원망하고 증오할(怨) 수도 있었을 것이다. 그러나 춘향은 이몽룡을 원망하기보다는 그와 진정으로 사랑한 것 자체를 소중히 여기며, 이몽룡에 대한 믿음을 저버리지 않고 변학도에 항거한다. 비록 부친이 양반이지만 모친이 천민인 경우, 모계의 신분을 따라간다는 사회적 관습이나 변학도를 비롯한 양반들의 조롱과 비웃음에 아랑곳하지 않고 춘향은 스스로 자신의 품격을

---

208 천이두, 위의 책, 115쪽.

'양반가 여성보다 더 고귀한 존재'로 승격시킨다. 비록 몸은 매질에 의해 살점이 떨어져 나가고 감옥에 갇혀 부자유한 몸이 되었지만 그의 인격과 정신은 양반가의 여성보다도 고결(高潔)하고 청아(淸雅)하였던 것이다. 그러기에 퇴락한 모습으로 찾아온 이몽룡도 따뜻하게 대할 수 있었고 변학도의 모진 고문과 겁박에도 굴하지 않을 수 있었다.

이처럼 『춘향가』와 『춘향전』에 그려지고 있는 춘향은 '한'을 온몸으로 구현하고 있는 존재이다. 얼마든지 남을 원망하고 자신을 비하할 수도 있는 상황에서 오히려 자신의 품격을 높이고 타자를 포용하면서 자기 자신을 최고의 품격을 지닌 여성으로 격상시킨 춘향은 분명히 타자 지향적이면서 현재의 상태에 얽매이지 않고 소망을 잃지 않으며 긍정적 미래를 개척하고자 하는 '수동적 능동성'을 지닌 인물이다.[209] 특히 전주에서 출판된 완판본 『열녀춘향수절가』가 120여 종이 넘는 것으로 알려진 수많은 『춘향전』 중에서 판소리계 소설로서의 특징[210]을 가장 분명하게 지니고 있으면서 '한'의 정서를 가장 뚜렷하게 드러내고 있는 것 역시 결코 우연이 아니다.

---

209 '수동적 능동성'은 천이두가 제시한 개념으로서 레비나스가 이야기하는 '책임'과도 상통하는 개념이다. 곧 "상대방을 적극적으로 공격하지 않고 자신에게 주어진 고통을 감내할 뿐만 아니라, 나아가 고통 받는 타자들의 문제를 바로 자신의 문제로 끌어안음으로써 자신의 품격을 향상시키고 공동체적 연대와 공의(公義)와 공동선(公同善)을 실현하는 과정"을 천이두는 '수동적 능동성' 혹은 '소극적 적극성'으로 표현한 것으로 보인다.

210 완판본 「열녀춘향수절가」는 그동안 조동일, 김흥규 등과 같은 국문학자들이 주장한 판소리의 이원적 성격, 이른바 표면적 주제와 이면적 주제, 곧 '기생 춘향'과 '기생 아닌 춘향'의 갈등과 충돌 양상이 가장 격렬하게 일어나고 있는 판본으로 평가되고 있다.

'삭임'과 매우 밀접하게 관련 있는 단어로 천이두는 '시김새'를 들었다. 시김새의 '시김'이라는 말은 '삭임'에서 온 것으로 본다.[211] '시김새'란 "판소리 창자가 수련을 쌓아가는 과정에서 그 가락에 제대로 삭고 익어서 예술적인 멋을 성취하게 된 상태"를 말한다. 곧 판소리 가락을 잘 소화시키고 그 오묘한 경지를 터득하여 차원 높은 예술로 승화시킨 정도나 차원을 일컫는 말인 것이다. 판소리에서 '한'의 정서는 이러한 '삭임'의 과정을 통해서 표출되고 극복되는데, 끊임없는 '삭임'의 과정을 통해 부정적 정서는 극복되고 타자를 배려하고 창조적인 미래를 지향하는 긍정적 정서가 생성하게 된다.

천이두는 "광대가 '시김새'를 획득하기 위해서는 고도의 정신 집중을 바탕으로 '불퇴전의 정진' 있고서야 가능하다."라고 하였다. 이것은 "'한'의 소유자가 배신을 당하거나 피해를 입어도 반격과 보복을 즉각적으로 하지 않고, 오히려 분노와 좌절, 배신감, 절망감 같은 부정적 정서들을 삭이는 '인욕과 정진의 과정('삭임')'을 통해 이를 극복하고, 나아가 슬기를 획득하는 것과 궤를 같이한다."라고 하였다. 춘향이가 '십장가'를 부르며 모진 매를 견뎌내고 감옥살이와 사형 판결에도 불구하고 굴하지 않고 이몽룡에 대한 절개를 지킨 것처럼, 일정한 목표를 달성하기 위해 '인욕·정진'하는 '삭임'의 과정이 있어야 함은 당연하다.

'한'을 실현하는 인물들은 모두 상대방을 거짓 없이 사랑하고, 무섭게 견디며, 어떠한 경우에도 자신의 존엄성을 결코 허물지 않는다.

---

211 천이두, 위의 책, 111쪽.

또 그들은 자신이 살아가는 과정에서 마주친 사람들, 사물들, 인연들에 대해 성심으로 사랑하고 아끼고 보살피고자 하는 정신과, 자신의 몸을 비우고 열어서 서로 통하고 교감하게 만들어 주는 '소내(疎內)'의 정신을 지니고 있는 바, 이는 바로 전주정신의 '핵'을 이룰 만한 것으로 평가될 수 있다.[212]

1-3-2. 가람 이병기의 자연친화적 '풍류정신'

우리나라 대표 시조시인이자 국문학자인 가람 이병기(1891~1968)은 전북 익산 출생이지만 전주보통학교를 졸업하고는 1952년 전북대학교 문리과대학장을 맡으며 상당 기간 전주에서 활동했다. 그는 일제 강점기 하에서도 창씨개명을 하지 않았고 우리말과 우리글을 지키면서 모진 시련을 감내했다. 그런 과정에서 그는 '조선어학회사건'으로 수감되어 옥고를 치르기도 하였다.[213]

그가 전북대학교에 재직할 당시 전주향교 부속건물인 '양사재'에서 지냈으며, 그가 있었던 방을 지금은 '가람다실'로 부른다. 가람의 서재에는 늘 건란이나 풍란 등이 채워져 있었고,[214] 양사재 뜰에는

---

212 최유찬, 『세계의 서사문학과 『토지』』, 서정시학, 2008, 361쪽.

213 가람의 좌우명은 '후회하지 말고 실행하자.'였다고 한다. 50여 년 간 꾸준히 일기를 쓴 것도, 전 생애 언제나 떳떳하여 흠결을 남기지 않은 것도 이 좌우명을 따랐기 때문이다. 임종국의 『친일문학론』에는 '창씨개명'에도 응하지 않았고, '끝까지 지조를 지키며 단 한 편의 친일(親日) 문장도 남긴 일이 없는 영광된 작가'라고 기록돼 있다. 가람은 어느 때 어떤 상황에서도 민족의 지조와 절개를 지키며 나라와 겨레를 잊지 않았던 백세지사(百世之師)로 평가되고 있다.

214 예로부터 난의 향기와 자태는 선비의 고결하고 청정한 기품에 대한 우의(寓意)로

매화나 백련을 심어 항상 자연을 벗 삼으며 풍류를 추구했다.

가람은 어린 시절에 서당에서 한문을 수학하고 『음빙실문집』을 통해서 새로운 사조에 접한 한학적 지식인답게 법고창신(法古創新)의 문화 감각을 지녔다. 그의 시인적 소양과 역량의 상당부분은 그가 옛 선비들의 심미적 문화에 적응하고 동화함으로써 터득한 것이었다. 이병기는 이런 점에서 옛 선비들의 예도와 풍류의 상속자였다. 여기서 '풍류'란 "인문학적 교양에 기초한 세계의 감각적 향수를 뜻하는 것으로서, 그 풍류의 속성은 고상(高尙), 우아(優雅), 쇄락(灑樂), 아취(雅趣) 등과 같은 도덕적·심미적 자질들로 구성된다고 할 수 있다.

조선조 사대부의 심미적 문화에서 '풍류'는 "인문적 성숙에서 우러나오는 인간의 내면적 기품을 매개로 세계와 향수(享受)의 관계에 들어서는 행위"를 가리키는데 황종연은 이병기가 바로 이러한 사대부들의 풍류를 계승하여 삶 자체를 향수(享受)한 것으로 보고 있다.[215]

　　빼어난 가는 잎새 굳은 듯 보드랍고

　　자줏빛 굵은 대공 하얀한 꽃이 벌고

　　이슬은 구슬이 되어 마디마디 달렸다.

간주되었고, 난을 완상하는 행위는 선비의 인간적 이상을 숭상하는 행위와 동일시되었다(황종연, 「이병기와 풍류의 시학」, 263쪽)

215 황종연, 「이병기와 풍류의 시학」, 『한국문학연구』, 제8집, 1984, 265쪽.

본디 그 마음은 깨끗함을 즐겨하여

정(淨)한 모래 틈에 뿌리를 서려 두고

미진(微塵)도 가까이 않고 우로(雨露) 받아 사느니라.

— 이병기, 「난초·4」

가람의 시조 중 가장 널리 알려진 「난초」는 1939년 간행된 이병기의 『가람시조집』에 수록되어 있는 연시조이다. 이병기는 "자연과 인간이 아무런 갈등 없이 소통하고 화해롭게 공존하는 상태에 있는 인간, 혹은 자연 질서의 운행과 개체적 삶의 영위가 서로 합치되는 지점에 존재하는 인간을 '산인(山人)'이라고 칭하였다. '산인'은 조선시대 선비들의 심미적 문화에서 이상화된 인간이며, 선비들이 '풍류'를 통해서 따르고자 했던 인간형이었다. 이병기는 자연과의 교감 속에서 "물(物)이 또한 나의 정(情)을 갖추고 내가 또한 물의 정을 갖춘다."는 식의 선비들이 추구했던 철학적 이상에 동조한다. 난(蘭)의 재배는 그의 물아일체(物我一體) 사상을 가장 잘 나타내는 풍류적 행위이다. 난을 기르는 정신과 행위는 물질적 풍요로는 성취할 수 없는 '삶의 질', 혹은 '품격' 그 자체이다.[216]

---

216 황종연, 앞의 논문, 273쪽. 이와 같은 이병기의 '풍류 정신'은 유학적인 세계관을 지닌 선비들이 나름대로 '한'을 구현하였던 방식으로 평가할 수 있다. 곧 가람은 '풍류'라는 '인문학적 소양과 도덕적·심미적 자질'을 통하여 일제강점기 및 독재 정권이라는 부정적 시대에 맞섰고 타협을 거부하였다. 그의 '난 재배'와 '국문학 연구', '시조 창작' 등은 부정적 시대로 말미암아 발생된 부정적 감정과 정서를 선비정신과 풍류로 승화·발효시켜 얻어낸 창조적인 산물로 보아야 할 것이다.

1-3-3. 신석정의 '목가적 저항정신'

신석정(1907~1974)은 전북 부안 출신으로서 시문학파 시인, 혹은 전원시인으로 널리 알려진 시인다. 1924년『조선일보』에「기우는 해」를 발표하며 작품 활동을 시작했다. 중앙불교전문강원에서 불전을 공부했으며 전주고등학교 교사를 거쳐 1955년 전북대학교에서 시론을 가르치기도 했다. 1939년 첫 시집『촛불』을 펴냈고, 1970년 마지막 시집으로『대바람 소리』를 펴냈다.

신석정의 제자이자 시인인 허소라는 신석정이 '목가 시인'으로만 알려진 것은 잘못된 것이라고 지적한 바 있다. 허소라는 "일제강점기에 창씨개명을 하지 않고 친일시를 쓰지 않은 사람은 석정 선생밖에 없었다."라고 하며 미발표작 11편을 발굴·소개하였다. 1960년대에 신석정은 개혁적인 성향이 짙은 '민족일보'에 강한 저항정신이 담긴 시들을 많이 썼다. 이처럼 신석정은 낙원 지향의 서정시와 치열한 역사의의 시가 따로 가지 않고 이를 통합할 줄 알았다는 것이다.[217]

　　그러는 동안에 영영 잃어버린 벗도 있다. / 그러는 동안에 멀리 떠나버린 벗도 있다. /
　　그러는 동안에 몸을 팔아버린 벗도 있다. / 그러는 동안에 맘을 팔아버린 벗도 있다.

---

217 허소라,「목사시인 신석정, 저항정신 시 많이 썼다」,『전북일보』, 2009. 4. 16.

　　그러는 동안에 드디어 서른 세 해가 지나갔다. / 다시 우러러보는 이 하늘에

　　겨울밤 달이 아직 차거니 / 오는 봄엔 분수처럼 쏟아지는 태양을 안고 /

　　그 어느 언덕 꽃덤불에 아늑히 안겨 보리라.

　　　　　　　　　　　　－ 신석정, 『꽃덤불』, (『해방 기념 시집』, 1946)

　전주를 비롯한 호남 지역은 산수가 수려하고 들이 넓어 일찍부터 농경문화의 꽃을 피웠다. 그리하여 호남 사람들은 평화롭고 아늑한 삶의 터전에서 기상이 아름다운 노래를 많이 지어 불러왔다. 그러나 한편으로 백제의 패망 이후 동학농민혁명의 좌절에 이르기까지 정치적 주변부에 놓일 수밖에 없었던 이 지역 사람들은 현실의 아픔과 한을 신석정처럼 예술적 성취로 승화시켜왔다.

　해방 직후에 쓴 시 중 남한 문학을 대표하는 시로 알려진 「꽃덤불」에서 신석정은 일제강점기에 우리 민족, 특히 지식인들이 겪었던 좌절과 절망, 그리고 고통을 솔직히 고백하고 있다. 그러나 석정은 그런 부정적 정서에 함몰되지 않고 밝은 미래를 염원하고 있다. 비록 "겨울 밤 달"은 아직 차지만, "오는 봄엔 분수처럼 쏟아지는 태양을 안고" '꽃덤불'에 아늑히 안겨 보겠다는 시인의 꿈은 "고통과 절망을 상생과 용서의 정신을 통해 승화함으로써 밝은 미래로 나아가겠다는 다짐"으로 이어진다. [218]

---

218 신석정은 「전원으로 내려오십시오」라는 수필에서 "우리 고장의 풍광은 산자수

1-3-4. 최승범의 '아늑하고 부드러운 정서'와 풍류정신

신석정의 사위이자 제자인 고하 최승범은 1931년 남원 출생으로
전북대학교 국어국문학과를 졸업하고, 1956년『현대문학』으로 등단
하였다. 시집『난 앞에서』,『천지에서』등과 평론집『한국수필문학
연구』등의 저서가 있다. 한국문인협회와 예총 전북지부장을 역임하
였고. 1969년「전북문학」을 창간했으며, 현재 전북대 명예교수이자
고하문학관장으로 있다.

최승범은 장시(長詩)「전북의 아름다움」에서 다음과 같이 전북의
정신에 대해 이야기하였다.

전북의 아름다움 모두어 생각하면, 이 고장 산수 같은 아늑함과 부
드러움, 선인들 둘레와 나누어 온 맑고 밝은 빛이라네,

아늑함과 부드러움 정서적인 것이라면, 맑음과 밝음은 정신적인 것
이라 할 수 있지 않을까. 이 정서 이 정신이 바로 전북의 아름다움 이뤄
왔다네.

'인걸(人傑)은 지령(地靈)'이란 말 낡았다고만 할 것인가. 저 정서로
하여 전북 예술 꽃이 피고, 저 정신 푯대로 하여 전북 기풍(氣風) 횃불

명 그대로 찌들지 않은 것을 자랑하고 싶은 것입니다."라고 하였다. 이 수필에서
석정은 견훤의 후백제 건국과 몰락, 몽고의 침입, 임진왜란 당시의 전주 수성의 성
공과 정유재란 당시의 실패, 동학농민혁명의 성과와 한계 등과 같은 전주의 유구
한 역사를 언급하면서 '한강'과 '북한산'으로 대변되는 '중앙'에 비해 규모와 위력
면에서 뒤떨어졌지만, '청초명미(清楚明媚)'와 '산자수명(山紫水明)'으로 대변되
는 '자연적·도덕적 아름다움'과 '창조적 변방성'을 지님으로 말미암아 전주가 서
울 못지않은 높은 자존감과 품격을 지니게 된 것으로 보고 있다.

이었지 않은가.

　뉘라 하여 제 고장에 대한 애착 없으리만, 아름다운 전북, 이 고장 생
각하면, 전북의 토박이인 것이 이리 자랑일 수 없다네.

　　　　　　　　　　　　　　　　　　　　　－ 최승범, 「전북의 아름다움」

　비록 위의 시에서 최승범은 전주만이 아닌 전라도 전체의 정신을
이야기하고 있지만, 이는 또한 전주의 정신이라 해도 큰 무리가 없
을 듯하다.[219] 최승범은 이 시에서 전북의 산수가 '아늑하고 부드러
운 정서'를 조성하고, 선인들의 빛은 '맑고 밝은 정신'을 이루었으며,
이 모든 것이 '전북의 아름다움'이라고 고백하고 있다. 또한 아늑하
고 부드러운 정서로 말미암아 전북 예술이 발전하고, 또 맑고 밝은
정신은 '전북의 기풍'이 조성되었다고도 하였다.

　이 시의 5장에서 최승범은 전북 지역이 다른 어느 지역보다 훨씬
더 혹심한 고통과 시련을 겪어 왔음을 동시에 상기시킨다. "제 땅을
지키고, 제 삶을 지키려 했던 후백제인들의 진충(盡忠)"을 왕건은
'배역(背逆)'으로 몰았고, 정적이었던 동인들을 숙청하기 위해 서인
들이 일으킨 기축옥사로 말미암아 전북 지역은 '배역향'으로 지목되
어 이후 엄청난 견제와 차대를 감수해야 했다는 것이다.

　그럼에도 불구하고 전북인들은 기축옥사 직후에 임진왜란이 일
어나자 의병을 일으켜 웅치 전투와 이치 전투에서 용감하게 싸웠다.

---

219 언급하고 있는 주요 사건들, 곧 후백제 건국, 조선 건국, 정여립 사건, 동학농민혁
　　명 등과 같은 역사적 사건들의 주요 배경이 전주라는 점에서 최승범이 언급하고
　　있는 전북인의 정신은 전주정신이라 해도 무방하다고 본다.

그리고 전주성을 끝끝내 수성하여 호남의 곡창을 굳게 지켜 아군에게 군량을 공급하는 한편, 적의 군량은 고갈케 함으로써 임란 전체의 판도를 역전시키는 데 호남의 의병들은 크게 기여하였다. 이는 천이두의 지적대로 전북인들이 부정적인 마음을 긍정적인 것으로 전환시키는 '삭임'의 정신을 지니고 있었기 때문에 가능한 것이었다. 가혹한 고문과 처형을 당했음에도 불구하고 전북인들은 나라와 민족을 지켜야 한다는 '대의(大義)'를 실현하기 위하여 원망하는 마음을 애국심과 민족애로 승화시켰다.[220]

갑오년(甲午年·1894) 녹두장군 동학군이 올린 횃불, 그 횃불이 밝힌 기치,

사람 목숨 죽이거나 재물손상 하지 말 것.

충효를 다하고 백성을 편안히 할 것.

일본 오랑캐 내쫓아 성도(聖道)를 밝힐 것.

서울로 들어가서 권귀를 없앨 것.

4대강령 빛 부셨지. 이 모두 가렴주구(苛斂誅求) 외세침략(外勢侵略)에서 사람다운 사람살이 되찾아 지키자는 횃불 기치 아닌가.

전라도 전북 땅 이 땅 누려 삶을 가꾼, 이 땅 선인들의 아름다움이여,

---

220 최승범의 「전라도의 아름다움」 5장은 다음과 같이 시작된다. "임진왜란(1592~1598) 7년 전쟁 전라도 창의(倡義) 군량(軍糧) 아니더면, 또 남원·이치·금산의 저 혈전(血戰) 없다면, 전쟁을 승리로 이끌 수 있었겠나. / 충무공 말씀이신 약무호남(若無湖南) 시무국가(是無國家) / 이 한 말씀 생각해 보세." // 이와 같은 내용은 전주 사람들이 억울한 일을 당한 후 발생하기 마련인 원한을 긍정적이면서도 미래지향적 태도와 행동으로 승화시켰음을 최승범이 적절하게 표현한 결과로 볼 수 있다.

'미친바람' 다스린 슬기여, '검은바람' 이겨낸 용맹이여, 이 슬기 이 용
맹에 '반역향'을 덮씌우다니 이를 말이랄 수 있겠는가.

— 최승범, 「전북의 아름다움」에서

　전북은 조선 중기 이후 후기에 이를수록 소외당하고 차별받아 왔
다. 과거 급제자 수의 현저한 감소가 이를 증명한다. 전주를 비롯한
전북지역 백성들은 이러한 중앙 정부의 처사에 실망하거나 좌절하
지 않았다. 그들은 그렇다고 현실에 안주하지 않았다. 그들은 판소
리, 출판, 서화, 무용 등 다양한 분야에서의 문화적 창달('풍류')를 통
해 불평등하고 부조리한 조선의 현실에 역동적으로 대응하였다. 천
주교와 동학이 가장 먼저 전파된 곳도 아니면서 최초의 순교자가 전
주에서 발생하고, 경상도에서 발원한 동학이 전라도에서 동학농민
혁명으로 발전한 것은 따라서 우연이 아니다.

　위의 시에서 최승범은 수직적(봉건적)인 인간관계를 강요하던 조
선의 이데올로기와 신분 질서에 대항하고 외세의 침략에 맞서 주권
을 지켜내고자 했던 전북인들을 '미친바람 다스린 슬기와 검은 바람
이겨낸 용맹'을 지닌 사람들로 표현하였다. 이처럼 전북인, 혹은 전
주 사람들은 중앙 정부의 차대에 실망하거나 굴복하지 않고 기존의
모순을 극복하고 중심부를 해체하여 보다 합리적이고 평등한 세상
을 만들어 나가고자 했다. 곧 중심부를 해체하고 새로운 것을 창조
하고자 하는 '변방성을 지닌 공간'으로서의 역할을 국내 어느 지역
보다 활발하게 수행한 곳이 전북이고, 전주였다고 할 수 있다.

1-4. 『혼불』에 나타난 '온'의 정신과 '꽃심'

한국문학사에 큰 궤적을 남기고 별세한 『혼불』의 작가 최명희(1947~
1998)는 전주를 '꽃심 지닌 땅'이라고 하였다. 장편소설 『혼불』과 미
완성 장편소설 「제망매가」, 단편소설 「만종(晩鐘)」을 통해 전주의 역
사와 삶을 담았다. 전주에서 나고, 전주에 묻힌 작가는 늘 전주를 자
랑스러워했다.

최명희는 전북 전주시 풍남동(당시 화원동)에서 아버지 최성무
(崔成武·1923~67)와 어머니 허묘순(許妙順·1927~96)의 2남 4녀 중
장녀로 태어났다. 전주풍남초등학교, 전주사범학교 병설여자중학
교, 전주 기전여자고등학교를 거친 뒤, 2년간의 공백기를 가졌다.
1968년 영생대학(현 전주대학교) 야간부 가정과에 입학하여 2학년
을 수료했는데, 이 기간 중 최명희는 모교인 기전여고에서 서무직에
종사하기도 했다. 1970년 전북대학교 국어국문학과 3학년에 편입해
1972년 졸업과 동시에 기전여고에 교사로 부임하여 2년, 1974년 서
울 보성여고로 옮겼으며 만 9년간 국어교사로 재직했다. 1997년 전
북대학교에서 명예 문학박사학위를 받았다. [221]

1-4-1. 최명희의 『혼불』과 '온'의 정신

전주에서 주인공 강모는 역사교사이자 인생의 큰 스승인 심진학

---

221 최명희문학관 작가소개 사이트, '아소 님하', http://www.jjhee.com/

을 만난다. 심진학은 승자의 기록으로서의 역사가 아닌 기록되지 못한 패자의 역사, 곧 전주의 역사, 나아가 조선의 역사에 주목한다. 강모와 함께 만주로 건너간 심진학은 일본 제국에게 짓밟혀 신음하고 있는 조선의 모습을 신라에 패하고 한낱 '지렁이'로 기록된 '견훤'의 모습과 상동 관계에 놓여 있다고 본다.[222]

승자가 아닌 패자, 백제 후손의 관점에서 창작된 『혼불』의 역사 서술 방식은 중앙중심의 획일화된 역사가 아닌 지역 정체성을 담보한 '지역사'를 필요로 하는 지역사회의 요구에 부응할 수 있다. 『혼불』의 역사 서술에서 나타난 이러한 지역적 관점은 우리가 문화적 다양성을 확보하는 방법을 제시한다. 중앙에서 기술한 역사, 이른바 관학의 역사에는 아무래도 지배 이데올로기가 반영될 수밖에 없다. 그러나 지방의 입장에서 새롭게 기술된 역사는 그 지배 이데올로기를 비판하고 해체하는 성격을 지니게 마련이다. 『혼불』에서 견훤, 유자광 등이 완전히 새롭게 해석되고 여성, 하층민 등에 의해 남성이나 상층 계급에 속하는 이들이 도전받는 양상이 벌어지는 이유가 모두 여기에 있다.

　　전주의 이름을 보자.

　　이제 제군들이 부조(父祖)의 함자(銜字)와 휘자(諱字)를 똑바로 아는 것이 당연한 일이듯이. 그 음덕을 입고 살아갈 땅의 이름 또한 잘 알아야만 한다. 땅은 어버이이기 때문이다.

---

222 고은미, 「지역사의 관점에서 본 『혼불』」, 『온·다라인문학 인문강좌 자료』, 2014. 10.

역사 선생은 칠판에 백묵으로 강렬하게 '全州'라고 썼다.

"전주는 온전 전(全)과 고을 주(州)로서 온전한 고을이라는 말이요, 완산은 완전할 완(完)에 뫼 산(山)이니, 산의 고어가 '들'인 것을 안다면 '온 들'이라, 완전한 뫼와 어울려 다함 없이 완전한 산과 들, 즉 완전한 누리를 일컫는 말이다."

이는 전주가 나지막한 산자락에 둘러싸인 원형 분지로서, 동남쪽 저만큼 산악지대를 우뚝우뚝 장수처럼 첩첩이 늘어세우고, 서북쪽 비옥한 평야 지대를 아득히 풀어서 펼쳐 놓아 비산비야를 적절히 이룬 지형인데다가, 서해 바다 또한 지척인지라, 산과 들과 바다의 산물이 사시사철 풍요롭게 모여들고, 기후조차 온화 따뜻하여, 사람들의 성품은 명랑하고 낙천적이면서 남방인 특유의 개방적인 호방함을 넉넉하게 가진 바를 기리어, 만물이 은성하며 모든 것을 완비하여 원만하다는 뜻을 글자로 표현한 것이리라.

"이 글자 속에는 무궁하면서도 아늑한 이상(理想)이 담기어 있다."

'전'자나 '완'자나 모두 온전하다는 뜻으로, '온'이란, 흠이 없다, 혹은 모든 것, 그리고 갖추어져 부족함이 없는 상태, 백·천·만 숫자를 가리킬 때, 백의 옛말이다.

온 세상, 온갖 것, 온 힘을 다하여, 온통.

백제 사람들은 이 '온'이란 말을 즐겨 써 온 것 같다. 그 시조인 온조왕의 이름 첫 글자인 '온(溫)'에도 드러나 있고, 국호 백제의 '백(百)'도 훈으로 읽는다면 '온'이다. 이 '온'속에는 완전·원만·광대함을 사모 숭앙하는 정신이 깃들어 있다.

－『혼불 8권』80~81쪽

최명희는 심진학의 입을 빌어 '완산(完山)'의 옛 이름을 '온(完, 全)'과 '들(山)'의 합성어로서의 '온들'이었을 것으로 추정하고 있다. '온'은 '온전하다', '흠이 없다.', '모든 것을 두루두루 갖추고 있다.' 등의 뜻을 지니고 있으며, 백(百)의 고어가 '온'이라는 것과 백제 시조가 '온조왕'인 것도 '온'이 지닌 이런 의미들과 연관된다고 보고 있다. 물론 이와 같은 주장은 문헌을 통해 입증된 역사적 사실이나 객관적으로 입증된 견해라기보다 대부분 작가가 문학적으로 상상한 내용이다. 그러나 문학은 역사와 달리 사실뿐만 아니라 '진실'을 함께 다룬다. 실제로 전주가 과거에 '온들'이라고 불렸는지 여부가 중요한 것이 아니라, 전주의 옛 이름을 '온들'이라고 상정하였을 때 갖게 되는 전주 사람들의 정체성이나 자부심이 더욱 중요하다.

특히 '온들'이란 명칭은 전주의 실제 역사, 문화, 정신 등과 비교할 때 의미심장한 의미를 지닌다. 왜냐하면 처음부터 '온전하고, 흠이 없고, 모든 것을 두루두루 갖춘' 인간이나 도시는 없기 때문이다. 따라서 '온'의 다양한 뜻은 '실제의 상태'이기보다는 '우리가 추구해야 할 가치', 혹은 '지향해야 할 목표'로서의 의미를 지닌다고 보아야 한다.

원래 전주는 동·남쪽은 지대가 높은 반면, 서·북쪽으로는 지대가 낮아 홍수에 취약했다고 한다. 큰 비가 내릴 경우, 높은 지대로부터 한꺼번에 낮은 지대로 큰물이 들어 전주천이 범람하기 일쑤였다고 한다. 그러나 오랜 기간 전주 사람들은 전주천의 물길을 조정하고 둑을 높게 쌓는 한편, 준설 작업을 열심히 함으로써 오늘날 좀처럼 범람하지 않는 전주천이 형성되었다. 전주는 마한, 백제, 통일신라,

고구려 유민, 중국 등의 문화나 정신, 혹은 상품 등이 활발하게 교류되고 융합되었던 지역으로 추정된다.[223]

전주가 '완판본'으로 대변되듯이 중심부 못지않은, 때로는 중심부보다 훨씬 훌륭한 문화를 창달시킨 것은 전주가 배타적이기보다는 포용적이고, 폐쇄적이기보다는 개방적이며, 보수적이기보다는 진보적인 성격을 가졌기 때문이라고 보아야 할 것이다. 그렇기때문에 전주는 상주 출신의 견훤을 받아들여 후백제 왕국을 건설할 수 있었고, 본향을 오래 떠나 함경도에서 나고 자랐던 이성계를 넉넉하게 포용함으로써 조선 건국의 태반이 될 수도 있었다.[224]

전주 사람들은 기축옥사로 인해 중앙 정부로부터 치명적인 상처를 입었음에도 불구하고 의병을 일으켜 전주성과 호남평야를 지키고 태조 어진과 조선왕조실록을 안전한 곳으로 대피시키기도 하였다. 또 천주교나 외지에서 발원한 동학을 시대적 흐름과 요구에 맞게 주체적으로 수용하였으며, 양반의 전유물이었던 문학, 음악, 무용, 서화 등을 중인이나 서민은 물론 천민들까지 모든 백성들이 즐길 수 있는 대중적인 문화로 전환·확산시킬 수 있는 능력을 지닌 도시가

---

223 홍성덕, 「아하 그렇군요, 전주시」, 전주역사박물관 사이트,
http://www.jeonjumuseum.org

224 또한 전주는 조선왕조가 위기에 처했을 때마다 왕들이 직접 방문은 하지 못하였지만 전주에 대한 관심을 촉구하고나 전주를 격상시킴으로써 위기를 돌파하려고 하였다. 영조가 극심한 분당정치를 왕권 강화와 탕평책으로 돌파하려 할 때 전주 이씨 시조를 모시는 '조경단'을 세우고, 고종황제가 쓰러져가는 나라를 되살리기 위해 친필로 '태조고황제주필유지(太祖高皇帝駐畢遺址)' 비문을 내린 것은 전주가 조선 왕실의 태반으로써, 또는 정신적 지주로서 어떤 역할을 해왔는지를 알 수 있게 한다.

될 수 있었다.

　이처럼 전주는 단순히 다른 지역과 다른, 차별성만 지닌 도시가 아니라 수도를 비롯한 다른 지역을 선도하는 '창조적 변방성을 지닌 진보적 도시로서의 역할'을 늘 훌륭하게 수행해 왔다. 정여립의 대동사상, 동학사상, 기독교 사상 등을 통해 봉건사회가 고수하던 수직적 인간관계를 민주적 수평적 인간관계로 바꿔 나감으로써 근대 시민 사회와 모든 사람들이 평등하게 사람답게 살아가는 민주주의적 체제를 어느 도시보다 앞장서서 준비하고 선도한 것도 전주였으며, 국가가 외세와 손을 잡고 자국의 백성을 진압하려 할 때, 재래식 무기와 농기구를 들고 조국의 주권을 수호하기 위해 외세에 맞서 동학농민혁명 2차 봉기를 일으킨 곳도 동학농민혁명군의 지도부가 있었던 전주였다. 이 모두 전주 사람들이 늘 드높은 자존감과 자부심을 지닌 '창조적 변방성'을 지니고 이었기 때문에 가능한 것이었다.

1-4-2. 최명희의 '꽃심'과 레비나스의 '타자의 얼굴'

　전주에 본부를 두고 있는 '전북작가회의'는 1997년 창립총회 기념사를 통해 다음과 같이 선언하였다.

　　정여립의 대동정신, 그리고 동학혁명 등에 일관되어 있는 만민평등 사상이 이 지역문화의 연원이었음을 새삼 깨달으면서 우리는 지역 문화의 정수를 한데 엮어 민족문화의 내일을 가꾸고자 합니다. 평등사상과 한의 정서, 그것들이 지니고 있는 동전의 양면과 같은 비극적 혈연을 전라도는 고통스럽게 감당하고 있습니다. 우리가 감당하고자 하는 그 고통과 희망을 우리가 무너뜨리고자 하는 이 나라 글쓰기의 수위를 그리고 우리가 가꾸어 나갈 민족문화의 숲을 앞으로 주의 깊게 지켜보아 주십시오.

위의 선언문에서 작가들은 전주의 전통이 지닌 '양면성'을 먼저 언급하고 있다. "정여립의 대동정신과 동학혁명 등에 일관되게 나타나고 있는 만민평등사상이 이 지역문화의 연원"이라는 점은 무척 자랑스럽지만 또한 두 역사적 사건은 이 지역에 '한의 정서'와 '고통'을 심어 놓은 것도 사실이다. 이 '고통과 희망'이라는 비극적 혈연관계 속에서 지역의 문인들은 '민족문화의 숲'을 가꾸어 가겠다고 다짐하고 있는 바, 이는 앞에서 언급한 '삭임'의 정신을 통해 비극적 상황 속에서도 공격적이거나 퇴영적인 정서에 함몰되지 않고 타자를 배려하고 긍정적인 미래를 개척하는 문학을 창작하겠다는 의지의 발로라고 생각된다.

아우슈비츠 수감생활을 경험했던 유대인 철학자 레비나스는 '타자의 얼굴'이라는 개념을 통해 자신의 독자적인 사상세계를 구축하였다. 레비나스에 의하면 고통당하는 '타자'는 나에게 '윤리적 명령'을 내린다. 타자의 얼굴은 나에게 '명령하는 힘'으로서 다가오는데, 이 힘은 강자의 힘이 아니라 상처받을 가능성, 무저항에서 오는 힘이다. 타자의 곤궁과 무력에 부딪칠 때 나는 "부당하게 나의 소유와 부와 권리를 향유한 사람으로서 자신이 죄인임"을 인식한다. 이처럼 '타자의 경험'은 자신의 불의와 죄책에 대한 경험과 분리할 수 없다.

'타자의 얼굴'을 받아들임으로써 나는 '인간의 보편적 결속과 평등
의 차원'에 비로소 들어가게 된다는 것이 레비나스의 주장이다.[225]

　대동사상을 주창한 정여립이나 "사람이 곧 하늘이라"고 믿고 실
천했던 동학농민혁명의 지도자들 역시 레비나스가 말하는 '타자의
경험'을 느꼈던 인물들이라고 할 수 있다. 그들은 대체로 양반의 신
분에 속해 있었고 봉건적 지위를 누리고 있었다. 그럼에도 불구하고
그들은 굳이 민중의 편에 서서 평등한 세상을 만들고자 한 것은, 타
자의 얼굴로부터 '윤리적 명령'을 받았기 때문이다. 양반이 아니라
는 이유로, 혹은 천민이라는 이유로 인간다운 대접을 받지 못하는
모습을 보고 그들 하층계급의 고통과 슬픔을 함께 느끼는 가운데 그
들과 공동체적 연대감을 형성하고 '인간의 보편적 결속과 평등의 차
원'에서 시대의 모순을 혁파하고자 하였던 것이다.

　작가 최명희는『혼불』마지막 10권에서 '꽃심'이라는 개념을 제시
한다.

　　　아직도 전주 사람들은 완산에 산다.
　　　저 아득한 상고(上古)에 마한의 오십오 개 소국 가운데서, 강성한 백
　　제가 마한을 한 나라씩 병탄해 올 때, 맨 마지막까지 저항했던 전라도
　　지역 원지국(爰池國)의 수도 원산(圓山), 그 완산, 전주. 그리고 빼앗겨
　　능멸당해 버린 백제의 서럽고 찬란한 꿈을 기어이 다시 찾아 이루겠다
　　고 꽃처럼 일어선 후백제의 도읍 완산.

---

225 강영안,『타자의 얼굴』, 문학과지성사, 2005. 35~36쪽.

그 꿈조차 짓밟히어, 차현 땅 이남의 수모 능욕을 다 당한 이 땅에서 꽃씨 같은 몸 받은 조선왕조 개국시조 전주 이 씨 이성계. 천 년이 지나도 이천 년이 지나도 또 천 년이 가도, 끝끝내 그 이름 완산이라 부르며 꽃심 하나 깊은 자리 심어 놓은 땅.

꽃의 심, 꽃의 힘, 꽃의 마음.

꿈꾸는 나라.

— 『혼불 10권』 296~297쪽

최명희는 또 1998년 '호암상 수상 기념 강연'을 통해 다음과 같이 '꽃심'을 보다 자세히 풀어서 설명한 바 있다.

"아름다운 것들은 왜 그렇게 수난이 많지요? 아름다워서 수난을 겪어야 한다면 그것처럼 더 큰 비극이 어디 있겠어요? 그러나 그 수난을 꿋꿋하게 이겨내는 힘이 있어 아름다움은 생명이 있지요. 그 힘을 나는 '꽃심'이라고 생각합니다. 내가 태어난 이 땅 전라도는 그 꽃심이 있는 생명의 땅이예요."

'꽃심'은 최명희에 의하면, "수난을 꿋꿋하게 이겨내는 힘이며, 아름다움이며, 생명"이라는 것이다. "'책임'은 내가 먼저 짊어지는 것이 아니라, 타인이 행한 작업의 결과이다. 책임을 통해 나는 타인에게 '수동적 대상'이 된다. 책임으로 주어진 나의 수동성은 나에게 동시에 선택과 과제로 주어지며, 수동성을 통해 나의 자유와 창의성은 무엇과도 바꿀 수 없는 절대적 의미를 얻게 된다. 나는 수동적 존재로 타인을 대신하여, 타인을 속죄하기 위해 고통 받는 볼모의 모습을 하고 있다. 타인을 위한 대속이야말로 나를 한 인격으로, 책임을 갖는 존재로, 이성적이고 합리적인 존재로 만들어준다"라는 레비나스의 주장과 최명희가 제시하는 '꽃심' 사이에는 분명 상통하는 바가 있다.[226] 최명희가 제시한 '꽃심'은 또한 천이두가 '한'을 설명하면서 제시한 '수동적 능동성'이라는 개념과도 상통하는 것으로 보인다.

정군수 시인은 「용머리고개」라는 시에서 "용머리고개에는 /백제 여인들이 완산천 시린 물을 퍼다가 /싸움터에서 죽은 / 지아비의 피 묻은 옷을 두들겨 패던 빨랫돌들이 / 천년 이끼를 키우며 살고 있다. / 백제 유민들의 때묻은 이부자리를 모아다가 / 새 솜으로 타주던 솜틀집이 살고 있다 / 대나무장대에다가 찢어진 깃폭을 매달아 놓고 / 하늘을 열어 / 견훤성 불귀의 원혼을 불러들이는 / 패망한 역사의 술사들이 살고 있다 / 용머리고개에는 / 관군들의 대포와 머리를 쳐부수던 / 동학군들의 녹슨 괭이와 낫을 달궈 / 햇빛 일렁이는 무지개 날을 노와 / 비석거리에다가 걸어놓고 / 동학군 반골을 불러 모으는 / 대장간 풀무쟁이가 살고 있다."라고 하며 전북 사람들이 당해 온 중요한 시련과 고통들을 열거하고 있다. 위의 시 외에도 전북 지역 시인들은 그들이 창작한 시에서 백제와 후백제의 패망, 견훤의 좌절, 정여립과 동학농민혁명군들의 희생들을 수없이 반복하여 다루고 있다.

---

226 강영안, 앞의 책, 259쪽.

완산칠봉 바라볼 때마다 / 전주성 밀고 들어가던 / 농군들의 함성들이 / 땅을 울리며 /

가슴 한복판으로 / 달려왔었는데 / 금년 세모 완산칠봉에는 / 전주화약 믿고 /

불뿔이 돌아가는 / 농군들의 여물지 못한 뒷모습 보입니다. / 곰나루, 우금치의 /

처절한 패배도 보입니다. / 그러나 우리는 다시 봅니다. / 강물은 끊임없이 흐르고 /

해는 내일 또다시 떠오른다는 / 믿음직한 진리를 우리는 다시 봅니다. /

— 신영복, 「완산칠봉」, 『감옥으로부터의 사색』, 386쪽

마치 파도가 연이어 밀려오듯이 전주는 다른 지역에서는 한 번도 감당하기 어려운 시련과 고난을 수없이 감당해야 했다. 그러나 그 모든 시련은 결코 자기 자신을 위한 것이 아니었으며 오로지 '수동적 존재로 타인을 대신하여, 타인의 죄를 대속하기 위해, 그리고 시대적 책임을 감당하기 위해' 전주 사람들은 고통을 겪어왔으며, 그 고통들은 '꽃심'으로 승화되었다. 몽테뉴가 말했듯이 "삶의 기술은 역경에 처할 때 그것에 어떤 의미를 부여하느냐."에 달려 있다. 전주는 수많은 역경을 통하여 문화를 창달시켰으며, 자유롭고 평등하며 정의로운 세상을 꿈꾸었고, 타자의 아픔과 슬픔을 자신에 대한 윤리적 명령으로 받아들이는 높은 '품격'을 보여 주었다.

1-5. 전북지역 문학작품에 나타난 정신

전주는 마한에서 백제, 그리고 통일신라시대를 거치는 과정에서 꾸준히 역량을 키워 왔다. 전주는 마한과 백제의 문화를 계승하되 신라와 고구려의 문물들도 포용적으로 수용함으로써 후백제의 왕도가 될 수 있었다. 후백제는 비록 36년밖에 유지되지 못하였지만, 왕도로서의 기억은 전주 사람들로 하여금 '품격 있는 삶'을 살게 하였고 그것을 바탕으로 훌륭한 인재들을 육성하였다. 또한 함경도 경흥에서 태어나고 자란 이성계가 무신으로 성공하여 본향인 전주를 찾았을 때 그를 따뜻하게 맞아주고 포용함으로써 전주는 '조선 건국의 태반'이 될 수 있었다.

경기전은 단순히 태조의 어진을 모시고 제사를 지내는 죽음의 공간이 아니라 조선 건국의 정신이 살아 있는 공간이 되었다. 경기전에는 조선왕조실록을 보관하는 전주사고가 있었다. 임진왜란을 겪으면서 다른 세 곳의 실록은 모두 소실되었음에도 불구하고 오로지 전주사고의 실록만이 경기전의 관원들과 정읍 선비들의 순전한 희생과 헌신에 의해 보존될 수 있었던 것도 전주에 조선을 건국하였던 당시의 초심, 곧 나라와 백성을 깊이 사랑하는 호국정신과 역사의식이 살아 있었기 때문이다.

그럼으로써 전주는 호남의 수부이자 중앙 정부가 있었던 한양 못지않은 높은 자부심과 자존감 및 품격을 지닌 도시, 곧 '창조적 변방성'을 지닌 도시로 발전하였다. 중앙이 잘못된 길을 가거나 봉건적 모순에서 헤어나지 못하였을 때, 전주는 시대를 앞서가며 새로운 방향을 제시하고 평등하고 자유로운 세상을 만들기 위해 고민하고 실천하였다. 정여립의 대동사상, 천주교와 개신교의 수용, 동학의 포교와 동학농민혁명의 발발 등은 모두 이와 같은 맥락에서 이해되어야 한다. 곧 전주는 기존의 가치(봉건적 가치, 수직적 인간관계)를 고수하려는 중앙에 맞서 그것을 해체하고 새로운 가치와 수평적 인간관계를 구축하기 위하여 늘 '창조적 변방'으로서의 역할을 자임했고 희생과 헌신을 마다하지 않았던 것이다.

전주의 문화와 예술이 중앙의 수준을 늘 능가하였던 것도 전주가 '창조적 변방성'을 지녔기 때문에 가능한 것이었다. 판소리가 전주대사습이라는 최고의 판소리경연장을 통하여 중흥하였고, 전주 음식이 오늘날까지 한국을 대표하는 음식이 되며, 전주의 시·서·화, 음악, 무용, 공예 등 모든 부문에서 전국 최고의 수준을 유지했던 것은 경제적 풍요와 더불어 전주 사람들이 시대적 요구에 따라 '창조적 변방'으로서 중앙을 일깨우고 선도하고자 하였기 때문에 가능한 것이었다. 특히 완판본의 수준이 경판본은 물론 대구나 수도권지역에서 간행된 도서들에 비해 훨씬 지질, 글씨체, 표현성, 서사적 완결성 등 모든 면에서 우수하였고, 이에 따라 전주에서 간행된 출판물이 전국적으로 가장 광범위하게 유통되었다는 사실은 전주가 지녔던 문화적·정신적 영향력이 그만큼 지대했음을 의미한다.

'창조적 변방성'을 지니기 위하여 그 지역의 사람들은 높은 품격, 자존감, 자부심을 가지고 뚜렷한 정체성을 지녀야 한다. 고통과 실패, 좌절과 패배에 굴복하고 좌절하기보다 거기서 무언가를 배우고 성공과 승리의 씨앗을 잉태해야 한다. 그러기 위해 반드시 필요한 정신이 '삭임'의 정신과 '꽃심'의 정신이다.

니체는 "인생의 완성이 혹독한 어려움에 현명하게 대처함으로써 이룰 수 있다,"고 하였다. 어려움에 봉착하여 문제를 회피하거나 외면하여서는 개인이고 지역이고 발전할 수 없다. 전주는 후백제의 멸망, 고려의 홀대, 기축옥사, 정유재란, 천주교 박해, 동학농민혁명의 패배 등과 같이 견디기 어려운 고통을 오랜 세월 겪어왔다. 전주의 높은 문화 수준과 강한 정신은 이와 같은 시련과 고통을 '삭임'의 정신과 '꽃심'으로 극복해 온 결과이다.

소설의 영화화 양상
— 『밀양』과 『JSA』의 '내포적 서술'을 중심으로

2-1. 소설의 영화화가 갖는 의미

2-1-1. 소설이 영화화되는 여러 양상

한국현대소설의 영화로의 매체 전이 양상은 문화적 담론의 변화에 따라 변모해 왔다. 1980년대 이전의 한국 영화는 원작소설을 충실하게 재현하기 위해 노력하였으나 1980년대 이후부터는 원작으로부터 독립하여 자유롭게 '영화 고유의 미학'을 추구함으로써 독자적 영역을 확보해 왔다. 최근에 이르러 소설을 각색한 영화가 원작이 거둔 성과를 훌쩍 뛰어넘는 사례도 자주 발생하고 있다.

그런가 하면 영화의 내용에 근거해서 영화를 원작으로 한 새로운 소설이 출현하기도 한다. 각색이 역방향으로 이루어진 셈이다. 예컨대 이청준의 소설을 영화화한 『서편제』는 다시 아동용 소설 『서편제』

(계수나무출판사) 원작이 되기도 하였다. 또한 허진호 감독의『외출』
은 작가 김형경에 의해 소설로 다시 창작됨으로써 영화가 소설화되
는 선례를 남겼다.

그런가하면 소설『축제』(이청준 작)와 영화『축제』(임권택 감독)
는 작가와 감독이 긴밀하게 상호 협력한 끝에 동반 창작되었다. 일
반적으로 소설의 영화화나 영화의 소설화가 소설 쓰기와 영화 제작
사이의 일정한 시차가 존재하는 데 반하여, 소설『축제』와 영화『축
제』는 소설과 영화의 상호교류의 새로운 양상을 보여줌과 동시에 매
체의 차이가 미학적 특질을 차이를 초래함은 물론, 이야기의 내용마
저 바꾸게 한다는 사실을 확인시켜 주었다. 소설『축제』는 메타적 서
술양상을 통해 사실과 허구의 경계를 무화시키면서 소설의 '자기반
영기법'을 보여준다.[227] 이에 비해 영화『축제』는 소설『축제』와 같
은 스토리 라인을 공유하지만 카메라 앵글, 조명, 음악과 음향, 편집
기법 등이 개입됨으로써 사건과 인물이 달라짐은 물론 서로 다른 미
학을 구현한다.

소설에서 영화로의 매체 전이는 문자언어를 영상 이미지와 사운
드 트랙의 결합으로 바꾸는 것을 의미한다. 영화의 영상 이미지는
동적 이미지이며 동적 이미지의 연쇄는 시간성을 획득한다. 사진,
회화, 조각 등은 공간성만 드러나지만, 영화의 영상 이미지는 공간
성과 시간성을 동시에 지니고 있다.

---

227 소설『축제』에서의 감독에게 보내는 준섭의 편지글은 '바깥쪽의 시선'에 해당한
   다. 독자는 메타적 해석과 판단 및 평가가 담긴 편지글을 통해 소설과 영화의 창작
   과정, 그리고 작가의 의도를 이해하게 된다.

이처럼 영화의 언어가 소설의 언어와는 완전히 다르기 때문에 원작소설의 명성이나 문학사적 평가가 영화의 성공으로 반드시 이어지지는 않는다. 원작이 아무리 훌륭해도 영화화된 작품이 예술적으로 낮게 평가되거나 흥행에 실패하는 경우가 오히려 흔할 정도이다. 반면에 『밀양』이나 『JSA』처럼 원작에 비해 영화가 높은 완성도나 예술성을 갖는 경우도 있고 『별들의 고향』이나 『영자의 전성시대』, 『겨울여자』처럼 상업적으로 크게 성공하는 경우도 없지 않다.

영화는 소설에 산포된 "언어적·비언어적 사건의 언어적 등가물"[228]이다. 영화는 소설에 산포된 "언어적·비언어적 사건의 언어적 등가물"을 영화적 표현형식으로 형상화해야 하며, 이때의 영화적 표현양식은 언어에 대한 의존도가 낮을수록 바람직하다. 보이스 오버 나레이션(voice over narration)을 가급적 자제하고 카메라 워크와 미장센, 배우의 연기, 편집과 몽타주, 영상 이미지와 음향, 혹은 음악의 조화나 충돌 등을 효과적으로 활용해야 한다.[229] 새로운 텍스트의 창조는 새로운 미학의 창조를 의미한다.

2-1-2. 영화와 소설의 담론 구조

영화와 소설은 모두 이야기(story)와 담론(discourse)의 이중구조를 지니고 있다. 소설의 경우에는 시점과 함께 화자의 언어적 서술이 나

---

228 제라르 주네트, 김동윤 역, 『현대서술이론의 흐름』, 솔출판사, 1997, 11쪽.
229 이채원, 「소설과 영화의 매체 전이 양상에 대한 수사학적 연구」, 서강대 박사논문, 2008.6, 9쪽.

타나기 때문에 담론의 기능이 분명히 이해된다. 즉 독자는 이미 누군가(화자)가 보고 언어적으로 서술한 내용(이야기)을 전달받는 것이다. 그러나 언어적 서술이 없는 영화에서는 시점만이 사용되며 담론(서술)의 기능은 '내포적'이다. 소설에서는 화자로 불리는 서술자가 존재하지만, 영화에서는 화자가 없이 내포서술자만이 존재하는 것이다.

물론 영화에서도 『우리들의 일그러진 영웅』처럼 '보이스 오버(voice over)'의 형식으로 서술자가 도입될 수 있다. 때로는 자막이 서술자를 대신하기도 한다. 그러나 보이스 오버나 자막이 소설의 서술자가 행하는 서술의 지위를 갖기는 힘들다. 오히려 영상을 통한 중개성과 내포적 서술을 보조하는 정도의 역할에 그칠 뿐이다.

영화에 보이스 오버 없이도 다른 방식으로 내포적 서술이 진행된다는 것은 시점이 이미지와 이야기를 전개시키는 동시에 그것을 우리에게 보여주는 기능을 한다는 뜻이다. 관객은 영화를 보며 스스로 이야기를 보는 것이 아니라 시점이 발생시키는 내포적 서술에 이끌리며 이야기에 빠져든다. 나병철은 "영화의 시점은 '이야기'의 전개와 내포적 '서술'이라는 '서사'의 두 가지 요소를 수행한다. 다만 내포적 서술은 명시적이지 않기 때문에 관객은 이미지를 보면서 사후적으로 생성되는 서술을 감지한다."고 하였다.[230]

시모어 채트먼은 영화에서는 소설에서보다 더 내포작가의 존재가 필요하다고 주장하였다.[231] 소설에서와 마찬가지로 영화에서도

---

230 나병철, 『영화와 소설의 시점과 이미지』, 소명출판, 2009, 339쪽.
231 내포작가는 서사물의 다른 모든 것과 더불어 서술자를 창조하고 특별한 방식으로 이야기를 이끌어가며, 특정 단어나 이미지를 통해 여러 사건들이 등장인물에 일

서술자와 내포작가는 다르며, 내포작가는 절대로 정보를 직접 제공하지 않는다.[232] 또한 S. 채트먼은 "보여주기를 하는 전체적 행위자"를 영화에서의 서술자로 지칭하였는데, 이는 나병철이 언급한 영화의 내포적 서술에 해당한다.

영화에는 소설보다 사용되는 기호가 훨씬 많기 때문에 영화의 '내포적 서술'은 소설보다 더 다양한 형태로 존재한다. 소설에서는 인물의 언어와 서술자의 언어가 이야기와 담론이라는 서로 다른 층위에서 존재하지만 재료(언어) 자체는 같다. 영화는 필연적으로 서술자의 목소리가 상당 부분 카메라의 눈으로 전이되어야 한다. 영화는 서술자의 서술 대신 쇼트와 쇼트의 이질적인 결합인 몽타주로서 재현되어 전혀 다른 영화 미학을 구축하기도 하고, 최종적인 편집 과정에서도 많은 변이가 일어난다.

감독이 카메라를 움직일 때마다 ― 한 쇼트 내에서 움직이거나 혹은 쇼트와 쇼트 간에 움직이거나 ― 관객은 새로운 시점을 제공 받는 셈이며 그 새로운 시점에서 신(scene)을 평가하게 될 것이다. 영화감독은 주관적인 시점 쇼트 (1인칭)에서 여러 가지 객관적 쇼트로 쉽게 커트하여 전환할 수 있다.[233]

소설에서의 서술이 문장들과 단락들의 연결과 그것으로 인한 시간과 공간의 재배치로 이루어진다면 영화에서의 서술은 분절된 쇼트들

어나게 한다. 또한 내포작가는 작품 창작의 근원이고 작품이 노리는 기획의 중심이며, 실제 작가와 텍스트의 관계를 단순화시키는 것을 막아주는 개념이다.

232 시모어 채트먼, 한용환 역, 『영화와 소설의 수사학』, 동국대출판부, 2001, 205쪽.

233 루이스 자네티, 박만준 역, 『영화의 이해』, 경문사, 2009, 395쪽.

의 연결과 그것으로 인한 시간과 공간의 재배열로 이루어진다. 전자를 소설에서의 플롯의 문제라고 한다면 후자는 편집의 문제라 할 수 있다. 또한 소설에서 서술되는 시간은 그것이 사후 제시이든 사전 제시이든 선조적(線條的)인 차원을 넘어설 수 없다. 반면 영화에서는 언어 기호의 선조성을 극복할 수 있는 여러 장치들이 있다. 영화에서의 서술은 행동과 동시적으로 일어나기 때문에 하나의 쇼트에서 여러 인물들과 그들의 행동을 동시에 포착하는 것이 가능하다.

영화에서 편집이란 "영화의 시청각적 요소들을 서로 병치시키거나 서로 연속시키는 조직, 결합, 그리고 지속시간을 결정하는 원리"이다.[234] 영화를 비롯한 영상매체의 매체적인 특성은 편집에서 극대화된다. 영화 제작 후 작업인 편집은 고도의 기술이며 동시에 영화 텍스트의 예술적 성취를 완성하는 것이다. 카메라 조작에 의해 촬영된 쇼트들은 분절되어 있으며, 쇼트와 쇼트의 연결은 서사적 연결을 지향하는데 서사적 연결은 담론 층위에서의 시간의 구성에 해당하며 이에 관여하는 것을 '편집'이라 할 수 있다.

소설을 영화로 충실하게 각색한 경우에도 플롯이 그대로 옮겨지는 경우는 없다. 소설과 영화의 플롯이 서로 상이하게 나타나는 이유는 두 가지이다. 하나는 두 장르가 서로 의존하는 서로 다른 도구 때문이며, 다른 하나는 서사 담론을 규정하는 작가와 감독이 지닌 서로 다른 세계관 때문이다.[235]

---

234 J. 오몽, A. 베르가라 외 공저, 이종은 역, 『영화학, 어떻게 할 것인가』, 키노, 43쪽.
235 방현석, 『소설의 길, 영화의 길』, 실천문학사, 2003, 65쪽.

이 글에서는 소설이 영화화되는 과정에서 스토리와 담론이 변화되는 양상을 살펴보고자 한다. 특히 국내외적으로 높은 평가를 받은 바 있는 두 작품, 이청준의 소설 「벌레이야기」(1988)를 영화한 『밀양』(2007)과 박상연의 장편소설 『DMZ』(1997)를 영화화한 『공동경비구역 JSA』(2000)의 내포적 서술을 보다 집중적으로 분석해 보고자 한다.

2-2. 「벌레 이야기」의 증언적 서술과 『밀양』의 내포적 서술

2-2-1. 「벌레 이야기」의 증언적 서술

이창동 감독의 영화 『밀양』의 원작소설인 「벌레 이야기」는 1988년에 출간된 동명의 소설집에 수록된 이청준의 작품이다. 이 소설은 남편의 시각을 통해서 사건을 전달하는 1인칭 시점을 취하고 있다. 이 시점은 형식적으로는 '1인칭 관찰자시점'처럼 보이지만, 내용적으로는 1인칭 서술자에 의해 전지적으로 서사가 전달되는 '1인칭 전지적 시점'의 양상을 보인다.[236]

---

236 이 소설의 줄거리는 다음과 같다. "초등학교 4학년이고 한쪽 다리가 불편한 '알암이'는 약사 부부인 나와 아내의 보호 아래 평범하고 평화로운 삶을 살아가고 있다. 유순하고 조용한 성격인 '알암이'는 스스로 선택한 주산학원에 다닌다. 그러던 어느 날 아이는 실종된다. 온갖 노력을 다했지만 아이의 종적은 묘연하다. 아내는 이웃에 사는 김 집사의 권유로 교회에 다니기 시작한다. 아이의 무사 귀환을 간절히 기도하기 위해서였다. 그러나 아이는 주산학원 원장에 의해 살해되어 지하실에서 심하게 부패된 상태로 발견된다. 아내는 김 집사의 집요한 설득에 의해 교회를 다

이 소설에서는 유괴당하여 살해당한 아이의 어머니의 고통과 절망과 배신감을 전달하는 것이 아니라, 그녀의 남편이 1인칭 서술자인 '나'로 등장하여 그녀의 내면심리와 그 근거를 분석·설명·논평하고 전달함으로써 증인의 역할을 담당한다. 따라서 이 소설의 서술자는 1인칭 대명사로 자신을 지칭하는 서술자이지만 사실상 전지적입장에 있다. 이때의 전지적 입장은 '증인의 증언'에 신빙성을 부여한 수사적 장치가 된다.

아내의 고통과 희생에 대한 증언자로서 1인칭 서술자인 '나'는 소설「벌레 이야기」에서 서사를 이끌어가는 역할을 맡고 있다. 모든 사건은 그에 의해 초점화되고 여과되며 요약·전달된다. 그는 아내의 심리를 세밀하게 파악·해석·전달·논평하는데 이는 일반적인 1인칭서술의 한계를 넘어서 전지적 서술에 가까운 것이다.

이 소설에서 아이를 잃은 어머니의 비통함과 배신감은 그녀의 언술로 전달되는 것이 아니라 1인칭 서술자인 '나'(남편)의 언술로 전달된다. 여기서 '나'는 아이의 죽음이나 아내의 고통과 자살 같은 참혹한 내용을 전달하면서도 냉정할 정도로 분석적이고 이성적인 태도와 어조를 유지한다. 이처럼 극도로 절제되고 분석적인 언술(요약과 논평)을 통해 용서의 권리는 신(神)이 아닌 인간(피해자)에게 먼저 있음을 차분하게 항변하는 수사학적 효과를 거두고 있다.

시 다니게 된다. 이번에는 아이의 영혼을 위로받게 하기 위해서였다. 점점 종교심이 깊어진 아내는 하나님의 뜻대로 유괴범을 용서하기 위해 감옥을 찾는다. 그러나 범인은 이미 하나님으로부터 용서를 받아서 평화로운 나날을 보내고 있었다. 죄인을 용서할 마지막 기회마저도 하나님에게 빼앗긴 아내는 절망감을 이기지 못하고 마침내 자살하고 만다."

소설 「벌레 이야기」의 서술양상의 근간을 이루는 인간의 내면 심리에 대한 분석적 설명과 논평적 언어는 인간의 감정과 사고, 그리고 추상적 개념을 메타적으로 설명할 수 있는 언어만의 특징에 해당하며, 여기서 파생되는 수사적 효과는 독자를 향한 호소와 설득을 강화하는 것이라 할 수 있다.

이처럼 「벌레 이야기」의 서술자는 1인칭으로 제시되지만 사실상 체험 주체는 아니다. 다시 말해서 절망과 배신감을 체험하는 주체는 아이의 어머니이지만 그녀는 전혀 자신의 목소리를 내지 않음으로 말미암아 이 소설의 서사는 상당히 독특한 양상을 띤다. 유괴된 아이의 어머니는 사실상 사건의 중심에 서 있으면서도 형식적으로는 주인공이 아니며 심지어 이름조차 없다. 이에 비하여 이창동 감독에 의해 영화화된 『밀양』에서 아이의 어머니는 실제 주인공이며 체험 주체이자 표현의 주체이다. 그녀는 영화적인 방식(내포적 서술)으로 「벌레 이야기」에서의 1인칭 서술자의 '서술'을 대신한다.

2-2-2. 영화 『밀양』의 내포적 서술

「벌레 이야기」에서의 1인칭 서술자인 '남편'은 사건을 증언하는 역할을 맡고 서사 전체를 관장하는 서술자이다. 그러나 영화『밀양』에서 유괴된 아이의 어머니인 신애에게는 남편이 죽고 없다. 영화는 서술자의 언어가 지배적인 장르가 아니며 모든 사건을 현재형으로 보여주어야 하는 영상매체의 특성 때문에 소설처럼 서술자의 증언이 필요 없다. 영화에서는 남편이 없는 대신 고통과 절망을 온몸으로 표현해야 하는 배우의 비중이 커질 수밖에 없다.

원작에서는 어떠한 인명이나 지명이 제시되지 않는다. 배경을 밀양으로 정한 것은 오로지 이창동 감독의 뜻이다. 이창동 감독은 '밀양'의 의미와 도시의 선정에 대해 "밀양이 서울을 열심히 복제했는데 그 결과들이 신통치 않은 도시이고, 빽빽한 밀(密)을 비밀스러운 밀로 풀어서 밀양을 '비밀스러운 도시'로 의미화할 수 있었기 때문"이라고 말한 바 있다.[237]

대부분의 소설을 원작으로 하는 영화들은 소설에 없던 인물이 추가되거나, 존재했던 인물이 사라진다. 소설에서는 주요 인물이 아니었으나 영화에서는 주요한 인물로 떠오르기도 하고 그 반대의 경우도 있다. 또한 같은 인물이라 하더라도 신분, 성격, 외모, 역할 등 모든 면에서 변화가 일어나고 심지어 『JSA』에서처럼 인물의 성별이 바뀌기도 한다.

『밀양』에서는 소설에서는 1인칭 서술자 역할을 맡았던 남편이 다른 여성과 외도를 하다가 사고로 죽은 것으로 설정된다. 따라서 처음부터 등장하지 않으며 남편의 빈자리를 카센터 주인인 '종찬'이 대신한다. 물론 종찬은 소설에는 아예 존재하지 않던 인물이다. 김집사는 원작과 달리 약사로 나오고 남편 강 장로가 새롭게 등장한다. 유괴범인 주산학원 원장은 웅변학원 원장으로 나오며 그의 딸도 새롭게 등장한다. 이밖에도 신애의 남동생, 교회 목사와 전도사 및 신도들, 종찬의 친구들이 새롭게 등장하고 아들 '알암이'의 이름은 '준'

---

237 김혜리, 「끈질긴 이야기꾼의 도돌이표, 영화감독 이창동」, 『씨네 21』, 2007. 3. 19.

으로 바뀌며 원작과 달리 생전의 모습이 잠시 그려지고 있다.

소설이 단편에 가까운 소설이다 보니 영화에서 발생하는 사건은 상대적으로 복잡하고 다양하다. 아들이 유괴되어 죽고, 엄마가 교회를 다니게 되고, 범인을 용서하려 했으나 먼저 하나님으로부터 용서를 받은 범인에게 절망하는 것은 소설의 기본적인 틀을 따라가고 있지만, 그보다는 변화되고 추가된 내용이 더 많다. 신애가 밀양에 정착하여 피아노 학원을 운영하는 것, 종찬의 줄기찬 구애를 받는 것, 김 집사의 전도 덕분이기도 하지만 최종적으로는 온전히 스스로의 결단에 의해 교회를 다니는 것, 범인 면회 이후에 교회와 교인들에게 야멸차게 복수하는 것, 범인의 딸과 관련된 것, 신애의 동생과 시집 식구들이 등장하여 신애와 갈등을 벌이는 것, 신애가 자살을 기도하지만 살려는 의지가 남아 미수에 그치는 것, 종찬과 더불어 햇볕을 통해 새로운 희망을 느끼게 되는 것 등이 그렇다.

강민석은 『밀양』의 신애를 "무자비한 의지를 품은 세계를 자신의 의지로 극복하려는 인물이지만 「벌레 이야기」의 '아내'에 비하여 의지력이 강한 적극적인 인물"이라고 평가하였다.[238] 밀양 주민들과 더불어 공동체의 일원이 되고자 노력하는 것, 아들을 구하고 범인을 잡기 위해 최선을 다하는 것, 적극적으로 신앙생활을 하는 것, 하나님과 기독교에 실망한 후 교회와 신도들을 공격하고 조롱하는 것, 결국 죽음이 아닌 삶을 선택하는 것 등의 측면에서 볼 때 강민석의

---

238 강민석, 「소설과 영화의 서사 구조 비교 연구 –이청준의 『벌레 이야기』와 이창동의 『밀양』을 중심으로」, 한양대교육대학원 석사논문, 2008. 8.31.

지적은 일리가 없지 않다.

하지만 더욱 중요한 것은 신애의 성격이 결코 단순하지 않다는 점이다. 소설에서는 남편에 의해 아내의 모습이 간접적으로 그려졌기 때문에 영화에서처럼 생동감 넘치는 성격을 갖지 못하였다. 그러나 영화에 등장하는 신애의 모습은 매우 다양하고 변덕스럽다. 그녀는 그다지 순진하지도 않으며 게다가 정직하지도 않고 허세가 심한 편이다. 그녀는 대부분의 사람들이 그런 것처럼 장점과 단점을 두루 지니고 있다. 아들에 대한 깊은 사랑을 지니고 있으며 공동체의 일원이 되고자 열심히 노력하는가 하면 하나님의 말씀을 실천하고 용단을 내리는 것 등과 같은 긍정적인 성격을 지니고 있다.

하지만 그녀는 허풍이 심하고 변덕스러우며, 늘 따뜻한 시선으로 자신의 곁을 지켜주는 종찬의 진심을 모른 채 외면하는 등의 단점도 지니고 있다. 남편이 생전에 밀양에 살고 싶어 했다고 거짓말을 하는가 하면, 종찬이 가짜 상장(신애의 콩쿠르 입상 상장)을 벽에 거는 것도 굳이 마다하지 않는다. 무엇보다도 가진 돈도 없으면서 땅을 구매할 수 있는 재력이 있는 것처럼 허세를 부린다. 이 허세가 결국 아들이 유괴되어 죽는 사건의 빌미를 제공한다. 종찬을 믿지 못하고 제때 도움을 청하지 못한 것도 잘못이며 주위의 만류에도 불구하고 범인을 용서하기 위해 면회한다는 것도 사실 무모하다 할 수 있다. 그토록 열성적으로 신앙생활을 하다가 하루아침에 교회를 조롱하고 김 장로를 유혹하여 성관계를 갖고 자신을 위해 철야 기도회를 갖는 교인의 집에 돌을 던지는 모습도 지나치게 변덕스럽게 비친다.

이 영화의 또 다른 주요 인물인 종찬 역시 어느 동네에서나 흔히 볼 수 있는 인물이지만 그렇다고 단순한 인물은 아니다. 그는 마흔이 가까운 노총각으로서 어머니에게 늘 결혼을 재촉당하는 인물이며, 다방 종업원에게 야한 농담을 던지는가 하면, 자신의 인맥을 과시하길 좋아하며, 신애의 피아노 학원에 가짜 상장을 걸어주기도 하고, 신애에게 과잉친절을 베풀다가 늘 면박당하곤 한다. 그는 신애의 구박과 외면에도 굴하지 않고 끝까지 그녀를 지켜주며 진심으로 헌신한다. 그리하여 그늘 속에 햇볕이 천천히 스며들어 가듯이 신애의 마음을 점차 얻어감으로써 종찬은 '신애의 새로운 희망', 혹은 '모든 것을 잃었음에도 불구하고 죽지 않고 살아야 하는 이유' 그 자체가 되는 중요한 인물이기도 하다.[239]

신애 역할을 맡은 배우 전도연은 '제60회 깐느영화제'에서 여우주연상을 수상할 정도로 연기력을 인정받았다. 영화의 관객은 소설의 독자와 달리 배우의 연기를 통해 고통의 현상뿐만 아니라 그 고통을 야기한 원인까지도 유추해야 하므로 배우의 연기는 내포적 서술의 핵심을 이룬다. 이때 전제가 되는 것은 '내부의 감정과 그 외면적인 현현(顯現) 사이에 명료하고 필연적인 인과관계'가 존재하게 해

---

239 이런 점에서 소설 「벌레 이야기」의 서술자인 '남편'과 영화 『밀양』의 '종찬'은 각각 작가와 감독의 세계관을 대변하는 인물로도 볼 수 있다. '남편'이 아들의 죽음과 용서의 권리를 빼앗긴 아내의 죽음이라는 참혹한 일을 잇달아 겪으면서도 냉정함을 잃지 않는 이성적·논리적 인물이라면, 종찬은 부드럽고 따뜻한 감성과 인정을 지닌 인물이라 하겠다. 아들을 잃은 엄마는 이성적·논리적 시선 아래에서 죽음을 선택할 수밖에 없었지만 따뜻한 마음과 변함없는 사랑을 보여준 종찬의 보살핌 속에서는 삶에 대한 희망의 끈을 놓치지 않기 때문이다. 또한 이런 의미에서 종찬을 '비밀스러운 햇볕'이 내포하는 은유적 의미로 해석하는 것도 가능하다.

야 하는 것이라 하겠다.[240] 영화에서는 인물의 내면심리를 표현하기 위해서 상당 부분 배우의 연기에 의존한다.

『밀양』의 관객은 카메라의 눈을 통해 배우가 재현하는 인물을 바라보며 그 내면심리와 행동과 표정의 근거를 해석하고 판단하게 된다. 소설 「벌레 이야기」에서 서술자가 지배했던 서사의 영역을 『밀양』에서는 카메라워크와 배우의 연기, 그리고 관객의 유추까지 협력하고 충돌하여 구축해 간다. 원작에서 서술자의 요약과 진술과 분석과 논평을 대체하는 영화 언어로써 배우의 연기와 카메라 워크 및 관객의 유추와 더불어 '햇볕'이라는 은유적 상징물 또한 이 영화에서의 중요한 '내포적 서술'이다.

『밀양』의 마지막 장면에서 햇볕이 비치는 조그만 양지 위에 흔들리는 풀꽃의 그림자가 이 영화에서 가장 중요한 이미지의 수사학을 구성한다. 집으로 돌아온 신애는 마당에 거울을 놓고 유괴범의 딸이 자르다 만 머리를 자르기 시작한다. 카메라는 신애의 잘린 머리카락이 떨어진 지저분한 마당과 그 마당 위에서 바람에 날리는 풀들의 그림자를 만드는 햇볕을 조명한다. 여기서 햇볕이 드는 조그만 양지 위에 바람에 흔들리는 풀의 그림자가 포착된다. 이것은 이미지를 통한 영화적인 표현이다.

앙각(仰角)을 비중 있게 사용하던 이전까지의 카메라 워크와는 달리 부감(俯瞰)으로 내려다보는 마지막 신의 시점은 삶에 대한 관조의 시선을 이끌어낸다. 이와 같은 카메라 워크의 변화는 또한 신애

---

240 앙드레 바쟁, 『영화란 무엇인가』, 박상규 역, 시각과언어, 1998, 123쪽.

의 태도가 점차 변해가고 있음을 암시한다. 앙각은 하늘에 대한 원망, 분노, 도전 등을 은유적으로 함의하고 있다면,[241] 부감은 "삶을 긍정하고 함께 살아가는 것을 비로소 수용하기 시작하였음"을 보여주는 것이기 때문이다.[242]

영화 『밀양』은 인물의 얼굴을 즉각적인 쇼트로 보여주지 않는다. 이 영화의 첫 장면을 보면, 청명한 하늘과 구름이 조명된 후에 차창을 통해 그것을 바라보는 준의 얼굴이 포착된다. 이러한 양상은 이 영화의 마지막 장면에 이르기까지 수차례 반복된다. 아들의 시신을 확인하러 간 신애가 타고 있는 경찰차의 차창 밖으로 역시 청명한 하늘과 구름이 조명된 후에 비극을 대면하기 직전 극도로 두려움에 사로잡힌 신애의 얼굴이 클로즈업 된다.

즉각적인 쇼트를 피함으로써 영화 『밀양』은 관객이 지나치게 인물에게 동일화되는 것을 사전에 차단한다. 인물의 시선에서 피사체가 된 대상을 보기 이전에 관객이 먼저 그 대상을 바라본다면 관객은 인물의 입장에서 그 대상을 바라보는 것을 피할 수 있으며 따라서 인물과 지나치게 동일화되지 않을 수 있다. 이는 원작에서 서술자의 명료한 언술로 독자에게 인물의 심리와 그 근거를 전달하고자

---

241 신애는 범인을 면회하고 돌아온 이후 신앙에 회의를 느끼고 하나님을 상대로 게임을 벌인다. '거짓말이야'라는 노래가 담긴 CD를 부흥회 자리에서 틀고, 강 장로를 유혹하여 불륜을 저지르게 하는가 하면, 자신을 위해 철야기도회를 갖는 구역 식구들에게 돌을 던지기도 한다. 이러한 장면들은 대부분 하늘, 천장 등 위쪽을 바라보는 앙각으로 촬영되었다.

242 김윤화, 『소설과 영화의 서사 전략 연구 – 소설 「벌레 이야기」와 영화 「밀양」을 중심으로』, 고려대 석사논문, 2008. 6. 37쪽.

했던 방식과는 차이가 있다.

또한 마지막 장면에서는 머리를 자르는 신애의 뒷모습이 먼저 포착된 후에 거울을 통해 신애의 얼굴이 조명된다. 이 경우에는 지나친 동일화가 차단됨과 동시에 불확실성과 불안한 심리를 부각시킨다. 소설의 수사는 확실한 현상과 그에 대한 원인을 분석하는 논리적 명료성의 수사였다면 서술자의 언술이 사라진 영화 『밀양』에서 직접적인 시점 쇼트의 차단과 뒷모습의 미디엄 쇼트에서 얼굴의 클로즈업으로 이어지는 카메라 이동과 편집의 기법은 불안과 불확실성의 수사를 향한다. 원작 「벌레 이야기」의 독자가 분석과 논평의 수사학의 확실성과 명료성과 조우하게 되었다면, 『밀양』의 관객은 영화가 제시하는 다양한 이미지를 통해 자의적이면서도 주체적인 해석을 하게 된다.[243]

2-3. 『DMZ』의 일원적 담론과 『JSA』의 다원적 담론

2-3-1. 소설 『DMZ』와 영화 『JSA』의 차이점

2000년에 발표되어 600만 이상의 관객을 동원하고 각종 영화제에서 작품상을 수상한 영화 『JSA』의 원작은 당시로는 23살 신인이었

---

243 이채원, 「소설과 영화의 매체 전이 양상에 대한 수사학적 연구」, 서강대 박사논문, 2008 .6. 87쪽.

던 박상연 작가의 1996년『세계문학』장편소설 공모 당선작인『DMZ』
이다.[244] 원작자는 자신의 소설을 각색한 영화『JSA』를 보고 인터넷
에 다음과 같은 감상을 피력한 바 있다.

　각색 작업 중에 모니터링을 하면서 일부 참여했었는데, 난 매체의
차이를 분명히 인정했고 원작자로서의 딴지거는 일을 하지는 않았다.
박찬욱 감독님이 주인공을 여자로 바꾸자고 했을 때도, 난 서둘러 감
독님의 편을 들었다. 지난 반세기 동안 반복되어온 폭력과 갈등이 남
성성이라면 그것을 중간에서 바라보고 보듬고 껴안을 수 있는 것은 여
성성이라는 생각이 불현 듯 들어서였다. 베르사미의 성(性)이 바뀐 것
외에도 많은 것들이 각색되었다. 원작에는 나오지 않는 '이수혁과 오
경필의 대질신문'같은 명장면이나 2부 Security의 세련되고 참신한 공
식의 코믹들, 또 글로는 표현해내기 힘든 빛나는 엔딩 스틸은 박찬욱
감독과 정성산, 이무영, 김현석 작가의 뛰어난 창조적 각색의 훌륭한
성과라고 할 수 있을 것이다.
　물론 아쉬움이 남지 않는 것은 아니다. 문학하는 사람으로서 단지 스
토리텔링과 이야기구조만을 놓고 생각해보면, 좀 느닷없는 감이 있는
이수혁의 자살에 약간의 장치와 설명으로 설득력을 좀 더 부여하면 좋
았을 것 같은 생각도 들고, 총알 숫자의 퍼즐에서 '단지 습관의 문제'로
사라진 탄환과 제 5의 인물을 추리해내는 과정이 자연스럽지 못했다.

244 박상연은 훗날 시나리오 작가로 변신하여 2009년 최고의 드라마로 손꼽히는『선
　덕여왕』(MBC방송)을 공동집필하기도 하였다.

하지만 영화의 완성도와 상관없이 내가 이 영화의 원작자이기 때문에 어쩔 수 없이 남는 안타까움이 있다. 원작에서 분량으로도 절반 가까이 할애한 베르사미의 가족사와 포로수용소 이야기, 그리고 Operant Conditioning이라는 코드에 관한 부분이다. 이런 부분이 삭제·축소되면서 소설에서 가장 공들여 만든 소피(원작에서 베르사미)는 변화하지 않는 캐릭터로 다른 네 명의 인물에 비해 자리매김이 쉽지 않았고 훌륭한 연기를 보여준 이영애씨는 또 다른 힘겨움이 있었을 것이다.[245]

위에서 인용한 원작자가 작성한 『JSA』에 대한 글을 보면 영화가 거둔 성과와 한계를 어느 정도 짐작할 수 있다. 원작자는 『JSA』가 새로운 인물과 공간 및 에피소드를 적절하게 창조하여 매체의 특성을 살려 완성도 높은 영화로 제작되었음을 인정하고 있다. 훗날 이 작가가 시나리오 및 드라마 작가로 변신한 배경에는 영화예술이 지닌 엄청난 문화적 폭발력에 대한 감명이 자리 잡고 있을 가능성이 크다.

원작 『DMZ』는 「벌레 이야기」와 마찬가지로 1인칭 시점을 취하고 있다. '나'는 남한의 김수혁 상병(영화에서는 이수혁 병장)과 북한의 오경필 상등병(영화에서는 오경필 중사)를 둘러싼 총격 사건에 대해서는 주로 관찰자로서 서술을 하지만, 자신의 가족과 관련된 내용이나 사건을 조사하는 내용 부분에 있어서는 1인칭 주인공으로서 서

---

245 http://drama21c.net/video/jsa-x2.htm:박상연의 JSA X-FILE: 판문점/공동경비구역 비밀일지 #2, 2001:2:05.

술을 하기도 한다. 또한 이 소설에는 아버지 이연우의 일기와 김수혁의 진술서 내용이 삽입되어 있는데 이 부분에 있어서는 각각 이연우와 김수혁이 1인칭 서술자로 등장하고 있어 전체적으로 시점의 일관성이 유지되고 있지 못하다.

소설이 영화화되며 가장 크게 변한 것은 원작자가 지적한 것처럼 남성이었던 베르사미의 성별이 소피 장이란 여성으로 변한 것이다. 물론 20살까지 성장한 곳이 브라질에서 아르헨티나로 바뀌거나 한국어를 배운 곳이 스위스로, 베르사미의 전공이 심리학에서 법학으로 바뀐 것도 있지만 보다 중요한 것은 여성으로 바뀌면서 주인공으로서의 성격은 거의 없어지고 관찰자로서의 성격만 남게 된 것이라 하겠다.

이것은 소설 「벌레 이야기」가 영화 『밀양』으로 제작되면서 1인칭 서술자였던 남편이 죽은 것으로 처리된 현상과 유사하다. 소설에서의 언어적 서술은 영화화되는 순간 대부분 영상 이미지로 바뀌어야 하기 때문에 서술자가 사라지거나 역할이 대폭 축소될 수밖에 없는 것이다.

2-3-2. 영화 『JSA』의 내포적 서술

『DMZ』에서 베르사미는 중립국 감시단 소속 통역장교였다가 총격사건의 수사를 맡게 된다. 이는 영화에서의 소피 장이 처음 한국에 입국하는 것과 구별된다. 또한 소피 장이 아버지에 대해서 잘 모르고 있다가 표 장군이 조사한 내용을 통해 비로소 아버지의 실체를 조금 알게 되는 것과는 달리, 베르사미는 어려서부터 아버지와 심각하게 갈등하는 과정에서 아버지와의 관계가 불편해졌고, 또 아버지의 일기를 통해서 아버지가 겪은 일들을 직접 알게 되기도 한다.

이러한 변화는 모두 고백이나 회상과 같은 언어적 서술이 영화의 내포적 서술로 표현되는 과정에서 대폭 축소되거나 생략되었기 때문에 벌어진 현상이다. 영화『JSA』는 소피 장의 과거나 아버지의 고통에 대한 언급을 최소화하고 판문점에서의 총격 사건에 집중한다. 그것은 영화가 2시간 남짓한 상영 시간 내에 강렬한 인상과 주제를 전달하기 위해 선택한 전략으로 보인다. 우연한 기회에 인민군 오경필의 도움으로 목숨을 건진 수혁은 수차례 편지 교환 끝에 직접 인민군 초소를 방문하기에 이른다. 실제로 공동경비구역에서 근무한 경력이 있는 예비역 병사들이 지적한 것처럼 이러한 일은 사실상 일어나기 어렵다. 더욱이 영화의 경우는 소설에 비해 환상적인 성격이 더 강하다. 소설에서는 그래도 가급적 초소를 비우지 않기 위해 한 명씩 북한 초소를 방문하는데, 영화에서는 대부분 둘이 함께 분단의 경계선을 넘어가기 때문이다.

그러나 이러한 내용이야말로 "환상을 통해 '실제의 환상성'을 일깨우는 사례"가 아닐 수 없다. 김일성과 김정일 부자의 사진, 엄중한 경계, 철책선과 지뢰, 초소와 벙커, 비상훈련과 사격 연습과 같은 대타자와 금기가 지배하는 상징계야말로 이데올로기와 열강의 세력 다툼, 정치적 지도자의 권력욕이 빚은 철저한 환상이자 허구일 것이기 때문이다.

소설과 영화는 바로 상징계의 허구성을 전복하고 상징계의 틈을 통해 실재계를 보여준다. 그런데 실재계로 들어가는 관문에 상상계가 자리 잡고 있다. 그리고 이 상상계는 영화에서 인상적으로 표현되고 있다. 남북한 병사들이 북한 초소와 그 주변에서 벌이는 유년기적인 놀이는 분단 이전에 평화롭던 한반도의 모습을 환기한다. 소설의 경우에는 남상식과 정우진의 주체사상에 대해 토론하는 것으로 그려지고 있는데 이는 영화에서 공기놀이, 끝말잇기. 닭싸움, 밀치기 등과 같은 어린 시절의 유희들로 대치된다.[246]

김광석, 김현식과 같은 남한 가수들의 대중가요, 통속 잡지, 초코파이, 지포 라이터, 88담배. 그림 그리기, 구두 광내주기 등도 젊은이들을 가깝게 만드는 매개 역할을 한다. 이 모든 것들은 문재철의 지적처럼 국가적이거나 이데올로기적인 것이 아니고 개인적이거나 감각적인 것들이다. 이들은 자신들이 속한 국가의 체제와 자신들이 따라야 할 명령에 아랑곳하지 않고 젊은이답게 놀고 대화하며 상상계적 즐거운 시간을 가진다.

그러나 상상계는 아버지(혹은 대타자)의 등장에 의해 언젠가는 손상될 수 밖에 없는 운명을 지니고 있다. 곧 아들이 어머니를 욕망하다가 아버지의 이름에 굴복하고 현실을 받아들여야 하는 것

---

246 "이 영화에서는 놀이나 대중문화와 같은 비정치적인 것들이 전경에 나선다. 지하 벙커의 공간에서 네 명의 젊은이들이 벌이는 일이란 민족에 대한 고민이나 정치적인 토론 따위의 거창한 것들이 아니다. 그들은 공기놀이와 끝말잇기 같은 유아적 행위를 하거나 아니면 김광석의 테이프를 듣는다. 그도 아니면 그림을 그리거나 통속적인 잡지를 본다. 이들에게 분단이나 이데올로기는 아버지 세대의 문제일 뿐이고, 역사의 무게로부터 자유로운 이 젊은이들은 그보다 개인적인 것에 더 관심이 많다"라고 문재철은 지적하고 있다.
문재철, 「새로운 방식으로 분단을 상상하기」, 연세대미디어센터, 『공동경비구역 JSA』, 삼인, 2002, 19쪽.

처럼 젊은이들의 우정은 상징계를 상징하는 인민군 장교 최만식 상위의 출현에 비극적 결과를 빚으며 분단의 현실 속에 먹히고 마는 것이다.

영화의 이미지는 우리가 직접 경험하는 이미지와는 질적으로 다르다. 그 결과 어떤 장면이나 각도(angle)는 부자연스러운 인상을 주기 때문에 쓸 수 없는 것이다. 왜냐하면 우리가 일상 보는 것과는 엄청 다르기 때문이다. 영화『JSA』에서는 포로교환과 관련된 자료 화면이나 야간 투시경에 의해 포착된 장면 등이 자주 나온다. 이는 영화의 내용이 현실적으로는 발생되기 어려운 사건이지만 이 영화가 환기하는 메시지는 매우 현실적인 문제, 곧 분단의 비극과 극복의 어려움임을 영화가 내포적 서술을 통해 드러내고 있는 것으로 보인다.

2-4. 영화와 소설의 공존

영화는 초창기부터 지금까지 소설과 밀접한 관련을 맺어 왔다. 세계적으로나 국내적으로 소설을 각색한 수많은 영화들이 제작되어 왔으며 그중 적지 않은 영화들이 예술적으로 높이 평가받거나 상업적으로 큰 성공을 거두기도 하였다.

그러나 어느 소설이 문학사적으로 높이 평가받거나 베스트셀러의 반열에 올랐다고 하여 그러한 성과가 바로 영화의 성공으로 이어지는 것은 결코 아니다. 소설『태백산맥』이 문학적으로는 대단한 성공을 거두었고, 해방 이후 최고의 문제작이라는 호평을 얻었음에도 불구하고 임권택 감독의 영화『태백산맥』이 거둔 성과는 기대 이하의 것이었다. 여러 가지 환경의 제약도 있었지만 영화로서의 완성도가 떨어지는 탓에 높게 평가받지 못하였고 관객의 호응도 얻지 못하였다.

그런가하면 임권택 감독의『서편제』, 박찬욱 감독의『JSA』, 이창동 감독의『밀양』을 비롯하여 미국 헐리우드에서 제작된 클린트 이스트우드(Clint Eastwood) 감독의『밀리언 달러 베이비』같은 영화들의 경우, 원작은 큰 관심을 받지 못한 작품들이었으나 영화는 비평가들이나 관객들로부터 높은 평가를 받으며 영화미학적 가치와 상품성을 동시에 인정받은 바 있다.

이 글에서는 이창동 감독의『밀양』과 박찬욱 감독의『JSA』를 집중 분석함으로써 원작에 비해 이들 영화가 월등하게 높게 평가받은 이유를 밝혀 보고자 하였다. 그 결과 두 작품 모두 작가의 원작에만 의지하거나 얽매이지 않고 나름대로 원작을 창의적으로 해석하고 영화라는 장르에 적합하게 수정하고 보완하여 문학적 담론을 영화적 담론으로 성공적으로 전환한 결과임을 알 수 있었다.

소설이 주로 선적인 줄거리에 의지하는 장르임에 비하여 영화는 보다 입체적이며 다양한 감각을 자극하는 장르이다. 이에 따라 촬영과 편집 과정에서 소설보다 훨씬 다양한 담론이 형성되며 이는 곧 줄거리를 개작하게끔 유도하게 마련이다. 소설「벌레 이야기」가 남편의 목소리에 의존하여 자신의 아내가 겪었음직한 절망적 심리를 간접적으로 전달하고자 하였다면, 영화『밀양』은 아들을 잃고 신으로부터 버림받았다고 생각한 여인이 절망하여 고통 받고 자학하는 장면을 영상을 통하여 보다 구체적이고 직접적으로 전달하고 있다. 이와 같은 매체와 담론의 변화는 당연히 인물과 사건 및 시공간의 설정의 변화는 물론 주제의 변화로까지 이어짐을 확인할 수 있었다.

　소설『DMZ』의 남성 화자인 베르사미는 중립국 감시단 소속 통역 장교였다가 총격사건의 수사를 맡게 된다. 이는 영화『JSA』에서 여성인 소피 장이 수사관으로 처음 한국에 입국하는 것과 구별된다. 또한 소피 장이 아버지에 대해서 잘 모르고 있다가 표 장군이 조사한 내용을 통해 비로소 아버지의 실체를 조금 알게 되는 것과는 달리, 베르사미는 어려서부터 아버지와 심각하게 갈등하기도 하는 과정에서 아버지와의 관계가 불편하였고, 또 아버지의 일기를 통해서 아버지가 겪은 일들을 직접 알게 되기도 한다. 이러한 변화는 모두 고백이나 회상과 같은 언어적 서술이 영화의 '내포적 서술'로 표현되는 과정에서 대폭 축소되거나 생략되었기 때문에 벌어진 현상으로 보인다.

최명희의 『혼불』과 전주정신

3-1. 『혼불』의 작가, 최명희

　최명희는 1947년 10월 10일(음력) 전북 전주시 풍남동(당시 화원동)에서 아버지 최성무(1923~1967)와 어머니 허묘순(1927~1996)의 2남 4녀 중 장녀로 태어났다. 아버지 최성무는 남원군 사매면 노봉마을 삭령(朔寧) 최 씨 가문 출신으로 일본 와세다 대학 법학부를 졸업하였다.[247]

　어려서부터 탁월한 문재를 발휘하였던 최명희는 고등학교 시절에는 각종 문예 콩쿠르를 석권하였다. 연세대 고교생 문예 콩쿠르 당선작인 「우체부」는 당시 작문 교과서에 예문으로 실렸고, 동국대 문예 콩쿠르에는 단편 「알 수 없는 일」이 당선되었다. 이 밖에도 최

247　김병용, 『최명희 소설의 근원과 유역, 『혼불』의 서사의식』, 태학사, 2009, 13쪽.

명희는 〈기전〉, 〈영생대학보〉, 〈전북대신문〉 등에 수필과 단편소설을 꾸준히 발표하였다.

최명희는 고등학교 졸업 직후, 갑작스레 부친을 여의게 되었다. 실의에 빠진 모친을 대신하여 6남매의 장녀였던 최명희는 실질적인 가장이 되었다. 급속도로 가세가 기울어 정든 집마저 팔아넘겨야 했던 당시의 정황은, 최명희의 공식적인 등단작인 「쓰러지는 빛」에 잘 드러나 있다.[248]

최명희는 은사들의 배려 속에 모교인 기전여고 서무과 보조 직원으로 근무하였다. 고교 졸업 2년 뒤에야 최명희는 영생대학교 야간부 가정학과에 진학하였다가 전북대학교 국문학과로 적을 옮겨 이 학과를 졸업하였다. 이 당시 자신의 학비는 물론 가족들의 생계까지 그는 홀로 책임져야 했다. 고교 졸업 후 6년만인 1972년, 최명희는 기전여고의 국어 교사로 부임하였다. 최명희는 모교에서 2년여 교사로 근무한 후, 서울 보성여고로 자리를 옮겼다.

최명희는 보성여고를 사직한 후, 〈동아일보〉 창간 60주년 기념 장편소설 공모에 『魂불』이 당선되었다. 〈동아일보〉 지면을 통해 총 259회 연재되었던 이 작품은 1983년에 1부가 단행본으로 출간되었다.

---

248 김병용은 「쓰러지는 빛」은 "아버지의 편지를 고스란히 인용한 데서 짐작할 수 있듯이, 이 작품은 작고한 아버지에게 바치는 작가의 마지막 헌사일 수 있다."라고 하였다. 팔린 집에 '부르도저처럼' 등장한 새 집주인은 '아버지의 부재'라는 현실을 뼈아프게 되새기기도 하였으나, 결국은 집 없는 현실을 받아들이게 되는 심리적 전 과정이 이 작품에 담겨 있다는 것이다. 최명희의 훌륭함은 '아비 찾기'에 집착하지 않고, 대모신과 같은 청암부인을 중심으로 전개되는 『혼불』을 통해 '아버지의 부재'를 끝내 극복한 데 있다 하겠다. (김병용, 『최명희 소설의 근원과 유역, 『혼불』의 서사의식』, 태학사, 2009, 23쪽.)

1988년 9월부터 월간 『신동아』를 통해 연재되기 시작한 『魂불2』1~4
부는 1995년 10월까지 84회에 걸쳐 게재되었고, 1996년 한길사를 통
해 1~5부 전 10권으로 간행되었다.[249]

1998년, 향년 51세로 생애를 마감한 최명희의 대표작인 『혼불』은
그동안 학술행사, 장편소설 공모, 문학관 건립, 추모 공원 조성, 독후
감 경연대회, 작품 이어 읽기 등 다양한 방식으로 기억되고 활용되
었다. 그러나 작가 별세한 지 20년이 지난 현재에 이르러 지자체와
시민들의 관심과 지원은 점차 줄어들고 있다. 이에 따라 『혼불』을 지
역의 특성과 시대적 요구에 맞게 활용할 새로운 방향의 설정과 방안
의 제시가 요구되고 있다.

최명희를 오래 기억하고 문학적 업적을 기리기 위한 최명희문학
관이 전주시 풍남동 생가(生家) 가까운 전주한옥마을에 건립된 것은
2006년이며, 그보다 3년 전인 2003년에는 최명희 부친의 고향이자
소설의 주 무대인 남원시 사매면 노봉산 기슭에 혼불문학관이 건립
되었다. 남원시가 『혼불』의 배경지에 한옥으로 건립한 혼불문학관
은 일제강점기 당시의 사회적 기풍과 세시풍속, 관혼상제와 연결된
작품의 주요 장면들을 디오라마(diorama)[250]로 제작하여 전시하고
있다. 혼불문학관이 자리하고 있는 노봉마을은 흔히 혼불마을로 알
려져 있고, 이 마을 주민들이 주관하는 『혼불』과 관련된 행사들이 개

---

249 김병용, 『최명희 소설의 근원과 유역, 『혼불』의 서사의식』, 태학사, 2009, 15~16쪽.
250 하나의 장면이나 풍경을 일정 공간 안에 입체적 구경거리로 구성한 것으로서 무
대 장치적 원근법과 조명 연출에 의한 전시방법이나. 남원 '혼불문학관'에는 10개
의 디오라마가 전시되어 있다.

최되고 있다.

'작품'을 중심으로 한 남원 '혼불문학관'과는 달리, '작가'를 중심으로 구성한 전주 최명희문학관은 "내 마음의 전주에 그 옛날의 고향 하나를 오밀조밀 정답게 복원해 보고 싶다."던 작가의 세세한 삶의 흔적과 치열했던 문학 혼을 엿볼 수 있으며, 고향에 대한 애정까지 확인할 수 있다. 전북대학교 뒤편 건지산 기슭에 조성된 최명희의 묘역은 '혼불문학공원'으로 명명되어 있다.[251]

『혼불』의 주제어이자 최명희 문학사상의 핵심이라고 할 수 있는 '꽃심'은 "한국의 꽃심 전주"라는 전주정신으로 정립되어 선포 2주기 기념식을 이미 가졌으며, 최명희의 작은아버지가 살았다는 임실군 오수읍 둔덕리는 '꽃심지둔데기마을'이라는 마을 브랜드를 정하여 마을 행사 때마다 사용하고 있다.[252] 이처럼 최명희의 『혼불』은 다른 작품들처럼 문학관이나 문학공원, 문학행사 및 체험프로그램, 공연 등의 형태로만 활용되고 있는 것이 아니라, 2016년 이후에는 전주정신이나 둔덕리 마을 정신 등, 새로운 방식으로 활용되고 있다.

---

251 『혼불』과 최명희를 기억하고 기리는 행사로는 노봉마을에서 주관하는 행사 외에, '(사)혼불문학'에서 주관하는 10편 이상의 당선작을 낸 '혼불문학상', 『혼불』과 우수한 학술 업적을 남긴 학자들에게 수여하며 '최명희문학관'이 주관하는 '혼불학술상', '혼불정신선양위원회(남원)'에서 주관하는 '혼불독후감, 시, 혼불마을 답사 수필 공모전' 등이 있다. 또한 '혼불문학공원'에는 후배 작가들이 선정한 혼불의 아름다운 문장들이 돌에 새겨져 전시되고 있다.

252 이처럼 문학작품에 사용되고 있는 단어가 지역의 정신으로 선정된 것은 국내 유일한 사례가 아닐 수 없다. '꽃심'은 김유정의 「야앵」에 먼저 쓰였지만 정신적인 의미를 지니고 있지는 않았다. 그러나 『혼불』에서는 꽃의 중심, 꽃의 힘, 꽃의 정신 등의 의미를 가지면서 "아름답기 때문에 시련을 겪지만 그 시련을 꿋꿋하게 이겨내는 내면적 힘"이라는 뜻을 함축하며 작품 전체를 관통하는 정신으로 작동되고 있다.

이 글에서는 전북지역의 주요 문학유산인 최명희의 『혼불』이 지역의 정체성을 확립하고 지역민의 자긍심과 자존감을 높이기 위해 활용되고 있는 양상을 살펴보고 그 문제점의 개선 방안을 모색하는 가운데 『혼불』로 대표되는 전북지역 문학유산의 새로운 활용 방안을 제시해 보고자 한다.

3-2. 『혼불』로 보는 전주 역사

『혼불』은 조선의 근대가 시작되는 19세기 초 남원의 매안마을과 거멍굴, 고리배미 등을 배경으로 이씨 종가의 집안의 흥망성쇠를 그린 가족사 소설이면서 대하역사소설로 평가받고 있다. 그런데 소설로 형상화되지 못하고 자료를 나열해 놓은 듯한, 박물지를 방불케 하는 『혼불』의 방대한 민속자료들은 많은 논란을 불러일으켰다.[253]

이동재는 전주 이씨의 시조인 이한(李翰)이 통일신라시대 사람으로서 백제인이라고 특정할 수 없다는 점, 견훤 역시 경상도 상주 출신으로서 백제인의 후예로 보기 어렵고, 3대 이상 함경도에서 거주하던 이성계 집안의 고향을 사회 통념상 전주로 보기도 어렵다는 점 등을 지적하며 이 작품이 '속지주의적 오류'를 범하고 있음을 비판

---

253 김윤식은 『혼불』의 박물지적 형식이 소설 속의 다른 요소들, 특히 줄거리와 서사적 전체로서의 역사성 및 성격이 지닌 갈등 등을 억압한다는 점을 지적한 바 있다. 김윤식, 「헤겔의 시선에서 본 『혼불』(전라문화연구소, 『혼불의 문학세계』, 소명출판, 2001, 64쪽)

한 바 있다.[254]

수시로 삽입되는 세시풍속, 야담, 가사와 민요, 의례, 서간문 등에 의해 일반적 플롯과는 차별화되는 『혼불』의 이러한 형식은 그러나 민족지적 관점과 페미니즘 관점 그리고 생태주의적 관점에서는 매우 긍정적인 평가를 받고 있다.[255] 특히 지역어 문학연구와 문화 담론이 부상하는 최근에는 '지역어'와 '지역사' 관련 연구와 교육 자료로서의 가치가 새롭게 조명되고 있다.[256]

3-2-1. 지역적 관점으로 본 역사

『혼불』의 중심 서사는 남원의 작은 마을 매안과 거멍굴에 집중되어 있다. 하지만 이야기는 주인공 강모의 행로를 따라 '전주'와 '만주 (봉천, 연길)'로의 공간적 확산 양상을 보인다. 전주고보[257]의 역사

---

254 이동재, 「〈혼불〉에 나타난 역사와 역사의식론」, 한국근대문학연구 3집, 2002. 312쪽.

255 페미니즘의 관점에서는 김복순과 이덕화의 연구, 민족지적 관점에서는 김헌선, 임재해, 전경목, 이동재, 황국명 등의 논문이 있다. 이상의 논문은 전라문화연구소에서 펴낸 『혼불의 문학세계』(소명, 2001)와 『혼불』과 전통문화』(신아, 2003), 고은미, 『혼불의 생태여성주의 담론 연구』(전북대학교, 2006)를 참조.

256 고은미, 「지역사의 관점에서 본 『혼불』」, 『온·다라인문학 인문강좌 자료』, 2014. 10.

257 실제로 당시 전주에 '전주고보'는 없었고 5년제 '전주북중'만이 있었다. 이는 작가의 착오로 보인다. (전주북중 제22회 동기회 발간, 『노송과 달』 참조) 1995년에 발간된 『노송과 달』에는 분명히 '전주북중'이라고 표기되어 있다. 북중 22회는 해방 직전인 1945년 3월 22일에 졸업한 동기로서 일제의 식민통치가 교육현장에서 가장 극악한 형태로 전개되던 시기에 학창시절을 보낸 분들이다. 역사학자인 최근무 전주교육대 교수도 22회 졸업생 중 한 명인데, 이 시기에 노환이라는 과학교사가 학생들에게 민족의식을 은밀하면서도 강렬하게 고취한 것으로 증언하고 있다. 노환은 실존 인물로서 『혼불』에 등장하는 심진학과 가장 유사한 인물로 보인다.

교사 '심진학'은 주인공 강모에게 들려주는 말을 통해 『혼불』의 역사관을 전달한다. 그와 그의 제자 강모를 통해 이야기되는 『혼불』의 역사 관련 서술은 전주와 남원을 중심에 놓고 '마한 → 백제 → 통일신라 → 후백제 → 조선'까지 이어진다.

심진학은 '삼국통일'과 신라에 대해서 부정적으로 평가하고 그동안 폄하되었던 의자왕, 견훤, 유자광 등에 대해서는 오히려 긍정적으로 평가하고 있다. 신라는 승자였으나 외세를 끌어들여 동족을 공격하고 한민족의 영토를 축소 시킨 점을 비판하고, 부여 함락 이후에도 끈질기게 항전했던 백제와 발해로 부활한 고구려의 저력은 높게 평가되어야 하며, 견훤과 후백제 역시 재평가되어야 한다는 것 등이 작가를 대리하고 있는 심진학의 역사의식이다. 얼자(孽子)였던 유자광이 국난을 평정하고 공을 세워 높은 벼슬에 올랐음에도 불구하고 적자 중심의 역사는 그를 오직 간신으로 비하하여 기록하고 있음에 대해서도 작가는 등장인물을 통해 비판적인 입장을 드러낸다.

이동재가 지적한 바와 같이 이와 같은 작가의 사관에 대해 정통 사학자들은 물론 일반 독자들의 반론이 제기될 수 있다. 하지만 중앙 중심, 승자 중심의 역사 인식이 모두 정당한 것도 아닐 것이다. OECD가 최근 제안한 '2030 교육과정' 중에는 '딜레마(dilemma)'나 '긴장(tension)' 상황을 어떻게 해결할 것인지를 학습자들이 스스로 터득하게 하는 것이 중요하다는 내용이 담겨 있다.[258]

---

258 OECD, 'The future of education and skills-education 2030', 2008, 6쪽. 이 자료는 OECD가 인공지능, 로봇 등이 보다 폭넓게 사용될 것이 명확한 2030년까지 어떻게 교육과정을 변화시켜 나아가야 할지를 연구하여 발표한 자료이다. 이 자료에

주입식 교육이 시효를 상실한 것은 이미 오래전 일이라 한다면, 『혼불』에서 제시되고 있는 역사적 평가와 기존의 역사적 평가를 비교·대조하는 가운데 학습자들 스스로 주체적 관점을 갖도록 유도하는 것이 바람직하다고 본다.

3-2-2. 조선왕조의 발상지 전주와 『혼불』

청암부인의 양자인 이기채는 전주로 시험을 치러 떠나는 아들 강모를 사랑에 불러 앉혀 놓고 전주가 풍패지향(豊沛之鄕)임을 알려준다. 이기채가 전주가 조선의 발상지이면서 동시에 매안 이씨의 관향(貫鄕)이라는 점을 강모에게 강조하는 것은 장소가 갖는 위상을 통해 태조 후손으로서의 자부심을 아들에게 심어주기 위해서이다.[259]

의하면 앞으로의 교육은 "Reconciling tension and dilemmas", 곧 "긴장 상태와 딜레마 상황을 조정하는 능력"을 함양하는 교육이어야 한다는 것이다. 단순한 암기나 조작은 앞으로 인공지능이 얼마든지 수행할 수 있지만, 이러한 갈등 조정 능력은 당분간 인간만이 할 수 있을 것이기도 하고, 미래사회에는 개인적으로나 사회적으로 긴장 상태와 딜레마 상황이 보다 빈번하게 전개될 것으로 전망되기 때문이다. 이런 점에서 『혼불』은 '긴장과 딜레마 상황을 조정하는 능력'을 키울 수 있는 훌륭한 교재가 될 수 있을 것으로 판단된다. 이 작품은 사실 당혹스러운 문제를 많이 제기하고 있기 때문이기도 하다. 강모와 강실의 근친상간도 그렇고, 춘복과 옹구네의 양반 계급에 대한 적개심과 신분해방에 대한 열망, 의자왕, 백제, 후백제 및 견훤과 유자광에 대한 재평가 등 긴장 상태를 유발하는 딜레마 상황에 대한 토론식 수업이 얼마든지 가능하다고 본다.

259 흔히 전주를 '千年古都'라고 한다. 천년이란 이 고장이 전주로 불리기 시작한 이후의 세월을 말한다. 758년, 경덕왕 16년부터 전주라는 명칭이 사용되었으며, 그 이전의 이름은 완산, 혹은 완산부였다. 최명희는 『혼불』에서 '완산'을 우리말로 풀어 '온돌'로 추정하였다. 물론 이에 대한 문헌적 근거는 없다. 그러나 작가는 '온돌'이 지닌 깊은 뜻을 독자들에게 전달하고 싶었던 듯하다. '온'은 "완전하고, 뚜렷하며, 조화로우면서도 모든 것을 갖추고 있다."는 의미를 지니고 있으며, '돌'은 "산과

전주는 2002년 한일월드컵 축구대회 개최를 계기로 하여 전주한옥마을을 보존지구로 지정하고 시설을 정비·보완하여 관광객 유치에 힘쓴 결과 현재 100만에 가까운 사람들이 찾는 관광 명소로 자리잡고 있다. 관광객들은 경기전, 오목대, 전주향교 등과 같은 시설을 둘러보면서 인근에 있는 최명희문학관을 찾기도 한다.

『혼불』은 전주가 조선건국의 발상지, 곧 '선원조발지기(璿源肇發之基 : 아름다운 옥과도 같은 왕조의 근원이 시작된 곳이라는 뜻)'임을 강조하고 있다. 작가는 이기채, 심진학을 통해 왕도로서 전주가지닌 품격을 강조한다. 작가가『혼불』을 창작하던 시기(1980~90년대)에는 영호남 간의 격차가 날로 벌어지고 호남인들의 자존감이 현저하게 떨어지는 한편, 정체성이 심각하게 위협받는 상황이었다.[260] 만일 호남의 위상이 달라지기 시작한 김대중 정부 이후에 최명희가『혼불』을 창작하였더라면 이동재가 지적한 바 있는 '피해의식'은 상당 부분 완화되었을 것으로 추정된다.

이동재의 지적이 일정하게 타당성을 지닌 것도 사실이지만, 오늘날의 독자들은 창작 당시 호남지역이 처했던 특수한 상황을 참조해야 한다. 전주와 남원의 문학관이나 각 교육기관에서는 따라서 시민들과 학생들에게 균형 잡힌 역사의식을 전달할 필요가 있을 것이다. 전주는 이성계의 정치적 필요성에 의해서 태조의 제사를 배향하는

들"이라는 뜻을 지니고 있다고 하였다.(『혼불』8권, 80~81쪽.)

260 본인이 호남 출신임을 숨기거나 본적지를 타 지역으로 옮기는 사례가 많았다. 또한 T.V 드라마나 영화 등에서 가정부들이나 노동자들이 전라도 사투리를 사용하는 것이 사회적 문제로 대두된 바도 있다. 또한 광주 5.18민주화운동이 정당하게 평가받지 못하고 왜곡된 것도 호남인들의 자존감을 떨어뜨리는 데 기여하였다.

풍패지향(豊沛之鄕)으로서의 지위를 갖게 되었다. 그러나 실질적으로 전주 출신 인사들이 조선왕조로부터 특혜를 누리거나 우대받았다는 기록은 없다. 오히려 정여립의 기축옥사 이후 과거급제자 수가 현저하게 줄어든 것으로 보아 차대(差待)를 받았다고 보아야 한다.

주목해야 할 것은 천 명 가까이 희생된 것으로 알려진 참혹한 기축옥사를 겪었으면서도 전주의 관리들과 정읍의 선비들은 자비를 들여 태조 어진과 조선왕조실록을 정읍 내장사 경내 용굴암으로 대피시켜 보존하였고, 이정란을 중심으로 의병을 조직하여 전주성과 호남평야를 수호하여 임진왜란 전체 판도를 역전시킨 점이다. 최명희의 『혼불』이 '조선건국의 발상지'라는 점은 강조하면서도 이점을 강조하지 않은 점은 아쉬움으로 남는다.

단지 전주가 조선건국의 발상지라거나 경기전과 오목대, 풍패지관 같은 곳이 남아 있다는 사실 자체가 중요한 것은 아닐 것이다. 오히려 건국과 관련된 역사 유적은 서울, 경주, 부여, 공주 등이 훨씬 많이 남아 있으며 한 나라의 수도로서 영화를 누리고 위세를 떨치던 기간도 훨씬 길다. 중요한 것은 그때 당시는 물론 지금 이 순간에도 우리 후손들에게 절실하게 필요한 시대정신이 무엇이냐 하는 것이다. 따라서 기축옥사와 임진왜란 당시 벌어졌던 태조 어진과 조선왕조실록의 보존과 전주성 수호를 연결하는 것은 매우 중요하다. 개인적 감정이나 이해타산을 떠나서 공의(公義)와 공익(公益)을 앞세워서 목숨을 걸고 한 나라의 백성으로서 마땅히 해야 할 도리를 다했던 호남인들의 정신은 분명히 오늘날에도 한국인 모두가 되살리고 간직해야 할 정신이기 때문이다.

3-2-3. 후백제의 수도 전주와 『혼불』

사촌 여동생 강실을 범한 이후 방황하던 강모는 공금 횡령 사건 이후 강호와 함께 만주로 향한다. 만주 봉천에서 강모는 전주고보 역사 교사였던 심진학을 만난다. 심진학은 승자의 기록으로서의 역사가 아닌 기록되지 못한 패자의 역사에 주목한다. 심진학은 일본 제국에게 짓밟혀 신음하고 있는 조선의 모습이 신라에 패하고 한낱 '지렁이'로 기록된 '견훤'의 모습에 대응된다고 본다.

심진학은 신라와 후백제를 비교·대조하기도 한다. 신라의 마지막 임금은 고려 왕건에게 투항하여 왕의 사위와 호족으로 후대 받았을 뿐만 아니라, 전쟁을 피함으로써 백성들의 인명을 손상하지 않았다는 이유로 전국 여러 곳에서 '김부대왕(金傅大王)'으로 신격화되었다. 반면에 경애왕을 죽이고 신라를 제압한 후, 고려를 위협하던 후백제의 견훤은 '지렁이'로 비하된 것에 대해 심진학은 분개한다.

어차피 이기지 못할 싸움이라면 굴욕을 무릅쓰고라도 경순왕처럼 깨끗이 항복하고 백성들의 생명을 지키는 것이 옳다고 주장이 있을 수 있다. 그러나 경순왕을 정당화할 경우 일제에게 나라를 팔아넘긴 매국노나 민족을 위해 친일을 했다고 강변한 이광수마저 정당화될 우려가 있다. 고려는 전주를 철저하게 파괴하여 후백제의 역사를 거의 지웠으며, 왕건은 '훈요십조'를 남겨 고려 시대 내내 호남지역이 소외당하도록 하였다. 고려의 파괴가 얼마나 철저하였던지 전주시는 아직 후백제 왕궁의 위치조차 비정하지 못하고

있다.[261]

후백제는 중국의 오월(吳越)과 교역을 하고 호남 일대에서 생산되던 풍부한 철과 소금을 통해 경제적 부를 축적하고 고문헌들을 대거 수집하여 문화적으로도 융성하였던 것으로 알려져 있다. 당시 전주에는 신라에서 이주해 온 이들과 고구려에서 강제로 이주해 온 이들, 그리고 원 거주인들인 백제인들이 더불어 살고 있었다. 실제로 전주에는 김부대왕(경순왕) 일가에게 제사 지내는 성황당이 동고산성에 있으며, 빙고리에는 백제를 멸망시킨 주역 중 하나인 김유신을 기리는 사당도 있다. 그런가 하면 '완주 고달산 경복사지'에는 고구려의 승려 보덕화상이 망명하여 전주 일대에서 포교한 기록이 남아 있다.

무엇보다도 경상도 상주 출신의 견훤이 무진주(오늘날 광주)에서는 배척을 받았으나 전주에서 환영을 받고, 살아있는 미륵불로 숭앙받으며 후백제의 왕으로 등극한 사실에 주목할 필요가 있다. 이처럼 출신 지역이나 배경을 문제 삼지 않고 능력과 자질을 존중하는 전주 사회의 포용성[262]과, 다양한 구성원들을 '백제 부활'이라는 기치 아래 하나로 모았던 견훤의 지도력 때문에 한때 후백제는 왕건의 고려

---

261 전주의 옛 궁터로는 동고산성설이 대세를 이루다가 성벽의 일부가 발견된 물왕밀설이 최근에는 더 많은 역사학계의 지지를 받고 있다. 그러나 최근 '인봉리-문화촌 일대'가 왕궁터였다는 주장이 곽장근에 의해 강력하게 제기되고 있다. 결과적으로 전주시는 아직까지 왕궁터를 확정하지 못하고 있다.

262 이와 같은 전주의 다양성과 포용성 등은 훗날 천주교와 개신교를 죽음을 두려워하지 않고 과감하게 수용하는가 하면, 경상도에서 창시된 동학을 수용하여 동학농민혁명을 일으키고 관민협치 체제인 집강소 통치를 실현한 것으로 이어진다. 또한 이와 같은 정신은 오늘날에도 또한 모든 한국인들에게도 필요한 정신이 아닐 수 없다.

를 강하게 압박할 수 있었던 것으로 보인다. 『혼불』에는 고려에 대한 피해의식이 진하게 드러날 뿐, 후백제가 지닌 역사적 의의가 충분히 드러나지 않아 아쉬움을 남긴다. 하지만 기존의 시각에 도전하는『혼불』의 역사적 시각은 충분히 논쟁적이며, 이에 대한 활발한 시민사회와 교육의 장에서의 토론 역시 지역 문학유산을 활용하는 또 다른 방안이 될 수 있을 것이다.

3-3. 『혼불』과 전주정신, '꽃심'

전주시는 2016년 6월 9일에 '전주정신'을 선포하였다. 정립된 전주정신은 "한국의 꽃심 전주"이다. 최명희의 『혼불』에 담긴 정신은 이제 전주시민들이 누구나 기억하고 전주시민으로서의 자부심과 정체성을 지닐 수 있게 만드는 전주를 대표하는 정신으로 자리매김하게 되었다. 전주시는 전주정신 전문 강사들을 양성하여 전주 시내 학교 및 기관을 순회하며 전주정신을 적극적으로 알리고 있고, 모든 공문서에 전주정신을 표기하는 한편, 전주시를 운행하는 모든 시내버스 전광판을 통해서 승객들이 "한국의 꽃심 전주"를 볼 수 있게 하였다.

3-3-1. 전주정신의 정립과 『혼불』의 새로운 활용

그동안 안동정신("정신문화의 수도, 안동"). 경북정신(화랑, 선비, 호국, 새마을)이 제정된 바 있다. 앞으로 많은 지역이 나름대로 지역

정신을 정립해 나갈 것이다. 하지만 전주처럼 작품의 중심 단어를 그 지역의 정신으로 삼는 경우는 아직 없었다. 그만큼『혼불』이 전주 지역에서 차지하고 있는 비중이 크고 '꽃심'이라는 단어가 함축하고 있는 의미가 전주의 정체성을 드러내기에 적절하다 하겠다.

2016년에 선포된 '전주정신'은 다소 수그러들던『혼불』에 대한 관심을 다시 불러일으키는 계기를 마련하였다. 최종적으로 확정된 전주정신은 "한국의 꽃심 전주"이다. 이와 같은 문구가 확정되는 과정은 쉽지 않았다.

2015년 2월 2일부터 활동하기 시작한 '전주정신정립위원회'는 역사, 철학, 문학, 공연, 민속, 인류학 분야의 전문가 8인의 위원으로 구성되었으며, 21차례의 회의와 2차례의 학술발표와 전주시민 대상 여론조사, 전주 지역 원로로 구성된 자문위원회의 엄중한 검증과정을 거쳐 전주정신을 정립하였다. 그 결과 전주정신을 최명희의『혼불』의 핵심어라고 할 수 있는 '꽃심'을 대표 정신으로 정하고 '대동, 풍류, 올곧음, 창신' 등 4대 정신을 연관된 하위 개념으로 정하였다.[263]

전주시가 이처럼 전주정신을 정립하여 선포한 이유는 첫째 전주가 전주다움을 이어가고 발전시키기 위해서는 전주정신이 중심축이 되어야 하고, 둘째, 전주사람들에게 정체성을 확인시켜주며, 셋째, 전주사람들에게 전주사람으로서의 자긍심과 자부심을 키워주

---

263 '대동'은 "타인을 배려하고 포용하며 함께 하는 정신"이고, '풍류'는 "문화예술을 애호하며 품격을 추구하는 정신", '올곧음'은 "의로움과 바름을 지키고 숭상하는 정신", '창신'은 "새로운 세상을 창출해 가는 정신" 등으로 규정하였다. (전주정신 다울마당, 『한국의 꽃심 전주』, 2018)

고, 넷째, '전주 지역의 공동체 정신'을 강화하기 위한 것이었다.[264]

이처럼 전주정신이 '꽃심'으로 정립됨으로써 『혼불』이 담고 있는 역사의식이나 지역 사랑, 공동체 정신 등이 지역 문학 공간을 통해 활발하게 논의되는 가운데 『혼불』을 지금까지와는 다른 방식으로 활용할 길이 열렸다. 전주시는 지속적인 연구와 교육 및 홍보를 통해서 『혼불』에 담겨 있는 "어떠한 시련이 닥치더라고 굴하지 않고 대동단결하고 풍류를 즐기며 올곧은 정신으로 새로운 것을 창조해가는 꽃심'의 정신을 시청의 정책으로 반영하고 시민사회에 뿌리내리기 위해 노력하고 있다.

3-3-2. 전주의 '창조적 변방성'과 '한의 정신'

1) 창조적 변방성과 '꽃심'

신영복에 의하면 창조적 변방성이 존재하는 지역은 비록 정치적·지리적으로는 국가의 수도인 중앙으로부터 멀리 떨어져 있지만, 정신적으로는 오히려 우위에 서 있음으로서 중앙보다 높은 자존감과 자부심을 지니고 있다고 한다. 그리스의 변방이었던 로마가 그리스를 꺾고 마침내 세계 최고의 제국을 건설한 것이 그 좋은 예이다.[265]

전주는 '풍패지향'이었다 하지만 정치적으로는 늘 중앙의 견제와 차대를 받아왔다. 특히 정여립이 역모자로 몰려 대규모 참사를 겪은

---

264 전주정신다울마당, 『한국의 꽃심, 전주』, 2018 참조. 이 책은 전주시가 전주정신정립위원들을 중심의 전주정신 표준안을 만들기 위해 제작한 책이다.

265 신영복, 『담론』, 돌베개, 2015, 263쪽.

이후에 중앙의 견제와 차대는 가중되었다. 그러나 전주는 이에 굴하지 않고 문화와 학문을 발전시켜 나갔다. 판소리, 민요 등의 소리문화, 비빔밥과 콩나물국 등으로 대표되는 음식문화, 완판본 소설이 보여주는 수준 높은 출판문화, 천년을 간다는 한지, 예술성과 기능성이 뛰어난 부채와 목공예품, 창암 이삼만으로부터 효산 이광열을 거쳐 강암 송성용, 석전 황욱에 이르는 문자향 넘치는 서화, 구한말에 유학자 간재 전우와 그의 제자들(최병심, 이병은, 송기면 등)이 보여준 도저한 유학의 경지 등 그 어떤 것도 중앙에 견주어 뒤지지 않는 높은 수준을 보여준다.

한편 전주는 조선 시대 내내 봉건적 모순을 타파하는 일을 선도해 왔다. 정여립은 중앙에서의 관리 생활을 청산하고 전주로 귀향하여 대동계를 조직하였다. "다른 사람의 자식을 내 자식처럼 사랑하고 내 부모를 공경하듯이 다른 사람의 부모도 공경하라"는 『예기』 예운편(禮運篇)에 기록된 '더 먼 것에 대한 사랑'을 실천하고자 하는 대동계는 적어도 조직 내에서는 수평적인 질서를 구축하고자 하였다. 대동사상을 실천하고 자주 출몰하기 시작한 왜구를 퇴치하기 위해서는 상명하복의 관계보다 능력을 중시하는 수평적 관계가 더 효율적이었기 때문이다. 그러나 이러한 정여립이 혁신 사상과 실천적 노력은 지역의 엘리트들이 천 명 가까이 희생된 '기축옥사'로 이어진다.

1894년에 일어난 동학농민혁명 역시 동학의 '인내천(人乃天)' 사상을 바탕으로 조선의 봉건적 질서를 민주적 질서로 바꾸기 위해 진보적 지식인들과 무명의 백성들이 힘을 합쳐 떨쳐 일어선 운동이었다. 이들은 탐학을 일삼는 관리들과 지주들의 횡포에 맞서고 주권을 잠식해 들어오는 외적을 물리치기 위해 제1차 봉기를 일으켰고 전주성에 입성한 후, 폐정개혁안을 정부측에서 수용한다는 내용이 담긴 '전주화약'을 체결함으로써 '집강소 통치'라는 민관협치 체제를 구축하게 된다.

그러나 동학농민혁명 역시 조선 정부군과 일본군이 연합한 군대에 의해 진압된다. 우금치전투에서 엄청난 희생자를 내고 패전한 동학군은 이후 패퇴를 거듭하다가 장흥성에서 최후를 맞이한다. 총대장인 전봉준은 한성에서, 그리고 김개남은 전주에서 처형된다. 동학농민혁명 역시 시대의 모순을 타파하고 평등하고 합리적인 세상을 열고자 하였으나 끝내 그들의 손으로 근대국가를 건설하지는 못하였다.

전주는 천주교와 개신교 수용에도 다른 지역보다 적극적이었다. 윤지충은 조선 최초의 순교자로 기록되고 있는 바, 윤지충 가족을 비롯한 당시의 천주교도들 역시 모든 사람이 하나님의 아들로서 평등하게 대접받는 세상을 꿈꾸었던 것으로 보인다.

이처럼 전주는 정여립의 대동정신, 동학농민혁명운동, 천주교와 개신교의 전도 운동 등을 통해서 조선 시대를 지배하던 봉건적 질서를 해체하고 모든 인간이 평등하게 살아가는 새로운 질서를 꿈꾸었으며 그러한 세상을 만들기 위하여 목숨마저 아끼지 않았다. 이와 같은 창조적 변방성의 정신을 통해 '시련과 고난을 꿋꿋이 견디고 이겨내는 정신으로서의 꽃심'을 보다 구체적으로 설명할 수 있다.

2) 한의 정신과 '꽃심'

천이두가 『한의 구조연구』(1993)에서 제시한 한(恨)의 정신은 한국을 대표하는 정신이기도 하지만, 전주 지역에서 가장 왕성하게 발현된 정신이기도 하다. 그것은 그만큼 전주가 창조적 변방성을 지니고 조선의 수직적 질서를 수평적 질서로 바꾸기 위해 노력해 왔기 때문이다. 정여립, 전봉준 등의 노력은 시대적 요구에 부응하는 정당한 것임에도 불구하고 기득권 세력이 쌓아놓은 높은 장벽을 넘지 못하고 좌절하는 동안 전북지역의 한은 더욱 깊어질 수밖에 없었다.

천이두에 의하면 한의 정신은 남을 원망하는 마음(怨)이나 자신을 탓하는 마음(歎)과 같은 부정적 정서를 '삭임(인욕과 정진)'의 단계를 거쳐 미래를 기획하고(願) 남을 배려하는(情) 긍정적 정서로 승화시켜 나가는 역동적 정신을 가리킨다.[266] 전주에서 대동계원, 동학농민혁명군, 천주교 순교자 등은 비록 그들이 꿈꾼 새로운 세상을 겪어보지 못하고 죽어갔지만, 그들이 지녔던 평등한 사회에 대한 염원과 열정은 한국 사회 발전의 주요한 동력이 되었다.

최명희의 『혼불』이 견훤과 이성계와 같은 왕들에 대한 관심만큼이나 정여립이나 전봉준, 천주교인, 기독교인들의 헌신과 희생에 대해 주목하지 못한 점은 아쉬움으로 남는다. 하지만 최명희가 『혼불』을 통해 제시되는 '꽃심'에는 '창조적 변방성'과 '한의 정신' 등을 포괄적으로 함축하고 있다고 판단된다.

---

266 천이두, 『한의 구조 연구』, 1993, 89~98쪽 참조.

"아름다운 것들은 왜 그렇게 수난이 많지요? 아름다워서 수난을 겪어야 한다면 그것처럼 더 큰 비극이 어디 있겠어요? 그러나 그 수난을 꿋꿋하게 이겨내는 힘이 있어 아름다움은 생명력이 있지요. 그 힘을 나는 '꽃심'이라고 생각합니다. 내가 태어난 이 땅 전라도는 바로 그 꽃심이 있는 생명의 땅이에요."

— 호암상, 1998 수상 강연에서

위의 수상 소감을 통해 밝힌 '꽃심'의 개념은 '수난을 꿋꿋하게 이겨내는 힘이며 생명력'이며 그 수난은 아름다워서 받는 것이되 수난을 꿋꿋이 이겨냄으로써 그 아름다움은 훼손당하는 것이 아니라 더욱 아름답게 피어나는 것이고, 전라도는 바로 "꽃심이 있는 생명의 땅"이라는 것이 최명희의 주장이며, 이와 같은 주장의 타당성을 인정하여 전주시는 마침내 "한국의 꽃심 전주"를 전주정신으로 선포하게 되었다.

3-4. 『혼불』관련 주요 시설과 행사

3-4-1. 전주 최명희문학관의 현황과 개선 방안

최명희문학관은 전북 전주시 완산구 최명희길에 소재해 있으며, 2006년 4월 25일에 개관하였다. 지하 1층은 문학 강연장, 수장고, 창고 등으로 활용하고 있고, 지상 1층에는 전시실과 사무실이 자리 잡

고 있다. 마당 가운데에는 평상이 놓여 있어 관람객들이 휴식을 취하거나 체험 활동을 할 수 있다.[267]

가장 중요한 시설인 전시실에는 쇼케이스 5개, DVD, 전시물 거치대 등이 놓여 있으며, 전시 품목으로는 친필이력서 1종, 친필편지 7종, 친필엽서 30종, 혼불문학제 자료집(1~9회 9권), 연구논문(석·박사 학위 논문 30권), 사진(18여종), 최명희 작품 수록 도서(40여권), 친필 사인 책, 최명희 관련 도서(40여 권), 옥관문화훈장, 방패연, 문방오우(몽블랑만년필, 자, 칼, 끈, 가위), 원고지 등이 있다.[268]

최명희문학관은 2008년에 『혼불문학기행: 아름다우리 새도 울겠지』를 발간하였으며, 2009년 제2기 민간 위탁 이후에는 다양한 문학 교육프로그램의 안정적 운영과 교육프로그램들을 제공하고 있다. 2011년에는 『혼불, 그 천의 얼굴』을 발간하였고, 이해부터 '혼불학생문학상'과 전북문화 바우처 '문학강사파견사업'을 매년 진행하고 있다. 그 결과 2011년 연말에는 문화체육관광부 표창을 수여하기도 하였다. 2014년에도 한국문학관협회 '올해의 최우수 문학관'으로 선정되었다.[269]

---

267 '최명희문학관'을 찾는 많은 관람객들은 특히 화장실에 대해 좋은 인상을 지니고 돌아간다. 늘 청결하게 유지되고 있거니와 『혼불』에서 발췌한 아름다운 문구들이 화장실 곳곳을 장식하고 있기 때문이다.

268 전시장소의 협소함으로 말미암아 소장하고 있는 전시품들을 모두 전시하지 못하고 주기적으로 순환 전시하고 있다. '최명희문학관' 관계자들이나 관람객들은 전시 공간의 협소함과 전시 품목의 빈곤함을 지적하고 있다. 전시관의 협소는 전주시의 예산 배정과 부지 확보를 통해 해결해야 하며, 전시 품목의 확대는 유족들의 협조가 필요해 보인다. 물론 사유재산이므로 강요할 수 없지만 유품의 공공성을 고려하여 관련 법규 마련을 통해 관람객들에게 꼭 전시해야 될 유품들이 문학관에 전시될 수 있어야 할 것으로 판단된다.

최명희문학관은 다른 문화시설과 마찬가지로 전주시가 직영하지 않고 '혼불기념사업회'가 민간 위탁하는 형식으로 운영되고 있다. 최명희문학관은 전주한옥마을 내에 자리하고 있어서 접근성은 좋은 편이지만 주차 시설은 매우 부족하다. 전시 공간도 너무 좁아서 많지 않은 소장품조차 순환 전시하고 있다. 공간 확보와 예산 증액, 인력 확충 등은 최명희문학관과 전주시청이 해결해야 할 시급한 과제들이다.

최명희문학관 지하층 문학 강연장은 전북작가회의를 중심으로 문인들이 수시로 모여 합평회를 갖고 정보를 공유하는 플랫폼으로 기능하고 있다. 지역의 문인뿐만 아니라 중앙에서 활동하고 있는 저명한 문인들도 전주를 찾을 경우, 최명희문학관에서 강연하는 경우가 많았다. 2017부터는 극작가이기도 한 최기우 학예실장이 『꽃심 전주』를 집필하여 전주시청 홈페이지에서 누구나 볼 수 있게 하였으며, 매년 이 책에 대한 독후감 대회를 개최하여 전주정신을 널리 알리는 일도 최명희문학관은 수행하고 있다.

문학관이 발전하기 위해 '전문 인력을 충분히 확보하고 확보한 인력을 체계적으로 훈련하는 것'은 매우 중요하다. 최명희문학관이 비교적 많은 행사를 기획하고 실행할 수 있는 이유는 비좁은 공간과 열악한 재정 형편에도 불구하고 학예실장을 비롯한 전문 인력을 보유하고 있기 때문이다.

---

269 최명희문학관 관련 자료는 현재 문학관에 근무하고 있는 실무자들을 통해서 전달받았다.

3-4-2. 남원 혼불문학관과 혼불마을의 현황과 개선 방안

전라북도 남원시 사매면 노봉안길에 있는 '혼불문학관'은 남원시가 한국현대문학의 걸작 『혼불』의 배경지인 노봉마을에 조성하였다. 남원시는 작가의 예술정신을 기리고 주변의 소설 배경이 되는 최씨 종가[270], 청호저수지, 달맞이 공원, 서도역 등과 연계하여 문학마을로 조성하였다.

두 채의 한옥 중 주 건물인 '문학관'은 유품 전시실과 집필실인 작가의 방, 주제 전시실 등으로 꾸며져 있다. 유품 전시실에는 작가의 사진과 '최명희 혼불'이라 쓴 자필 글씨, 생전에 작가가 사용한 만년필과 잉크병, 꼼꼼하게 정리된 작가의 취재 수첩과 자료집 등이 전시되어 있다. 작가의 생전 모습, 수상 경력, 그리고 〈동아일보〉에 연재되었을 때부터 단행본으로 출간되어 지금에 이르기까지 『혼불』의 역사도 정리되어 있다.

유품 전시실 다음에는 일명 '성보암'이라고 불리었다는 작가의 집필실을 재현해 놓고 있으며, 소설의 주요 장면을 입체 모형으로 재현한 디오라마(diorama) 10점과 소설 『혼불』을 소개하는 매직비전, 인월댁 베 짜기 시설 등이 전시되어 있다. 디오라마는 혼례식, 강모와 강실 소꿉놀이, 액막이연 날리기, 효원 보름달을 보고 소원을 빌

---

270 남원 노봉마을에 소재한 최씨 종가는 2007년에 이유를 알 수 없는 화재가 발생하여 종부가 사망한 이후 현재까지 복원되지 못하고 있다. 남원시가 주축이 되어 종가를 복원하고 복원된 종가에서 『혼불』에서 제시되고 있는 세시풍속, 관혼상제, 의상, 음식, 예절 등을 시연하고 교육하는 시설로 활용해야 할 필요가 있다.

면서 그 정기를 빨아들이는 흡월(吸月), 청암부인 장례식, 춘복이 달맞이 장면, 쇠여울네가 이기채를 공격하는 장면 등으로 구성되어 있다. 또 한 채의 한옥인 '꽃심관'에는 '사랑실'과 누마루 '소살소살'이 있어 문학관을 찾는 이에게 공부방과 쉼터 역할을 하고 있다

고풍스러운 한옥 형식의 건축물에 너른 정원을 갖춘 문학관 입구에는 물안개를 일으키는 물레방아가 옛 정취를 풍기며 관람객을 맞이하고 있고, 앞마당에는 조형물과 실개천이 흐르고 있다. 문학관 뒤편은 노적봉과 함께 옆으로는 청호저수지와 자그마한 산들이 에워싸고 있으며 휴게시설과 혼불 산책길 등이 조성된 '혼불아우름공원'이 자리 잡고 있다. 혼불문학관 인근에는 주 무대인 서도역도 옛모습을 그대로 간직하고 있으며, 천민들이 살았던 거멍굴의 흔적도 남아 있다. 문학관이 있는 노봉마을은 소설에 등장하는 매안 이씨 종가가 있는 곳으로 통상 '혼불마을'로 불린다 '혼불마을'에서는 강모와 효원이 혼례를 치르는 모습 그대로 전통 혼례식을 재현하기도 하고 '혼불문학 신행길 축제'를 열기도 한다.

그러나 혼불문학관은 최명희문학관과 달리 학예실장과 같은 전문 인력이 배치되어 있지 않고 일반 공무원이 관장으로 재직하고 있다. 해설사들이 배치되어 있기는 하지만 창의적으로 전시와 행사를 기획하고 정부 지원을 요청할 전문 인력이 배치되지 않고 있는 것은 혼불문학관이 시급히 해결해야 할 문제이다.

혼불문학관은 비좁은 최명희문학관과는 달리 넓은 공간과 노적봉에서 청암호로 이어지는 수려한 경관을 지니고 있고, 무엇보다도『혼불』의 주 배경지로서의 아우라(aura)를 자랑하고 있다. 그러나 전

시 및 문화기획, 프로그램 개발 등을 담당해야 할 전문 인력이 없고, 최근에는 남원시『혼불』관련 행사를 주관해 온 '(사)혼불정신선양회'의 활동도 거의 이루어지지 않고 있다.[271] '혼불문학관'의 주요 체험행사로는 기왓장이나 목판에『혼불』의 문구를 직접 쓰는 행사가 운영되었으나 이마저도 더이상 비치할 공간이 없어 중단된 상태이다.

이에 비해 임실군 오수읍 둔덕리마을은『혼불』의 배경지가 아님에도 불구하고『혼불』의 '꽃심'을 마을의 정신으로 설정하고 다양한 행사를 기획·운영하고 있다. 둔덕리마을은 일단 마을을 '꽃심지둔데기마을'로 브랜드화하였다. '꽃심지'는 물론 전주와 마찬가지로『혼불』에 담긴 정신을 브랜드화한 것이다.[272]

3-4-3. 서사 음악극, <혼불>

최기우가 각색한 서사 음악극 <혼불>은 바로 소설『혼불』이 갖는

---

271 '혼불문학관' 홈페이지도 최근에는 거의 업그레이드되고 있지 못하다.

272 둔덕리마을에는 삭령 최씨들이 집성촌을 이루어 살고 있을 뿐만 아니라, 최명희의 숙부가 거주하던 집이 남아 있기도 하다. 최명희는 노봉마을 못지 않게 숙부가 살고 있던 둔덕리마을도 자주 방문하였으며, 1552년에 세워진 500년 종가, '이웅재고가'를 여러 차례 방문하며 많은 영감을 얻었을 것으로 추정된다. 특히 둔덕마을은 지금까지 백중행사를 원형 그대로 보존하고 실행하고 있으며, 전국 유일한 교육 동계인 '삼계동계'를 아직까지 유지하고 있다. '삼계동계'는 둔덕리마을 사람들이 모금한 돈으로 훌륭한 교육자를 초빙하거나 자녀들의 교육비를 지원하는 동계이다. 이 동계를 통해 우수한 인재가 수없이 양성되었으며, 일제강점기에는 독립투사들도 다수 배출하였다. 따라서 '혼불마을'을 노봉마을로만 한정하기보다는 '둔덕리마을'까지 포괄하고 '혼불문학관'의 훌륭한 시설과 넓은 부지를 활용하여『혼불』에서 제시되고 있는 각종 세시풍속과 음식 조리, 관혼상제문화, 의상 제작 및 입어보기 행사 등을 재현하고 교육하여야 한다고 본다.

이러한 의미를 음악적으로 되살려 내기 위해 기획된 것이다. 2002년 전주 월드컵 문화행사의 일환으로 전주시립국악단이 기획·제작한 이 작품은 2002년 6월 22일부터 24일까지 한국소리문화의 전당에서 초연되었으며 이후 서울에서도 초청되어 연주하였다. 또, 2003년 전주세계소리축제에 공식작품으로 초청되는 등 초연에 그치지 않고 매년 연주되고 있다. 서사 음악극 〈혼불〉에서는 소설『혼불』의 내용을 대서사시로 편작하여 각각의 장면을 칸타타 형식으로 구성하였다.

음악적으로는 국악관현악과 판소리합창, 일반합창 그리고 풍물이 중심이 되도록 작곡하였으며, 소설의 중요한 부분은 판소리의 독창을 가미하여 합창과 어우러지도록 하였다. 각 장(5부작)의 내용에 따라 영상과 춤 그리고 풍물, 연극적 요소 등을 가미한 종합 무대예술로 만들어 우리 민족 문화와 정신을 예술적 혼으로 승화시킬 수 있도록 구성되어 있다. 작품의 구성은 '서곡'에 이어 '초혼가'가 연주되며 뒤이어 총 5막 18장으로 이루어져 있다.

원작소설『혼불』은 사건의 흐름을 따라 직선적으로 진행되지 않고, 그때그때 인물과 배경, 상황을 계기로 방사형으로 퍼져 전개된다. 하지만 공연을 위해 마련된 대본은 시간적 배열에 따른 사건에 집중했다. 작품 자체가 미완이고 군데군데 9권 첫머리부터 약 2백여 쪽에 걸쳐 펼쳐지는 불사(佛事) 이야기나 6권 중 비장의 의학적 설명, 한민족의 시조 설화 등 기록과 자료의 내용이나 공간적 배경이 만주인 내용 등은 음악극에는 담겨 있지 않다.

현재로서는 16년 전에 만들어진 음악극『혼불』이 소설『혼불』을

활용한 유일한 문화콘텐츠라 할 수 있다. 박경리의『토지』가 청소년
『토지』, 만화『토지』, 영화『토지』, 3번이나 제작된 드라마『토지』등
으로 다양하게 활용되고 있는 것과 대조적이다. 이처럼『토지』가 다
양하게 재창조될 수 있었던 것은 원작의 우수함 때문이기도 하지만,
유족들의 협조, 지방정부의 적극적인 지원(원주, 하동, 통영 등)이 이
루어지고 있기 때문이다. 또한 원주와 하동에 각각 위치한 토지문학
관에는 전문 인력들이 배치되어 있으며,『토지』를 비롯한 박경리 작
품을 집중적으로 연구하는 '토지학회'가 구성되어 1년에 두 차례 이
상의 학술대회를 개최하고 있고, 연길, 하얼빈, 장춘, 지리산 등과 같
은 국내외 소설 배경지 탐방 행사도 개최하였다.

　『혼불』도『토지』와 마찬가지로 다양한 문화콘텐츠로 재창조되어
야 한다. 그러기 위해서는 장미영이 제안 바와 같이『혼불』의 내용을
문화유형별로 나누어 '시놉시스'로 제작하고, 인물별, 배경별, 시점
별 포트폴리오를 제작하는 작업 등을 먼저 수행해야 한다.[273] 그러기
위해서는『혼불』과 관련된 전문 인력을 최대한 확보하고 지속적으
로 양성하는 한편, 학자와 각 분야 전문가들로 구성된 '혼불학회'를
발족시켜야 할 것이다.

---

273 장미영,「소설의 문화원형 콘텐츠화 방안-최명희〈혼불〉을 중심으로」, 한국문학
　　이론과 비평 24집, 2004.

3-5. 지역문학유산 활용을 위한 새로운 과제

『혼불』의 배경은 일제강점기 말의 남원, 전주, 만주 봉천 등이다. 이 시기에 추진된 창씨개명은 이 작품의 중심인물인 청암부인을 병석에 눕게 만든다. 청암부인은 국권 상실기에 지역의 숙원 사업이었던 저수지(청암호) 역사를 벌인 바 있다. "콩깍지가 시들어도 콩만 살아있으면 언제든지 새싹이 돋을 수 있다."라고 주장하던 청암부인은 나라가 망했기 때문에 오히려 적극적으로 내실을 기하고 힘을 키우고자 하였다.

청암부인은 단지 양반가의 종부라는 지위에 집착하지 않고 마을 공동체에 유익을 끼치고 덕을 베풂으로써 마을 사람들로부터 마음으로부터 우러나는 존경을 받고자 하였다. 청암부인의 죽음을 앞두고 밤하늘을 수놓은 '혼불'은 청암부인의 강한 정신력과 지도력을 상징하는 것으로 볼 수 있다. 반면에 이 작품에 등장하는 남성 양반들인 이기채와 이기표 등은 시대착오적인 권위에 편승하여 개인의 이익과 안일만 추구하다가 점차 마을 사람들의 신망을 잃어 간다.

청암부인의 임종을 앞두고 청암호는 바닥을 드러내고 마을 전체는 혼란에 빠진다. 청암부인을 대신할 새로운 지도자의 부재가 매안 이씨 가문뿐만 아니라 마을 전체를 위기에 빠뜨리는 것이다. 사촌 간인 강모와 강실의 근친상간, 춘복과 쇠여울네를 비롯한 거멍굴 천민들의 원한과 분노, 종손인 강모의 방황, 춘복의 강실 강간과 강실의 임신 등은 양반의 권위와 양반 중심의 질서가 이미 시효를 상실했음을 시사한다.

결국『혼불』은 청암부인 이후에 다가올 시대를 이끌어갈 '새로운 지도력'의 내용과 형식에 대해 독자에게 질문하고 있는 소설이라 할 수 있다. 김병용이 지적한 바와 같이 이 작품은 청암부인을 중심으로 하여 양반 중심 질서를 유지하려는 구심력과 양반 중심 체제와 질서를 해체하려는 원심력이 동시에 작동하는 작품이다. 작가 최명희는 이러한 현상이 1940년대 남원 매안마을에서만 일어나는 현상이 아니라, 어느 나라 어느 시대에서도 일어나는 보편적 역사 진행의 법칙으로 보고 있다.

지역 문학유산은 그동안 각 지역 문학관을 중심으로 활용되어 왔다. 문학관은 작가 초청 행사, 문예공모전, 학술대회, 상설 및 특별 전시회 등을 개최하고 체험프로그램들을 운영하고 있으며 이는 지역 문학유산을 활용하는 보편적인 방식이라 할 수 있다. 최근에는 문학관이 아닌 지방 정부가 주도하여 지역 문학유산을 활용하여 지역의 대표 정신을 정립하는 사례가 발생하고 있다.

최명희의『혼불』은 전북지역 내에서 가장 많이 활용되고 소비되는 작품이다. 전주와 남원에 각각 최명희문학관과 혼불문학관이 건립되어 있고, 서사 음악극 〈혼불〉이 2002년부터 공연되고 있으며, '혼불문학상', '혼불학술상'을 비롯한 다양한 행사들과 체험프로그램이 운영되고 있다. 그러나 전시 및 체험 공간의 협소, 예산의 부족, 전문 인력을 비롯한 인적 자원의 부족,『혼불』전문 연구학회의 부재, 『혼불』관련 모든 시설과 행사를 일괄적으로 통제하는 컨트롤 타워의 부재, 유족들의 협조 미흡 등 여러 원인에 의해 지역 문학유산으로서의『혼불』이 충분히 활용되고 있지 못한 실정이다. 최근에 전주와 임실 둔덕리에서 '꽃심'을 지역의 대표 정신으로 설정하여 새롭게 주목을 받고 있다.

작가와 작품을 추모하고 기억하는 시설을 설치하고 행사를 운여하는 것도 중요하지만, 작품을 올바로 이해하고, 그것을 바탕으로 작품에 정신을 활용하여 지역 사회에 정체성을 부여하고 지역민의 자존감을 높이는 데 활용할 수 있다고 본다. 전주정신 '꽃심'이나 '꽃심지둔데기마을' 등은 지역 문학유산을 새롭게 활용한 대표적인 예에 해당한다.

전주정신이나 둔덕리 마을정신 등은 이제 정립과 선포를 마치고 전주시와 둔덕리마을에서 확산을 시도하고 있다. 이제 남은 과제는 정립된 정신을 지자체의 정책에 반영하고 자발적인 시민운동을 통해 지역을 변화시켜 나가는 것이다.

이러한 일을 지자체의 힘만으로는 할 수 없으므로 전주시에서는 '전주정신연구위원회'과 '전주정신기획위원회'를 조직하였다. 연구위원회는 학자들 중심으로 구성되어 있으며, 기획위원회는 학자도 있지만 대부분 시민운동단체나 평생교육기관, 박물관, 문학관 관계자들로 구성되어 있다.

앞으로 '전주정신연구위원회'는 전주정신 '꽃심'이 지닌 역사적, 철학적, 문학적 의미들을 다각적으로 탐구해 나갈 것이며, 학문적 근거를 마련해 나가야 할 것이다. 기획위원회는 지자체의 정책 방향을 제시하고, 전주정신 확산을 위한 행사를 기획하고 시민운동을 전개해야 할 것이다.

주무 기관인 전주시청은 예산을 확보하고 행정적으로 연구위원회와 기획위원회의 활동을 지원할 필요가 있다. 최명희문학관의 비좁은 공간 문제를 어떤 식으로든 해결해야 하며, 최명희문학관이 『혼불』과 작품에 담긴 전주정신을 널리 알릴 수 있는 교육 프로그램을 편성하여 운영할 수 있도록 해야 할 것이다.『혼불』과 최명희 문학을 전문적으로 연구하는 학회의 구성도 필요하다. 이 학회는 작품의 성격에 맞게 문학연구가 뿐만 아니라, 역사, 철학, 문화인류학 등 다양한 분야의 학자와 더불어 음식, 의상, 민속, 의례, 건축 등 작품과 관련된 모든 분야의 전문가들도 함께 참여할 수 있는 탈경계의 학회가 되어야 할 것이다.

스토리텔링 기법을 활용한 작가연구

4-1. 스토리텔링의 이해

보통은 서사를 소설이나 전설, 도는 민담 혹은 적어도 기이한 이야기 같은 것이라고 생각한다. 우리는 대개 스토리를 말할 수 있는 어떤 특별한 재능이 따로 있다고 여긴다. 소설이 예술이 될 수 있고, 또 예술이 서사를 통해 발전할 수 있다는 것은 분명 사실이다.

그러나 서사는 예술가건 보통 사람이건 상관없이 모든 사람에게 관련된 것이다. 하루에도 수없이 많은 순간에 매일의 일상적 삶 속에서 우리는 서사를 만들고 있기 때문이다. 사실 이런 일은 우리가 단어들을 배열하는 순간부터 시작된다고 할 수 있다. 주어와 동사를 연결시키는 바로 그 순간부터, 우리는 충분히 서사 담화에 참여하고 있다. 예컨대 "나는 넘어졌어."라고 말하는 순간 서사가 시작된다. 여기에 시간적 질서와 인과관계가 부여되면 서사는 거의 완성된다.

춘원 이광수(1892~1950)　　　횡보 염상섭(1897~1963)

금동 김동인(1900~1951)　　이상(1910~1937)　　백릉 채만식(1902~1950)

　그러나 일상적으로 일어나는 모든 사건에 시간적 질서와 인과관계만 부여한다고 해서 누구나 그 스토리를 모두 읽으려 하지 않는다. 그 스토리가 가치(story value)를 지닐 때 사람들은 비로소 그 이야기에 관심을 가지고 읽고자 한다. 읽는 중에 감동을 느끼고 교훈을 얻게 된다면 스토리는 만족감을 주고 심지어 독자의 삶을 변화시킬 수도 있을 것이다.

　우리는 매일 수많은 스토리에 접한다. 영화와 소설, T.V 드라마, 연극, 만화, 게임 등에는 모두 다른 스토리들이 있으며 우리는 미처 모든 스토리를 다 접할 수도 없다. 다만 홍보와 평판, 그리고 다른 사람들의 권유에 따라 많은 스토리들 중에서 선별하여 우리는 그 스토리를 접하게 된다.

아리스토텔레스는 그의 명저『시학』에서 이야기는 '처음-중간-결말'의 구조를 지니고 있다고 하였다. 처음은 '앞에 아무 것도 없고 뒤에는 무엇인가 있는 것'이고, 중간은 '앞에도 뒤에도 무엇인가 있는 것'이며, 결말은 '앞에는 무엇인가 있지만, 뒤에는 아무 것도 없는 것'이라고 하였다. 이 말은 매우 평범해 보이지만, 스토리의 본질을 가장 잘 지적한 말이 아닐 수 없다.

먼저 '처음'은 '발단(發端)'이라고도 하는데, 작가 지망생들 중 상당수는 이미 이 단계에서 스토리텔링을 포기하는 경우가 많다. 시간은 잠시도 멈추지 않고 흘러간다. 그 무수히 스쳐가는 시간 중에 작가는 한 장면을 선택하여야 한다. 그리고 그 장면은 독자들의 호기심과 흥미를 유발할 수 있으며, 다음 장면으로 이어질 수 있는 것이어야 하고, 작품을 다 읽고 났을 때 그 장면의 의미를 새롭게 조명할 수 있는 것이어야 한다.

예컨대 현진건의 「운수 좋은 날」은 '눈이 올 듯하다가, 비가 추적추적 내리는 날에 김첨지라는 인물이 인력거를 끄는 장면'으로 시작한다. 이 장면은 단순히 기상 상태를 알려주는 데 그치지 않고, 암시 및 복선의 기능을 한다. 눈은 행운을 비는 불행을 상징하는 바, 김첨지가 처음에는 손님이 많아서 그날이 '운수 좋은 날'이라고 생각하다가 마지막 장면에서 아내가 죽어 있는 것을 발견하고 사실은 그날이 '운수 나쁜 날'이었다고 절규하게 되는 사건의 기본 줄거리를 '눈'과 '비'는 암시하고 있다.

또 이 첫 장면은 뒤에 나오는 이야기와 잘 연결된다. 이날 김첨지는 다른 날보다 손님을 많이 태우고 수입도 훨씬 좋았다. 그것은 우연인 것처럼 보이지만 사실은 결코 우연만은 아니다. 기상 조건이 나쁘면 당연히 인력거를 끌겠다는 사람은 적고, 타겠다는 사람은 많을 수밖에 없다. 특히 늦가을이나 초겨울에 비가 추적추적 내리게 된다면 '감기'에 걸리지 않기 위해서라도 많은 사람들이 인력거를 타게 되고, 특히 짐이 있다거나 고운 옷을 입고 있다면 반드시 인력거를 타고자 할 것이다. 김첨지가 이날 손님을 많이 태우고 심지어 바가지요금까지 손님에게 물릴 수 있었던 것은 사실 기후 탓이 컸다고 보아야 한다.

이처럼 작품의 첫 장면을 어떻게 설정하느냐에 따라 그 스토리의 성패가 좌우된다고 해도 과언이 아니다. 따라서 작가가 '처음'을 설정하는 순간, 그 스토리의 운명이 결정된다. 처음에 이어지는 부분이 '중간'인데, 중간의 가장 중요한 특징은 '변화'이다. 또한 변화의 가장 중요한 요소는 '인과관계'이다. 적절한 인과관계가 부여되면 변화가 납득이 되지만, 인과관계가 적절하게 설정되어 있지 않으면 독자는 황당함을 느낄 수밖에 없기 때문이다.

'변화'는 안정된 사태에 어떤 자극이나 충격이 가해지면서 불안정한 상태가 되었다가 다시 새로운 안정 상태에 도달하는 과정을 말하기도 한다. 예컨대 『춘향전』에서 춘향과 이몽룡이 사랑하다가 이별과 변학도의 탐학에 의해 불안정 상태에 돌입하게 되며, 다시 이몽룡이 암행서사가 되어 나타나 변학도를 징치하고 춘향을 구제하면서 새로운 안정이 이루지는 것이다. 새로운 안정을 획득하는 과정에서 가장 중요한 요소는 언뜻 보면 이몽룡이 획득한 '암행어사라는 신분'인 것으로 보이지만, 사실 더 중요한 것은 '이몽룡의 춘향에 대한 변함없는 사랑'이라 할 것이다. 더구나 춘향은 갖은 양반 신분도 아니고 천민의 신분이다. (여성의 경우는 모친의 신분을 따라가는 것이 상례이다.) 따라서 아무리 암행어사가 되었어도 춘향을 외면하였더라면 춘향으로서는 더욱 큰 좌절과 절망을 맛볼 수밖에 없다. 그렇다면 당시로는 우월적 지위에 있었던 이몽룡의 신분을 초월한 사랑은 춘향의 절개 못지않게 소중한 가치가 아닐 수 없다.

아리스토텔레스에 의하면 '중간' 부분과 '결말' 부분이 이어질 때 마치 스파크처럼 강렬한 문학적 효과가 발생하는데, '반전(혹은 급전)'과 '깨달음'이 바로 그것이다. 「운수 좋은 날」이나 「춘향전」에서도 중간과 끝이 이어지는 지점에서 반전과 깨달음이 발생한다. 「운수 좋은 날」의 경우, 반전과 깨달음은 집에 도착한 직후에 일어난다. 아파서 누워 있던 아내가 김첨지가 도착하기 전에 이미 숨을 거둔 것이다. 젖이 나오지 않자 아기만 옆에서 울고 있는 참혹한 상황이 벌어진 것이다. 이 순간, '운수 좋은 날'은 '운수 나쁜 날'로 반전이 되면서, '가난의 극복이 개인적인 노력이나 부지런함만으로 이루어질 수 없으며, 반드시 부의 균배와 '사회 안전망 구축'이 이루어져야 해결된다는 식의 깨달음'이 동시에 발생하고 있는 것을 알 수 있다.

또한 「춘향전」의 중간과 끝이 이어지는 지점에서도 '반전'과 '깨달음'이 발생한다. 남원 수령 변학도의 수청 요청을 거절하고 "충신은 두 임금을 섬기지 않고, 열녀는 두 남편을 섬기지 않는데, 나에게 두 남편을 섬기라는 말은 곧 당신은 두 임금을 섬길 수 있다는 말이냐?"라는 말이 빌미가 되어 사형 선고까지 받고 집행만을 기다리던 춘향이었다. 기대하던 이몽룡은 거지꼴로 나타나 모든 희망이 꺾인 상황에서 어사 출도가 이루어지고 변학도는 징치되며 춘향은 구제된다. 죽음에서 삶으로, 이별에서 만남으로, 천민의 신분에서 양반의 신분으로의 대반전이 일어남과 동시에 '사랑은 계급을 초월하고, 정의는 승리하며, 고생 끝에 낙이 온다'는 식의 깨달음도 발생하는 양상을 볼 수 있다.

결말은 '대단원'이라고도 하는 부분으로서 모든 상황이 종결되고 정리되는 부분을 말한다. 인생에서의 유일한 끝은 사실 '죽음' 밖에 없다. 인간은 그러나 그 죽음마저도 초극하기 위하여 종교를 만들고 신을 섬기며 신앙생활을 한다. 믿음을 지닌 인간에게는 죽음마저도 끝이 아닐 수가 있다. 따라서 서사에서의 끝은 단순히 상황이 종료된다는 의미만을 지니지 않는다. 『소설의 이론』에서 게오르그 루카치는 "길은 열리고 여행은 끝났다."라고 하며 서사의 종결이 지닌 이중적 성격을 절묘하게 표현한 바 있다. 이는 곧 작품은 종결되지만, 작품을 통해 제기된 문제는 현실 세계에서 독자들에 의해 계속 해결이 모색되어야 한다는 뜻이다.

이처럼 처음과 중간과 결말은 작가에 의해 매우 정교하게 설계되어야 하며 각 단계마다의 필요한 조건들을 충족시키지 않으면 안 된다는 사실을 알 수 있다. 처음, 중간, 결말을 흔히 '발단, 전개, 위기, 절정, 대단원'이라고 표현하기도 한다. 5단계로 스토리를 분할할 경우, 위기와 절정 부분에서 대체로 '반전과 깨달음'이 발생한다고 볼 수 있다. 또 반전과 깨달음을 거쳐서 이야기가 대단원에 이르는 과정에서 아리스토텔레스는 '카타르시스(catharsis)'가 발생한다고 하였다. 카타르시스는 원래 '배설'을 의미하는 생리학적 용어였다고 한다.(아리스토텔레스는 원래 생물학자였다.)

카타르시스는 원심력과 구심력이 동시에 작동하면서 발생한다고 아리스토텔레스는 설명하였다. 이때 '원심력'은 '가능한 불행을 겪는 주인공으로부터 멀어지려는 마음', 곧 공포심을 말하며, '구심력'은 반대로 '불행을 겪는 주인공을 동정하여 가급적 가까이 다가가려는 마음'을 말한다. 그런데 비극의 경우 이 모순된 두 갈래의 감정이 동시에 일어나면서 '카타르시스'라는 독특한 효과가 일어나면서 '정화 작용(혹은 승화 작용)'이 가능해진다는 것이다.

카타르시스는 한국의 한(恨)의 미학으로 풀이할 수도 있다. 천이두는 『한의 구조 연구』에서 한은 "원망하는 마음(怨이)나 자책하는 마음(嘆과) 같은 부정적인 정서를 '삭임'이라는 단계를 거쳐서 남을 배려하고(情), 미래에 대해서 소망을 품는(願) 긍정적인 정서로 전환시키는 역동적 기제"라고 설명한 바 있다. 다만 아리스토텔레스는 공포와 연민이 동시에 발생함으로써 카타르시스 효과가 발생한다고 했고, 천이두는 '삭임'이라는 단계를 거쳐서 부정적 정서가 긍정적 정서로 전환된다고 본 점이 다르다 하겠다. '삭임'의 단계는 잘못하면 '썩음'의 단계가 될 수 있는 만큼 고통과 슬픔을 겪는 이가 그것을 극복하려는 노력, 곧 '인욕'과 '정진'의 과정이 있어야만 삭임이 이루지는 것임을 천이두는 강조하고 있다.

4-2. 구성적 사건과 보충적 사건

롤랑 바르트와 시모어 채트먼 모두 구성적 사건과 보충적 사건을 구별해야 한다고 주장한다. 이러한 구별을 정의하기 위하여 바르트는 '핵'과 '촉매'라는 용어를 사용하고, 채트먼은 '중핵(kemels)'과 '위성(satellites)'이라는 용어를 사용한다. 이러한 분석에 따르면, 구성적 사건(핵, 혹은 중핵)은 스토리를 스토리 그 자체로 만드는 필수적인 요소이다. 그것들은 일종의 전환점으로서, 스토리 전체를 앞으로 진행시키면서, 동시에 다른 사건들을 이끄는 사건을 의미한다. 반면에 보충적 사건(촉매, 위성)이란 스토리에 반드시 필요한 것은 아니다. 그것들이 어떤 방향으로 스토리를 이끌어가지 않기 때문이다. 다시 말해, 보충적 사건이 생략되어도 스토리는 그 자체로 인식될 수 있는 것이다.

그렇다고 해서 구성적 사건이 보충적 사건보다 훨씬 중요하고 보충적 사건은 마음대로 제거해도 된다는 뜻은 결코 아니다. 구성적 사건이란, 우리가 스토리 자체를 구성하는 사건의 연속에 관심을 기울이는 한에서만 그것이 보충적 사건보다 단지 좀더 필수적이기에 중요하게 여겨질 뿐이다. 오히려 보충적 사건은 서사의 의미와 감동이라는 측면에서는 더욱 중요할 수 있다. 바르트는 이것을 다음과 같은 말로 잘 표현했다. "핵(구성적 사건)은 스토리를 변화시키지 않는 한 생략될 수는 없을 것이다. 그러나 촉매(보충적 사건) 역시 담화를 변화시키지 않는 한 결코 생략할 수 없다." 요약하면 스토리보다 서사에 '더 많은 것들'이 하나의 작품에 힘과 의미를 더 많이 부여 할 수도 있다.

구성적 사건은 물론, 스토리 차원에서 필수적 사건이다. 그것은 스토리를 앞으로 진행시킨다. 반면 보충적 사건은 스토리를 앞으로 진행시키지는 않으며, 그것이 없다고 해도 스토리는 여전히 그대로 남을 것이다. 당연히 보다 많은 에너지와 도덕적 상징, 그리고 계시적인 스토리의 힘은 구성적인 사건을 통해서 이야기된다. 이런 점에서 구성적 사건의 중요성은 간과될 수 없다. 그러나 보충적 사건 역시 나름대로의 효과를 지니고 있으며 서사가 짚어질 수 있는 정도의 의미 또한 전달할 수 있다. 뿐만 아니라 보충적 사건은 구성적 사건이라면 할 수 없는 흥미로운 질문을 던지기도 한다. - 그 사건들이 왜 포함되었는가? 그것들은 스토리상 꼭 필요한 것이 아님에도 불구하고 왜 작가는 그것들을 서사 속으로 집어넣고자 하는 충동을 느끼는가? 이러한 질문들을 서사를 이해하는 데 큰 도움을 준다.

「운수 좋은 날」에서 '김첨지가 인력거를 끌며 돈을 많이 벌었으나 집에 돌아와 보니 아내가 죽어 있었다.'라는 내용은 구성적 사건들에 해당한다. 이 구성적 사건들에 의해 이야기는 앞으로 진행되며 개인의 노력보다 사회개혁이 보다 중요하다는 작품의 주제가 구현되기도 한다. 이에 비해 인력거를 끄는 중간 중간에 삽입되어 있는 과거회상과 집에 바로 들어가지 않고 설렁탕 집에 들러 시간을 지체하는 것은 보충적 사건들에 해당한다. 이들 사건은 생략되어도 전체 줄거리를 파악하는 데 큰 지장을 주지는 않는다.

하지만 우리는 굳이 작가 현진건이 왜 이러한 보충적 사건들을 이야기에 포함시켰는지 질문해 보아야한다. 주요 과거 회상 장면으로는 '아내가 배탈이 나고 또 그 병이 점점 깊어져서 사경에 이르는 과정'과 '그날 아침에 아내가 제발 오늘만큼은 일을 나가지 말아 달라고 부탁하는 장면'이다. 앞의 과거 회상은 그날 일어날 아내의 죽음이 단순한 우연의 산물이나 개인적 건강관리의 문제가 아니라, 역시 사회적 문제임을 일깨워준다. 제때 먹지 못하고 급하게 먹고 치료받지 못하는 것은 개인의 힘만으로 해결될 수 없다. 부(富)가 골고루 나누어짐으로써 소외 계층이 굶주림이나 질병으로부터 자유로울 수 있어야만 개인의 근면이나 성실함도 의미를 지닐 수 있음을 말해주고 있는 것이다. 후자 역시 어쩌면 그날 아내가 죽을 수도 있다는 암시를 강하게 주는 효과를 자아낸다. 김첨지 역시 돈을 많이 벌면서도 그날 아침의 장면을 떠올리며 불안해 한다. 이러한 불안은 설렁탕 집에서 친구인 치삼을 만나며 고조된다. 갑자기 웃다가 울다가 한다든가 돈을 집어던지는 행위는 이러한 불안감을 증폭시킴으로써 마지막 장면에서의 극적 효과를 예비하게 되는 것이다.

「춘향전」과 같은 판소리계 소설에서는 유난히 '보충적 사건'이 풍부하게 제시된다. 이를 두고 조동일은 판소리계 소설에는 '표면적 주제'와 '이면적 주제'가 있고 이 두 주제는 화해롭게 공존하기보다는 서로 충돌하고 대립하는 갈등 관계를 형성하고 있다고 하였다. 그에 의하면 판소리계 소설의 표면적 주제는 양반 중심의 유교이념을 지향하고 이면적 주제는 유교이념을 오히려 파괴하고 해체하는 '골계'의 양상을 띠고 있다는 것이다. 예컨대 「심청전」의 주제는 유교적 '효'이념이다 자신의 목숨을 바쳐서라도 아버지의 눈을 뜨게 만들겠다는 심청의 효성은 유교이념에서 한 치도 벗어나 있지 않다.

그러나 심청이 인당수에 빠져 죽은 이후에도 심학규는 눈을 뜨지 못한다. 또한 뺑덕어미와 놀아나면서 심청에 대한 기억마저 희미해진다. 결국 뺑덕어미에게 대부분의 재산을 빼앗기고 버림까지 받는 신세가 된다. 과연 이런 아버지를 위해 심청이는 목숨까지 바쳤어야 했을까 의구심이 들 정도이다. 심청이 인당수에 몸을 던질 때까지 비장한 분위기를 자아내던 작품은 뺑덕어미가 등장하면서부터는 완전히 해학적인 분위기로 바뀐다. 이처럼 후반부의 대부분을 차지하고 있는 골계는 전반부를 지배하고 있던 유교이념을 파괴하고 해체하고 있다. 이는 판소리계소설이 봉건적 이념이 해체되고 근대적 이념이 형성되어가 가는 시기에 만들어지고 유행했던 것과 무관하지 않다.

4-3. 기대의 층위에서의 종결

스토리를 읽는 가운데 독자의 기대가 실현되고 질문에 대해 답해진다면, 우리는 종결이 일어났다고 볼 수 있다. 기대 층위에서 우리는 수많은 신호들을 통해, 우리가 읽고 있는 행위의 종류나 일련의 사건들(예컨대 복수, 사랑, 탈출, 살인, 악몽 등)을 인식하게 된다. 그리고 일단 어떤 행동이 특정한 방식으로 시작되면, 우리는 그것이 전체적인 코드를 통해 일관되게 흘러갈 것이라고 기대하다. 가령 춘향이와 같은 젊고 아름다운 여성이 잘 생긴 젊은 양반 도령을 만났을 때, 우리는 이 도령이 곧 사랑에 빠지게 될 것이라고 기대한다. 더욱이 우리는 만남과 사랑이라는 이 두 사건들을 전체 사건의 일부분이며, 동시에 '로맨스'라고 불리우는 특정한 장르(대개는 결혼으로 종결되는)로 인식하게 된다.

세익스피어의 「리어 왕」은 이와는 다른 종결 방식을 취한다. 이 작품의 마지막 장면에서, 리어 왕이 작은 방 안에 죽어 있는 막내딸 코델리아를 발견한 뒤 죽고 만다. 1681년에 나훔 테이트라는 극작가는 세익스피어가 맺은 이러한 결말에 불만을 품고 코델리아가 죽지 않고 에드거와 결혼하는 것으로 결말부를 바꿔서 공연했고, 이 공연은 무려 160년 동안이나 지속되었다. 윌리엄 세익스피어의 「리어 왕」은 이 작품의 당시 관객의 기대를 위반한 작품이었다고 추정할 수 있다.

기대의 관점에서 본다면 위태롭게 균형을 이루고 있는 두 욕구들을 발견할 수 있는데, 그것은 각각 '기대를 만족시키고자 하는 욕구와 기대를 저버리고자 하는 욕구'이다. 히치콕의 영화 중 「현기증」을 예로 들어 보자. 영화의 마지막 부분에서 결국 킴 노박이 종탑에서 떨어지고 말 때, 로맨틱 스릴러의 해피엔딩을 예상했던 관객들의 조심스러운 기대는 무너지고, 이러한 종결로 인해 작품은 훨씬 더 어두운 장르로 되돌아간다. 한국 영화 중 「바람난 가족」에서도 동일한 장면이 나온다. 억울하게 교통사고의 피해자에서 가해자로 몰린 성지루가 실제 가해자인 황정민의 아들을 마치 물건 던지듯이 공사장 높은 곳에서 아래로 던져 죽이는 모습은 충격적이다. 사실은 입양아였던 아이는 그 앞에서 양모인 문소리와 애틋한 모자간의 정을 나누는 장면이 여러 차례 나왔기 때문에 관객은 전혀 기대하지 않았던 종결을 체험하게 되는 것이다.

　이 두 영화에서 종결이 주는 놀라움은 영화 전체를 처음부터 다시 되짚어보도록 만든다. 그것은 놀라움의 느낌이라는 새로운 형태와 색조를 영화에 부여하면서, 결국 그와 같은 종결이 적합한 것이었다고 여겨진다. 이른바 서스펜스의 핵심은 적어도 어떤 상황이 전혀 다르게 펼쳐질 수 있다는 가능성에 근거한다는 사실만큼은 분명하다. 그리고 성공적인 서사의 공통적인 특성이기도 한 놀라움은 그런 상황이 어느 정도 다르게 펼쳐지게 될 때 발생하게 된다. 종결은 욕망에 만족감을, 서스펜스에 안도감을, 혼란에 명확함을 가져다준다.

소설 읽기와
스토리텔링

프로프의 '민담형태론'과
이광수 스토리텔링

5-1. 블라디미르 프로프의 '민담형태론'

러시아의 민담을 연구한 블라디미르 프로프는 린네의 과학적 분류법의 영향을 받아, 문학작품에도 이와 같은 과학적 분류가 적용되어야 한다고 주장하였다. 그는 일차적으로 러시아 민담을 조사하여 자료를 정리한 다음, 이들 민담이 일곱 유형의 등장인물에 기초하고 있으며, 이들이 개별적 이야기 속에서 31개의 이야기 기능을 수행하고 있음을 밝힌 바 있다. 물론 개별적인 민담 수행에 있어서는 이들 7개의 인물 유형, 31개의 이야기 기능 중에서 어느 부분이 확장되기도 하고 생략되기도 하지만, 일반적으로 민담들은 이러한 유형의 형태론을 반복하고 있다고 볼 수 있다. 프로프는 이러한 유형에 대한 탐구를 통해 이 세상에 존재하는 숱한 이야기를 기준에 따라 분류할 수 있는 방법론을 제시하였다.

이 장에서는 이러한 프로프의 민담형태 분석의 틀을 역으로 이용하여 이광수의 생애를 스토리텔링해 보고자 한다. 이광수는 1917년에 최초의 한국 근대장편소설로 기록되고 있는『무정』을 당시 일제 총독부의 기관지인『매일신보』에 연재함으로써 일약 한국을 대표하는 작가가 되었다. 그는 단순한 작가가 아니었다. 수많은 소설을 쓰고 또 그 소설 덕분에 유명해지고 부를 쌓았음에도 불구하고 그는 이상하게도 소설 쓰는 일은 자신의 본업이 아니라고 하였다. 그렇다고 언론사 일이 자신의 본업이라고 생각하지도 않았다. 그의 본업은 어디까지나 '민족을 위한 일' 곧, 민족운동이었다.

그는 일찍이 도산 안창호에게 감화를 받고 비밀 결사 조직인 '흥사단'에 가입하였다. 그는 여러 차례 도산의 주선에 따라 미국으로 유학을 가려 했지만, 그때마다 후원금이 중간에 없어지는 바람에 일본, 한국, 중국을 전전해야 했다. 동경에서 2.8 독립선언서를 작성한 후 바로 도산 안창호가 기다리고 있는 중국 상해로 건너가 상해 임시정부 조직을 돕는다. 그는 그곳에서 임시정부의 기관지인『독립신문』의 사장직을 맡는다. 2년간 열심히 독립운동을 하던 이광수는 갑자기 조선으로 귀국한다. 이때 그가 택할 수 있는 길을 두 가지였다. 입국하자마자 체포되어 감옥을 가는 길과, 일제에 협력하여 목숨을 구하는 일이었다. 그는 이때 이미 결핵을 심하게 앓고 있었기 때문에 감옥행은 곧 죽음으로 이어질 수밖에 없었다.

그는 결국 후자를 택한다. 목숨을 구하는 대신 그는 '민족개조론'을 발표하며 자신이 앞장섰던 항일운동을 부인한다. 먼저 민족성을 개조하고 실력을 키워야지 섣불리 정치적·군사적 행동을 전개해서는 안

된다는 '민족개조론'은 뜻있는 민족지사는 물론 그를 믿고 따르던 청년들마저 이광수를 매도하는 결과를 낳았다. 그는 변절자로 낙인찍혔으며, 그 어느 곳도 이광수의 글을 실어주지 않았고 그에게 일자리를 내 주지 않았다. 목숨을 구한 것과 더불어 그가 얻은 것은 여인 허영숙이었다. 본처 백혜순과 이혼하고 허영숙과 재혼에 성공한 것이다.

허영숙은 처녀였을 뿐만 아니라, 조선 최초의 여의사였으며, 소설가였다. 이광수는 『무정』을 연재하기 시작하면서 결핵이 발병하였고 허영숙은 이광수를 헌신적으로 치료해 주었다. 환자와 의사로 처음 만났지만 두 남녀는 곧 사랑에 빠졌고 일본 전역, 나아가 중국까지 건너가 애정을 나누었다. 그처럼 뜨겁게 사랑하던 두 남녀는 이광수가 독립운동에 전념하게 되면서 헤어지게 되고 두 사람은 2년 가까이 못 만나게 된다. 허영숙은 언제까지나 이광수만을 기다릴 수는 없는 처지였다. 독립운동 중 하나를 선택하라고 허영숙은 이광수에게 최후통첩 형식의 편지를 보내게 되고 결국 이광수는 허영숙과 귀국을 선택하는 것이다.

이때 허영숙을 도와 이광수의 귀국을 종용하고 이광수가 감옥에 가지 않는 대신에 친일적인 글을 쓰게 한 사람이 바로 이광수로 하여금 『무정』을 『매일신보』에 연재하게 해 준 아베 미츠이에(阿部充家)였다. 그는 더욱 출세하여 1921년에는 총독의 고문이 되어 있었다. 그는 이광수를 결정적인 시기에 일본이 정치적 선전 도구로 사용할 수 있음을 간파하고 이광수를 적절히 보호하면서 결국 친일의 길로 들어서게 유도한 셈이다.

이후 이광수는 건강도 좋아지고 『동아일보』 편집장이 되어 생활도 안정이 된다. 뿐만 아니라 『동아일보』에 『재생』, 『단종애사』 같은 작품을 연이어 발표하면서 한국을 대표하는 작가의 자리를 되찾는다. 그의 소설로 말미암아 『동아일보』의 구독률은 크게 상승된다. 이광수는 자신의 와세다대학 유학을 주선하고 등록금까지 보조해 준 『동아일보』 사주 김성수에게 충분히 보은한 셈이다.

신간회가 해소되고 조선공산당에 대한 검거가 여러 차례 반복되는 가운데, 이광수는 식민지 총독부와의 협력 체제를 구축하고 이른바 '브나로드 운동'을 전개한다. 『흙』은 '민족개조론'의 연장선에 있는 농촌계몽소설이다. 농민들이 사회주의 농민운동과 같은 정치적 운동에 가담해서는 안 되고, 오직 문맹을 퇴치하고, 위생 환경을 개선하며, 부업을 통해 수익을 증진하는 등의 비정치적 농민운동에만 전념해야 한다는 것이 『흙』의 주인공 허숭을 통해서 이광수가 독자에게 전달하고 싶은 메시지였다. 이른바 '합법적 투쟁론'을 그는 주장한 것이다. 일제가 만들어 놓은 법을 어겨서는 절대 안 되며, 아무리 억울하더라도 일본 경찰이나 재판부가 결정한 것은 무조건 따라야 한다는 식의 순응주의는 분명 '민족개조론'과 맥을 같이하면서 브나로드운동이 당시 농민을 새로운 구독자로 확보하려는 언론사의 입장과 사회주의 농민운동이 더 이상 확산되는 것을 막아야했던 일제 총독부와의 이해관계가 서로 맞아떨어지는 가운데 일어난 운동임을 짐작케 한다.

도산 안창호의 길인 항일 민족운동노선과 아베의 길인 친일협력 사이에서 아슬아슬하게 줄타기를 하던 이광수는 도산 안창호가 세상을 뜨자 급격히 흔들린다. 이후 수양동우회 사건이 발생하고 이광수는 서대문형무소 병 감동에 수감된다. 급격히 건강이 나빠지자 병 보석으로 출옥하고 이광수는 이때의 체험을 바탕으로 그의 최고작 중의 하나로 꼽히는 「무명」을 발표한다. 친일 협력을 안 할 경우 재수감이 불가피한 상황이 되자 춘원은 본격적인 친일 행각에 나선다. 조선문인협회장직을 맡으면서 각종 강연장과 일본군 부대를 찾아 다니며 일본 천황을 찬양하고, 내선일체를 강조하며 일본인과 한국인이 동근동족이라는 억지 주장까지 펼친다. 더욱 심각한 것은 청년 대학생들에게 일본군에 입대하여 태평양전쟁에 참전하라는 독려를 한 것이다. 수많은 청년들이 그의 강연을 듣고 전장에 나가 일본을 위해 싸우다가 목숨을 잃거나 다친 것을 생각할 때 그의 죄악은 결코 가볍다 하기 어렵다.

해방 후 그는 당연히 민족 반역자로 지목되어 두문불출하는 처지가 된다. 남양주 사릉 근처에 머물며 중학교에서 영어를 가르치던 그는 '반민특위'가 구성되면서 결국 수감된다. 그는 같은 형무소에 한 번은 독립운동을 하다가 수감되고, 또 한번은 조국을 배신하였다는 이유로 수감되었으니 그의 인생은 참으로 아이러니하다 하지 않

도산(島山) 안창호(1878~1938)

아베 미츠이에 (阿部充家)

을 수 없다. 반민특위가 친일파들의 공작에 의해 결국 와해되고 이
광수는 출옥하지만 곧 이어서 터진 6.25 전쟁 당시 그는 납북되고 북
한 지역에서 호송되던 중 그는 사망한 것으로 알려졌다.

　이처럼 고아에서 일본 유학생으로 오산학교 교사에서 와세다 대
학 우등생으로, 상해임시정부 요인에서 민족변절자로 여러 차례의
인생 역전 양상을 보인 춘원 이광수의 삶은 참으로 드라마틱하다 하
지 않을 수 없다. 이러한 이광수의 삶과 문학세계를 스토리텔링함으
로써 그의 삶을 재조명하는 한편, 스토리텔링 기법을 익힐 수도 있
을 것이다. 여러 가지 기법 가운데 이 장에서는 앞에서 말한 대로 프
로프의 민담형태론을 이용하여 그의 삶을 재구성해보고자 한다.

　프로프가 제시한 31가지 이야기 기능은 다음과 같다.

　1. 부재 : 가족 성원 중 한 사람 이상의 부재
　2. 금지 : 위반해서는 안 되는 관습, 도덕률, 법.
　3. 위반 : 위의 금지 사항을 어기는 것.

4. 정찰 : 악한의 감시, 추적

5. 정보전달 : 악한의 희생자에 대한 정보 입수

6. 책략 : 악한이 희생자를 이용하거나 제거하기 위해 꾸미는 음모.

7. 연루 : 희생자가 악한의 책략에 넘어가거나 이용당함.

8. 가해 : 악한이 주인공, 혹은 주인공 가족에 대해 가하는 공격.

9. 결핍 : 불운이나 결핍이 알려짐. 주인공에게 요청이나 명령이 주어짐.

10. 숙고 : 탐색자는 저항 행동에 동의하거나 그것을 결정한다.

11. 출발 : 주인공이 자신이 머물던 곳을 떠난다.

12. 지정, 할당 : 주인공은 시험되고, 심문받고 공격받는데, 그로해서 주인공에게 작용물이나 조수자를 얻는 방법을 준비한다.

13. 대항 행동 :주인공이 미래의 증여자의 행동에 반응한다.

14. 주술적 적용물의 준비 : 주인공은 탐색의 대상이 있는 곳으로 옮겨지거나 인도된다.

15. 공간 이동 : 주인공은 탐색의 대상이 있는 곳으로 옮겨지거나 인도된다.

16. 투쟁 : 주인공이 악한과 직접 싸운다.

17. 표지 : 주인공은 특별한 표지를 받는다.

18. 승리 : 악한이 퇴치된다.

19. 청산된 결핍 : 최초의 불행이나 결여가 희생된다.

20. 귀환 : 주인공이 귀환한다.

21. 추적 : 주인공이 추적당한다.

22. 구출 : 주인공이 추적으로부터 구출된다.

23. 몰래 도착 : 주인공이 다시 어떤 것을 탐색하기 위하여 출발한다.

24. 시험 근거 없는 요구 : 가짜 주인공이 근거 없는 요구를 한다.

25. 어려운 과제 : 주인공에게 어려운 과제가 제안된다.

26. 완수된 과제 : 주인공에게 어려운 과제가 해결된다.

27. 인지 : 주인공이 인지된다.

28. 폭로 : 가짜 주인공 혹은 악한의 정체가 폭로된다.

29. 변신 : 주인공에게 새로운 모습이 주어진다.

30. 처벌 : 악한이 처벌된다.

31. 결혼 : 주인공은 결혼하고 왕좌에 오른다.

5-2. 이광수의 삶을 소재로 한 스토리텔링

위에서 제시한 프로프의 기능이 모든 이야기에 31개씩 나오는 것도 아니고, 또 31개만 나오는 것도 아닐 수 있다. 우리가 만들고자 하는 것은 결코 설화가 아니며, 작가의 삶과 문학세계의 스토리텔링이기 때문이다. 따라서 이광수의 삶을 프로프의 이론에 적용하여 스토리텔링한다고 해서 완성된 서사물이 나올 수는 없다. 완성된 서사물을 만들 수 있는 '가공된 자료' 혹은 '전 단계의 스토리' 정도를 만들수 있을 것이다. 또한 완성된 서사물을 만들 경우, 다음에 만들어지는 스토리의 순서나 분량도 당연히 조절해야 할 것이다.

1) 부재

이광수의 삶을 이야기할 때 대부분의 연구자는 우선 그가 '고아'라는 사실을 지적한다. 그는 11살에 불과 열흘 사이로 아버지와 어머니를 콜레라로 잃는다. 4남매 중 한 명도 사망한다. 또 막내 동생은 불과 세 살에 민며느리로 보내졌다가 이질에 걸려 바로 죽는다. 오빠와 헤어지기 싫어했던 막내의 죽음은 이광수 평생의 상처로 남는다. 부모는 단지 죽었을 뿐만 아니라, 이광수에게는 좋은 추억을 거의 남기지 않았다고 한다. 이광수의 부친은 도박장을 전전하는 바람에 부친(이광수 할아버지)에게조차 자식 취급을 받지 못하였고, 동네에서도 따돌림받았으며, 두 번이나 결혼에 실패한 것으로 알려져 있다. 이광수는 아버지의 세 번째 부인과 사이에서 태어났다. 부부의 나이 차이는 거의 20살에 가까웠고 15세 어린 나이에 도박 중독자에게 시집온 그의 어머니는 무지했고 매사를 미신에 의존하였으며, 생계가 어려워지자 시누이 소유의 뽕밭에 가서 뽕을 도둑질해야 할 정도로 가난에 시달렸다.

따라서 부모의 부재는 이광수 평생에 가장 큰 상처를 남긴 셈이다. 육체적으로도 이 세상에 존재하지 않았을 뿐 아니라, 정신적으로도 춘원에게 애틋한 그리움이나 존경심 등을 남겨주지 않았기 때문이다. 따라서 이광수는 육체적 아버지가 아닌 정신적 아버지, 혹은 진정한 아버지를 찾아 나서게 된다. 그러나 불행히도 이광수 앞에 한 아버지가 아닌 두 아버지가 나타난다. 한 아버지는 당대 독립운동의 총 지휘자격인 도산 안창호이고, 또 한 명은 조선의 식민 통치의 설계자 격인 아베 미츠이였다. 여기서는 프로프의 분류에 따라 진짜 주인공은 도산 안창호의 길을 따르는 독립운동가로서의 이광수, 가짜 주인공은 아베 미츠이에를 따르는 이광수, 악한은 일제 등으로 분류한 후 이야기를 프로프의 이론에 따라 이야기를 구성해 보고자 한다.

2) 금지

진짜 주인공 이광수에게 금지는 당연히 친일이다. 그리고 아베 미츠이에와의 만남은 금지를 위반하는 첫 행보가 된다. 아베는 매우 은밀하고 치밀하게 이광수에게 접근한다. 그리고 이광수의 약점을 철저히 파악하고 서서히 마수를 뻗친다. 이광수는 천도교의 도움으로 메이지학원의 중학교 과정(5년)을 졸업하고 남강 이승훈이 세운 오산학교 교사로 부임한다. 고아가 된 후 마을 곳곳을 돌아다니며 막일을 하던 처지를 생각하면 분명 금의환향한 셈이나 이광수는 결코 교사직에 만족하지 않았다. 그의 야망은 민족의 지도자가 되는 것이었다. 그러기 위해서는 첫째 대학에 진학해야 하고, 둘째 문명을 떨치는 것이었다. 학문을 도야하기 위해서 대학에 가겠다는 것도 아니고, 문필가로서 혹은 작가로서 성공하는 것도 그의 최종 목표가 아니었다. 그의 최종 목표는 오로지 민족의 지도자가 되는 것이었다.

이광수가 오산학교 교주이자 교장인 남강 이승훈의 총애를 받고, 그를 통해 도산 안창호를 만나 최고의 민족 운동가들의 비밀 조직인 흥사단에 들어간 것은 진짜 주인공으로서 당연히 선택했어야 하는 과정이었다. 그는 민족의식을 담은 시와 논설을 연이어 발표하면서 민족의 지도자로 무럭무럭 성장해 갔다. 미국 유학은 비록 좌절되었

남강 이승훈이 설립한 오산학교 교정

지만, 인촌 김성수의 배려와 후원에 힘입어 드디어 꿈에도 그리던 대학(와세다대학교 철학과)에 진학도 하였다. 당시 가장 큰 유학생들의 잡지인 『학지광』은 거의 춘원의 독무대이다시피하였다. 그는 장르를 불문하고 너무 많은 글을 싣다 보니 때로는 여러 가지 필명을 사용하거나, 심지어 자신의 정체를 철저히 숨기고 가명으로도 수많은 글들을 발표하였다. 시, 수필, 논설문, 평론, 소설 등을 두루 발표하였으며 당연히 모든 부분에서 그의 글들은 최고 수준이었고 유학생들은 모두 그의 글에 열광하였다. 그 중에서도 가장 영향력이 큰 글은 서사적 논설이나 논설문들이었다.

3) 금기의 위반

조혼의 악습을 고발하고, 우리에게는 본받은 조상이 없다고 절규한 '자녀중심론'은 매우 큰 반향을 일으켰다. 아베는 아마도 이런 논설문에서 이광수의 허점을 발견한 것 같다. 그는 우리에게는 본받은 조상이 없다고 절규한 그의 유명한 전통단절론을 통해 그의 '고아의식'을 발견한 것이다. 누군가에게 의지하고 싶은, 그리고 문명을 떨치고 싶은 그에게 당시 최대 일간지인 『매일신보』에 긴 글을 연재하는 것은 거절하기 힘든 제안이었다.

이른바 서사적 논설로 분류되는 「농촌계발」과 「대구에서」는 아베 미츠이에가 원하는 내용이었다. 아베는 일본이 조선의 식민지화 이후 시행하던 '헌병무단정치'의 끝을 보고 있었다. 비록 근대화에 불과 36년 앞서는 바람에 조선을 강제로 식민지로 만들었지만 아베는 조선과 조선인이 그리 만만한 존재가 아님을 간파하고 있었다. 오랜 세월 조선은 일본에 대해 스승이자 선진 문명의 전달자임을 그는 분명히 알고 있었다. 조선인들이 왜 일본인들은 왜구, 혹은 왜놈이라고 낮잡아 부르는지도 그는 알고 있었다. 이처럼 높은 자존감을 지닌 조선인들을 언제까지나 물리력을 동원한 강압적인 통치만으로는 지배가 불가능하다는 것을 그는 미리 안 것이다. 다시 말해서 언젠가는 대규모의 조선인들의 집단적 항거가 전개되리라는 것을 아베는 미리 예상하고 있었던 것이다.

그러한 항쟁은 물론 무력으로 제압할 수 있다. 그러나 그것은 영원할 수도 없고 일본인들의 피해도 감당하기 힘들어질 가능성이 높다. 왜냐하면 한일합방 이후 군인이나 경찰보다 훨씬 많은 일본의 민간인들이 조선의 농토를 차지하고 조선인을 수탈하기 위해 한반도로 건너왔기 때문이다. 민족 항거는 처음에는 물론 3.1운동처럼 비폭력 무저항 형식으로 시작되겠지만 결국 시간이 흐를수록 무장항쟁으로 변할 수밖에 없다는 것도 미츠이에는 내다본 것으로 보인다.

아베 미츠이에에게는 조선인들의 항쟁 의지 자체를 결정적으로 꺾을 수 있는 존재가 필요했다. 그런 인물은 하루아침에 만들어지지 않는다. 상당한 기간 공을 들여 양성하지 않으면 불가능하다.[274] 1915년 경부터 미츠이에는 이광수에 대한 작전에 돌입한다. 작전의 1단계는 우선 이광수를 최고의 문필가 겸 민족지도자로 키우는 것이다. 가장 유명해지고 인기를 끌고 국민들의 믿음과 사랑을 한 몸에 받을수록 그 가치는 높아질 것이기 때문이다.

「농촌계발」과 「대구에서」, 심지어 『무정』까지도 길게 보면 이광수에 대한 아베의 작전의 일부에 불과했다. 실제로 이 세 글에서 이광수는 식민지 현실에 대해 거의 언급하지 않거나 왜곡해서 그린다. 오직 근대화. 민족의 계몽, 민족성의 개조, 교육, 도덕성, 수양, 실력양성들만을 강조한다. 이와 같은 주장은 결국 '식민지 근대화론'으로 귀결될 수밖에 없다.

아베에게 가장 큰 걸림돌은 도산 안창호였다. 자신이 새로운 아버지로 들어가기 위해서는 이광수 내면에 자리 잡고 있는 도산 안창호의 그림자를 어느 정도 묵인하지 않을 수 없었다. 다만 서서히 그것을 제거하기 위한 방책이었다. 그것을 위해 동원된 수단은 바로 여성이었다. 이광수를 사로잡기 이전에 그는 먼저 허영숙을 회유하는데 성공했고 상해에서 『독립신문』 주간을 맡으며 일제에게 매서운 필봉을 휘두르던 이광수를 허영숙을 이용하여 마침내 조선으로 불

---

274 아베 미츠이에가 가장 공들여 친일파로 전환시킨 인물은 「시일야방성대곡」을 쓴 민족지사 장지연과 당시 청년들 사이에 가장 영향력 있던 이광수였다. 아베는 집요하고도 치밀한 공작 끝에 결국 두 인물을 변절시키는 데 성공한다. 심원섭, 『아베 미츠이에와 조선』, 소명출판, 2017.

러들이는 데 아베는 결국 성공한다. 당연히 감옥에 가야할 그를 풀어준 것도 물론 작전의 일환이며, 아베 덕분에 목숨을 구하고 사랑하는 허영숙 품에 안긴 이광수는 '민족개조론'과 '가실'을 연이어 발표하면서 완전하게 '금기 위반'을 행한다.

동학농민혁명과 3.1운동은 분명 잘못된 행동이었다는 이광수의 지적과 자신이 상해임시정부 요인 생활한 것이 신라의 가실이 고구려의 포로가 된 것과 같다는 식의 이광수의 발언은 그를 믿고 따르던 청년들과 동포들을 실망시켰다. 이는 단지 이광수 개인에 대한 실망으로 끝나지 않고 독립운동 자체에 대한 의지를 꺾는 효과를 가져오기도 하였다. "이광수처럼 잘난 사람도 저렇게 굴복하는데 하물며 나 같은 평범한 사람일진데 …… "라는 식으로 생각하는 사람이 날로 늘어났기 때문이다.

아베는 총독에게 권유하여 이른바 '문화정치'라는 것을 시행하도록 한다. 더 이상 물리력만으로 조선인을 통치하지 않겠다는 것이다. 오히려 겉으로는 조선인에게 일정하게 자유와 자율권을 허용하는 듯했다. 집회, 결사의 자유를 확장하고 동아일보와 조선일보 등 신문사의 설립, 『개벽』, 『동광』과 같은 종합잡지와 『창조』, 『폐허』, 『백조』, 『금성』, 『조선문단』 같은 동인지와 문예지가 연이어 출간되었다. 문학이 유행하고 영화, 일본가요, 신극 등이 공연되거나 방송을 타기 시작하였으며 전국적으로 초등학교와 중학교가 갑작스럽게 많이 설립되었다. 또한 참정권을 허용할 것 같은 거짓 유화정책도 미끼로 던졌다.[275] 그러

---

275 이광수는 일제의 조선인에 대한 참정권 부여에 큰 기대를 걸었고, 강렬한 소망의

나 한편으로 그들은 식민지사학을 통해 조선인에게 열등감을 주입하고 마약, 도박, 섹스(유곽, 공창), 저열한 대중 오락물(영화, 신파극, 야담, 시대물, 일본 가요, 추리소설, 추리극) 등을 보급시키면서 조선의 중산층들을 개량화하고 조선 독립에 대한 의지가 박약해지도록 만들었는 바, 이 정책을 수행함에 있어서 가짜 주인공 이광수의 기여 역시 적지 않았다.

4) 정찰, 5) 정보전달

프로프는 민담의 네 번째 기능이 '정찰'이라 하였다. 정찰은 악한이 주인공에 대한 정보를 습득하는 것이다. '금기와 그 위반'이라는 위의 항목에서 일제는 아베를 통하여 이광수에 대한 정보를 충분히 습득하고 정확하게 대처한 것으로 보인다. 이광수가 고아라는 점, 늘 재정적으로 어려움을 겪고 있다는 점, 김성수의 재정적 도움을 늘 부담스럽게 생각한다는 점, 어려서 부모의 사랑을 못 받았기 때문에 늘 사람의 정을 갈구하는 일종의 '애정 기갈증'을 지니고 있다는 점, 따라서 늘 누군가를 의지하고 누군가에게 인정받고 싶어한다는 점, 교사나 작가의 신분에 만족하지 않고 실질적으로 민족을 지도하는 최고의 위치에 서 있고 싶어한다는 점, 그러기 위해서 무언가 결정적인 계기를 기다리고 있다는 점, 결핵을 앓기 시작했고 그와 더불어 허영숙이라는 여성 의대생과 사귀고 있다는 점, 자신의

뜻까지 드러낸 바 있다. 반면에 민족지사 신채호는 참정권 문제가 일제의 농간가 기만술책에 불과하다는 것을 간파하고 일제는 물론 이에 동조하는 인물들까지 통렬하게 비판하였다.

미천한 신분과 아들까지 있는 유부남임에도 불구하고 허영숙의 사
랑을 얻기 위해서 확실하게 민족 최고의 작가, 지도자로 발돋움하고
싶어한다는 점, 남다른 두뇌와 재능, 야심 등을 두루 갖추고 있다는
점 등을 일제는 정확히 파악하고 아베와『매일신보』를 이용해서 이
와 같은 이광수의 약점과 야망 등을 두루 이용하는 전략을 세웠던
것으로 보인다. 그것은 바로 일단 이광수를 최고의 작가 겸 민족지
도자로 만든 다음, 하루아침에 변절자로 만들어서 많은 조선인들,
특히 조선인 청년들의 독립에 대한 열망을 잠재운다는 것이었다.

6) 책략, 7) 연루

　프로프가 제시한 다섯 번째 기능은 '책략'이다. 이 역시 앞의 기능
들을 설명하면서 제시하였다. 위에서 열거한 이광수의 단점과 야망
을 아베는 적절히 이용하여 '책략'을 짠다. 그것은 바로 앞에서 언급
한 2단계 작전이다.『매일신보』에, '농촌계발', '대구에서',『무정』,
『개척자』등의 글을 싣게 하여 문명을 크게 떨치게 하고 전 조선인
의 주목을 받게 하며 특히 청년들의 인기를 한 몸에 받게 하는 것이
1단계 책략이라 할 수 있다. 이러한 글들은 사실상 원고료가 없었던
『학지광』에 게재한 글들, 수많은 시, 수필, 평론, 논설문과는 차원을
달리하는 것이며, 엄청난 인기와 원고료 수입까지 가져다 줄 수 있는
기회였기 때문에 이광수로서는 아베의 유혹을 뿌리치기 어려웠을
것으로 짐작된다.

　1단계에서 아베가 요구한 것은 적극적인 친일 협력이 아니었다.
섣불리 그것을 요구할 경우 이광수는 영원히 아베의 영향권에서 벗

어나 도산 안창호의 품에 안길 가능성이 높았기 때문이다. 실제로 이광수는 여러 차례 도산 안창호에게 미국 유학 자금을 보내줄 것을 요청하였고 미국에 건너가서 본격적으로 공부도 하고 이승만, 안창호 등과 더불어 민족 운동도 전개할 계획을 가졌던 것으로 보인다. 그런데 이광수에게 보내주는 후원금은 그때마다 신기할 정도로 감쪽같이 자취를 감추었다. 누군가가 가로챈 것이 분명한데, 스토리텔링을 하면서, 약간의 상상력을 동원하여 이 역시 아베의 음흉한 책략의 일부로 설정할 수도 있을 것이다.

다만 아베는 이광수가 글을 쓸 때 절대 식민지 체제를 비판적으로 언급하는 것만큼은 못 하게 하였다. 원고료 수입을 올리고 문명을 떨치려는 야심에 가득 찬 이광수는 이 제안을 받아들인다. 자신만 마음속으로 민족의식을 확고하게 지니고 있다면, 그 정도의 제안은 얼마든지 받아들일 수 있다고 생각한 것이다. 그러나 이것은 물론 이광수의 큰 착각이다. 이광수가 식민지 현실에 대해 전혀 언급하지 않고 계몽, 근대화, 실력양성, 민족개조, 단체운동, 무실역행(務實力行) 등만을 강조할 경우, 결국 이는 식민지 체제를 합리화하는 결과를 낳을 수밖에 없기 때문이다. 일제는 이미 1875년에 운양호사건을 일으키고 강화도조약을 맺으면서 '조선의 근대화'를 조선 침략의 명분으로 삼았다. 1894년의 갑오개혁, 1905년의 을사늑약은 물론, 1910년 강제합병의 명분 역시 '조선의 근대화'였다. 따라서 국가 주권의 수호와 회복을 전제하지 않는 '근대화론'은 결국 '식민지 근대화론'으로 수렴될 수밖에 없고 결과적으로 일제의 침략과 국권 탈취를 합리화·정당화하게 된다는 점은 춘원은 간과한 것이다. 결국 아베를 통한 일제의 책략은 큰 성공을 거두게 된다. 따라서 일제의 '책략'에 이광수는 '연루'되었다고 할 수 있다.

이광수는 아베가 우려했던 대로 일시적으로 안창호에게 돌아간다. 동경에서 '2.8독립선언서(조선독립청년단선언서)'를 작성하고 상해로 망명의 길을 떠난 것이다. 그러나 아베에게는 또 하나의 지렛대가 있었다. 그것은 허영숙이었고, 아베의 의도대로 이광수는 귀국한다. 그리고 '민족개조론'과 「가실」 등을 잇달아 발표한다. 두 작품은 모두 일제에 투항했던 이광수의 변절 행위를 합리화하고 정당화하는 내용을 담고 있다. 1910년대 이후 이광수의 인기가 매우 높았고 그를 따르거나 존경하는 사람들이 워낙 많았기에 그의 변절은 극적인 반전의 효과를 거두게 된다. 또한 이광수를 비롯한 계몽주의자들의 변절은 일제의 문화통치의 명분을 제공하였다.

8) 가해

1920년대에 이르러 도산 안창호, 곧 민족운동의 편에 서 있는 진짜 주인공 이광수와 아베, 혹은 일제와의 협력의 길을 택한 가짜 이광수 간의 대립과 갈등 구도는 더욱 분명해진다. 이광수의 『재생』은 가짜 주인공이 진짜 주인공에게 가한 '가해'에 해당한다. 물론 가짜 주인공 뒤에는 '일제'라는 악한이 존재한다. 따라서 가짜 주인공이 진짜 주인공에 가하는 가해는 악당이 진짜 주인공에게 가하는 가해와 마찬가지이다.

『재생』은 두 가지 점에서 가짜 주인공의 가해에 해당한다. 첫 번째로는 이 작품의 주제가 '민족개조론'의 연장선에 있다는 점이며, 두 번째로는 이 작품이 조중한의 '장한몽'(일본의 신파소설『金色夜叉』의 번안물)의 구조를 그대로 차용하고 있다는 점이다. 첫째 이 작품은 민족개조론의 연장선상에 있다. 이 작품의 주인공 신봉구는 민족주의 사상을 지녔던 인물로서 3.1운동에 적극적으로 가담하였다가 체포되고 수감된다. 그녀의 연인이자 아름답고 교양있는 이화학교 출신 순영은 신봉구가 수감된 사이에 부자인 백윤희에게 겁탈당하고 자포자기한 상태에서 그의 첩이 된다. 신봉구는 출옥 후 순영이 백윤희의 첩이 된 것에 좌절하고 3.1운동에 가담한 것을 크게 후회한다. 그는 자신이 배신당한 이유를 민족운동에 가담했던 것과 자신이 돈이 없었던 것에 두고 지난날을 후회하면서 돈을 벌기 위해 수단 방법을 가리지 않는다. 그는 변성명하고 미두취인소에 들어가 큰 돈을 벌려 하지만 미두취인소장 살인범으로 몰려 다시 감옥에 수감된다. 사실 진범은 소장의 아들이었다.

이 작품은 여기서부터 이해 불능의 상태로 접어든다. 첫째, 봉구는 자신이 진범이 아님에도 불구하고 자신을 적극적으로 변호하지 않고 묵비권을 행사한다. 재판정에서 사형이 선고되고 사형 집행일이 눈앞으로 다가왔음에도 불구하고 그는 진범을 밝히지 않는다. 다행히 사형 집행일 직전에 진범이 자수하고 그는 겨우 풀려난다. 풀려난 그는 농촌에 들어가 농촌계몽운동을 전개한다. 우연히 금강산에서 잠시 만났던 순영은 금강산 호수에 몸을 던져 자살한다.

아마도 이 작품의 제목이 '재생'인 것은 3.1운동이라는 정치적 운동에 몸담았던 신봉구가 우여곡절 끝에 사형 집행의 위기를 넘기고 '농촌계몽'이라는 새길을 찾은 것을 의미하는 것으로 보인다. 이는

'민족개조론'(1992)의 결론과 일치하는 점이다.

'민족개조론'에서 춘원이 가장 강조한 것은 민족을 개조하기 이전에는 어떤 정치적·군사적 행동도 섣불리 전개해서는 안 된다는 것이었다. 신봉구가 섣불리 정치적 운동인 3.1운동에 가담하여 감옥에 가는 바람에 사랑하는 여인을 잃고 돈의 노예가 되어 살다가 살인범 누명까지 쓰게 되었다는 것이 작가, 곧 가짜 주인공의 생각이다. 뿐만 아니라 순영의 오빠 순흥이 일본 경찰서에 폭탄을 투척하려 하자 그의 아내가 그것을 막기 위해 자폭하는 사건도 삽입되어 있다.

가짜 주인공 이광수는 이 작품을 통해 단순히 합법적 투쟁론, 실력양성론, 비정치적 민족운동, 일제와의 타협 등만을 강조하는 것이 아니라 일체의 항일운동을 부인하고 있다. 신봉구를 통해서는 3.1운동을 부인하고 있다. 일본의 무단 통치, 고종의 독살 등에 대해 분노한 조선 민족이 자연스럽게 벌인 운동이자, 저자 자신도 크게 연루되어 있던 3.1운동을 가짜 주인공 이광수는 정면으로 부인하고 있다. 또한 아버지를 죽인 패륜아 살인범은 사회주의자이다. 그는 사회주의운동 자금책이었는데, 자신의 책무를 완수하기 위해 부친을 살해한 것이다. 사회주의자를 자신들의 목적을 위해 아버지까지 죽이는 잔인무도한 패륜아로 만들고 싶어한 것은 당연히 악한인 일제일 것이고 가짜 주인공 이광수는 이를 충실히 수행한 것이다. 순흥은 아마도 당시 폭탄 테러를 적극적으로 전개하던 무정부주의자인 것으로 추정되는 바, 역시 가짜 주인공 이광수는 무정부주의자 역시 철저하게 부정적으로 그리고 있다.

두 번째로 이 작품은 문학사적으로도 우리 소설을 후진시킨 악명 높은 작품으로 평가되고 있다. 『무정』은 많은 논란에도 불구하고 우리 문학사를 빛낸 기념비적 작품으로 평가되고 있다. 그 이유는 이 작품이 1910년대 이르러 심각한 위기에 처해 있었던 한국소설의 새로운 돌파구를 마련하였기 때문이다. 애국계몽기에 강세를 떨치던 역사전기소설, 토론체 소설 등은 물론 신소설마저도 국권침탈 이후에는 '애국계몽'이라는 원래의 취지와 동력을 잃고 오로지 통속적이거나 감상적인 수준에 머물고 있었다. 이마저도 일본의 저급한 대중오락물인 신파극과 신파소설이 밀려 들어오면서 사실상 고사 위기에 처해 있었던 것이다. 이 시기에 바로 『무정』이 출현했던 것이고, 일본적 감수성에 젖어들어 가던 조선인 독자들을 다시 한국 작가의 소설로 끌어들였던 것이다.

한때는 신파극과 신파소설에 맞서 일본의 문화침략에 정면으로 맞섰던 그가 이제 자신의 화려한 재기를 위하여 바로 그 신파극의 구도, 이른바 삼각관계 중심의 저급한 소설의 구조를 차용하고 나선 것이다. 당시 『동아일보』를 구독하던 독자들 중 서민층은 상당수 이미 신파극이 감수성을 지니고 있었고, 이광수는 이점을 악용하여 독자층의 관심과 인기를 이끌어냈던 것이다. 서민 독자들의 열광 속에 『동아일보』의 구독률은 놀랄 정도로 성장하였고, 『동아일보』 내에서 이광수의 입지는 거의 절대적인 수준에 도달하였다. 그는 이 신문에 소설을 5년간 연이어 연재하였을 뿐 아니라, 대부분의 사설, 시사단평, 칼럼 등을 거의 혼자 쓰다시피 하였다고 하니, 과연 이 당시 『동아일보』는 '춘원의 『동아일보』'였다고 할 수 있다.

9) 결핍

이광수에게 결핍은 주로 유년 시절에 주어진다. 따라서 1)항의 '부재'와 내용이 유사하다고 볼 수 있다. 단지 유년 시절의 부재는 아버지의 부도덕성과 무능력, 어머니의 무지와 무능, 할아버지로부터의 외면, 가난, 부모의 죽음, 동생들의 죽음과 같이 주로 외적인 측면, 혹은 가정적인 측면에서의 부재와 결핍이었다면, 성인이 된 이후의 결핍은 '도덕성'의 차원에서의 결핍이 주를 이룬다 하겠다.

젊은 시절 그는 초기 단편소설인 「어린 벗에게」, 「윤광호」, 「방황」 등의 작품을 통해 '애정 기갈증'을 드러낸 바 있다. 오산학교 교사가 되고, 조부의 강권에 의해 백혜순과 결혼하고 아들까지 낳았지만, 그의 외로움과 애정 결핍은 해소되지 않았다. 남녀 간의 자유로은 연애와 주체적 의사에 따른 결혼을 강조해 온 그로서는 스스로 용납될 수 없는 결혼과 출산을 하였기 때문이다. 오히려 백혜순과의 결혼은 그의 기억에서 지우고 싶은 일 중 하나였을 가능성이 크다.

이러한 애정 기갈증은 1910년대 중반 이후 그의 문명이 점점 널리 알려지고 유학생 사회에서 크게 인정을 받고,『무정』발표 이후에 국민적 인기를 한 몸에 받으면서 어느 정도 해소되어 간다. 그러나 결정적으로 그의 애정 결핍증을 채워 준 것은 허영숙이다. 허영숙은 당대 여성 중 모든 분야에서 최고로 인정받는 여성이었고, 전문직을 지니고 있었으면서, 또한 이광수의 문학을 누구보다도 잘 이해하고 있는 여성이었다. 한 마디로 그가 늘 주장해 왔던 '자유연애'의 대상으로 더 바랄 나위가 없을 정도의 여성이라 하겠다.

그러나 두 사람이 넘어야 할 장애는 한두 가지가 아니었다. 백혜순이 쉽사리 이혼을 해 주지 않았고, 허영숙 모친의 반대도 심하였다. 아들이 있는 유부남이자 고아이며 결핵 환자이기까지 한 이광수를 어떤 부모라 한들 반대하지 않을 수 없었을 것이다. 이광수가 믿을 것은 오직 허영숙의 한결같은 사랑뿐이었다. 그러나 두 사람의 애정 전선에 위기가 온다. 이광수가 상해에서 돌아오기 힘든 상황이 된 것이다.

동경에 있었던 이광수는 1919년 1월부터 '조선청년독립단선언서'를 기초하고 이를 송계백으로 하여금 본국에 전하게 하였다. 이 선언서는 2월 8일에 동경에서 발표되었고, 이광수 자신은 상해에서 이 선언서를 영역하여 해외 여러 곳에 배포하는 책임을 맡고 상해로 탈출하였다. 신익희, 안창호 등과 더불어 상해임시정부 조직에 참여하였던 이광수는 이해 8월부터 주요한의 도움을 받으며 임시정부 기관지인 주간 『독립신문』의 사장 겸 편집국장에 취임하였다. 이곳에서 지속적으로 일제를 비판하는 글을 쓰던 이광수에게 어느 날 허영숙이 상해로 찾아온다.

이때 허영숙이 이광수에게 어떤 말을 전했는지 알려지지는 않았지만 아마도 귀국을 종용하는 말을 전했을 것으로 짐작된다. 더불어 귀국하여 일제의 문화정치에 협력한다면 기소되거나 투옥되지도 않을 것이라는 아베 미츠이에의 약속을 전했을 수도 있었다. 허영숙은 귀국 후에도 더 이상 기다리기 어렵다는 말과 어서 귀국하라는 말이 담긴 편지를 상해로 보냈다. 결국 이광수는 1921년, 단신으로 상해를 떠나 압록강을 건넜다. 선천에서 일경에 체포되어 잠시 조사받았으나 이내 풀려나고 그는 서울에 무사히 도착하여 이해 5월에 허영숙과 정식으로 결혼한다.

이광수는 허영숙이라는 사랑하는 여인과 안정된 가정을 얻었으나, '도덕성의 결핍 상태'로 들어간다. 그리고 '도덕성 결핍'을 상징하는 글들로는 논설문 '민족개조론'과 단편소설 '가실', 그리고 장편소설『재생』등이 있다. 특히 이 글이 문제가 된 것은 3·1운동에 대한 모멸적 발언을 담고 있기 때문이다. 그는 이 글에서 "재작년 3월 1일 이후로 우리의 정신의 변화는 무섭게 급격하게 변했는데, 무지몽매한 야만인이 자각 없이 추이하여 가는 변화와 같은 변화"라고 단정하였다. 그는 표면적으로 민족의 생존을 앞세우고 있으나 실질적으로는 일제와의 타협을 강조하고 있는 이 글은 분명 '도덕적 결핍'의 성격을 띠고 있다. 상해임시정부 시절을 가실이 고구려의 포로가 된 것에 비교한 「가실」이나 3·1운동에 참여한 것을 뼈저리게 후회하고 사회주의자나 무정부주의자들을 도덕적 파탄의 경지에 이른 패륜아로 그린『재생』은 '도덕적 결핍'의 최고치를 보여준다.

10) 숙고, 11) 출발

프로프가 제시한 '숙고(meditation)'는 '탐색자가 저항 행동에 동의하거나 그것을 결정한다.'라는 뜻을 지니고 있다. 여기서 '탐색자'는 당연히 '진짜 주인공'을 가리킨다. 이광수가 저항 행동에 동의하거나 그것을 결정한 것은 물론 '민족개조론'을 발표하기 이전이며 모두 세 차례에 걸쳐 있었다.

첫 번째 '숙고와 출발'은 12세에 있었던 당시 평북 정주 돌곶이마을에서 태어나 자라던 이광수는 1902년, 11세에 부친 이종원(52세)

과 어머니 김씨(33세)를 콜레라로 동시에 잃고 외가와 재당숙 집을 전전 기식하며 방랑 생활을 하고 있었다. 둘째 누이가 이질로 죽은 이후 1903년 12월에 동학에 입도하여 박찬명 대령 집에 기숙하며, 동경과 서울로부터 오는 문서를 베껴 동학의 지도자들에게 배포하는 일을 맡아서 했던. 그 문서의 내용을 정확히 알 수는 없지만. 일본 관헌이 이광수에 대해 현상 체포령을 내린 것으로 보면 항일적인 내용이 담겨 있었을 것으로 추정된다. 이로 인해 이광수는 일진회가 만든 학교에 입학하여 일본어를 배우고 이곳에서 뛰어난 학업능력을 인정받은 이광수는 1905년 8월 일진회의 유학생 9명중 한 명으로 선발되어 손병희가 경영하던 '동해의숙'에서 일본어 연수를 한 후 1907년 3월에 드디어 다이세이(大成)중학교 1학년에 입학하였다. 그의 첫 번째 숙고와 탈출은 대성공을 거둔 셈이다.

이광수의 두 번째 숙고와 탈출은 그가 22세이던 1913년에 이루어진다. 다이세이중학교에서 메이지明治)학원으로 편입하여 이곳을 졸업한 이광수는 1910년, 19세의 나이에 오산학교 교주 남강 이승훈의 초청을 받아 이 학교의 교사가 된다. 불과 20세이던 1911년에는 남강이 105인 사건으로 구속되자 잠시 이 학교의 학감직을 맡기도 했다. 오산학교의 실질적 책임자가 된 것이다. 학감이 된 후 이 학교에 상주하던 선교사들과 수시로 부딪치던 이광수는 1913년 로버트 목사에 의해 배척을 받고 이 학교를 떠난다.

이광수는 만주를 거쳐 상해로 가서 홍명희, 문일평 등과 조우한다. 그러나 기다리던 도산 안창호로부터의 미국 유학 자금은 감감무

소식이었다. 그는 러시아로 가면 다시 유학 자금을 받을 수 있다고 하여 블라디보스톡을 거쳐 목릉에 도착하였다. 이곳에서는 일본군 장교 출신으로서 독립운동의 지도자 역할을 수행하던 추정 이갑이 머물고 있었다. 이광수는 추정의 도움을 받아 미국에 가고자 하였다. 그는 목릉에서 추정을 보좌하며 이곳에서 발행되는『정교보』의 주필을 맡아 일도 하면서 1년을 기다렸지만 결국 유학 자금을 구하지 못하고 1914년 정주의 오산학교로 돌아온다. 그의 두 번째 숙고와 출발은 결과적으로는 실패하였지만, 그는 평생 가장 자유로운 삶을 이 시기에 살았다. 그는 이 시기에 자유롭게 지평선을 바라보며 만주, 중국, 시베리아 일대를 누비면서 해외에서 활약하던 민족지사들, 이갑, 홍명희, 신채호, 문일평, 신익희 등을 두루두루 만나면서 큰 경륜과 경험을 축적하게 된다. 또한 이때의 경험은 훗날 그의 대표작으로 스스로 평가한『유정』과『무명씨전』의 배경이 된다. 두 번째 숙고와 실패는 표면적으로는 실패하였지만, 춘원의 일생에 있어서 소중한 자산이 쌓이는 결과를 낳았다.

그의 마지막 숙고와 출발은 앞에서 이야기한 '2·8독립선언서'를 기초한 후, 상해로 망명간 것이다. 세 번째 숙고와 출발은 이광수가 『독립신문』사장 겸 편집국장으로서 맹활약할 때까지 성공을 거둔 것으로 보였다. 그러나 허영숙의 상해 방문 이후 이광수가 일제에 투항함으로써 결국 실패로 귀결된다.

12) 지정, 할당

프로프가 제시한 '지정, 할당'은 '주인공이 시험되고, 심문받고 공격받는데, 그로 해서 주인공에 작용물이나 조수자를 얻는 방법을 준비하는 것'을 말한다. '지정, 할당'은 '숙고와 출발' 과정에서 대체로 발생한다.

첫 번째 '숙고'와 '출발'이었던 동학의 전령이었던 시절 이광수는 동학지도자들의 시험을 받고 이를 통과한 후 일본 유학생이 된다. 일본 헌병들은 그에게 현상금까지 걸고 체포하고자 했지만, 이광수는 끝까지 잡히지 않고 경성에 잠입하여 일본어를 배우면서 일본 유학생으로 선발되기까지 한다. 이 과정에서 그는 천애의 고아 신분에서 조선을 대표하는 엘리트 지식인으로 변신하게 된다. '근대 지식'은 이 과정에서 그가 얻은 '작용물'에 해당한다.

두 번째, '지정, 할당'은 이광수의 만주, 중국, 시베리아 방랑 과정에서 일어난다. 이때 그의 목표는 '미국 유학'이었으나 그는 이 목표를 달성하지 못한다. 그러나 이 과정에서 그는 많은 작용물이나 조수자들을 얻는다. 작용물로는 '광활한 시베리아 체험'이고 이 체험은 이광수가 시련을 겪을 때마다 '치유'의 효과를 거두게 하였고, 여러 작품의 배경 및 소재가 되기도 하였다. 그는 이때의 방랑을 통해 추정 이갑을 비롯한 우리 민족을 대표하는 지사들을 다수 만나게 되고, 이는 그의 민족의식을 보다 강하게 만들었으며, 이 민족의식은 그의 훗날 소설 창작의 원천 중 하나가 되었다.

세 번째 '지정·할당'은 상해 망명과 귀국 과정에서 일어난다. 그는 이 시절에 최고의 '조수자'를 만나는데 그는 다름 아닌 주요한이다. 주요한의 목사의 아들로서 일찍이 수재로 인정받은 인물이다. 그는 메이지학원에서 최우등생이었으며, 학보사 편집장이었을 뿐만 아니라, 중학교 재학 중에 이미 기성문단에 등단할 정도로 문재가 탁월한 인물이기도 하였다. 게다가 그는 일본 최고의 명문대학인 동경대학 입학을 앞두고 있었다. 한 마디로 그에게는 출세가 보장되어 있었던 것이다. 그럼에도 불구하고 그는 모든 것을 포기하고 이광수의 뒤를 따라 함께 상해로 망명하여 『독립신문』을 간행하는 일을 돕는다. 이광수가 귀국한 다음에는 대학을 마치기 위하여 상해에 좀더 머물지만 결국 귀국해서 평생 동지이자 후배로서 이광수와 같은 길을 걷는다.

13) 대항행동

프로프가 제시한 13번째 기능인 '대항행동(count action)'은 "주인공이 미래의 증여자의 행동에 반응한다."는 뜻을 지니고 있다. 훗날 프로프의 행동소 분석을 간단하게 압축한 그레마스는 '증여자 → 대상 → 수신자'와 '조력자 → 주체 → 방해자'로 이어지는 두 차원을 설정하고 주체는 대상을 욕망하며, 증여자는 주체에게 영향을 끼친다는 도식을 제시한 바 있다.

여기서 증여자는 다소 추상적인 개념일 수도 있고, 또 구체적인 존재일 수도 있다. 예컨대 예수라는 주체가 '인류의 구원'이라는 대상을 욕망하였다면 증여자는 '여호아 하나님'이라는 존재가 될 것이다. 이 존재는 신앙이 있는 사람들에게는 구체적 존재이지만 기독교를 믿지 않는 사람들에게는 추상적인 존재일 수도 있다.

이광수의 증여자는 앞에서 언급하였다시피 두 사람이다. 한 사람은 도산 안창호요 또 한 사람은 아베 미츠이에이다. 안창호는 투철한 애국, 애민, 애족 정신을 지닌 당대 최고의 독립투사이며 민족운동가이다. 이광수는 오산학교 교사 시절 남강 이승훈을 통해서 도산을 알게 되었고 그의 인품과 사상 그리고 정직하고 근면·성실한 삶의 태도에 매료되고 그를 정신적 아버지, 혹은 '증여자'로 받아들인다. 1910년부터 5년간 이광수는 성심을 다해 학생들을 가르치고 도산과 남강의 정신을 계승하고자 노력한다. 이후 논설문, 시, 소설 등을 쓰는 과정에서도 도산 안창호의 영향은 강하게 작용하며, 심지어 그의 장편소설에는 도산으로 추정되는 인물들이 (『무정』의 함교장, 『흙』의 한선생) 등장하기도 한다. 이광수는 도산 안창호의 권유에 따라 상해에서 '흥사단'에 입단하고, 귀국 후에는 흥사단의 정신을 보급하기 위한 조직으로 '수양동우회'를 조직하여 회원을 늘려나간다. 수양동우회의 가장 큰 사업은 언론사들과 함께 진행한 '브나로드 운동'이다. '브나로드 운동'을 통해서 이광수는 수양동우회의 '무실역행 사상'을 한글의 보급과 함께 널리 알리고자 했던 것이다.

아베는 『매일신보』 사장 시절 춘원에게 또 다른 증여자로 등장한다. 아베는 『매일신보』에 춘원으로 하여금 '농촌계발'과 '대구에서'와 같은 서사적 논설을 쓰게 하면서 그를 나름대로 순치하기 시작한다. 조선에 있어서 당장 필요한 것은 주권 회복과 독립이 아니라, 근대화이며 그 근대화를 위해서는 실력양성, 교육, 계몽, 도덕적 수양, 일인일기 습득, 안정된 직장 확보 등이 먼저 이루어져야 한다는 사상을 춘원으로 하여금 작성하게 한 것이다. 문명을 널리 떨칠 수 있는 기회와 거액의 원고료로 유혹하는 아베의 제안을 춘원은 단호히 뿌리치지 못한다. 첫 번째 시험에 통과한 춘원은 더 큰 기회를 얻는다. 『무정』이라는 근대장편소설의 연재가 그것이다. 원고료, 게재 횟수, 독자층의 확보 측면에서 『학지광』에 쓴 글들과는 비교가 안 되는 엄청난 파급력을 지닌 글을 쓸 기회를 춘원은 결코 마다하지 않았다.

『무정』을 연재하는 과정은 그리 순탄하지 않았다. 당초에 국한문 혼용체 『박영채전』으로 기획되었던 이 작품은 아베의 권유에 따라 순국문체의 『무정』이 되었다. 아베가 작품의 절반 이상이 완성될 때까지 이 작품의 게재를 미룬 것으로 보아, 이 작품의 전반부는 아베에 의해 여러 차례 수정되었을 가능성이 높다. 그 수정의 방향은 당연히 식민지 체제를 합리화하고 정당화하는 방향이었다.

춘원이 잠시 또 하나의 증여자인 도산을 따라 상해에서 독립운동가로서의 활동을 전개할 때에도 아베는 춘원을 포기하지 않는다. 아베는 허영숙을 통해서 이광수의 입국을 종용하고 고문하거나 투옥하지 않을 것을 약속한다. 그를 감옥에 보내 죽이는 것보다는 살려서 활용하는 것이 식민통치, 특히 문화정치에 훨씬 유리하다고 판단한 것이다. 드디어 아베의 계획대로 춘원은 입국하고 '민족개조론', '가실', 『재생』 같은 논설문과 소설들을 연이어 써 댄다. 모두 3·1운동을 비롯한 독립운동(사회주의운동, 무정부주의 운동)을 부정적으로 평가하고, 민족성의 개조와 교육과 계몽을 강조하는 내용들이다. 도산 안창호의 증여자로서의 역할보다 아베의 증여자 기능이 훨씬 더 강화된 셈이다.

그러나 춘원이 도산 안창호라는 증여자를 완전히 포기한 것은 아니었다. 그는 김동인의 형 김동원과 함께 수양동우회를 조직하고 이를 전국적인 조직으로 확대하려고 노력하였다. 브나로드 운동을 언론사와 총독부의 도움까지 받아 가며 활발히 전개하기도 하였다. 그러나 이러한 합법적, 소극적, 타협적 민족운동마저 한계에 부딪친다. 1937년 이광수는 이른바 '수양동우회 사건으로' 서대문형무소에 투옥된다. 투옥되자마자 결핵이 재발병하여 춘원은 병 감동으로 이송된다. 당시 춘원의 건강상태로는 오랜 감옥살이를 견디기 어려웠던 것으로 보인다.

이제 춘원은 두 증여자 중 한 증여자만을 선택해야 하는 기로에 서게 된다. 도산 안창호는 1935년에, 아베 미츠이에는 1936년에 이미 세상을 떠났다. 이 둘은 이미 실체로서의 증여자라기보다는 가치로서, 혹은 관념으로서의 증여자가 된 것이다. 따라서 춘원은 도산 안창호의 가치와 아베의 가치 중에 하나를 선택해야 한다. 전자를 선택할 경우 이광수는 해방이 될 때까지 감옥살이를 벗어나기 어렵고, 건강 상태로 보아 감옥 안에서 순국할 가능성이 높았다. 반면 후자를 선택할 경우 목숨은 부지하겠지만 그동안 쌓았던 명성, 명예 등은 모두 땅에 떨어지고 친일협력을 한 변절자로 낙인 찍힐 수밖에 없다. 주지하다시피 그의 최후의 선택은 아베 미츠이에의 길, 곧 친일협력이었다.

14) 주술적 작용물의 준비(생략), 15) 공간이동

'주술적 작용물의 준비'는 설화나 고소설의 경우에는 있을 수 있다. 단군신화에서 환인의 아들 환웅이 거울, 방울, 칼 등을 가지고 내려왔다든가 고소설에서 주인공이 도사나 대사에게 보검을 하사받는다든가 하는 경우는 흔히 발견된다. 설화나 고소설에서는 '하늘' 혹은 '신'이라는 절대적 존재를 상정하기 때문에 주인공과 하늘을 연결짓는 주술적 작용물이 반드시 필요하다.

그러나 근대소설에 오면 이러한 주술적 작용물은 거의 필요 없어진다. 주술적 작용물은 아니지만 조선시대 양반에게 있어서의 경전, 근대 계몽주의자들에 있어서의 서구 문명(혹은 외국) 등은 거의 주술적 작용물에 가깝다. 왜냐하면 주술적 작용물이 절대적 성격을 지니고 있는 것처럼 유교이념이나 개화이념도 절대적·당위적 성격을 지니고 있었기 때문이다.

이광수에게 있어서도 '계몽 이념'은 거의 절대적 수준의 것이었다. 그는 우리가 하루빨리 서구의 근대적인 문물, 지식, 제도를 수용하여 근대화를 이루어야 한다고 생각하였다. 그가 젊은 시절에 독립운동에 몸을 담았던 것도 우리나라가 독립하는 것이 근대화를 위해 유리하다고 판단했기 때문이다. 그런데 3.1운동을 겪고, 또 힘든 상해임시정부 생활을 하면서 그의 생각은 서서히 바뀐다. 일제와 대립하는 것보다는 유화적 관계를 유지해서라도 근대 계몽이 이루어져야 한다고 생각을 바꾼 것이다.

1939년 6월 김동인, 임학수, 박영희 등과 소위 '북지황군위문' 활동에 나서면서 춘원은 본격적인 친일 활동에 나선다. 이때부터 이광수의 '주술적 작용물'은 일본 천황이 된다. 그는 매일 일본어 시가의 형식을 빌어 천황을 칭송하는 일기를 썼다고 한다. 낮에는 친일하고 밤에는 일제에 저항하는 이중적 생활을 하는 것이 아니라 밤이나 낮이나, 남이 보는 데서나 혼자 있는 데서나 천황을 숭배하고, 일본과 조선은 하나라는 식의 내선일체(內鮮一體)를 주장하고, '일본인과 조선인은 뿌리가 하나(同根同族)'라고 주장했던 것이다.

이광수는 일생에 거쳐 중요한 공간이동을 몇 차례 경험한다. 첫 번째 공간 이동은 '정주 → 경성 → 동경'으로 이어지는 공간이동이며 이는 '천애의 고아 → 동경 유학생 → 근대 엘리트'라는 동선과 일치한다. 이광수는 이 공간이동을 통하여 친척집을 전전하며 동가식서가숙(東家食西家宿)하던 비참한 처지에서 벗어나 동학의 도움을 받아 메이지학원 중학부를 졸업하고 다시 정주로 귀환한다. 결국 원점으로 돌아온 것이지만 이광수의 신분은 그야말로 환골탈태, 금의환향에 해당한다. 매 끼니와 잠 잘 곳을 걱정하고, 세 살 밖에 안 된 누이동생은 민며느리로 맡겨졌다가 죽게되고, 할아버지로부터 손자로 인정받지도 못하던 도박꾼의 아들에서 일약 민족을 대표하는 학교의 교사로 돌아왔기 때문이다.

두 번째 공간이동은 '정주 → 만주 → 상해 → 블라디보스톡 → 목릉 → 정주'이다. 오산학교 운영문제, 특히 종교 행사나 교육 문제로 자주 부딪치던 선교사들에 의해 이광수는 오산학교를 떠나게 된다. 특별히 여비도 준비하지 않고 만주를 거쳐 상해로 간다. 상해에서 도산 안창호가 보낸 유학 자금을 받기로 하였으나, 끝내 돈이 오지 않자 이광수는 목릉에 있는 독립운동가 이갑을 찾아간다. 일 년이나 기다리며 미국행의 기회를 엿보았으나 결국 포기하고 정주로 돌아온다. 언뜻 보면 실패의 공간 이동인 것처럼 보이지만 이 과정에서 춘원은 다양한 경험을 하고 색다른 풍광과 풍속에 접했으며, 민족을 대표하는 독립투사, 학자 등을 다수 만나면서 풍부한 경험을 쌓았다.

425

이는 이후 작가로서 혹은 민족운동가 및 언론인으로 활동함에 있어서 큰 도움이 된다.

세 번째 공간이동은 '동경 → 상해 → 경성'이다. 1919년 1월, 이광수는 2.8독립선언서를 작성하고 동경에 있는 동료들에게 맡기고 상해로 망명한다. 이곳에서 대한민국 임시정부 수립을 돕고 임시정부의 기관지인 『독립신문』을 간행한다. 그러나 1921년 그는 돌연 귀국한다. 압록강을 건너 경성에 도착한 그는 이상하게도 기소조차 되지 않았다. 그는 허영숙과 정식 결혼을 하고 안정된 생활을 영위한다. 그리고 동학혁명이나 3.1운동과 같은 저항운동 일체를 부인한다. 장편소설 『재생』을 통해서는 3.1운동뿐만 아니라 사회주의 항일운동, 무정부주의 계열 항일운동마저 부정적으로 그린다. 한 마디로 세 번째 공간 이동은 타락의 공간 이동이요, 순응의 공간 이동이라 할 수 있다.

마지막 공간이동은 일제 말기에 일어난다. 이때 이광수는 '경성 → 중국 → 양주 → 경성'의 공간이동을 보인다. 1939년부터 본격적으로 시작된 그의 친일 행각은 중국의 일본군들을 위문하는 활동으로 이어진다. 그는 조선에서는 청년들에게 일본군에 지원할 것을 권고하고, 천황을 숭배하며 내선일체를 강조하는 강연 및 문필 활동을 하고, 만주, 중국 등지를 다른 문인들과 함께 순회하며 일본군 위문 활동을 하였다. 일제가 패망할 무렵 이광수는 돌연 양주 사릉 근처에 제자인 박정근과 함께 초막을 짓고 농사일을 하다가 해방을 맞이한다.

그는 곧 돌베개를 베고 자며 참회를 하는 척하였지만, 이 와중에 자신의 재산을 지키기 위해 1946년 5월, 호적상으로 부인 허영숙과 이혼을 하였다. 마지막 공간 이동은 이광수 생애에 있어서 가장 오욕으로 가득 찬 공간이동이라 할 수 있다. 이 기간 이광수는 평생 쌓아놓은 업적과 명예를 거의 다 잃었으며, 오늘날까지 친일의 아이콘으로 불린다.

16) 투쟁

프로프가 제시한 '투쟁'은 "주인공이 악한과 직접 싸운다."라는 뜻을 지닌다. 이광수는 어려서 가난과 싸웠고, 12살 어린 나이에 동학의 전령이 되어 비밀 문건을 전달하는 역할을 했다. 이때부터 시작된 일제와의 투쟁은 30세 무렵, 상해 임시정부 활동으로까지 이어진다. 그러나 상해에서 급작스럽게 귀국한 이후 이광수에게 있어 일제는 더 이상 악한이 아니라 타협의 대상, 그리고 궁극적으로는 협력해야 할 대상으로 변모한다.

이제 이광수에게 있어서 '악한'은 '민족 내부에 존재하는 나쁜 속성'들이다. 이광수는 수양동우회 중심의 계몽 운동을 통해 나쁜 민족성을 개조하는 일에 매진한다.

또 우리 민족의 성질은 열악합니다(근본성은 어찌 되었든지 현상으로는). 그러므로 이러한 민족의 장래는 오직 쇠퇴 또 쇠퇴로 점점 떨어져 가다가 마침내 멸망에 빠질 길이 있을 뿐이니 결코 일점의 낙관도 허할 여지가 없습니다. 나는 생각하기를 삼십 년만 이대로 내버려 두면 지금보다 배 이상의 피폐에 달하여 그야말로 다시 일어날 여지가 없이 되리라 합니다. 만일 내 말이 교격(驕激)하다 하거든 지나간 삼십 년을 돌아보시오! 얼마나 더 성질이 부패하였나, 기강이 해이하였나, 부가 줄었나, 자신이 없어졌나. 오직 조금 진보한 것은 신지식이어니 와 지식은 무기와 같아서 우수한 자에게는 복이 되고 열악한 자에게는 화가 되는 것이라, 이 소득으로 족히 소실(所失)의 십의 일도 채우기 어려울 것이외다.

그러면 이것을 구제할 길은 무엇인가. 오직 민족개조가 있을 뿐이니 곧 본론에 주장한 바외다. 이것을 문화운동이라 하면 그 가장 철저한 자라 할 것이니, 세계 각국에서 쓰는 문화운동의 방법에다가 조선의 사정에 응할 만한 독특하고 근본적이요, 조직적인 일 방법을 첨가한 것이니 곧 개조동맹과 그 단체로써 하는 가장 조직적이요, 영구적이요, 포괄적인 문화운동이외다. 아아, 이야말로 조선민족을 살리는 유일한 길이외다.

－『개벽』 1922. 5

이처럼 이광수는 일제라는 외부를 향한 투쟁의 방향을 민족 내부의 열악한 민족성으로 돌려 수양동우회 활동을 전개한다. 그러나 정신적 지주로 섬기던 도산 안창호가 서거하고 1937년 수양동우회 사건으로 구속·수감되자 그의 이른바 합법적 투쟁, 곧 민족개조운동도 종식된다. 그는 죽음과 친일협력 사이에서 후자를 택한다. 결국 그는 자기 자신과의 싸움에서 패배한 셈이다.

17) 표지

프로프가 제시한 '표지'는 '누군가에게 받은 특별한 표지'를 말한다. 이광수는 11살, 어린 나이에 '고아'라는 표지가 붙었고 이는 평생 그의 꼬리표가 되었다. 그의 고아의식은 도산 안창호와 아베 미츠이에라는 서로 대립적인 가치를 지닌 세계 사이에서 그를 줄타기하게 만들었고, 두 사람이 세상을 뜨고 수양동우회 사건이 일어나자, 결국 그는 허물어진다. 만일 그가 '고아'가 아니었다면 그 역시 도산 안창호나 단재 신채호처럼 감옥에서 순국했을 가능성도 없지 않다. 그러나 그의 고아의식은 그로 하여금 '먼 미래를 생각하지 못하는 근시적 생각'을 갖게 만들었다. 그는 1949년 반민족행위처벌법에 의해 재판을 받을 때, 재판장으로부터 "왜 친일협력을 했는가?"라는 질문을 받자, 서슴없이 "우리 민족이 일제로부터 해방될 줄 몰랐기 때문"이라고 답변하였다. 그는 일제의 식민통치가 언제까지나 지속될 것으로 판단했고, 그렇다면 완벽하게 천황을 섬기고 충성하는 길만이 자신과 우리 민족이 나아갈 길이라고 오판했던 것이다.

두 번째 그에게 주어진 표지는 '민족의 지도자'라는 것이다. 그는 소설가로 명망을 떨쳤고, 당대 최고의 소설가로 인정받았음에도 불구하고 늘 스스로 소설가로 여기지 않았다. 이른바 '소설 여기론'을 늘 주장했다. 그렇다면 그의 본업은 도대체 무엇이란 말인가? 그는 한 번도 자신의 본업이 무엇이라고 밝힌 바 없다. 그러나 그의 일생을 놓고 볼 때, 그는 스스로 자신의 본업이 '민족의 지도자'라고 여겼을 것으로 추정된다.

그는 약관 20세에 일약 민족 최고의 학교인 오산학교의 학감 대리를 하였다. 오산학교 교사 중에 가장 젊은 나이였고, 학생들중에도 그보다 나이 많은 사람이 있을 때였다. 그러나 그는 누구보다도 홀륭한 학벌, 높은 지식, 많은 독서량, 뛰어난 두뇌로 부임과 동시에 오산학교 최고의 교사로 인정받았고, 교주인 남강 이승훈은 자신이 감옥에 수감되었을 때, 그를 실질적 학교 운영 책임자로 지명하였던 것이다. 더구나 그는 당시 급진적인 개화파이고 계몽주의자였다. 서구적 지식에 대해 자기만큼 아는 사람이 없다고 생각하였고, 무지한 조선 민중에게 선진적 문물과 지식을 전달하는 것이 자신의 사명이라고 생각하였다.

이처럼 자신의 표지가 '민족의 지도자'라는 생각은 그가 소설을 창작할 때에도, 수양동우회 활동을 할 때는 물론, 심지어 그가 친일할 때조차 지속된다. 그는 '민족개조론'에서 우리 민족이 "첫째, 나타(懶惰)하여 실행할 정신이 없고, 둘째, 겁나(怯懦)하여 실행할 용기가 없고, 셋째, 신의와 사회성의 결핍으로 동지의 공고한 단결을 얻지 못한 까닭이외다."라고 하며 이러한 열악한 민족성을 개조하지 않으면 정치적 독립은 불가능하다고 강조하였다. 그리하여 자신의 사명은 단체(수양동우회)를 결성하여 민중을 계몽하고 민족성을 개조하는 것이라고 생각하였고, 이것이 민족지도자로서의 자신의 책임이자 의무라고까지 생각한 것이다.

18) 승리

이광수 삶에 있어서도 승리의 순간이 없지 않았다. 그의 아버지가 동네 부잣집을 찾아가서 "당신 재산 일부를 내 아들에게 주고 당신 딸과 내 아들을 결혼시킵시다."라고 제안했다가 엄청난 망신을 당하고 쫓겨났을 때, 그는 평생 가족을 제대로 돌보지 못하고 뻔뻔하고 염치조차 없는 아버지 때문에 창피하기도 하였지만, 개 쫓기듯이 그 집을 나오면서 그는 "언젠가 이 집보다 나는 더 잘 살리라."라고 다짐하였다고 한다. 그가 세 살 어린 나이에 민며느리로 간 막내동생을 찾아갔을 때, "오빠 제발 나좀 데려가 줘"라고 울며불며 매달리던 동생을 "조금만 기다리면 내가 데려갈께."라고 하였으나 얼마 안 있어 이질에 걸려 그 동생이 죽었다는 소식을 듣고 피눈문을 흘리기도 하였던 것을 생각하면, 그가 훗날 언론사 편집국장이나 부사장직을 역임하고 최고의 인세를 받는 작가로 성장할 것은 분명 '인간 승리'라 아니할 수 없다.

최초의 한국근대장편소설『무정』역시 그가 거둔 최고의 '승리' 중의 하나이다.『무정』발표되기 이전, 한국소설은 고사 위기에 처해 있었다. 1906년『혈의 누』가 이인직에 의해 발표된 이래 한 시대를 풍미하던 '신소설'은 1910년 일제의 국권강탈 이후 소멸의 단계로 접어든다. 신소설이 나름대로 동력을 얻었던 것은 '애국계몽운동' 덕분이었다. 곧 '근대화를 통해서 국력을 강화하고 주권을 수호하자.'라는 기치 아래 신채호, 박은식, 장지연 같은 개신 유학자나 이인직 같은 급진 개화파가 모두 '애국계몽운동'에 뛰어들었으나, 합방과 동시에 전자는 해외로 망명을 하거나 훼절하였고(장지연), 후자는 합방 과정 때부터 적극적인 친일의 길로 접어들었다.

신소설을 주도하던 이인직은 물론, 이해조, 안국선 등도 친일 행각에 동조하였다. 이제 신소설에서 남은 것은 '통속성' 뿐이었다. 추리극의 형식, 삼각관계를 둘러싼 애정담, 만나고 헤어졌다 다시 만나는 뻔한 줄거리, 복고적 윤리로의 회귀 등의 퇴영적 통속물로 전락한 신소설은 점차 독자들의 외면을 받기 시작했다. 때마침 일본으로부터 저급한 대중오락물이 밀려들어 왔다. 신파극과 신파소설이 바로 그것이다. 오자키 고요의 『금색야차(金色夜叉)』를 번안한 『장한몽(長恨夢)』은 장안에 모르는 사람이 없을 정도로 전국을 휩쓸며 대중적 인기를 얻어갔다. 이 과정에서 당연히 조선인의 문화적 감수성은 일본적인 것으로 변모해갔다. 오늘날까지 가요나 연극, 뮤지컬 등에 한국적 색채보다는 일본적 색채나 서양적 색채가 짙은 것으로 미루어 볼 때, 한국소설의 운명도 외래문화에 잠식당할 우려가 높았다.

　　바로 이때 『무정』이 출현한 것이다. 물론 이 작품 역시 신소설적 요소(논설적 요소)나 심지어 고소설적 요소(후일담 형식)가 남아 있는 것은 사실이지만, 결코 일본적 감수성에 의존한 것은 아니었다. 이처럼 소설마저도 일본적 감수성에 젖어 들어가던 시기에 이광수는 독자들로 하여금 다시 한국 작가의 작품을 읽게 한 것이다. 이광수 덕분에 오늘날까지 한국 사람들은 주로 한국 소설을 즐겨 읽게 되었으니 이런 점에서 『무정』을 통해 이광수가 거둔 '승리'는 결코 과소평가해서는 안 될 것이다. 이 작품은 국한문혼용체가 아닌, 순국문체로 되어 있다. 당시로는 지식인들 대상의 글은 국한문혼용체를 그리고 대중 대상의 글은 국문체로 이분화되어 있었다. 당초에 춘원이 이 작품을 국한문혼용체로 구상한 이유도 바로 여기에 있었다. 계몽사상 주입이 주목적이기 때문이다. 그러나 결국 국문체로 창작하였고, 그 결과 『무정』은 지식인도, 대중도 함께 즐길 수 있는 작품이 된 것이다.

이광수는 『무정』 외에도 민족의식을 고취하거나 예술성이 뛰어난 작품들을 남겼다. 첫 번째로는 「삼봉이네 집」을 들 수 있다. 이 작품은 『군상』 3부작 중 한 작품으로서 조선의 농민이 토지조사사업 과정에서 소작지를 빼앗기고, 사기를 당하고도 감옥살이를 해야 했던 삼봉이네 식구들은 천신만고 끝에 '꿈의 땅'이라는 서간도에 도착한다. 이 작품은 이민 이후에 조선인 이주민이 겪어야 했던 고통과 억울함을 매우 사실적으로 그리고 있다. 삼봉이가 기껏 황무지를 일구어 농토를 만들자, 중국인 지주가 나타나 자신의 소유지임을 주장했다. 중국 관헌들은 당연히 중국인 지주 편이고 어쩔 수 없이 삼봉이는 농토를 빼앗기고 소작농으로 전락한다. 설상가상으로 누이동생이 중국인 지주에게 정조를 유린당하자 그는 테러리스트로 돌변하여 조선인에게 해를 끼치는 중국인 지주들을 응징한다. 이 작품이 '무산 계급 운동'의 차원으로까지 발전하는 것은 아니지만 한 농민이 현실을 객관적으로 인식하고 일정한 각성을 통해 현실에 맞서 저항해가는 성장과정을 나름대로 사실적으로 그리고 있는 편이다.

두 번째로는 「무명(無明)」을 들 수 있다. 춘원의 작품 중 가장 예술성이 뛰어난 작품으로 알려진 이 작품은 그가 서대문형무소 병 감동에 수감되었을 때의 체험을 바탕으로 창작되었다. 이 작품은 병감동 속의 잡범들의 뒤틀린 욕망과 심리를 탁월하게 그린 작품으로 평가되고 있다. 이 작품에 등장하는 다양한 인물들은 독특한 개성을 지니고 저마다 살아 있다. 춘원의 무르익은 필력이 유감없이 발휘된 작품이라 할 수 있다.

19) 청산된 결핍

이광수는 어린 시절 가난했고, 11살에 고아가 되었다. 그에게 첫 번째로 청산되어야 할 '결핍'은 당연히 경제적 안정과 사회적 지위, 그리고 정신적 아버지 등이었다. 이광수는 타고난 재능과 근면 성실한 성품, 그리고 적재적소에 나타난 은인들에 의해 이러한 결핍들을 하나하나 청산해 간다.

첫 번째 청산된 결핍은 경제적인 문제이다. 동네 부자로부터 망신을 당한 이후, 춘원은 늘 경제적으로 안정된 삶을 희구하였다. 오산학교 교사가 되고 결혼하여 아이도 낳았으나 춘원은 이에 만족하지 못하였다. 연애 없이 결혼한 것도 그렇고 사랑하지도 않는 여인 사이에서 낳은 아들마저 귀엽게 보이지 않았다. 시베리아 방랑을 마치고 정주에 돌아와서도 그는 만족할 수 없었다. 결국 그는 육당의 소개로 김성수를 만나 재정적 후원을 약속받는다.

와세다대학생으로서 2차 동경유학의 길에 오른 춘원은 유학생 잡지 『학지광』을 중심으로 실력을 인정받는다. 그는 이미 동경 유학생 사이에서 최고의 문필가로 인정받고 있었다. 당시 『매일신보』 사장이었던 아베 미츠이에는 춘원의 성장 과정과 실력을 눈여겨보다가 그에게 '농촌계발', '대구에서', 『무정』 등의 연재를 연이어 맡긴다. 또 『개척자』 연재 시에는 원고료를 대폭 올려주기도 한다. 그의 경제적 형편은 좋아졌지만, 이번에는 결핵이 발병한다. 허영숙의 치료와 간호를 받는 과정에서 두 남녀는 사랑에 빠진다. 두 사람은 사람들 눈을 피해 일본의 오지, 중국의 북경 등을 떠돌며 사랑을 키워나갔다. 원고료 수입은 대폭 늘었으나 건강 문제와 애정 문제 때문에 생활의 안정은 여전히 요원하였다.

상해임시정부 생활은 경제적으로도 어려운 시기였다. 원고료 수입도 끊겼고 허영숙과도 헤어져 있었기 때문이다. 허영숙 권고에 따라 춘원은 임시정부 생활을 접고 조선에 들어온다. 1922년에는 백혜순과 이혼하고 허영숙과 정식으로 결혼식을 올린다. 이 결혼은 드디어 이광수의 생활을 안정적 기반 위에 올려놓는 계기가 된다. 사랑하는 여인과 결혼하였을 뿐만 아니라, 이미 의원을 개업한 부인의 수입은 비교적 넉넉하였다. '민족개조론'을 쓴 이후 기피 대상이 되는 바람에 그는 한 동안 처가에 기숙하며 부인의 수입에 의존하였다. 하지만 『동아일보』 편집장이 됨과 동시에 『재생』이 거둔 큰 인기는 부인 이상의 수입을 춘원에게 안겨 주었다. 또한 오산학교 제자이기도 한 백인제 박사의 뛰어난 의술에 의해 평생 그를 괴롭히던 결핵도 어느 정도 치유가 되었다. 1925년 이후 적어도 경제적인 측면에서의 결핍은 완전히 청산된 셈이다.

두 번째 청산해야 할 '결핍'은 '고아'라는 결핍이다. 그의 친부모는 그가 불과 11세일 때 모두 세상을 떴다. 이후 외로운 동경유학생 생활을 마치고 오산학교 교사가 되고 결혼을 한 후, 조부로부터도 인정을 받음으로써 그는 천애의 고아 신세는 비로소 면하게 된다. 누이동생도 한 명 살아 있었고, 아내는 아들도 낳았다. 하지만 그는 아내를 사랑하지 않았다. 정신적으로 방황하던 그는 불륜도 마다하지 않았다.

그러던 그가 도산 안창호를 만났다. 도산은 그가 만난 사람 중 언행이 일치하는 사람이었고 민족을 위해 헌신하는 사람이었으며 뛰어난 경륜과 도덕성을 지닌 인물이었다. 그는 곧 도산을 자신의 정신적 아버지로 삼는다. 그의 말을 따르고 그의 권고에 따라 미국 유학도 계획한다. 하지만 도산은 그가 자주 만날 수 있는 사람이 아니었다. 그는 주로 미국에 거주하였고 조선에는 아주 짧은 기간만 머물렀다. 오산학교 교사에 만족할 수 없었던 그에게는 보다 높은 인기와 높은 수입이 필요하였다. 아베 미츠이에의 요청을 거절할 수 없었던 이유이다.

결국 이광수는 아베 미츠이에를 또 한 명의 아버지로 여기게 된다. 상해 임시정부 시절에 춘원은 도산을 가까이 섬기면서 더욱 가까워진다. 그러나 고달픈 망명 생활에 지친 그는 결국 정신적 아버지만으로 살 수 없게 된다. 도산이 미국 유학을 권유하였지만, 그는 이를 뿌리치고 결국 귀국하여 허영숙 품에 안긴다. 이는 또한 아베 미츠이에의 품에 안긴 것과 마찬가지였다. 1925년 이후 춘원은 두 아버지 사이에서 줄타기를 한다. 수양동우회 활동이나 브나로드 운동, 「삼봉이네 집」, 「무명씨전」 같은 작품의 창작이 도산 안창호의 길이었다면, '민족개조론', 「가실」, 『재생』의 창작 등은 아베 미츠이에의 길, 곧 친일 협력의 길이었다. 아베가 죽고 1936년에 가출옥된 도산을 모시면서 도산의 길로 다시 돌아오고자 했던 춘원은 그러나, 1937년에 수양동우회 사건으로 구속된 데다가 1938년에 도산이 서거하자 급격히 친일 협력의 길로 돌아선다. 그의 세 번째 아버지로서 일본 천황을 받아들이게 된다. 따라서 두 번째 청산은 결국 '실패한 청산'이었다고 할 수 있다.

20) 귀환

이광수는 여러 번 귀환한다. 첫 번째 동경유학에서 돌아와 정주로 귀환하여 오산학교 교사가 된다. 걸인이나 다름없는 처지에서 일약 조선을 대표하는 엘리트가 되어 민족 최고의 학교 오산학교 교사로 부임하게 되었으니 거의 금의환향에 가까운 귀환이 아닐 수 없다.

두 번째 귀환은 만주, 상해, 시베리아 일대를 방랑하다가 정주로 다시 돌아온 것을 말한다. 이때에는 앞에서 언급했다시피 가시적으로 얻은 것은 없었으나 다양한 경험과 만남을 통해 이광수를 내적으로 크게 성장시킨 귀환이었다고 할 수 있다.

세 번째 귀환으로는 '동경 2.8독립선언' 이후 상해로 건너가서 대한민국 임시정부 활동을 하다가 1921년 압록강을 건너 귀환한 것을 들 수 있다. 이 길은 앞에서 언급하였다시피 이광수와 친일 변절의 길로 들어서게 되는 결과를 낳게 된다.

21) 추적

이광수가 추적당한 것은 두 번 정도 있었다. 한 번은 12세에 동학의 비밀 문건들을 전달하는 일을 하다가 일본 헌병의 검거망에 걸려든 일이다. 그는 서기 일을 하던 동학의 지도자 박찬명 대령의 집을 나와 정주 일대를 전전하며 피신하다가 경성으로 잠입한다. 경성에서 일진회가 만든 학교에서 일어를 배우기도 하고 가르치기도 하면서 피신하다가 일진회 장학생으로 선발되어 일본 유학길에 오른다. 이광수로서는 일본 관헌에게 추적당함으로써 더 좋은 기회를 얻은 셈이다. 두 번째는 '2·8독립선언서'를 작성하고 상해로 망명한 이후이다. 이때에도 춘원은 일경의 추적을 받았다.

22) 구출

이광수는 세 번 구출 당하는데, 세 번 모두 떳떳하거나 자랑스러운 구출은 아니었다. 첫 번째 구출은 상해임시정부로부터 허영숙이 춘원을 구출한 것이다. 춘원은 「가실」이라는 단편소설을 통해 이것을 '탈출'로 표현하기도 하였다. 어쨌든 상해임시정부 활동은 신라의 청년 가실이 고구려의 포로가 되어 고구려 귀족의 노예 생활을 하였던 것에 비유한 것이다. 고구려 귀족은 비록 노예이지만 가실의 범상치 않음을 알아보고 속량시켜 줌은 물론 자신의 사위로 삼으려고 하지만, 가실은 이를 단호히 뿌리치고 신라로 돌아와 약혼녀 품에 안긴다.

원래 가실은 신라 진평왕 때의 인물로 『삼국사기』에 그에 대한 이야기가 기록되어 있다. 이 이야기를 이광수는 패러디하면서 임시정부 활동을 정리한 이유를 간접적으로 해명하고 있는 것이다. 당연히 이 작품이 발표되자 여론은 들끓었다. 일단 상해임시정부 활동을 '고구려의 포로 생활', 그리고 '고구려에서의 노예 생활'에 비유한 것이 문제였다. 조선인들, 특히 조선의 청년들은 이광수가 자발적으로 2.8 독립선언서를 작성하고 이를 영역하여 해외에 알리고, 상해 임시정부수립 과정에서 일익을 담당했으며, 그곳의 기관지인 『독립신문』사장을 하고 연일 항일적인 사설을 집필한 것으로 알고 있었다. 그런데 「가실」에 의하면 상해임시정부는 적국이고 자신이 원해서

했던 일이 아니라 누군가의 강요에 의해서 한 것이며, 그들의 회유가 있었지만 단호히 뿌리치고 돌아와서 허영숙 품에 안겼다는 이야기가 된다. 이광수에 대한 비난이 빗발치듯 했음은 당연하다. 또한 안창호, 김구, 김규식 같은 상해임시정부 요인들을 자신을 억류했던 사람들로 그린 것도 문제가 아닐 수 없다.

두 번째 구출은 수양동우회 사건으로 서대문형무소에 감금되었을 때 이루어진다. 이광수는 수양동우회 회장으로서 회원들에게 '합법적 투쟁'을 늘 강조했다. 어떤 행사를 치르더라도 일본 관헌의 허락을 받고, 일본 관헌의 지시와 법규에 따라 사업과 행사를 진행할 것을 당부했다. 언론사들 주도하에 전개되었던 '브나로드 운동' 역시 마찬가지였다. 춘원은 경성역까지 나와 현지에 가서 관헌들과 절대 충돌하지 말 것을 당부하였다고 한다. 이처럼 유화적이고 타협적인 민족운동을 전개하였음에도 불구하고 중일전쟁을 일으키고 한반도를 병참기지화함은 물론, 궁극적으로는 내선일체를 기획하였던 일제는 이러한 미온적 민족운동마저 용인하지 않았다. 수양동우회 회원에 대한 대대적인 검거, 조선어학회 회원들에 대한 대대적인 검거, 사상범에 대한 예비 구속 등은 전시 체제로 접어든 일제가 조선의 흔적, 조선인의 정체성을 아예 말살하기 위해 취한 조치들이었다. 이제 그를 감옥에서 구출할 수 있는 것은 '죽음'과 '친일 협력'뿐이었다. 주지하다시피 이광수는 후자를 택한다. 일제의 구출을 받은 이광수는 수양동우회 사건에서 무죄를 선고받은 대가로 적극적인 친일 협력의 길로 나선다.

세 번째 구출은 이승만 정권에 의해서 이루어진다. 이광수는 일제

강점기에 자행했던 친일행위 때문에 반민특위에 의해 기소되고 반민족행위자로서 재판을 받게 된다. 병약한 상태에서의 수감 생활은 그로서는 매우 힘든 것이었다. 그의 3남(위로 두 형은 모두 사망하였음) 영근은 당시 중학생 신분으로서 이승만 대통령에게 편지를 써서 아버지의 석방을 탄원하기도 하였다. 이것 때문에 석방된 것은 아니지만 이승만 정권과 친일 경찰, 친일 군인들의 주도하에 반민특위는 무산되고 반민족행위자에 대한 처벌도 중단된다. 결국 대한민국에서는 해방된 지 70년이 넘었음에도 불구하고 친일협력 행위 때문에 처벌받은 사람은 한 명도 없다. 이처럼 이광수의 '구출'은 명예스럽지 못하였으며, 모두 일제나 이승만 정권과 같은 악한 세력에 의해 자행되었다.

23) 몰래 도착

이광수가 '몰래 도착'한 대표적인 사례는 상해임시정부에서 압록강을 거쳐 경성에 들어온 것이다. 이는 아무도 예상 못한 사태였다. 당장 기관지를 발간해야 하는 상해 임시정부가 가장 난감한 처지에 빠졌음은 물론이다. 적극적으로 귀국을 만류하며 미국 유학 지원을 약속했던 도산 안창호 역시 당혹감을 감추지 못하였다. 이광수의 앞날이 훤하게 보였기 때문이다.

이광수는 압록강을 건너자마자 평안도 선천 경찰서에 들러 잠깐 조사를 받는다. 대체로 독립운동가에 대한 조사는 고문, 감금, 폭행, 기소, 투옥 등으로 이어지게 마련이고 심지어 고문 과정에서 사망하는 일도 비일비재하였다. 이광수 역시 임시정부에서 그가 행한 일로 미루어 볼 때 상당히 강도 높은 조사와 고문이 예상되었고, 또 검찰에 넘겨져 기소되고 재판정에서 재판을 받는 것이 정상이었다. 그럼에도 불구하고 그는 바로 선천경찰서에서 풀려났고, 이후 단 한 번도 경찰이나 검찰의 조사를 받지 않았다. 그는 허영숙 집에 머물며 백혜순과 이혼하고 허영숙과 정식 결혼식까지 올린다. 그러나 그 대가는 혹독했다. 그는 '민족개조론'을 써야 했고, 이어서 「가실」과 『재생』도 발표하였다. 이 모두 투옥되지 않는 조건으로 이광수가 쓴 글들이다. 이처럼 떳떳한 귀국이 아니었고, 비밀스러운 거래가 뒤따른 귀국이었기 때문에 이광수는 '몰래 도착'할 수밖에 없었을 것으로 보인다.

24) 시험, 근거 없는 요구

프로프가 제시한 '시험, 근거 없는 요구'는 가짜 주인공이 진짜 주인공에게 근거 없는 요구를 한다.'는 것이다. 우리는 앞에서 가짜 주인공은 아베 미츠이에의 길, 곧 친일협력의 길을 걷는 이광수로, 진짜 주인공은 도산 안창호의 길 곧 항일 민족운동의 길을 걷는 이광수로 설정한 바 있다.

가짜 주인공 이광수는 진짜 주인공에게 몇 번이나 '근거 없는 요구'를 한다. 첫째 상해 임시정부에서 돌연 귀국하게 하고 일제와 타협하게 만든다. 그는 허영숙과의 사랑 때문이라고 호도(糊塗)했지만 사실 진짜 주인공이 가짜 주인공에게 굴복한 결과이다. 그것은 그가 귀국한 이후 일체의 신체적 구속을 받지 않은 대신, '민족개조론'과 같은 글을 쓰는 것으로 증명된다. 그러나 진짜 주인공이 완전히 죽은 것은 아니었다. 그는 흥사단의 정신을 계승한 '수양동우회'를 조직하여 비록 소극적이고 타협적인 수준에서이지만 민족운동을 쉬지 않고 전개한다. 농촌계몽운동인 '브나로드 운동'은 많은 논란이 있었음에도 불구하고 농민들의 문맹률을 크게 낮추고 위생 상태 개선이나 부업을 통한 소득 증대에 일정하게 기여한 것도 사실이다. 무엇보다도 청년 학생들이 농촌의 현실을 정확히 이해하고 민족 공동체 의식을 갖게끔 한 것은 가장 브나로드운동이 거둔 가장 큰 성과라 하겠다.

그러나 수양동우회 사건이 발생하고 본인은 구속되고 더 이상 타협적 민족운동마저도 활동하기 어려워진 데다가 진짜 주인공의 정신적 지주였던 도산 안창호마저 서거하자 진짜 이광수는 가짜 이광수에게 완전히 굴복하고 만다. 가짜 이광수는 진짜 이광수에게 천황을 숭배하되 진심으로 숭배할 것, 그러기 위해서 매일 일본어로 천황을 숭배하는 내용의 시를 일기장에 적을 것, 香山光郎(가야마 미쓰로)으로 창씨 개명할 것, 신사참배를 진심으로 할 것, 일본과 조선은 하나라는 내선일체론과 조선족과 일본족은 같은 뿌리를 지니고 있다는 동근동족론를 열심히 설파할 것, 중국, 만주 등에 주둔하고 있는 일본군을 방문하여 위문활동을 할 것, 한국 청년 학생들에게 일본군에 자원입대할 것을 권유할 것, 일본어로 시, 소설, 논설문을 쓸 것 등 근거 없는 요구를 하였고, 일제를 등에 업은 가짜 이광수에게 진짜 이광수는 철저히 굴복당하고 만다.

25~26) 어려운 과제와 완수된 과제

프로프가 제시한 '어려운 과제'는 '주인공에게 제안된 어려운 과제'를 말한다. 주인공 이광수에게 어려서 제안된 어려운 과제는 고아로서 무시당하고, 가난에 시달리던 처지를 극복하는 것이었다. 그는 동학을 위하여 목숨을 걸고 열심히 일한 덕택에 일진회 장학생으로 선발되어 1차 어려운 과제를 극복한다.

2차 과제는 오산학교 교사의 처지에서 벗어나 전국적인 명성과 지도력을 확보하는 것이었다. 그러기 위해서 필요한 것은 대학 교육이었다. 특히 자신이 가르친 오산학교 제자들이 자기보다 먼저 대학에 진학하는 모습을 지켜보는 것은 참으로 괴로운 일이었다. 그는 1913년 미국 유학을 꿈꾸며 상해, 블라디보스톡, 목릉 등을 방랑하였으나 소기의 목적을 거두지 못하고 정주로 돌아온다. 그러나 그는 오산학교 교사직에 더 이상 집중하지 못하였다. 이미 광활한 중원과 시베리아 벌판을 경험하고 조선을 대표하는 명사들과 지도자들과 교분을 두루 맺은 그에게 정주와 오산학교는 너무 좁은 무대였다. 그는 경성으로 올라가 육당 최남선의 일을 돕다가 1915년, 24세의 나이에 인촌 김성수의 후원으로 와세다대학교 고등예과에 입학한다. 『학지광』을 통해 이미 문재를 인정받은 그는 '동경잡신'이라는 글을 『매일신보』에 처음 게재한 이래, '농촌계발', '대구에서'를 비롯해 장편소설 『무정』과 『개척자』를 같은 신문에 연재함으로써 드디어 그토록 그가 원하던 전국적 명성과 인기, 그리고 상당한 소득을 얻게 된다. 때마침 결핵이라는 악재를 만났지만, 오히려 결핵 치료를 계기로 허영숙이라는 연인을 얻게 된다. 그럼으로써 춘원은 2차

과제 역시 무난히 달성하게 된다.

춘원의 세 번째 과제는 '합법적·타협적' 민족운동을 전개하는 것이었다. 도산 안창호가 설립한 '흥사단'을 모태로 하고, 자신이 설립한 수양동맹회와 평양의 동우구락부를 통합하여 1926년 드디어 '수양동우회'를 설립하였다. 당시 춘원은 비록 『동아일보』 편집국장이었지만 사실은 사주 김성수로부터 전권을 넘겨받고 매일 지면의 주요 내용들을 본인이 직접 채워나가던 시절이었다. 그는 언론사 간부라는 직함을 활용하여 수양동우회의 세력을 키워 나갔다. 수양동우회의 가장 야심 찬 프로젝트는 다름아닌 브나로드운동임을 앞에서 언급하였다. 그러나 수양동우회가 1937년에 사실상 춘원의 검거로 와해됨으로써 그의 3차 과제는 실패로 돌아간다. 수양동우회가 진행한 브나로드운동은 농민들의 문맹률을 크게 낮추었다는 평가와 당시 농촌을 지배하던 소작제도의 모순 등을 오히려 호도하였다는 비판이 동시에 가해지고 있다.

27~28) 인지와 폭로

'인지'는 '주인공이 인지되는 것'을 말하고, '폭로'는 '가짜 주인공이 정체가 폭로되는 것'을 말한다. 이광수는 고아로서 정주 일대를 떠돌 때 아무에게도 인지되지 않았다. 그러나 12세에 그는 처음으로 동학 지도자 승이달, 박찬명 등에게 처음 인지된다. 나이는 어리지만 총명하고 성실한 모습에 반한 동학 지도자들은 어린 춘원에게 서기 및 전령이라는 막중한 일을 맡긴다. 그가 일본 관헌에 현상금까지 걸리며 추적당한 것을 보면 이 시기에 그가 행한 일은 결코 가볍지 않았을 것으로 추정된다.

　그는 드디어 동학의 최고 지도자 손병희에게까지 인정받아 일진회 장학생으로 선발되어 동경유학의 길에 오른다. 그의 1차 인지는 매우 성공적이었다고 볼 수 있다. 그의 2차 인지는 남강 이승훈과 도산 안창호에 의해 이루어진다. 메이지 학원에서 홍명희와 교유하면서 독서토론, 문예 창작 등을 통해서 부쩍 성장한 춘원은 오산학교 부임 초부터 최고의 교사로 인정받고 교주와 학생들의 신망을 한 몸에 받는다. 105인 사건으로 남강이 학교를 비우게 되자 20세에 불과한 춘원에게 학감 서리를 맡긴 것도 그만큼 춘원을 믿고 인정하였기 때문이다. 그는 춘원을 마침내 조선 최고의 독립운동가이자 자신의 멘토인 도산 안창호에게 소개한다. 춘원은 도산에게 한 눈에 반하고 도산을 평생의 멘토 혹은 사표로 섬기게 된다. 그가 도산의 도움을 받아 미국 유학길에 오르려고 했던 이유도 도산을 보다 가까이 섬기기 위한 것이었다. 도산은 훗날 상해 임시정부를 설립하면서 춘원을 다시 부른다. 그리고 그를 정식 흥사단 단원으로 받아들인다. 따라서 그에 대한 2차 인증도 명예스럽게 성공하였다고 볼 수 있다.

　3차 인증은 아베 미츠이에와 일제에 의한 인증이고, 결국 친일파로의 인증이기 때문에 매우 불명예스러운 것이라 하겠다. 아베 미츠이에는 『매일신보』를 통해서 처음으로 이광수를 인증한다. 당장 친일파로 이용하지는 못하였지만, 논설문과 소설을 통해서 근대의 중요성을 강조하는 반면, 식민지 현실에 대해서는 일체 언급하지 못하게 함으로써 소정의 효과를 거둔다. 또한 그가 『매일신보』에 쓴 글들로 인하여 대중적 인기를 얻고 문명을 떨치게 됨으로써 친일파로 이용할 가치가 더해진다. 심지어 그의 상해 임시정부 활동마저 훗날 친일파로서의 가치를 더 올려주는 결과를 빚는다.

아베가 죽은 다음에는 일제가 그를 직접적으로 인증한다. 수양동우회 회원들에 대한 대대적인 검거와 구속이 일어나자 이광수는 다시 중요한 선택을 해야만 했다. 감옥에서 민족운동가다운 최후를 맞이하든지, 아니면 일제에 투항하고 협력을 약속하며 목숨을 구제받을지 양자택일해야 했던 것이다. 이광수는 후자를 선택함으로써 일제로부터 친일협력자로 완전하게 인증 받는다. 그는 더욱 완전하게 인정받기 위하여 "조선인의 이마를 송곳으로 찔렀을 때 그곳에서 일본인의 피가 나올때까지 우리는 더욱더 천황께 충성해야 한다."라고 말했으며, 그러기 위해 본인이 직접 매일 일기에 천황을 숭배하는 시를 일본 전통시가의 형식으로 작성한 것으로 전해진다.

가짜 이광수의 정체는 여러 번 폭로되었다. 상해 임시정부에서 돌아와 '민족개조론', '가실',『재생』등을 통해 이광수의 가면은 벗겨지기 시작했다. 특히 민족의식이 강하거나 공의로운 정신을 지닌 이들은 모두 이광수에 대해 실망하고 그에 대한 기대를 버리게 된다. 이때부터 상당수의 청년들은 부르주아 계몽주의 이념에 환멸을 느끼고 사회주의나 무정부주의에 매료당하게 된다. 그러나 타협적인 차원에서나마 민족운동을 전개하던 이광수는 1937년 수양동우회 사건과 1938년 도산 안창호의 죽음을 겪으며 친일파로서의 모습을 적나라하게 폭로하기 시작한다. 이때의 친일협력 활동을 문제 삼아 반민특위는 그를 구속하고 재판정에 넘겼으나, 이승만 정권의 방해 때문에 친일파에 대한 응징은 흐지부지해진다. 결국 친일파 중에 우리 나라에서 처벌 받은 사람은 단 한 명도 없다.

29~31) 변신, 처벌, 결혼

프로프는 31가지의 모티브들을 제시했다. 모티브는 이야기를 구성하는 최소 단위로서 화소(話素)라고도 한다. 31가지 모티브가 한 이야기에 모두 사용되는 것은 아니다. 이야기의 내용과 성격에 따라 그중 일부가 사용되는 것이다. 그리고 상당한 변형이 이루어지기도 한다. 이와 같은 프로프의 분석은 서사구조연구에 일정한 기여를 한 것이 사실이다. 이야기를 이처럼 분석적으로 연구할 수 있다는 중요한 선례를 남겼을 뿐만 아니라 정태적인 개념이 아닌 역동적인 개념으로서의 모티브를 설정함으로써 이야기 역시 일종의 생명체임을 밝혔기 때문이다. 또한 프로프의 모티브 이론은 이야기를 창작하거나 평가할 때, 유용한 도구로 활용할 수 있다.

'변신'은 주로 설화에서 여우나 뱀, 지렁이, 우렁 등이 인간으로 변하는 경우도 있고 또는 신이 인간으로 변신하는 경우도 있을 수 있다. 천애의 고아인 이광수가 오산학교 교사나 와세다 대학생, 최고의 인기 작가, 상해임시정부 요인,『동아일보』편집국장,『조선일보』부사장 등의 지위에 오른 것 역시 '변신'에 가깝다 할 수 있다. 이와 같은 변신이 비교적 긍정적 성격을 지니고 있는 반면에, 상해에서 귀국한 직후와 일제 강점기 말기에 보여준 친일파로서의 변신은 최악의 변신이었다고 할 수밖에 없다.

이광수는 이와 같은 친일 협력 행위가 문제가 되어 1949년 '반민족행위처벌법'에 의해 재판정에 섰으나 반민특위 자체가 해체되는 바람에 처벌은 받지 않는다. 1950년 6.25전쟁이 발발했을 때 이광수는 미처 피난가지 못하였고, 이 사이에 인민군이 서울을 점령한다. 그는 바로 인민군에게 끌려가 조사를 받았고, 9.28 수복 이후에 인민군이 철수하면서 그를 북한으로 끌고 간다. 이미 결핵이 재발하여 병약해진 상태에서의 그의 납북행 애초에 무리일 수밖에 없었다. 결국 10월 25일, 평양에서 강계로 이동하던 중에 폐결핵이 악화된 이광수는 홍명희의 품에 안겨 파란만장했던 삶을 마감한다. 향년 59세였다.

설화에서 '결혼'은 행복한 결말을 만들어 주는 좋은 화소이다. 「춘향전」이 그렇고 「베니스의 상인」이 그렇다. '신데렐라', '콩쥐팥쥐', '백설공주', '잠자는 숲속의 공주', '미녀와 야수', '라푼젤' 수많은 설화와 동화에서 결혼은 행복한 결말을 맺는 단골 소재 중의 하나이다. 그러나 이광수는 59세까지 살았고 젊은 시절에 이미 두 번의 결혼을 하였기 때문에 프로프의 이론과 서로 차이가 생길 수밖에 없다. 그것은 이야기의 장르 자체가 다르기 때문에 어쩔 수 없다. 이광수의 첫 번째 결혼은 구여성 백혜순과의 결혼이었으며 그를 행복하게 만들어주기는커녕 더욱 방황하고 절망하게 만든 결혼이었다. 이에 비해 신여성인 허영숙과의 결혼은 개인적인 차원에서는 만족스럽고 자랑스럽기까지 한 결혼이었다.

허영숙은 조선 여성 중 최초로 의과전문대학을 나와 의사자격증을 땄을 뿐만 아니라, 소설가로서 재능도 보여준 여성이었다. 무엇보다도 고아이자 유부남인 이광수를 헌신적으로 간호하고 사랑하였다. 특히 병약했던 이광수로서는 절대적으로 필요한 의사이자 배우자이기도 하였다. 하지만 허영숙을 아내로 맞이하는 대가는 혹독했다. 그는 그녀와의 결혼을 위하여 상해 임시정부를 떠남으로써 변절자라는 비난을 받아야 했고, 백혜순과 무리하게 이혼하는 과정에서 사기 혐의로 피소되기도 하였다.(그는 당시『매일신보』가 가지고 있었던『무정』의 판권을 다른 출판사에 넘기고 인세를 받은 혐의로 피소되었고, 이 문제 역시 허영숙이 해결한 것으로 알려져 있다.)

이상으로 블라디미르 프로프의 서사이론인 '민담형태론'이라는 분석의 틀을 이용하여 이광수의 생애를 분석해 보았다. 민담, 전설, 신화 등을 분석하기에 적합한 프로프의 서사이론이 이광수의 생애를 분석하는 데 일정하게 유효한 것은 그만큼 그의 생애가 극적인 요소를 두루두루 지니고 있기 때문이다. 1992년에 한국문화방송(MBC)에서도 춘원 이광수의 일생을 담은 8.15 특집급『춘원 이광수』를 방영한 바도 있거니와, 앞으로 이광수의 생애와 문학은 얼마든지 영화나 드라마, 뮤지컬, 혹은 만화, 소설 등으로 재창조될 수 있다고 본다.

이광수의 삶은 위에서 살펴본 바와 같이 영욕으로 가득찬 삶이다. 어린시절의 어려움을 극복하고 작가로서, 언론인으로서, 그리고 민족운동가로서 그만큼 많은 일을 성취한 사람도 드물 것이다. 하지만 그는 자신의 명예를 끝까지 지키지 못하고 최악의 친일협력을 하였으며, 이는 그의 업적들을 공정하게 평가하는 데 늘 걸림돌이 되어 온 것이 사실이다. 톨스토이나 헤밍웨이의 삶이 영화나 드라마로 여러 차례 제작된 것처럼, 이광수의 삶과 문학도 충분히 다양한 문화 콘텐츠로 제작될 수 있을 것이다. 이때 위에서 분석한 서사적 요소가 충분히 활용될 수 있을 것으로 기대된다.

06

김동인, 염상섭, 채만식, 이상의
생애 스토리텔링

6-1. 토비아스의 '추구'와 '모험'

우리는 한 이야기가 어떤 기능에 의해 지배받고 있으며, 때에 따라서는 얼마든지 변형될 수 있다고 전제할 수 있다. 로널드 토비아스는 프로프의 관점을 확대하여, 사람의 마음을 움직이는 이야기 유형을 20개로 분류하였다. 토비아스가 전제하고 있는 점을 요약하면 다음과 같다.

① 플롯은 방향을 잡아가는 나침반이다. 이야기의 기능에 주목하라.
② 기발한 착상보다 패턴이 중요하다. 플롯은 개인의 독창적인 산물이라기보다는 공공자원이니 마음껏 빌려 사용하라.
③ 같은 이야기도 몸의 플롯과 마음의 플롯으로 분류할 수 있다. 예를 들어 여행 이야기는 몸의 플롯으로 나타날 때는 '모험'으

451

로, 마음의 플롯으로 나타날 때는 '추구'의 플롯으로 드러난다.

토비아스는 플롯을 일단, '마음의 플롯'과 '몸의 플롯'으로 나눈다. 예를 들어 '어떤 대상을 대상을 추구한다.'는 플롯이 내면적 추구로 나타날 때에는 '추구의 플롯'으로, 외적인 행동으로 나타날 때에는 '모험의 플롯'으로 규정된다. 이 글에서는 염상섭, 김동인, 채만식, 이상 등의 생애를 '추구'와 '모험'의 측면에서 살펴보고자 한다.

염상섭은 1920년대부터 1950년대까지 『만세전』, 『삼대』, 『효풍』, 『취우』등 각 시대를 대표하는 작품을 창작해왔다. 1920년대를 대표하는 『만세전』은 식민지 현실을 예각적으로 드러내고 계몽주의적 세계관을 극복하였다는 점에서 진정한 최초의 한국근대장편소설이라는 평가를 얻고 있다. 『삼대』는 가족사소설이라는 새로운 장편소설의 형태를 확립한 작품이다. 조선시대에 유행하였던 가문소설을 현대적으로 재창조한 가족사소설은 수직적인 관계뿐만 아니라, 수평적인 관계를 제시한다. 전자를 통해서는 세대 간의 갈등을 후자는 통해서는 이념적 갈등이 드러나는데, 이와 같은 형식은 이후 한국장편소설의 형식을 대표하게 된다. 채만식의 『태평천하』, 김남천의 『대하』, 최명희의 『혼불』, 박경리의 『토지』와 같이 한국장편소설을 대표하는 작품들이 모두 기본적으로 가족사소설의 형태를 취하고 있다. 가족의 이야기를 통해서 당대 사회의 총체성과 전망을 드러내고자 하는 이러한 형식을 창조하기까지 염상섭이 추구했던 것과 모험적으로 시도한 것, 그리고 성과와 한계를 아울러 살펴보고자 한다.

　김동인은 이광수의 계몽주의 소설을 극복하고 순문학을 창조하고자 하였다. 형식주의적 문학관이 반영된 그의 창작방법론 '인형조종술'은 작품과 현실의 관계보다는 작중인물에 대한 작가의 조정과 통제를 중요시한다. 그 결과 현실을 객관적으로 반영하거나 현실의 본질적 관계, 전망 등을 드러내는 것을 김동인은 중요하게 여기지 않는다. 오직 작품의 형식적 완결성과 조화만을 중시한다. 이와 같은 김동인의 자연주의적이면서도 유미주의적인 예술관은 그의 작품을 점차 현실로부터 멀어지게 만들게 되며, 결국 그는 소설 작가이기보다는 야담 작가로 살아가게 된다.

　채만식은 일제 강점기 작가 중 가장 탁월하게 식민지 현실의 본질인 '자본의 왜곡된 흐름'에 주목한 작가이다. 그의 대표적 장편소설인 『탁류』와 『태평천하』는 모두 자본의 왜곡된 흐름에 주목하고 있다. 전자는 군산을 배경으로 일제가 미두취인소를 통해 조선인들로 하여금 투기 열기에 들뜨게 만들고 결국은 물질적으로나 정신적으로 몰락하게 만드는 과정은 맑은 강이 흐려지는 과정, 곧 청순한 처녀가 만신창이 여성이 되는 과정을 통해서 상징적이면서도 알레고리적으로 제시하고 있다. 후자에서는 풍자기법을 동원하여 일제에 기생하여 고율 소작료와 고리대금을 챙기는 악덕 친일 자본가를 마음껏 조롱하고 야유하고 있다. 두 작품 모두 내용면에서 식민지 현실의 본질적 국면을 다루었을 뿐 아니라, 형식적인 면에서도 새로운 기법과 형식을 창조하여 작가로서 새로운 추구와 모험을 시도하고 있으며, 일정한 성과를 거두고 있다.

　마지막으로 이상은 본명이 김해경이다. 이상(李箱)은 이상(理想)

과 소망이라는 뜻과 비정상적 이상(異狀)이라는 상호모순적인 의미, 곧 양가적 의미를 지니고 있는 필명이다. 신동욱은 이상의 작품이 '공포의 미학'을 지니고 있다고 지적한 바가 있다. 그가 무서워하고 있는 것은 비정상적 상황뿐만 아니라, 비정상적 상황을 살아가면서도 점차 그 상황이 비정상적이라는 것을 느끼고 인식하지 못하는 것이었다. 그는 리얼리즘적 기법을 버리고 초현실주의적 기법을 시와 소설에서 사용함으로써 모더니즘 계열의 작가로 분류된다. 그는 모더니즘 기법을 통해 '매춘'으로 대표되는 현대 자본주의 사회의 물화현상을 상징적으로 제시하고, 그 물화현상이 빚어내는 '소외와 분열'이라는 자본주의적 모순을 병치, 몽타쥬, 의식의 흐름 등의 기법을 통해서 제시하고 있다.

이처럼 이 글에서는 '추구'와 '모험'이라는 두 가지 측면에서 세 작가의 생애와 작품 세계를 스토리텔링 기법에 입각하여 살펴보도록 하겠다.

6-2. **염상섭의 '추구'와 '모험'** – 한국장편소설의 확립

6-2-1. 식민지 현실을 반영하는 '내면 고백체 형식'의 추구

토비아스가 이야기하는 '추구'는 값비싼 대가를 치르고 '발견'을 이루는 과정을 말한다. 예컨대 돈 키호테는 기사의 시대가 지났음에도 불구하고 기사로 자처하면서 긴 여행을 마친 후에야 자신과 기사들의 시대가 종식된 냉정한 현실을 깨닫는다. 참으로 비싼 대가를 치르고 자신과 시대에 대한 '발견'이 이루어지는 것이다.

염상섭은 비교적 유복한 집에서 태어났고 어려서부터 비교적 좋은 학교에서 학업을 이수할 수 있었다. 특히 일본 육군사관학교를 졸업한 맏형 염창섭 덕분에 염상섭은 일본의 전통 귀족들이 다닌다는 명문 '교오토부립 제2중학교'를 다닐 수 있었다. 이곳에서 염상섭은 높은 수준의 근대 교육을 받을 수 있었던 것으로 보인다. 이 당시에는 일본의 아리시마 다케오(有島武朗)이 주도한 '백화파'의 일본식 자연주의가 크게 유행하고 있었다. 특히 이들은 '내면 고백체' 형식을 개발하여 일본식 자연주의 소설인 '사소설'의 전통을 수립한 것으로 알려져 있다.

염상섭 역시 백화파의 영향을 깊이 받은 것으로 보인다. 이미 이광수(「어린 벗에게」, 「방황」, 「윤광호」 등), 현상윤(「핍박」), 양건식(「슬픈 모순」, 유종석(「냉면」), 김동인(「약한 자의 슬픔」, 「마음이 옅은 자여」) 등이 실험한 바 있었던 내면고백체 형식을 그 역시 1921년 5월에 「표본실의 청개구리」를 통해 실험하였다. 이 작품은 액자 형식을 빌고 있기 때문에 완전한 내면 고백체 소설로 보기는 어렵다. 액자 외화인 '나'는 누가 보더라도 작가 염상섭을 연상시키고 있고, 1인칭 주인공 시점을 취하고 있으며, 일본식 국한문 혼용체 문장을 사용하고 있는 데다가, 특별한 사건이 전개되기보다는 내면 심리를 주로 묘사한다는 점에서 확실히 내면고백체의 형식을 취하고 있다 하겠지만 액자 내화인 '광인 김창억 이야기'는 3인칭 시점으로 되어 있는 데다가 3.1운동 이후 가정이 파괴되고 한 인간의 생애와 인격

이 파탄에 이르는 과정을 보여준다는 점에서 굳이 내면고백체 형식
이라고 보기 어렵다.

이에 비해 「암야」와 「제야」 등은 비교적 내면고백체 형식을 충실
하게 지키고 있다. 특히 「암야」는 1920년대 초반, 지식인들이 방황하
고 우울해 하는 내면을 비교적 일본 내면고백체 소설에 가깝게 그리
고 있다. 그러나 「암야」를 창작하고 난 후, 염상섭은 일본의 내면고
백체 형식을 그대로 차용하는 것에 대해 회의를 품게 된 것으로 보
인다. 한국의 현실과 일본의 현실이 전혀 다른 데다가 일본의 작가
들과 똑 같은 방식으로 소설을 썼을 때 한국 지식인의 내면이 오히
려 잘 드러나지 않는 것을 체험했던 것이다.

염상섭은 1922년부터 훗날 『만세전』으로 개작된 「묘지」를 〈신생
활〉이라는 다소 진보적인 잡지에 이해 7월부터 연재한다. 이 작품은
언뜻 보면 「표본실의 청개구리」나 「암야」와 겉으로는 큰 차이가 없
어 보인다. 1인칭 시점을 사용하고 있고, 국한문 혼용체를 사용하고
있으며, 특별한 사건이 전개되지 않고 주인공의 심리묘사에 치중하
고 있기 때문이다. 그러나 이 작품은 앞의 두 작품과는 큰 차이를 보
이고 있다. 그것은 이 작품에 '식민지 현실'이 구체적으로 언급되어
있기 때문이다. 이 작품이 〈신생활〉에 연재될 때 두 번이나 삭제 조
치가 떨어지고, 〈신생활〉 자체가 폐간되기도 했던 것은 그만큼 이 작
품이 식민지 현실을 매우 부정적으로 그리고 있기 때문이었다.

염상섭은 이에 지면을 『시대일보』로 옮겨 끝끝내 이 작품을 완성
시켰고, 1924년에 드디어 고려공사라는 출판사에서 『만세전』이라는
이름으로 단행본을 출간하였다. 이 작품은 『무정』에서 전혀 언급되

지 않았던 식민지 현실이 여러 곳에서 상당히 구체적으로 언급되어 있을 뿐만 아니라, 식민지 현실 때문에 모멸감을 느낄 수밖에 없는 당대 지식인의 내면심리를 상세하게 그려냄으로써 한국소설의 수준을 한 단계 상승시켰다는 높은 평가를 받고 있다.

「만세전」은 일본의 내면고백체 형식을 충실하게 따르고 있으면서도 독창적으로 수용하고 있다. '역방향의 여로의 형식'과 '원점 회귀형 형식', 증기기관의 원리, 양가적 심리 상태에 대한 묘사 등이 그동안 학계에서 지적해 온 이 작품의 특징들인데, 이러한 특징으로 말미암아 염상섭은 지식인의 내면심리 묘사와 식민지 현실에 대한 객관적 반영이라는 두 마리 토끼를 한꺼번에 잡을 수 있었던 것이다.

『만세전』은 '동경→신호→하관→부산→김천→대전→경성→동경'이라는 여로형 형식이자 원점회귀형 형식을 취하고 있다. 이광수의 『무정』이 '경성→삼랑진→부산→일본→미국'이라는 여로의 형식을 취하고 있다. 조선에서 외국으로 유학 가는 여로를 통해서 이광수는 우리가 일본과 서구의 문명과 지식을 배워서 익힌 후, 그것을 국내에 있는 무지한 동포들에게 교육하고 계몽하면 우리나라는 눈부시게 발전하고, 우리 민족은 크게 번영을 구가할 것이라는 낙관적 전망을 제시하였다. 물론 이는 식민지 현실을 미화 내지 왜곡한 전망이다.

이에 비해『만세전』은 역으로 외국에서 조국으로 돌아오는 과정에서 주인공이 겪는 일을 작품에 담고 있다. '나'는 하관에서 배를 타는 순간부터 검문·검색에 시달린다. 또한 조선인 형사가 일본인 형사보다 모질게 굴며 그를 조사하고 따라붙는다. 연락선 목욕실 안에서 '나'는 충격적인 말을 듣는다. 일본인 두 사람인 조선 농민들을 속여서 일본의 저임금 노동자로 팔아먹는다는 내용도 충격적이거니와 조선 사람 전반을 야만인 취급하는 것을 듣고 경악을 금치 못한다.

부산에 도착한 이후 '나'는 일본의 자본 침략에 의해 부산의 중심가가 일본화되어가는 모습, 일본인 낭인과 조선 여성 사이에서 태어난 혼혈 기생이 한 번도 찾은 적 없는 아버지를 그리워하는 모습 등을 보며 모멸감을 더욱 강하게 느낀다. 김천과 대전에서도 비슷한 일들을 겪으며 그는 드디어 조국의 현실이 "구더기가 들끓는 묘지"라고 외치게 된다. 『무정』에서 은폐되었던 식민지 현실의 본질이 드러나는 순간이라 아니 할 수 없다.

6-2-2. 한국장편소설의 새로운 형식 추구

『만세전』은 일본 내면고백체 형식을 취하였지만 지식인의 내면과 식민지 현실을 통합하여 그림으로써 일정한 문학적 성과를 거둘 수 있었다. 이광수의 『무정』에서 찾아볼 수 없었던 '모멸감'이라는 정서는 식민지 현실이 반영된 정서이며, 정상적인 지식인이라면 느낄 수밖에 없었던 정서라는 점에서 한국소설사상 획기적인 성과가 아닐 수 없다. 또한 이 작품은 인물의 내면 심리 묘사를 한 단계 끌어올렸다는 성과도 거두고 있다.

이를 두고 김윤식은 '증기기관의 원리'라고 명명하기도 하였다. 여기서 증기기관이란 '근대'를 상징하는 것이다. 주인공은 근대에 대해 이중적인 태도를 보인다. 증기기관이 우리 민족에게 안락함과 편리함을 가져다 주기는 했지만 또한 침략과 수탈의 수단이 되기도 하였다. 염상섭은 일본에 대해 배울 것은 배우되 비판할 것은 비판해야 한다는 양가적 태도를 보인다. 양가적 태도란 모순적 감정을 동시에 품는 것으로서 양가적 감정을 그릴 수 있다는 것은 그만큼 내면 묘사의 수준과 작가의 현실 의식이 향상되었음을 의미한다.

이처럼 놀라운 성과를 거두었음에도 불구하고 이 작품은 근본적인 한계를 지니고 있었다. 일본 내면고백체 소설의 형식을 차용하고 있기 때문이다. 염상섭은 내면 고백체의 형식을 빌어 식민지 현실을 일정하게 반영하는 데는 성공하였지만, 당대 사회를 총체적으로 그리거나 다양한 인간 관계를 그릴 수는 없었다.

그는 새로운 한국장편소설의 형식을 찾기 위해 무작정 도일한다. 일본에 학교를 다니거나 직장을 얻기 위해 간 것이 아니라, 후배 문인들과 어울리며 새로운 소설의 형식을 추구하였다. 그는 「전화」, 「밥」, 「운전기」, 「밥」 같은 가벼운 작품들을 써 나가면서 우선 국한문혼용체와 내면고백체를 버리고 다양한 어휘를 동원한 순국문체와 세밀한 심리 및 풍속 묘사를 실험하였다. 이를 통해 묘사력은 크게 향상되었지만, 『만세전』과 같이 식민지현실을 날카롭게 드러내거나 현실 묘사와 내면 심리묘사의 통합을 이루지는 못하였다.

그는 「남충서」라는 작품을 통해 해결의 단서를 발견한다. 남충서는 성은 남(南)이라는 한국의 성을 가지고 있고, 이름은 충서(忠緒)라는 일본식 이름을 가진 친일 귀족의 아들이다. 그는 이름이 시사하는 바와 같이 한국인과 일본인 사이에서 태어난 혼혈인이기도 하다.

그는 친일 귀족의 아들이면서도 사회주의 단체의 재정 담당 역할을 맡으며 사회주의자들을 돕는다. 이러한 유형의 인물을 그는 훗날 심퍼다이저(sympathizer)라고 명명하였다. 이러한 인물은 『사랑과 죄』에 등장하며, 그의 대표작인 『삼대』와 『무화과』에서도 등장한다.

『삼대』는 한국의 전통적인 가문소설의 형식을 차용하되 수직적인 축과 더불어 수평적인 축을 설정함으로써 염상섭은 드디어 '새로운 한국장편소설의 형식'의 추구에 성공하게 된다. 1대에서 2대, 2대에서 3대로 육체적인 혈통은 이어지지만, 정신적으로는 3대가 1대와 2대의 갈등을 조정하고 화합시키는 역할을 하고, 수평적으로 좌익과 우익을 포용하고 협력하는 역할도 수행하게 되는 것이다.

『삼대』에서 1대에 해당하는 인물인 조의관은 가짜 양반이지만 강한 봉건 의식을 지니고 있는 인물이다. 그는 족보, 선산, 벼슬 등에 집착하고 70이 넘은 나이임에도 불구하고 젊은 여성을 얻어 아들을 얻고자 한다. 그는 가짜 양반 행세를 하기 위하여 친일까지 하며 자본을 축적한다. 그는 봉건주의자이면서 친일 자본가인 셈이다. 손자인 조덕기는 이와 같은 조의관의 허례허식을 배척하고자 한다. 그러나 조의관이 중시하는 두 가지는 받아들이려고 노력한다. 조의관이 삶의 '근거'라고 생각했던 것은 '돈'과 '가문(혹은 가족)'이었다.

2대인 상훈은 이광수를 연상시키는 인물로서 전형적인 계몽주의자이다. 그는 근대적 합리성을 중시하며 외국 유학을 경험하였고 한때는 민족지사이기도 하였다. 그는 교회 장로이기도 하고 학교를 세운 교육가이기도 하다. 그러나 그는 결정적으로 '근거'를 상실한다. 돈이 없는 것은 아니지만 조의관처럼 스스로 돈을 버는 것이 아니고,

아버지의 돈을 가져다 쓰는 수준이며, 더욱이 아버지로부터 유산도 거의 받지 못한다. 재정적 압박에 시달리던 급기야는 아들 덕기의 금고까지 턴다. 두 번째로 그는 가족들로부터도 버림받는다. 부친 조의관은 족보와 산소 문제로 충돌한 후 거의 상훈을 아들 취급하지 않고, 젊은 수원댁과 사이에서 아들을 낳으려고 한다.

조상훈은 부친으로부터 버림받은 이후 급속도로 타락해 간다. 이미 독립운동 선배의 딸 홍경애와 불륜을 저지른 바 있었던 그는 이번에는 낮에는 유치원 보모를 하면서 밤에는 '은근짜의 소굴'로 불리는 '매당집'에 출입하는 김의경을 첩으로 들어앉힌다. 이와 더불어 조상훈은 도박, 음주, 마약 등에 손을 대면서 끝없이 추락해 간다. 작가는 이처럼 계몽주의자들이 한때는 시대의 선각자로서 사회를 이끌고 명망을 떨치고 사회개혁의 주도적 역할까지 담당하였지만, 1920년대 이르러 개량화되고 변질되면서 도덕성까지 상실해 가는 모습을 비판적으로 그리고 있다.

3대인 조덕기에게 주어진 역할은 1세대와 2세대의 장점은 물려받으면서 약점은 극복하는 것이다. 조부로부터 사당 열쇠와 금고 열쇠를 물려받으면서 삶의 근거를 확보하는 한편, 조부가 후손, 산소, 족보, 직위 등에 집착한 것에 비해 그런 것들을 대단치 않게 생각한다. 또한 부친의 근대적 합리성은 존중하지만 상훈의 도덕적 타락을 안타깝게 바라보면서 부친처럼 되지 않으려고 애쓴다. 그러면서 부친과는 달리 기독교 신앙을 받아들이기보다는 사회주의자들을 인도적인 차원에서 돕고 그들의 항일운동을 지원한다. 이처럼 그는 세대 간의 갈등뿐만 아니라, 이념 간의 갈등까지 조정하고 화해와 포용의 정신을 실천하고자 노력한다.

염상섭은 이처럼 심퍼다이저형 인물을 창조하고 가족사소설의 순서를 '1대 → 2대 → 3대'의 순서가 아닌, '1대 → 3대 → 2대'의 순서로 바꾸고 3대이자 심퍼다이저인 조덕기를 통해 세대 간의 갈등과 이념적 갈등을 조정하고 타자를 인정하고 타자와 협력하는 것의 중요성을 부각시키고 있다. 또한 가정이라는 공간 안에서 일어나는 일들을 중심으로 사건을 전개시키면서도 당대 사회를 적절하게 압축하고 있다. 심지어 소비에트공화국에서 조선의 사회주의자들에게 투쟁 자금이 전달되는 과정이 그려지고 있는가 하면, 매당집 같은 은밀한 존재들이 자본가들에게 기생하여 돈을 갈취하려는 미세한 부분까지 이 작품은 날카롭게 포착하고 있다.

『삼대』의 이와 같은 형식은 한국소설사에 지대한 영향을 끼치게 된다. 채만식은 풍자소설『태평천하』를 통해 식민지 자본주의의 모순을 윤직원, 윤창식, 윤종학 등으로 이어지는 삼대를 중심으로 그리고 있으며, 김남천의『대하』역시 가족사 소설의 형식을 취하고 있다. 해방 이후 창작된 장편소설들도 가족사소설의 형식을 취하고 있는 경우가 적지 않다. 우선 해방 이후 최고의 작품으로 평가되는 박경리의『토지』가 윤씨 부인, 별당 아씨, 최서희로 이어지는 여인 삼대의 이야기를 소설의 중심축으로 삼고, 동학농민전쟁부터 8.15해방까지의 60년 정도의 한국근대사를 그리고 있으며, 최명희의『혼불』과 박완서의『미망』역시 여인 삼대의 이야기를 이야기의 기본 축으로 삼고 있다. 따라서『삼대』가 한국장편소설의 기본형을 수립했다는 평가는 결코 과장이 아니라고 할 수 있다.

6-3. **김동인의 '추구'와 '모험'** – 인형조종술과 참예술의 실험

6-3-1. 자연주의 소설의 추구

김동인은 평양의 갑부 김대윤의 차남으로 태어났다. 김대윤은 상처한 부인과 사이에 김동원을 두었고, 재취한 옥씨와의 사이에 차남 김동인을 얻었다. 김동원과 옥 씨의 나이 차이는 얼마 되지 않았고, 김동원은 거의 아버지뻘의 형이었다고 할 수 있다. 김대윤은 부호이면서도 일찍이 기독교 신앙을 받아들이고 근대문명에 대해서도 우호적이었다. 특히 도산 안창호를 존경하여 그의 뜻에 따라 김동원을 통해 숭의, 숭실, 대성 등 여러 학교들을 세우고 인재를 양성하였다.

김동원은 훗날 이광수와 더불어 수양동우회를 함께 이끌었는데 이는 도산 안창호의 뜻에 따른 것이었다. 김동원은 사업으로 성공하고 사회적으로도 존경받았으며, 훗날 제헌국회의 국회 부의장을 역임하다가 납북된 인물이기도 하다. 그는 105인 사건에 연루되어 투옥될 정도로 사회저명인사였으며 조국의 근대화와 동포의 계몽을 위해 헌신한 인물이기도 하다.

이에 비해 김동인은 평생을 방탕과 사치, 혹은 낭비를 일삼으며 살았다. 형과는 매우 대조적인 인생을 산 셈이다. 그에게는 형 못지않은 라이벌이 둘 더 있었다. 하나는 거의 유일한 친구인 주요한이고 또 한 사람은 문단의 선배이자 형의 동역자인 춘원 이광수였다.

주요한은 김대윤, 김동원 등이 다니던 교회의 담임 목사의 아들로서 일찍이 메이지학원에 유학하여 우등을 놓치지 않았으며, 각종 문예 공모전에 입상하였고, 학교의 교지를 편집할 정도로 뛰어난 수재였다. 김동인은 모든 면에서 주요한을 능가하기 어려웠다. 결국 그는 아버지 사후에 메이지학원을 중퇴하고 미술학교에 진학하기도 하였다. 그러나 다행히 주요한이 시를 창작하자 김동인은 〈창조〉에 「약한 자의 슬픔」, 「마음이 옅은 자여」, 「배따라기」 등을 연이어 발표하며, 소설가로서 이름을 알린다. 이 과정에서 계몽주의 소설과 대립되는 참예술과 순수소설의 창작을 선언한다.

  김동인은 이처럼 상대방을 실력으로 제압하기 어렵게 되자, 상대방과 다른 길을 걸으면서 자신의 행보를 이어갔다. 형과는 달리 방탕한 생활을 하였고, 주요한과 달리 소설 창작을 하였으며, 이광수와 달리 순수문학을 실험하였던 것이다. 「약한 자의 슬픔」과 「마음이 옅은 자여」는 당시 일본에서 유행하던 내면고백체 소설의 형식을 빈 소설들이다. 그러나 이광수, 현상윤, 양건식 등이 그러하였듯이 지식인의 우울한 내면이 모호하게 그려지고 있을 뿐이어서 습작의 수준을 크게 넘어 서지 못한다.

  이에 김동인은 새로운 창작방법론을 개발한다. 이른바 '인형조종술'이 그것이다. '인형조종술'이란 말 그대로 인형에 실을 매달아 마음대로 조종하듯이 작가가 작품에 등장하는 인물들을 마음대로 좌지우지하는 창작방법론으로서 결정론적 성격을 지닌 자연주의 소설을 말한다. 곧 그의 인형조종술은 환경결정론, 운명론, 허무주의 등의 성격을 지닌 자연주의 문학창장방법론이라 할 수 있다.

  「배따라기」는 김동인이 내면고백체 소설의 창작에 실패하고 인형조종술을 처음으로 시도한 작품이다. 그는 즐겨 액자소설의 형태를 사용하였는데 그것은 그만큼 그의 소설이 현실과 단절 내지는 유리되어 있음을 반증한다. 곧 액자 바깥의 이야기들은 대개 사실인증의 효과를 산출하기 위하여 사용되거나, 액자 안 이야기가 지닌 충격이나 사회적 파장을 완충시키는 기능을 한다.

「배따라기」의 1인칭 화자 '나'는 우연히 대동강가에서 한 사내를 만나 그의 이야기를 듣는다. '나'는 충분히 작가 김동인을 연상시킨다는 점에서 「표본실의 청개구리」의 1인칭화자 '나'를 연상시킨다. 이때 '나'도 작가 염상섭과 매우 유사하기 때문이다. 그러나 후자와는 달리 전자는 '우울해 하고 답답함을 느끼는 내면'을 찾아보기 어렵다. 염상섭이 「만세전」에서 지식인의 내면과 식민지 현실을 융합하여 일본시 내면고백체를 극복했던 것과는 대조적으로, 김동인은 '인형조종술'을 동원하여 일본식 내면고백체로부터 벗어난다.

아내가 죽고 동생이 집을 나간 후 형이 평생 속죄하는 마음으로 동생의 흔적을 따라다닌다는 액자 내화의 이야기는 한마디로 운명론이며 허무주의이다. 작가는 사내의 입을 빌어 '운명의 힘이 가장 세다.'라고 이야기하고 있기 때문이다. 형은 못 생기고 동생은 잘 생겼는데 형의 부인은 성격이 싹싹하여 시동생과 잘 지낸다면, 그리고 형은 동생에 대해 유난히 시기심과 질투가 강하고 아내를 의심하는 편이며, 성격까지 급하다면 파국은 이미 오래 전부터 예상된 것이었다.

그의 대표작으로 알려진 「감자」는 인형조종술과 김동인식 자연주의 소설의 전형을 보여준다. 이 작품의 주인공 복녀는 원래 평범하지만 기품 있는 집안 출신의 여성이었지만 게으르고 무능한 남편 때문에 빈민굴이라는 열악한 환경에 처한 후 급속도로 타락해 간다. 구걸과 절도, 그리고 매춘을 통해 돈을 벌고 쾌락을 추구하다가 그녀는 불륜 관계를 유지하던 중국인 왕서방에게 살해당한다. 그 죽음의 실체마저 은밀한 뒷거래에 의해 영원히 묻히고 만다는 이 소설의 내용 역시 환경결정론, 운명론, 허무주의, 인형조종술 등에서 한 치도 벗어나 있지 않다.

아무리 도덕성과 기품을 가진 인간이라 하더라도 '빈민굴'이라는 환경에 처하면 물불 안 가리고 생존을 위해 무엇이든지 하게 된다는 결정론적 시각과 성에 대한 욕망은 원래 통제되지 않는 욕망이기 때문에 왕서방에게 무리한 요구를 하며 몸싸움하다가 죽을 수밖에 없었다는 작가의 냉정한 시선은 냉혹하다 못해 인간의 인간됨을 부정하는 것처럼 느껴지기까지 한다. 또한 이 작품은 끊임없이 복녀가 타락하고 하강하는 모습만 보여줄 뿐, 환경과 맞서 정신적으로나 도덕적으로 승리하려는 모습을 전혀 찾아볼 수 없다는 점에서 소설이라기보다는 오히려 설화(하강적 설화 혹은, 못되는 이야기)에 가까운 편이다. 결국 김동인의 인형조종술과 자연주의는 소설이라는 장르의 궤적에서 벗어나 설화 혹은 야담의 수준으로 떨어질 수밖에 없는 운명을 지니고 있다 하겠다.

6-3-2. 유미주의 소설의 추구

김동인은 소설을 쓰기 시작하면서부터 이광수 식의 계몽주의를 배격하였다. 이른바 그가 생각한 '참예술(순수소설)'에는 계몽주의 같은 이물질, 곧 문학 외적 요소가 끼어들어서는 안 된다고 생각하였기 때문이다. 그는 나아가 문학이 이념을 위한 수단이 되어서는 안 된다고 생각했을 뿐만 아니라, 문학과 현실은 전혀 별개의 차원을 지니고 있다고 믿었다. 곧 문학 작품은 자율적 실체로서 독자적인 생명을 지니고 있을 뿐이며 현실을 비판하거나 현실에 저항할 필요가 전혀 없다고 그는 생각하였고, 이러한 생각은 그의 작품이 한편으로는 자연주의적 성격을 지니게 하고 또 한편으로는 유미주의(탐미주의)적 성격을 지니게 하였다.

유미주의란 이른바 '예술을 위한 예술'을 추구하는 문예사조를 일컫는 용어이다. 이들은 임마뉴엘 칸트가 말한 대로 예술이 '무목적적 목적'을 지닌다고 생각하였다. 예술에는 예술 외의 어떤 이질적 요소도 개입되어서는 안 된다고 주장한 것이다. 톨스토이는 이와 같은 칸트의 미학에 대해 〈예술론〉이라는 글을 통해 맹렬히 비난하였다. 현실 속에서는 고통받는 인간들이 무수히 존재하고 예술은 그들의 고통을 결코 외면해서는 안 된다는 것이 톨스토이의 입장이었다. 이광수가 톨스토이 옹호자였다면 김동인은 칸트의 편에 서 있었다고 볼 수 있다.

그의 대표작 중 하나인 「광염 소나타」와 「광화사」는 유미주의적 성격을 짙게 띠고 있다. 두 작품은 모두 액자소설의 형식을 취하고 있으며, 당대 현실과 아무런 연관성을 지니고 있지 않고 의도적으로 도덕성을 문제 삼지 않으며 예술지상주의적 태도를 보이고 있기 때문이다. 이러한 성격은 후자보다 전자가 훨씬 강한 편이다.

「광염 소나타」는 한 천재 작곡가의 이야기이다. 이 소설에는 「배따라기」와는 달리 수많은 액자가 등장한다. 우선 바깥쪽에 위치한 액자에서는 작가의 목소리가 직접 담겨 있다. 이 이야기는 허구라는 점을 굳이 강조하고 있다. 두 번째 액자는 사회윤리가와 예술평론가의 대담 장면이다. 이 부분에서 예술평론가는 매우 위험한 발상을 한다. 한 예술가의 작품이 영원히 인류를 감동시키고 행복하게 만들어 줄 수 있다면 그가 저지른 도덕적 타락이나 범죄 행위 등은 얼마든지 용납될 수도 있다는 식의 예술평론가의 말은 극단적인 유미주의 예술론에 해당한다.

액자 내화에서는 천재 작곡가 백성수의 이야기를 담고 있다. 백성수는 어느날 방화의 쾌감을 느끼면서 엄청난 예술적 욕구와 희열을 느끼고 단번에 명곡을 작곡한다. 이후 살인, 시신 모독 등의 범죄 행위를 연이어 저지르며 그는 영감을 얻고 뛰어난 작품을 남긴다. 물론 이 작품은 백성수의 범죄행위를 일방적으로 옹호하고 있는 것은 아니지만, 사회윤리적 시각보다는 예술평론가의 시각에서 주로 백성수를 옹호하고 정당화하고 있다는 느낌을 준다. 이는 실제로 작가가 예술작품의 창작을 위해서 범죄 행위도 용납될 수 있다고 생각했다기보다, 그만큼 예술은 현실로부터 단절되고 독자적이면서도 자율적인 세계를 추구해야 한다는 예술관을 드러내고자 하는 의지가 담겨 있는 것으로 보인다.

6-4. 채만식의 '추구'와 '모험' – 풍자와 자본의 왜곡된 흐름 포착

6-4-1. 알레고리 및 패러디 형식 추구

채만식은 1902년 전북 옥구군 임피면 읍내리에서 부호의 아들(6 남매 중 5남)으로 태어났다. 그는 중앙고등보통학교를 졸업하고, 일본 와세대대학 부속 제1와세다 고등학원 문과에 입학하였다. 학업에 열중하면서 축구팀의 공격수로 활약하는 등 즐거운 학창 생활을 보내다가 그는 관동대진재와 집안의 몰락으로 학업을 중단하고 귀국한다. 부유하던 집안은 부친과 형들이 미두와 금광에 손댔다가 연이어 실패하는 바람에 몰락을 하고 빚 도촉에 몰려 읍내리에 있던 큰 집을 떠나 묘지기가 살던 작은 집으로 이사를 하였다. 그는 이때 이미 은선흥과 결혼하여 아들까지 두고 있었으나 부인과는 아무론 정이 없어 끝내 이혼하고 만다.

교원, 기자 등의 생활로 생계를 이어가다가 그는 1924년, 단편「세 길로」를 통해 이광수의 추천을 받아 작가로 등단한다.『동아일보』, 『개벽』,『조선일보』 등에서 기자로 근무하던 그는 1936년부터 전업 작가 생활을 시작한다. 이미「레디 메이드 인생」으로 작가로서의 역량을 인정받은 그는「치숙」,「명일」등 주목할 만한 작품을 연이어 발표하다가, 1937년에 장편『탁류』를『조선일보』에, 1938년에는 장편『태평천하』를『조광』에 연이어 발표한다.

『탁류』는 알레고리와 패러디 형식을 차용한 작품으로 알려져 있다. 이 작품의 배경은 군산이다. 군산은 채만식이 태어난 임피와 접해 있다. 조선 시대의 행정적 중심지는 임피였다. 당시는 어업이나 무역보다 농업의 비중이 더 컸기 때문에 임피에는 때로는 현청이 때로는 군청이 설치 운영되었던 것이다. 그러나 일제가 군산에 일본인 거류지를 정하고 군산을 통해 조선의 농산물을 일본으로 대거 반출하기 시작하면서 임피와 군산의 처지는 역전되었다. 오히려 군산이 중심지가 되고 임피가 군산에 부속되다시피 하게 된 것이다.

군산이 불과 인구 5000여 명의 작은 포구 마을에서 일약 조선을 대표하는 항구 중의 하나가 된 것은 두말할 것 없이 이곳이 미곡 반출의 기지가 되었기 때문이다. 한때 우리나라 쌀의 절반 이상을 생산하였던 호남, 만경평야 일대의 쌀이 바로 군산을 통해 일본으로 건너갔다. 일본은 조선의 품질 좋은 쌀을 값싸게 가져감으로써 일본의 물가를 안정시키고 안정적으로 식량을 확보할 수 있게 된다. 반면에 식량이 부족하게 된 조선의 민중들을 보리고개를 넘기기 힘들었고 늘어나는 부채 때문에 이농을 하거나 만주, 일본 일대로 유랑의 길을 떠나야만 했던 것이다.

『탁류』의 제목인 '탁류'는 바로 금강을 가리키는 것이다 발원지에서는 맑은 물이었던 금강이 서해에 가까워지면서 탁류로 변해가는 모습을 가리키는 것이다. 그러나 이 작품에서 탁류는 단순히 금강만을 가리키지 않는다. 이 작품의 여주인공이라 할 수 있는 초봉의 일생을 가리키면서, 아울러 조선의 운명을 상징하고 있다. 초봉이가 고태수, 장형보, 박제호 등에 의해 차례로 유린되면서 결국 살인범으로 전락하게 되는 바, 이러한 초봉의 운명은 일본과 청국, 무능한 고종 사이에서 고통받고 착취당하던 조선인의 운명과 다름이 없다는 것이다.

이처럼 추상적인 대상을 구체적인 대상을 통해 비유적으로 표현하는 것을 알레고리라고 한다. 이 작품에서 초봉은 조선, 박제호는 청나라, 고태수는 고종, 장형보는 일제를 알레고리적으로 지칭한다고 최유찬은 주장한다. 다소 무리한 연결이라고 할 수도 있지만 큰틀에서는 인정할 만한 주장이라 할 수 있다. 박제호는 한때 초봉을 첩으로 거느렸지만 형보가 나타나자 바로 초봉을 넘긴다. 이는 우리에 대한 지배권을 가지고 있었던 청나라가 청일전쟁에서 패퇴한 뒤 일본에게 그 권한을 넘긴 역사적 사건을 떠올리게 한다. 또한 고태수는 우유부단하며 방탕한 생활을 하다가 비명횡사하게 되는데 결국 외세의 틈바구니에서 주체성을 상실하고 이리저리 휘달리다가 국권을 박탈당한 끝에 독살당해 죽은 고종의 운명과 고태수 운명 역시 그리 다르지 않다. 무엇보다도 외세에게 유린당하다가 결국 식민지로 전락한 조선의 운명과 두 남자에게 먼저 유린당하고 결국은 장형보와 동거하는 초봉의 운명은 매우 유사하다. 그렇다면 마지막에 초봉이 장형보를 죽이는 것 역시 일제에 대한 저항과 복수의 의미를 담고 있다고 볼 수도 있다. 알레고리적 독법은 이처럼 다소 무리가 따르는 것도 사실이지만 이 작품에 숨겨져 있는 작가의 의도를 파악할 수 있는 하나의 독법이 될 수도 있을 것이다.

또한 초봉의 아버지 정주사는 〈흥부전〉의 흥부, 혹은 〈심청전〉의 심봉사를 연상시키고 있고, 정주사는 서천 사람으로 군산에 건너와 처음에는 하급 공무원 생활을 하다가 늘어나는 생활비와 교육비를 감당하지 못하여 미두에 손을 댄다. 미두는 쌀의 시세 등락에 따라

값이 오르고 내리는 일종의 증권으로서 투기 행위에 해당한다. 그러
나 주로 일본 지역의 쌀의 시세를 맞추는 것으로서 정보가 부족한
조선인들은 사실상 돈을 따기 어려웠다. 설사 몇 번 따더라도 결국
은 투기의 성격상 언젠가는 다 잃고 마는 것이다. 정주사 역시 마지
막에 모든 밑천이 바닥나고 돈이 없자 말로 내기를 하는 행위를 한
다. 내기에 졌음에도 불구하고 돈이 없어 내기에 이긴 상대에게 돈
을 주지 못하게 되자 젊은이에게 수염이 뽑히고 멱살을 잡히는 등
봉욕을 당하는 장면이 이 소설의 첫 장면이다.

　이 장면은 매우 시사하는 바가 크다. 이제는 우리의 토지나 식량
만 수탈한 것이 아니고 투기 자본을 운영하여 조선인의 돈을 구조적
으로 착취해 갔던 것이다. 대표적인 투기자본으로는 금광, 고리대금
업, 미두, 도박, 아편 등이 있었다. 이중에서도 미두는 가장 광범위하
게 퍼졌고 참여자 수가 많았으며 그만큼 피해자도 많았다. 채만식
집안에서도 미두로 피해를 본 사람이 있었던 것으로 추정된다.

　미두는 〈흥부전〉에 나오는 박씨와 유사하다. 흥부는 제비 다리를
고쳐주고 제비가 물어다 준 박씨를 심어 부자가 된다. 아마도 정주
사 역시 그 박씨처럼 자신이 구입한 미두가 돈을 벌어다주기를 기
대했을 것이다. 그러나 결과는 비참했고 결국은 딸 초봉을 팔아넘
기다시피 고태수에게 넘긴다. 고태수는 두 번째 박씨였다고 볼 수
있다. 고태수는 사실 가난한 홀어머니 밑에서 성장했고 사환을 거
쳐 다행히 정식 은행원이 되었으마 고객 돈을 횡령하여 미두 구입
비와 유흥비로 탕진하는 바람에 언제 감옥에 갈지 모르는 처지였
음에도 불구하고 그가 부잣집 아들이자 잘 나가는 은행원이라고

생각한 정주사는 사위덕을 보겠다고 초봉을 그에게 시집보냈던 것이다.

그러나 시집 간 지 일주일도 되지 않아 고태수는 불륜 현장에서 맞아 죽고, 초봉은 장형보에게 강간당하고 박제호의 첩이 된다. 이 와중에 아버지가 누군인지도 모르는 아기를 낳은 초봉은 결국은 장형보의 성노리개로 전락하게 된다. 첫 번째 박씨인 미두는 정 주사 한 사람이 몰락하고 망신당하는 것으로 끝났지만 두 번째 박씨인 초봉의 결혼은 초봉을 끝없는 나락으로 떨어뜨렸다는 점에서 더 큰 불행을 불러왔다고 볼 수 있다. 이처럼 『탁류』는 〈흥부전〉과 유사한 점도 있지만 박씨가 가지고 있었던 환상적 요소를 미두나 딸의 결혼 같은 현실적인 요소로 전환시켰다는 점에서 중대한 차이점을 지니고 있다. 이처럼 익숙한 작품에서 기본적인 스토리요소를 불러오되, 현실적인 요소를 가미하여 차이점을 부각시키는 기법을 패러디(parody)라고 한다.

초봉이가 남승재라는 사랑하는 사람을 버리고 고태수와 결혼한 것은 또한 〈심청전〉에서 심청이가 아버지 심봉사를 위하여 인당수에 몸을 던지는 것과도 유사하다. 자신이 희생이 되어 아버지를 비롯한 가족들이 기반을 잡고 풍족하게 살아가기를 꿈꾸었지만 이러한 소망은 여지없이 깨진다. 이런 점에서 『탁류』는 〈심청전〉에서 '아버지를 위한 희생'이라는 이야기 요소를 끌어왔으면서도 〈심청전〉과는 달리 초봉이 매우 불행해지는 모습을 보임으로써 역시 현실성을 강화하고 있다. 따라서 이 작품은 〈흥부전〉과 〈심청전〉에 사용된 익숙한 이야기요소를 끌어들이면서도 차이점을 통해 당대 현실의 모순을 드러내고 있다 하겠다.

6-4-2. 내포작가의 '믿을 수 없는 화자' 풍자

채만식은 1934년에 「레디 메이드 인생」을 발표하면서 풍자의 기법을 사용하기 시작하였다. 그러나 부정적 인물이 뚜렷하게 부각되지 않아 이 작품은 풍자적이라기보다는 냉소적, 혹은 허무주의적 성격이 다소 짙은 작품이라고 할 수 있다. 자신은 금을 훔치고 싶어도 못 훔쳤는데 아들들이 먹고 싶은 두부를 훔쳤다는 이야기를 듣고 "아들이 나보다 낫다."라고 생각하는 것도 역시 냉소적인 성격이 짙다.

이에 비해 「치숙」은 매우 정교한 기법을 동원하여 작품의 내용이 냉소적이거나 허무주의적으로 떨어지는 것을 방지하고 있다. 이 작품은 내용 전체를 큰 따옴표로 묶을 수 있다. 1인칭 화자는 특정한 인물은 아니지만 독자들을 향해 말하는 형식을 취하고 있음으로써 구어체의 문체를 사용하고 있는 것이다. 원래 구어체를 사용하면 화자와 독자의 거리는 가까워지고 둘 사이에 교감과 소통이 이루어지면서 공동체적 연대감이 형성되는 것이 정상이다. 그런데 이 작품의 경우에는 정반대의 현상이 일어난다. 화자가 독자를 가까이 끌어들리려고 하면 할수록 오히려 독자는 화자와 더 멀어지려고 하게 되기 때문이다.

그것은 이 작품의 1인칭 화자 '나'가 이른바 '믿을 수 없는 화자'이기 때문이다. 화자는 십대 중반 정도의 소년으로서 고아로 보인다.

그는 나름 꿋꿋하게 성장하는 과정에서 일본에 대한 왜곡된 의식을 지니게 된다. 일본 사람들은 모두 훌륭하고 우리에게 고마운 존재라고 생각하는 것이다. 반면에 일본에 대항하고자 하는 세력, 예컨대 오촌 고모부처럼 사회주의 운동이나 하는 사람들은 바보이거나 불량한 사람들이라고 생각하는 것이다. 자신은 어떻게든 일본인 주인에게 잘 보여 출세하고, 또 일본인 여성과 결혼하여 조선인이 아닌 일본인으로서 인정받겠다는 다짐까지 한다.

이처럼 화자가 '믿을 수 없는 화자'일 경우, 웨인 부우드는 '내포작가'를 상정하기를 권한다. 내포작가란 서사물의 규범을 세우는 가상적 존재를 가리킨다. 내포작가의 가치관과 화자의 그것이 현저하게 일치하지 않는 경우, 내포작가는 독자, 혹은 내포독자와 비밀스러운 교신을 하게 마련이다. 예컨대 이 작품의 화자가 일본인을 칭찬할 경우 내포작가는 독자에게 일본인과 화자를 동시에 비판하게 되며, 반대로 사회주의자를 비난할 때에는 오히려 사회주의자를 긍정적으로 인식하게 되는 것이다. 이처럼 내포작가는 서사물 속에서 독자에 의해 재구축된다. 그는 화자가 아니라, 서사물의 다른 모든 것과 더불어 화자를 창조하고, 특별한 방식으로 이야기를 이끌어가며, 이러이러한 단어나 이미지들을 통해 이러이러한 일들이 등장인물들에게 일어나게 하는 원리이다. 화자와는 달리, 내포작가는 독자에게 아무 이야기도 해 줄 수 없다. 그것은 목소리가 없으며 직접적인 소통 수단을 가지고 있지 않다.

그것은 전체적인 구상과 모든 목소리, 그리고 독자가 알 수 있도록 하기 위해 선택한 모든 수단에 의해 말없이 독자를 가르친다. 저자가 창작 과정에서 기획하는 것, 그리고 독자가 독서과정에서 추론하는 것에 대해 기술하고자 할 때 내포작가야말로 가장 유효한 개념을 보인다.

그러나 이 작품의 내포작가가 화자를 일방적으로 비판만 하는 것은 아니다. 화자가 오촌 고모부에 대해 정당하게 비판하는 부분에 대해서는 '교정 작업'을 중단한다. 오촌 고모부가 고모를 배신하고 학생첩을 얻었다거나 그러다가 감옥에 다녀온 후 병을 얻자 뻔뻔하게도 다시 고모에게 돌아온 부분에 대해 매섭게 비난하는데 이 부분에서 화자의 말은 어느정도 신뢰할 만하다. 그리고 현재 무기력하게 살면서 생산적인 활동을 전혀 하지 못하는 것에 대한 비판도 역시 정당성을 지니고 있다. 이처럼 채만식은 이 작품에서 내포작가의 도덕적 기준을 획일적으로 정하기보다는 매우 유연하면서도 합리적으로 설정하고 있다 하겠다.

또한 이 작품을 거론할 때 고려해야 하는 것은 '나'의 나이와 처지이다. 화자는 앞에서 이야기한 것처럼 10대 소년, 곧 미성년이다. 또한 부모의 도움 없이 거의 스스로의 힘으로 살아가야 하는 가장이기도 하다. 그렇다면 이 소년의 생각이 잘못된 것을 이 소년에게만 책임을 묻기 어렵다. 소년이 이처럼 잘못된 생각을 하게 된 데에는 어른들, 곧 나라를 지키지 못하고 독립과 해방에 대한 비전도 주지 못하고, 차라리 일제에 협력하는 게 나은 것처럼 보이게 만든 기성 세대의 잘못도 분명 있는 것이다. 이와 같이 이 작품은 매우 정교하게 설계된 작품이다. 그럼으로써 「레디 메이드 인생」이나 「명일」, 혹은 「냉동어」 같은 작품처럼 허무주의에 빠지지 않았다.

6-4-3. 판소리의 서술양식을 차용한 풍자

채만식의 『태평천하』는 그의 대표작일 뿐만 아니라, 한국 풍자소설을 대표하는 작품이다. 이 작품이 한국을 대표하는 풍자소설이 될 수 있었던 이유는 일제강점기 말이라는 열악한 상황, 친일매판자본가라는 명확한 부정적 속성을 지닌 인물의 설정, 부정적 속성이 개인적 속성이면서 동시에 당시대의 본질적 모순과 연계되어 있다는 점, 우리의 전통 공연물인 판소리의 서술양식을 창조적으로 계승한 점 등을 들 수 있다.

『태평천하』는 염상섭의 『삼대』처럼 가족사소설의 형식을 취하고 있으면서 동시에 많은 차이점을 보여주고 있다. 후자는 『조선일보』에 9개월 연재되는 동안의 기간에 맞추어 시간적 배경을 설정하고 있는 반면에, 전자는 단 이틀 동안 집안에서 벌어진 일을 다루고 있다. 물론 과거 회상을 통해 윤직원의 아버지인 윤용규가 등장하기도 하고 또 윤직원의 증손자까지 잠깐 등장하기 때문에 이 작품은 5대에 걸친 이야기로 볼 수도 있다. 무엇보다도 후자는 정통 리얼리즘 소설로서 정공법적 성격을 지니고 있다면, 전자는 풍자소설로서 게릴라전술에 가까운 창작방법론을 취하고 있다.

이 작품의 주인공인 윤직원은 매우 탐욕스럽고 이기적이며 뻔뻔하다. 무엇보다도 자신이 무엇을 잘못하고 있는 줄도 모르며, 자신이 몰락해 가고 있음에도 불구하고 그것조차도 알지 못한다. 그의 아버지 윤용규는 화적들에게 재물을 탈취 당했음에도 불구하고 관아에서는 그를 오히려 화적들과 내통했다고 조작하여 형벌을 가하고 재물을 갈취한다. 또 출옥한 후에는 화적들이 관아에 신고했다는 이유로 살해한다. 죽은 아비의 시신을 부둥켜안고 윤직원은 '나만 빼놓고 다 망하라'라고 절규한다. 그는 아버지의 복수를 위하여 철저하게 친일하며 소작인들과 중소상인들을 착취한다. 소작인들에게는 과중한 소작료를 물릴 뿐만 아니라, 흉년이 들어 소출이 줄어들었음에도 불구하고 전혀 소작료를 감면해 주지 않는다. 중소상공업자들에게는 높은 이자율에 따라 돈을 빌려줄 뿐만 아니라, 선이자를 떼고 돈을 빌려주는가 하면, 상환이 하루만 늦어도 높게 잡아놓은 담보물을 인정사정없이 빼앗아 버린다.

독일의 사회학자 막스 베버는 자본주의 사회를 타락시키는 삼대 요소로서 빈부격차, 불노소득, 정경유착 등을 든 바 있다. 윤직원 같은 친일 매판 자본가는 이 세 가지와 모두 관련된 인물이며 일제의 식민통치체제 역시 이 세 가지를 오히려 부추기는 국가 시스템이라 할 수 있다. 윤직원은 식민체제에 기생하여 경찰서에 기부금을 내고 무도장을 지어 준다. 또한 고율 소작료와 고리대를 통해 불노소득을 하며 빈부격차를 더욱 벌인다. 그리고 이것을 억제해야 할 국가, 곧 식민통치기구인 총독부는 이를 제지하기는커녕 더욱 장려하며 오히려 이들을 비호한다.

희화화는 대표적인 풍자의 기법이다. 마치 시사만화에서처럼 작가는 주인공의 부정적 속성을 과장스럽게 그리거나 다소 그로테스크하게 그린다. 윤직원이 지나칠 정도로 수전노 노릇을 하고, 며느리와 쌍욕을 주고받으며 싸우는가 하면, 보신을 위해 이웃집 어린 아기의 오줌을 받아먹고, 열세 살밖에 안 되는 어린 기생을 호시탐

탐 노리는 호색적인 모습도 보인다. 이와 같이 과장된 모습은 친일
자본가로서의 부정적 속성을 확대해서 보여주는 한편, 그것과 시대
적 모순과의 연관성 역시 뚜렷하게 드러나게끔 하기 위한 문학적 전
략의 일환이라 하겠다.

특히 이 작품은 우리의 전통 공연물인 판소리의 서술양식, 혹은
연희양식을 차용하고 있어 눈길을 끈다. 판소리는 소리꾼 한 사람
에 옆에 고수를 두고 관객과 소통하는 형식을 취한다. 판소리의 '판'
이라는 말 자체가 소리꾼과 관객이 한데 어우러져서 공감대를 형성
해 가면서 함께 무언가를 만들어간다는 의미를 담고 있다. 그렇듯
이 이 작품의 화자는 소리꾼처럼 끊임없이 독자의 공감을 유도하기
위해 노력한다. 경어체를 사용하고 전라도 방언이 섞인 구어체를
사용하는 이유도 여기에 있다. 이른바 공동체적 연대를 도모하는
것이다. 그리하여 화자와 독자는 한편이 되고 부정적 인물인 윤직
원과는 일정한 거리를 확보한 후 그를 마음껏 조롱하고 야유하며
비판하게 되는 것이다. 이 과정에서 풍자는 '공격적 웃음'을 유발하
게 된다.

윤직원이 친일과 고리대금업, 그리고 수전노 노릇을 감행하면서
지키고자 하는 자신의 재물과 가문의 번영은 그러나 내부적 균열
에 의해 조금씩 붕괴해 간다. 우선 아들 윤창식은 무위도식하는 생
활을 하며 재산을 축낸다. 조강지처는 멀리하고 첩이나 기생들을
가까이 하며 생산적인 활동을 전혀 하지 않는다. 윤직원마저 아들
창식에게는 기대를 그다지 걸지 않는다. 맏손주인 윤종수 역시 아
들 창식과 다를 바 없다. 그는 할아버지로부터 군수가 되기 위한 자

금을 얻어다 방탕한 생활을 하는 데 소비한다. 그러다가 우연히 들른 매춘업소에서 아버지의 첩과 마주치는 불상사를 맞기도 한다. 두 번째 손자는 경찰서장이 되라는 할아버지 윤직원의 기대를 저버리고 사회주의 활동을 하다가 일본 경찰에 검거된다. 이 작품의 결말을 바로 손자 종학이 일경에 체포되었다는 전보를 받고 윤직원이 "이 태평천하에 갑부의 손주놈이 뭐가 아쉬어서 부랑당 같은 사회주의자가 되었느냐?"고 울부짖는 것으로 되어 있다. 돈으로 자신과 일족의 성벽을 쌓으려던 윤직원은 스스로 허물어지고 마는 것이다.

풍자의 장점은 이처럼 부정적 인물을 희화화하며 마음껏 조롱하고 야유하며 공격하는 데 있다. 이 작품처럼 구어체를 화자가 사용하는 경우에는 화자와 독자 사이에 굳건한 공동체적 연대가 형성되어 부정적 인물과 사이에 비판적 거리가 충분히 생기게 된다. 또한 부정적 인물의 속성은 반드시 부정적 환경(식민지 자본주의 체제)의 본질적 모순과 연결되어 있다. 이 작품의 경우 그 본질적 모순은 다름 아닌 '자본의 왜곡된 흐름'이다 윤직원 같은 매판 자본가들은 일제와 협력하며 고율 소작료와 고리대 등을 통해서 빈부격차를 조장하고 건전한 생산활동을 방해하는 것이다.

이 작품은 특히 화자가 판소리의 서술자처럼 구어체를 사용하며 독자를 끌어들임으로써 강력한 공동체적 연대감을 형성하는 것이다. 작가는 이와 같은 서술양식을 통하여 일제에 협력하면서 자신만의 이득을 취하고자 하는 탐욕스러운 친일 자본가들을 민중적 연대, 혹은 민족공동체적 연대를 통해 극복해 나가야 함을 암시하고 있다고도 볼 수 있다. '연대된 힘'이 아니면 일제나 친일파 같은 강력한 상대들을 허물어뜨릴 수 없음을 일깨우고 있는 것이다. 풍자는 이처럼 부정적 인물을 뚜렷하게 부각시키고 비판하며 공격할 수 있는 장점을 지니고 있지만, 긍정적 인물을 이 작품의 윤종학처럼 그림자처럼 희미하게 그릴 수밖에 없다는 약점도 지니고 있다.

일제강점기 말에 『태평천하』를 통하여 친일 자본가들을 맹렬하게 비판했던 채만식은 해방기에도 풍자를 멈추지 않는다. 「논 이야기」란 작품에 등장하는 한생원이라는 인물을 통해서 "해방되었다고 할 때 만세 부르지 않길 참 잘했지"라고 외치는 바, 그는 해방기 남한의 정국에 대해 실망이 컸던 것으로 보인다. 특히 독립운동가들이 홀대받고 친일파들이 오히려 득세하는 가운데, 토지개혁이 지지부진한 것에 대해 실망이 컸다고 볼 수 있다. 「맹순사」, 「미스터 방」, 「도야지」 등의 작품은 일제 때 순사나 자본가로서 행세하던 인물들이 해방이 되자 친미파가 되거나 미군정 및 이승만 세력에 빌붙어 자신의 잇속을 계속 추구하는 모습을 담고 있다. 또한 「낙조」 같은 작품에서는 이들이 단순히 남한 사회를 지배하는 것에 그치지 않고 북진통일을 주장함으로써 남북간의 혼란과 대립을 조장하는 가운데, 전쟁의 가능성마저 증폭시키고 있음을 엄중히 경고하고 있다. 채만식은 사실 6.25전쟁 발발 직전에 익산에서 영면하였는데, 죽음 직전에 민족상잔의 비극을 예감하였다고도 볼 수 있다.

6-5. 이상의 '추구'와 '모험' – 자전적 모더니즘 문학

6-5-1. 이상의 시와 공포의 미학

13인의아해(兒孩)가도로로질주하오.

(길은막다른골목이적당하오.)

제1의아해가무섭다고그리오.

제2의아해도무섭다고그리오.

제3의아해도무섭다고그리오.

제4의아해도무섭다고그리오.

제5의아해도무섭다고그리오.

제6의아해도무섭다고그리오.

제7의아해도무섭다고그리오.

제8의아해도무섭다고그리오.

제9의아해도무섭다고그리오.

제10의아해도무섭다고그리오.

제11의아해가무섭다고그리오.

제12의아해도무섭다고그리오.

제13의아해도무섭다고그리오.

13인의아해는무서운아해와무서워하는아해와그렇게뿐이모였소.

(다른사정은없는것이차라리나았소.)

그중에1인의아해가무서운아해라도좋소.

그중에2인의아해가무서운아해라도좋소.

그중에2인의아해가무서워하는아해라도좋소.

그중에1인의아해가무서워하는아해라도좋소.

(길은뚫린골목이라도적당하오.)

13인의아해가도로로질주하지아니하여도좋소.

－「오감도」제1호

위의 시는 이상의 대표적인 시인 烏瞰圖 제1호이다. 이 시는 당시 정지용 시인이 주간으로 있었던 〈카톨릭청년〉이란 잡지에 연재되었는데, 독자들은 온갖 욕설과 비난을 퍼부으며 연재의 중단을 요청하였다고 한다. 그러나 이미 서구와 일본에서 상당히 유행하고 있었던 다다이즘(초현실주의)에 대한 이해를 지니고 있었던 정지용은 이에 아랑곳하지 않고 연재를 중단하지 않았다. 덕분에 이상의 「오감도」는 세상의 빛을 보게 되었다.

이상은 1910년생이다. 곧 태어나면서부터 일제 식민지체제였으며 성장과정에서 한국어보다 일본어가 더 익숙해진 세대의 인물인 것이다. 그가 처음으로 쓴 소설이 「12월 12일」인데 일본어로 먼저 쓰고 한글로 오히려 번역하였다고 한다. 위의 「오감도」역시 일본어로 먼저 구상하고 한국어로 옮겼을 정도였다. 이는 이상뿐만 아니라 동경 유학생 출신이거나 식민지 시대에 초중등 교육을 받은 대부분의 조선인 지식인들이 보편적으로 지닌 특성이기도 하다. 이러한 정서는 해방 뒤에도 1950년대까지 지속되며, 1960대에 이르러서야 김승옥, 이청준 같은 한글세대가 문단의 주류가 될 정도였다.

이상은 특히 불우한 유소년 시절을 보낸 것으로 알려져 있었다. 비교적 경제적 여유가 있었던 큰아버지의 집에서 성장하였기 때문에 경제적 어려움을 별로 겪지 않지만, 친부모와 친형제들에 대한 그리움과 미안함, 큰아버지에 대한 공포, 큰어머니 및 그의 자녀들과 사이에 느낄 수밖에 없었던 불편함 등 때문에 그는 편안할 날이 별로 없었을 것으로 보인다. 또한 그림에 뛰어난 재능을 지니고 있었기 때문에 미술대학에 가려고 했던 이상은 큰아버지의 반대에 부딪쳐 뜻을 이루지 못하였다. 그림 대신 그가 선택한 전공은 건축학이었고, 그는 경성공전 토목과를 졸업하고 바로 총독부 건축기사로 취업하였다.

마침 큰아버지가 작고하여 약간의 유산도 물려받았고, 본인도 안정된 직장을 얻었기 때문에 그는 친부모 형제와 함께 살아보고자 하였다. 그런데 그는 열흘도 함께 그들과 지내지 못하고 그 집을 나오고 말았다. 아무리 친부모 형제들이지만 너무도 가난하고 무지했던 그들과 함께 지내는 것이 쉽지 않았기 때문이다. 위의 시에서 막힌 골목 때문에 공포에 떨었던 아이들은 뚫린 골목에서도 똑같은 공포를 느끼게 되는 것처럼 큰아버지가 이 세상에 없음에도 불구하고 그가 살아생전에 만들어놓았던 이상의 심리 기제는 그대로 유지되었던 것이다. 큰아버지의 존재는 또한 식민지 체제에 대한 공포를 이상으로 하여금 갖게 하였을 것으로 보인다. 자기처럼 태어나면서부터 식민지 체제를 경험하고 그 체제로부터 기율화된 인물들은 어쩌

이상(본명은 김해경)

구본웅이 그린 이상 초상화

면 해방이 되어도 갑자기 해방된 노예처럼 어찌할 바를 모르고 식민지시대에 살았던 방식으로 살게 될 것 같다는 두려움을 이미 그는 1930년대에 느꼈던 것으로 보인다.

안정된 직장에서 안정된 생활을 구가하던 이상에게 또 다른 시련이 찾아왔다. 그것은 다름 아닌 결핵이었다. 그러나 이 시대에는 이미 결핵 치료제가 개발되었고, 체계적인 질병 관리시스템도 어느 정도 구축되어 있었기 때문에 결핵이 난치병만은 아니었던 시절이었다. 그러나 이상은 결핵 치료에 전념하지 않았다. 규칙적이면서도 절제된 생활과 꾸준한 투약과 요양을 요구하는 이 질병에 대해 그는 과도한 성욕, 식욕 등을 억제하지 않고 발산하였으며 음주와 흡연도 중단하지 않았던 것으로 보인다.

특히 그의 무절제한 생활은 결핵 요양지가 있었던 배천온천에서 만난 금홍이라는 기생과 동거를 시작하면서 더욱 가속화되었다. 그의 건강상태는 점점 나빠졌고 결국 돌이킬 수 없는 지경이 되어 28세라는 젊은 나이에 세상을 뜨고 마는 것이다. 특히 그가 죽음 직전에 동경에 건너간 것은 대단히 무모한 것이었다. 일정한 목적도 신분도 없이 동경에 도착한 그를 일본 경찰은 무조건 불온시했고 시설에 가두었다. 이 기간에 그의 병세가 더 급속히 악화되었음은 물론이다. 그는 아마도 일본에 가면 막힌 골목이 아니라 뚫린 골목이 있을지도 모른다고 생각하고 갔지만 이미 막힌 골목은 그의 내면 바깥이 아니라 그의 내면 안에 존재하였기 때문에 그의 동경행은 그를 결코 자유롭게 만들어 주지 못했던 것으로 보인다.

결국 그가 느낀 공포는 '비정상적인 것을 비정상적인 것으로 느끼지 못하는 것, 혹은 비정상적인 생활을 하다가 정상적인 생활로 돌아왔음에도 불구하고 정상적인 생활에 적응하지 못하는 것'이라고 할 수 있을 것이다. 그는 큰아버지로부터 자유로워졌지만, 친부모 형제와 함께 살지 못하였고, 결핵으로부터 해방되지 못하고 병을 악화시키기만 하였다. 그는 아마도 우리에게 어느날 해방의 날이 찾아와도 제대로 그것에 적응하지 못할 것을 예감하였는지도 모른다. 우리가 1945년에 해방이 되었지만, 식민지 잔재 청산과 봉건적 잔재 청산, 완전한 자주독립, 토지문제의 혁명적 해결 등을 제대로 이행하지 못하고 극단적 혼란에 빠지고 결국 500만 명 이상이 죽는 민족상잔의 비극을 치렀던 것을 보면 이상의 예감은 결코 빗나갔다고만 할 수 없을 것이다.

6-5-2. 이상의 소설과 공포의 미학

이상의 「날개」는 그의 대표작일 뿐만 아니라 한국인이 가장 좋아하는 작품 1위로 선정된 작품이기도 하다. 결코 쉽지않은 이 작품이 한국인이 좋아하는 1위의 작품으로 선정된 것은 대부분의 독자들이 이 작품의 명성을 익히 들어 알고 있었기 때문이 아닌가 싶다. 또한 극적인 삶을 살았던 이상에 대한 호기심과 매력 등이 더해져서 빚어진 결과가 아닌가 싶다.

이상의 「날개」는 자전적 작품으로서 특히 '금홍이와의 동거 체험'을 기반으로 쓰인 작품이다. 그러나 과연 이 작품이 금홍이와 체험한 내용을 작품화한 것인지, 아니면 거꾸로 이 작품을 쓰기 위해 금홍이와 동거한 것인지 분명치 않다. 사실 이상과 금홍은 가장 안 어울리는 커플이라 할 수 있다. 어쨌든 이상은 비록 결핵 환자이지만 당대 최고의 학력과 경력을 지니고 있고 수많은 지적인 여성들과 이미 교제한 바 있고, 당대 최고의 시인이자 소설가이기도 하였던 엘리트라면, 금홍이는 그야말로 온천장에서 매춘을 일삼던 창기였기 때문이다.

어쩌면 금홍은 일제, 큰아버지 결핵 등을 상징하는 존재인지 모른다. 이상은 일찍이 인간이 비정상적인 상황(막힌 골목)에 너무 오래 노출되어 있을 경우, 오히려 비정상적인 것에 익숙해지고 길들여짐으로써 정상적인 생활로의 귀환이 불가능해짐을 절실히 깨달은 바 있다. 「날개」는 따라서 시 「오감도」 연작에서 표현한 '무서움(공포)'와 정체성의 분열상과 혼란 및 그 극복의 과정을 서사적으로 표현한 소설이라 하겠다.

'박제가 되어 버린 천재'를 아시오? 나는 유쾌하오. 이런때 연애까지가 유쾌하오.

육신이 흐느적흐느적하도록 피로했을 때만 정신이 은화처럼 맑소. 니코틴이 내 횟배 앓는 뱃속으로 스미면 머릿속에 으레 백지가 준비되는 법이오. 그 위에다 나는 위트와 파라독스를 바둑 포석처럼 늘어놓소. 가증할 상식의 병이오.

나는 또 여인과 생활을 설계하오. 연애기법에마저 서먹서먹해진 지성의 극치를 흘깃 좀 들여다본 일이 있는, 말하자면 일종의 정신분일자말이오. 이런 여인의반 …… 그것은 온갖 것의 반이오. 만… 을 영수하는 생활을 설계한다는 말이오. 그런 생활 속에 한 발만 들여놓고 흡사 두 개의 태양처럼 마주 쳐다보면서 낄낄거리는 것이오. 나는 아마 어지간히 인생의 제행이 싱거워서 견딜 수가 없게끔 되고 그만둔 모양이오. 굿바이.

위와 같이 시작되는 「날개」는 모더니즘 소설로 분류된다. 모더니즘 소설은 리얼리즘 소설과는 달리 내용보다 형식과 기교를 중시한다. 인과관계나 시간적 질서와 같은 기존의 소설의 질서나 법칙을 무시하고 오히려 그것을 파괴하려고 한다. 질서와 법칙은 일정한 획일적인 사고방식이 고착화된 결과로 보고 그것을 파괴해야만 진리가 드러난다고 모더니즘 작가는 믿고 있기 때문이다. 이른바 사실주의 작가들의 현실의 총체성을 추구한다면 모더니즘 작가는 미학적 총체성을 추구한다고 볼 수 있다.

모더니즘 작가들이 즐겨 사용하는 방식으로는 '산책자 소설의 형식'과 '고현학적(考現學的) 방법론' '병치' '시간의 공간화' '몽타쥬',

'콜라쥬' 등의 방법이 있다. 이 중에서 「날개」에 가장 많이 사용되고 있는 기법은 '산책자 소설의 형식'이다. 주인공이자 1인칭 화자인 '나'는 오랜 생활 아내에게 사육당하다시피 하다가 우연히 산책하기 시작하면서 아내와 자신의 관계가 비정상적인 관계, 혹은 전도된 관계임을 서서히 인식하게 된다.

이를 나병철은 '유희 → 연구 → 외출 → 탈출'의 과정으로 이 작품이 짜여져 있다고 분석한 바 있다. '유희'는 말 그대로 비정상적인 상태에 안주하고 있는 상태를 말한다. 이 작품에선 비정상적인 상태는 매춘업에 종사하는 아내와 동거하며 남편으로서의 역할을 찾지 못하고 자폐적인 삶을 영위하는 것을 말한다. 이때 주인공은 볕도 안 드는 건너방에 기거하면서 가끔 아내의 방에 들어와 화장품 냄새와 속옷의 촉감을 즐기고, 돋보기로 장난을 치는 행위 등을 한다. 이때 주인공은 시간과 돈에 대한 감각이 마비된 상태이다. 낮밤이 뒤바뀐 생활을 한다든가 기껏 모은 돈을 변소에 내다 버리는 행위 등은 그가 오랜 생활 비정상적인 생활에 노출되면서 정상적 생활 감각이 마비되어 있음을 암시한다.

주인공은 '연구'를 통해 자신의 삶을 반추하고 되돌아본다. 자신이 처음부터 이처럼 무기력하게 살았는지, 아니면 지금의 생활이 비정상인 것인지 스스로 검토하기 시작한다. 이러한 연구 행위는 외출로 이어진다. 3차에 걸친 외출을 통해 '나'는 점차 정상적인 생활 감각을 찾아 간다. 시간에 대한 감각, 돈의 쓰임새 등에 대해 감각을 찾아가는 한편 아내의 남편으로서의 위치를 확보하고자 한다. 내객이 없는 틈을 타 아내의 옆자리에 눕기도 하고, 내객처럼 아내의 머리

맡에 돈을 두고 오기도 한다.

'나'는 그러면 아내가 좋아할 줄 알았으나, 사실 아내는 별로 기뻐하지 않을 뿐만 아니라 귀찮아하는 내색까지 보인다. 그러다가 '아달린 사건'이 일어난다. 아내의 내객이 갈 때까지 밖에서 기다리다 찬비를 맞는 바람에 '나'는 감기에 걸린다. 아내는 아스피린이라며 약을 건넨다. 그 약은 사실 수면제 아달린이었다. 그 약을 먹고 며칠간 잠에 빠져 있던 '나'는 그 약이 아달린인 것을 알고 집 밖으로 나온다. 다시는 돌아가지 않으리라 생각했지만 갈 곳이 없었던 '나'는 집안으로 다시 들어온다. 그러자 반겨 맞아줄 줄 알았던 아내는 적반하장(賊反荷杖)격으로 오히려 폭언과 폭행을 '나'에게 퍼붓는다.

집안을 사실상 영원히 나온 그는 이제 외출이 아닌 탈출의 길로 나선다. 백화점 옥상에 정오의 사이렌 소리를 들으며 '나'는 의식이 고양됨을 느낀다. 겨드랑이에서 날개의 흔적을 발견하고 '박제의 상태'에서 벗어나 '본래적 삶' 혹은 '정상적 삶'으로의 귀환을 소망한다. 그 유명한 대사 "날자, 날자, 다시 한 번만 날자꾸나."라는 외침이 바로 그것이다. '나'는 비로소 오랫동안 아내에게 사육 당하다시피 하며 살았던 지난날들이 매우 '비정상적'이었음을 깨닫고 자신의 정체성을 되찾는다.

> 이때 뚜우 하고 정오 사이렌이 울었다. 사람들은 모두 네 활개를 펴고 닭처럼 푸드덕거리는 것 같고 온갖 유리와 강철과 대리석과 지폐와 잉크가 부글부글 끓고 수선을 떨고 하는 것 같은 찰나! 그야말로 현란을 극한 정오다.

나는 불현듯 겨드랑이가 가렵다. 아하, 그것은 내 인공의 날개가 돋았던 자국이다. 오늘은 없는 이 날개. 머릿속에서는 희망과 야심이 말소된 페이지가 딕셔너리 넘어가듯 번뜩였다.

나는 걷던 걸음을 멈추고 그리고 일어나 한 번 이렇게 외쳐 보고 싶었다.

날개야 다시 돋아라.

날자. 날자. 한 번만 더 날자꾸나.

한 번만 더 날아 보자꾸나.

이상은 실제로 금홍과의 관계를 정리하고 여류 수필가인 변동림과 사귀기도 하였으며, 근대의 실체를 파악하기 위해 현해탄을 건너 동경에 가기도 하였다. 그러나 그의 건강 상태는 이미 극도로 나빠져 있는 상태여서 결국 이상은 동경의 병원에서 세상을 하직하고 만다. 그는 어린 시절 친부모와 살지 못하고 큰아버지 부부와 더불어 오랜 기간 생활하였다. 그는 이 시기를 겪으면서 인간이 비정상적인 생활에 익숙해지는 것이 얼마나 공포스러운 일인지를 몸으로 깨닫게 된 것으로 보인다. 이와 같은 그의 처지는 훗날 금홍이와의 관계를 쉽게 정리하지 못하고, 결핵 치료도 지지부진해지는 것으로 이어진다. 그는 『날개』에서 부르짖은 것처럼 정상적인 생활로의 귀환을 열망했지만, 결국 깊어진 병은 그의 생명을 삼키고 만다. 그러나 「오감도」와 「날개」와 같은 자전적 모더니즘 문학은 한국문학사에 새로운 충격과 자극을 주기에 충분한 '추구'와 '모험'이었다.

소설 읽기와
스토리텔링

1. 단행본

강만길,『한국현대사』, 창작과 비평사, 1993.

강영안,『타자의 얼굴 - 레비나스의 철학』, 문학과지성사, 2005.

강인애,『왜 구성주의인가』, 문음사, 2003.

고부응,『초민족 시대의 민족 정체성』, 문학과지성사, 1993.

고부응 편,『탈식민주의 이론과 쟁점』, 문학과지성사, 1992.

고원,『제 3의 텍스트 - 영화와 소설 또는 정신분석학적 글쓰기』, 2002.

권오룡 편,『이청준 깊이 읽기』, 문학과지성사, 1993.

권택영,『소설을 어떻게 볼 것인가』, 문예출판사, 1995.

김경수,『염상섭 장편소설연구』, 일조각, 1999.

김병용,『최명희 소설의 근원과 유역 :『혼불』의 서사의식』, 태학사, 2009.

김상욱,『소설교육의 방법연구』, 서울대출판부, 1996.

김성도,『구조에서 감성으로』, 고려대출판부, 2002.

김소연 외,『라캉과 한국 영화』, 도서출판b, 2008.

김승종,『한국현대소설론』, 신아출판사, 1998.

김유정학회 편,『김유정의 귀환』, 소명출판, 2012.

_____,『김유정과의 만남』, 소명출판, 2013

김윤식,『이광수와 그의 시대』, 솔, 1999.

_____,『염상섭연구』, 서울대출판부, 1987.

_____,『김동인연구』, 민음사, 1987.

_____,『이상연구』, 문학사상사, 1987.

김은경,『박경리 문학연구』, 소명출판, 2014.

김재용 외,『한국근대민족문학사』, 한길사, 1993.

김종주,『이청준과 라깡』, 인간사랑, 2011.

김중철,『소설과 영화』, 푸른사상, 2000.

김진 외,『한의 학제적 연구』, 철학과현실사, 2004.

나병철,『소설의 이해』, 문예출판사, 1996.

_____,『한국문학의 근대성과 탈근대성』, 문예출판사, 1996.

_____,『가족로망스와 성장소설』, 문예출판사, 2007.

_____,『영화와 소설의 사점과 이미지』, 소명출판사, 2009.

노재명 편저,『명창의 증언과 자료를 통해본 판소리 참모습』, 나라음악큰잔치
    위원회

문학사와 비평연구회 간,『염상섭문학의 재조명』. 새미출판사, 1998.

문학사와 비평사회,『최서해문학의 재조명』, 국학자료원, 2002. 6.

박인철,『파리학파의 기호학』, 민음사, 2003.

방현석,『소설의 길 영화의 길』, 실천문학사, 2003.

백선기,『영화 그 기호학적 해석의 즐·거·움』, 커뮤니케이션북스, 2007.

백철,『신문학사조사』, 신구문화사, 1968.

손춘일,『해방전 동북조선족 토지관계사 연구·상』, 길림인민출판사, 2001.

송지현,『문학교육의 본질과 방법』, 푸른사상, 2003.

송화섭 외,『전주의 역사와 문화』, 2004. 4.

신영복,『담론』, 돌베개, 2015. 4.

_____,『감옥으로부터의 사색』, 돌베개, 1988.

신정일,『지워진 이름, 정여립』, 가람기획, 2003.

심원섭,『아베 미츠이에와 조선』, 소명출판, 2017.

안병직,『한국근대민족운동사』, 돌배게, 1980.

오민석,『현대문학이론의 길잡이』, 시인동네, 2017.

연세대미디어아트센터 편,『공동경비구역 JSA』, 삼인, 2002.

우한용 외,『소설교육론』, 평민서당, 1993.

_____,『서사교육론』, 동아시아, 1993.

유인순 외,『김유정과 동시대 문학』, 소명출판, 2013.

이경원,『검은 역사 하얀 이론- 탈식민주의 계보와 정체성』, 한길사, 2011.

이경훈,『이광수의 친일문학연구』, 태학사, 1998.

이광호,『시선의 문학사』, 문학과지성사, 2015.

이남호,『문학작품을 어떻게 가르칠 것인가』, 현대문학, 2001.

이병천,『당신에게, 전주』, 꿈의 나라, 2015. 6.

_____,『모래내 모래톱』, 문학동네, 1993.

이상경,『이기영 시대와 문학』, 풀빛출판사, 1994.

이상섭,『아리스토텔레스의『시학』연구』, 문학과지성사, 2002

이재선,『한국현대소설사』, 홍성사, 1979.

_____,『현대소설의 서사시학』, 학연사, 2002.

이지은,『소설의 분석과 이해』, 연세대학교출판부, 2010.

이진경,『이진경의 필로시네마』, 그린비, 2008.

임기현,『황석영 소설의 탈식민성』, 역락, 2010.

임화,『신문학사』, 임규찬, 한진일 편, 1993.

조병희,『완산고을의 맥박』, 신아출판사, 2001.

전라문화연구소,『혼불의 문학세계』, 소명출판, 2001.

전북전통문화연구소,『전주의 역사와 문화』, 신아출판사, 2004.

전북대문인작품집 간행위원회,『큰 가람 깊은 소리』, 신아출판사, 1997.11.

전주시청,『전주정신 정립 연구 보고서』, 2016.12.

_____,『꽃심 전주』, 2017, 5

_____,『한국의 꽃심 전주』, 2018.5

전주역사박물관,『전주학연구』3집, 2010.4.

_____,『전주학연구』, 9집, 2015. 12.

전신재 편,『원본 김유정 전집(개정증보판)』, 도서출판 강, 2012.

장일구,『서사공간과 소설의 역학』, 전남대학교출판부, 2009.

정인돈,『셸리의「프로메테우스연구」-라캉적 접근』, 동인, 2005.

정재훈·홍수권,『사료로 본 한국근현대사』, 동아대출판부, 1992.

정호웅 엮음,『이기영』, 새미출판사, 1995.

조남현,『소설신론』, 서울대학교출판부, 2004.

채광석,『민족문학의 흐름』, 한마당, 1987.

천이두,『한국문학과 한』, 이우출판사, 1985.

_____,『한의 구조 연구』, 문학과지성사, 1993.

천이두 외,『민족문학사강좌』하, 창작과비평사, 1995.

최기우 희곡집『상봉』, 신아출판사, 2009.

최동현,『판소리란 무엇인가』, 에디터, 1994.

최성춘,『연변인민항일투쟁사』, 중국 북경 민족출판사. 2001.

최시한,『소설의 해석과 교육』, 문학과지성사, 2005.

최원식 외 편,『황석영 문학의 세계』, 창비, 2003.

최유찬 외,『1930년대 민족문학의 인식』. 한길사, 1990.

_____,『『토지』를 읽는다』, 솔, 1996.

_____,『세계의 서사문학과『토지』』, 서정시학, 2008.

_____,『채만식의 항일문학』, 서정시학, 2012.

최재석,『한국가족연구』, 일지사, 1990.

토지학회,『토지,『토지』의 서사 구조』, 토지학회 2015 가을 학술대회자료
　　집, 2015.10.

한국역사연구회 엮음,『한국역사』. 역사비평사, 1993.

혼불기념사업회-최명희문학관,『『혼불』, 그 천의 얼굴』, 태학사, 2011.

게오르그 루카치, 반성완 역,『소설의 이론』, 심설당, 1985.

더글라스 탈락 편, 성무량 역,『문학이론의 실제』, 현대미학사, 1999.

대니얼 챈들러, 강인규 역,『미디어 기호학』, 소명출판. 2006.

데이비드 허다트, 조만성 역,『호미 바바의 탈식민지적 정체성』, 앨피, 2006.

딜란 에반스, 김종주 외 역,『라캉 정신분석사전』, 인간사랑, 1998.

르네 지라르, 김윤식 역,『소설의 이론』, 삼영사, 1977.

레이몬드 j.로드리게스, 박인기·최병우·김창원 공역,『문학작품을 어떻게 가
　　　르칠 것인가』, 박이정. 2000.

미하일 바흐찐, 이득재 역,『바흐찐의 소설미학』, 열린책들, 1988.

볼프강 카이저, 김윤섭 역,『언어예술작품론』, 대방출판사, 1982.

빌 애쉬크로프트, 이석호 역,『포스트 콜로니얼 문학이론』, 민음사, 1996.

베르나르 발레트, 조성애 역,『소설분석』, 동문선, 2004.

빅톨 쉬클로프스키 외, 한기찬 역,『러시아 형식주의 문화이론』, 월인재, 1980.

숀 호머, 김서영 역,『라캉 읽기』, 은행나무, 2005.

E. M. 포스터, 이성호 역,『소설의 이해』, 1975, 문예출판사.

S. 리몬-케넌, 최상규 역,『소설의 시학』, 문학과지성사. 1985.

S. 채트먼, 한용환 역,『이야기와 담론』, 푸른사상, 2003.

웨인 부스, 최상규 역,『소설의 수사학』, 예림기획, 1999.

자크 라캉, 맹정현 외 역,『세미나-정신분석의 네 가지 근본 개념』, 새물결, 2008.

제라르 즈네트, 권택영 역, 『서사란 무엇인가』, 문예출판사, 1992.

윌리엄 C. 도올링, 곽원석 역, 『「정치적 무의식」을 위한 서설』, 철인, 2000.

츠베탕 토도로프, 최현무 역, 『문학사회학과 대화이론』, 까치, 1987.

제라르 주네트, 김동윤 역, 『현대서술이론의 흐름』, 솔, 1997.

앙드레 바쟁, , 박상규 역, 『영화란 무엇인가』, 시각과 언어, 1998.

시모어 채트먼, 한용환 역, 『영화와 소설의 수사학』, 동국대출판부, 2001.

G. H. R. 파킨슨, 현준만 역, 『게오르그 루카치』, 이삭, 1984.

피터 브룩스, 박혜란 역, 『플롯 찾아 읽기』, 도서출판 강, 2011.

H. 포터 에벗, 우찬제 외 역, 『서사학강의』, 문학과지성사, 2010.

헬무트 본하임, 오연희 역, 『서사양식』, 예림기획, 1998.

2. 논문

강민석, 「소설과 영화의 서사 구조 비교 연구─이청준의 「벌레 이야기」와 이창동의 『밀양』』을 중심으로」, 한양대교육대학원 석사논문, 2008. 6.

강봉근, 「판소리 사설에 나타난 한의 구조」, 『한국언어문학』 22호, 1983.

권채린, 「김유정 문학의 향토성 재고」, 『현대문학의 연구』 41집, 2010.

김동환, 「이청준 소설의 공간적 정체성─『남도사람』연작을 중심으로」, 『한성어문학』, 17호, 1998.

김성곤, 「포스트 모더니즘 역사소설의 과거로의 여행」, 『뉴 미디어시대의 문학』, 민음사, 1996.

김영성, 「환상, 현실을 전복시키는 소설의 형식」, 『한국언어문화』, 19집, 2001.

김윤하, 「소설과 영화의 서사 전략 연구─소설 「벌레 이야기」와 이창동의 『밀양』』을 중심으로」, 고려대대학원 석사논문, 2008. 6.

김정아, 「이청준의 『남도사람』연작의 크로노토프 분석」, 충남대대학원 석사논문, 2001.

김종회, 「현대소설에 나타난 유토피아 의식의 반어적 유형─복거일의 『비명을 찾아서─경성, 쇼우와 62년』을 중심으로」, 『고황논집』 3호, 1988.

김종철, 「판소리 리얼리즘과 그 특질」, 『국어교육』 104호, 2001.

김주연, 「떠남과 외지인의식」, 『현대문학』, 1979,5.

김현숙, 「복거일의 『비명을 찾아서─경성, 쇼우와 62년』의 의미」, 『현대소설의 연구』 1권, 1994.

백문임, 「뜨내기 삶의 성실한 복원」, 『현역중진작가연구 I』, 국학자료원, 1997.

오생근, 「황석영, 혹은 존재의 삶」, 『문학과지성』 1965 가을.

오태호, 「황석영의 「입석부근」에 나타난 성장 모티브 연구」, 『현대문학의 연구』 41집, 2010.

우찬제, 「한의 역설 - 이청준 『남도사람』 연작 읽기」, 『서편제』, 열림원, 1998.

우한용, 「허구서사의 상상력 작동원리에 대한 고찰」, 『현대소설연구』 25집, 2005.

은정해, 「이청준 소설에 나타난 한의 양상 연구」, 동국대대학원 석사논문, 1996.

이동하, 「황석영에 관한 두 편의 글」, 『문학의 길, 삶의 길』, 문학과지성사, 1987.

이상옥, 「역사소설의 한 가능성」, 『외국문학』 22호, 1990, 봄.

이상진, 「『토지』에 나타난 동아시아 도시, 식민주의와 물질성 비판」, 『현대문학의 연구』 37집, 2009.

_____, 「가족 문제와 모성성, 그리고 생명」, 『한국근대문화와 박경리의 『토지』』, 소명출판, 2008.

_____, 「인물의 존재 방식으로 본 『토지』」, 『『토지』 연구』, 월인, 1997.

이정선, 「『비명을 찾아서』에 나타난 작가의식 연구」, 『고황논집』 34호, 2004.

이지용, 「한국 대체역사소설의 서사 양상 연구 - 복거일의 『비명을 찾아서 - 경성, 쇼우와 62년』을 중심으로」, 단국대학교 석사논문, 2010.

이채원, 「소설과 영화의 매체 전이 양상에 대한 수사학적 연구」, 서강대 박사논문, 2008.

장미영, 「한국근대가족소설연구」, 전북대박사논문, 1997.

최종배, 「이청준 연작소설 『남도사람』에 대한 정신역동적 고찰」, 『신경정신의학』, 제35권 6호, 1996.

최유찬, 「『아름다운 새벽』의 알레고리 연구」, 『한국학연구』, 2011.